SCIENCE FICTION

Herausgegeben
von Wolfgang Jeschke

Von Philip José Farmer erschienen in der Reihe
HEYNE SCIENCE FICTION & FANTASY:

Die Irrfahrten des Mr. Green · 06/3127, auch ↗ 06/1004
Das Tor der Zeit · 06/3144, auch ↗ 06/1006
Als die Zeit stillstand · 06/3173, auch ↗ 06/1011
Der Sonnenheld · 06/3265, auch ↗ 06/3975
Der Mondkrieg · 06/3302
Die synthetische Seele · 06/3326
Der Steingott erwacht · 06/3376, auch ↗ 06/1005
Lord Tyger · 06/3450
Das echte Log des Phileas Fogg · 06/3494, auch ↗ 06/3980
Die Flußwelt der Zeit · 06/3639
Auf dem Zeitstrom · 06/3653
Das dunkle Muster · 06/3693
Das magische Labyrinth · 06/3836
Die Götter der Flußwelt · 06/4256
Jenseits von Raum und Zeit · 06/4387

PHILIP JOSÉ FARMER

DAS DUNKLE MUSTER

Band 3 Des Flußwelt-Zyklus

Science Fiction-Roman

Deutsche Erstveröffentlichung

WILHELM HEYNE VERLAG
MÜNCHEN

HEYNE SCIENCE FICTION & FANTASY
Nr. 06/3693

Titel der amerikanischen Originalausgabe
THE DARK DESIGN
Deutsche Übersetzung von Ronald M. Hahn

9. Auflage

Redaktion: Wolfgang Jeschke

Printed in Germany 1992
Umschlagbild: Johann Peter Reuter
Umschlaggestaltung: Atelier Heinrichs & Schütz, München
Gesamtherstellung: Elsnerdruck, Berlin

ISBN 3-453-30613-9

Obwohl einige der im Flußwelt-Zyklus auftauchenden Namen reine Fiktion sind, waren oder sind die Charaktere real. Auch wenn Sie hier nicht erwähnt werden: Sie spielen mit.

Für Sam Long und mein Patenkind David, den Sohn von Doktor Docter

Das Buch, das Sie jetzt in der Hand halten, ist der dritte Band des Flußwelt-Zyklus. Ursprünglich sollte es der letzte Teil einer Trilogie werden. Dann wurde das Manuskript länger als 400 000 Wörter. Hätten wir diesen Text zwischen zwei Buchdeckel gepreßt, wäre es für den Leser zu umfangreich und zu teuer geworden. Meine Verleger und ich haben uns deswegen dafür entschieden, aus diesem einen Buch zwei zu machen. Band IV, *Das magische Labyrinth*, wird im Anschluß an *Das dunkle Muster* veröffentlicht werden. Es wird diese Serie der Flußwelt-Abenteuer abschließen und alle Rätsel klären, die in den vorhergehenden Bänden aufgetürmt wurden. Des weiteren werden sich die verschiedenen Handlungsstränge miteinander verbinden.

Alle weiteren Romane über die Flußwelt, die nach dem vierten Band erscheinen werden, haben mit dem Haupthandlungsstrom dann nichts mehr zu tun. Bei ihnen handelt es sich um die Beschreibung der »Seitenströme«, und sie werden Erzählungen enthalten, die nicht unmittelbar mit den Geheimnissen der drei ersten Teile verbunden sind. Mein Entschluß, den Zyklus auf diese Weise fortzusetzen, beruht auf der Ansicht — die nicht nur ich, sondern auch viele andere vertreten —, daß die Flußwelt, so wie ich sie konzipierte, einfach zu groß ist, um sie in nur vier Bänden zu ermessen. Immerhin spielen die einzelnen Bände auf einem Planeten mit einem Fluß (oder einem sehr langen und schmalen Meer), der nicht weniger als 16 090 000 Kilometer oder 10 000 000 Meilen lang ist, und an seinen Ufern leben mehr als sechsunddreißig Milliarden Menschen, die ebenso der Altsteinzeit wie auch der Ära des elektronischen Zeitalters entstammen.

Ich hatte in den ersten drei Bänden einfach nicht genügend Raum, um all die Dinge zu erklären, die den Leser sicher interessieren: Wieso die Wiedererweckten nicht in der gleichen chronologischen Reihenfolge das Flußtal bevölkerten, wie sie auf der Erde in Erscheinung getreten sind. Jeder Landstrich enthielt eine bestimmte Mischung von Menschen aus verschiedenen Zeiten und Kulturkreisen. Nehmen wir uns als Beispiel ein bestimmtes Gebiet vor: Eine typische Bevölkerung würde bestehen aus sechzig Prozent Chinesen des dritten und neununddreißig Prozent Russen des siebzehnten Jahrhunderts, während der Rest bunt zusammengewürfelt wäre.

Wie könnten diese Leute es schaffen, der Anarchie zu entgehen und sich zu einem Staat zusammenzuraufen? Würden sie es schaffen oder untergehen? Wie würden sie miteinander auskommen? Wie würden sie zu ihren Nachbarn stehen? Welche Probleme würden sich ihnen in den Weg stellen?

In diesem Buch fahren Jack London, Tom Mix, Nur ed-din el-Musafir und Peter Jairus Frigate auf der *Razzle Dazzle II* flußaufwärts. Was Frigate angeht, so ist er einigermaßen — ebenso wie Nur — in den Bänden III und IV charakterisiert worden. Allerdings gab es auch diesmal nicht genügend Raum, auch die Figuren der anderen entsprechend zu beschreiben: Ich hoffe, daß ich das in den »Seitenstrom«-Erzählungen nachholen kann. Dort werden Sie auch erfahren, wie die Mannschaft der *Razzle Dazzle* einigen wichtigen und weniger wichtigen Gestalten aus den unterschiedlichsten Bereichen menschlichen Strebens begegnet: Leonardo da Vinci, Rousseau, Karl Marx, Ramses II., Nietzsche, Bakunin, Alkibiades, Eddy, Ben Jonson, Li Po, Nichiren Daishonin, Asoka, Johanna von Orleans, einer eiszeitlichen Höhlenbewohnerin, Gilgamesh, Edwin Booth, Faust u.a.

Einigen Leuten scheint bereits aufgefallen zu sein, daß die Figur des Peter Jairus Frigate in etwa mir entspricht. Es stimmt, daß ich der Ausgangspunkt dieses Charakters bin, aber Frigate hat sicherlich keine größere Beziehung zu mir als David Copperfield zu Charles Dickens. Die psychischen und physischen Züge des Autors waren nur ein Sprungbrett, um etwas Realität in diese Paraliteratur hineinzubringen.

Ich möchte mich noch bei meinen Lesern für das jeweils unbefriedigende, nach einer Fortsetzung heischende Ende der ersten drei Bände entschuldigen, aber die Struktur des Zyklus erlaubte es leider nicht, etwa Isaac Asimovs *Foundation*-Serie nachzueifern. In diesem Zyklus *schien* jeder Band in sich abgeschlossen zu sein, weil am Ende eines jeden Bandes das Rätsel gelöst wurde. Aber auch bei ihm zeigte jede neue Fortsetzung, daß der vorhergehende Abschluß entweder ein falscher war oder den Leser in die Irre führte.

Ich hoffe, daß ich meine Serie abschließen kann, ehe die Zeit kommt, daß ich mich hinlegen muß und darauf zu warten beginne, an Bord des wunderbaren Flußbootes zu gehen.

PHILIP JOSE FARMER

1

Träume quälten die Flußwelt.

Der Schlaf, die Pandora der Nacht, war hier noch fruchtbarer als auf der Erde. Dort hatte er für den einen dies und für den anderen das bedeutet. Und am nächsten Tag das für den einen und dies für den anderen.

Aber hier, in diesem endlosen Tal, an den Ufern dieses unendlichen Flusses, hob und senkte sich ihre schatzgefüllte Brust und überschüttete alle und jeden mit ihren Geschenken: Entsetzen und Freude, Erinnerungen und Antizipation, Geheimnissen und Offenbarungen.

Milliarden bewegten sich im Schlaf, murmelten, stöhnten, winselten, lachten, weinten, kamen kurz zu Bewußtsein und sanken wieder zurück.

Mächtige Maschinen zerschmetterten die Mauern, und durch die entstandenen Löcher wanden sich Dinge heraus. Des öfteren zogen sie sich nicht zurück, sondern blieben; Phantome, die sich weigerten, beim ersten Hahnenschrei zu verwehen.

Und die Träume kehrten auf der Flußwelt häufiger zurück als auf der Erde. Den Grund dafür kannte niemand, aber die Akteure des nächtlichen, absurden Theaters bestanden darauf, wiederholt engagiert zu werden. Sie gaben Vorstellungen, die sie — und nicht jene, die sie erlebten — selbst bestimmten. Und das Publikum hatte nicht einmal die Möglichkeit, Buhrufe auszustoßen oder zu applaudieren, Eier oder Tomaten zu werfen oder hinauszugehen, ganz zu schweigen davon, zu dösen oder mit dem Nebenmann ein Schwätzchen anzufangen.

Und inmitten dieses gefangenen Publikums befand sich Richard Francis Burton.

2

Graue, wirbelnde Nebel hüllten die Bühne und ihren Hintergrund ein. Burton stand wie jemand, der sich keine teure Eintrittskarte leisten kann, im Parkett. Über ihm hielten sich dreizehn Gestalten auf, die in Sesseln saßen, die im Nebel zu schweben schienen. Eine davon warf den anderen, die sie in einem Halbkreis umgaben, einen Blick zu. Dieser Mann war der Hauptdarsteller — er selbst.

Es gab noch eine vierzehnte Person, aber sie stand in der Kulisse und konnte nur von Burton selbst wahrgenommen werden. Sie war nur ein schwarzer, bedrohlich wirkender Umriß, der dann und wann ein hohlklingendes Kichern von sich gab.

Eine beinahe ähnliche Szene hatte er bereits vorher erlebt, einmal in Wirklichkeit und viele Male in seinen Träumen, aber wer konnte schon sagen, welche davon echt gewesen waren? Hier stand er nun, der Mann, der siebenhundertsiebzig Mal gestorben war, um seinen Verfolgern zu entgehen. Und dort saßen jene zwölf, die sich selbst die ›Ethiker‹ nannten.

Sechs von ihnen waren Männer, sechs von ihnen Frauen. Von zweien abgesehen, hatte jeder von ihnen eine tiefgebräunte Haut und schwarzes oder dunkelbraunes Haar. Die Augen zweier Männer und einer Frau waren leicht geschlitzt, was sie wie Eurasier aussehen ließ, vorausgesetzt natürlich, sie stammten überhaupt von der Erde.

Nur zwei Personen aus diesem Kreis waren während des kurzen Verhörs mit ihren Namen angesprochen worden — Loga und Thanabur. Keiner dieser Namen schien einer Sprache zu entstammen, die Burton kannte — und er kannte mindestens einhundert. Aber gleichwohl: Sprachen ändern sich, und es war nicht auszuschließen, daß diese Leute aus dem zweiundfünfzigsten Jahrhundert kamen. Einer ihrer Agenten hatte ihm erzählt, daß er dieser Zeit entstammte. Aber Spruce konnte — zumal man ihm angedroht hatte, ihn zu foltern — natürlich auch gelogen haben.

Loga war einer der wenigen Angehörigen der Gruppe, deren Haut relativ hell war. Da er saß und es nichts gab, das ihn hätte aufspringen lassen können, könnte er ebenso gut untersetzt wie hochgewachsen sein. Sein Körper war fleischig und muskulös und sein Oberkörper mit rotem Flaum bedeckt. Das Haupthaar des Mannes war fuchsrot. Er hatte unregelmäßige und starke Gesichtszüge: ein vorstehendes, tiefgekerbtes Kinn, einen breiten Unterkiefer, eine lange und gekrümmte Nase, dichte blonde Augenbrauen, volle Lippen und dunkelgrüne Augen.

Der andere hellhäutige Mann — Thanabur — war offensichtlich ihr Anführer. Er ähnelte Loga so sehr, daß sie gut Brüder sein konnten. Sein Haar allerdings war dunkelbraun und nur eines seiner Augen grün.

Das andere Auge des Mannes hatte Burton, als dieser ihm sein Gesicht zugewandt hatte, überrascht: Anstelle des grünen Punktes, den er erwartet hatte, hatte er ein Juwel gesehen. Es wirkte wie ein überdimensionaler blauer Diamant, ein blitzender, mit Facetten versehener Halbedelstein, der in der Augenhöhle steckte.

Er hatte sich unbehaglich gefühlt, als sich das Juwel auf ihn richtete. Was hatte das zu bedeuten? Was konnte es sehen, das ein Auge nicht wahrnehmen konnte?

Nur drei der zwölf hatten zu ihm gesprochen: Loga, Thanabur und eine schlanke, vollbusige Blondine mit großen blauen Augen. An der Art, wie sie sich mit Loga unterhalten hatte, glaubte Burton zu erkennen, daß sie Mann und Frau waren.

Während er die Leute auf der Bühne beobachtete — einschließlich sein anderes Ich —, entdeckte er erneut die über den Köpfen der Akteure schwebenden Kugeln. Sie drehten sich im Kreis, wechselten die Farbe und erzeugten lichtstrahlenähnliche Arme: grün, blau, schwarz oder weiß. Schließlich zogen sie sich wieder in die Kugeln zurück und machten anderen Platz.

Burton versuchte die Farben der Strahlen im Zusammenhang mit den Worten und den gefühlsmäßigen Reaktionen der Ethiker zu sehen. Es gelang ihm nicht. Als die Szene damals in Wirklichkeit stattfand, hatte er nicht einmal seine eigene Aura beobachten können.

Die Dialoge waren auch nicht die gleichen wie jene während des tatsächlichen Zusammentreffens. Es schien, als hätte der Schöpfer dieses Traumes sie umgeschrieben.

Loga, der rothaarige Mann, sagte: »Eine Reihe unserer Agenten hat nach Ihnen Ausschau gehalten, aber es waren natürlich viel zu wenige, wenn man bedenkt, daß entlang des Flusses sechsunddreißig Milliarden, sechs Millionen und neuntausendsechshundertsiebenunddreißig Kandidaten leben.«

»Kandidaten für was?« fragte der Burton auf der Bühne.

In der ersten Fassung hatte er diese Worte nicht ausgesprochen.

»Daß wir es wissen und Sie nicht, sind zwei verschiedene Dinge«, sagte Loga. Seine Zähne leuchteten plötzlich in einem unmenschlichen Weiß. »Wir hatten keine Ahnung, daß Sie uns immer wieder durch Selbstmord entwischten. So vergingen Jahre. Da wir schließlich noch andere Aufgaben zu erledigen hatten, zogen wir alle mit dem Fall Burton beschäftigte Agenten zurück und stationierten lediglich einige wenige zu beiden Enden des Flusses. Irgendwie mußten Sie von dem Polarturm erfahren haben. Wir fanden erst später heraus, wie.«

Burton, der Beobachter, dachte: *Aber von X wißt ihr nichts!*
Er versuchte näher an die Akteure heranzukommen, um sie sich aus unmittelbarer Nähe anzusehen. Welcher von ihnen war derjenige, der ihn in der Restaurationsblase geweckt hatte? Wer von ihnen hatte ihn einst während einer stürmischen, von Blitzen zerrissenen Nacht besucht? Wer war derjenige, der ihm versprochen hatte, ihn zu unterstützen? Welcher von ihnen war der Renegat, den Burton nur als X kannte?

Er kämpfte gegen den feuchten und kalten Nebel an, der ebenso ätherisch wie fest war, wie die magischen Ketten, die einst den Wolf Fenrir gebunden hatten, bis es zum Ragnarök, dem Untergang der Götter, gekommen war.

Loga sagte: »Wir hätten Sie auf jeden Fall erwischt. Wissen Sie, jeder Meter in der Restaurationsblase — das ist der Raum, in dem Sie so frühzeitig aufwachten — ist mit automatischen Zählwerken ausgerüstet. Früher oder später wird jeder Kandidat, der eine auffallend hohe Anzahl von Toden stirbt, zu einem Studienobjekt. Meist dauert es länger, weil wir unterbesetzt sind. Wir hatten zunächst keine Ahnung, daß Sie es waren, der auf die erstaunliche Anzahl von siebenhundertsiebenundsiebzig Toden kam, denn der Sie betreffende Datenspeicher stellte sich als gelöscht heraus, als wir ihn näher in Augenschein nahmen. Die beiden Techniker, die Ihnen kurz nach Ihrem Erwachen in der Blase begegneten, konnten Sie jedoch anhand einer Fotografie identifizieren. So stellten wir den Erwecker so ein, daß uns bei Ihrer nächsten Materialisation ein Alarmsignal aufmerksam machte.«

Aber Burton war kein weiteres Mal gestorben. Irgendwie hatten sie ihn ausfindig gemacht, während er lebte. Obwohl er geflohen war, hatten sie ihn erwischt. Oder war er doch noch einmal gestorben? Möglicherweise hatte ihn während der Nacht, in der er sich davongemacht hatte, ein Blitzschlag getroffen. Und sie hatten in der Restaurationsblase auf ihn gewartet. Er vermutete diese geheimnisvolle Kammer irgendwo tief unter der Oberfläche dieses Planeten. Vielleicht lag sie aber auch in dem Turm im Polarsee.

Loga sagte: »Wir haben Ihren Körper einer genauen Untersuchung unterzogen. Ebenso untersuchten wir jede Komponente Ihrer — Aura, wenn Sie verstehen, was ich meine.«

Er deutete auf die blitzende, rotierende Sphäre, die über Burtons Kopf in der Luft schwebte.

Dann tat der Ethiker etwas Seltsames.

Er wandte sich um, starrte von der Bühne herab auf die leeren Sitzreihen und deutete mit ausgestrecktem Finger auf Burton, der dort unten stand und alles beobachtete.

»Aber wir haben keine Anhaltspunkte ausfindig machen können.«

Die finstere Gestalt im Hintergrund kicherte.

Und Burton – der Burton, der im Parkett stand – schrie: »Ihr glaubt, nur zwölf zu sein, aber ihr seid dreizehn! Und das ist eine Unglückszahl!«

»Es ist die Qualität, die zählt, nicht die Quantität«, sagte das Ding auf der Bühne.

»Sie werden sich, nachdem wir Sie ins Flußtal zurückversetzt haben, an nichts von dem, was sich hier ereignet hat, erinnern«, sagte Loga.

Der Burton auf der Bühne sagte etwas, das er während des wirklichen Verhörs nicht gesagt hatte.

»Wie wollen Sie es anstellen, daß ich das alles vergesse?«

»Wir löschen Ihre Erinnerung wie eine Tonbandspule«, erwiderte Thanabur. Er sprach in einem Tonfall, als würde er einen Vortrag halten. Aber vielleicht wollte er Burton nur warnen, weil er X war?

»Es hat natürlich eine Menge Zeit in Anspruch genommen, das Erinnerungsband abzuhören, das wir in den sieben Jahren Ihres Hierseins angelegt haben. Es hat uns auch einen enormen Aufwand an Energie und Material gekostet. Aber der Computer, den Loga dafür eingesetzt hat, war darauf programmiert, höchste Schnelligkeit zu fahren und nur dort anzuhalten, wo Sie von diesem Renegaten Besuche erhielten. Mit anderen Worten: Wir wissen jetzt dasselbe über ihn wie Sie. Wir sahen, was Sie sahen, hörten, was Sie hörten, fühlten, was Sie berührten, und rochen, was Ihnen in die Nase stieg. Wir analysierten sogar Ihre Emotionen.

Leider erhielten Sie diese Besuche nur während der Nacht, und der Verräter war zudem gut verkleidet. Sogar seine Stimme wurde durch einen Verzerrer entstellt, damit der Computer sein – oder ihr – Stimmuster nicht entschlüsseln konnte. Ich sage deswegen ›sein‹ oder ›ihr‹, weil Sie nichts anderes sahen als einen hellen Schatten, dessen Geschlecht für Sie unbestimmbar war. Die Stimme schien maskulin zu sein, aber es wäre keine Schwierigkeit für eine Frau, über einen Umformer mit dem Organ eines Mannes zu sprechen. Der Körpergeruch des Verräters war ebenfalls gefälscht. Der Computer analysierte ihn und stellte fest, daß er künstlichen Ursprungs ist. Kurz gesagt, Burton, wir haben keine Ahnung, wer von uns der Abtrünnige sein soll. Wir wissen nicht einmal, aus welchem Grund er gegen uns arbeitet, denn es ist absolut unverständlich, warum jemand, der die Wahrheit kennt, uns betrügen sollte. Die einzige Erklärung ist die, daß wir es mit einem oder einer Geistesgestörten zu tun haben. Und das wiederum ist unmöglich.«

Der im Parkett stehende Burton wußte irgendwie, daß Thanabur diese Worte während des wirklichen Verhörs nicht gesprochen hatte. Ebenso wußte er, daß er träumte und daß er es demzufolge war, der den anderen Worte in den Mund legte. Was der Mann gesagt hatte, war das Resultat von Burtons eigenen Spekulationen, Überlegungen und unterbewußten Vermutungen.

Und einige dieser Überlegungen gab jetzt der Burton auf der Bühne zum besten.

»Wenn Sie die Gedanken eines Menschen lesen können — oder aufzeichnen, wie Sie eben sagten —, warum versuchen Sie das nicht einmal bei sich selbst? Ich nehme doch an, daß Sie das getan haben? Hätten Sie dann nicht Ihren Verräter längst finden müssen?«

Loga schien sich nicht sonderlich wohl zu fühlen, als er sagte: »Wir haben so etwas natürlich vorgeschlagen, aber . . .«

Er hob die Schultern und breitete seine Hände aus.

Thanabur sagte: »Es gibt nur eine Möglichkeit: daß die Person, die Sie X nennen, Sie angelogen hat. Er ist keiner von uns, sondern stammt aus dem zweiten Glied. Vielleicht ist er einer der Agenten. Wir werden sie alle der Reihe nach untersuchen, aber das erfordert seine Zeit. Zum Glück haben wir davon genug. Wir werden den Renegaten auf jeden Fall erwischen.«

Der auf der Bühne in seinem Sessel sitzende Burton erwiderte: »Und was ist, wenn sich herausstellt, daß es *keiner* von den Agenten ist?«

»Machen Sie sich nicht lächerlich«, sagte Loga. »Auf jeden Fall werden wir Ihnen Ihre Erinnerung an die Zeit in der Restaurationsblase nehmen. Und auch dort, wo sich Ihre Erinnerungen an die Besuche des Renegaten befanden, werden weiße Stellen sein. Es tut uns wirklich leid, daß wir dermaßen gewalttätig gegen Sie vorgehen müssen, aber es ist absolut notwendig. Irgendwann wird die Zeit kommen — das hoffen wir wenigstens —, in der wir das alles wieder gutmachen können.«

Der Burton auf der Bühne sagte: »Aber . . . werde ich nicht mehr als eine Erinnerung an mein Erwachen in der Restaurationsblase haben? Sie vergessen, daß ich nicht nur an sie dachte, als ich mich in ihr befand, sondern auch später noch — und das mehr als einmal. Und außerdem habe ich einer ganzen Reihe von Leuten davon erzählt.«

Thanabur sagte: »Na und? Wer hat Ihnen diese Geschichte schon geglaubt? Und was können diejenigen, die Ihnen glaubten, mit dieser Information schon anfangen? Nein, wir haben keinesfalls die Absicht, Ihnen alle Erinnerungen, die Sie auf dieser Welt gesammelt haben, auszulöschen. Es würde Sie zu stark verwirren und außerdem von Ihren Freunden entfernen. Und . . .« — Thanabur machte eine Pause — ». . . es könnte die Fortschritte, die Sie machen, verzögern.«

»Fortschritte?«

»Sie haben genügend Zeit, um herauszufinden, was ich damit meine. Die verrückte Person, der Sie auf den Leim gegangen sind und die behauptet, Ihr Verbündeter zu sein, hat Sie nur benutzt, um ihre eigenen Ziele zu verfolgen. Sie hat Ihnen nicht verraten, daß Sie die Möglichkeit des ewigen Lebens wegwerfen, indem Sie ihr Muster tragen. Er oder sie, was immer der Verräter auch ist, ist böse. Böse, böse!«

»Sachte, sachte«, warf Loga ein. »Auch wenn wir aufgebracht sind durch das, was hier geschieht, sollten wir nicht vergessen, daß diese Person . . . krank ist.«

Der Juwelenäugige sagte: »Das ist in einem bestimmten Sinn kein Widerspruch.«

Der Burton auf der Bühne warf den Kopf zurück und lachte laut. »Also wißt ihr Hundesöhne doch nicht alles!«

Er stand auf. Der graue Nebel umgab ihn wie ein Mantel. Dann schrie Burton: »Warum wollt ihr verhindern, daß ich die Quellen des Flusses erreiche? Warum? Warum?«

Loga sagte: »Au revoir. Verzeihen Sie uns unsere Gewalttätigkeit.«

Eine der auf der Bühne anwesenden Frauen deutete mit einem kurzen, dünnen, blauen Zylinder auf Burton, und er krümmte sich zusammen. Aus dem Nebel tauchten zwei Männer auf, die lediglich weiße Kilts trugen.

Sie nahmen den leblosen Körper zwischen sich und verschwanden mit ihm im Nichts.

Der Burton, der im Parkett des Theaters stand, versuchte erneut, näher an die Akteure auf der Bühne heranzukommen. Da ihn der Nebel daran hinderte, hob er ihnen drohend die Faust entgegen und schrie: »Ihr werdet mich niemals bekommen, ihr Ungeheuer!«

Die dunkle Gestalt in den Kulissen applaudierte ihm, ohne daß ihre Hände Geräusche erzeugten.

Burton hatte erwartet, sich in dem Gebiet wiederzufinden, in dem die Ethiker ihn aufgelesen hatten. Statt dessen jedoch erwachte er in Theleme, jenem Kleinstaat, den er selbst gegründet hatte.

Und ebenso überrascht war er über die Tatsache, daß seine Erinnerungen keinesfalls gelöscht waren. Er wußte noch alles, er erinnerte sich sogar an das Verhör durch die zwölf Ethiker.

Irgendwie war es X gelungen, die anderen erneut zu hintergehen.

Später stellte er sich die Frage, ob man ihn möglicherweise angelogen hatte. War es nur eine Finte gewesen, ihm zu erzählen, daß man seine Erinnerung löschen wolle? Es ergab zwar keinen Sinn, aber woher sollte er schon wissen, welche Absichten diese Leute verfolgten?

Es hatte einmal eine Zeit gegeben, in der Burton in der Lage gewesen war, mit verbundenen Augen gleichzeitig mit zwei Personen Schach zu spielen. Das hatte natürlich Geschicklichkeit, ein genaues Kennen der Spielzüge und eine gewisse Routine im Umgang mit dem Brett und den Spielfiguren erfordert. Was dieses Spiel hier anbetraf, kannte er weder seine Regeln, noch die Fähigkeiten seiner Gegenspieler.

Und das Spielbrett wies keinerlei Felder auf.

3

Stöhnend gelangte Burton in den Zustand des Halbwachseins.

Einen Moment lang wußte er nicht, wo er war. Finsternis umgab ihn, sie war so dick wie jene, die sein Innerstes erfüllte.

Vertraute Geräusche beruhigten ihn schließlich. Das Schiff rieb sich am Dock, und Wasser plätscherte gegen seine Außenhülle. Alice lag weich atmend neben ihm. Er berührte sanft ihren weichen, warmen Rücken. Von der Decke erklangen leise Schritte. Peter Frigate stand auf Wache. Vielleicht bereitete er sich darauf vor, seinen Kapitän zu wecken. Burton hatte keine Ahnung, wie spät es war.

Er registrierte einige andere wohlbekannte Klänge. Hinter dem hölzernen Raumteiler schnarchte Kazz; seine Frau, Besst, gurgelte. Von der anderen Seite ihres Abschnittes war die Stimme Monats zu hören. Er benutzte seine eigene Sprache, deswegen konnte Burton ihn nicht verstehen.

Zweifellos träumte Monat von Athaklu, jenem weitentfernten Planeten mit seinem wilden Klima, der den gigantischen, orangefarbenen Stern namens Arkturus umkreiste.

Burton lag eine Weile regungslos da und dachte: *Hier liege ich, ein Mann von einhundertundeinem Jahr im Körper eines Fünfundzwanzigjährigen.*

Die Ethiker hatten die verhärteten Arterien der Kandidaten erweicht, aber gegen die Arteriosklerose der Seele konnten sie nichts unternehmen. Was dies anbetraf, überließen sie die Heilung ganz allein ihren Versuchskaninchen.

Die Träume waren auf die Vergangenheit fixiert. Das Verhör durch die Ethiker stand an letzter Stelle. Aber jetzt träumte er noch einmal den Traum, den er gehabt hatte, bevor die Posaunen des Jüngsten Gerichts ihm zu einem erneuten Leben verholfen hatten. Und wie im vorherigen, war Burton auch diesmal zweifach anwesend: als Akteur und Beobachter.

Gott stand über ihm, als er im Gras lag und so schwach war wie ein neugeborenes Baby. Er hatte nun keinen Gabelbart mehr und trug auch nicht die Kleidung eines englischen Gentleman aus dem dreiundfünfzigsten Herrschaftsjahr der Königin Viktoria. Um seine Hüften schlang sich lediglich ein blaues Tuch. Er war nicht so groß wie im ersten Traum, sondern untersetzt, breitschultrig und von muskulöser Statur. Sein Brusthaar war dick, kraus und rot.

Als Burton zum erstenmal in Gottes Angesicht sah, hatte er darin sein eigenes erblickt. Wie damals besaß er jetzt das gleiche glattschwarze Haar und das arabisch wirkende Gesicht mit den tiefliegenden Augen, die wie Speerspitzen aus einem Höhleneingang zu ragen schienen; hohe Wangenknochen, volle Lippen und das vorgeschobene, mit einem Grübchen versehene Kinn, das auch Burton hatte. Aber Gott trug jetzt nicht mehr die Narben, die der Somali-Speer geschlagen hatte, der durch Burtons Wange gedrungen war, ihm die Zähne ausgeschlagen, seinen Gaumen verletzt und auf der anderen Seite wieder herausgetreten war.

Das Gesicht kam ihm bekannt vor. Der Name seines Besitzers lag ihm auf der Zunge. Aber es war bestimmt nicht das von Richard Francis Burton.

Und Gott hatte immer noch diesen eisernen Spazierstock, mit dem er Burton in die Rippen stieß.

»Du kommst spät. Die Rückzahlung deiner Schuld ist schon lange überfällig, verstehst du?«

»Welcher Schuld?« sagte der Mann im Gras.

Der Burton, der die Szene beobachtete, stellte plötzlich fest, daß sich um ihn dichte Nebelfelder bildeten, als schickten sie sich an, zwischen ihm und den beiden anderen einen Vorhang zu erzeugen. Hinter den beiden Akteuren bildete sich eine graue Mauer, die hin und her wogte und sich verbreiterte wie ein atmendes Tier.

»Die Schuld für dein Fleisch«, sagte Gott und piesackte den Mann im Gras mit seinem Spazierstock. Irgendwie fühlte auch der stehende Burton den Schmerz.

»Es geht um die Schuld für dein Fleisch und deinen Geist, die ein und dasselbe sind.«

Der Mann im Gras versuchte sich zu erheben. Keuchend stieß er hervor: »Niemand tut mir weh und kommt ungeschoren davon.«

Jemand kicherte, und der stehende Burton entdeckte inmitten des dichten Nebels eine verschwommene, hochgewachsene Gestalt.

Gott sagte: »Zahlen Sie, mein Herr. Widrigenfalls wäre ich dazu gezwungen, Sie auszuschließen.«

»Gottverdammte Geldverleiher!« fluchte der Mann im Gras. »Eure Art habe ich schon in Damaskus kennengelernt.«

»Dies hier ist die *Straße* nach Damaskus. Oder sie sollte es zumindest sein.«

Die finstere Gestalt im Hintergrund kicherte erneut. Der Nebel schloß sie jetzt alle ein. Burton wachte auf. Er schwitzte und kam gerade im rechten Augenblick zu sich, als sein letzter verzweifelter Seufzer verklang.

Alice wandte sich ihm zu und sagte schläfrig: »Hattest du einen Alptraum, Dick?«

»Ist schon in Ordnung. Schlaf nur weiter.«

»Du hast in letzter Zeit ziemlich viele Alpträume.«
»Nicht mehr als auf der Erde.«
»Möchtest du darüber sprechen?«
»Ich rede, wenn ich träume.«
»Aber nur mit dir selbst.«
»Wer kennt mich schon besser als ich?« Burton lachte leise.
»Und wer kann dich schon besser hinters Licht führen?« erwiderte sie leicht beleidigt.

Er gab keine Antwort. Ein paar Sekunden später stellte er fest, daß sie bereits wieder den Schlaf der Gerechten schlief. Aber sie würde nicht vergessen, was sie miteinander gesprochen hatten. Hoffentlich brachte der nächste Morgen nicht schon wieder eine Auseinandersetzung.

Obwohl Burton solche Dinge mochte, weil sie es ihm ermöglichten, hin und wieder Dampf abzulassen. Aber in letzter Zeit hatten ihre Kämpfe ihn unbefriedigt gelassen, und er war, kaum daß sie einen ausgefochten hatten, schon auf den nächsten fixiert.

Es war einfach zu schwierig, sich mit ihr auseinanderzusetzen, ohne daß alle an Bord dieses kleinen Schiffes alles mitbekamen. Alice hatte sich zwar während ihrer Jahre des Zusammenlebens stark verändert, aber sie besaß noch immer einen tiefen Widerwillen davor, schmutzige Wäsche in aller Öffentlichkeit zu waschen. Da Burton das wußte, gab er ihr zuviel Druck und brüllte und schrie, um zu sehen, wie sie klein beigab. Nachher schämte er sich regelmäßig deswegen.

Und das machte ihn nur noch wütender.

Auf Deck erklangen Frigates Schritte. Burton spielte mit dem Gedanken, ihn frühzeitig abzulösen. Er würde doch keinen Schlaf mehr finden; zuviel machten ihm die Erinnerungen an die Erde und den größten Teil seines Lebens auf der Flußwelt zu schaffen. Frigate würde sich darüber freuen, eher schlafen gehen zu können. Er hatte ohnehin Schwierigkeiten, wach zu bleiben, wenn er auf der Brücke stand.

Burton schloß die Augen. Die Finsternis wurde von einem formlosen Grau überlagert. Er sah sich jetzt in einer gewaltigen Kammer ohne Wände, Boden oder Decke. Nackt schwebte er in einer waagerechten Position über dem Abgrund. Wie auf einem unsichtbaren Grill aufgespießt, begann er sich langsam um seine eigene Achse zu drehen. Wohin er auch blickte: Überall sah er nackte und gleichermaßen rotierende Körper. Die Köpfe und Geschlechtsteile waren haarlos wie die seinen. Einige der Menschen, die er sah, schienen nicht vollständig zu sein. In seiner unmittelbaren Nähe schwebte ein Mann, dessen Arm vom Ellbogen an abwärts völlig hautlos war. Während er sich drehte, gewahrte er einen anderen, dem jegliche Haut und zusätzlich noch alle Gesichtsmuskeln zu fehlen schienen. In einiger Entfernung rotierte ein Skelett, in dessem Inneren sich verschiedene Organe bewegten.

Soweit er sehen konnte, waren die einzelnen Körper an Kopf und Fuß von roten, metallisch glänzenden Stangen begrenzt, die aus der unendlichen Tiefe kamen und sich bis an die unsichtbare Decke hinaufzogen. Sie befanden sich in bestimmten Abständen zueinander, und so weit der Blick reichte, reihten sich zwischen ihnen die Körper der Menschen auf, wie Hähnchen auf einem Grill. Es waren unglaublich viele. Die waagerechten Linien erstreckten sich bis in die graue Unendlichkeit hinein.

Auch jetzt, wo er die Szene beobachtete, fühlte er wieder das Entsetzen und die Verwirrung, die er noch vom ersten Augenblick seines damaligen Erwachens in Erinnerung hatte.

Er, Richard Francis Burton, der Konsul Ihrer Majestät in der Stadt Triest, die zum Österreichisch-Ungarischen Kaiserreich gehörte, war am Sonntag, dem 19. Oktober 1890, gestorben.

Und jetzt lebte er an einem Ort, der keinem jener Himmel oder Höllen glich, von denen er je gehört hatte.

Von all den Millionen regungslosen Körpern, die er sah, war er der einzige, der lebte. Zumindest war er wach.

Der rotierende Burton mußte sich in diesem Augenblick ebenfalls fragen, weswegen man ausgerechnet ihn dazu ausersehen hatte, dieser Ehre teilhaftig zu werden.

Der beobachtende Burton hingegen kannte den Grund.

Es war der Ethiker, den er X nannte, dem er diesen Umstand zu verdanken hatte. Dieser Mann hatte ihn geweckt. Er war ein Abtrünniger.

Der schwebende Mann streckte jetzt seine Fingerspitzen nach der in der Nähe seines Kopfes befindlichen Stange aus. Als hätte er damit irgendeinen Schaltkreis durchbrochen, begannen die unter ihm befindlichen Körper ins Nichts zu fallen — und Burton mit ihnen.

Ebenso wie beim ersten Mal spürte der Beobachter auch jetzt das Gefühl des Entsetzens. Dies hier war der ursächliche Traum, der universelle menschliche Falltraum. Er zweifelte nicht daran, daß er bis auf den ersten Menschen zurückging, für den dies nicht nur ein Alptraum, sondern eine bedrohliche Realität gewesen war. Der frühzeitliche Halbaffe hatte sich von einem Ast zum anderen geschwungen und hatte in seinem primitiven Stolz geglaubt, er könne alle Klüfte überwinden. Und weil er so stolz gewesen war, war er gefallen. Und der Sturz hatte alle seine hochfliegenden Träume auf der Stelle zerschmettert.

Ebenso wie Luzifer seines Stolzes wegen gestürzt war.

Der andere Burton hatte es jetzt geschafft, die Stange zu packen, und hielt sich fest, während die Körper der anderen an ihm vorbei in die Tiefe fielen. Sie drehten sich dabei immer noch, sanken an ihm vorbei wie ein Katarakt aus Fleisch.

Dann blickte er auf und entdeckte über sich eine stromlinienförmige Flugmaschine, die große Ähnlichkeit mit einem Kanu aufwies. Langsam sank sie zwischen den Stangen herab. Sie verfügte über keine Schwingen, besaß auch keinen Propeller. Sie mußte von etwas angetrieben werden, das der Wissenschaft seiner Zeit noch unbekannt gewesen war.

Am Bug des Fluggeräts erkannte er ein Symbol: Eine weiße Spirale, die nach rechts hin explodierte.

In der Realität hatten damals zwei Männer über den Rand des seltsamen Gefährts geblickt. Und dann, ganz plötzlich, hatten die fallenden Körper der anderen in ihren Bewegungen innegehalten. Eine unbekannte Kraft hatte Burton ergriffen. Seine Beine hatten sich von der Stange gelöst, bis er senkrecht, mit dem Kopf nach unten in der Luft hing. Dann war die Stange seinen Fingern entglitten, er war hinaufgeschwebt, bis er sich, unentwegt rotierend, oberhalb des Kanus befunden hatte und anhielt. Einer der Fremden hatte ein dünnes, metallenes Objekt auf ihn gerichtet.

In einer Mischung aus Wut, Haß und Frustration schrie Burton: »Ich will töten! Ich will töten!«

Diesmal schaute nur das Gesicht eines einzigen Mannes über den Rand der Maschine hinweg. Obwohl Burton es nicht erkennen konnte, wußte er, daß es ihm nicht unbekannt war. Welche Züge dieses Gesicht auch tragen mochte, es gehörte X.

Der Ethiker kicherte.

4

Burton setzte sich auf und griff nach dem Hals der Gestalt.

»Um Himmels willen, Dick! Ich bin's — Pete!«

Burtons Hände lösten sich von Frigates Kehle. Das Sternenlicht, das auf dieser Welt ebenso hell war wie das des Vollmonds auf der Erde, drang durch den geöffneten Eingang und beleuchtete seine Gestalt. »Deine Wache, Dick.«

»Seid bitte etwas leiser«, murmelte Alice.

Burton rollte sich aus dem Bett und tastete nach dem Umhang, der an einem Haken hing. Er schwitzte und fror gleichzeitig. Die kleine Kabine, die stundenlang der Hitzeausstrahlung zweier Körper ausgesetzt gewesen war, begann sich allmählich abzukühlen. Zudem drang der feuchte Nebel herein.

»Brrrr!« machte Alice. Ein leises Rascheln sagte Burton, daß sie die Decken enger um sich zog. Dennoch gelang es ihm, einen kurzen Blick auf ihren hellen Körper zu erhaschen. Er warf Frigate einen Blick zu, aber der Amerikaner hatte sich bereits wieder umgedreht und kletterte die Leiter hinauf. Wo immer auch seine Untugenden liegen mochten, ein Voyeur war er nicht. Nicht daß Burton es seinem Gefährten krummgenommen haben würde, wenn er ein Auge riskiert hätte: Er war schließlich mehr als nur halb verliebt in Alice. Er hatte zwar nie ein Wort darüber verloren, aber die Sache war nicht nur für Burton und Alice, sondern auch für Loghu, Frigates Partnerin, offensichtlich.

Wenn er überhaupt irgend jemandem etwas zu verübeln hatte, dann höchstens Alice selbst. Sie hatte längst ihre viktorianische Sittsamkeit abgelegt. Obwohl sie es natürlich abstreiten würde, war nicht auszuschließen, daß sie — möglicherweise unbewußt — dazu übergegangen war, Frigate hin und wieder aufzureizen.

Burton faßte den Entschluß, die Sache nicht zur Sprache zu bringen. Obwohl er sowohl auf Frigate als auch auf Alice wütend war, würde er sich nur zum Narren machen, wenn er darüber irgendein Wort verlor. Wie die meisten Menschen pflegte auch Alice inzwischen nackt im Fluß zu baden, ohne einen Gedanken daran zu verschwenden, was die Leute dachten, die sie dabei sahen. Frigate hatte sie sicher schon mehrere hundertmal unbekleidet gesehen.

Der Nachtumhang Burtons war aus mehreren dicken Tüchern zusammengesetzt, die an der Unterseite von magnetischen Klipsen zusammengehalten wurden. Er öffnete ihn und richtete seine

Kleider so, daß sie sowohl seine Beine, als auch seinen restlichen Körper bedeckten. Dann langte er nach einem Gürtel aus Hornfischhaut, an dem mehrere Scheiden hingen, in denen ein Feuersteinmesser, eine Steinaxt und ein hölzernes Schwert steckten. Die Klinge des Schwertes war mit kleinen Feuersteinen besetzt, und an seiner Spitze befand sich das scharfe Horn eines Hornfisches. Burton bewaffnete sich mit einer Lanze, die er einem kleinen Ständer entnahm, und kletterte die Leiter hinauf.

Als er über das Deck schritt, stellte er fest, daß der Nebel so tief lag, daß er über ihn hinwegschauen konnte. Frigate, der ebenso groß war wie Burton, schien nur aus einem über den Nebelfeldern schwebenden Kopf zu bestehen. Der Himmel war hell, obwohl die Flußwelt keinen Mond besaß. Er war mit Tausenden von Sternen und leuchtenden Gaswolken bedeckt. Frigate hatte den Verdacht geäußert, daß sich diese Welt in der Nähe des galaktischen Zentrums befinden mußte. Aber nach dem wenigen, das sie wußten, konnte man natürlich auch nicht ausschließen, daß sie sich in einer ganz anderen Galaxis aufhielten.

Burton und seine Freunde hatten ein Schiff gebaut und Theleme verlassen. Im Gegensatz zu ihrer Vorgängerin war die *Hadji II* ein Kutter, ein längsschiffs getakelter Einmaster. An Bord befanden sich Burton, Alice Hargreaves, Frigate, Loghu, Kazz, Besst, Monat Grrautut und Owenone. Letztere war eine Frau aus dem prä-hellenischen Pelasgia, und es machte ihr nicht das geringste aus, mit dem Arkturier das Lager zu teilen. Mit dieser seltsamen Mannschaft (Burton verfügte über das nicht immer glückliche Talent, sich eine Gruppe aus unhomogenen Jüngern zusammenzustellen) befand er sich nun seit fünfundzwanzig Jahren auf einer Reise, die sie flußaufwärts führte. Einer der Männer, mit denen er eine Reihe von Abenteuern erlebt hatte — sein Name war Lev Ruach —, hatte sich dafür entschieden, in Theleme zu bleiben.

Die *Hadji II* war noch nicht allzu weit gekommen. Jedenfalls nicht so weit, wie Burton sich erhofft hatte. Da die Mannschaft an Bord über nur wenig Ellbogenfreiheit verfügte, war es nicht verwunderlich, daß man sich hin und wieder auf die Nerven ging. Deswegen hatte es sich während der langen Reise als notwendig erwiesen, des öfteren lange Landaufenthalte in Kauf zu nehmen, um die an Bord angesammelten Frustrationen am Ufer auszutoben.

Burton hatte, als das Schiff in dieses Gebiet gekommen war, entschieden, daß jetzt wieder die Zeit für einen längeren Landurlaub gekommen sei. Momentan hielten sie sich in einer der seltenen Flußverbreiterungen auf, einem See, der 32 Kilometer lang und 9,6 Kilometer breit war. Im Westen mündete der See in eine 321 Meter breite Enge, durch die die Strömung das Wasser riß, aber glücklicherweise hatte jedes Schiff, daß stromaufwärts segelte, den Wind im Rücken. Hätte die *Hadji II* gegen ihn segeln müssen, hätte sie nur wenig Platz zum Manövrieren gehabt.

Nach einem Blick auf diese Verengung war Burton zu dem Urteil gelangt, daß es zwar mit Komplikationen verbunden war, die Durchfahrt zu bewerkstelligen, aber nicht unmöglich. Dennoch — der Zeitpunkt für eine längere Rast war unwiderruflich gekommen. Statt das Schiff am Ufer anlegen zu lassen, hatte er es längsseits an eine der Geröllinseln gesteuert, die sich in der Mitte des Sees aus dem Wasser erhoben. Zackige Felsnadeln ragten hier aus den Fluten empor, und zu ihren Füßen gab es sogar ein wenig betretbares Land. Mehrere der Inseln verfügten sogar über Gralsteine, in deren Umgebung sich mehrere Hütten befanden.

Die Inselerhebung, die der Meerenge am nächsten lag, besaß sogar eine Mole, die zwar geeigneter gewesen wäre, hätte sie sich an der Leeseite befunden, aber da dem nicht so war, mußten sie mit der Längsseite vorliebnehmen. Jetzt lag das Schiff gesichert an einigen Pfosten vertäut und dümpelte hin und wieder gegen die aus zäher Alligatorfischhaut gefertigten und grasgefüllten Puffer. Die Bewohner der Insel waren der Schiffsbesatzung vorsichtig entgegengekommen. Burton hatte ihnen sofort zu verstehen gegeben, daß sie in friedlicher Absicht kämen, und sie um die Erlaubnis gebeten, seine Mannschaft ihren Gralstein benutzen zu lassen.

Auf der Insel lebten nur zwanzig Menschen, kleinwüchsige, dunkelhäutige Leute, deren Sprache Burton unbekannt war. Da sie sich mit einer primitiven Form des Esperanto verständigen konnten, gab es glücklicherweise jedoch nur minimale Verständigungsprobleme.

Der Gralstein war ein massiger, pilzförmiger Fels aus grauem, rotfleckigem Granit. Seine Oberfläche reichte Burton bis zur Brust und barg siebenhundert kreisförmige Vertiefungen.

Kurz vor Sonnenuntergang stellten alle auf der Insel versammelten Menschen ihre grauen Metallzylinder in eine der Vertiefungen. Die englischsprechenden Bewohner der Flußwelt nannten dieses Instrument entweder Gral oder Pandora (abgekürzt war auch das Wort ›Dora‹ üblich) — es war gleichzeitig Butterbrotdose, Henkelmann, Tischleindeckdich und Schatzkästlein. Die verbreitetste Bezeichnung für die Zylinder hatten allerdings die Angehörigen der Kirche der Zweiten Chance ins Gespräch gebracht: Sie bezeichneten die Grale mit dem Esperanto-Wort *Pandoro.* Obwohl die grauen Zylinder — abgesehen von ihren Böden — so dünn wie Zeitungspapier waren, konnte man sie weder biegen noch zerbrechen. Sie waren unzerstörbar.

Die Benutzer der Grale zogen sich fünfzig Schritt zurück und warteten ab. Plötzlich schlugen aus dem Inneren des Steins sechs Meter hohe blaue Flammen brüllend in den Himmel. Das gleiche geschah zur selben Sekunde mit allen anderen, die die Uferbänke säumten: An beiden Seeufern donnerte und blitzte es.

Eine Minute später kletterten mehrere der kleinwüchsigen Insulaner auf die Plattform des Gralsteins hinauf und reichten die Zylinder herab. Anschließend nahm die ganze Gesellschaft an einem Feuer aus Bambus und Treibholz unter einem Schutzdach Platz und öffnete die Zylinderdeckel. Im Inneren der Gralszylinder befanden sich Aufhängevorrichtungen für kleine Schüsseln und Becher. Jedes einzelne Gefäß war mit Nahrung, Kaffee- oder Teekristallen, Zigaretten oder Zigarren und alkoholischen Getränken gefüllt.

Der Gral Burtons enthielt sowohl slowenisches als auch italienisches Essen. Er war bei der ersten Wiedererweckung in einem Gebiet zu sich gekommen, in dem sich hauptsächlich Leute befunden hatten, die in der Nähe von Triest gestorben waren; deswegen enthielten die Grale dieser Leute auch die Nahrung, an die sie während ihrer Lebzeiten auf der Erde gewöhnt gewesen waren. Etwa alle zehn Tage jedoch servierten die Grale ihren Besitzern etwas völlig anderes. Manchmal war es englische, dann wieder französische, chinesische, russische, persische oder irgendeine der über hundert anderen Küchen, die es auf der Erde gegeben hatte. Gelegentlich kam es auch vor, daß man in seinem Gral eine absolut ungenießbare Speise vorfand, etwa angebratenes Känguruhfleisch, das innen noch blutigrot war, oder lebende Maden. Bisher hatte Burton die für die australischen Ureinwohner bestimmte Delikatesse aber gottlob nur zweimal erhalten.

An diesem Abend enthielt sein Becher Bier. Da Burton dieses Getränk nicht ausstehen konnte, tauschte er es gegen Frigates Wein ein.

Die Grale der Insulaner enthielten Speisen, von denen einiges Burton an die mexikanische Küche erinnerte. Allerdings waren die Tacos und Tortillas nicht mit Rindfleisch, sondern mit Wildbret belegt.

Während sie aßen und tranken, richtete Burton einige Fragen an ihre Gastgeber. Aus ihren Beschreibungen erfuhr er, daß sie präkolumbianische Indianer waren, die in einem Tal der südwestlichen Wüste gelebt hatten. Sie gehörten zwei verschiedenen Stämmen an, deren Sprachen zwar gemeinsame Wurzeln aufwiesen, aber längst keine Gemeinsamkeiten mehr hatten. Dennoch lebten sie friedlich zusammen und hatten, da ihre Sitten nur in Kleinigkeiten voneinander abwichen, eine einfache Kultur begründet.

Burton kam zu dem Schluß, daß sie jenem Volk angehören mußten, von denen die Pima-Indianer seiner Zeit als von den Alten, den Hohokams, gesprochen hatten. Sie mußten einst in jenem Gebiet gelebt haben, das von den weißen Siedlern als Sonnental bezeichnet worden war: Dort hatte man später die Stadt Phoenix gegründet, einen Ort, der nach dem, was Burton erfahren hatte, im späten zwanzigsten Jahrhundert über eine Million Einwohner beherbergte.

Sich selbst nannten die Insulaner die Ganapos. Während ihrer Zeit auf der Erde hatten sie mit Hilfe von Werkzeugen aus Feuerstein und Holz eine Wüste in einen Garten verwandelt. Dann waren sie ganz plötzlich verschwunden, und keiner der amerikanischen Archäologen hatte dafür eine plausible Erklärung finden können. Mehrere Theorien hatten das Verschwinden dieses Volkes zu interpretieren versucht, aber auch die weitgehend akzeptierteste davon — daß irgendein anderes Volk in ihr Reich eingefallen war und sie ausgerottet hatte — konnte sich auf keinerlei Beweise stützen.

Burtons anfängliche Hoffnung, daß es vielleicht ihm vergönnt sei, dieses Rätsel zu lösen, verflüchtigte sich schnell: Die Leute, die auf dieser Insel lebten, waren bereits tot gewesen, bevor sie als Volk aufgehört hatten zu existieren.

In dieser Nacht blieben sie lange auf. Sie rauchten und tranken den aus den Flechten, die das Felsgestein bewuchsen, hergestellten Alkohol. Man erzählte sich Geschichten, von denen die meisten obszön oder absurd waren, und wälzte sich bald lachend auf dem Boden.

Als Burton einige Erzählungen aus Tausendundeiner Nacht, die er ins Englische übersetzt hatte, zum besten gab, stellte er fest, daß es besser war, aus sprachlichen Gründen nicht allzu weit auszuholen und keine Begriffe zu verwenden, die er erst erklären mußte, solange die Geschichten selbst einfach genug waren, daß jeder sie verstehen konnte. Es gab keinerlei Schwierigkeiten, als er von Aladdin und der Wunderlampe sprach, oder davon, wie Abu Hassan an einem Wind zugrunde gegangen war . . .

Letzterer war eine Figur, die sich besonders unter Beduinen großer Beliebtheit erfreute. Oft hatte Burton um ein Lagerfeuer aus Kamelmist gesessen und seine Zuhörer dazu gebracht, in kreischendes Gelächter auszubrechen, obwohl sie diese Geschichte schon mehr als tausendmal gehört hatten.

Abu Hassan war ein Beduine gewesen, der seinen nomadischen Lebenskreis verlassen hatte, um in der jemenitischen Stadt Kaukaban Kaufmann zu werden. Er wurde zu einem wohlhabenden Mann, und nachdem eines Tages seine Frau gestorben war, entschloß er sich zu einer neuerlichen Heirat mit einer hübschen jungen Frau. Er arrangierte ein opulentes Mahl mit allerlei verschiedenen Reisgerichten und soviel gekühlten Getränken, wie sie das Herz begehrte, und ließ zusätzlich noch ein Kamelfohlen schlachten, das sich duftend über einem Feuer drehte.

Endlich wurde der Bräutigam in das Gemach gerufen, in dem ihn seine in kostbare Gewänder gehüllte Braut erwartete. Abu Hassan erhob sich langsam und würdevoll von seinem Diwan, aber — O weh! — er war so vollgestopft mit Essen und Trinken, daß er, als er auf das Brautgemach zuging — O Schreck und Graus! — einen ungeheuerlichen, nicht zu überhörenden Furz ließ.

Die Gäste, denen das natürlich nicht entgangen war, erbleichten, wandten sich einander zu und bemühten sich ausnahmslos, den Eindruck zu erwecken, als hätten sie von diesem schrecklichen Ereignis nicht das geringste mitbekommen. Aber Abu Hassan fühlte sich dermaßen gedemütigt, daß er einem Ruf seiner Natur folgte, in den Hof hinausging, ein Pferd sattelte und auf und davon ritt, hinter sich sein Glück, sein Haus, seine Freunde und seine Braut zurücklassend.

Er schiffte sich nach Indien ein, wo er zum Kommandanten der Leibwache eines Königs avancierte. Nach zehn Jahren jedoch ergriff ihn so jämmerliches Heimweh, daß er beinahe daran zugrunde gegangen wäre, und so machte er sich — als Fakir verkleidet — auf den Heimweg. Nach Beendigung seiner langen und gefährlichen Reise kam er schließlich in die Nähe seiner ehemaligen Heimatstadt und warf von einem Hügel aus einen sehnsüchtigen Blick auf ihre Mauern und Türme. Die Tränen traten ihm in die Augen, als er sie so vor sich liegen sah, aber er wagte nicht, auch nur einen Fuß in ihre Straßen zu setzen, ehe er sich nicht sicher war, daß man seine Schande inzwischen vergessen hatte. So wanderte er sieben Tage und sieben Nächte am Stadtrand entlang und versuchte aus den Unterhaltungen der Leute, die zum Marktplatz gingen, herauszuhören, ob man etwa über ihn sprach.

Am siebten Tag endlich nahm er sich ein Herz und setzte sich vor die Tür eines Hauses. Er dachte darüber nach, ob er es vielleicht wagen könne, sich in die Stadt hineinzuwagen, als er ein kleines Mädchen fragen hörte: »Oh, meine Mutter, sage mir, an welchem Tag ich geboren wurde, damit ich mir von der Wahrsagerin sagen lassen kann, wie es um meine Zukunft steht.«

Und die Mutter erwiderte: »Du wurdest genau an jenem Abend geboren, o Tochter, an dem Abu Hassan seinen ungeheuerlichen Furz ließ.«

Da sprang der vermummte Mann in Windeseile auf und floh und dachte: »Sie haben aus meinem Furz sogar ein Datum gemacht. Diese Schande werde ich nimmermehr los!«

Und er setzte keinen Fuß mehr in menschliche Gesellschaft, ehe er nicht nach Indien zurückgekehrt war, wo er sich in ein selbstauferlegtes Exil zurückzog, in dem er lebte, bis die Gnade Gottes ihn für immer erlöste.

Die Geschichte wurde ein großer Erfolg, aber vorher mußte Burton seinen Zuhörern erklären, daß zu jener Zeit unter den Beduinen das Furzen in der Öffentlichkeit zu den Geschmacklosigkeiten ersten Ranges gehört hatte. Es war in diesen Zeiten absolut üblich gewesen, derartige Vorkommnisse zu überspielen: Alle, die einem solchen Fauxpas in Hörweite beiwohnten, taten gut daran, ihn zu ignorieren, da der Erniedrigte auf der Stelle jeden umbrachte, der sich darüber zu mokieren wagte.

Burton, der im Schneidersitz neben dem Feuer saß, stellte fest, daß die Geschichte sogar Alice gefallen zu haben schien. Sie war in der Mitte der viktorianischen Ära aufgewachsen, von einer tiefreligiösen anglikanischen Familie erzogen worden; ihr Vater war Bischof und Bruder eines Barons gewesen, der von John of Gaunt, König Johns Sohn, abstammte, während ihre Mutter die Enkelin eines Grafen gewesen war. Aber das urwüchsige Leben auf der Flußwelt und die lange und intime Verbindung mit Burton hatten dazu geführt, daß viele ihrer jetzigen Ansichten nicht mehr die gleichen waren wie früher.

Schließlich erzählte Burton die Geschichte von Sindbad, dem Seefahrer. Dabei war es allerdings unumgänglich, dessen Welt den Erfahrungswerten der Ganapos anzugleichen: Die Indianer hatten nämlich noch nie einen Ozean zu Gesicht bekommen. Burton machte aus dem Meer einen Fluß und aus dem Vogel Rok, der Sindbad entführt hatte, einen riesigen goldenen Adler.

Zur Abwechslung erzählten die Ganapos ihnen einige Geschichten aus ihrem Schöpfungsmythos und mehrere zotige Abenteuer eines ihrer Volkshelden, des Alten Mannes Kojote.

Burton fragte sie, wie sie angesichts der Realität dieser Welt mit ihrer Religion fertig geworden seien.

»Oh, Burton«, sagte daraufhin der Häuptling der Ganapos, »dies ist weder die Welt, in der wir uns nach unserem Tode wiederfinden sollten, noch das Land, wo der Mais an einem Tag höher wächst als der Kopf eines Mannes und der Hirsch und das Wildkaninchen uns eine gute Jagd bescheren und niemals unseren Speeren entgehen. Auch sind wir nicht mit unseren Frauen und Kindern, Eltern und Großeltern wiedervereint worden, und die Mächtigen, die Geister der Berge und des Flusses, der Felsen und Wälder sind nicht aufgetaucht, um unter uns zu wandeln und mit uns zu reden.

Aber wir beklagen uns nicht. Wirklich, wir sind weit glücklicher als in der Welt, die wir verlassen mußten. Wir haben mehr und besser zu essen und brauchen nicht dafür zu arbeiten. Wir können fischen, daß einem dabei das Herz im Leibe lacht, und haben mehr Wasser, als wir brauchen. Auch kennen wir das Fieber nicht mehr und die Schmerzen des Alters, die uns einst schwach und hilflos machten.«

5

An dieser Stelle jedoch verfinsterte sich der Blick des Häuptlings. Ein Schatten fiel über seine nächsten Worte und ließ das Lächeln der Zuhörer auf ihren Lippen gefrieren.

»Sagt mir, Fremde, habt ihr von der Rückkehr des Todes gehört?

Von jenem Tod, der das Leben für immer beendet? Wir leben hier auf einer kleinen Insel und erhalten nicht viel Besuch, aber von den wenigen, die uns dann und wann besuchen kommen, und von denen, die wir treffen, wenn wir an einem der Ufer anlegen, haben wir seltsame Geschichten gehört, die unsere Herzen mit Sorge erfüllen.

Man sagt, daß eine gewisse Zeit lang keiner von denen, die gestorben sind, zu neuem Leben erwachte, daß gewisse Personen, die ihr Leben ließen, nicht wie gewöhnlich am nächsten Tag wieder erwachten, sondern bei den Toten blieben; daß sie zwar an anderen Orten mit geheilten Wunden und einem neben ihnen liegenden Gral wiedergefunden wurden, aber nicht mehr aufstanden. Sagt mir, entspricht dies der Wahrheit, oder handelt es sich hierbei um Geschichten, die man erzählt, um andere Leute hinters Licht zu führen?«

»Das weiß ich nicht«, erwiderte Burton. »Es stimmt zwar, daß wir während unserer langen Reise Tausende von Kilometern zurückgelegt haben ... Ich meine, wir sind an unzähligen Gralsteinen vorbeigekommen, aber auch wir haben nur Gerüchte gehört.«

Er machte eine Pause und dachte nach. Schon am zweiten Tag nach der Großen Wiedererweckung hatte er dem Phänomen der zweiten Wiedererweckung — oder Versetzung, wie man dieses Ereignis umgangssprachlich nannte — beigewohnt. Menschen, die getötet wurden, sich selbst umbrachten oder bei einem Unfall ihr Leben ließen, fanden sich in der Regel am nächsten Tag bei bester Gesundheit in der Nähe eines anderen Gralsteins wieder. Daß jemand am Ort seines Todes wieder zu sich kam, war bisher noch nie passiert. Der Tod auf dieser Welt war immer mit einer örtlichen Versetzung verbunden, die den Verstorbenen oft in eine völlig andere klimatische Zone brachte.

Viele schrieben Ereignisse dieser Art einer übernatürlichen Kraft zu, aber eine ganze Reihe anderer — unter ihnen auch Burton — waren der Ansicht, daß dies ebensogut einer fortgeschrittenen Wissenschaft möglich sein mußte. Es gab gar keinen Grund, sich ins Übernatürliche zu flüchten. »Geister verwenden keine technischen Hilfsmittel«, hatte der unsterbliche Sherlock Holmes zu sagen gepflegt. Physikalische Erklärungen genügten vollauf.

Burton wußte aufgrund eigener Erfahrung — auch wenn diese vielleicht einmalig gewesen war —, daß es möglich war, die Körper von Toten zu duplizieren: Er hatte dies, als er für einen kurzen

Zeitraum in der Restaurationsblase aufgewacht war, selbst mitangesehen. Die Körper der Verstorbenen wurden auf der Basis irgendwelcher Aufzeichnungen restauriert und in ihren früheren Zustand zurückversetzt. Dabei heilten eventuell vorhandene Wunden gleich ebenso mit, wie krankes Fleisch sich regenerierte, amputierte Glieder nachwuchsen, die Verschleißerscheinungen hohen Alters rückgängig gemacht wurden und jedermann seine verlorene Jugend zurückerhielt.

Irgendwo unter der Kruste dieses Riesenplaneten mußte sich ein gigantischer Energie-Materie-Konverter befinden, der vielleicht von der Hitze des Nickeleisenkerns dieser Welt gespeist wurde. Diese Maschinerie operierte durch den gesamten Komplex der Gralsteine, deren Wurzeln tief unter die Erde führen mußten und einen Schaltkreis formten, der so komplex war, daß allein der Gedanke daran einem normalen Menschen das Bewußtsein verdrehte.

Wurde die Aufzeichnung aller menschlichen Körperzellen von etwas besorgt, das sich im Inneren der Gralsteine befand? Oder — wie Frigate einst gemeint hatte — von unsichtbaren, den Planeten umkreisenden Satelliten, die jedes lebende Wesen auf dieser Welt im Auge behielten und denen — wie Gott, der sogar den kleinsten Sperling überwachte — nichts entging?

Das wußte niemand — und falls doch, behielt er das Geheimnis für sich.

Der Energie-Materie-Umwandler des Gralsteinsystems war ebenfalls für die drei Mahlzeiten verantwortlich, die die Bewohner der Flußwelt täglich erhielten. Das Unterteil der Metallzylinder mußte demnach einen kleinen Umwandler und einen elektronischen Speisezettel enthalten. Die nötige Energie lieferten die Gralsteine, und dann wurde aus der Energie in Inneren der Zylinder feste Materie: Fleisch, Brot, Lattich und so weiter, aber auch Genußmittel und Luxusgüter wie Tabak, Marihuana, Schnaps, Scheren, Kämme, Feuerzeuge, Lippenstifte oder Traumgummi.

Die handtuchähnlichen Bekleidungsstücke, mit denen die Bewohner der Flußwelt versorgt wurden, schienen auch durch das System zu materialisieren, wenn auch nicht direkt durch die Steine: Sie lagen gewöhnlich zu sauberen Stapeln aufgeschichtet direkt neben jedem Menschen, der gerade eine Versetzung hinter sich hatte.

Irgendwie schien auch der Boden in der Nähe der Gralsteine fähig zu sein, diese Wunderdinge zu vollbringen. Er brachte es jedenfalls fertig, durch eine mehrere Meter dicke Schicht Erde die Moleküle eines menschlichen Körpers zu ertasten und mit einer Grundausstattung zu versorgen.

Die versetzten Menschen und die Dinge, die auf dieser Welt jeder besaß, mußten also im wahrsten Sinne des Wortes aus Luft geformt werden.

Burton hatte sich hin und wieder gefragt, was geschehen würde, wenn der Versetzte an einer Stelle materialisieren würde, an der zum gleichen Zeitpunkt ein anderer Mensch stand. Frigate war der Meinung, daß es in einem solchen Fall zu einer schrecklichen Explosion kommen müsse. Aber dies war, soweit Burton wußte, noch nie vorgekommen. Also schien der Mechanismus zu »wissen«, wie er einen Zusammenprall menschlicher und gegenständlicher Moleküle verhindern konnte.

Des weiteren, hatte Frigate ausgeführt, gäbe es das Problem der verdrängten Luft, die der neugeformte Körper irgendwie beiseite schieben mußte. Wie konnte man verhindern, daß die Luftmoleküle sich nicht mit denen des neuen Körpers vermischten und eine fatale Situation heraufbeschworen?

Niemand wußte es. Aber irgendwie mußte es dem geheimnisvollen Mechanismus auch möglich sein, ein Vakuum zu erzeugen, in dem der neue Körper, der Gral und die Kleider eintauchten. Es mußte ein perfektes Vakuum sein, etwas, das die Wissenschaft des späten zwanzigsten Jahrhunderts noch nicht hatte erzeugen können.

Und all das geschah in absoluter Stille, ohne die Explosion, die normalerweise der plötzlichen Verdrängung einer Luftmasse hätte folgen müssen.

Auch die Frage, auf welche Weise die Körperstrukturen der Menschheit aufgezeichnet worden waren, hatte zu noch keiner befriedigenden Antwort geführt. Vor vielen Jahren hatte ein entlarvter Agent der Ethiker — ein Mann namens Spruce — gestanden, daß dies mit einer Art Chronoskop geschehe, einem Gerät, das in der Lage sei, einen Blick in die Vergangenheit der Menschheit zu tun, und alle Zellen jedes Körpers aufzeichnen könne. Und genau dies habe man getan, bei jeder Person, die in der Zeit von zwei Millionen Jahren vor Christus bis Anno Domini 2008 gelebt habe.

Burton glaubte nicht daran. Es klang in seinen Ohren unwahrscheinlich, daß etwas dazu fähig sein sollte, körperlich oder geistig in der Zeit zu reisen. Frigate hatte ebenfalls seinem Unglauben Ausdruck verliehen. Er war zu der Ansicht gelangt, daß Spruce den Begriff Chronoskop lediglich sinnbildlich verwendet habe. Allerdings war es nicht auszuschließen, daß er sie von vorn bis hinten belogen hatte.

Wie immer auch die Wahrheit aussehen mochte: Das Phänomen der ständigen Wiedererweckungen und der Gralnahrung konnte man jedenfalls mit wissenschaftlichen Termini erklären.

»Was ist, Burton?« fragte der Häuptling. »Hat dich der Geist der Eingebung gestreift?«

Burton lächelte und sagte: »Nein, ich habe lediglich nachgedacht. Wir haben selbst mit vielen Leuten gesprochen, die berichteten, in ihrer Umgebung sei seit Jahren kein Versetzter mehr gesichtet worden. Natürlich kann das auch bedeuten, daß die Orte, die wir besuchten, einfach deswegen nicht von Neuankömmlingen besucht wurden, weil sie anderswo landeten. Immerhin ist der Fluß sicherlich . . .«

Er hielt inne. Wie sollte er Leuten, die nicht in der Lage waren, über zwanzig hinauszuzählen, klarmachen, daß der Fluß möglicherweise mehr als sechzehn Millionen Kilometer lang war?

». . . er ist möglicherweise so lang, daß ein Mann, der von seinem einen Ende zum anderen segeln will, so lange unterwegs wäre, wie all die Jahre, die dein Großvater, dein Vater und du selbst auf der Erde verbracht haben.

Und selbst wenn er so viele Tode sterben würde, wie Grashalme zwischen zwei Gralsteinen wachsen, könnte man das immer noch nicht mit der Zahl jener vergleichen, die an beiden Ufern des Flusses leben. Auch wenn wir weit gereist sind, haben wir — wenn man daran denkt, wie lang sich der Fluß erstreckt — erst einen sehr kleinen Teil von ihm befahren. Es gibt noch unzählige andere Gebiete, in die jene Menschen, die gestorben sind, versetzt wurden.

Aber es sterben heute nicht mehr so viele Menschen wie in den ersten zwanzig Jahren, die wir hier verbrachten. Viele kleine Staaten sind inzwischen gegründet worden, und es gibt nur noch wenige, die Sklaverei betreiben. Die Menschen haben sich deswegen zusammengetan, weil sie in der Menge stärker sind und sich und einander vor anderen besser beschützen können. Die Bösen, jene, die nach Macht und der Nahrung und den Besitztümern der anderen strebten, sind nach und nach getötet worden. Natürlich stimmt es, daß auch sie am nächsten Tag anderswo wieder erwachten — aber ohne ihre Getreuen. Die Dinge haben sich inzwischen etwas ruhiger entwickelt, obwohl es natürlich noch immer Unfälle mit Todesfolge gibt, die hauptsächlich beim Fischen vorkommen; ebenso wie gelegentlich Morde einzelner.

Heutzutage sterben einfach weniger Menschen wie früher. Es ist durchaus möglich, daß jene Gebiete, die wir auf unserer Reise durchquerten, einfach deswegen keine Neuankömmlinge mehr erhalten, weil sie so wenige geworden sind.«

»Glaubst du das wirklich?« fragte der Häuptling. »Oder sagst du das nur, damit wir uns keine Sorgen mehr machen?«

Burton lächelte erneut. »Ich kann es nicht sagen.«

»Vielleicht«, sagte der Häuptling, »ist es wirklich so, wie es uns die Schamanen der Kirche der Zweiten Chance uns erzählten. Daß diese Welt nur eine Zwischenstation ist, ein Sprungbrett in eine andere, auf der es uns noch besser gehen wird als hier. Die Schamanen sagen, daß der Mensch, der auf dieser Welt zeigt, daß er gut ist und viel besser als auf der Erde, irgendwann auf die Welt gelangt, auf der die Großen Geister leben. Aber die Schamanen sagen auch, es gäbe nur einen einzigen Großen Geist. Ich kann das nicht glauben, da doch jedermann weiß, daß es mehrere gibt, sowohl Hohe als auch solche von niederer Herkunft.«

»Das behaupten sie«, erwiderte Burton. »Aber wieso sollten sie mehr wissen als du oder ich?«

»Sie sagen, daß einer der Geister, die diese Welt hier machten, dem Manne erschien, der ihre Kirche gründete. Und dieser Geist habe dem Manne gesagt, es sei so und nicht anders.«

»Vielleicht war der Mann, der dies behauptete, aber auch ein Verrückter oder ein Lügner«, sagte Burton. »In jedem Fall würde ich es vorziehen, mit diesem Großen Geist einmal selbst zu sprechen. Und er würde mir beweisen müssen, daß er wirklich der ist, für den er sich ausgibt.«

»Ich zerbreche mir nicht den Kopf über solche Dinge«, erwiderte der Häuptling. »Es ist besser, sich nicht um die Großen Geister zu kümmern, sondern das Leben zu nehmen, wie es ist, und seinem Stamm nützlich zu sein.«

»Das ist unter Umständen der weiseste Kurs«, sagte Burton.

Aber er glaubte seinen eigenen Worten nicht. Hätte er es getan, hätte dies genau im Widerspruch zu seinem Drang gestanden, der ihn dazu trieb, zu den Quellen des Flusses und jenem legendären Polarsee vorzustoßen, in dessen Zentrum sich ein mächtiger Turm erhob, in dem die geheimnisvollen Schöpfer und Herren dieser Welt lebten.

Der Häuptling sagte:

»Ich will dich nicht beleidigen, Burton, aber ich bin einer jener Menschen, die die Fähigkeit haben, in andere hineinzusehen. Du lächelst zwar und erzählst uns lustige Geschichten, aber in Wirklichkeit quälen dich große Sorgen. Du bist ungehalten. Warum gibst du deinen Plan, mit einem kleinen Schiff stromaufwärts zu segeln, nicht auf und läßt dich irgendwo nieder? Du hast eine gute Frau, und das ist doch im Grunde alles, was ein Mann braucht. Dies hier ist ein guter Platz. Hier herrscht Frieden, es gibt keine Diebe, und es kommt nur ab und zu einmal jemand vorbei. Es ist nicht einmal so, daß die Männer hier sich gegenseitig beweisen müssen, welch großartige Kerle sie sind, wenn sie eine Frau beeindrucken wollen. Jeder Mensch, der einen sensiblen Geist besitzt, müßte sich in dieser Umgebung wohl fühlen.«

»Ich fühle mich nicht beleidigt«, sagte Burton. »Allerdings würdest du dir, um mich voll und ganz verstehen zu können, meine gesamte Lebensgeschichte anhören müssen. Und du würdest es vielleicht noch nicht einmal dann verstehen. Wie solltest du auch, wenn ich mich manchmal selbst nicht begreife?«

Darauf verfiel Burton in Schweigen. Er dachte an den Häuptling eines anderen Stammes, der ihm einst das gleiche erzählt hatte. Es war 1863 gewesen, als Burton, Konsul im Dienste Ihrer Majestät für die westafrikanische Insel Fernando Po und die Bucht von Biafra, den König von Dahomey, Gélélé, besucht hatte. Sein Auftrag war damals gewesen, mit dem König dahingehend zu verhandeln, daß er die blutigen Menschenopfer und den Sklavenhandel einstellte. Obwohl es ihm nicht gelungen war, hatte er während dieser Zeit genügend Informationen gesammelt, um darüber ein zweibändiges Werk zu schreiben.

Der trunksüchtige, blutdürstige und lüsterne König hatte ihn ebenso von oben herab behandelt wie der König von Benin, der sogar zu seinen »Ehren« einen Mann hatte während seiner Anwesenheit kreuzigen lassen. Aber wenn man die Umstände berücksichtigte, war er einigermaßen passabel mit ihm ausgekommen. Tatsächlich hatte er Burton bei einem späteren Besuch zum Ehrenhauptmann seiner Amazonengarde gemacht.

Auch Gélélé hatte gesagt, daß er zwar ein guter Mann sei — aber zu jähzornig.

Primitive Völker besaßen allgemein eine gute Menschenkenntnis. Und das mußten sie, wenn sie überleben wollten.

Monat, der Arkturier, begann, als er sah, daß Burtons Konzentration allmählich nachließ, Geschichten seines Heimatplaneten zu erzählen. Er hatte die Insulaner anfangs etwas verschreckt, denn es war offensichtlich, daß er nichtmenschlicher Abstammung war. Allerdings fiel es ihm nicht schwer, jedem menschlichen Wesen binnen kurzer Zeit klarzumachen, daß er keine Bedrohung darstellte. Ihm blieb auch gar nichts anderes übrig, denn in Situationen wie diese geriet er nahezu jeden Tag, seit er auf der Flußwelt lebte.

Nach einer Weile stand Burton auf und riet seiner Mannschaft, ihre Nachtlager aufzusuchen. Er dankte den Ganopo für ihre Gastfreundschaft und teilte ihnen mit, daß er seinen Plan, einige Tage bei ihnen zu verbringen, geändert habe. An sich hatte er vorgehabt, eine Weile hierzubleiben und die Indianer zu studieren.

»Es würde uns wirklich freuen, wenn ihr eine Weile bei uns bliebet«, sagte der Häuptling. »Ob nur für ein paar Tage oder für mehrere Jahre. Es ist allein eure Entscheidung.«

»Ich danke dir für dein Angebot«, erwiderte Burton und zitierte einen Satz, den eine Figur in *Tausendundeine Nacht* sagte: »Aber Allah strafte mich mit der Reiselust.«

Schließlich zitierte er sich selbst und fügte hinzu: »Wanderer und Poeten gehören meist dem gleichen rastlosen Volk an.«

Zumindest darüber konnte er lachen, und er kehrte auf sein Boot zurück und fühlte sich schon weniger schwermütig. Bevor er zu Bett ging, teilte er die Wachen ein. Frigate protestierte zwar, weil er der Meinung war, dies erübrige sich an derart friedlichen Gestaden, aber er wurde überstimmt, was an sich auch für ihn keine Überraschung war. Er wußte, daß Burton der Ansicht huldigte, daß die Habsucht die Triebfeder allen menschlichen Tuns sei.

6

An diese Dinge und die anderen Ereignisse, einschließlich seiner Träume, dachte Burton, als er an Deck stand und eine Zigarre paffte. Frigate hielt sich in seiner unmittelbaren Nähe auf. Während sie schweigend dastanden, begann die Schwärze des nächtlichen Himmels allmählich zu verblassen. Die dichtstehenden Sterne und Gasnebel verloren an Leuchtkraft. In einer halben Stunde würde der Morgen grauen, das Licht die meisten der Himmelskörper verschwinden lassen und sich über das Land ergießen, bevor die Sonne endgültig über den nördlichen Bergwänden aufging.

Sie beobachteten den Nebel, der sich wie eine weiche, weiße Decke über dem Fluß erhob und das Land zu beiden Seiten bedeckte. Er stieß gegen die baumbestandenen Hügel, und irgendwo dazwischen waren ein paar einsame Lichter zu erkennen. Hinter dem Hügelgebiet ragte die Bergwelt auf, ein imposantes Felsgebilde, das sich in einem steilen Winkel von fünfundvierzig Grad in eine Höhe von mehr als dreitausend Metern erhob.

Während der ersten Jahre auf dieser Welt hatte Burton die Höhe der das Tal umsäumenden Bergketten auf mehr als sechstausend Meter geschätzt. Er war nicht der einzige, der diesem Irrtum aufgesessen war, weil er nichts als das Auge hatte, um derartige Messungen vorzunehmen. Erst nachdem es ihm gelungen war, ein primitives Meßgerät zu konstruieren, war er zu der Erkenntnis gelangt, daß die Bergwände kaum halb so hoch waren, wie er zunächst vermutet hatte. Der glatte blaugraue oder schwarze Fels erzeugte für das unbedeckte Auge diese Illusion. Vielleicht lag es daran, daß das Tal so eng war und die Bewohner dieses Planeten sich angesichts der Berge wie Pygmäen vorkamen.

Sie befanden sich auf einer Welt der Illusionen, und zwar ebenso im physikalischen wie im metaphysischen und psychologischen Sinne. Wie auf der Erde, so auch hier.

Frigate zündete sich eine Zigarette an. Er hatte das Rauchen zwar vor einem Jahr aufgegeben, war aber erst kürzlich wieder, wie er es nannte, »vom rechten Glauben abgefallen«. Er war beinahe so groß wie Burton, hatte haselnußfarbene Augen, fast ebenso schwarzes Haar wie sein Gefährte (obwohl es, dem Sonnenlicht ausgesetzt, gelegentlich einen rötlichen Schimmer zeigte, und seine Gesichtszüge waren unregelmäßig: er hatte volle und ausgeprägte Wangen, eine gerade Nase von durchschnittlicher Größe, aber überdimensionalen Nasenlöchern, volle Lippen (die obere war etwas zu lang) und ein mit einem Grübchen versehenes, zurückweichendes Kinn.

Auf der Erde war er ein Angehöriger jener seltenen Sorte Mensch gewesen, die alles gesammelt hatten, was über und von Burton geschrieben worden war. Des weiteren hatte er eine Biographie seines Gefährten verfaßt, aus der er beinahe einen Roman mit dem Titel *Ein harter Kerl im Dienst der Königin* gemacht hätte.

Als sie einander zum erstenmal begegnet waren, war Burton nicht schlecht erstaunt gewesen, als Frigate ihm offenbarte, er sei Science Fiction-Autor.

»Was, zum Geier, ist denn das?«

»Verlang jetzt bloß nicht von mir, daß ich dir diesen Begriff definiere«, hatte Frigate gesagt. »Das ist nämlich bisher noch keinem gelungen. Aber wenn wir schon mal dabei sind . . . Nun, bei der Science Fiction handelte es sich um eine Genre der Literatur, indem die meisten Erzählungen sich in einer fiktiven Zukunft abspielten. Und man nannte sie *Science* Fiction, weil man behauptete, die Wissenschaft spiele in ihr eine bedeutende Rolle. Ich meine damit die Wissenschaft der Zukunft, und zwar nicht nur die technologische, sondern auch die geisteswissenschaftliche Seite. In Wirklichkeit bezeichnete man aber jede Geschichte, die sich auch nur den Anschein gab, in der Zukunft zu spielen, als Science Fiction, und das ging soweit, daß man sogar Geschichten, die 1960 geschrieben wurden und die Zukunft des Jahres 1984 schilderten, auch 1984 noch als Science Fiction einstufte. Allerdings konnten derartige Geschichten auch in der Gegenwart oder in der Vergangenheit spielen, vorausgesetzt, der Autor machte sie dadurch glaubwürdig, indem er sich auf die Ergebnisse der Wissenschaft seiner Zeit stützte und sie mehr oder weniger rigoros in die Zukunft projizierte. Leider machte diese Bezeichnung keinen Unterschied zwischen Geschichten, die auf exakter Extrapolation beruhten, und rein der Phantasie entsprungenen Produkten. Solange sie sich nur in einer fiktiven Zukunft abspielten, galten auch letztere als Science Fiction. Allerdings wurden in diesem Genre auch sehr viele Stoffe verbraten, in denen es um Dinge ging, von denen jeder wußte, daß sie niemals eintreffen oder möglich sein würden, weil es für ihre Möglichkeit keine wissenschaftliche Basis gab, wie etwa die Zeitreise, Parallelwelten und die Annahme, man könne schneller als das Licht reisen, denkende Sterne, Gott in fleischlicher Gestalt als Besucher der Erde, häusergroße Insekten, Weltuntergänge, Versklavung durch Telepathie und so weiter und so weiter.«

»Wie kam man dann darauf, dieses Genre als ›Science Fiction‹ zu bezeichnen?«

»Nun, tatsächlich gab es diese Literatur schon lange bevor Hugo Gernsback ihr diesen Namen gab. Du hast doch bestimmt die Romane Jules Vernes und Mary Shelleys *Frankenstein* gelesen, nicht wahr? Auch die wurden als Science Fiction angesehen.«

»Diese Bücher lasen sich eher wie Märchen«, hatte Burton erwidert.

»Sicher, aber jede Art Erzählung ist ein Märchen. Der Unterschied zwischen den genreungebundenen Märchen, die unter dem Begriff *›Mainstream‹*-Literatur eingeordnet wurden, und der Science Fiction ist der, daß *Mainstream*-Geschichten praktisch jederzeit wirklich sein oder gewesen sein konnten, da sie stets in der Gegenwart oder der Vergangenheit spielten.

Science Fiction-Erzählungen hingegen beschrieben Ereignisse, die entweder überhaupt nicht eintreten konnten oder doch zumindest sehr unwahrscheinlich waren. Einige Leute versuchten das Genre später mit dem Terminus ›Spekulative Fiction‹ zu umschreiben, aber der Begriff setzte sich nicht durch.«

Obwohl Burton nie so ganz begriff, um was es in Science Fiction-Stories nun wirklich ging, hatte er dennoch nicht das Gefühl, darüber unglücklich sein zu müssen.

Es fiel Frigate, obwohl er ihm eine ganze Reihe von Beispielen nahebrachte, allerdings auch nicht leicht, sich klar und verständlich auszudrücken.

»Eigentlich«, hatte Frigate gesagt, »war die Science Fiction eines der zahlreichen Dinge, die zwar über einen Namen verfügten, in Wirklichkeit aber doch nicht existieren. Aber laß uns über etwas anderes reden.«

Aber Burton war nicht bereit gewesen, das einmal angefangene Thema so schnell wieder fahren zu lassen. »Soll das heißen, daß du einen Beruf ausübtest, der gar nicht existierte?«

»Nein, den Beruf des SF-Autors gab es schon. Es war nur so, daß die Science Fiction per se nicht existierte. Aber mir fällt auf, daß sich das, was ich gerade sagte, sich wie ein Dialog aus *Alice im Wunderland* anhört.«

»War das Geld, das du mit deiner Schreiberei verdient hast, ebenso nichtexistent?«

»Beinahe. Nun, das ist wohl übertrieben. Ich brauchte zwar keinen Hunger zu leiden, besaß aber auch keinen vergoldeten Cadillac.«

»Was ist ein Cadillac?«

Während er jetzt darüber nachdachte, kam Burton zu Bewußtsein, daß ausgerechnet die Frau, mit der er zusammenlebte, jene gewesen war, die Lewis Carroll zu seinen beiden Meisterwerken inspiriert hatte.

Frigate sagte plötzlich: »Was ist das?«

Burton warf einen Blick ostwärts auf die Flußenge. Im Gegensatz zu den davor- und dahinterliegenden Gebieten verfügte sie über keine Uferstreifen. Steile Hügel erhoben sich dort, wo sich der See wieder verengte, und wirkten wie eine Schlucht mit glatten Wänden. Von dort bewegte sich ein, nein zwei Objekte auf sie zu, die der niedrigliegende Nebel teilweise verbarg.

Burton kletterte, um einen besseren Überblick zu bekommen, die Stufen einer Strickleiter hinauf. Immer noch waren nur die oberen Teile der Objekte zu sehen. Der Nebel war noch zu dicht. Jenes, das ihnen am nächsten war, schien aus Holz zu sein. Burton glaubte die Umrisse einer menschlichen Gestalt zu erkennen. Das zweite — es befand sich eine gute Strecke hinter dem ersten — war groß, rund und schwarz.

Er rief hinunter: »Pete! Ich glaube, es ist ein Floß! Ein ziemlich großes! Es fährt mit der Strömung und bewegt sich genau auf uns zu! Ich kann einen Turm erkennen und einen Steuermann. Er bewegt sich nicht und steht nur da. Sicherlich . . .«

Nein, nicht. Der Mann auf dem Turm hatte sich noch immer nicht bewegt. Wenn er nicht schlief, hätte er längst bemerken müssen, daß sein Floß sich auf Kollisionskurs befand.

Burton hängte sich mit einem Arm an ein Seil, legte die Handflächen zu einem Schalltrichter zusammen und schrie mit lauter Stimme eine Warnung. Die Gestalt, die gegen die Turmreling gelehnt dastand, zeigte keinerlei Reaktion. Burton stellte seine Bemühungen ein.

»Weck die anderen auf!« brüllte er Frigate zu. »Alle Mann an Deck! Wir müssen sofort unseren Liegeplatz wechseln!«

Mit katzenhafter Gewandheit kletterte er die Strickleiter hinab und sprang über die Reling auf die Mole.

Da sich sein Kopf nun unterhalb der Oberfläche der Nebelwand befand, konnte Burton nichts mehr sehen. Ihm blieb nichts anderes übrig, als sich den Weg zu den Anlegepflöcken dadurch zu ertasten, indem er mit ausgestrecktem Arm an der Schiffshülle entlangstrich. Im gleichen Moment, in dem er die beiden das Schiff haltenden Taue gelöst hatte, hörte er die anderen über das Deck laufen. Sofort rief er Monat und Kazz zu, sie sollten auf der anderen Seite über die Reling springen und dort die Taue lösen.

In seiner Eile knallte er auf dem Rückweg gegen einen Pfosten und verbrachte die nächsten Sekunden damit, auf einem Bein herumzuhüpfen und sich das schmerzende Knie zu halten. Dann tastete er sich wieder an der Wandung entlang und machte sich auf den Rückweg. In der Zwischenzeit hatte jemand die Gangway herabgelassen. Sich mit beiden Händen an deren Geländer festhaltend, kletterte Burton wieder an Deck. Der Nebel hatte sich inzwischen so weit gesenkt, daß er zumindest die Köpfe der Frauen und das Gesicht Frigates ausmachen konnte.

Alice sagte: »Was ist denn los?«

»Sind wir manövrierfähig?« fragte Burton Frigate.

»Yeah.«

Erneut kletterte Burton die Strickleiter hinauf. Die beiden fremden Objekte verfolgten noch immer den gleichen Kurs. Sie kamen auf die *Hadji II* zu. Der Mann auf dem Wachtturm hatte sich immer noch nicht gerührt.

Von der Insel klangen jetzt Stimmen zu ihnen herüber. Die Ganapos waren aufgewacht. Unter ihnen schien ziemliche Verwirrung zu herrschen.

Aus den grauen Nebeln erhoben sich Monats Kopf und Schultern. Er sah aus wie das personifizierte, aus dem Moor eines Schauerromans hervortaumelnde Ungeheuer. Sein Schädel glich zwar dem eines Menschen, aber dennoch ließen ihn seine fleischigen Züge eher wie einen Halbmenschen erscheinen. Dicke schwarze Augenbrauen wuchsen ihm seitlich bis auf die hohen Backenknochen hinab und bedeckten diese fast völlig. Dünne Membrane, die bei jeder seiner Kopfbewegungen hin und her schwangen, befanden sich unterhalb seiner Nasenlöcher. Seine Nase selbst schien gespalten zu sein und seine Lippen erinnerten an die eines Hundes; sie waren dünn, schwarz und lederartig. Noch seltsamer wirkten Monats Ohren: Sie waren zusammengedreht wie Seemuscheln.

Aus der Nähe Monats kam das heisere Gebell von Kazz. Da er mit seinen eineinhalb Metern das kleinste Mitglied der Mannschaft war, konnte Burton ihn nicht einmal ausmachen. Schließlich kam er näher, und Burton konnte durch den Nebel Kazz' viereckige Gestalt erkennen.

»Ran an die Staken und das Boot von der Mole weggedrückt!« schrie Burton.

»Wer zum Teufel sind diese Leute?« fragte Besst.

Frigate sagte: »Ich habe die Staken aus dem Ständer genommen. Sie liegen auf dem hinteren Deck.«

»Komm mit!« sagte Burton. Er stolperte, stieß einen Fluch aus und fiel der Länge nach hin. Blitzschnell war er wieder auf den Beinen, aber nur um eine Sekunde später gegen jemand anderen zu prallen. Dem Schatten nach zu urteilen, mußte es Besst gewesen sein.

Nachdem sich die Verwirrung einigermaßen gelegt hatte, ergriffen sie die Staken und schoben sie über die Reling. Auf Burtons Anweisung hin stießen sie deren Spitzen gegen die Mole, denn der Raum, der sich zwischen der Pier und dem Schiffsleib befand, war zu klein, um sie ins Wasser schieben und sich vom steinigen Grund des Sees abstoßen zu können. Da sie auch noch gegen die Strömung arbeiten mußten, die in der Seemitte am stärksten war, konnten sie das Schiff nur langsam bewegen. Erst als die Mole hinter ihnen lag, schafften sie es, mit den Staken ins Wasser zu stoßen und sich über den felsigen Grund wegzumanövrieren.

Burton ordnete an, den Bug der *Hadji II* herumzuschwingen. Nachdem das geschehen war, eilten jene Besatzungsmitglieder, die auf der Backbordseite gearbeitet hatten, an die Steuerbordseite, um gemeinsam mit den anderen zu verhindern, daß das Schiff abdriftete oder sich im Kreis drehte. Die Staken stießen plötzlich ins Leere. Der Fluß wurde tiefer. Sie mußten die Staken jetzt horizontal halten und gegen die Strömung ankämpfen.

Burton hörte eine unbekannte Stimme und warf einen Blick nach hinten. Die dunkle Gestalt auf dem Turm bewegte sich nun und schrie etwas in den Nebel hinein. Andere Stimmen, schwächere als die des Steuermannes, antworteten.

Das gewaltige, runde, finstere Objekt war inzwischen noch größer geworden. Im Sternenlicht wirkte es wie der Kopf eines Riesen. Burton schätzte, daß der Abstand zwischen dem Turm und dem anderen Objekt mindestens einhundert Meter betrug. Möglicherweise verfügte auch das Floß über ungeahnte Dimensionen. Wie breit es war, war jetzt noch nicht zu erkennen, und Burton hoffte inbrünstig, dies auch nicht zu erfahren, bevor die *Hadji II* die andere Seite der Insel erreicht hatte.

Als er an seine Arbeit zurückkehren wollte, sah er einen weiteren Mann auf dem Turm auftauchen. Er winkte mit beiden Händen, und seine Stimme war so stark, daß sie die seines Vorgängers um ein Vielfaches übertraf.

»Sie kommen!« schrie Frigate.

Burton nahm es ihm nicht übel, daß er offenbar in Panik geraten war. Ihm selbst schlotterten ebenfalls die Knie. Und das war kein Wunder, denn es war nicht einfach, die Ruhe zu bewahren, wenn sich Hunderte, vielleicht sogar Tausende von Tonnen auf einen zuwälzten.

»Nehmt euren ganzen Mumm zusammen!« brüllte er. »Wenn wir uns jetzt nicht voll ins Zeug legen, werden sie uns zermalmen!«

Der Bugspriet der *Hadji II* hatte jetzt eine volle Drehung gemacht. Noch zehn Anschübe mit den Staken, und sie mußten aus der Gefahrenzone heraus sein.

Die Rufe vom Floß kamen immer näher und wurden gleichzeitig lauter. Burton warf einen schnellen Blick auf den Turm. Er war nur noch knapp hundertzwanzig Meter von ihnen entfernt. Außerdem sah er ihn jetzt in einem anderen Winkel. Burton fluchte. Das konnte nur bedeuten, daß das Floß sich ebenfalls gedreht hatte, wahrscheinlich deswegen, um nicht gegen die Insel zu prallen. Leider wandte sich das Wassergefährt nach links statt nach rechts.

»Staken!« brüllte Burton.

Er fragte sich, auf welchem Teil des Floßes sich der Turm befand. Am Bug? Oder am Heck. Wenn letzteres der Fall war, bedeutete das, daß das Floß ihnen näher war, als es den Anschein hatte. Auf jeden Fall schien man alles zu unternehmen, um nicht mit der Insel zu kollidieren, und das war Burton recht, solange das nicht bedeutete, daß sein Schiff dabei zu Bruch ging.

Der Bug der *Hadji II* befand sich nun außerhalb der Strömung, aber einige starke Wirbel drohten den Schiffsleib gegen einige felsige Ausläufer der Insel zu pressen. Außerdem trafen die Staken nun auf einen Boden, der zu glatt war, als daß man sich auf ihm hätte abstützen können.

»Staken, ihr Hundesöhne, staken!« donnerte Burton.

Ein ungeheures Krachen ertönte, dann hob sich das Deck unter seinen Füßen, und die *Hadji II* legte sich seitwärts auf die Felsen. Burton wurde mit solcher Kraft gegen etwas Hartes geworfen, daß ihm die Beine weggerissen wurden und er das Bewußtsein verlor. Wie durch einen dichten Nebel bekam er mit, daß er auf das Deck prallte, und versuchte, sich mit zitternden Knien einen Weg durch die graue Umgebung zu bahnen. Überall erklangen Schreie. Das Geräusch zersplitternden Holzes und das Donnern einer weitentfernten Explosion waren das letzte, was er wahrnahm, ehe er von neuem bewußtlos wurde.

7

Der Nebel blendete Jill Gulbirra nahezu völlig.

Obwohl sie sich in unmittelbarer Nähe des rechten Uferstreifens aufhielt, konnte sie kaum Gralsteine ausmachen. Was sie sah, wirkte wie vereinzelt hingesetzte Riesenpilze inmitten einer unfruchtbaren Ödnis.

Der nächste Stein brachte das Ende ihrer Reise. Sie hatte alle gezählt, an denen sie während ihrer nächtlichen Fahrten vorübergekommen war.

Wie ein Phantom in einem Geisterkanu paddelte sie über den Fluß. Der Wind war erstorben, aber sie rief ihn ins Leben zurück und erschuf einen Pseudowind aufgrund ihrer eigenen Bewegungen, indem sie gegen die Strömung fuhr. Die schwere und feuchte Luft streifte ihr Gesicht wie ein Vorhang.

An dem Stein, der der letzte auf ihrer Reise war, konnte sie jetzt ein Feuer erkennen. Anfangs war es klein und winzig, aber mit jedem Paddelschlag wurde es größer, leuchtete bleicher und erzeugte die Vorstellung von etwas Geisterhaftem. In seiner Nähe erklangen die Stimmen von Menschen. Sie waren körperlos.

Und ich selbst, dachte sie, muß wirken wie der Geist einer Nonne. Weiße Kleider, die von Magnetverschlüssen zusammengehalten wurden, bedeckten ihren Körper. Aus einem Tuch hatte sie sich eine Kopfbedeckung geschlungen, unter der ihr Gesicht auf jedweden Betrachter wie ein dunkler Fleck in der Helligkeit wirken mußte.

Ihre Habseligkeiten lagen auf dem Boden des Kanus. In der feuchten, nebelhaften Umgebung konnte man zwei kleine Tiere von weißgrauer Farbe ausmachen. Daneben lag ein großer grauer Metallzylinder, ihr Gral. Dahinter lag ein Bündel, das Kleider und verschiedene andere Dinge enthielt, darunter eine Bambusflöte und ein Ring aus Eichenholz, der mit Jadesteinen besetzt war. Sie hatte ihn von ihrem Geliebten erhalten, der sie verlassen hatte und in gewissem Sinne auch tot war, soweit sie wußte. Dann ein Beutel aus Drachenfischleder, angefüllt mit Artefakten und Erinnerungen. An das Bündel gelehnt, aber in der Dunkelheit unsichtbar, befand sich ein Köcher mit Pfeilen und ein Eibenholzbogen.

Unter ihrem Sitz lag ein Speer, ein Bambusschaft mit einer Spitze aus dem Horn eines Hornfisches, daneben zwei schwere, eichene Kampfbumerangs und ein Beutel, der zwei Schleudern und vierzig Steine enthielt.

Als das Feuer heller wurde, verstärkte sich auch die Kraft der Stimmen. Welche Leute waren das? Wächter? Betrunkene Zechbrüder? Sklavenhändler, die nur darauf warteten, jemanden wie sie zu erwischen? Oder nur früh aufgestandene Jäger, die hofften, sich ein Vögelchen zu fangen?

Sie lächelte grimmig. Wenn sie es auf Gewalt anlegten, würden sie sich wundern.

Je näher sie kam, desto mehr hörten sich die Leute wie Betrunkene an. Wenn das, was man ihr erzählt hatte, der Wahrheit entsprach, befand sie sich hier in friedlicher Umgebung. Weder Parolando noch dessen Nachbarstaaten praktizierten Sklaverei. Die Informationen, die sie hatte, waren positiv genug, daß sie auch hätte am hellichten Tag reisen können. Hier mußte sie willkommen sein, und niemand würde sie daran hindern, jederzeit wieder zu gehen. Des weiteren hatte sie davon gehört, daß die Bewohner Parolandos dabei waren, ein großes Luftschiff zu bauen.

Aber niemand konnte es ihr übelnehmen, wenn sie sich doch ein gesundes Mißtrauen bewahrt hatte. Daran waren ihre schrecklichen Erfahrungen schuld, und nur deswegen bevorzugte sie die dunklen Stunden der Nacht für die Reise. Auch wenn dies mehr Arbeit, unangenehmere Umstände und doppelt soviel Zeit in Anspruch nahm. Aber irgendwie mußte man seine Wahl zwischen Überleben und Wirtschaftlichkeit treffen. Auf lange Sicht hatte sich ihre Vorsicht bisher noch immer ausgezahlt.

Der Tod war nicht mehr länger nur ein zeitweiliger Zustand auf der Flußwelt, und es sah so aus, als sei mit dem endgültigen Ableben auch wieder das Entsetzen zu den Menschen zurückgekehrt.

Das Feuer war jetzt hell genug, daß sie die gigantischen Umrisse des pilzförmigen Steins deutlich erkennen konnte. Der Feuerschein lag jetzt dahinter. Vier Gestalten, von denen sie nur die Schatten sah, bewegten sich in der Nähe der Flammen. Sie konnte den Duft verbrannter Bambus- und Pinienhölzer wahrnehmen und bildete sich ein, Zigarrenrauch zu riechen. Warum hatten diese mysteriösen Spender ausgerechnet Zigarren an die Leute verteilen müssen?

Die Sprache, in der die Leute sich unterhielten, hörte sich wie ein schlampiges Englisch an. Entweder waren sie betrunken, oder sie bedienten sich eines Dialekts, den sie nicht kannte. Nein. Die Stimme, die jetzt durch den Nebel drang, gehörte unzweifelhaft einem Amerikaner.

»Nein!« rief der Mann. »Bei allen heiligen und flammenden Ringen des verwanzten Saturns, nein! Es ist kein Egoismus, du gottverdammter Ignorant! Ich will das größte und fabelhafteste Schiff bauen, das die Welt je gesehen hat; eine wahre Königin der Lüfte, einen Koloß, einen Giganten! Es soll größer und schöner werden als alle, die die Erde oder diese Welt je überflogen haben! Ein Schiff, das jedem, der es sieht, Stielaugen wachsen und ihn stolz drauf werden läßt, ein Mensch zu sein! Eine Schönheit! Ein wunderbares Fabelwesen der Lüfte, das einmalig ist! Ein Ding, das es vorher noch nie gegeben hat! Wie? Unterbrich mich nicht, Dave! Es wird sich in die Lüfte erheben und sich dort so lange bewegen, bis wir da sind! Und dann geht's rund!«

»Aber, Milt!«

»Für mich existiert kein *Aber*. Was wir brauchen, ist ein großes Schiff, das größtmögliche, und das schon aus rein logisch-wissenschaftlichen Erwägungen. Mein Gott, Mensch, wir müssen einfach höher und weiter fliegen als jeder andere je zuvor! Wir haben eine Strecke zurückzulegen, die vielleicht sechzehn- bis siebzehntausend Kilometer beträgt, was davon abhängt, wo sich das Boot aufhält! Und nur Gott weiß, welche Winde sich uns in den Weg stellen! Es muß eine einmalige Konstruktion werden, versteht ihr, Dave, Zeke und Cyrano? Eine einmalige Konstruktion!«

Jills Herz hörte nicht auf zu klopfen. »Dave« hatte mit einem deutschen Akzent gesprochen. Dies mußten genau die Männer sein, nach denen sie gesucht hatte. Welch ein Glück! Aber nein. Sie hatte gewußt, wie viele Kilometer, gezählt an den die Ufer säumenden Gralsteinen, sie zurücklegen mußte, und man hatte ihr auch genau gesagt, wo das Hauptquartier Milton Firebrass' lag. Ebenso war ihr nicht unbekannt gewesen, daß der österreichische Ingenieur David Schwartz einer von Firebrass' Unterführern war.

»Das alles wird uns nicht nur einen ungeheuren Zeitaufwand, sondern auch Unmengen an Material kosten«, sagte ein anderer Mann laut. Seinem Akzent nach stammte er aus Maine. Irgend etwas in seiner Stimme erzeugte in ihr die Illusion brausenden Windes, knarrender Takelage, eines auf sturmgepeitschten Wellen tanzenden Schiffes, donnernder Wasser und knatternder Segel. Oder bildete sie sich das alles nur ein? Vielleicht gaukelte ihr die Phantasie nur etwas vor.

»Hör auf damit, Jill!« sagte sie vor sich hin. Wenn Firebrass den Mann nicht Zeke genannt hätte, wäre sie gar nicht erst auf diese Dinge gekommen. Es mußte sich einfach um Ezekiel Hardy, den Kapitän eines New Bedford-Walfängers handeln, den ein Pottwal — 1833? — vor der japanischen Küste getötet hatte und von dem Firebrass glaubte, er könne aus ihm einen exzellenten Steuermann oder Navigator für sein Luftschiff machen. Nach einem eingehenden Training natürlich. Firebrass mußte wirklich unter ziemlich starkem Druck stehen, wenn er einen dem frühen neunzehnten Jahrhundert entstammenden Walfänger anheuerte. Der Mann hatte möglicherweise zu seinen Lebzeiten nicht einmal einen Ballon gesehen, ganz zu schweigen von einem dampfbetriebenen Flußboot.

Die Gerüchte besagten, daß es Firebrass bisher nicht gelungen sei, eine erfahrene Fliegermannschaft zusammenzustellen. Natürlich suchte er nach *Männern*. Wie üblich. Und deswegen war ihm nichts anderes übriggeblieben, als sich auf Kandidaten zu stützen, die er für talentiert hielt, die aber noch keinerlei Ausbildung vorweisen konnten: Flugzeugpiloten, Ballonfahrer und Seeleute. Inzwischen hörte man entlang des Flusses, daß Firebrass Männer suchte, die möglichst noch leichter als Luft sein sollten. Wie immer. Nur Männer.

Was wußte Firebrass schon davon, wie man eine Gashülle baute? Sicher, er mochte zum Mars und zum Ganymed geflogen sein und auch Jupiter und Saturn umkreist haben, aber was hatte das mit Luftschiffen zu tun? David Schwartz — das stimmte allerdings — hatte das erste Fahrzeug dieses Typus nicht nur entworfen, sondern auch gebaut. Sein Schiff war zudem das erste gewesen, dessen Struktur und Außenhaut ausschließlich aus Aluminium bestand. Das war 1893 gewesen — sechzig Jahre vor ihrer Geburt. Schwartz hatte anschließend versucht, ein noch besseres Luftschiff zu bauen (in Berlin — 1895?), aber sein unerwarteter Tod — war das nicht im Januar 1897 gewesen? — hatte dazu geführt, daß sein Projekt nicht beendet worden war.

Sie war sich nicht ganz sicher. Die einunddreißig Jahre auf der Flußwelt hatten eine ganze Reihe ihrer irdischen Erinnerungen verblassen lassen.

Sie fragte sich, ob Schwartz überhaupt darüber im Bilde war, welchen Weg die Entwicklung nach seinem Ableben genommen hatte. Möglicherweise würde er das erst erfahren, wenn er diesen Luftschiff-Narren namens Zepfan traf. Schwartz' Witwe hatte sich bemüht, seine Arbeit zu Ende zu führen, und obwohl Jill jedes Buch gelesen hatte, das Schwartz Raum widmete, war es ihr nie gelungen, den Vor- oder Mädchennamen seiner Frau herauszubekommen. Überall wurde sie nur als *Frau* Schwartz erwähnt. Sie hatte es fertiggebracht, das zweite Schiff bauen zu lassen, obwohl sie *nur* eine Frau war. Und irgendein publicitygeiler Trottel, der sich bereit erklärt hatte, es zu fliegen (das Schiff sah einer Thermosflasche ähnlicher als allem anderen), hatte die Nerven verloren und eine Bruchlandung gemacht.

Alles was von Schwartz' Traum und den Bemühungen seiner Frau übrigblieb, war eine zerschrammte Masse aus silbrigglänzendem Metall. Daran konnte man ablesen, wohin es führte, wenn jemand mit einem langen Schwanz, einem Spatzenhirn und der Courage einer Maus an den Kontrollen saß. Sie zweifelte nicht daran, daß der Name des Trottels — wäre er ein weiblicher gewesen — für alle Zeiten in irgendwelchen Büchern festgehalten worden wäre. Hoho! Da kann man mal wieder sehen, was alles passiert, wenn eine Frau ihren angestammten Platz am Herd verläßt. Und überhaupt: Hätte Gott gewollt, daß . . .

Jill Gulbirra zitterte und verspürte einen heißen Schmerz in der Brust. Reiß dich zusammen, dachte sie. Kühl dich ab, oder du gehst in die Luft.

Sie erwachte aus ihrer Versunkenheit. Während sie den Traum der Frau Schwartz geträumt hatte, war das Kanu wieder flußabwärts getrieben. Das Feuer war kleiner geworden und die Stimmen der Männer schwächer, und sie hatte nichts davon gemerkt. Du solltest die Sinne besser beieinanderhalten, sagte sie sich. Sie mußte in einem stetigen Alarmzustand bleiben, sonst würde es ihr niemals gelingen, den Leuten klarzumachen, daß in ihr Kräfte schlummerten, die sie absolut qualifizierten, der Mannschaft des Luftschiffes anzugehören. Möglicherweise war sie gar zum Kapitän geeignet?

»Wir haben mehr Zeit als genug!« donnerte Firebrass. »Immerhin haben wir es hier nicht mit einem Projekt zu tun, hinter dem eine Regierung steht, die uns jeden Schritt vorschreibt, mit den Finanzierungsmitteln knausert und gleichzeitig alles möglichst in Rekordzeit fertiggestellt haben will. Es wird siebenunddreißig oder mehr Jahre dauern, bis Sam das Ende des Flusses erreicht, während wir höchstens zwei bis drei Jahre brauchen, um unseren Flugapparat fertigzustellen. In der Zwischenzeit können wir mit unserem Kleinluftschiff üben. Und dann steigen wir auf — hei-ho! — mitten in die hellblaue Ferne hinein und rauschen zum Polarsee ab, wo nicht der Weihnachtsmann, sondern jemand, der uns Geschenke gemacht hat, die den alten Nikolaus als der Welt größten Geizkragen erscheinen lassen, lebt. Auf zum Nebelturm, dem wirklich großen Gral!«

Jetzt sagte der vierte Mann etwas. Er hatte eine sympathische Baritonstimme, aber es war offensichtlich, daß Englisch nicht die Sprache war, derer er sich sonst bediente. Was mochte er für ein Landsmann sein? Er schien irgendwie mit einem französischen Akzent zu sprechen, aber . . . Ja, natürlich. Es konnte nur Savinien de Cyrano de Bergerac sein, wenn sie dem, was sie auf zahllosen Umwegen gehört hatte, glauben konnte. Sie wäre nie auf den Gedanken gekommen, einmal persönlich mit ihm sprechen zu können. Aber vielleicht kam es auch so nie dazu, da es in dieser Welt von Bluffern und Aufschneidern nur so wimmelte.

Eine Weile herrschte Stille, jene Schweigsamkeit, die es nur im Flußtal gab, wenn die Leute ihren Mund geschlossen hielten: Es gab auf dieser Welt weder Vögel noch andere Tiere der Luft oder des Landes (und schon gar keine bellenden Hunde), keine brummenden, summenden, aufheulenden, quietschenden mechanischen Ungeheuer, keine tutenden Hörner, keine wimmernden Sirenen, keine lauten Radios und quäkenden Lautsprecher. Nur Wasser, das sanft gegen die Ufer rollte, und dann und wann das plätschernde Geräusch, das ein Fisch erzeugte, wenn er übermütig einen Luftsprung tat. Und das Knistern des Holzes im Feuer.

»Ah!« sagte Firebrass. »Wunderbar! Es wird herrlich werden; besser als alles, was ich jemals auf der Erde sah! Und frei, *frei* werden wir sein! Wenn nur endlich die richtigen Leute auftauchen würden! Ich brauche einfach viel mehr Leute mit Erfahrung, richtige Zeppelin-Narren!«

Schwartz erzeugte ein schmatzendes Geräusch. Jill sah, daß er gerade eine Flasche an die Lippen gesetzt hatte. Dann sagte er: »Aha! So unbesorgt bist du also doch nicht.«

Das Kanu berührte das Ufer, und Jill stieg aus, ohne es dabei zum Schwanken zu bringen. Das Wasser reichte ihr bis an die Hüften, aber die magnetverschlossenen Tücher hielten die kalte Flüssigkeit von ihr ab. Sie watete auf das Ufer zu und zog das lange, schwere Kanu hinter sich her, bis seine Nase den Erdboden berührte. Dann ließ sie das Boot sinken, packte es erneut und zog es in seiner vollen Länge auf den Strand. Die Uferbank überragte den Wasserspiegel um nur dreißig Zentimeter. Sie blieb einen Moment lang stehen und überlegte, wie sie jetzt weiter vorgehen sollte. Schließlich entschied sie sich dazu, keine Waffen mitzunehmen.

»Irgendwann werde ich die richtigen Leute schon kriegen«, sagte Firebrass gerade.

Jill ging näher an die Männer heran. Ihre Füße waren fast lautlos in dem kurzen Gras.

»Ich bin eine von denen, die Sie suchen«, sagte sie laut.

Die vier Männer wirbelten herum. Einer fiel beinahe hin und hielt sich an seinem Nachbarn fest. Mit heruntergeklappten Kinnladen und Augen, die wie dunkle Höhlen in den blassen Gesichtern wirkten, starrten sie sie an. Wie Jill, waren auch die Männer mit ähnlichen Tüchern bekleidet — nur waren ihre von kräftigbunter Farbe. Hätte sie es darauf anlegen wollen, wäre keiner von ihnen in diesem Augenblick mit dem Leben davongekommen. Noch bevor sie hätten zu ihren Waffen greifen können, wäre jeder von ihnen mit einem Pfeil in der Brust gestorben. Vorausgesetzt, sie waren überhaupt bewaffnet . . .

Dann sah Jill, daß die Männer Pistolen hatten. Sie lagen auf dem Oberflächenrand des Gralsteins.

Pistolen! Aus Stahl hergestellt! Es stimmte also doch!

Erst jetzt nahm sie wahr, daß der größte der vier Männer ein langes, mit einer scharfen Stahlklinge versehenes Rapier in der Hand hielt. Mit der anderen schob er seine Kapuze zurück und offenbarte ihr ein längliches, gebräuntes Gesicht mit einer langen Nase. Das mußte der legendäre Cyrano de Bergerac sein.

Cyrano verfiel plötzlich in sein altertümliches Französisch. Jill verstand nur einige Worte.

Jetzt schob Firebrass ebenfalls seine Kapuze nach hinten.

»Mich hätte fast der Schlag getroffen«, sagte er. »Warum hast du uns nicht durch ein Zeichen zu verstehen gegeben, daß du dich uns näherst?«

Jill nahm die Kapuze ab.

Firebrass kam näher und sah sie mißtrauisch an. »He!« rief er dann. »Das ist ja eine Frau!«

»Dennoch bin ich Ihr Mann«, sagte Jill.

»Was sagen Sie?«

»Verstehen Sie kein Englisch?« erwiderte Jill wütend.

Hauptsächlich war sie wütend über sich selbst, denn in der allgemeinen Aufregung war ihr gar nicht aufgefallen, daß sie plötzlich ihren heimatlichen Toowoomba-Dialekt sprach. Ebensogut hätte sie natürlich — wenn das zu einem besseren Verständnis nötig gewesen wäre — sich auch in fehlerlosem Shakespeare-Englisch äußern können. Im Standardamerikanisch des Mittelwestens, das sie sich mit harter Arbeit und zäher Geduld beigebracht hatte, wiederholte sie: »Dennoch bin ich Ihr Mann. Ich heiße, nebenbei gesagt, Jill Gulbirra.«

Firebrass stellte ~~sich~~ und die anderen vor und sagte dann: »Ich glaube, ich brauche jetzt einen Drink.«

»Ich könnte auch einen brauchen«, sagte Jill. »Obwohl es an sich nur eine Illusion ist, wenn man glaubt, Alkohol könne einen aufwärmen. In Wirklichkeit sorgt er nur dafür, daß man *glaubt,* er wärme einen.«

Firebrass blieb stehen und griff nach einer Flasche. Es war das erstemal seit Jahren, daß Jill Glas zu sehen bekam. Er reichte ihr die Flasche und sie trank, ohne das Mundstück vorher abzuwischen. Schließlich gab es auf dieser Welt keine krankheitsübertragenden Bakterien. Außerdem machte es ihr nicht das geringste aus, aus einer Flasche zu trinken, die vorher am Mund eines Schwarzen gewesen war. War ihre Großmutter nicht auch eine Farbige gewesen?

Warum dachte sie jetzt bloß an solche Dinge?

Cyrano kam mit vorgereckten Schultern auf sie zu, sah sie an, schüttelte den Kopf und sagte: »*Mordioux,* ihr Haar ist kürzer als meines! Und sie ist nicht einmal geschminkt! Seid ihr sicher, daß sie eine Frau ist?«

Jill behielt den Scotch eine Weile im Mund und schluckte ihn dann hinunter. Er schmeckte gut und wärmte tatsächlich ihre Kehle.

»Wir werden sehen«, fuhr der Franzose fort. Er legte eine Hand auf Jills linke Brust und preßte sie sanft zusammen.

Jill rammte ihm eine Faust in den Magen. Cyrano klappte zusammen. Dann krachte Jills Kniespitze unter sein Kinn. Auf der Stelle fiel er zu Boden.

Firebrass sagte: »Was, zum Teufel . . .« Er starrte sie an.

»Wie kämen Sie sich vor, wenn ich Ihnen an die Eier faßte, um rauszukriegen, ob Sie ein Mann sind?« fragte Jill.

»Ganz sicher geehrt, Schätzchen«, sagte Firebrass. Er brach in ein lautes Gelächter aus und tanzte so sichtlich erheitert herum, daß die anderen beiden ihn anstarrten, als glaubten sie, er habe den Verstand verloren.

Cyrano erhob sich zunächst auf alle viere, dann stand er auf. Sein Gesicht war rot, und er schnaufte. Jill verspürte den Wunsch, sich aus dem Staub zu machen, als er nach seinem Rapier griff, aber sie blieb bewegungslos stehen und sagte mit fester Stimme: »Nehmen Sie sich immer in Gegenwart fremder Frauen solche Frechheiten raus?«

Cyrano schien zu frösteln. Die Röte seines Gesichts verschwand, und aus seinem Schnaufen wurde ein Lächeln. Dann verbeugte er sich. »Nein, Madame. Ich bitte Sie wegen meines unmöglichen Verhaltens aufrichtig um Verzeihung. Normalerweise trinke ich schon deswegen nicht, weil ich nicht darauf erpicht bin, daß der Alkohol meinen Geist vernebelt. Aber heute abend feierten wir den Jahrestag der Abfahrt unseres Flußbootes.«

»Schon gut«, erwiderte Jill. »Aber sorgen Sie bitte dafür, daß so etwas nicht wieder vorkommt.«

Trotz ihres Lächelns verfluchte sie sich, daß sie ausgerechnet mit dem Mann hatte in dieser Weise umspringen müssen, den sie aus tiefstem Herzen verehrte. Sie hatte zwar keine Schuld an diesem Vorfall, aber sie konnte trotzdem nicht erwarten, daß er ihr verzieh, wenn sie ihn vor den anderen aufs Kreuz gelegt hatte. Kein männliches Ego war in der Lage, eine solche Schmach hinzunehmen.

8

Der Nebel lichtete sich. Es war bald nicht mehr nötig, das Feuer in Gang zu halten, um einander erkennen zu können. Unterhalb ihrer Hüftlinien bewegten sich die grauweißen Wirbel allerdings noch immer. Der Himmel erhellte sich, aber es würde noch einige Stunden dauern, bis die Sonne über den östlichen Bergen aufging. Die großen weißen Gasnebel, die ein Sechstel des Firmaments bedeckten, waren ebenso wie die kleineren Sterne bereits verblaßt. Aber immer noch leuchteten Tausende von Riesenfeuern am Himmel: Sie waren rot, grün, weiß und blau, obwohl auch sie — ebenso wie die hellen Nebel — allmählich an Intensität verloren.

In westlicher Richtung erhoben sich etwa ein Dutzend Bauwerke aus den Nebeln. Jills Augen weiteten sich. Zum erstenmal sah sie das, von dem sie bisher nur durch Mundpropaganda und getrommelte Nachrichten wußte, mit eigenen Augen. Manche der Gebäude waren vier oder fünf Stockwerke hoch und aus Eisen- und Aluminiumplatten zusammengesetzt. Fabriken. Das größte Gebäude schien ganz aus Aluminium zu bestehen. Ein Hangar.

»Der größte, den ich je gesehen habe«, murmelte sie.

»Bisher haben Sie noch gar nichts gesehen«, sagte Firebrass. Er machte eine Pause und fuhr dann, offensichtlich etwas verwundert, fort: »Sie sind also extra hergekommen, um bei uns einzusteigen?«

»Das sagte ich doch schon.«

Er war *Der Mann.* Er konnte sie anheuern und auch wieder hinauswerfen. Aber sie war nie fähig gewesen, ihre Verärgerung über Dummheiten zu verbergen. Und wenn sich jemand wiederholte, war das Zeitverschwendung und mithin eine Dummheit. Da stand ein Mann vor ihr, der Spezialist war in Astrophysik und Elektronik. Und die Vereinigten Staaten hatten niemals Trottel in den Weltraum geschickt, wenn ihre Leute auch nicht gerade brillante Geister gewesen waren. Vielleicht lag es am Alkohol, daß er sich wie ein Dummkopf aufführte. Unter seiner Einwirkung reagierte jeder Mann so. Und jede Frau, beeilte sie sich zu erinnern. Sei fair.

Firebrass stand nahe vor ihr und blies ihr seinen Whiskyatem ins Gesicht. Er war einen ganzen Kopf kleiner als sie, und seine breiten Schultern, die muskulösen Arme und sein ausladender Brustkorb stellten einen seltsamen Kontrast zu ihr dar. Seine Beine waren lang und dürr, seine großen Augen braun, und das Weiße in ihnen von roten Äderchen durchzogen. Firebrass besaß einen mächtigen Schädel, eine vorgewölbte Stirn, und das lockige Haar war so gekräuselt, daß er beinahe wie ein Exzentriker aussah. Er hatte eine bronzene Hautfarbe. Er schien Mulatte zu sein, aber die kaukasischen und onondaga-indianischen Gene wirkten durchaus dominant. Man konnte ihn für einen etwas dunkleren Südfranzosen oder Spanier halten.

Er musterte sie von oben bis unten. Tat er das nur, um herauszufinden, ob sie auf sein provozierendes Verhalten genauso reagierte wie auf das Cyranos?

Jill sagte: »Über was denken Sie jetzt nach? Ob ich dazu qualifiziert bin, auf einem Luftschiff eine Funktion wahrzunehmen? Oder wie wohl der Körper aussieht, der sich unter diesen Tüchern verbirgt?«

Firebrass brach in Gelächter aus. Als er sich etwas erholt hatte, meinte er: »Beides.«

Schwartz machte einen ziemlich verlegenen Eindruck. Er war klein und schlank, blauäugig und braunhaarig. Als Jill ihm einen Blick zuwarf, wandte er sich ab. Ezekiel Hardy war — ebenso wie Cyrano — beinahe genauso groß wie sie. Er hatte ein schmales Gesicht, hohe Wangenknochen und war dunkelhaarig. Er starrte sie aus blaßblauen Augen an.

»Ich wiederhole es noch einmal, damit ich nicht über Gebühr strapaziert werde«, sagte Jill. »Ich bin so gut wie jeder andere Mann und bereit, das zu beweisen. Außerdem schickt mich der Himmel. Ich habe ein abgeschlossenes Studium in den Ingenieurswissenschaften und bin in der Lage, ein Luftschiff von A bis Z zu entwerfen. Ich habe 8342 Stunden Flugerfahrung auf vier verschiedenen Typen hinter mir. Ich kann jeden Posten, einschließlich den des Kapitäns, übernehmen.«

»Und welche Sicherheit haben wir dafür?« fragte Hardy. »Ebensogut könnten Sie uns belügen.«

»Wo sind denn *Ihre* Papiere?« fragte Jill. »Und selbst wenn Sie wirklich Kapitän eines Walfängers gewesen sind — was soll's? Welche Qualifikationen bringen Sie mit, um ein Luftschiff zu steuern?«

»Sachte, sachte«, warf Firebrass ein. »Laßt uns unsere Gefühle im Zaum halten. Ich glaube Ihnen, Gulbirra. Ich bin nicht der Meinung, daß Sie zu den Bluffern gehören, mit denen ich bisher fertig werden mußte. Aber lassen Sie mich eins geradeheraus sagen. Obwohl Sie vielleicht höher qualifiziert sind als ich – jedenfalls in diesem Moment –, das Schiff zu kommandieren, bin ich dennoch der Kapitän, der Boß, und spiele die erste Geige! Ich habe das Projekt in die Wege geleitet und ich werde es auch zu Ende bringen. Vom Boden bis in die Luft. Ich habe nicht die Position des Chefingenieurs auf Clemens' Boot in den Wind geschlagen, um bei diesem Projekt der Laufbursche zu sein. Sie reden mit *Kapitän* Firebrass, das sollte Ihnen von jetzt an klar sein. Wenn Sie das anerkennen und mit Ihrem eigenen Blut unterschreiben, sage ich okay, willkommen an Bord. Obwohl ich Ihnen nichts versprechen kann, ist es nicht unmöglich, daß Sie eines Tages Erster Offizier werden. Die Mannschaftsliste ist noch so kurz, daß jedem alle Chancen offenstehen.« Er machte eine Pause, warf den Kopf zurück und fuhr fort: »Das war das erste. Wenn Sie jetzt noch wollen, schwören Sie bei Ihrer persönlichen Ehre – oder bei Gott, wenn Sie der Meinung sind, es gibt einen –, daß Sie bereit sind, den Gesetzen Parolandos zu gehorchen. Ohne ›Wenns‹ und ›Abers‹.«

Jill zögerte. Als sie mit der Zunge über ihre Lippen fuhr, stellte sie fest, daß sie trocken waren. Sie wollte gern – nein, sie mußte – zur Mannschaft des Luftschiffs gehören. Sie konnte es sich jetzt schon vorstellen, wie es über ihnen schwebte und einen großen Schatten über Firebrass und sie warf, eine gewaltige Hülle aus leuchtendem Silber, auf der sich das Sonnenlicht brach.

»Ich bin nicht bereit, meine Prinzipien zu verraten!« sagte sie so laut, daß die Männer überrascht zusammenzuckten. »Sind Männer und Frauen bei euch gleich oder nicht? Gibt es in Parolando irgendeine Diskriminierung der Rassen, Geschlechter und Nationalitäten?«

»Nein«, erwiderte Friebrass. »Jedenfalls nicht theoretisch oder durch Gesetz sanktionierte. In der Praxis natürlich doch. Und außerdem gibt es eine Form der Diskriminierung, die es immer gegeben hat und immer geben wird: nämlich die der Kompetenz. Wir haben es hier zu einem hohen Standard gebracht. Wenn Sie zu denjenigen gehören, die der Meinung sind, ein bestimmter Mensch müsse diesen oder jenen Job erhalten, nur weil er einer diskriminierten Gruppe oder einer Minderheit angehört, können Sie das schnellstens vergessen. Oder von hier verschwinden.«

Jill schwieg eine Weile. Die Männer maßen sie mit prüfenden

Blicken. Offensichtlich merkten sie, daß sie einen innerlichen Kampf mit sich selbst ausfocht.

Firebrass grinste erneut. »Sie sind nicht die einzige, die das mit Schmerzen feststellen muß«, sagte er. »Ich möchte ebenso gern wie Sie, daß Sie ein Mitglied der Besatzung werden, aber nicht auf die einfache Tour. Ich habe ebenso meine Prinzipien wie Sie.«

Er deutete mit dem Daumen auf Schwartz und Hardy. »Nehmen Sie diese beiden. Sie kommen aus dem neunzehnten Jahrhundert. Der eine ist Österreicher, der andere stammt aus Neu-England. Aber sie haben mich nicht nur als Kapitän akzeptiert, sie sind auch gute Freunde. Wer schließt aus, daß sie irgendwo tief verborgen im Unterbewußtsein doch noch denken, daß ich nichts anderes als ein Nigger und Emporkömmling bin. Aber sie würden jedem, der mich in dieser Weise anreden würde, den Wanst durchwalken. Stimmt's, Leute?«

Die anderen nickten.

»Einunddreißig Jahre Flußwelt verändern einen Menschen. Vorausgesetzt, er ist fähig, das zu bemerken. Was sagen Sie dazu? Soll ich Ihnen die Verfassung Parolandos aufsagen?«

»Natürlich. Bevor ich mich entscheide, würde ich gerne wissen, auf was ich mich einlasse.«

»Sie wurde von dem großen Sam Clemens formuliert, der uns auf seinem Schiff, der *Mark Twain*, vor einem Jahr verließ.«

»Auf der *Mark Twain*? Halten Sie das nicht für ziemlich egoistisch?«

»Der Name wurde aufgrund einer Abstimmung gewählt. Sam protestierte dagegen, na ja, sehr stark wohl nicht. Aber Sie haben mich unterbrochen. Es existiert das ungeschriebene Gesetz, daß man Kapitäne nicht unterbricht. Aber kommen wir zur Sache: *Wir, das Volk von Parolando, erklären hiermit . . .*«

Während Firebrass die Verfassung aufsagte, kam es weder zu einem Versprecher noch zu irgendwelchen Stockungen. Das beinahe totale Nichtvorhandensein des geschriebenen Worts hatte die Bevölkerung dieser Nation dazu gezwungen, sich hauptsächlich auf das Gedächtnis zu verlassen. Eine Eigenschaft, über die früher lediglich Schauspieler und Rezitatoren verfügt hatten, war so in Allgemeinbesitz übergegangen.

Während Firebrass sprach, wurde der Himmel heller und heller. Der Nebel sank zu Boden, bedeckte kaum noch ihre Knie. Aber noch immer war der gesamte Talboden mit dem bedeckt, was aus der Ferne wie Schnee aussah. Die niedrige Hügellandschaft, die sich an die Uferebenen anschloß, war jetzt zu erkennen. Das hohe Gras, die Büsche, Eisenbäume, Eichen, Pinien, Eiben und Bambusgewächse wirkten nun nicht länger wie eine japanische Federzeichnung, nebelhaft, irreal und weit entfernt. Die großen Blüten der Lianen, die an den Eisenbäumen wuchsen, begannen Farbe anzunehmen. Wenn die Sonne auf sie traf, würden sie in satten Rot-, Grün-, Schwarz-, Weiß- und Gelbtönen leuchten.

Die im Westen liegenden Steilhänge waren aus blauschwarzem Fels, auf dem riesige Felder bläulichgrüner Flechten wucherten. Hier und dort ergossen sich silbern leuchtende kleine Wasserfälle von den Bergwänden herab in die Tiefe.

All dies war nichts Neues für Jill Gulbirra, aber trotzdem erwachte jeden Morgen in ihr das gleiche unerklärliche Gefühl der Verwunderung. Wer hatte dieses viele Millionen Kilometer lange Flußtal konstruiert? Und zu welchem Zweck? Und wie und warum waren sie und die schätzungsweise sechsunddreißig Milliarden anderen Menschen auf diesem Planeten zu einem neuen Leben erweckt worden? Jeder, der zwischen zwei Millionen Jahren vor Christi und dem Jahr 2008 gelebt hatte, schien von den Toten auferstanden zu sein. Die Ausnahme bildeten lediglich Kinder unter fünf Jahren, die geistig Zurückgebliebenen und die unheilbar Geisteskranken.

Wer waren die Wesen, die für all dies verantwortlich waren? Welche Gründe hatten sie dazu veranlaßt?

Es gab Gerüchte und Legenden. Manche waren seltsam, andere hingegen nicht nur beunruhigend, sondern auch furchterweckend. Man sprach von Leuten, die unter den Wiedererweckten aufgetaucht waren, obwohl sie nicht zu ihnen gehörten; rätselhaften Wesen, die man unter anderem als ›Die Ethiker‹ bezeichnete.

»Hören Sie mir zu?« fragte Firebrass. Jill stellte fest, daß er sie anstarrte. »Wenn Sie wollen, daß ich das, was Sie gesagt haben, wiederhole, brauchen Sie es nur zu sagen«, erwiderte sie.

Natürlich stimmte das nicht ganz, aber das, was ihrer Meinung nach von Wichtigkeit war, war ihr — auch wenn sie Firebrass nur mit einem Ohr zugehört hatte — nicht entgangen.

Die Leute kamen jetzt aus ihren Hütten, reckten sich, husteten, zündeten sich Zigaretten an, steuerten auf die bambuswandigen Latrinen zu oder gingen, ihre Grale in den Händen, zum Flußufer hinunter. Manche waren nur mit einem Lendenschurz bekleidet, andere von Kopf bis Fuß mit Tüchern bedeckt. Beduinen des Flußtals. Phantome in einer Fata Morgana.

Firebrass sagte: »Na gut. Sind Sie bereit, einen Eid darauf abzugeben? Oder haben Sie irgendwelche intellektuellen Bedenken?«

»So was hatte ich nie«, erwiderte Jill. »Und was ist mit Ihnen? In bezug auf mich, meine ich.«

»Selbst wenn ich die hätte, wäre das nicht von Wichtigkeit«, sagte Firebrass grinsend. »Der Eid, um den es hier geht, ist lediglich ein vorläufiger. Sie werden eine dreimonatige Probezeit durchlaufen müssen, dann stimmen die Leute über Sie ab. Aber ich habe das Recht, gegen eine solche Abstimmung ein Veto einzulegen. Wenn man Sie aufnimmt, werden Sie einen endgültigen Schwur ableisten müssen. Einverstanden?«

»Einverstanden.«

Es gefiel ihr zwar nicht, aber was hätte sie sonst tun sollen? Jetzt einen Rückzieher zu machen, entsprach nicht ihrer Natur. Und außerdem hatte sie — auch wenn die Männer davon nichts ahnten — ebenfalls vor, drei Monate lang zu prüfen, wie man sich ihr gegenüber verhielt.

Die Luft wurde wärmer. Der östliche Himmel wurde fortgesetzt heller und ließ nach und nach — abgesehen von einigen überdimensional großen — alle Sterne verblassen. Hörner wurden geblasen. Das nächstliegende befand sich auf einem sechsstöckigen Bambusturm in der Mitte der Ebene, und der Mann, der es bediente, war ein großer, schlanker Neger, der ein scharlachfarbenes Tuch um die Hüften trug.

»Echtes Blech«, sagte Firebrass. »Ein kleines Stück stromaufwärts gibt es Kupfer und Zink. Wir hätten es den Leuten, die in diesem Gebiet leben, abnehmen können, aber wir haben es ihnen abgehandelt. Sam hätte uns niemals Gewalt anwenden lassen, außer dort, wo uns keine andere Möglichkeit übrigblieb.

Südlich von hier, wo einst die Seelenstadt lag, gab es große Ablagerungen von Bauxit und Kryolith. Da unsere Partner dort sich nicht an die Abmachungen hielten — wir hatten zugestimmt, ihnen Eisenwaffen für ihre Erze zu geben —, mußten wir zu ihnen runtergehen und es ihnen abnehmen. Heute . . .« — er deutete mit der ausgestreckten Hand auf das Land — »erstreckt sich Parolando über eine Länge von vierundsechzig Kilometern an beiden Flußufern.«

Die Männer zogen sich jetzt bis auf ihre Lendenschürze aus. Jill behielt einen grünweißgestreiften Kilt und ein dünnes, beinahe durchsichtiges Tuch an, das sich um ihren Oberkörper schlang. Während die anderen vorher noch wie Wüstennomaden ausgesehen hatten, wirkten sie jetzt wie Polynesier.

Die Bewohner der Ebene und jene, die aus dem Hügelland heruntergekommen waren, versammelten sich nun am Flußufer. Eine ganze Reihe von ihnen zog sich völlig aus, hüpfte in die Fluten und kreischte wegen der Kälte. Manche bespritzten einander mit Wasser.

Jill zögerte eine Minute. Sie hatte nicht nur den vergangenen Tag, sondern auch die letzte Nacht damit verbracht, das Kanu den Fluß hinauf zu rudern. Sie hatte mächtig geschwitzt und benötigte ein Bad. Irgendwann würde ihr nichts anderes übrigbleiben, als sich ganz auszuziehen. Schließlich legte sie die letzten Kleidungsstücke ab, rannte zum Wasser hinab und stürzte sich hinein. Sie schwamm eine Weile herum, lieh sich von einer anderen Frau ein Stück Seife und reinigte sich. Dann kehrte sie fröstelnd an Land zurück und trocknete sich eilig ab.

Die Männer starrten sie offen an und sahen eine hochgewachsene, schlanke Frau mit langen Beinen, kleinen Brüsten, breiten Hüften und tiefgebräunter Haut. Jills Haar war kurzgeschoren und rotbraun; es hatte beinahe die gleiche Farbe wie ihre Augen. Ihr Gesicht war — das wußte sie selbst — dagegen nicht gerade das, was andere dazu animierte, aus den Stiefeln zu springen. Natürlich war es ganz in Ordnung, aber was Jill störte, waren ihre etwas zu lang geratenen Vorderzähne und ihre Adlernase. Die Zähne gehörten zum Erbe ihrer farbigen Großmutter, und dagegen konnte man nichts tun. Aber das wollte sie auch gar nicht.

Hardys Blick saugte sich an ihrem Schamhaar fest, das außergewöhnlich lang, dicht und rotblond war. Nun, er würde darüber hinwegkommen, auch wenn er ihr jetzt so nahe war, daß es ihr zu schaffen machte.

Firebrass verschwand auf der anderen Seite des Gralsteins und kehrte mit einem Speer in der Hand zurück. Unterhalb der eisernen Spitze, verbunden mit dem Schaft, befand sich der lange Wirbelsäulenknochen von einem Hornfisch. Direkt neben ihrem Kanu rammte Firebrass den Speer in den Boden.

»Der Knochen weist darauf hin, daß der Speer mir, dem Kapitän, gehört«, sagte er. »Und ich habe ihn deswegen neben dem Kanu in den Boden gestoßen, um jedem zu zeigen, daß es ohne meine Erlaubnis niemand ausleihen darf. Sie werden eine ganze Menge Dinge zu lernen haben. Aber zuerst soll Schwartz Ihnen Ihr Quartier zeigen und Sie ein wenig herumführen. Wir treffen uns gegen Mittag unter diesem Eisenbaum da.«

Er deutete auf einen Baum, der etwa neunzig Meter von ihnen entfernt im Westen stand. Er erhob sich mehr als dreihundert Meter hoch in die Luft, hatte einen dicken, knorrigen, grauen Stamm und einen Wipfel, der sich zu einem Durchmesser von neunzig Metern ausdehnte. Seine Blätter waren so groß wie die Ohren eines Elefanten und mit roten und grünen Streifen durchzogen. Die Wurzeln der Eisenbäume ragten einhundertzwanzig Meter in die Tiefe. Sie waren so hart, daß kein Feuer sie verbrennen konnte, und widerstanden sogar einer Stahlsäge.

»Wir nennen ihn den ›Häuptling‹. Dort können Sie mich treffen.«

Erneut erklangen die Signalhörner. Die Massen fanden sich unter der Leitung von ›Offizieren‹ zu einer militärischen Formation zusammen. Firebrass kletterte auf die Oberfläche des Gralsteins, blieb dort stehen und hörte zu, wie die einzelnen Namen aufgerufen wurden. Die Unteroffiziere meldeten den Feldwebeln, die Feldwebeln den Leutnants, und diese schließlich dem Adjutanten. Schließlich gab Hardy Firebrass das Zählergebnis bekannt. Kurz darauf setzte die Menge sich in Bewegung und bereitete sich auf das Frühstück vor. Firebrass sprang von seinem pilzförmigen Beobachtungsplatz herab, und die Unteroffiziere nahmen seinen Platz ein. Gewandt plazierten sie die Grale der Leute in die Oberflächenvertiefungen.

Schwartz, der neben Jill stand, räusperte sich. »Gulbirra?« fragte er. »Geben Sie mir Ihren Gral?«

Jill ging zu ihrem Kanu, nahm den Zylinder heraus und gab ihn ihm. Er war grau, hatte 45,72 Zentimeter Durchmesser, war 76,20 Zentimeter lang und wog etwa 0,55 Kilogramm. Der Deckel konnte nur von seinem Besitzer geöffnet werden. Daran befestigt mit einer Schnur aus feinen Bambusfasern war ihre »Identitätskarte«, ein kleines, tönernes Luftschiff. Ein Modell des Schiffes, das sie zwar nie betreten hatte, aber dessen Kapitän sie war. Es trug ihre Initialen auf beiden Seiten.

Schwartz trug einem der Männer auf, Jills Gral auf den Gralstein zu setzen. Es war bereits spät, und der Mann führte die Anweisung mit einem nervösen Blick auf die östlichen Erhebungen aus.

Aber er hatte noch gute zwei Minuten, dann erst spuckte der pilzförmige Stein die blauen Flammen aus, die neun Meter hoch in die Lüfte zuckten. Der Knall, der dabei erzeugt wurde, vermischte sich mit denen aller anderen, die man von diesem Punkt aus auf beiden Seiten des Flusses überblicken konnte. Obwohl dieses Phänomen sich jeden Tag dreimal ereignete, konnte Jill nicht von sich behaupten, daran gewöhnt zu sein. Das Fauchen und Donnern, das die plötzlich hochzuckenden Flammen erzeugten, erschreckte sie immer wieder so, daß sie zusammenzuckte. Die Wellen des Donners pflanzten sich durch das gesamte Flußtal fort und erstarben schließlich in einem fernen Gemurmel.

Es war Frühstückszeit.

9

Sie befanden sich im Hügelgebiet. Das ehemals hohe, espartogleiche Gras schien erst vor kurzer Zeit auf eine Höhe von eineinhalb Zentimetern gestutzt worden zu sein. »Wir haben einige Maschinen, die das schaffen«, sagte David Schwartz, »obwohl das ganz schön Energie kostet. Aus dem Gras machen wir Seile.«

»Dort, wo ich herkomme«, erwiderte Jill, »gab es überhaupt keine Maschinen. Wir haben das Gras mit Feuersteinsicheln geschnitten. Und natürlich haben wir es auch zu Seilen verarbeitet.«

Es war schattig und kühl hier. Die Äste eines Eisenbaumes spendeten genug Schatten für ein ganzes Dorf, eine Ansammlung von rechteckigen oder runden Bambushütten. Viele der Gebäude, die sie sah, waren mit den scharlachfarbenen oder grünen Blättern des Eisenbaums gedeckt. Vom niedrigsten Ast des Kolosses, mehr als dreißig Meter vom Boden entfernt, baumelte eine Strickleiter herab. Nicht weit davon entfernt, auf zwei anderen Ästen, befand sich eine Plattform, und darauf stand eine Hütte. Es waren noch weitere Strickleitern und weitere Hütten im Geäst zu sehen.

»Vielleicht wird man Ihnen nach der Probezeit auch so ein Baumhaus zuweisen«, ließ sich Schwartz vernehmen. »In der Zwischenzeit wird diese hier Ihr Heim sein.«

Jill schritt durch den Eingang. Zumindest brauchte sie nicht den Kopf einzuziehen. Es gab so viele Leute, die klein waren und deren Körpergröße man die Hütteneingänge anpaßte.

Sie legte ihren Gral und das Bündel auf den Boden. David

Schwartz kam ihr nach. »Sie gehörte früher einem Pärchen, das von einem Drachenfisch getötet wurde. Das Biest schoß plötzlich aus dem Wasser, als sei es von einer Kanone abgefeuert worden, und biß das hintere Ende ihres Fischerbootes ab. Die beiden hatten Pech, denn genau dort hielten sie sich zu diesem Zeitpunkt auf. Und es war doppeltes Pech für sie, daß es geschah, nachdem die Wiedererweckungen angeblich aufhörten. Es ist also kaum damit zu rechnen, daß sie anderswo wieder zum Leben erwacht sind. Oder haben Sie zufällig in letzter Zeit irgendwelche Leute getroffen, die kurz davor verstorben sind?«

»Nein«, sagte Jill. »Zumindest niemanden, dem ich hätte glauben können.«

»Was glauben Sie, woran es liegt, daß das nach all den vielen Jahren aufgehört haben soll?«

»Ich habe keine Ahnung«, erwiderte sie scharf. Das Thema führte stets dazu, daß sie sich unbehaglich fühlte. Warum hatte man ihnen das Geschenk der Unsterblichkeit so plötzlich wieder genommen?

»Ach, zum Teufel damit«, sagte sie laut und sah sich um. Der Boden lag unter einem Grasteppich, der so hoch war, daß er ihr beinahe bis an den Schritt reichte. Die Halme kitzelten ihre Beine. Sie würde es völlig abschneiden und mit Erde bedecken müssen, aber selbst dann würde das Gras nicht absterben. Die Wurzeln reichten so tief und waren derartig miteinander verwoben, daß es sogar ohne Wasser und Sonnenschein existieren konnte. Man konnte nicht einmal ausschließen, daß die Halme, die in Finsternis lebten, von jenen miternährt wurden, die dem Licht ausgesetzt waren. Die Pflanzen dieser Welt gaben noch viele Rätsel auf.

Eine stählerne Sichel hing an einem Wandhaken. Es gab in dieser Gegend so viel Metall, daß offenbar niemand auf die Idee kam, das Werkzeug zu stehlen.

Jill drehte sich herum, damit die scharfen Ränder der Grashalme ihr nicht ins Fleisch schnitten. Sie fand zwei tönerne Töpfe im Gras. Auf einem Bambustisch, den das wachsende Grün noch nicht umzuwerfen geschafft hatte, stand ein Trinkwasserfaß. An einem weiteren Haken baumelte eine Halskette aus Fischgräten. Zwei Bambusliegen mit Matratzen waren fast von dem wildwuchernden Grün verschlungen. Ganz in ihrer Nähe fand sie eine Leiter, die aus einem Schildkrötenfischgehäuse und Gräten gefertigt war.

»Viel ist es ja nicht«, sagte sie. »Aber was soll man auch erwarten, nicht wahr?«

»Es sollte reichen«, erwiderte Schwartz. »Immerhin haben Sie genug Platz für sich und einen Gefährten — wenn Sie einen wollen.«

Jill nahm die Sichel vom Haken und probierte sie aus. Die Grashalme fielen wie Köpfe in einer Schlacht. »Hah!«

Schwarz sah sie an, als befürchte er, sie werde die Sichel gleich auch an ihm ausprobieren.

»Wieso glauben Sie, daß ich einen Geliebten brauche?«

»Nun — nun — nun ... jeder, ich meine ... alle wollen doch ...«

»Alle wollen das nicht«, erwiderte Jill. Sie hängte die Sichel an den Haken zurück. »Was kommt als nächstes auf dieser Forschungsreise?«

Sie hatte an sich erwartet, daß Schwartz sie — wenn sie erst einmal allein in der Hütte waren — bitten würde, mit ihm zu schlafen. Es gab viele Männer, die das taten. Und es war ganz offensichtlich, daß auch er das tun wollte — nur fehlte ihm der Mumm dazu. Jill fühlte gleichzeitig Erleichterung und Verachtung für diesen Mann. Dann sagte sie sich, daß dies widersprüchlich sei. Warum sollte sie auf ihn heruntersehen, nur weil er sich so benahm, wie sie es von ihm erwartete?

Vielleicht lag es auch daran, daß sie irgendwie enttäuscht war. Wenn ein Mann ihr gegenüber — und ungeachtet ihrer Warnungen — zu aggressiv wurde, pflegte sie ihm in der Regel einen Handkantenschlag in den Nacken zu versetzen, ihm einen Fußtritt in die Hoden zu geben und ihn, während er nach Luft ringend auf dem Boden lag, in den Magen zu treten. Egal, wie groß und wie stark ein Mann auch war — diesen Überraschungsangriff überstand keiner. Solange der Schmerz in ihren Hoden brannte, waren sie hilflos. Und nachher ... nun, die meisten hatten sie irgendwann verlassen. Manche hatten versucht, sie umzubringen, aber darauf war sie stets vorbereitet gewesen. Keiner von ihnen hatte geahnt, wie gut sie mit dem Messer umgehen konnte — und auch mit jeder anderen Waffe.

David Schwartz ahnte nicht einmal, wie nahe er der Verkrüppelung und einem permanenten Verlust seines Selbstbewußtseins entgangen war.

»Sie brauchen sich keine Gedanken darüber zu machen, Ihre Sachen hier allein zu lassen. Bisher haben wir mit Diebstählen noch nichts zu tun gehabt.«

»Ich nehme den Gral mit. Es würde mich zu sehr beschäftigen, ihn nicht in der Nähe zu haben.«

Er zuckte die Achseln und entnahm dem über seiner Schulter hängenden Lederbeutel eine Zigarre. Sein Gral hatte sie ihm am vergangenen Morgen zusammen mit dem Frühstück geliefert.

»Nicht hier«, sagte Jill ruhig. »Dies ist mein Heim, und ich will nicht, daß man es mir verqualmt.«

Schwartz sah überrascht auf, aber dann zuckte er erneut die Achseln. Sobald sie die Hütte allerdings verlassen hatten, zündete er sich die Zigarre an. Er wechselte von ihrer linken Seite auf die rechte, von wo aus ihr der Wind den Qualm genau ins Gesicht blies.

Jill unterdrückte die Bemerkung, nach der es sie in diesem Moment drängte. Es wäre unklug, ihn allzusehr anzufahren, denn dies würde Schwartz die Gelegenheit geben, sie als Feindin zu betrachten. Immerhin befand sie sich jetzt in ihrer Probezeit. Sie war zudem eine Frau, und außerdem würde es sich nicht auszahlen, sich einen Menschen, der nicht nur eine hohe Position hatte, sondern auch noch zu Firebrass' besten Freunden zählte, zum Gegner zu machen. Trotzdem: Sie war nicht bereit, ihre Prinzipien noch weiter fahren zu lassen.

Oder vielleicht doch?

Um Luftschiffkommandantin zu werden, hatte sie auch auf der Erde eine Menge Erniedrigungen über sich ergehen lassen müssen. Sie hatte dazu gelächelt, war nach Hause gegangen, hatte Töpfe und Teller auf dem Boden zerschmissen und saftige Flüche an die Wände geschleudert. Kindisch, sicher; aber gut, um aus der Rage herauszukommen. Und jetzt war sie hier, befand sich in der gleichen Situation, in einer Lage, von der sie vor Jahren nicht einmal geträumt hatte. Und anderswohin gehen konnte sie nicht, hier war sie schließlich nicht irgendwo. Das einzige Luftschiff, das auf dieser Welt konstruiert wurde, würde auch hier gebaut werden. Ein einmaliges Ereignis, ein Phänomen, das sich nirgendwo anders wiederholen würde.

Auf der Hügelkuppe hielt Schwartz an und deutete auf eine Straße, deren Untergrund aus Pinienholzstämmen bestand. Dort, wo sie endete, auf halbem Wege bergab, stand ein langer Schuppen.

»Die Latrine Ihrer Nachbarschaft«, sagte er. »Schütten Sie Ihre Nachttöpfe als erstes jeden Morgen dort aus. Den Urin in das eine, die Exkremente in das andere Loch.«

Er machte eine Pause, lächelte und fuhr fort: »Prüflinge haben in der Regel die Pflicht, das Zeug jeden Tag von dort wegzuschaffen und es in die Berge — zu unserer Schießpulverfabrik — zu bringen. Wir benötigen die Exkremente, um damit die Pulverwürmer zu füttern. Das Endprodukt ihres Verdauungsprozesses ist Nitrat, und . . .«

»Ich weiß«, sagte Jill, ohne die Zähne auseinanderzumachen. »Ich bin schließlich nicht blöd. Jedenfalls verfährt man überall so, wo es Schwefel gibt.«

Schwartz wippte auf den Fersen, paffte vergnügt an seiner Zigarre und deutete nach oben.

»Die meisten Prüflinge müssen mindestens einen Monat in der Fabrik arbeiten. Es ist zwar nicht gerade angenehm, aber gut für die Disziplin. Vor allen Dingen schaffen wir uns damit schnell jene vom Hals, die sich für etwas Besseres halten.«

Bon carborundum illegitimatus«, sagte Jill.

»Wie?« fragte Schwartz aus dem Mundwinkel heraus.

»Ein Sprichwort der Yankees. Wörtlich übersetzt in Latein. Es heißt: *Laß dich von den Säcken nicht unterkriegen.* Ich werde jede Drecksarbeit übernehmen — wenn es etwas einbringt, sie zu erledigen. Und dann bin ich dran.«

»Sie sind ein ziemlich zäher Brocken.«

»Eben. Das muß man sein, wenn man in einer Männerwelt überleben will. Ich dachte, daß die Dinge hier vielleicht anders wären. Das sind sie zwar nicht, aber sie werden es werden.«

»Wir haben uns alle geändert«, sagte Schwartz langsam und ein wenig schwermütig. »Nicht immer zum Guten hin allerdings. Wenn Sie mir 1893 erzählt hätten, ich würde eines Tages aus dem Munde einer Frau — und zwar einer der Oberklasse, nicht irgendeine Hure oder Fabrikarbeiterin — schmutzige Wörter oder subversive . . .«

». . . statt unterwürfig zu sein«, warf Jill wütend ein.

»Lassen Sie mich bitte ausreden. — Oder subversive Suffragettenparolen hören würde, und Sie mir gesagt hätten, daß mich das nicht mehr stören würde, hätte ich Sie eine Lügnerin genannt. Aber Leben ist Lernen. Oder — in unserem Falle — Sterben ist Lernen.«

Schweigend sah er sie an. Jills rechter Mundwinkel zuckte; ihre Augen verengten sich.

»Ich könnte Ihnen jetzt sagen, daß Sie sich das alles sonstwo hineinschieben können«, sagte sie, »aber ich muß mit Ihnen auskommen. Allerdings will ich Ihnen gleich sagen, daß es irgendwo eine Grenze gibt, was ich hinnehmen werde.«

»Sie haben mich anscheinend nicht verstanden«, erwiderte Schwartz. »Ich sagte, daß es mich jetzt nicht mehr stört. Und ich sagte, daß ich lebe und lerne. Ich bin nicht mehr der David Schwartz von 1893. Und ich hoffe, daß Sie auch nicht die Jill Gulbirra von ... Wann sind Sie überhaupt gestorben?«

»1983.«

Sie gingen schweigend bergab, während Jill ihren Gral am Ende des über ihrer Schulter liegenden Speers transportierte. Einmal blieb Schwartz stehen, um ihr einen Bach zu zeigen, der in den Hügeln entsprang. Seine Quelle befand sich irgendwo in den Felsen der Berge. Sie erreichten einen kleinen, zwischen zwei Hügeln liegenden See. Ein Mann saß in seiner Mitte in einem Ruderboot, hielt eine aus Bambus gefertigte Angel in der Hand und ließ sich von der Strömung langsam auf ein Gebüsch zutreiben, das vom Seeufer aus das Wasser überschattete. Er schien Japaner zu sein.

Schwartz sagte: »Ihr Nachbar. Sein richtiger Name ist Ohara, aber er liebt es, wenn man ihn Piscator nennt. Er ist ein Izaak-Walton-Experte, und er kann ihn Wort für Wort auswendig hersagen. Er ist der Meinung, daß jeder Mensch dieser Welt nur einen Namen benötigt, und deswegen hat er sich für ›Piscator‹ entschieden. Das ist lateinisch und bedeutet Fischer. Wie Sie sehen, ist er geradezu vernarrt in Fisch. Deswegen ist er auch der Favorit beim großen Parolando-Flußdrachenfischen. Aber heute scheint ihm das Glück nicht sonderlich hold zu sein.«

»Wie interessant«, sagte Jill. Irgendwie wurde sie den Eindruck nicht los, daß Schwartz drauf und dran war, ihr etwas Unangenehmes mitzuteilen. Sein feines Lächeln erschien ihr irgendwie sadistisch.

»Er wird möglicherweise Erster Offizier unseres Luftschiffs werden«, fuhr er fort. »Er war japanischer Marineoffizier und diente am Anfang des Ersten Weltkriegs bei der englischen Marine als Beobachter und Ausbilder für Luftschiffe. Später hat er in derselben Funktion für die Italiener gearbeitet. Auf einem Luftschiff, das Bombenangriffe auf österreichische Basen flog. Er hat also, wie Sie zugeben müssen, genügend Erfahrung, um auf der Mannschaftsliste ganz oben zu stehen.«

»Und außerdem ist er ein Mann.« Jill lächelte, obwohl sie innerlich kochte. »Und auch wenn meine Erfahrung größer ist als seine, bleibt er das.«

Schwartz wandte sich ab. »Ich bin sicher, daß Firebrass sich seine Offiziere ausschließlich aufgrund ihrer Fähigkeiten auswählen wird.«

Sie gab keine Antwort.

Schwartz winkte dem Mann auf dem Boot zu. Der Japaner erhob sich von seinem Sitz und verbeugte sich lächelnd, dann nahm er wieder Platz, nicht allerdings, ohne Jill vorher einen Blick geschenkt zu haben, unter dem sie sich fühlte wie ein Schiff unter einem Radarstrahl, der sie eingehend musterte, analysierte und ihre psychische Konstruktion identifizierte.

Einbildung, klar. Aber sie glaubte Schwartz sofort, als er sagte: »Ein außergewöhnlicher Mensch, dieser Piscator.«

Die schwarzen Augen des Japaners schienen Löcher in ihren Rücken zu brennen, als sie ging.

10

Draußen war es finster. Drinnen wand sich die Nacht dahin, durchzogen von bleichen Blitzen im Bewußtsein. Einige Zeit später, an einem Ort, wo keine Zeit existierte, leuchtete ein heller Strahl, wie erzeugt von der Linse eines Filmprojektors. Das Licht war nur ein Flüstern in der Luft; in ihrem Kopf hingegen ein lautes Dröhnen. Der Film schien auf einem Kathodenstrahl-Oszilloskop abzulaufen; er war eine Serie von Buchstaben, zerbrochenen Wörtern, Zeichen und Symbolen; jedes einzelne Teil eines undurchschaubaren Kodes. Das heißt: Vielleicht undurchschaubar.

Was schlimmer war: Er schien rückwärts zu laufen. Es war eine für das Fernsehen gemachte Dokumentation, hergestellt für die quadratäugigen Betrachter des Glotzophons. Trotzdem, auch wenn er rückwärts lief: Er war ausgezeichnet. Gesichter zogen vorbei, kehrten wieder wie ein Echo und deuteten Intimität auf Intimität in elektronischer Schnelligkeit an. Wie ein Buch, dessen Seiten man über dem Daumen abblättern ließ. Aber der Text, wo war der Text? Und an was dachte sie, wenn sie über die Gesichter nachdachte? Es gab keine Gesichter und keinen Plot. Sicher, ein Plot war schon da, aber man mußte ihn sich aus vielen Einzelteilen zusammensetzen. Ah, es waren so viele Einzelteile.

Beinahe hätte sie es geschafft, aber dann flutschte es ihr wieder aus den Händen.

Aufstöhnend erwachte sie. Jill öffnete die Augen und lauschte dem auf das Dach trommelnden Regen.

Jetzt erinnerte sie sich auch an den ersten Teil ihres Traums. Sie hatte von einem Traum geträumt — oder ihn zumindest für einen gehalten. Es hatte geregnet, sie war halb aufgewacht, oder es schien zumindest so gewesen zu sein. Die Hütte hatte sich zwanzigtausend Kilometer von dieser entfernt befunden, aber sie waren beinahe identisch, und auch die Welt, die sich außerhalb von ihr befand, hatte sich von dieser hier nicht allzusehr unterschieden. Sie hatte sich zur Seite gedreht, aber ihre Hand hatte nicht das Fleisch gefühlt, mit dem sie gerechnet hatte.

Sie hatte sich hingesetzt und sich umgesehen. Ein Blitz, der irgendwo in der Nähe über den Himmel zuckte, machte ihr klar, daß Jack sich nicht in der Hütte befand.

Sie war aufgestanden und hatte die Fischöllampe angezündet. Es war nicht nur er, der fehlte, sondern auch seine Kleider, Waffen und Ausrüstungsgegenstände.

Sie hatte ihn niemals wiedergefunden. Keiner wußte, wohin er gegangen war und warum.

Der einzige, der darüber vielleicht etwas aussagen hätte können, war in der gleichen Nacht verschwunden. Auch er hatte seine Gefährtin verlassen, ohne ein Wort zu sagen. Es war klar, daß die beiden zusammen fortgegangen waren. Obwohl, soweit Jill wußte, die beiden lediglich zufällig miteinander bekannt gewesen waren.

Warum hatte Jack sie so in aller Stille und so herzlos sitzenlassen?

Was hatte sie ihm angetan?

Lag es daran, daß er zu dem Entschluß gekommen war, daß es für ihn nicht das richtige sei, mit einer Frau zusammenzuleben, die sich nicht damit begnügte, in einer Partnerschaft die zweite Geige zu spielen? Oder hatte ihn einfach wieder die Wanderlust gepackt? Hatten diese beiden Motive genügt, ihn seine Sachen packen zu lassen und zu gehen?

Was immer auch die Wahrheit sein mochte: Seither lebte sie mit keinem Mann mehr zusammen. Jack war der Beste von allen gewesen, wie der Letzte immer der Beste ist, aber er war nicht der Allerbeste gewesen.

Sie hatte sich gerade von dem Schlag einigermaßen erholt, als sie Fatima, die kleine, schlehenäugige Türkin kennengelernt hatte. Sie war, obwohl sie eine von den Hunderten der Haremsdamen von Mohammed IV. (er hatte die Türkei von 1648 bis 1687 beherrscht) gewesen war, niemals mit diesem Mann ins Bett gegangen. Sie hatte nicht einmal sonderlich unter der sexuellen Abstinenz gelitten. Es gab noch eine ganze Reihe anderer Mitgefangener im Seraglio, die ihre eigene Art des Sex bevorzugten, sei es aus natürlicher Neigung oder aufgrund von Konditionierung. Sie war zur Favoritin Kosems, Mohammeds Großmutter, avanciert, obwohl es in ihrer Beziehung nichts offensichtlich Homosexuelles gegeben hatte.

Aber Turhan, Mohammeds Mutter, hatte nichts unversucht gelassen, Kosem ihren Machteinfluß streitig zu machen, und so war sie schließlich von einer Gruppe durch Turhan gedungener Meuchelmörder mit einer Schnur ihres Bettvorhangs erdrosselt worden. Es war Fatimas Schicksal gewesen, just zu diesem Zeitpunkt im Schlafraum des Opfers anwesend zu sein; deswegen war auch sie nicht mit dem Leben davongekommen.

Nachdem sich Fatima mit ihrer vorherigen Gefährtin, einer französischen Ballettänzerin (gestorben 1873), zerstritten hatte, war die gutaussehende kleine Türkin in Jills Hütte gezogen. Jill liebte sie zwar nicht, aber sie war sexuell äußerst aufregend, so daß sie nach einer Weile richtiggehend in sie vernarrt war. Fatima allerdings entpuppte sich ziemlich schnell als ignorant und unbelehrbar. Sie war selbstsüchtig (ohne daß es eine Hoffnung auf Änderung gab), kindisch, und würde das auch bleiben. Nach einem Jahr wurde Jill ihrer überdrüssig, aber trotzdem hatte sie tiefe Trauer befallen, als Fatima von drei betrunkenen Sikeli (aus der Zeit von 1000 Jahren v. Chr.?) vergewaltigt und erschlagen worden war. Ihr Kummer wurde noch schlimmer bei dem Wissen (oder Glauben, immerhin gab es dafür keine Sicherheit), daß ihr Tod nicht mehr rückgängig zu machen war. Allem Anschein nach war die Zeit der Wiedererweckungen vorbei. Verstorbene Personen erwachten nicht länger am nächsten Tag in einer anderen Umgebung.

Bevor sie allerdings zuließ, daß die Trauer ihre Sinne zerfraß, hatte Jill jeden einzelnen der Mörder mit einem wohlgezielten Pfeilschuß niedergestreckt. Wenn Fatima keine Chance mehr erhielt, sollten auch diese Verbrecher nicht mehr leben.

Erst Jahre später hatte sie erfahren, daß man irgendwo stromaufwärts beabsichtigte, ein Luftschiff zu bauen. Sie hatte nicht gewußt, ob das stimmte oder nur ein Gerücht war, aber schließlich gab es Möglichkeiten, das herauszufinden.

Und jetzt war sie hier, und es hatte sie eine beschwerliche Reise gekostet.

11

Aus dem *Täglichen Hörrohr*, einem Fünf-Seiten-Nachrichtenblatt. Herausgeber und Verleger: Der Staat Parolando. Redaktion: S. C. Bagg. Über der oberen linken Ecke (über der Schlagzeile) steht wie immer:

CAVEAT LECTOR

Laut Gesetz ist der Leser dazu verpflichtet, diese Zeitung einen Tag nach dem Empfang in einem öffentlichen Recycling-Faß zu hinterlegen. In Notfällen darf sie auch als Toilettenpapier verwendet werden. Für Unternehmungen dieser Art empfehlen wir in erster Linie die Seite mit unserer Leserbriefspalte. Der erste Verstoß gegen diesen Rat kostet Sie eine öffentliche Rüge; der zweite die Beschlagnahme jeglichen Fusels, Tabaks und Traumgummis für eine Woche; der dritte die permanente Verbannung.

In der Rubrik *Neu bei uns Zuhause* lesen Sie heute:

JILL Gulbirra

Wir erlauben uns, im Gegensatz zu vielen anderen, die ihr dringend raten, ihren Entschluß noch einmal zu überdenken, unsere neue Bürgerkandidatin auf das herzlichste willkommen zu heißen. Es war am letzten Sonntag, als dieser strahlende Sonnenschein unsere ärmlichen Hütten erleuchtete, der aus dem frühmorgendlichen Nebel auftauchte und vier unserer prominentesten Köpfe einfach ansprach. Ungeachtet ihres momentanen geistigen Zustandes und aller möglicherweise vorhandenen lüsternen Gedanken (zwei Faktoren, die einem das Denken nicht gerade leichtmachen) gelang es dem Quartett schließlich doch noch in Erfahrung zu bringen, daß ihr unerwarteter Besucher eine Reise von ungefähr 32 000 Kilometern zurückgelegt hatte, und zwar ganz allein in einem Kanu, ohne einmal vergewaltigt worden oder ertrunken zu sein — und all dies mit der Absicht, herauszufinden, ob es wirklich stimmt, daß wir ein Luftschiff bauen wollen. Obwohl sie nicht offen verlangte, sie müsse Kommandant des Schiffes werden, ließ sie dennoch niemanden im Zweifel darüber, daß es zu unser aller Bestem wäre, wenn sie diesen Posten erhält.

Nach einigen Schlucken jenes göttlichen Produkts aus Kaledonien jedoch gelang es dem Quartett, sich zumindest teilweise von diesem Attentat zu erholen. (Ein Zeuge beschreibt ihr Erscheinen als »amazonenhaft, mit stählernen Nerven und soviel Mumm in den Knochen, wie ich es bei keiner Frau, die diesen Namen verdient, je gesehen habe«.)

Natürlich fragten die phantastischen Vier sie nach ihren Qualifikationen, die sie bereitwilligst offenbarte und die — vorausgesetzt, sie stimmen — in der Tat recht beeindruckend sind. Ein anderer prominenter Bürger, zu diesem Thema von unserem gewieften Reporter Roger »Nellie« Bligh um seine Meinung gebeten, ließ durchblicken, daß sie eben das ist, was sie zu sein scheint. Obwohl er sie während seiner terrestrischen Existenz nie persönlich getroffen hat, hat er über sie in vielen verschiedenen Periodika gelesen und sie sogar einmal im Fernsehen (eine Erfindung des mittleren zwanzigsten Jahrhunderts, die kennenzulernen dem nicht lange genug lebenden Redakteur nach allem, was er darüber gehört hat, glücklicherweise erspart wurde) gesehen.

Es scheint tatsächlich, daß diese Frau, obwohl sie äußerlich wenig Ähnlichkeit mit der irdischen Jill Gulbirra aufweist, nicht zu den zahllosen Hochstaplern gehört, die sich wie eine Pestseuche in unserem Flußtal ausbreiten.

Das Büro für angewandte (manche sagen ›überflüssige‹) Statistik war so freundlich, uns mit folgenden Informationen unter die Arme zu greifen: Gulbirra, Jill (ohne zweiten Vornamen). Weiblich. Taufname: Johnetta Georgette Redd. Geboren am 12. Februar 1953 in Toowoomba, Queensland, Australien. Vater: John George Redd. Mutter: Marie Bronze Redd. Vorfahren: Schottisch-irisch, französisch (jüdisch), australische Ureinwohner. Auf der Erde unverheiratet. Besuchte Schulen in Canberra und Melbourne. Examen 1973 am Massachusetts Institute of Technology; Magistertitel in Aeronautik. Ziviler Pilotenschein für Viermotorige. Ballonfahrerlizenz. Ingenieur und Navigator eines Westdeutschen Frachtluftschiffs für die nigerianische Regierung von 1977—1978. Luftschiffpilotin für Goodyear, Vereinigte Staaten, 1979. Luftschiffpilotin für den Scheich von Kuwait 1980—1981. Fluglehrerin für die British Airways 1982. Wurde 1983 die einzige qualifizierte Luftschiffkommandantin der westlichen Hemisphäre. Flugstunden insgesamt: 8342.

Gestorben am 1. April 1983 bei einem Autounfall in der Nähe von Howeden, England, kurz vor Antritt des Kommandos auf dem neuerbauten Luftschiff Willows-Goodens.

Beruf: siehe oben.

Hobbies: Flötespielen, Bogenschießen, Fechten, Kendo, Kriegskünste, Klatschen.

*Mit den Fäusten kommt sie, wie sie an unserem ehrwürdigen Mitbürger Cyrano »Schnozzola« de Bergerac bewiesen hat, ebenfalls ganz gut zurecht. Jedenfalls ließ sie ihn ziemlich sprachlos und verwundert zurück, und all das verdankte er der Tatsache, daß er es sich herausnahm (ohne dazu aufgefordert zu sein) eine Hand auf ihren rechten Busen zu legen. Normalerweise hätte unser feuriger Franzose jeden anderen, der ihm auf diese Weise mitgespielt hätte, zum Duell herausgefordert, das einen der beiden Kontrahenten zum Tode befördert hätte (natürlich jenseits der Grenzen Parolandos, da unser Staat derartige Schwertfuchteleien nicht duldet), aber da er nun einmal der altmodischsten einer ist, hätte er sich, wie er sich ausdrückte, »*comme un imbécile*« gefühlt, mit einer Frau kämpfen zu müssen. Des weiteren erkannte er durchaus an, daß es ein Fehler war, ihr so seine »Aufwartung« zu machen, ohne dazu weder verbal noch optisch eingeladen worden zu sein.*

Am gestrigen Tag, etwa eine Stunde nach dem Mittagessen, erschien Ihr stets bereiter und überraschend scharfsinniger Reporter vor der Tür von Gulbirras Hütte und klopfte. Nach einigen unwilligen Grunzern rief eine ungehaltene Stimme: »Was, zum Henker, wollen Sie?«, was deutlich machte, wie Wurscht es der Interviewten-in-spe an sich war, wer *vor ihrer Tür stand.*

»Ich bin Roger Bligh vom Täglichen Hörrohr, *Miß Gulbirra. Ich möchte Sie interviewen.«*

»Na, dann warten Sie mal. Ich sitze gerade auf dem Topf.«

Ihr geduldiger Reporter zündete sich, um die Zeit zu vertreiben, also eine Zigarre an. Gleichzeitig plante er, mit deren stinkendem Rauch die zu erwartenden Düfte im Inneren der Hütte zu übertreffen. Nach einiger Zeit, die lediglich vom Geräusch plätschernden Wassers in einem Becken unterbrochen wurde, hörte er eine Stimme sagen: »Jetzt können Sie reinkommen. Aber lassen Sie die Tür auf.«

»Aber gern*«, sagte Ihr Reporter furchtlos.*

Er fand das Subjekt seines Interesses, wie es in einem Stuhl neben einem Tisch saß und an einem Joint suckelte. Dank der Zigarre, dem Maryjane-Stengel und diverser brennender Fischwachskerzen war vom gerade erledigten Geschäftchen der Hausbesitzerin nichts mehr zu verspüren.

»Miß Gulbirra?«

»Nein. Miz.«

»Was soll das denn heißen?«

»Fragen Sie das jetzt nur, weil Sie meine Ansichten dazu hören wollen — oder wissen Sie das wirklich nicht? Ich bin doch nicht die einzige aus meiner Zeit, die in diesem Lande lebt. Ist Ihnen der Begriff Miz *denn noch niemals untergekommen?«*

Ihrem blauäugigen Berichterstatter blieb nichts anderes übrig, als seine Unbildung einzugestehen.

Aber anstatt das Bewußtsein Mr. Blighs zu erhellen, sagte das Subjekt: »Welche Stellung nehmen die Frauen in Parolando ein?«

»Am Tage oder in der Nacht?« fragte Mr. Bligh.

»Sparen Sie's sich, den Smarten raushängen zu lassen«, erwiderte Miz Gulbirra. »Lassen Sie's mich einfach ausdrücken, damit auch Sie kapieren, von was ich rede. Laut Gesetz — also theoretisch — haben die Frauen hier die gleichen Rechte. Aber in der Praxis — also in Wirklichkeit —, welche Einstellung haben die Männer den Frauen gegenüber?«

»Hauptsächlich eine lüsterne, fürchte ich«, erwiderte Ihr Reporter unerschrocken.

»Ich werde Ihnen noch eine Chance geben«, sagte die Miz, »und dann wird es nur noch eine Frage der Wahrscheinlichkeit sein, was zuerst vor der Tür im Dreck liegt: Ihr Arsch oder Ihre stinkende Zigarre.«

»Verzeihung«, erwiderte Ihr wirklich furchtloser Berichterstatter daraufhin, »aber an sich bin ich hergekommen, um Sie zu interviewen, und nicht, um mich interviewen zu lassen. Warum stellen Sie die Frage, welche Haltung die Männer ihren Frauen gegenüber einnehmen, nicht unseren weiblichen Mitbürgern? Sind Sie nun hierher gekommen, um einen Suffragetten-Kreuzzug anzuzetteln oder dabei mitzuhelfen, ein Luftschiff zu bauen und es — entschuldigen Sie das Wort — zu bemannen*?«*

»Wollen Sie mich verarschen?«

»Das würde mir nicht im Traum einfallen«, versicherte Ihr Reporter hastig. »Wir sind ziemlich modern eingestellt hier, auch wenn die Leute aus dem späten zwanzigsten Jahrhundert hier nur recht dünn gesät sind. Der ganze Staat hat sich der Konstruktion eines Luftschiffes verschrieben. Um dieses Ziel zu erreichen, ist während der Arbeitszeit eine strikte Disziplin vonnöten. Aber was ein Bürger während seiner Freizeit tut, ist natürlich seine eigene Sache, solange er damit keinen anderen stört. Also lassen Sie uns allmählich zur Sache kommen. Was ist eine Miz?«

»Sie meinen es wirklich ernst?«

»Das würde ich auf einen ganzen Stapel von Bibeln schwören, wenn es einen gäbe.«

»Kurz gesagt, es ist eine Anrede, die die Mitglieder der Frauenbefreiungs-

bewegung während der sechziger Jahre für sich in Anspruch nahmen. Miß *und* Mrs. *waren für sie ein zu offensichtlicher Hinweis auf ihren Stand. Für einen Mann war eine* Miß *jemand, der unverheiratet war, was automatisch jede — bewußt oder unbewußt — der männlichen Verachtung aussetzte, die das heiratsfähige Alter hinter sich hatte. Der Begriff* Miß *implizierte, daß mit einer solchen Frau etwas nicht stimmen konnte und sie sich beinahe zu Tode danach sehnte, eine* Mrs. *zu werden. Diese wiederum war, bar einer eigenen Identität, allerdings nichts anderes als ein Anhängsel ihres Mannes, ein Bürger zweiter Klasse. Warum sollte ein Fräulein also auch noch mit dem Namen ihres Vaters angesprochen werden? Warum nicht mit dem ihrer Mutter?«*

»Im letzteren Fall«, erwiderte Ihr schlagfertiger Berichterstatter, »würde ihr Name doch auch der eines Mannes sein: der des Vaters ihrer Mutter.«

»Genau. Deswegen habe ich meinen Namen von Johnetta Georgetta Redd — Sie sehen, daß meine beiden sogenannten Taufnamen nichts anderes sind als Feminisationen männlicher Namen — in Jill Gulbirra. Meinen Vater hat beinahe der Schlag getroffen, und auch meine Mutter meldete starken Protest an — aber sie war halt eine typische Tante Martha. Gehirnwäsche.«

»Interessant«, sagte Mr. Bligh. »Aber Gulbirra? Was ist das für ein Name? Slawisch? Wie sind Sie gerade auf ihn gekommen?«

»Es ist ein Wort der australischen Ureinwohner, Sie Armleuchter. Ein Gulbirra *ist ein Känguruh, das Hunde tötet und sie auffrißt.«*

»Ein fleischfressendes Känguruh? Ich dachte, die seien alle Vegetarier.«

»Na ja, möglicherweise hat es nie existiert. Aber die Ureinwohner behaupteten stets, daß es sie gebe. Es mag natürlich ein Fabeltier gewesen sein, aber ist das ein Unterschied? Es ist schließlich der Symbolismus, der zählt.«

An dieser Stelle lächelte Miz Gulbirra so teuflisch, daß sich Ihr sprachloser Korrespondent genötigt fühlte, sich einen Schluck Mut aus der Flasche, die er stets in seiner Umhängetasche mit sich führt, anzutrinken.

»Ich habe mir den Namen nicht etwa deswegen ausgesucht«, sagte die Miz, »weil ich mich mit der Kultur der schwarzen Australier identifiziere oder mit ihr sympathisiere. Ich bin zwar zu einem Viertel eine der ihren, aber was soll's? Auch sie war eine männlich-chauvinistische Kultur, in der die Frauen lediglich Objekte oder Subjekte der Sklaverei abgaben. Sie taten die ganze Arbeit und wurden zum Dank dafür noch von ihren Vätern und Ehemännern verprügelt. Eine ganze Menge weißer Naturapostel hat Krokodilstränen darüber vergossen, daß die Kultur der schwarzen Australier allmählich im Nichts versank; ich persönlich habe das immer für eine gute Sache

gehalten, womit ich natürlich nicht die Leiden mit einbeziehe, die mit dieser Vernichtung Hand in Hand gingen.«

»Der Jammer, wird — im Gegensatz zur Defloration — in der Regel schmerzlos empfunden«, sagte Mr. Bligh.

»Jungfräulichkeit! Auch das ist eine männliche Mythe, die nur erfunden wurde, um das männliche Ego zu erhöhen und seine Ansichten über seine Besitzrechte zu stützen«, erwiderte Miz Gulbirra bitter. »Glücklicherweise änderte sich diese Einstellung noch zu meinen Lebzeiten. Aber es laufen noch immer zuviel von diesen Schweinen — fossile Keiler, wie ich sie nenne — herum, die . . .«

»Das ist ja alles wahnsinnig interessant«, fiel ihr der furchtlose Reporter ins Wort, »aber ich würde es wirklich begrüßen, wenn Sie Ihre Ansichten für unsere Leserbriefspalte reservierten. Mr. Bagg wird sich glücklich schätzen, alles zu drucken, was Sie sagen, und wenn es noch so skurril ist. Aber ich denke, daß es unsere Leser viel brennender interessiert, wie Ihre Pläne aussehen. Worin sehen Sie Ihren eigenen Beitrag zu unserem ›Projekt Luftschiff‹, wie wir zu sagen pflegen? An welcher Stelle, glauben Sie, werden Sie sich in die Hierarchie einfädeln?«

Inzwischen überlagerte der schwere und süße Duft des Marihuana alle anderen Gerüche. In Jills drogengeweiteten Pupillen glomm ein wildes, ungestümes Licht, und Ihr inzwischen etwas zusammengesunkener Berichterstatter sah sich genötigt, seinem allmählich sinkenden Mut mit einem weiteren Schluck aus seinem sattsam bekannten Fläschchen erneut auf die Beine zu helfen.

»Nach allen Gesetzen der Logik und der Vorrangigkeit überlegenen Wissens, der Erfahrung und Fähigkeit«, sagte sie langsam und dennoch laut, »ist es keine Frage, daß ich an diesem Projekt beteiligt werden muß. Mir sollte sogar die Kapitänswürde zustehen! Ich habe mir die Qualifikationen aller anderen angesehen, und es gibt keinen Zweifel daran, daß meine die aller anderen übertrifft. Deswegen frage ich Sie: Warum hat man mich noch nicht mit der Konstruktion beauftragt? Warum faßt man mich nicht als Kandidatin für den Kapitänsposten ins Auge? Warum?«

»Sagen Sie's nicht«, erwiderte Ihr nun wieder furchtloser Reporter, möglicherweise übermäßig ermutigt durch das edle Gesöff, das wie Lava durch seine Adern pulsierte und seine ansonsten durchaus akzeptable Sensibilität betäubte. »Sagen Sie's mir nicht. Lassen Sie mich raten. Könnte es vielleicht sein — und jetzt tappe ich möglicherweise völlig im dunkeln und gerate auf ein Abstellgleis —, könnte es sein, daß man beabsichtigt, Sie auf eine untergeordnete Position abzuschieben, weil Sie nur eine Frau sind?«

Miz Gulbirra starrte Ihren etwas unbekümmert wirkenden Korrespon-

denten an, sog an ihrem Joint, zog den Rauch tief in die Lungen, holte tief Luft, so daß sich ihre zwei Brüste leicht anhoben, und stieß schließlich den inhalierten Qualm durch die Nasenlöcher wieder aus, was Ihren tapferen Berichterstatter an Bilder von Drachen erinnerte. Doch klug, wie er war, enthielt er sich eines diesbezüglichen Kommentars.

»Das ist es«, sagte Jill. »Offenbar sind Sie doch nicht so ein Depp, wie ich dachte.«

Schließlich, den Tischrand mit beiden Händen so ergreifend, als wolle sie das Holz zerbrechen, setzte sie sich auf. »Was aber«, sagte sie, »meinten Sie mit nur eine Frau?«

»Oh«, beeilte sich Ihr furchtloser Reporter zu versichern, »ich versuchte lediglich, treffend Ihre Gedanken zu verbalisieren. Es war ironisch gemeint. Oder so was . . .«

»Wäre ich ein Mann«, bekam er zu hören, »was ich Gott sei Dank nicht bin, wäre ich jetzt schon zumindest Erster Offizier. Und dann würden Sie nicht so dasitzen und mich verhöhnen.«

»Oh, aber da sind Sie im Irrtum«, sagte Ihr tapferer Reporter. »Ich verhöhne Sie keineswegs. Aber mir fällt gerade etwas ein, das Sie möglicherweise übersehen haben und das beweist, daß es gar keinen Unterschied macht, welchem Geschlecht Sie angehören. Selbst wenn Sie die dicksten Eier im Umkreis von 40000 Kilometern hätten, würde Sie das nicht automatisch in die engere Auswahl kommen lassen.

Lange bevor das Flußboot gebaut wurde — ich meine das zweite, nicht das, das König John sich unter den Nagel riß —, war bereits darüber eine Übereinkunft getroffen worden, daß Firebrass, was den Luftschiffbau angeht, die erste Geige spielt. Das steht sogar in der Verfassung von Parolando, die auch Sie kennen sollten, nachdem er Ihnen Absatz für Absatz davon rezitiert hat. Da Sie die Verfassung kennen, haben Sie das auch durch Ihren Eid akzeptiert. Weswegen also noch dieser Aufstand?«

»Sie verstehen wohl überhaupt nichts, Sie Witzfigur, wie?« sagte Jill. »Auf was ich hinauswill, ist, daß man dieses aufgeblasene und anmaßende Gesetz überhaupt nicht hätte zulassen sollen.«

Ihr hochgeschätzter Korrespondent kippte noch etwas mehr von dem Selbstbewußtsein erzeugenden Gebräu und sagte: »Tatsache ist aber, daß es gemacht wurde. Und selbst wenn jetzt ein Mann ankäme, der doppelt so qualifiziert wäre wie Sie, müßte er sich damit abfinden, nie höher aufsteigen zu können als auf den zweiten Platz. Er könnte Kapitän Firebrass' Hauptkonstruktionsassistent und Erster Offizier des Schiffes werden, mehr aber nicht.«

»Es gibt aber kein Geschöpf, das doppelt so qualifiziert wäre wie ich«, er-

widerte sie, »ausgenommen, einer der Offiziere der Graf Zeppelin *tauchte hier auf. Wissen Sie was? Allmählich ermüdet mich die Sache.«*

»Es ist auch ziemlich heiß und verqualmt hier drinnen«, sagte Ihr geschätzter Korrespondent und wischte sich den Schweiß von der Stirn. »Allerdings würde ich gerne noch ein paar Einzelheiten Ihrer Herkunft und Details Ihres irdischen Lebens erfahren, wissen Sie. Also das, was die Allgemeinheit interessiert. Außerdem auch die Geschichte dessen, was Ihnen am ersten Tag der Wiedererweckung passierte. Und . . .«

»Hoffen Sie vielleicht darauf, daß dieser Joint hier mich allmählich antörnt und ich vor Ihrem Charme und Ihrer Virilität zerfließe?« fragte sie. »Warten Sie etwa darauf, daß Sie mich bespringen können?«

»Gott verhüte«, sagte ich. »Dies ist ein strikt beruflicher Besuch. Und außerdem . . .«

»Und außerdem«, unterbrach sie mich — und jetzt war sie diejenige, der der Spott aus beiden Augen sprühte, »haben Sie Angst vor mir, stimmt's? Ihr seid doch alle gleich. Immer müßt ihr überlegen sein und die tragenden Rollen spielen. Wenn ihr auf eine Frau trefft, die etwas mehr Köpfchen hat, die fähig ist, euch in einem Kampf in eure Schranken zu verweisen, und zeigt, daß sie euch überlegen ist, geht euch die Luft aus wie einem Ballon, in den jemand hineingestochen hat, und ihr zieht den Schwanz ein.«

»Nun aber wirklich, *Miß Gulbirra«, erwiderte Ihr verunsicherter Reporter mit heißen Ohren.*

»Zieh Leine, du Wicht!« versetzte Miz Gulbirra.

Ihr frustrierter Korrespondent hielt es für klug und weise, dieser Aufforderung auf der Stelle Folge zu leisten. Das Interview — obwohl von unserem Standpunkt aus nicht gerade vollständig — war damit beendet.

12

Am nächsten Abend holte sich Jill ein Exemplar des *Hörrohrs* aus der Regalablage außerhalb des Pressegebäudes. Mehrere Leute, die offensichtlich bereits in den Genuß des Artikels gekommen waren, grinsten. Sie öffnete die Zeitung, blätterte die Rubrik *Neu bei uns Zuhaus* auf und wußte, noch bevor sie es gefunden hatte, was dort stehen würde.

Die Seiten knisterten in ihren zitternden Händen. Das Interview war grauenhaft, aber an sich hätte sie wissen müssen, daß von einem Mann wie Bagg, der dem späten neunzehnten Jahrhundert entstammte, nichts anderes als derartig geschwätziger Schund zu erwarten war. Was war er gewesen? Redakteur irgendeines Klatschblattes in einem Pionierkaff in Arizona? Ah, ja. Tombstone. Firebrass hatte ihr einiges über ihn erzählt.

Was sie am meisten ärgerte, war das Foto. Sie hatte zwar nichts davon gemerkt, aber irgend jemand mußte sie an jenem Morgen, als sie hier angekommen war, aus der Menge heraus abgelichtet haben. Und da stand sie nun: eingefangen in einer kindisch wirkenden, beinahe obszönen Stellung, nackt, vornübergebeugt, während ihre Brüste nach unten baumelten wie die Euter einer Kuh, in den Händen das gerade zwischen den Beinen durchgezogene Handtuch, um sich den Unterleib abzutrocknen. Sie schaute gerade auf, mit offenem Mund und schien nur aus Nase und Vorderzähnen zu bestehen.

Garantiert hatte der Fotograf noch andere Aufnahmen von ihr gemacht, aber Bagg hatte dieses genommen, um sie der allgemeinen Lächerlichkeit preiszugeben.

Jill war darüber so wütend, daß sie beinahe ihren Gral liegengelassen hätte. Schließlich schwang sie ihn in der Hand und stellte sich vor, Bagg damit den Schädel einzuschlagen, während sie in der anderen die Zeitung hielt, die sie ihm gleichzeitig durch das Gesicht fetzen würde. Schließlich riß sie sich zusammen und stürmte auf das Pressehaus zu. Erst als sie vor der Tür stand, hielt sie inne.

»Hör auf damit, Jill!« sagte sie vor sich hin. »Damit tust du genau das, was dieser Kerl von dir erwartet. Nimm die Sache leicht; sei keine Mimose. Sicher, es wäre ein berauschendes Gefühl, ihn ein bißchen in seinem Büro herumzuschubsen, aber es würde dir die ganze Tour vermasseln. Es würde sich nicht auszahlen; im Endeffekt gerätst du nur noch mehr in die Schlagzeilen.«

Langsam begab sie sich heimwärts und las im matter werdenden Licht den Rest der Zeitung. Sie war nicht die einzige, die Bagg verunglimpft, verleumdet und durch den Kakao gezogen hatte. Firebrass selbst mußte ebenfalls einiges an Kritik einstecken, obwohl man mit ihm im Gegensatz zu ihr noch recht glimpflich umsprang. Und die Kritik kam nicht nur von Bagg. Die Leserbriefseite enthielt eine ganze Reihe unterzeichneter Meinungen von Bürgern, die mit seiner Politik ganz und gar nicht einverstanden waren.

Nachdem sie die Ebene hinter sich gelassen hatte und in das Hügelgebiet kam, war ihr Zorn weitgehend verraucht. Als sie sich umwandte, sah sie Piscator. Er kam lächelnd auf sie zu und sagte mit seinem Oxfordakzent: »Guten Abend, Bürgerin. Darf ich Sie begleiten? Wären wir nicht glücklicher, wenn wir uns gegenseitig Gesellschaft leisteten? Oder vielleicht nicht?«

Jill mußte lächeln. Er sprach so aufgesetzt, beinahe im Stil des siebzehnten Jahrhunderts, und dieser Eindruck wurde noch verstärkt durch seinen Hut, einen großen Zylinder mit einem breitkrempigen Rand, der sie irgendwie an die der Pilgerväter erinnerte, die nach Neu-England ausgewandert waren. Er war aus dem dunkelrotem Leder irgendeines Fisches hergestellt, und an der Krempe baumelten mehrere Aluminiumfliegen. Um seine Schultern hing ein schwarzer Umhang, der am Hals zusammengehalten wurde. Er trug einen dunkelgrünen Kilt und Rotfischledersandalen.

Während er über der Schulter einen Bambusstab trug, hielt er in der anderen Hand den Griff seines Grals, und unter dem Arm klemmte eine Zeitung. Von der anderen Schulter baumelte ein Weidenkörbchen.

Für einen Japaner war Piscator ziemlich groß; er reichte ihr beinahe bis zur Nase. Seine Gesichtszüge waren durchaus attraktiv und fast gar nicht mongolisch.

»Ich nehme an, daß Sie die Zeitung schon gelesen haben?« fragte Jill.

»Leider schon das meiste«, erwiderte Piscator. »Aber das sollte Sie nicht betrüben, wie schon Salomon in den Sprüchen xxiv. 9 über die Spötter sagt. *Sie sind des Menschen Fluch.*«

»Ich bevorzuge *der Menschen*«, sagte Jill.

Er schaute sie verwirrt an. »Aber wie . . .? Ah, ich verstehe. Sie beziehen sich auf die scheinbar männliche Komponente in *des Menschen.* Aber in diesem Falle — und dieser Ausdrucksweise — schließt die Bezeichnung sowohl alle Männer, wie auch Frauen und Kinder mit ein.«

»Das weiß ich«, sagte Jill, als müßte sie dies zum tausendsten Male wiederholen (was auch stimmte). »Ich weiß, daß das so ist. Aber wenn man von *dem Menschen* spricht, hat man als Zuhörer immer den Eindruck, hier sei ausschließlich der männliche Mensch gemeint. Erst *der Menschen* bringt den Leuten nahe, sich daran zu erinnern, daß sich der Spruch auf beide Geschlechter bezieht.«

Piscator sog zwischen den Zähnen hindurch die Luft ein. Jill erwartete jetzt, daß er »Ach so!« sagen würde, aber das tat er nicht. Statt dessen meinte er: »In meinem Körbchen hier habe ich drei

Bohnenkrautschleien, wenn ich sie mal so nennen darf, denn sie sehen dem irdischen Fisch dieses Namens ziemlich ähnlich. Sie sind zwar nicht unbedingt so delikat wie der Grauling, den man hauptsächlich in den Bergströmen findet, aber dennoch den wohlschmeckendsten und herzerfrischendsten Wasserbewohnern zuzurechnen.«

Jill kam zu dem Schluß, daß er sein Englisch aus dem *Perfekten Angler* gelernt haben mußte.

»Würden Sie so freundlich sein und heute abend ein Stückchen von diesem Fisch mit mir teilen? Sie werden beim Pfeifen der Wasseruhr zur sechzehnten Stunde pünktlich fertig sein, und dazu gibt es einen erquickenden Schluck aus Birnenblüten.«

Birnenblüten nannte man die Flechten, die man von den Felsen schabte und zu Alkohol verarbeitete. Sie wurden mit Wasser versetzt (drei zu eins), dann wurden die Blüten der Eisenbaumschlingpflanzen getrocknet, zerstampft und mit Alkohol vermischt. Nachdem die Blüten dem ganzen eine purpurne Farbe und ein rosenduftähnliches Aroma verliehen hatten, war das Getränk fertig.

Jill zögerte mehrere Sekunden lang. Es machte ihr nichts aus, die meiste Zeit allein zu sein. Im Gegensatz zu den meisten ihrer Zeitgenossinnen geriet sie weder in Verzweiflung noch in Panik, wenn sie auf sich allein angewiesen war. Aber an sich hatte sie jetzt lange genug ihre einzige Gesellschaft dargestellt. Die Reise, die sie flußaufwärts geführt hatte, hatte sie einhundertzwanzig Tage gekostet, während der sie größtenteils allein gewesen war — auch am Tage. Des Nachts hatte sie meist mit Fremden gegessen und sich unterhalten, und auch unter den schätzungsweise 500 000 000 Menschen, an denen sie vorbeigekommen war, hatte sie nicht ein einziges bekanntes Gesicht gesehen. Nicht eins.

Allerdings war es ihr auch selten genug vergönnt gewesen, am hellichten Tag nahe genug am Ufer entlangzufahren, um einzelne Gesichter zu unterscheiden. Ihre sozialen Kontakte hatten sich auf die Nacht und eine Handvoll Leute beschränkt. Was ihr mentalen Schmerz zugefügt hatte (oder hätte, vorausgesetzt, sie gestattete sich eine solche Emotion), war der Gedanke gewesen, an jemandem vorbeizupaddeln, den sie auf der Erde geliebt oder zumindest gemocht hatte. Es gab mehrere Leute, die sie sich wiederzusehen sehnte.

Und diejenige, nach der es sie möglicherweise am meisten verlangte, war Marie. Was mochte sie gefühlt haben, als ihr klar wurde, daß ihre grundlose Eifersucht schuld am Tode ihrer geliebten Jill gewesen war? Hatte der Kummer sie zerfressen? Hatte sie sich angesichts dieser Erkenntnis das Leben genommen? Marie war stets selbstmordgefährdet gewesen, oder — um genau zu sein — hatte dazu geneigt, sich dermaßen mit Pillen vollzustopfen, daß es zumindest den Eindruck erweckte. Gleichzeitig war sie sehr geschickt gewesen und hatte stets darauf geachtet, daß noch genügend Zeit übrig war, um ärztliche Hilfe herbeizurufen. Jill selbst war mindestens dreimal Zeugin eines solchen Versuchs geworden.

Nein, Marie würde höchstens in eine dreitägige finstere Stimmung verfallen und sich selbst bemitleiden. Anschließend würde sie etwa zwanzig Schlaftabletten schlucken und ihre nächste Freundin — möglicherweise eine andere Geliebte, dachte Jill mit einem dumpfen Schmerz in der Brust — anrufen, damit diese sie in einen Wagen verfrachtete und zum nächsten Hospital fuhr, wo man ihr den Magen auspumpen würde und mit einem Gegenmittel versorgte, während die andere aufgeregt im Korridor wartete und schließlich an ihr Bett trat, wo Marie sich noch halb besinnungslos und leidend (allerdings wach genug, um die Anwesenheit ihrer Geliebten zu bemerken) hin und her wälzte. Und dann würde sie, angeblich umnebelt von der Wirkung der Droge, einiges sagen, das auf die Gefühle ihrer Freundin einwirkte und ihr Mitleid erregte. Natürlich würde die sadistische kleine Schlampe auch einige verletzende Bemerkungen von sich geben, von denen sie später behauptete, sich nicht daran zu erinnern.

Dann würde Marie von ihrer Geliebten aus dem Hospital abgeholt und in deren Apartment mitgenommen werden. Die Freundin würde sich eine Weile zärtlich um sie kümmern und *dann* . . . Es war Jill beinahe unmöglich, die Sache nicht weiter auszuspinnen.

Sie konnte nicht anders, als grimmig über sich selbst zu lachen, wenn sie soweit gekommen war. Es war jetzt einunddreißig Jahre her, daß sie aus dem Haus gestürmt war, sich in den Wagen geschwungen hatte und mit kreischenden Pneus drei Stopplichter überfahren hatte, bis . . . bis die blendenden Lichter und die jaulende Hupe des gewaltigen Lastwagens sich ihrem Mercedes zugewandt hatten und . . .

Sie war mit zahllosen anderen zu einem neuen Leben erwacht, nackt, und ihr ehemals dreißig Jahre alter Körper besaß nun wieder die Formen einer Fünfundzwanzigjährigen. Und ein Alptraum von einem Paradies. Vielleicht hätte man ein Paradies daraus machen können, hätten sich nicht so viele andere Leute bemüht, hier eine Hölle zu etablieren.

Es war einunddreißig Jahre her. Und die Zeit hatte es trotzdem nicht geschafft, alle Wunden zu heilen. Zumindest diese nicht. Eigentlich hätte sie längst darüber hinweg sein sollen. Wieso verblaßten die Erinnerungen an Marie nicht unter dem Eindruck der jetzigen Probleme? Normalerweise hätte sie sie längst vergessen müssen. Aber das konnte sie nicht.

Sie stellte plötzlich fest, daß der Japaner sie ansah. Offensichtlich harrte er immer noch einer Antwort auf seine Frage, die er ihr gestellt hatte.

»Verzeihen Sie«, sagte Jill. »Manchmal verliere ich mich einfach im Irrgarten der Vergangenheit.«

»Das tut mir leid«, erwiderte Piscator. »Manchmal ... wenn man Traumgummi nimmt, um ihr zu entgehen, oder wenn man verhindern will, daß die Erinnerungen einem geistigen Schaden zufügen, verliert man sich statt dessen.«

»Nein«, sagte Jill und versuchte den Ärger in ihrer Stimme zu verbergen. »Es liegt daran, daß ich einfach zu lange allein war ... da verfällt man in Träumereien. Es ist, wie ... wie ... wenn ich in einem Kanu säße und mich treiben ließe, geschähe das ganz automatisch. Es ist mir so oft passiert, daß ich plötzlich herausfand, zehn Kilometer hinter mich gebracht zu haben, ohne die geringste Erinnerung daran zu besitzen. — Aber jetzt bin ich hier, und die Arbeit, die auf mich wartet, verlangt nach einer ständigen Einsatzfähigkeit. Sie werden sehen, daß ich ebenso fix auf den Beinen sein kann wie jeder andere.«

Den letzten Satz fügte sie hinzu, weil sie damit rechnete, daß Piscator mit Firebrass über sie sprechen würde. Zerstreutheit konnte man bei einem Luftschiffoffizier einfach nicht tolerieren.

»Ich bin sicher, daß Sie das können«, sagte Piscator. Er machte eine Pause, lächelte und fügte hinzu: »Sie brauchen sich übrigens keine Sorgen meinetwegen zu machen. Ich habe in dieser Hinsicht keinerlei Ambitionen. Ich würde mich mit jedem Rang zufriedengeben, den man mir anbietet, weil ich weiß, daß ich ihn aufgrund meiner Erfahrungen ausfüllen kann. Firebrass ist ein fairer Mann.

Was mich allerdings mit Neugier erfüllt, ist unser Ziel, dieser sogenannte Nebelturm oder Große Gral, dem man noch ein Dutzend andere Bezeichnungen verliehen hat. Ganz ehrlich gesagt, bin ich ziemlich gespannt darauf, ihn zu sehen und seine Geheimnisse zu entschlüsseln. Ich bin gespannt darauf, aber nicht etwa begierig, wenn Sie verstehen, was ich meine. Ich möchte Ihnen nur zu verstehen geben, daß ich glaube, nicht Ihre Qualifikationen zu besitzen und jederzeit bereit sein werde, mich rangmäßig unter Ihnen einstufen zu lassen.«

Jill Gulbirra war für eine Weile still. Dieser Mann war Angehöriger einer Nation, die ihre Frauen praktisch versklavt hatte. Zumindest hatte sie das zu seinen Lebzeiten (1886 bis 1965) getan. Sicherlich hatte es nach dem Ersten Weltkrieg ein gewisses Maß an Freiheit für sie gegeben, aber dennoch hätte sie es als normal empfunden, wenn Piscator Frauen gegenüber die gleichen altmodischen Ansichten vertreten hätte: Und diese mußten schrecklich sein. Aber offenbar hatte die Flußwelt doch die Leute verändert. *Einige* zumindest.

»Sie hätten wirklich nichts dagegen?« fragte sie. »Auch nicht im Unterbewußtsein?«

»Ich lüge selten«, sagte der Japaner. »Und wenn, dann nur, um die Gefühle anderer nicht zu verletzen oder mich davon abzuhalten, meine Zeit an Narren zu verschwenden. Würde es Ihnen helfen, wenn ich Ihnen sagte, daß einer meiner Herren in Afghanistan eine Frau war? Ich verbrachte zehn Jahre in ihren Diensten, ehe sie zu dem Schluß gelangte, daß ich nicht mehr so dumm sei wie an jenem Tage, an dem ich zu ihr gekommen war, und sie mich zum nächsten Scheich weiterschickte.«

»Und was haben Sie dort getan?«

»Ich würde mich glücklich fühlen, darüber ein anderes Mal sprechen zu können. Lassen Sie mich Ihnen sagen, daß ich weder gegen Frauen noch gegen Nichtjapaner eingestellt bin. Das war ich einmal, aber diese Narretei habe ich schon vor langer, langer Zeit abgestreift. Zum Beispiel war ich einige Jahre nach Beendigung des Ersten Weltkrieges Zen-Mönch. Aber lassen Sie mich zuerst fragen, ob Sie überhaupt etwas über Zen wissen?«

»In den sechziger Jahren wurde eine Menge Bücher darüber geschrieben«, erwiderte Jill. »Einige davon habe ich gelesen.«

»Ja. Und haben Sie hinterher mehr gewußt als vorher?« fragte Piscator lächelnd.

»Ein bißchen.«

»Sie sind aufrichtig. Wie ich bereits sagte, nahm ich nach dem Krieg meinen Abschied von der Marine und zog mich in ein Kloster bei Ryukyu zurück. Im dritten Jahr kam ein weißer Mann, ein Ungar, als ehrenwerter Novize in dieses Kloster. Als ich sah, wie man ihn behandelte, wurde mir plötzlich klar, was ich unterbewußt schon immer gewußt hatte. Ich hatte mich nur geweigert, dieses Wissen anzuerkennen: Selbst die langen Jahre der Praxis in diesem Kloster hatten niemandem außer mir gezeigt, wie stark man doch noch rassistischen Vorurteilen verhaftet war. Vielleicht sollte ich besser nationalistische Vorurteile sagen, denn die anderen zeigten ihre Ablehnung nicht nur diesem Mann, sondern auch den unter uns befindlichen Chinesen und Indochinesen gegenüber.

Nachdem ich mir selbst das erste Mal gegenüber ehrlich gewesen war, gestand ich mir ein, daß die Zen-Praxis weder in mir noch in den anderen irgend etwas Grundsätzliches geändert hatte. Natürlich darf man nicht vergessen, daß Zen keine Ziele verfolgt. Ziele zu haben heißt, frustriert zu sein, wenn man sie erreicht. Ist das ein Widerspruch? Es ist einer.

Es ist genau der gleiche Unsinn wie der, sich zu *entleeren*. Vielleicht ist es kein Unsinn, entleert zu sein, aber zumindest waren es die Methoden, um diesen Zustand zu erreichen, soweit die Sache mich betraf. Und so verließ ich eines Morgens das Kloster und schiffte mich nach China ein. Von dort aus begann ich meine langen Wanderungen, geleitet von einer körperlosen Stimme, die mich nach Zentralasien führte. Und von dort aus ... Nun, für heute ist es genug. Ich werde Ihnen gerne mehr erzählen, wenn Sie wollen.

Wir sind beinahe zu Hause. Ich wünsche Ihnen alles Gute, bis heute abend. Damit Sie sehen können, daß das Essen fertig ist, werde ich zwei Fackeln entzünden, die Sie von Ihrem Fenster aus sehen können.«

»Ich habe noch nicht gesagt, daß ich komme.«

»Und dennoch haben Sie meine Einladung akzeptiert«, sagte Piscator. »Stimmt das etwa nicht?«

»Ja — aber woher wissen Sie das?«

»Es hat mit Gedankenübertragung nichts zu tun«, sagte Piscator lächelnd. »Ich sehe das an Ihrem Verhalten; daran, wie Sie Ihre Muskeln bewegen, an der Verfärbung Ihrer Pupillen, dem Unterton in Ihrer Stimme. Niemand, der nicht meine Ausbildung hat, würde das erkennen, aber mir ist klar, daß Sie unserem Essen mit Freuden entgegensehen.«

Jill sagte nichts. Sie hatte selbst nicht bemerkt, wie sehr sie sich über die Einladung freute, und sie war sich nicht einmal sicher, ob es stimmte. Konnte Piscator in ihr Innerstes sehen?

13

Zweihundert Meter von Jills Hütte entfernt wuchs auf einem Hügelrücken ein Eisenbaum. In dessen Nähe, zwischen die oberen Teile zweier gigantischer Wurzeln geschmiegt, stand die Hütte Piscators. Die Hinterseite stand auf einem Erdhaufen, die Vorderfront wurde von mehreren Bambuspfählen, die verhinderten, daß es von der Kuppe abrutschte, gestützt.

Jill ging den Hügel hinauf, verschwand unter dem Haus und kletterte eine Bambusleiter hinauf, die durch den Fußboden in das Haus hineinführte.

Das Gebäude war größer als die meisten in diesem Gebiet und umfaßte im unteren Stock drei und im oberen zwei Räume. Irgendein anderer Nachbar hatte ihr erzählt, daß hier einst eine Kommune gelebt hatte, aber wie alle nichtreligiösen Organisationen dieser Art, die von Weißen gegründet worden waren, war auch diese nach einer Weile zusammengebrochen. Piscator war anschließend hier eingezogen, und Jill fragte sich immer noch, was ein einzelner Mann mit einem solch großen Haus anfangen sollte. War es etwa für ihn ein Objekt der Imagepflege? Er machte an sich gar nicht den Eindruck eines Menschen, der auf diese Dinge Wert legte.

Jill sah helle Azetylenlampen, deren Schirme aus weißer, grüner oder roter Fischhaut hergestellt waren. Piscator erwartete sie am Ende der Stufen, lächelte und nickte ihr zu. Er trug ein kimonoähnliches Gewand aus bunten Stoffen und hielt ein Bukett aus großen leuchtenden Blumen, die er von den Schlingpflanzen des Eisenbaums gepflückt haben mußte, in der Hand.

»Willkommen, Jill Gulbirra.«

Sie dankte ihm und atmete tief den schweren Duft der ganz schwach nach altem Leder riechenden Blumen ein. Eine ungewöhnliche, aber nicht schlechte Kombination.

Am Ende der Stufen angekommen, betrat sie den größten Raum des Hauses. Die Decke war beinahe fünf Meter hoch, und eine Reihe japanischer Lampen hing von ihr herunter. Der Bambusfußboden war da und dort mit Matten belegt, die Piscator aus den Fasern des gleichen Materials geknüpft hatte. Seine Möbel waren ebenfalls aus Bambus, leicht, mit einfachen Formen und mit weichen Kissen belegt. Einige der Sessel, die Tischbeine und die Balken, die die Decke stützten, waren aus Eichen- oder Eibenholz, in das Menschenköpfe, Dämonenmasken und Drachenfische geschnitzt waren, die allerdings nicht japanisch aussahen. Möglicherweise hatte sie einer der vorherigen Bewohner des Hauses angefertigt.

Große, mit Wespentaillen versehene Vasen mit großen Öffnungen standen auf dem Boden, während kürzere Versionen hiervon mehrere mit spindeldürren Beinen versehene Tischchen zierten. Sie waren auf einer Töpferscheibe fabriziert und dann gebrannt, bemalt und lackiert worden. Einige der Vasen zeigten auf ihrer Oberfläche geometrische Figuren, andere wiederum Szenen aus dem irdischen Alltagsleben. Sie sah Boote und arabische Seeleute. Blaue Delphine tummelten sich in seegrünem Wasser; ein Ungeheuer öffnete sein Maul, um ein ganzes Schiff zu verschlingen. Da es allerdings eine große Fischart gab, die man als Delphine bezeichnete und der kolossale Flußdrache starke Ähnlichkeit mit dem Ungeheuer aufwies, war es nicht auszuschließen, daß diese Szene das Leben auf der Flußwelt darstellen sollte.

Die Eingänge zu den anderen Räumen waren mit weißen und roten Hornfischgrätenvorhängen verhängt, die bei jeder Berührung leise klimperten. Die Wände waren mit Matten aus gewobenen Schlingpflanzenfasern bedeckt, die Fensterrahmen mit Folien aus Flußdrachendärmen bezogen.

Insgesamt gesehen stellte der Raum — ausgenommen einiger weniger Gegenstände, die man, wie die Azetylenlampen, nicht so oft finden konnte — nichts anderes als eine Variation dessen dar, was man unter dem Begriff ›Flußkultur‹ kannte.

Das Licht der Lampen beleuchtete schwere, in der Luft hängende Tabak- und Marihuanawolken. In einer Ecke spielte auf einem kleinen Podium eine Kapelle und stellte ihre Kunst gegen ein aus Alkohol bestehendes Honorar zur Verfügung und freute sich außerdem, sich nützlich machen zu können. Jill sah, wie die Leute Trommeln schlugen, auf Bambusflöten bliesen, auf einer tönernen Okarina spielten und Harfen, Fiedeln, ein Xylophon, ein Saxophon und eine Trompete erklingen ließen.

Die Musik selbst war Jill unbekannt, aber sie neigte zu der Ansicht, daß sie irgendeine südamerikanisch-indianische Kultur widerspiegelte.

»Wäre diese Party ein reines Tête-à-tête«, sagte Piscator, »könnte ich Ihnen jetzt einen Schluck Tee anbieten, meine Liebe. Aber leider ist mir das nicht möglich, denn mein Gral versorgt mich bedauerlicherweise nur einmal in der Woche mit einem winzigen Päckchen.«

Er hatte sich also noch nicht soweit verändert, daß er die Teezeremonie, die alle Japaner liebten, vergessen hatte. Jill bedauerte den Mangel an Tee ebenso. Wie die meisten Angehörigen ihrer Nation hatte auch sie den Eindruck, daß das Leben nicht vollständig war, wenn zur üblichen Zeit der Tee nicht serviert wurde.

Piscator tauchte ein Trinkgefäß in eine große Glasschüssel, füllte es mit Birnenblütenschnaps und reichte es ihr. Während Piscator ihr erzählte, wie sehr es ihn freute, daß sie gekommen war, nahm sie mehrere Schlucke. Die Worte ihres Gastgebers klangen ehrlich. Jill stellte plötzlich fest, daß sie ihn zu schätzen begann, obwohl er Angehöriger eines Kulturkreises war, in dem die Frauen nichts anderes als Lustobjekte und Arbeitstiere gewesen waren. Schließlich kam es soweit, daß sie sich selbst warnen mußte — zum zehntausendsten Male? —, daß es falsch war, in die gleichen Ansichten zu verfallen wie die anderen. Man mußte, bevor man ein Urteil aussprach, zunächst einmal Fakten sammeln und sich informieren.

Ihr Gastgeber führte sie herum und stellte sie kurz den anderen Gästen vor. Firebrass winkte Jill aus einer Ecke her zu. Cyrano lächelte dünn und deutete eine Verbeugung an. Sie waren einander seit jenem ersten Morgen schon mehrere Male begegnet, und beide waren sie — wenngleich freundlich — doch zurückhaltend gewesen. Jill behagte die momentane Situation nicht, aber immerhin hatte Cyrano sich bei ihr entschuldigt, und sie war mehr als neugierig, wie sich ihr Verhältnis zu diesem strahlenden Mann aus dem siebzehnten Jahrhundert weiterentwickeln würde.

Sie begrüßte kurz Ezekiel Hardy und David Schwartz, die sie beide jeden Tag in den Hangarbüros oder den nahe gelegenen Fabriken sah. Hardy und Schwartz schienen nette Kerle zu sein; sie schienen inzwischen begriffen zu haben, daß sie ihnen, was den Luftschiffbau anbetraf, weit überlegen war. Und nicht nur auf diesem Gebiet. Jill hatte ihre Ungeduld und Verärgerung über die Ignoranz und die Überlegenheitsgefühle der Männer bisher im

Zaum halten müssen, aber sie wußte nicht, wie lange sie das noch durchhalten konnte, ohne gegen ihre eigenen Prinzipien zu verstoßen. Immerhin hatte sich ihr Verhalten bisher durchaus ausgezahlt.

»Halt dich nicht zu weit zurück!« sagte sie sich. »Zeig ihnen, was du kannst!«

Wie oft hatte sie das getan oder es zumindest versucht? Sehr oft hatte es Wirkung gezeigt, wenn auch nicht immer. Doch hier war sie auf diesen Japaner Ohara gestoßen, der sich selbst den Namen Piscator zugelegt hatte und – es war fast unglaublich – eingestand, daß Zen ein großer Unfug sei. Nun, kein hundertprozentiger Unfug, aber er hatte zugegeben, daß man es weit überschätzte. Es hatte Jill nicht gerade gutgetan, das zu hören. Dieses Geständnis traf sie genau unterhalb der Gürtellinie ihres Selbstverständnisses; es kränkte sie, und das hätte nicht sein dürfen. Sie hätte ihn auslachen sollen, zumindest heimlich. Aber er war sich so sicher gewesen.

14

Eine der Frauen, die Jill vorgestellt wurden, war Jeanne Jugan. Piscator erklärte, daß sie in ihrer Heimat Frankreich einst Hausmädchen gewesen sei und später zu den Gründerinnen des der römisch-katholischen Kirche angeschlossenen Ordens der Kleinen Schwestern der Armen (er hatte sich 1839 in der Bretagne etabliert) gehört hatte.

»Ich bin eine seiner Anhängerinnen«, sagte Jeanne und nickte in die Richtung Piscators.

Jill hob die Augenbrauen und sagte: »Oh!« Aber sie bekam keine Gelegenheit mehr, das Gespräch fortzuführen, da Piscator sie sanft am Ellbogen faßte und weiterzog.

»Sie können später noch mit ihr reden.«

Jill fragte sich, welcher Religionsgemeinschaft oder Sekte Piscator nun angehörte. Ein Mitglied der Kirche der Zweiten Chance war er jedenfalls nicht, sonst hätte er das aus Hornfischgräten gebastelte Signum dieser Leute an einer Schnur um den Hals tragen müssen.

Der nächste Mann, der ihnen über den Weg lief, trug dieses Zeichen; drei, um genau zu sein. Mithin war er ein Bischof. Samuelo war ein untersetzter, ziemlich dunkelhäutiger und adlergesichtiger Mann, der irgendwann im zweiten Jahrhundert geboren worden war. Er hatte die Position eines Rabbis in einer jüdischen Gemeinde bei Nehardea in Babylon innegehabt und war laut den Aussagen Piscators zu seiner Zeit eine Kapazität auf dem Gebiet traditioneller Gesetze und in gewisser Weise auch der Wissenschaft gewesen. Man schrieb ihm die Erstellung des jüdischen Kalenders zu, aber sein größter Ruhm rührte hauptsächlich daher, daß es ihm gelungen war, das jüdische Gesetz auf alle Juden anzuwenden, die in der Diaspora lebten.

»Sein Prinzip lautet: *Das staatliche Gesetz ist bindend*«, sagte Piscator.

Samuelo stellte seine Frau vor. Sie hieß Rahelo, war etwas kleiner als er und nicht so dunkel. Sie hatte ein breites Becken und knochige Beine, aber ihr Gesicht strahlte eine überraschende Sinnlichkeit aus. Auf Jills Frage erklärte sie, daß sie im Krakauer Ghetto des vierzehnten Jahrhunderts geboren worden sei. Später berichtete Piscator Jill, daß Rahelo von einem polnischen Edelmann entführt und über ein Jahr in seinem Schloß gefangengehalten worden sei. Als er ihrer überdrüssig geworden war, hatte er sie hinausgeworfen, nicht jedoch ohne ihr einen kleinen Beutel Gold mitzugeben. Ihr Ehemann hatte sie schließlich erschlagen, wütend darüber, daß sie es nicht fertiggebracht habe, sich wegen dieser Entehrung selbst zu töten.

Mehrere Male schickte Samuelo seine Frau weg, um sich ein Getränk holen zu lassen. Er trank allerdings keinen Alkohol. Des weiteren gab er ihr stets mit einem Wink zu verstehen, daß sie seine Zigarre anzünden solle. Rahelo gehorchte augenblicklich, anschließend nahm sie ihre Position hinter ihm wieder ein.

Das vorsintflutliche Verhalten des Mannes und die offensichtliche Erniedrigung seiner Frau, die das alles mit stoischer Ergebenheit hinnahm, war für Jill jedesmal wie ein Tritt in den Bauch. Sie konnte sich beinahe vorstellen, wie er seine täglichen Gebete verrichtete und dabei Gott dankte, nicht als Frau auf die Welt gekommen zu sein.

Später sagte Piscator zu ihr: »Sie hegen nicht gerade freundliche Gefühle dem Bischof und seiner Frau gegenüber.«

Jill fragte ihn nicht, woher er das wußte. Sie sagte: »Es muß ein ungeheuerlicher Schock für ihn gewesen sein, hier aufzuwachen und festzustellen, nicht mehr zu Gottes auserwähltem Volk zu gehören, und daß alle, egal, ob Kirchgänger, Kannibalen, Schweinefleischesser oder Ungläubige — alle Kinder Gottes — sich hier befinden. Daß jeder zu den Auserwählten gehört.«

»Wir waren alle ziemlich entsetzt«, sagte Piscator. »Und schokkiert. Sie etwa nicht?«

Jill starrte ihn einen Moment lang an, dann lachte sie und erwiderte: »Natürlich. Ich war Atheistin und bin es noch immer. Ich war mir ziemlich sicher, daß aus der Masse meines fleischlichen Körpers die gleiche Masse an Erde, Luft und Wasser werden würde. Und dann kam das! Ich habe mich schrecklich gefürchtet, als ich mich hier wiederfand. Aber zur gleichen Zeit — nun, nicht zur gleichen, aber kurz darauf — war ich erleichtert. Es gibt also, dachte ich, *doch* ein ewiges Leben. Und dann, bald darauf, erlebte ich dermaßen seltsame Dinge an diesem eigenartigen Ort, der weder Himmel noch Hölle sein konnte, daß . . .«

»Ich weiß«, sagte Piscator. Er lächelte. »Ich frage mich, was Samuelo dachte, als er sah, daß alle Nichtjuden der Erde auf dieser Welt auch keine Vorhaut mehr besaßen. Das muß ihn genauso mitgenommen haben wie die Erkenntnis, daß niemandem mehr ein Bart wuchs. Einerseits hatte Gott für ihn alle Gojs zu Juden gemacht — weswegen er ein jüdischer Gott sein mußte —, aber andererseits war kein Mann mehr in der Lage, ihm den Willen zu erfüllen, sich einen Bart wachsen zu lassen. Also konnte er auch kein jüdischer Gott sein. All dies sollte möglicherweise dazu dienen, unsere geistige Haltung einer Überprüfung zu unterziehen.«

Er kam näher und sah mit seinen dunkelbraunen Augen zu ihr auf. »Die Chancisten haben einige bemerkenswerte Ansichten, was die Frage anbetrifft, weswegen wir vom Tod wieder auferstanden sind und wer dafür verantwortlich ist. Sie scheinen mir nicht allzu weit von der Wahrheit entfernt zu sein, die dem Menschen sagt, welchen Weg — oder welche Wege — er gehen muß, um das Ziel zu erreichen. Dieses Ziel ist eines, das die Menschheit sich ersehnen sollte, und führt zu einem Tor, das unsere unbekannten Wohltäter für uns geöffnet halten. Aber Gewissenhaftigkeit ist Geradheit. Die nichtgewissenhafte Kirche hat die Hauptstraße — oder besser: die einzige Straße — verlassen.«

»Wovon reden Sie überhaupt?« fragte Jill. »Sie hören sich beinahe genauso wirr an wie die Chancisten.«

»Wir werden sehen — wenn Sie wollen«, erwiderte er. Dann

entschuldigte er sich und eilte zu dem großen Tisch hinüber, wo er mit einem Mann sprach, der gerade erst eingetreten war.

Jill schlenderte auf Jeanne zu mit der Absicht, sie zu fragen, was sie mit der Bemerkung, sie sei eine von Piscators Anhängerinnen, gemeint hatte, aber De Bergerac versperrte ihr den Weg. Er grinste breit.

»Ah, Miz Gulbirra! Ich muß Sie noch einmal wegen meines unflätigen Benehmens an jenem Morgen um Entschuldigung bitten! Es lag an dem Likör, daß ich mich in dieser unverzeihlichen — nun, vielleicht nicht gerade unverzeihlichen, wie ich hoffe — und barbarischen Weise aufführte. Ich trinke selten mehr als eine oder zwei Unzen, weil ich es nicht leiden mag, wenn der Alkohol meine Sinne lähmt. Der Alkohol macht den Menschen zum Schwein, obwohl ich nichts gegen Schweine habe, solange sie brutzelnd in der Pfanne liegen oder sich über einem Feuer am Spieß drehen. Aber in dieser Nacht wollten wir fischen . . .«

»Ohne Ausrüstung?« fragte Jill.

»Nun, sie lag auf der Ihnen abgewandten Seite des Gralsteins. Und der Nebel war dick, erinnern Sie sich, Mademoiselle?«

»Miz.«

»Und so redeten wir über die Erde, über Länder und Leute, die wir kannten; Freunde, die ein schreckliches Ende genommen haben; Kinder, die gestorben waren; daß unsere Eltern uns nie richtig verstanden; unsere Feinde, warum wir hier sind, und so weiter, verstehen Sie? Ich wurde schwermütig, als ich darüber nachdachte, was aus der Erde hätte werden und was ich mit meiner Cousine Madeleine hätte anstellen können, wäre ich damals weniger naiv gewesen. Und so . . .«

»Und so betranken Sie sich«, sagte Jill mit unbewegtem Gesicht.

»Und beleidigte Sie, Miz, obwohl ich schwöre, daß ich zu diesem Zeitpunkt wirklich nicht glaubte, eine Frau vor mir zu haben. Der Nebel, Ihre wallenden Gewänder, meine Vorwitzigkeit . . .«

»Vergessen Sie's«, sagte Jill. »Obwohl . . . Ich war mir niemals sicher, ob Sie es mir verzeihen würden, daß ich Sie vor all den Zeugen zu Boden warf. Ihr Selbstbewußtsein . . .«

»Sie sollten nicht so klischeehaft sein«, rief Cyrano aus.

»Sie haben recht«, erwiderte Jill. »Obwohl ich stereotypes Denken bekämpfe, erliege ich doch immer wieder der Versuchung, mich selbst so zu verhalten. Zu oft . . . Nun, die meisten Leute denken nicht nur so, sondern leben auch danach, stimmt's?«

Sie blieben stehen und unterhielten sich eine lange Zeit. Jill trank noch etwas und spürte, wie sich ihr Inneres langsam erwärmte. Die Marihuanawolken wurden dichter, und sie fügte ihnen noch etwas hinzu, indem sie sich selbst einen Joint drehte. Die Stimmen der Anwesenden wurden lauter, ebenso das Gelächter. Einige Paare begannen zu tanzen, legten einander die Arme um den Hals und vergaßen die sie umgebende Welt.

Piscator und Jeanne Jugan schienen die einzigen zu sein, die nichts tranken. Der Japaner rauchte eine Zigarette; die erste, wie Jill annahm, die er angezündet hatte, seit sie eingetreten war.

Die Kombination von Likör und Pot schien ihr plötzlich eine andere Ausstrahlung zu verleihen. Sie kam sich vor, als erstrahle ihr Körper in hellrotem Licht. Die Rauchwolken formten beinahe Gestaltenumrisse. Manchmal, wenn sie einen Blick aus den Augenwinkeln riskierte, glaubte sie bestimmte Figuren — Drachen, Rauchfische, einmal sogar ein Luftschiff — zu erkennen. Aber sobald sie sich ihnen näher zuwandte, verschwammen sie zu einer formlosen Masse.

Als sie ein metallenes Faß an sich vorbeizischen sah, wußte sie, daß sie für heute genug hatte. Also aufhören mit Schnaps und Pot für heute abend. Das Auftauchen des Fasses erklärte sich daraus, daß Cyrano ihr von Verbrechen und ihrer Ahndung im Frankreich seiner Tage erzählt hatte. Man hatte zum Beispiel Falschmünzer auf ein großes Rad gespannt, dann brach der Henker ihm Arme und Beine mit einer Eisenstange. Hingerichtete Kriminelle wurden in Käfigen auf dem Marktplatz zur Schau gestellt, bis ihre Körper verwesten und ihre Glieder von ihnen abfielen. Hin und wieder warf man ihre Eingeweide auch in metallene Fässer, um die Bürger daran zu erinnern, was mit jenen geschah, die sich gegen die Ordnung verschworen.

»Und die Abwässer flossen durch die Straßen, Miz Gulbirra. Kein Wunder also, daß jene, die Geld hatten, beinahe in Parfüm badeten.«

»Ich dachte, man hätte sich zu dieser Zeit hauptsächlich deswegen parfümiert, weil man so selten badete.«

»Stimmt«, sagte der Franzose lächelnd. »Ich meine, es stimmt, daß man nicht sehr oft badete, weil man es für ungesund und unchristlich hielt. Aber man kann sich an ungewaschene Körper durchaus gewöhnen. Mir ist es jedenfalls nicht sonderlich aufgefallen, zumal ich ja — wie Sie sagen würden — selbst zu denen gehörte, die das alles ebenso unbewußt hinnahmen wie ein Fisch das ihn umgebende Wasser. Aber *hier* . . . wo man so wenig an Kleidung trägt und Wasser in Hülle und Fülle vorhanden ist und man so viele Leute trifft, die es nicht aushalten, unter ungewaschenen Menschen zu sein — kann man gar nicht anders, als sein Denken umzustellen. Ich muß gestehen, daß ich anfangs keinen besonderen Grund sah, mich übermäßig sauberzuhalten, aber nach einigen Jahren stieß ich auf eine Frau, in die ich mich beinahe ebenso rasch verliebte wie in meine Cousine. Sie hieß Olivia Langdon . . .«

»Meinen Sie etwa die Frau von Sam Clemens?«

»Aber ja. Allerdings sagte mir das gar nichts, als ich sie zum erstenmal traf, und es bedeutet auch heute noch nichts für mich. Ich hörte, er sei ein bekannter Schriftsteller aus der Neuen Welt — sie erzählte mir viel von dem, was seit meinem Tod auf der Erde passiert war —, aber ich habe nicht viel darüber nachgedacht. Schließlich machten Olivia und ich uns auf und wanderten den Fluß hinunter, wo wir unerwartet mit einer Situation konfrontiert wurden, vor der die meisten Leute sich fürchten. Wir trafen auf meinen Vorgänger, auf Sam Clemens, Olivias irdischen Gefährten, der sich Mark Twain nennt.

Damals — obwohl ich noch immer in sie vernarrt war — hatten sich meine Gefühle ihr gegenüber etwas abgekühlt, denn jeder von uns gab sich alle Mühe, den anderen aufzubringen und in Rage zu versetzen. Und der Grund dafür? Es war keine Frage, daß unsere Schwierigkeiten hauptsächlich drauf zurückzuführen waren, weil wir nicht nur anderen Nationen, sondern auch anderen Zeiten angehörten. Wie kann ein Mann aus dem siebzehnten Jahrhundert mit einer Frau aus dem neunzehnten auskommen? Nun, manchmal schafft man es, sich zusammenzuraufen, aber in der Regel schafft der zeitliche Unterschied zwischen individuellen Partnern solche Probleme, daß man oft nur noch von einem hoffnungslosen Fall sprechen kann.

Livy und ich waren weit entfernt von hier, als ich davon hörte, daß man hier ein Boot zu bauen beabsichtigte. Ich wußte von dem Eisenmeteoriten, der hier niedergegangen sein sollte; wußte aber nicht, daß es Sam Clemens war, der ihn gefunden und sich angeeignet hatte. Aber ich wollte der Mannschaft angehören und endlich wieder ein stählernes Rapier in meiner Hand halten.

Und so, meine Liebe Miz Gulbirra, kamen wir hierher. Der

Schock war für Sam wirklich groß. Er tat mir eine Weile sogar leid und bedauerte es, daß diese Wiedervereinigung zu keiner echten wurde. Olivia zeigte keinerlei Interesse daran, zu ihm zurückzukehren, obwohl unsere Beziehung schon lange nicht mehr so war wie früher. Sie schien sich sogar schuldig zu fühlen, weil sie für ihn keine Liebe mehr empfand, was noch schwerer zu verstehen ist, wenn man weiß, wie sehr sie sich auf der Erde geliebt haben.

Aber es hatte zwischen ihnen mehrere Brüche gegeben, tief verborgene Feindseligkeiten. Einmal, als sie krank gewesen war, hatte sie abgelehnt, ihn zu sehen. Das tat ihm ziemlich weh, aber sie ließ sich nicht erweichen. Ich fragte sie, aus welchen Gründen sie ihn nicht in ihr Krankenzimmer gelassen habe, und sie erwiderte, es nicht zu wissen. Möglicherweise lag es daran, daß sie ihm insgeheim die Schuld am Tode ihres gemeinsamen Sohnes gab. Sie bezeichnete Sams Gedankenlosigkeit als beinahe kriminell, obwohl es auf der Erde nie soweit gekommen war, daß sie das Wort ausgesprochen hätte.

Ich versuchte ihr klarzumachen, daß dies vor langer Zeit auf einem anderen Planeten geschehen sei, und fragte sie, warum sie noch immer diese Abneigung gegen ihn mit sich herumschleppe, als ob es jetzt noch etwas ausmache, nachdem der kleine . . . Wie hieß er doch gleich?«

»Langdon«, sagte Jill.

». . . nachdem der kleine Langdon nun ebenfalls von den Toten auferstanden sei? Er sei im Alter von zwei Jahren gestorben, sagte sie, und da niemand unter fünf Jahren — zumindest nicht hier — wiedererweckt worden sei, sei er so gut wie tot. Vielleicht lebe er auf einer anderen Welt und sei längst erwachsen. Jedenfalls könne sie nicht zu ihm, und selbst wenn das möglich wäre, würde er sich vermutlich gar nicht mehr an sie erinnern. Sie würde eine Fremde für ihn sein. Und Gott allein mochte wissen, welche Art Mann aus ihm geworden sei. Er könne ebensogut unter Kannibalen oder Indianern aufgewachsen sein und weder die englische Sprache, noch irgendwelche Tischmanieren beherrschen.«

Jill lächelte und sagte: »Das hört sich eher nach Mark Twain als nach seiner Frau an.«

Cyrano grinste und meinte: »Sie hat das auch nicht gesagt. Das ist von mir. Ich wollte Ihnen nur zeigen, wie sie ungefähr dachte. Allerdings beruhte ihre Abneigung gegenüber Clemens noch auf anderen Dingen, nicht nur auf dem Tod ihres Kindes. Ich kann

Clemens allerdings keinen Vorwurf machen. Als Schriftsteller kann es einem schon mal passieren, daß man alles um sich herum vergißt, wenn man gerade eine spannende Geschichte im Kopf hat. In dieser Beziehung bin ich ihm ähnlich. Er hatte es einfach nicht bemerkt, daß die Decken verrutscht waren und der eiskalte Wind voll auf das ungeschützte Kind niederblies. Er lenkte das Pferd, das seinen Wagen durch die Winterlandschaft und den fallenden Schnee zog, wie ein Automat und konzentrierte sich auf seine Innenwelt.

Olivia stand allerdings auf dem Standpunkt, daß er lange nicht so geistesabwesend gewesen sei, wie er behauptete. Sie bestand darauf, daß er es gar nicht gewesen sein könne; daß irgendein kleiner, böser Teil seines Bewußtseins sich unbewußt auf das Baby konzentriert haben müsse. Angeblich hatte er nie einen Sohn haben wollen. Im Gegensatz zu den meisten anderen Männern bevorzugte er Töchter. Nebenbei gesagt war das Baby von Geburt an kränklich; ein Störfaktor. Für Sam, meine ich.«

»Ein Punkt, der für ihn spricht«, sagte Jill. »Ich meine, daß er Töchter bevorzugte. Obwohl das — um ehrlich zu sein — ebenso von einer Neurose zeugte wie die gegenteilige Auffassung. Allerdings scheint ihn der männliche Chauvinismus nicht befallen zu haben . . .«

Cyrano sagte: »Sie müssen wissen, daß Olivia von alledem während ihrer irdischen Existenz nicht die geringste Ahnung hatte. Zumindest behauptete sie das, obwohl ich vermute, daß sie durchaus auch andere Gedanken hegte, von denen sie allerdings beschämt war und sie deswegen tief in die dunklen Tiefen ihrer Seele verbannte. Erst hier, in diesem Tal, gewöhnte sie sich daran, das *soi-disant,* den sogenannten Traumgummi zu kauen, der es ihr erlaubte, ihre wahren Gefühle zu zeigen. Und dadurch — obwohl sie in gewisser Weise Clemens noch immer liebte — haßte sie ihn nur noch mehr.«

»Hat sie mit dem Gummikauen aufgehört?«

»Ja. Es regte sie zu sehr auf. Obwohl sie hin und wieder einige ekstatische oder fantastische Visionen hatte, waren die furchterregenden Erfahrungen doch in der Überzahl.«

»Sie hätte damit weitermachen sollen«, sagte Jill. »Unter kompetenter Führung allerdings. Jedoch . . .«

»Ja?«

Jill preßte die Lippen aufeinander. Dann sagte sie: »Vielleicht sollte ich nicht allem gegenüber so verdammt kritisch sein. Ich hatte einst einen Guru, eine hübsche Frau; die beste und weiseste, die mir je begegnete, aber auch sie konnte mich nicht davon abhalten, alle naselang in ... Nun, es gibt keinen Grund, hier in den gleichen Fehler zu verfallen. Jedenfalls war es eine bestürzende Erfahrung. Ich sollte damit aufhören, alles und jeden zu kritisieren. Obwohl ich mir vorgenommen habe, mich in dieser Beziehung zurückzuhalten, fordern mich die Ansichten der Chancisten stets aufs neue heraus, selbst wenn sie in gewisser Beziehung beinahe exzellente Spekulationen verbreiten. Ich kann einfach keinen Leuten voll vertrauen, die *ihre eigenen* religiösen Vorstellungen haben.«

»Ich war ein Freidenker, ein *Libertin,* wie wir uns nannten«, sagte Cyrano. »Aber jetzt ... Ich weiß nicht. Vielleicht gibt es doch einen Gott. Wer sollte sonst für die Existenz dieser Welt verantwortlich sein?«

»Es gibt eine Menge Theorien«, sagte Jill. »Ich zweifle nicht daran, daß Sie jede einzelne davon kennen.«

»Viele jedenfalls«, erwiderte Cyrano. »Und ich hoffte schon, von Ihnen eine neue zu hören.«

15

In diesem Moment gesellten sich mehrere andere Leute zu ihnen. Jill brach ab, trennte sich von der Gruppe und hielt nach einer anderen Ausschau, der sie sich zugesellen konnte. Wie auf der Erde glichen auch die Cocktailpartys auf der Flußwelt einander wie ein Ei dem anderen. Man sprach kurz miteinander, versuchte sich selbst für eine Weile im allgemeinen Durcheinander von Geschwätz und Musik hörbar zu machen und wechselte dann zu anderen Partnern über, bis sich der Kreis geschlossen hatte. War man an den Ansichten irgendeines Gesprächspartners besonders interessiert — oder vielleicht auch an ihm selbst —, verabredete man sich zu einem späteren Treffen, bei dem man ungestört und ruhig miteinander diskutieren konnte.

In alten Zeiten (wie lange war das schon her?), als Jills Bewußtsein noch weniger ausgereift gewesen war, hatte sie bei Treffen dieser Art oft Männer und Frauen kennengelernt, deren Ansichten sie gefesselt hatten. Aber damals war sie entweder betrunken oder high (oder beides) gewesen und allen Meinungen gegenüber offen. Es war nicht schwer, sich unter diesen Umständen in einen Geist oder Körper — oder beides zur gleichen Zeit — zu verlieben. Aber mit der Ernüchterung kam dann auch stets die Weisheit. Und eine Trennung. Zwar nicht immer, aber meistens.

Und jetzt nahm sie an einer Gesellschaft teil, bei der scheinbar nur Fünfundzwanzigjährige anwesend waren. Chronologisch gesehen war sie jetzt einundsechzig. Es war nicht unwahrscheinlich, daß einige der anderen über einhundertdreißig Jahre auf dem Bukkel hatten. Oder mehr. Der Jüngste war jedenfalls nicht unter sechsunddreißig.

Wenn es wirklich stimmte, daß das Alter Weisheit mit sich brachte, mußte hier eine geballte Ladung davon vorherrschen. Dieser Spruch hatte sich auf der Erde meistens jedoch nicht bewahrheitet. Obwohl es nur schwerlich möglich war, der Erfahrung aus dem Wege zu gehen, schienen die meisten Leute dies irgendwie geschafft zu haben. Natürlich verwandelte sich die Erfahrung nicht automatisch auch in Weisheit; vielleicht lag es daran, daß die meisten alten Leute, denen sie auf der Erde begegnet war, immer noch so reagierten wie Neunzehnjährige.

Man konnte also erwarten, daß die Leute sich auch hier wenig auf ihre Erfahrungen stützten, wenn auch das unerwartete Weiterleben nach dem Tode einigen ganz schön in die Glieder gefahren war.

Beispielsweise hatte niemand mit einem Weiterleben in *dieser Form* gerechnet. Keine Religion hatte ihren Anhängern einen solchen Ort und solche Ereignisse vorhergesagt, wenn auch, um genau zu sein, alle Glaubensrichtungen, die von Paradiesen und Höllen sprachen, sich — was deren Beschreibung anging — bemerkenswert zurückgehalten hatten. Was vielleicht weniger bemerkenswert gewesen wäre, hätte es auf der Erde nicht einige Leute gegeben, die behaupteten, bereits einen kurzen Blick in die Welt nach dem Tode getan zu haben.

Es war nicht einmal etwas Übernatürliches an diesem Ort und der Wiederauferstehung der Toten. Man konnte alles — oder doch beinahe alles — mit wissenschaftlichen oder metaphysischen Termini erklären. Aber auch das hielt die Leute nicht davon ab, religiöse Theorien zu entwickeln oder zu versuchen, alte zu verifizieren.

Jene Religionen, die im Gegensatz zu den meisten westlichen nichts über die Eschatologie der Wiederauferstehung und der Unsterblichkeit verbreitet hatten — Buddhismus, Hinduismus, Konfuzianismus oder Taoismus —, hatten sich selbst diskreditiert. Den anderen — dem Judentum, dem Islam und dem Christentum — war es allerdings nicht anders ergangen. Aber wie auf der Erde war auch auf dieser Welt der Zusammenbruch einer Religionsgemeinschaft identisch mit der Geburtsstunde einer neuen. Obwohl es natürlich immer noch genügend Minderheiten gab, die sich mit konsequenter Sturheit an ihren alten Glauben klammerten, sich nicht von ihm abbringen ließen und Stein und Bein schworen, er sei noch lange nicht bankrott.

Jill, die in der Nähe Samuelos, des Ex-Rabbis und gegenwärtigen Bischofs der Kirche der Zweiten Chance, stand, fragte sich, wie dessen Reaktionen im ersten Jahr dieser Welt ausgesehen haben mochten: Weder war ihm der Messias erschienen, um sein auserwähltes Volk zu retten, noch versammelten sich die Auserwählten im irdischen Jerusalem. Kein Jerusalem, keine Erde.

Aber offensichtlich hatte der Zusammenbruch seiner Kirche seinem Wohlbefinden keinen Abbruch getan. Irgendwie mußte er die Tatsache, sich geirrt zu haben, ohne besondere Schwierigkeiten akzeptieren. Für einen superorthodoxen Rabbi dieses Zeitalters setzte das einen äußerst flexiblen Geist voraus.

In diesem Moment bot Jeanne Jugan, die den Part der Gastgeberin spielte, sowohl Samuelo als auch seiner Frau einen Teller mit Bambusspitzen und Fischfilet an. Samuelo warf einen Blick auf den Fisch und fragte dann: »Was ist das?«

»Krötenfisch«, sagte Jeanne.

Samuelo preßte die Lippen aufeinander und schüttelte den Kopf. Jeanne sah ihn verwirrt an, da der Bischof ganz offensichtlich hungrig war und er das Mahl beinahe schon mit den Fingerspitzen berührt hatte. Die Bambussprossen gehörten, wie Jill sich zu erinnern glaubte, laut dem mosaischen Gesetz nicht zu den verbotenen Speisen. Aber sie lagen zusammen mit dem schuppenlosen Fisch auf dem gleichen Teller und wurden dadurch verunreinigt.

Sie lächelte. Es war offensichtlich leichter, die Ansichten eines Menschen zu ändern, als seine Eßgewohnheiten. Ein gläubiger Moslem oder Jude konnte zwar seine Meinung über die Religion ändern, würde aber immer noch zurückzucken, wenn man ihm Schweinefleisch anbot. Jill hatte einst einen Hindu, der inzwischen Atheist geworden war, kennengelernt, der immer noch kein Fleisch hinunterbekam. Und sie selbst war — ungeachtet ihrer Abstammung — nicht in der Lage, einen Wurm zu verspeisen, obwohl sie es versucht hatte. Natürlich hatte die genetische Abstammung nichts mit der Art der Ernährung zu tun; es war reine Erziehungssache, welche Nahrung man bevorzugte, wenn auch nicht immer. Es gab genügend Leute, die sich leicht umstellen konnten. Und außerdem gab es noch den individuellen Geschmack. Jill hatte im gleichen Moment, in dem sie das Haus ihrer Eltern verlassen hatte, damit aufgehört, Hammelfleisch zu essen. Sie konnte es einfach nicht ausstehen. Und außerdem zog sie einen Hamburger jedem Beefsteak vor.

Und schuld daran, dachte sie, als sie aus ihrer tiefen Versunkenheit auftauchte und die Gedanken abschüttelte wie ein Taucher die Wassertropfen, schuld daran ist ganz einfach die Tatsache, daß wir das sind, was wir essen. Und wir essen, was wir mögen, deswegen, weil wir es sind. Und was wir sind, liegt teilweise an unserer Umgebung und teilweise an unserem genetischen Make-up. In unserer Familie mochte jeder außer mir Hammelfleisch. Nur eine meiner Schwestern teilte meine Liebe zu Hamburgern und meine Abneigung gegenüber Beefsteaks.

Alle meine Brüder und Schwestern waren — soweit ich weiß — heterosexuell. Ich bin als einzige bisexuell, und das möchte ich nicht. Ich möchte entweder das eine oder das andere sein und kein Fähnchen im Wind, das einmal nach dieser und dann wieder nach jener Seite hin ausschlägt. Und doch bin ich es selbst, die dafür sorgt, daß mein Wetterhahn mal in diese oder jene Richtung zeigt.

Sie wollte wirklich nicht beides zugleich sein. Und wenn sie sich hätte entscheiden müssen — und warum sollte sie es eigentlich nicht? —, würde sie es bevorzugen, Frauen zu lieben.

Frauen lieben. Warum gestand sie sich nicht ein, daß sie eine Lesbierin war? — Das ist es, sagte sie sich. Lesbisch. Sie schämte sich dessen nicht. Und was war mit Jack? Sie hatte ihn auch geliebt. Und was mit . . .?

Sie war aus ihrem Traum aufgewacht, bloß um in einem neuen zu versinken.

Vom anderen Ende des Raumes warf Firebrass, der sich mit einigen anderen unterhielt, ihr einen Blick zu. Hatte er ihre Eigenart, zu einer bewegungslosen Statue zu werden, wenn sie über sich und die Welt, in der sie lebte, nachdachte, bemerkt? Wenn ja, war er bereits jetzt zu dem Schluß gekommen, sie sei zu träumerisch veranlagt und deswegen nicht geeignet, eine Vertrauensposition einzunehmen?

Der Gedanke versetzte sie in sanfte Panik. O Gott, er konnte sie einfach nicht deswegen ablehnen, nur weil sie hin und wieder in Gedanken versunken war! Natürlich würde sie niemals träumen, solange sie im Dienst war! Niemals. Aber wie sollte sie das Firebrass klarmachen?

Sie mußte sich benehmen, als sei sie ständig auf irgendeine Überraschung gefaßt. Extrovertiert, auf alles vorbereitet, vertrauenswürdig. Wie eine Pfadfinderin.

Sie gesellte sich zu einer Gruppe, in deren Mitte Bischof Samuelo stand.

Der kleine, dunkelhäutige Mann erzählte gerade Geschichten über La Viro. Jill hatte bereits einige davon gehört, da sie mehr als eine Versammlung der Chancisten miterlebt und mit ihren Missionaren gesprochen hatte. In der offiziellen Sprache der Chancisten, dem Esperanto, bedeutete ›La Viro‹ *Der Mensch.* Man bezeichnete diesen Mann aber auch als ›La Fondito‹, den Gründer. Allem Anschein nach kannte niemand seinen irdischen Namen, und den Chancisten schien das auch gar nicht wichtig zu sein.

Samuelos Geschichte drehte sich um den Fremden, der La Viro in einer stürmischen Nacht, als er sich in einer Höhle in den Bergen aufgehalten hatte, begegnet war. Der Fremde hatte ihm offenbart, daß er derjenige sei, der diesen Planeten erschaffen habe und für das Weiterleben der Menschheit im Tal dieses verschlungenen, sich über die ganze Welt erstreckenden Flusses verantwortlich sei.

Weiterhin hatte er La Viro angewiesen, die Kirche der Zweiten Chance zu gründen, ihm einige Glaubensthesen gegeben und ihm versprochen, daß ihm, nachdem es ihm gelungen sei, die Botschaft im Tal zu verbreiten, weitere Offenbarungen zuteil werden sollten. Soweit Jill allerdings wußte, hatte der Fremde sich nie wieder blicken lassen.

Trotzdem hatte sich die Kirche überall ausgebreitet. Ihre Missionare wanderten zu Fuß oder bewegten sich mit Booten flußauf, flußab. Manche, behaupteten einige, reisten sogar mit Ballons. Die schnellste Art der Fortbewegung allerdings war bisher die des Todes und der Wiedererweckung gewesen.

Tatsächlich taten jene, die die Prediger der Kirche umbrachten, ihr einen großen Gefallen: Der Tod eines jeden Missionars bedeutete nichts anderes, als daß die Botschaft der Kirche sich nur noch schneller ausbreitete.

Das Märtyrertum ist zwar eine bequeme Art der Reise, dachte Jill, aber es erforderte eine ziemlich große Courage, für eine Religion zu sterben, wenn jeder Tod der letzte sein konnte. Sie hatte gehört, daß in letzter Zeit viele Leute von der Kirche abgefallen waren. Ob das daran lag, daß der Tod von nun an permanent war oder weil die Bewegung allmählich an Kraft verlor, war ihr unbekannt.

Ein Mann aus der Gruppe war ihr nicht vorgestellt worden. Allerdings hatte Piscator kurz auf ihn gedeutet und gesagt: »John de Greystock. Er lebte während der Herrschaft Edwards I. in England. Dreizehntes Jahrhundert, glaube ich. Ich scheine ziemlich viel aus der englischen Geschichte vergessen zu haben, obwohl ich sie ziemlich intensiv studierte, als ich noch Marinekadett war.«

»Edward herrschte von 1270 bis 1300, glaube ich«, sagte Jill. »Ich weiß noch, daß er etwa fünfunddreißig Jahre lang an der Macht war und mit achtundsechzig starb. Ich erinnere mich deswegen so genau daran, weil es in damaligen Zeiten ungeheuerlich war, wenn jemand ein solches Alter erreichte, speziell in England. Wegen der zugigen und feuchten Schlösser, wissen Sie?«

»Edward machte ihn zum Baron und nahm ihn auf seine Expeditionen nach Schottland und in die Gascogne mit«, sagte Piscator. »Aber mehr weiß ich wirklich nicht über ihn. Ausgenommen vielleicht, daß er Gouverneur der *La Civito de La Animoj* — auf englisch: der Seelenstadt, einem kleinen Land, das etwa vierzig Kilometer flußabwärts liegt — war. Er ist schon länger hier als ich und kam hier an, kurz nachdem König John Sam Clemens das Schiff stahl. Er trat in die Armee Parolandos ein, machte schnell Karriere und zeichnete sich besonders während der Invasion der Seelenstadt aus . . .«

»Warum hat Parolando die Seelenstadt überhaupt unterworfen?« fragte Jill.

»Die dort lebenden Leute hatten kurz zuvor einen heimtückischen Angriff auf Parolando unternommen. Sie wollten sich nicht nur das Metall aneignen, sondern auch Sams Schiff. Beinahe hätten sie es auch geschafft, aber Clemens und einige andere sprengten unseren Staudamm in die Luft, der vorher gebaut worden war, um das aus den Bergen herabströmende Wasser zur Energieerzeugung zu sammeln. Als die Staumauer in die Luft flog, strömten

Millionen Tonnen Wasser in das Tal. Die Invasoren wurden vollständig ausradiert, und Tausende von Parolando-Bewohnern kamen dabei mit ums Leben. Die Welle schwemmte auch unsere ganzen Fabrikationsanlagen in den Fluß; auch Sams Schiff, obwohl man es später unbeschädigt wieder bergen konnte.

Es blieb Clemens nichts anderes übrig, als noch einmal völlig von vorn zu beginnen. Und während wir noch unsere Wunden leckten, taten sich die Seelenstädter mit einigen anderen Kleinstaaten zusammen und wagten einen erneuten Angriff. Man konnte sie unter schweren Verlusten zurückschlagen. Nun benötigte Parolando aber dringend einige Mineralien – Bauxit, Kryolith, Zinn und Platin –, die es nur im Gebiet unserer Feinde gab. Bauxit und Kryolith benötigte man zur Herstellung von Aluminium. Zinn ist das Erz des Merkur, und Platin verwendet man für elektrische Kontakte verschiedener wissenschaftlicher Apparaturen und als absolut notwendige Katalysatoren bei verschiedenen chemischen Reaktionen.«

»Das weiß ich«, sagte Jill.

»Verzeihen Sie mir«, sagte Piscator mit einem leichten Lächeln. »Nach dem abgeschlagenen Angriff der Seelenstädter wurde de Greystock jedenfalls zum Oberst befördert. Und nachdem unsere Truppen erfolgreich die Stadt unserer Gegner nahmen, wurde er Gouverneur. Clemens wollte auf diesen Posten einen zähen, unerbittlichen Mann, und wie die meisten Feudalherrscher, ist de Greystock genau das.

Inzwischen – seit einigen Wochen, um genau zu sein – ist die Seelenstadt allerdings ein Bestandteil der Vereinigten Staaten von Parolando geworden und verfügt über alle Rechte, die auch das Mutterland hat. Natürlich« – an dieser Stelle lächelte Piscator etwas schief – »sind die Mineralien, über die dieses Land einstmals verfügte, inzwischen beinahe völlig ausgebeutet. Das Projekt Luftschiff benötigt die Seelenstadt nicht mehr. Des weiteren hat sich durch einen Prozeß, den Greystock *Abnutzung* nennt – ein ziemlich euphemistischer Terminus, wie mir scheint –, die Bevölkerungsstruktur in drastischer Weise geändert. Das Land wurde einst von einer Majorität von dem zwanzigsten Jahrhundert entstammenden Schwarzen und einigen fanatischen Arabern und Indern bewohnt. Aufgrund der Kriege und des strengen Regiments de Greystocks ist die Bevölkerung allerdings inzwischen zur Hälfte weiß.«

»Das hört sich barbarisch an«, sagte Jill. »Man müßte sich für diesen Ausdruck beinahe bei echten Wilden entschuldigen.«

»Er mußte mehrere Revolutionen niederschlagen. Niemand wurde dazu gezwungen, dort zu bleiben, denn Clemens erlaubte keine Sklaverei. Man gab jedem die Möglichkeit, das Land zu verlassen, in Frieden fortzuziehen und seinen gesamten Besitz mitzunehmen. Viele Bürger blieben dennoch dort, schworen Parolando die Treue und entwickelten sich dann doch zu Saboteuren.«

»Es gab einen Guerillakrieg?«

»Nicht direkt«, sagte Piscator. »Sie wissen, daß die Topographie dazu nicht sonderlich geeignet ist. Nein. Ich nehme eher an, daß eine Reihe der Seelenstädter glaubte, daß Sabotage zu ihrer Entspannung beitragen könne.«

»Entspannung?«

»Immerhin hatten sie etwas zu tun. Und das war besser, als sich flußabwärts treiben zu lassen. Außerdem dürstete eine Menge von ihnen nach Rache. Es war de Greystocks Aufgabe, das Land von den Saboteuren zu säubern. Tatsächlich warf er sie in den Fluß. Nun, das ist Geschichte, und all das passierte, bevor ich hierher kam. Jedenfalls ist er jetzt hierhergekommen, weil er in die Mannschaft des Luftschiffes aufgenommen werden will.«

»Aber er hat doch keinerlei Qualifikationen!«

»In gewissem Sinne stimmt das. Wenn man es richtig besieht, entstammt er nicht einmal einer Kultur, die technisch etwas aufzuweisen gehabt hätte. Aber er ist intelligent und wißbegierig und durchaus fähig, zu lernen. Und ungeachtet dessen, daß er einst ein englischer Baron und Gouverneur gewesen ist, ist er durchaus bereit, ein einfaches Besatzungsmitglied zu werden. Die Idee des Fliegens fasziniert ihn einfach. Für ihn ist das schiere Magie. Und Firebrass hat ihm versprochen, daß er mitkommen kann, wenn er nicht genügend qualifizierte Leute auftreibt. Was natürlich voraussetzen würde, daß plötzlich die kompletten Mannschaften der *Graf Zeppelin* und der *Shenandoah* hier aufmarschieren würden . . .«

Und Piscator hatte gelächelt.

Greystock war einen Meter achtzig groß und mußte in der mittelalterlichen Ära, aus der er stammte, als Riese angesehen worden sein. Er hatte langes, schwarzes Haar, große graue Augen, dicke Augenbrauen und eine leicht gekrümmte Nase. Er war ein gutaussehender Mann mit ebenmäßigen Gesichtszügen, breiten Schultern, schmalen Hüften und muskulösen und langen Beinen.

In diesem Moment sprach er gerade mit Samuelo, und sowohl sein Tonfall als auch sein Grinsen offenbarten seinen Sarkasmus. Piscator hatte gesagt, daß de Greystock Priester haßte, obwohl er während seines Erdendaseins ziemlich gläubig gewesen sei. Dem Anschein nach hatte er dem Klerus niemals vergeben, daß er behauptet hatte, alles über das Leben nach dem Tode zu wissen.

Auf Esperanto sagte de Greystock: »Aber Sie müssen doch eine Vorstellung davon haben, was dieser La Viro auf Erden dargestellt hat? Welcher Rasse gehörte er an? Welcher Nation? Wann starb er, wann wurde er geboren? Welchem Kulturkreis entstammte er? Einem prähistorischen, frühzeitlichen, mittelalterlichen? Oder dem, was die Leute die Moderne nannten? War er auf der Erde ein religiöser Mensch, ein Agnostiker, ein Atheist? Welchem Beruf ging er nach? Wie sah seine Bildung aus? War er verheiratet? Hatte er Kinder? War er homosexuell?

War er während seiner Lebzeiten unbekannt? War er vielleicht *Christus*? Und ist er den Menschen vielleicht deswegen anonym gegenübergetreten, weil er wußte, daß niemand ihm seine Lügen ein zweitesmal abkauft?«

Samuelo machte ein finsteres Gesicht und erwiderte: »Ich weiß fast nichts von diesem Christus; das, was ich weiß, ist wenig und stammt aus dritter Hand. Alles was ich über La Viro weiß, habe ich durch das Wort erfahren. Man sagt, er sei sehr groß, gehöre der weißen Rasse an, sei jedoch tief gebräunt. Einige sagten, er könne vielleicht ein Perser sein. Aber all dies ist unwichtig. Es geht hier nicht um seine Herkunft oder seine physische Erscheinung. Was zählt, ist seine Botschaft.«

»Die ich bereits von vielen Predigern Ihrer Kirche viel zu oft gehört habe!« grollte de Greystock. »Und an die ich auch nicht mehr glaube als an jene verdammten Lügen, die die Pfaffen mir zu meiner Zeit einhämmerten!«

»Das ist Ihr Privileg, aber nicht Ihr Recht«, sagte Samuelo.

Greystock sah ihn verwirrt an. Jill hatte ebenfalls keine Ahnung, was Samuelo damit sagen wollte.

»Alles was ihr Pfaffen könnt, ist Kauderwelsch reden!« sagte de Greystock finster und entfernte sich von der Gruppe.

Piscator, der ihm nachsah, lächelte. »Ein gefährlicher Mann. Aber interessant. Sie sollten ihn hören, wenn er von seiner Reise mit diesem Arkturier erzählt.«

Jill zog die Augenbrauen hoch.

»Ja, er kannte ein Wesen, das von der Sonne Arkturus stammte und die Erde besuchte. Es kam mit einer Reihe anderer im Jahre 2002 in einem Raumschiff und sah sich gezwungen, beinahe die ganze menschliche Rasse auszulöschen. Allerdings verlor es dabei selbst sein Leben. Eine schreckliche Geschichte, aber wahr. Firebrass kann sie Ihnen bestätigen. Er war selbst auf der Erde, als das passierte.«

16

Neugierig darauf, mit de Greystock darüber zu sprechen, bahnte sich Jill einen Weg durch die Menge und ging auf ihn zu. Doch ehe sie den Engländer erreichte, hielt Firebrass sie an.

»Ein Kurier hat mir gerade die Nachricht gebracht, daß man einen Funkkontakt mit der *Mark Twain* hergestellt hat. Haben Sie keine Lust, mitzukommen und beim Palaver dabei zu sein? Vielleicht können Sie sogar selbst mit dem großen Sam Clemens sprechen.«

»Ich wüßte nicht, was ich lieber täte!« sagte Jill erfreut. »Vielen Dank für die Einladung.«

Sie folgte Firebrass zu seinem Jeep, den er in der Nähe der äußeren Treppe abgestellt hatte. Er war aus Stahl und Aluminium und mit pneumatischen Nylonreifen ausgestattet. Der Sechs-Zylinder-Motor wurde mit Methylalkohol angetrieben.

Insgesamt waren sie fünf Passagiere: Firebrass, Gulbirra, de Bergerac, Schwartz und Hardy. Der Jeep nahm sanft Fahrt auf, folgte den engen Tälern, die zwischen den Hügeln lagen. Seine Scheinwerfer beleuchteten das von Maschinen kurzgeschnittene Gras, da und dort eine Hütte und mehrere rasch wachsende Bambuswäldchen, von denen einige eine Höhe von dreißig Metern und mehr erreichten. Als das Hügelland hinter ihnen lag, strebten sie über die Ebene dem Flußgebiet entgegen.

Jill konnte die Lichter der Aluminium- und Stahlwerke, der Destille, der Metallverarbeitungsbetriebe, Waffenschmieden, des Zementwerks und Regierungsgebäudes erkennen. Im letzteren waren auch die Zeitungsredaktion und die Funkstation untergebracht. Des weiteren lebten in diesem Gebäude die höchsten Regierungsbeamten.

Der gewaltige Hangar befand sich von den anderen Gebäuden

etwas abgelegen weiter flußabwärts. Zwei Eisenbahngleise, die dort ihren Ausgangspunkt hatten, verzweigten sich, je näher sie den Werken kamen, in mehrere Strecken. In den westlichen Bergen war eine Lichterkette zu sehen. Sie beleuchtete die Baustelle am Damm, den man, nachdem der erste in die Luft geflogen war, neu aufbaute.

Der Jeep passierte den Hangar. Eine Dampflokomotive, die Alkohol verbrannte, stampfte an ihnen vorbei und zog drei Frachtwaggons mit Aluminiumplatten hinter sich her. Sie fuhr in die hellerleuchtete Innenwelt des Hangars hinein, hielt an und wurde von einem Kran entladen. Arbeiter erschienen, die den Nachschub sofort in Empfang nahmen.

Die »Stadthalle« war das am nördlichsten liegende Gebäude. Der Jeep hielt vor einer Veranda, die Passagiere stiegen aus und verschwanden zwischen zwei massiven dorischen Säulen. Architektonisch gesehen war das Gebäude für Jill eine absolute Geschmacklosigkeit. Es harmonierte nicht einmal mit der Umgebung. Aus der Ferne gesehen erweckte dieser Ort den Eindruck, als hätte man den Parthenon und ein Teil des Ruhrgebiets gemeinsam in ein entlegenes Tal Tahitis verpflanzt.

Firebrass' Bürosektion lag linkerhand vom Eingang der immensen Lobby. Vor dem Eingang standen sechs Männer auf Wache. Sie waren mit Büchsen vom Kaliber .80 bewaffnet und mit Entermessern und Dolchen ausgerüstet. Die »Funkbude« befand sich in einem großen Raum neben der Konferenzhalle und Firebrass Allerheiligstem. Als sie den Raum betraten, stießen sie auf mehrere Männer, die gespannt den Funker umstanden, der gerade dabei war, auf dem großen Schaltbrett einige Geräte zu justieren. Erst als er das Geräusch der ins Schloß fallenden Tür hörte, blickte er auf.

»Ich habe mit Sam gesprochen«, meldete er. »Aber ich habe ihn vor einer halben Minute wieder verloren. Moment, ich glaube, da ist er wieder.«

Aus dem Lautsprecher kam eine Serie von knatternden und knackenden Störgeräuschen. Plötzlich wurde die Verbindung wieder klar. Eine Stimme wurde hörbar. Der Funker nahm eine letzte Einstellung vor und überließ Firebrass seinen Stuhl.

»Firebrass hier. Bist du's, Sam?«

»Nein. Einen Augenblick.«

»Hier ist Sam«, sagte eine gedehnt klingende Stimme. »Bist du's, Milt?«

»Aber sicher. Wie geht's, Sam? Wie läuft's?«

»Was den heutigen Tag angeht, Milt, so sagt das elektronische Logbuch, daß wir bis jetzt nicht weniger als 792014 Meilen zurückgelegt haben. Wenn's dir lieber ist, kannst du's dir in Kilometer umrechnen. Ich bevorzuge allerdings immer noch das alte System ... aber das weißt du ja. Immerhin, nicht übel für drei Jahre, eh? Aber immer noch ärgerlich genug. Eine Schnecke könnte eher am Nordpol sein als wir, könnte sie die Luftlinie nehmen. Auf jeden Fall könnte sie in der Zwischenzeit ein Hotel errichten und eine Menge Geld damit machen, die Zimmer an die Walrösser zu vermieten, ehe wir dort ankommen. Und selbst wenn sie alle vierundzwanzig Stunden nur eine Meile zurücklegen würde und wir achthundert im Schnitt machten, würde sie noch weniger ... *Kracks, Knister* ... Ärger dabei haben.«

Firebrass wartete mit dem Sprechen so lange, bis der Empfang wieder klarer wurde. »Läuft sonst alles wie erwartet, Sam?«

»Sicher«, sagte Sam. »Bisher ist nichts Ungewöhnliches passiert, was bedeutet, daß es zwar ständig Ausnahmesituationen und permanenten Ärger gibt, aber bisher keine Meuterei unter der Mannschaft ausgebrochen ist. Ab und zu mußte ich natürlich ein paar Leute mit einem Boot aussetzen. Wenn das so weitergeht, werde ich, wenn wir die Eine-Million-Meilen-Grenze erreichen, der einzige an Bord sein, der schon auf dem Schiff war, als wir Parolando verließen.«

Wieder Störgeräusche. Plötzlich hörte Jill eine Stimme, die so tief war, als käme sie vom Grunde eines Brunnens. Ein kalter Schauer lief ihr den Rücken hinab.

Sam sagte:

»Yeah? Oh, sicher, beinahe hätte ich dich vergessen, obwohl das nicht einfach ist, wenn du einem ständig deine Fuselfahne ins Genick bläst. Joe sagte, er sei schließlich auch noch da. Er möchte euch guten Tag sagen. Komm her, Joe, sag guten Tag.«

»Hallo, Milt.«

Seine Stimme klang wie ein Donnergrollen.

»Ift allef klar bei euch? Ich hoffe, daf allef läuft. Unfer Fäm hier ift mal wieder fiemlich traurig, weil feine Freundin ihn sitfengelaffen hat. Fie wird schon fu ihm zurückkommen, glaube ich. Er hat auch fiemlich böfe Alpträume gehabt, in denen Erik Blutakft vorkam. Ich fagte ihm, er folle mit dem Faufen aufhören, dann würde fich daf bald wieder legen. Schlieflich hat er nicht den geringften

Grund dafu, und außerdem noch mich alf ftrahlendef Beifpiel abfoluter Nüchternheit.«

Jill sah Hardy an und sagte: »Wer, zum . . .«

Hardy grinste und erwiderte: »Ja, er lifpelt. Joe Miller ist zwar so gewaltig gebaut wie zwei Goliaths zusammengenommen, aber dennoch lispelt er. Er gehört einer Spezies an, die Sam *Titanthropus clemensi* nennt, obwohl ich annehme, daß Joe eher eine Art riesenhafte Variante des frühen Homo sapiens darstellt. Jedenfalls soll er vor fünfzig- bis hunderttausend Jahren ausgestorben sein. Er und Sam trafen sich schon vor vielen Jahren, und seither sind sie ein unzertrennliches Gespann. Wie Damon und Pythias oder Roland und Oliver.«

»Eher wie Kasper und Seppl oder Laurel und Hardy«, murmelte jemand.

»Hardy?« fragte Hardy.

Firebrass sagte: »Seid endlich still!« Okay, Sam. Es ist alles im Lot hier. Wir haben inzwischen eine neue Kandidatin aufgenommen, die das Zeug zu einem Offizier erster Klasse mitbringt. Eine Australierin namens Jill Gulbirra. Sie hat über achthundert Stunden Flugerfahrung und ist Ingenieurin. Wie gefällt dir das?«

Knister. Dann: »Eine Frau?«

»Yeah, Sam. Ich weiß, daß es zu deinen Zeiten weder weibliche Schiffskapitäne noch Lokomotivführer gab. Als ich lebte, gab es nicht nur das, sondern auch weibliche Piloten, Jockeis und sogar Astronautinnen!«

Jill entspannte sich und ging auf Firebrass zu. »Lassen Sie mich mit ihm reden«, sagte sie. »Ich werde diesem Hundesohn . . .«

»Er hat doch gar nichts dagegen«, sagte Firebrass. »Er ist nur überrascht.« Er sah zu ihr auf. »Immer mit der Ruhe. Was haben Sie denn? Er ist in Ordnung. Und selbst wenn er das nicht wäre, könnte er nichts gegen Sie tun. Hier bin ich die *Numero Uno.*«

Ins Mikrofon sagte er: »Sam, sie sagt, daß sie sich freut, deine Bekanntschaft zu machen.«

»Ich habe sie gehört«, erwiderte Sam kichernd. »Hör zu . . . *Knister, zisch, knatter* . . . wann?«

»Die Störungen nehmen wieder überhand«, sagte Firebrass. »Zudem entfernt ihr euch weiter. Ich glaube nicht, daß wir den Kontakt noch länger aufrechthalten können. Was uns anbetrifft, geht die Sache schnell voran. Natürlich bin ich noch weit entfernt davon, über eine vollständige Mannschaft zu verfügen, aber sicher wird's noch ein Jahr dauern, bis das Schiff fertig ist. Vielleicht sieht die Lage dann besser aus. Und wenn nicht – was solls? Flugzeugpiloten und Mechaniker gibt's wie Sand am Meer, und aus denen müßte man gute Luftschiffer machen können. Hör zu!«

Er machte eine Pause, sah sich um – weshalb, war Jill nicht klar – und sagte: »Etwas von X gehört? Hast du ...«

Die Störgeräusche überlagerten jetzt sogar seine Stimme, verschluckten sie und sorgten dafür, daß keiner der Umstehenden noch etwas verstand. Nachdem Firebrass mehrere Minuten lang versucht hatte, den Kontakt mit Clemens wieder aufzunehmen, gab er es auf.

Jill sagte zu Hardy: »Was meint er mit diesem X?«

»Keine Ahnung«, sagte der Mann aus Neu-England. »Firebrass und Sam scheinen da so eine Art Privatwitz zwischen sich hin und her zu schieben.«

Firebrass schaltete das Funkgerät aus und stand auf. »Es ist ziemlich spät geworden. Wir haben morgen eine Menge zu tun. Möchten Sie, daß Willy Sie nach Hause fährt, Jill?«

»Ich glaube nicht, daß ich jemanden zu meinem Schutz brauche«, erwiderte Jill. »Und ich habe auch nichts dagegen, zu Fuß zu gehen. Nein, danke.«

Bedeckt mit den magnetisch zusammengehaltenen Tüchern schritt Jill über die Ebene. Noch bevor sie den ersten der Hügel erreichte, sah sie, wie die Wolken über den lodernden Himmel rasten. Sie entnahm ihrem Schulterbeutel ein Stück Traumgummi, riß die Hälfte davon ab und stopfte sie in den Mund. Es war Jahre her, seit sie zum letztenmal Traumgummi gekaut hatte.

Während sie das leicht nach Kaffee schmeckende Stück in ihrem Mund herumwälzte, fragte sie sich, was sie dazu bewegt hatte, den Stoff nahezu unbewußt einzunehmen. Welches geheime Motiv verbarg sich hinter dieser Handlungsweise? Es wäre ihr beinahe nicht aufgefallen. Hätte sie nicht in den letzten Jahren diese Art der Selbstbeobachtung entwickelt, wäre ihr wahrscheinlich nicht einmal klargeworden, auf was sie sich da einließ.

Blitze krachten über den Nordhimmel. Der Regen fiel, als würde er aus Eimern geschüttet. Jill stülpte sich die Kapuze über den Kopf und zog die Schultern ein. Ihre nackten Füße waren bereits naß, aber der Stoff beschützte wenigstens ihren Körper vor den schweren Tropfen.

Sie öffnete die Tür ihrer Hütte, schlüpfte hinein, legte den Beutel nieder, öffnete ihn und entnahm ihm das metallene Feuerzeug, mit dem ihr Gral sie zweimal im Jahr versorgte. Dann tastete sie sich zum Tisch, auf dem eine alkoholgespeiste Lampe stand. Firebrass hatte sie ihr geschenkt. Die näherkommenden Blitze erhellten die Hütte ein wenig mehr. Jetzt konnte Jill die Lampe erkennen.

Jemand berührte ihre Schulter.

Sie schrie auf, wirbelte herum und verlor das Feuerzeug. Sofort schlug sie zu. Eine Hand griff nach ihrem rechten Arm. Jills Knie zuckte hoch und flog dorthin, wo sie das Geschlechtsteil des Angreifers vermutete. Sie wurde plötzlich schwächer. Der Unbekannte triumphierte. Er kicherte und zog sie an sich. Sie konnte ihn im Licht der Blitze nur umrißhaft erkennen. Seine Nase berührte beinahe ihr Gesicht, befand sich aber unterhalb der ihren, denn der Mann war kleiner als sie.

Blitzschnell beugte Jill den Kopf, biß ihn in die Nase und riß ihn heftig zur Seite. Der Mann schrie auf und ließ sie los, wobei er haltlos nach hinten taumelte und sich die schmerzende Nase hielt. Jill setzte ihm sofort nach, und diesmal traf ihr Fuß genau die Stelle, die sie hatte treffen wollen. Obwohl sie keine Schuhe trug, war die Wirkung doch ungeheuer. Der Mann stürzte heulend zu Boden und hielt sich die schmerzenden Genitalien.

Jill fand sofort die Balance wieder, machte einen Sprung auf ihn zu und landete direkt auf seiner Brust. Seine Rippen knirschten hörbar. Auf seinem Oberkörper stehend beugte sich Jill zu ihm hinab und packte seine Ohren. Er versuchte aufzustehen, aber dazu kam es nicht mehr. Es gab ein häßliches Geräusch, als sich seine Ohren vom Schädel lösten.

Schließlich gelang es dem Mann ungeachtet seiner gebrochenen Rippen und abgerissenen Ohren auf die Beine zu kommen. Jill versetzte ihm einen Handkantenschlag in den Nacken und er fiel wieder um. Dann ging Jill zum Tisch hinüber und zündete mit zitternden Fingern die Lampe an. Der Docht fing sofort Feuer, und als sie sich an dem kleinen Einstellknopf zu schaffen machte, wurde das Licht noch heller.

Sie stellte die Lampe gewissenhaft ein, wandte sich um und — stieß einen gellenden Schrei aus.

Der Mann war unbemerkt wieder aufgestanden, hatte einen Speer aus dem Ständer genommen und schleuderte ihn im gleichen Augenblick in Jills Richtung.

Es war eine reine Reflexbewegung, daß sie die Lampe auf ihn

warf. Ihr Gehäuse krachte gegen sein Gesicht, die Alkoholfüllung spritzte heraus.

Die Flammen zischten auf. Der Mann schrie und rannte blindlinks — seine Augen brannten — auf sie zu. Und jetzt schrie Jill, denn nun hatte sie ihn erkannt.

»Jack!« kreischte sie, aber dann war er auch schon bei ihr, umklammerte sie mit seinen brennenden Armen, klopfte ihr auf den Rücken und hauchte sie mit rauchigem, heißem Atem an. Unfähig, nach Luft zu schnappen, aber vor Schreck und Entsetzen panisch bemüht, seinen starken Armen zu entkommen, riß sie sich von ihm los und taumelte zur Seite. Ihre feuerfeste Kleidung verhinderte, daß die Flammen auf sie übergriffen.

Sie fiel hin, und bevor sie wieder aufstehen konnte, war er neben ihr, trat mit einem Fuß auf den Saum ihres Kleides und nagelte sie fest. Die Magnetverschlüsse lösten sich. Nackt sprang Jill auf die Beine und rannte auf den am Boden liegenden Speer zu. Als sie sich bückte, um nach ihm zu greifen, war Jack hinter ihr; seine lodernden Hände griffen nach ihren Brüsten, ein steinharter Penis drang von hinten tief in sie ein. Ihre Schreie wurden von den Hüttenwänden zurückgeworfen und schienen mit jedem Stoß, mit jedem weiteren Echo an Intensität zu gewinnen. Jill kochte, innen wie außen, jede Stelle ihres Körpers schien zu brennen, und in ihren Ohren war nichts als das knisternde Rauschen der Flammen. Es blieb ihr nichts anderes übrig, als sich fallenzulassen, den Körper über den Boden zu rollen und zu versuchen, sich an der nächsten erreichbaren Wand wieder hochzuziehen.

Jack hockte nun auf allen vieren da, mit verbranntem Haar, schwarz verfärbter Kopfhaut, aufgeplatzter Haut. Aus seinen schrecklichen Wunden quoll schwarzrotes Blut, darunter sah man grauschwarze Knochen. Die einzige Helligkeit spendete nun das Feuer, das an seinem Gesicht, seiner Brust, seinem Bauch und seinem Penis fraß — der so steif war, als sei er mit einem ungeheuren Haßgefühl geladen —, und die krachenden Blitze, die von draußen kamen.

Schon war sie wieder auf den Beinen, rannte auf die Tür zu und wollte hinaus, in der Hoffnung, daß der Regen ihre brennenden Wunden kühlte. Irgendwie schaffte er es, eine Hand um ihre rechte Fessel zu legen. Jill rutschte aus, fiel schwer zu Boden und stieß die Luft aus. Dann war Jack wieder über ihr, drang in sie ein und gab seltsame, unartikulierte Geräusche von sich — war seine

Zunge etwa auch verbrannt? Und die Flammen hüllten sie beide ein.

Jill raste auf einem entsetzlichen Schmerzensschrei durch die Schwärze auf ein weit entferntes Loch zu, das sich, je näher sie ihm kam, rapide vergrößerte und sie schließlich in sich aufnahm. Sie fiel in das Zentrum dieser Welt hinein, auf den Mittelpunkt aller Dinge zu.

17

Jacks Gesicht schwebte über ihr. Es war mit keinem Körper verbunden, sondern bewegte sich hin und her wie ein Ballon. Das rotgelockte Haar, sein hübsches, breites Gesicht, die strahlendblauen Augen, sein festes Kinn, die vollen Lippen, sein Lächeln ...

»Jack!« murmelte sie. Das Gesicht verschwand, wurde zu einem anderen, das auch über einen Körper verfügte.

Auch dieses Gesicht war breit und gutaussehend, aber mit hohen Wangenknochen, schwarzen, leicht schräggestellten Augen und von schwarzem, glattem Haar gerahmt.

»Piscator!«

»Ich hörte Sie schreien.« Er beugte sich vor und nahm ihre Hände. »Können Sie aufstehen?«

»Ich glaube schon«, sagte sie zitternd. Mit seiner Hilfe war es kein Problem. Erst jetzt stellte Jill fest, daß das Gewitter aufgehört hatte. Es regnete auch nicht mehr, obwohl es von der Dachrinne herab noch immer tröpfelte. Die Tür war geöffnet, draußen herrschte Finsternis. Wolken bedeckten die Sterne. Nein, dort war die Silhouette eines Berges auszumachen. Die Wolken begannen aufzureißen. Jill sah hinter ihnen eine samtene Schwärze, in der langsam die leuchtenden Gasnebel und die gewaltigen Sternhaufen sichtbar wurden.

Gleichzeitig fiel ihr auf, daß sie nackt war. Sie sah an sich herab und stellte fest, daß ihre Brüste dermaßen gerötet waren, als seien sie zu nahe an einem Feuer gewesen. Noch während sie darauf starrte, wurden die Rötungen allmählich schwächer.

Piscator sagte: »Ich dachte zuerst, Sie hätten sich verbrannt, weil ihre Brüste und Ihre Schamgegend dermaßen gerötet und geschwollen waren. Aber ich habe von einem Feuer keine Spur entdecken können.«

»Das Feuer kam von innen«, sagte Jill. »Es war *in mir.* Traumgummi.«

Piscator zog die Augenbrauen hoch und sagte: »Ach so.«

Jill lachte.

Er führte sie zu ihrer Liege, auf die sie sich mit einem wohligen Seufzer fallen ließ. Die Hitze in ihrer Vagina begann nun abzuebben und machte einem wohligen Gefühl Platz. Piscator beschäftigte sich damit, sie zuzudecken, und brachte ihr einen Becher voll Regenwasser aus der Tonne, die vor der Hütte stand. Jill trank das Wasser, hielt den Becher mit einer Hand und stützte sich dabei mit der anderen ab.

»Danke«, sagte sie. »Ich hätte wirklich besser wissen müssen, wozu der Traumgummi führt. Ich hatte Depressionen, und wenn ich in derartige Stimmungen gerate, kommt dabei meistens etwas Ungewöhnliches heraus. Es war alles so ungeheuer real und schrecklich. Obwohl die ganze Vision schier unglaublich war, habe ich sie nicht einen Moment lang in Frage gestellt.«

»Die Chancisten benutzen Traumgummi in ihrer Therapie, aber niemals ohne Beaufsichtigung«, sagte Piscator. »Es scheint hin und wieder zu heilsamen Resultaten zu führen. Aber wir benutzen ihn lediglich während des Grundstadiums der Erziehung bei einigen Leuten.«

»Wir?«

»*Al Ahl al-Hagg,* die Jünger des Wirklichen. Die ihr Abendländler Sufis nennt.«

»Das dachte ich mir.«

»Das sollten Sie auch, nachdem wir uns darüber bereits einmal unterhalten haben.«

Jill schnappte nach Luft und fragte: »Wann soll das gewesen sein?«

»Heute morgen.«

»Es muß an dem Gummi liegen«, erwiderte Jill. »Ich bin fertig damit. Ich werde von diesem verdammten Zeug nichts mehr nehmen.«

Sie setzte sich auf und sagte: »Sie werden doch Firebrass nichts davon erzählen – oder?«

Piscator lächelte jetzt nicht mehr. »Sie haben gerade eine ziemlich starke psychische Störung gehabt. Das Resultat waren Beinahe-Verbrennungen; Stigmata, die ihr Körper auf psychische Reize hin hervorbrachte ... Nun ...«

»Ich werde das Zeug nicht mehr nehmen. Das ist kein leeres Versprechen, das sollten Sie wissen. Ich bin keinesfalls süchtig danach. Und ich bin geistig durchaus stabil.«

»Sie sind zutiefst verstört«, sagte Piscator. »Sei ehrlich, Jill. Du hast doch nichts dagegen, daß ich dich duze, oder? Hast du schon öfter solche Zustände gehabt? Wenn ja, wie oft und wie stark waren sie? Und wie lange hielten sie an? Wie lange brauchtest du jeweils, um dich von ihnen zu erholen?«

»Es war das erste Mal«, sagte Jill.

»Na gut. Ich werde darüber schweigen, solange es sich nicht wiederholt. Und du wirst ehrlich mit mir sein und mir sagen, wenn es sich ein zweites Mal ereignet, nicht wahr? Du würdest doch das Schiff nicht deswegen in Gefahr bringen wollen, nur weil du nicht darauf verzichten willst, mit auf die Reise zu gehen?«

»Natürlich würde ich das nicht wollen«, erwiderte Jill zögernd.

»Gut, dann belassen wir es dabei.«

Jill stützte sich erneut auf einen Ellbogen. Sie ignorierte die Tatsache, daß die Decken verrutschten und eine ihrer Brüste entblößt war.

»Schau, Piscator. Sei ehrlich. Wenn man dir einen Rang geben würde, der unter dem meinen liegt — was sehr gut passieren könnte, wenn Firebrass die Positionen wirklich nach den Erfahrungen der einzelnen verteilt —, würde es dir ein Minderwertigkeitsgefühl verschaffen?«

»Nicht im geringsten«, sagte er lächelnd.

Jill legte sich zurück und zog die Decke herauf. »Du entstammst einem Kulturkeis, in dem die Frauen generell eine minderwertige Position einnahmen. Eure Frauen hatten kaum mehr Rechte als eure Haustiere. Si . . .«

»Das gehört alles der Vergangenheit an, die nicht nur weit von uns entfernt, sondern auch längst tot ist«, erwiderte Piscator. »Des weiteren war ich an sich nie der typische Mann Japans. Du solltest dich davor hüten, in Vorurteile zu verfallen. Hast du nicht dein ganzes Leben lang dagegen gekämpft, gegen Vorurteile, meine ich?«

»Das stimmt«, sagte Jill. »Aber es ist eben auch bei mir ein bedingter Reflex.«

»Ich glaube, das habe ich dir auch schon einmal gesagt. Das Sein bestimmt das Bewußtsein. Du solltest lernen, in anderen Kategorien zu denken.«

»Und wie soll ich das anstellen?«

Piscator zögerte. Dann sagte er: »Du wirst es selbst herausfinden, wenn du dich nur bemühst.«

Jill wußte, er wartete darauf, daß sie ihn bat, sie als seine Schülerin zu akzeptieren. Aber sie hatte keinerlei Absichten dieser Art, denn sie glaubte nicht an organisierte Religionen. Obwohl der Sufismus keine Religion darstellte, waren seine Mitglieder dennoch religiös. Zumindest gab es keinen atheistischen Sufisten.

Und sie war Atheistin. Obwohl man ihr ein zweites Leben geschenkt hatte, glaubte sie nicht an einen Schöpfer. Zumindest nicht an einen, der an ihr oder irgendeiner anderen Kreatur persönlich interessiert war. Die Leute, die an eine Wesenheit glaubten, die die Menschheit als seine Kinder ansah — wieso war ein solches Wesen überhaupt immer ein *er*, und nicht, wie es sich für eine geschlechtslose Gottheit geziemte, ein *es*? —, machten sich selbst etwas vor. Gottgläubige mochten zwar intelligent sein, aber geistig gesehen waren sie unwissend. Ihre für das kritische Betrachten von Religionen zuständigen Gehirnwindungen waren irgendwie lahmgelegt worden. Oder die religiösen »Schaltkreise« hatten keinerlei Verbindung mit denen des allgemeinen Intellekts.

Das war ein schlechter Vergleich. Die Leute benutzten ihren Intellekt, um jenes unintellektuelle, auf reinen Emotionen basierende Phänomen namens Religion zu rechtfertigen. Hin und wieder sogar brillant. Aber soweit es sie anging, in völlig unnützer Form.

Piscator sagte: »Du solltest jetzt schlafen. Wenn du meine Hilfe brauchst, zögere nicht, nach mir zu rufen.«

»Du bist kein Arzt«, sagte Jill. »Warum solltest du . . .«

»Du hast ein gewisses Potential. Und obwohl du dich manchmal wie eine Närrin benimmt, bist du doch nicht dumm. Trotzdem hast du dich von Zeit zu Zeit selbst hereingelegt und tust es manchmal heute noch. Gute Nacht.«

»Gute Nacht.«

Er verbeugte sich und ging, die Tür hinter sich schließend. Jill wollte ihn zuerst zurückhalten, doch dann tat sie es doch nicht. An sich hätte sie ihn fragen sollen, was er ausgerechnet in jenem Moment, in dem sie Hilfe benötigte, in der Nähe ihrer Hütte getan hatte. Aber jetzt war es zu spät. Und wohl auch nicht wichtig. Aber dennoch . . . was hatte er bei ihrer Hütte gesucht? Ob er mit der Absicht gekommen war, sie zu verführen? Eine Vergewaltigung stand natürlich außerhalb jeglicher Spekulation. Sie war größer als er, und obwohl er möglicherweise einige ausgefeilte Kampftechniken beherrschte, wäre es schwer für ihn gewesen, gegen sie anzukommen. Außerdem konnte er nicht das Risiko eingehen, von ihr angeklagt zu werden. Damit wäre seine mögliche Position als Luftschiffoffizier unweigerlich dahin.

Nein, wahrscheinlich traf keine dieser Vermutungen zu. Piscator war einfach nicht der Typ von einem Mann, dem man derlei Dinge zutrauen konnte. Andererseits: Waren sie, gleichgültig, wie nett sie sich einer Frau gegenüber verhielten, nicht alle gleich? Nein, Piscator hatte — es gefiel ihr nicht, den ungenauen und unwissenschaftlichen Ausdruck zu benutzen — eine *Ausstrahlung,* die ihn von den anderen unterschied.

Auf jeden Fall verbreitete er nicht die Strahlung, die man gemeinhin als *mies* bezeichnete.

Erst jetzt fiel ihr auf, daß er sie gar nicht nach ihrem Alptraum gefragt hatte. Wenn er neugierig gewesen war, hatte er es jedenfalls ausgezeichnet verstanden, ihr dies nicht zu zeigen. Möglicherweise hatte er auch angenommen, daß sie ihm ihre Erfahrungen freiwillig mitteilen würde, sollte ihr danach zumute sein. Er war ein sehr empfindsamer Mensch und ziemlich einfühlsam.

Aber was bedeutete dieser schreckliche Angriff Jacks? Daß sie sich vor *ihm* fürchtete — oder generell vor allen Männern? Vor dem männlichen Geschlecht? Vor jeder Art von Sex, wenn sie nur männlich war? Sie konnte es nicht glauben. Aber die Illusion (Selbsttäuschung? Heimsuchung?) hatte ihr sichtbare Haß- und Zerstörungsgefühle offenbart. Nicht generell gegenüber Männern und Jack im besonderen. Zwar hatte sie ihn verbrannt, aber gleichzeitig war sie mit in Flammen aufgegangen und hatte sich in gewissem Sinne sogar selbst vergewaltigt. Aber das ergab keinen Sinn. Sie wußte genau, daß sie sich nicht unterbewußt wünschte, vergewaltigt zu werden. Nur eine geistig abnormale Frau konnte sich so etwas wünschen.

Haßte sie sich selbst? Die Antwort lautete: Ja, hin und wieder. Aber wer tat das nicht?

Einige Zeit später sank sie in einen unruhigen Schlaf. Einmal träumte sie von Cyrano de Bergerac. Sie schlugen mit Degen aufeinander ein. Die kreisende Spitze seiner Waffe schien sie zu hypnotisieren, dann flog ihre eigene Klinge in die Luft, und Cyrano versenkte seine Waffe tief in ihren Nabel. Als er die Klinge wieder herauszog, sah sie überrascht an sich herunter. Ihr Nabel blutete nicht. Statt dessen schwoll er an, wurde dicker — und schließlich stieß aus der Geschwulst ein kleiner, drohender Dolch hervor.

18

Der Schock des kalten Wassers machte Burton wieder wach. Seit einer vollen Minute schien er sich jetzt unter Wasser zu befinden, und er war so verwirrt, daß er zunächst nicht wußte, in welcher Richtung es nach oben ging.

Es gab nur eine Möglichkeit, das herauszufinden. Nach fünf Stößen spürte er, wie der Druck auf seinen Ohren stärker wurde. Also andersherum. Irgendwie glaubte er sicher zu wissen, daß er dem Wasserspiegel näher kam. Aber der Druck wich nicht, und im gleichen Moment, als er sicher war, es keine Sekunde länger aushalten zu können, erreichte er die Oberfläche.

Etwas knallte gegen seinen Hinterkopf und warf ihn beinahe wieder in die Bewußtlosigkeit zurück. Seine wild um sich schlagende Hand berührte etwas Festes und klammerte sich daran. Obwohl der Nebel es noch immer unmöglich machte, in der Umgebung etwas zu erkennen, konnte er an der Struktur des Gegenstandes fühlen, daß es sich um einen massiven Balken handelte.

Um ihn herum war die Hölle los. Er hörte Schreie, und irgendwo in der Nähe rief eine Frau um Hilfe. Sobald er zu der Überzeugung kam, wieder Herr all seiner Sinne zu sein, ließ Burton den Balken fahren und schwamm auf die laut um Beistand flehende Frau zu. Als er näher kam, erkannte er Loghus Stimme. Ein paar kräftige Züge brachten ihn in ihre Nähe, dann konnte er verschwommen ihre Gesichtszüge erkennen.

»Nur keine Panik«, sagte er. »Ich bin's — Dick!«

Loghu packte seine Schultern. Sofort gingen sie beide unter. Burton wehrte sie ab und packte sie von hinten. Sie sagte etwas in ihrer Sprache, und Burton antwortete in der gleichen.

»Keine Sorge. Wir schaffen das schon.«

Keuchend sagte Loghu: »Ich muß mich irgendwo festhalten. Ich will nicht ertrinken.«

Burton ließ sie los und tastete in der nächsten Umgebung herum. Schließlich fand er einen weiteren Balken. Der Zusammenstoß mußte einige der Heckbalken abgerissen haben. Aber wo war das Boot? Wo das Floß? Und wo waren Loghu und er in diesem Augenblick?

Allem Anschein nach waren sie im gleichen Moment, in dem das Floß mit der *Hadji II* kollidiert war, über Bord gegangen. In der Zwischenzeit mußte die Strömung den intakt gebliebenen Teil des Bootes längst gegen die Felsen geschmettert und alles, was sich dazwischen befunden hatte, zermalmt haben. Trieben sie nun etwa mit der Strömung auf die Insel zu?

Das konnte bedeuten, daß sie jeden Moment mit anderen Bruchstücken ihres Bootes kollidieren mußten.

Loghu stöhnte und sagte: »Ich glaube, ich habe mir ein Bein gebrochen, Dick. Es tut weh.«

Der Balken, an dem sie sich nun beide festhielten, war ziemlich lang und dick. Sie konnten in dem dichten Nebel nicht einmal sein Ende sehen. Um sich an ihm festzuhalten, mußten sie sich mit den Fingern beinahe in ihn eingraben. Es würde nicht mehr lange dauern, dann würde sich ihrer beider Griff unweigerlich lösen.

Plötzlich zerriß Monats Stimme die Nacht.

»Dick! Loghu! Seid ihr da?«

Burton rief laut zurück, und einen kurzen Augenblick später klatschte etwas gegen den Balken, traf Burtons Finger und zwang ihn dazu, einen Schmerzensschrei auszustoßen. Er ließ los, kämpfte sich durch das Wasser zurück und sah plötzlich das Balkenende wie den Körper einer Riesenschlange an sich vorbeijagen. Das Holz ratschte an seiner linken Wange entlang. Es hätte nur wenig gefehlt, und er wäre erneut bewußtlos geworden oder der Balken hätte ihm gar den Schädel gebrochen.

Er hielt sich fest und rief, daß alles in Ordnung sei.

»Loghu ist auch hier!« schrie er. »Seid vorsichtig mit dem Balken!«

Monat zog den Balken langsam an sich heran. Er hockte auf dem Floß, das den Unfall verursacht hatte. Kaaz packte Burton und zog ihn wie eine nasse Katze aus dem Wasser. Dann stießen sie den Balken wieder in den See zurück. Eine Minute später war auch Loghu im Trockenen. Sie war halb besinnungslos.

»Holt ein paar Tücher und wickelt sie ein«, sagte Burton.

»Sofort, Burton-*nag*«, sagte der Neandertaler, wandte sich um und tauchte im Nebel unter.

Burton setzte sich auf den feuchten Boden. Die Oberfläche des

Floßes war glatt und ebenmäßig. »Wo sind die anderen? Ist Alice in Sicherheit?«

»Sie sind alle hier, bis auf Owenone«, erklärte Monat. »Alice scheint sich ein paar Rippen gebrochen zu haben. Frigates Knie ist verletzt. Das Boot ist natürlich weg.«

Bevor Burton sich noch von seinem Schock erholen konnte, sah er leuchtende Fackeln. Sie kamen näher und verbreiteten genügend Licht, um zu zeigen, wer die Leute waren, die sie trugen. Es war ein Dutzend untersetzter, dunkelhäutiger Kaukasier mit großen, gekrümmten Nasen und bunten, teilweise gestreiften Kleidern. Sie waren mit Feuersteinmessern bewaffnet, die jedoch ausnahmslos in den Scheiden steckten.

Einer der Leute sprach sie in einer Sprache an, die Burton für Semitisch hielt. Wenn seine Vermutung zutraf, gehörte sie allerdings einer veralteten Form dieser Familie an. Zum Glück konnte er einige der Worte verstehen. Als er bei seiner Antwort in Esperanto überwechselte, tat sein Gesprächspartner das gleiche.

Sie unterhielten sich nur kurz.

Allem Anschein nach war der Mann auf dem Turm eingeschlafen, weil er getrunken hatte. Als das Floß gegen die Insel prallte und der Stoß ihn herunterschleuderte, war er nur um Haaresbreite dem Tod entgangen. Der andere Mann, der kurz vorher zu ihm hinaufgestiegen war, war weniger glücklich davongekommen: Er hatte sich das Genick gebrochen, was für die anderen Besatzungsmitglieder Grund genug gewesen war, den Trunkenbold über die Planke laufen zu lassen.

Die lauten, mahlenden Geräusche, die Burton kurz vor dem Zusammenstoß gehört hatte, waren von der Spitze des V-förmigen Buges erzeugt worden, der zunächst gegen den Pier gekracht und sich anschließend in den harten Fels der Insel gebohrt hatte. Der Aufprall hatte zwar einen Großteil des Buges zusammengedrückt und viele der Fischlederverstrebungen zerrissen, aber dennoch hatte der Aufbau das Schlimmste verhütet. Aufgrund dessen war nur ein winzig kleines Stück des Floßes abgerissen worden.

Ein Teil der Nordwestseite hatte sich gelöst, war aber mit dem Hauptteil noch in Verbindung. Mehrere dieser Balken hatten sich in den Leib der *Hadji II* gebohrt und ihr unterhalb der Wasserlinie ein Leck zugefügt. Nachdem das Boot sich zur Seite geneigt hatte, war es vollgelaufen, und es hatte nur noch eines kleinen Stoßes bedurft, es vollends umzukippen. Aber zu diesem Zeitpunkt war

Burton bereits über die Reling geflogen, hatte sich den Kopf an einem Felsen gestoßen und das Bewußtsein verloren.

Die Mannschaft konnte wirklich von Glück sagen, daß niemand umgekommen oder ernsthaft verletzt worden war. Nein, beinahe hätte er Owenone vergessen.

Es galt noch einige andere Dinge herauszufinden. Aber zuerst mußte man sich um die Verletzten kümmern. Burton bahnte sich einen Weg zu jener Stelle, an der die anderen im Schein der flakkernden Fackeln auf dem Boden lagen. Alice streckte weinend die Arme aus und drückte ihn an sich, als er kam.

»Drück mich nicht so fest«, flüsterte sie. »Mir tut die ganze Seite weh.«

Dann näherte sich ihnen ein Mann und erklärte, er sei derjenige, der sich um sie kümmern solle. Mehrere Flößer nahmen die beiden Frauen zwischen sich, während Frigate stöhnend und gestützt von Kazz hinter ihnen herhumpelte. Das Tageslicht wurde jetzt heller, und zumindest konnten sie jetzt etwas sehen. Nachdem sie eine Strecke von etwa sechzig Metern zurückgelegt hatten, hielten sie vor einer großen Bambushütte an, deren Dach aus Eisenbaumblättern bestand. Sie wurde durch Lederseile gehalten, die man mit in die Floßbalken getriebenen Pfählen verbunden hatte.

Im Inneren der Hütte war eine Steinplatte, auf der ein kleines Feuer brannte. Man legte die Verletzten auf einige bereitstehende Bambusbetten. Der Nebel wurde lichter. Es wurde heller, und plötzlich schreckten sie von einem Geräusch zusammen, das sich anhörte, als würden tausend Kanonen gleichzeitig abgefeuert. So oft sie es auch schon gehört hatten: gewöhnt hatte sich noch keiner ganz daran.

Es waren die Gralsteine, die ihre Energien abgaben.

»Kein Frühstück für uns«, sagte Burton.

Er warf abrupt den Kopf nach hinten. »Die Grale! Hat irgend jemand an die Grale gedacht?«

Monat erwiderte: »Sie waren noch auf dem Boot.« Sein Gesicht verzog sich plötzlich in tiefem Schmerz, und er begann zu weinen. »Owenone muß ertrunken sein!«

Im Schein des Feuers sahen sie einander an. Der Schock stand jedem einzelnen noch immer im Gesicht geschrieben, aber dennoch wurde nun jeder noch um eine Nuance blasser.

Einige der Anwesenden stöhnten. Burton fluchte. Auch er

fühlte Trauer um den Tod Owenones, aber jetzt waren er und seine Mannschaft nicht mehr als Bettler, die auf die Mildtätigkeit anderer angewiesen waren. Es war besser, tot zu sein, als ohne Gral zu leben, und in den alten Zeiten hatten tatsächlich jene, die ihren Gral verloren hatten, nicht selten den Freitod gesucht: Der nächste Tag hatte sie dann zwar von ihren Freunden und Gefährtinnen getrennt, versorgte sie aber andererseits auch wieder mit einer eigenen Nahrungsquelle.

»Nun«, bemerkte Frigate, »immerhin können wir noch Fisch und Eichelbrot essen.«

»Für den Rest unseres Lebens?« fragte Burton höhnisch. »Und das kann, nach allem, was wir wissen, für immer sein.«

»Man sollte versuchen, auch die guten Seiten einer Notlage nicht aus den Augen zu verlieren«, erwiderte der Amerikaner. »Selbst wenn sie kaum vorhanden sind.«

»Warum geben wir uns nicht mit den Dingen zufrieden, wie sie auf uns zukommen?« fragte Alice. »Im Moment wäre ich jedenfalls schon damit zufrieden, wenn meine Rippen wieder in Ordnung wären, und ich bin sicher, daß auch Loghu es begrüßen würde, wenn jemand sich um ihr gebrochenes Bein kümmerte und es schiente.«

Der Mann, der sich um sie kümmern sollte, sorgte zunächst dafür, daß die Verletzten verbunden wurden. Erst nachdem man ihre Schmerzen mit Traumgummi etwas gemildert hatte, ging er wieder hinaus. Burton, Kazz und Monat folgten ihm. Mittlerweile verbrannte die Morgensonne den Nebel. In ein paar Minuten würde er sich völlig aufgelöst haben.

Was sich draußen ihren Blicken darbot, war erschreckend genug. Der gesamte Bug des Floßes war, als er sich in die Insel gebohrt hatte, zerbrochen. Die Steuerbordseite war ebenfalls schwer beschädigt. Die Anlegeplätze der Ganapos lagen ebenso wie ihre Boote unter einem aufgetürmten Gewirr hölzerner Balken und Bretter vergraben. Der Hauptteil des Floßes lag in einer Länge von wenigstens zwölf Metern auf Grund. Mehrere hundert Flößer standen am Rande des Wracks umher und unterhielten sich laut lamentierend, ohne etwas Konstruktives zu unternehmen.

Linkerhand dümpelte eine große Anzahl dicker Balken auf dem Wasser, die die Strömung unablässig gegen das Floß trieb. Von der *Hadji II* war ebensowenig eine Spur zu entdecken wie von Owenone. Burtons Hoffnung, daß es vielleicht doch nicht unmöglich sei, wenigstens den einen oder anderen der verlorenen Grale wiederzufinden, sank rapide.

Er sah sich auf dem Floß um. Auch wenn der Vorderteil dieses Gefährts nicht mehr vorhanden war, machte es insgesamt gesehen noch immer einen gewaltigen Eindruck. Das Floß war mindestens 200 Meter lang, 120 Meter breit und mit einem ebenfalls spitz zulaufenden Heck versehen.

In seinem Mittelpunkt befand sich jenes große, runde, schwarze Objekt, das Burton bereits im Nebel hatte erkennen können: eine Statue. Sie war wenigstens zehn Meter hoch, von schwarzer Farbe, wirkte ungeheuer häßlich und schien das ganze Floß zu dominieren. Die Gestalt saß im Indianersitz da. Auf ihrem Rücken war ein drachenähnlicher Kamm zu erkennen, und der Kopf des Wesens glich dem eines Dämonen mit leuchtenden blauen Augen und einem breiten aufgerissenen Maul, in dessen Inneren er haifischähnliche Zähne sah, die unzweifelhaft aus dem Rachen eines Drachenfisches stammten. In der Mitte seines fetten Wanstes befand sich ein rundes Loch, an das sich eine steinerne Vertiefung anschloß, in dem ein kleiner Holzstapel brannte. Der so erzeugte Rauch stieg im Inneren des Götzen empor und drang durch seine fledermausähnlichen Ohren nach draußen.

Vor ihm, in der Nähe des Floßrandes, lag der zusammengefallene Wachtturm auf der Seite. Die Stützen, die ihn gehalten hatten, waren unter dem Druck des Zusammenpralls zerbrochen. Immer noch lag die Leiche eines Menschen in seiner Nähe.

Auf dem Floß stand eine Reihe größerer Gebäude, dazwischen ein paar kleinere. Einige der kleineren waren zerstört. Die großen Hütten hatten, bis auf eine, den Aufprall besser überstanden.

Burton zählte nicht weniger als zehn große Masten mit viereckigen Segeln und zwanzig kürzere mit Längsseitstakelage. Alle Segel waren gerefft.

An den Seiten des Floßes entdeckte er eine Reihe von Gestellen, die Ruderboote unterschiedlicher Größen enthielten.

Das größte Gebäude des Floßes stand hinter dem Götzenbild. Burton nahm an, daß es sich dabei um das Haus des Häuptlings oder um einen Tempel handelte. Vielleicht war es sogar beides.

Plötzlich wurden Holztrompeten geblasen und Trommeln geschlagen. Als er sah, daß die Flößer dem großen Gebäude zustrebten, beschloß Burton, sich ihnen anzuschließen. Die Leute versammelten sich zwischen dem Götzen und der großen Hütte, und

Burton blieb so weit im Hintergrund stehen, daß er zur gleichen Zeit die Statue in Augenschein nehmen und eventuelle Bekanntmachungen mitanhören konnte. Er kratzte vorsichtig mit seinem Messer an der Außenhaut des Götzen und stellte fest, daß er aus Ziegelstein hergestellt und mit schwarzer Farbe bemalt war. Er fragte sich, woher die Leute die Farben für den Körper, die Augen und das Zahnfleisch her hatten. Pigmente waren auf dieser Welt, sehr zum Kummer mancher Künstler, mehr als selten.

Der Häuptling oder Hohepriester war zwar größer als seine Untertanen, jedoch noch immer einen halben Kopf kleiner als Burton. Er trug einen Umhang und einen Kilt mit blauen, schwarzen und roten Streifen und eine aus Eichenholz gefertigte Krone mit sechs Zacken. In der Rechten hielt er einen langen, eichenen Schäferstab. Von einer Plattform aus, die am Eingang der Hütte stand, hielt der Mann eine Rede, wobei er mit seinem Stock gestikulierte. Seine Augen funkelten feurig, und von dem Wortschwall, der aus seinem Munde drang, verstand Burton nicht das geringste. Nach etwa einer halben Stunde ununterbrochenen Redens stieg der Mann von seiner Plattform herab, und die Menge teilte sich in verschiedene Arbeitsgruppen.

Einige der Flößer betraten die Insel, um die Balken wegzuräumen, die am Bug abgebrochen waren, und stapelten sie auf. Andere wiederum wandten sich der rückwärtigen Steuerbordseite zu, nahmen dort herumliegende Staken auf und versuchten das Floß heckwärts herumzuschwenken. Wie Galeerensklaven begannen sie mit der rhythmischen Unterstützung einer Trommel zu staken.

Schließlich schafften sie es, das gewaltige Floß so weit zur Seite zu schwenken, daß die Strömung das Heck ergreifen konnte und den Rest der Arbeit allein erledigte. Sobald das Floß weit genug geschwenkt war, konnte es sich mit der Vorderseite von der Insel lösen.

Das war zumindest die Theorie, aber die Praxis sah anders aus. Es wurde offensichtlich, daß ihnen kein anderer Ausweg blieb, als zuerst das Durcheinander an der Bugseite zu beseitigen, und dann das Floß von der Inselseite her wegzuschieben.

Burton hatte den Wunsch, mit dem Häuptling zu sprechen, aber dieser war inzwischen um die Götzenfigur herumgegangen, verbeugte sich laufend vor ihr und stimmte nun einen Gesang an. Und nach allem, was Burton in seinem bisherigen Leben gelernt hatte, wußte er, daß es nicht ungefährlich war, jemanden während eines religiösen Rituals zu unterbrechen.

Er lief eine Weile herum, blieb hie und da stehen, um die Ruderboote und Einbäume zu begutachten, fand Kanus und sogar kleinere Segelboote und streifte schließlich zwischen den Hütten umher. Die meisten dieser Gebäude waren mit Türen versehen, die von außen verschlossen waren. Er stellte fest, daß niemand ihn beobachtete, und nahm die Gelegenheit wahr, in mehrere einzudringen.

Zwei der Hütten waren Lagerschuppen für getrockneten Fisch und Eichelbrot. Eine dritte war bis unter das Dach mit Waffen gefüllt. Eine andere schien eine Art Bootswerft darzustellen, denn sie enthielt zwei halbfertige Einbäume und das hölzerne Skelett eines Kanus, das später einmal mit Fischhaut überzogen werden würde. Im fünften Gebäude fand er die unterschiedlichsten Artefakte: Kisten mit Eichenringen für den Handel; Spiralknochen und Hornfisch-Hörner; ganze Stapel von Fisch- und Menschenleder; Trommeln, Bambusflöten, Harfen; Totenschädel, zu Trinkbechern verarbeitet; Seile und Taue aus Grasfasern und Fischhaut; getrocknete Drachenfisch-Innereien; Segelzubehör; steinerne Fischöllampen; Schachteln mit Lippenstiften, Gesichtsfarben, Marihuana, Zigaretten, Zigarren und Feuerzeugen, etwa fünfzig rituelle Masken und vieles andere mehr.

Als er das sechste Gebäude betrat, legte sich ein befriedigtes Lächeln auf Burtons Gesicht, denn in diesem waren die Grale der Flößer untergebracht. Die großen, grauen Zylinder standen fein säuberlich aufgereiht in hölzernen Regalen, wo sie auf ihre Besitzer warteten. Er zählte nicht weniger als dreihundertfünfzig. Wenn auf jeden der etwa dreihundertzehn Flößer ein Gral kam, bedeutete das, daß diese Leute mindestens dreißig mehr besaßen, als ihnen zustanden.

Einige Minuten angestrengter Untersuchungstätigkeit zeigten Burton, daß außer den bewußten dreißig Gralen alle anderen etikettiert waren. Ihre Griffe waren mit kleinen Kordeln versehen, an denen kleine Schilder aus Ton befestigt waren. Sie trugen die Namen ihrer Eigner. Burton nahm einige der Schilder näher in Augenschein. Die Schriftzeichen erinnerten ihn an einige Fotografien, die man einst von babylonischen und assyrischen Dokumenten gemacht hatte.

Dann versuchte er einige der Zylinderdeckel zu öffnen, was

aber natürlich mißlang: Jeder Gral verfügte über einen geheimnisvollen Mechanismus, der es nur seinem Besitzer ermöglichte, ihn zu öffnen. Es existierten mehrere Theorien, die sich bemühten, diese Tatsache in Worte zu kleiden, und eine davon lautete, daß irgendeine sensitive Einrichtung im Inneren der Grale dazu in der Lage war, die elektrische Ausstrahlung der Menschen voneinander zu unterscheiden und sich nur bei einer einzigen zu öffnen.

Die nichtetikettierten Grale waren jedenfalls von anderer Art: Die englischsprechenden Bewohner der Flußwelt nannten sie »Freebies«.

Als die über sechsunddreißig Milliarden ehemaligen Bewohner der Erde nach ihrem Tod auf dieser Welt zu neuem Leben erwacht waren, hatte jeder einzelne einen Gral neben sich gefunden. Des weiteren befand sich im mittleren Loch der Gralsteinvertiefungen jeweils ein weiterer dieser grauen Metallzylinder; offensichtlich deswegen, um den Wiedererweckten zu demonstrieren, wozu ihre Neuerwerbungen dienen sollten.

Bald nach dem Erwachen hatten die entlang des Flußtales aufgestellten Gralsteine hohe Flammen ausgespuckt. Die Leute hatten sich um sie geschart, angelockt von dem Lärm und dem Feuer, und waren schließlich auf die Gralsteine hinaufgeklettert, um nachzusehen, was diese unerwartete Flammenorgie hervorgerufen hatte. Schließlich hatten sie die dort abgestellten einzelnen Grale entdeckt, ihre Deckel abgehoben und den Umstehenden gezeigt, was sich in ihrem Inneren befand. Oh, Wunder aller Wunder, Freude aller Freuden! Die Überraschung war groß, denn dort fanden sie mehrere Teller und Becher, und alle waren voller Nahrung und Getränken und enthielten die herrlichsten Leckerbissen.

Als die Flammen beim nächsten Mal gen Himmel schlugen, hatten die Wiedererweckten begriffen, daß sie lediglich ihre persönlichen Grale in die Vertiefungen zu stecken brauchten, um der Nahrungs- und Warenflut selbst teilhaftig zu werden. Jeder erhielt, was er brauchte, aber dessenungeachtet gab es natürlich immer noch Leute, denen das nicht genug war und die sich über die Speisenfolge beschwerten.

Die Freebies waren daraufhin sehr begehrt geworden; manche Leute hatten alles darangesetzt, sich einen solchen zu verschaffen. Sie wurden gestohlen und geraubt, und nicht selten wurde ihretwegen sogar ein Mord begangen, denn derjenige, der neben seinem persönlichen Gral noch einen Freebie besaß, verfügte über doppelt so viele Köstlichkeiten wie jeder andere.

Burton selbst hatte nie einen besessen. Und jetzt standen gleich dreißig in einer Reihe vor ihm.

Das Problem der verlorenen Grale der *Hadji-II*-Besatzung war damit gelöst — falls er es schaffte, den Häuptling dazu zu überreden, seinen Schatz mit ihnen zu teilen. Immerhin war es seine Schuld, daß ihr Schiff jetzt nicht mehr existierte und alle ihre Grale verlorengegangen waren. Er schuldete einfach seinen Opfern diese Freebies.

Bisher war man Burton und seiner Mannschaft durchaus entgegengekommen, und das war schon etwas. Es gab genügend andere Seefahrer, die genau das Gegenteil mit ihm und seinen Leuten getan hätten: Nämlich sie über Bord geworfen, allerdings nicht ohne die Frauen zu vergewaltigen und vielleicht sogar die Männer.

Es war allerdings auch möglich, daß die Freundlichkeit der Flößer irgendwo Grenzen hatte. Vielleicht waren die freien Grale gar nicht so frei. Ebensogut konnten die Flößer sie gestohlen haben. Und selbst wenn dem nicht so war, bestand die Möglichkeit, daß man seine Bitte abfällig beschied, weil die Flößer selbst für alle eventuellen Notfälle gerüstet sein wollten: Sie konnten die freien Grale ebensogut als Ersatz für jene verwenden, die sie selbst verloren — oder als Tribut, den sie irgendwelchen weniger freundlichen und stärkeren Gruppen zahlen mußten, wollten sie deren Gebiet passieren.

Burton verließ das Gebäude, verriegelte die Tür hinter sich und wanderte gedankenverloren umher. Wenn er den Häuptling bat, ihm sieben Grale zu schenken, und dieser lehnte sein Begehren ab, würde er den Mann möglicherweise mißtrauisch machen. Und dann würde man den Lagerschuppen bewachen. Und es war nicht unmöglich, daß der Häuptling — wenn er die Leute von der *Hadji II* erst einmal für potentielle Diebe hielt — die Nerven verlor und sie mehr oder minder drohend aufforderte, sein Floß zu verlassen.

Als Burton an dem Götzenbild vorbeikam, sah er, daß der Häuptling sein Gebet beendet hatte und der Insel zustrebte. Offenbar wollte er die dortigen Arbeiten überwachen.

Burton rang sich dazu durch, ihn dennoch um die Grale zu bitten. Es hatte keinen Zweck, die Sache zu verschieben. Ein Mann, der auf seinem Hintern saß, ließ möglicherweise das Glück an sich vorüberlaufen.

Sein Name war Mutu-sha-ili und bedeutete »Der Mann Gottes«; aber für jene, die Esperanto sprachen, lautete er Metuŝael — Methusalem.

Einen beinahe trunkenen Moment lang fragte sich Burton, ob er hier dem Manne gegenüberstand, der für den langlebigen Patriarchen aus dem Alten Testament Modell gestanden hatte. Natürlich nicht. Metuŝael war Babylonier und hatte bis zu dem Zeitpunkt, da er auf der Flußwelt zu sich gekommen war, nie etwas von den Hebräern gehört. Auf der Erde war er Getreideprüfer gewesen; hier war er Gründer und Kopf einer neuen Religion und zudem Kommandant des großen Floßes.

»Eines Nachts, als draußen der Sturm heulte, lag ich in tiefem Schlaf, und in meinem Traum erschien mir ein Gott mit dem Namen Rushhub. Ich hatte von diesem Gott niemals gehört, aber er berichtete mir, er sei einst ein mächtiger Gott meiner Ahnen gewesen. Deren Nachkommen jedoch hatten ihn verschmäht, und so hatte es zu meinen Lebzeiten nur noch ein kleines Dörfchen am Rande des Königreiches gegeben, das ihm huldigte.

Aber Götter sterben nicht, auch wenn sie vielleicht andere Gestalt annehmen und neue Namen — oder sogar namenlos werden. Er hatte in den Träumen vieler Menschen und vieler Generationen weitergelebt. Und er erschien mir und sagte, daß nun die Zeit gekommen sei und er diese Traumwelt verlassen wolle. Ich wolle mich erheben, fortgehen und sein Wort verbreiten, wozu ich die Hilfe einer Gruppe Gläubiger benötige, um ein großes Floß zu bauen, mit dem wir flußabwärts fahren könnten.

Nach vielen Jahren und möglicherweise mehreren Generationen — wie wir sie von der Erde her kennen — würden wir das Ende des Flusses erreichen, wo er sich in ein Loch ergießt, das sich am Fuße der Berge, die die Spitze dieser Welt bilden, befindet.

Dort würden wir auf den Eingang zur Unterwelt stoßen, eine große, finstere Höhle, die wir durchqueren müssen, und an deren anderem Ende sich ein glänzender See befindet, der ein Land umsäumt, in dem wir von da an in Frieden und Glück, mit allen Göttern und Göttinnen zusammen, bis in alle Ewigkeit leben werden. Aber bevor das Floß ablege, sollten wir eine Statue des Gottes Rushhub bauen, sie auf das Floß schaffen und ihr huldigen. Auf keinen Fall sind wir, wie viele Leute behauptet haben, Dummköpfe, die das Standbild eines Gottes mit unserem Gott selbst verwechseln.«

Burton hielt den Mann für verrückt, aber er war klug genug, kein Wort darüber verlauten zu lassen. Also waren sie in die Hände von Fanatikern gefallen. Zum Glück bestand der Gott Metušaels darauf, daß seine Jünger — außer in Notwehr — keine Gewaltakte begingen.

Aus Erfahrung wußte er allerdings, wie weit man diesen Begriff auslegen konnte.

»Rushhub selbst sagte mir, daß es unsere Aufgabe sei, die Statue in kleine Einzelteile zu zerlegen und in den Fluß zu werfen, bevor wir den Höhleneingang betreten. Warum das so sein soll, sagte er nicht. Er sagte nur, daß wir, wenn die Zeit dazu reif sei, dies von alleine verstehen würden.«

»Das ist ja alles sehr schön für Euch«, sagte Burton. »Aber Ihr seid verantwortlich für die Zerstörung unseres Bootes. Und außerdem haben wir unsere Grale verloren.«

»All das tut mir wirklich leid, aber ich kann nur wenig für Euch tun. Was Euch geschah, war Rushhubs Wille.«

Burton mußte sich zusammenreißen, um dem Mann keine Ohrfeige zu geben. Zähneknirschend sagte er: »Drei meiner Leute sind zu schwer verletzt, als daß sie sich allein bewegen könnten. Könntet Ihr uns wenigstens ein Boot geben, damit wir das nächste Ufer erreichen?«

Metušaels schwarze Augen funkelten. Dann deutete er mit ausgestrecktem Arm auf die Insel.

»Dort ist das Ufer und auch ein Nahrungsstein. Ich will dafür sorgen, daß Eure Verletzten dort abgesetzt werden, und wir sind auch bereit, Euch mit ein wenig Trockenfisch und Eichelbrot zu versorgen. Aber jetzt haltet mich nicht mit weiteren Bitten auf. Es ist viel zu tun. Wir müssen unser Floß wieder ins Wasser bekommen, denn Rushhub sagte, wir sollten uns um keinen Preis aufhalten lassen. Wenn wir zuviel Zeit vergeuden, finden wir die Tore ins Land der Götter verschlossen, und uns wird nichts anderes übrigbleiben, als dort heulend und wehklagend auf den Boden zu sinken und unsere Nachlässigkeit und unseren wankelmütigen Glauben zu beweinen.«

In diesem Moment wurde Burton klar, daß er von diesen Leuten niemals etwas erhalten würde. Und dabei schuldeten sie ihm alles.

Metušael machte Anstalten weiterzugehen. Plötzlich blieb er jedoch stehen und deutete auf Monat, der gerade die Hütte verließ, in denen die Verletzten lagen.

»Was ist das?«

Burton machte einige Schritte auf Metuŝael zu und sagte: »Ein Mensch von einer anderen Welt. Er und einige andere seiner Art reisten von einem fernen Stern zur Erde, zu einem Zeitpunkt, an dem ich schon über hundert und Ihr möglicherweise schon viertausend Jahre tot wart. Er kam in friedlicher Absicht, aber die Menschen fanden heraus, daß er eine ... eine Droge besaß, die sie ewig jung erhalten konnte. Sie verlangten von ihm, er solle sein Geheimnis mit ihnen teilen, aber er weigerte sich und sagte stattdessen, die Menschen hätten bereits zu viele Probleme mit der Überbevölkerung. Und außerdem solle man nur den Menschen die Möglichkeit des ewigen Lebens einräumen, die sich dieses Zustands auch als würdig erwiesen.«

»Dann muß er sich geirrt haben«, erwiderte Metuŝael. »Die Götter *haben* uns das ewige Leben gegeben.«

»Gewissermaßen ja. Allerdings werden nach Eurer Religion nur wenige Auserwählte — und zwar jene, die sich auf diesem Floß befinden — die tatsächliche Unsterblichkeit erlangen. Ist das richtig?«

»Es hört sich hart an«, nickte Metuŝael, »aber so ist es nun einmal. Und wer sind wir schon, daß wir es wagen können, die Motive und Methoden der Götter in Frage zu stellen?«

»Es ist jedenfalls eine Tatsache, daß wir das, was die Götter planen, stets nur durch Menschen erfahren, die für sie sprechen. Und der Mensch, dessen Motive und Methoden ich nicht in Frage gestellt habe, ist mir bisher noch nicht begegnet.«

»Je mehr Fragen man stellt, um so verwirrter wird man.«

»Nebenbei gesagt«, sagte Burton und lächelte, um seinen Ärger zu verbergen, »wurden die Arkturier — Monat und seine Leute — von den Menschen angegriffen. Man brachte sie ausnahmslos um, aber bevor Monat starb, gelang es ihm, fast die gesamte Erdbevölkerung zu töten.«

Er machte eine Pause. Wie konnte er diesem ungebildeten Ignoranten verdeutlichen, daß die Arkturier ihr Mutterschiff auf einer Parkbahn um die Erde zurückgelassen und Monat mittels eines Funksignals eine Maschinerie in Bewegung gesetzt hatte, die dafür verantwortlich war, daß alles menschliche Leben auf der Erde ausgelöscht wurde? Er verstand das Prinzip dieser Vernichtungsaktion ja selbst kaum. Schließlich hatten zu seinen Zeiten weder Funkgeräte noch Weltraumschiffe existiert.

Metuŝael riß allerdings auch ohne diese Erklärungen die Augen auf. Er sah Monat noch einmal an und fragte: »Er ist ein Magier und tötete all diese Leute mit seinen Kräften?«

Einen Moment lang spielte Burton mit dem Gedanken, die Monat attestierten magischen Kräfte als Druckmittel einzusetzen. Vielleicht konnte er diesen Fanatiker dazu bewegen, ihnen ein Boot und die freien Grale zu überlassen, wenn er sich bedroht fühlte. Metuŝael mochte zwar ein verrückter Wirrkopf sein, aber er war nicht dumm. Was sollte er tun, wenn die Frage kam, weshalb es Monat dann nicht auch gelungen war, die *Hadji II* vor der Zerstörung zu bewahren und die Verletzungen seiner Kameraden zu verhindern? Ebensogut konnte er fragen, wofür sie überhaupt ein Boot brauchten, wenn Monat derartige Kräfte besaß: Schließlich könne er sie doch auch sicher durch die Luft transportieren.

»Ja, er hat sie alle erschlagen«, sagte Burton. »Und wie wir wachte er schließlich an einem Flußufer auf, ohne zu wissen, warum und weshalb. Seine magischen Werkzeuge blieben natürlich auf der Erde, aber er sagt, daß er irgendwann auch hier das richtige Material finden wird, um sich neue zu machen. Dann wird er seine Kräfte zurückerhalten und so mächtig und stark werden wie zuvor. Und dann werden jene, die ihn heute verspotten und schmähen, wieder einen Grund haben, ihn zu fürchten.«

Das sollte Metuŝael erst einmal verdauen.

Schließlich lächelte er und sagte: »Bis dahin . . .«

Burton verstand. Bis dahin würde das Floß längst verschwunden sein.

»Außerdem wird Rushhub seine Jünger beschützen. Ein Gott ist mächtiger als ein Mensch oder ein Dämon von den Sternen.«

»Warum hat Rushhub dann nicht diesen Zusammenstoß verhindert?« fragte Burton.

»Das weiß ich nicht, aber ich bin sicher, daß er mir bald wieder in einem Traum erscheinen und mir seine Gründe dafür nennen wird. Nichts, was die Jünger Rushhubs betrifft, geschieht ohne einen Grund.«

Metuŝael ging weiter. Burton kehrte zu der Hütte zurück, um nach seiner Mannschaft zu sehen. Gerade als Burton das Gebäude betrat, kam Kazz heraus. Er hatte sich bis auf seinen Kilt entkleidet und offenbarte seinen starkbehaarten, vierschrötigen, muskelbepackten Körper. Sein Kopf saß auf einem vornübergebeugten, bulligen Nacken, und seine Stirn war niedrig und fliehend. Er besaß einen langen, schmalen Schädel, sein Gesicht war breit. Die Augenwülste traten stark hervor und waren von dichten, buschigen Brauen bewachsen. Er hatte nur eine kleine Nase, aber deren Löcher waren ungeheuer. Die gewaltigen Kiefer und seine Pranken machten den Eindruck, als könnte er Steine zu Pulver zermahlen.

Trotz seiner furchterweckenden Erscheinung hätte man ihm im London von Burtons Lebzeiten — vorausgesetzt, er wäre bekleidet gewesen — sicher nicht mehr als einen interessierten Blick zugeworfen.

Sein voller Name war *Kazzintuitruaabemss,* was in seiner eigenen Sprache Der-Mann-der-das-Ungeheuer-mit-den-langen-weißen-Zähnen-erschlug bedeutete.

»Was ist, Burton-*nag*?« fragte er.

»Du und Monat kommt mit mir.«

Als er im Inneren der Hütte war, fragte er die anderen, wie sie sich fühlten. Alice und Frigate erwiderten, daß sie zwar gehen, aber nicht würden laufen können. Loghus Fall war offensichtlich. Da man sie mit einem Stück Traumgummi versorgt hatte, fühlte sie zwar keine Schmerzen — aber keinesfalls würde sie vor vier oder fünf Tagen wieder auf den Beinen sein, so lange dauerte es zumindest, bis ein gebrochenes Bein auf dieser Welt verheilte. Woran diese fantastische Schnelligkeit des Heilungsprozesses lag, wußte niemand; möglicherweise an der Art ihrer Ernährung.

Was immer auch die Gründe dafür sein mochten: Gebrochene Knochen wuchsen ebenso wieder zusammen wie zerrissene Muskel oder verbranntes Fleisch, und Augen wuchsen mit der gleichen Geschwindigkeit nach wie Zähne. Anfangs hatte dieses Phänomen die Flußtalbewohner noch verwundert; nun nahmen sie es mit Gelassenheit hin.

Burton hatte den anderen kaum ihre Lage klargemacht, als in der Hütte zwölf bewaffnete Männer erschienen. Der Anführer sagte, er habe den Auftrag, die Schiffbrüchigen auf die Insel zu bringen. Daraufhin legten zwei Männer Loghu auf eine Trage und schleppten sie hinaus. Frigate, gestützt von Monat und Kazz, humpelte hinter ihnen her. Irgendwie schafften sie es dann doch, den schwierigen Wg über das Felsgeröll und die überall herumliegenden Balkenstapel zurückzulegen. Am Ufer stießen sie auf die Ganapos, die zwar ziemlich wütend zu sein schienen, der Situation im großen und ganzen jedoch recht hilflos gegenüberstanden.

Man brachte Loghu in eine ihrer Hütten, dann zogen sich die Bewaffneten zurück. Der Anführer erklärte Burton noch, daß er ihm und seinen Leuten rate, fortan keinen Fuß mehr auf das Floß zu setzen.

»Und wenn wir uns weigern?« fragte Burton laut.

»Dann werfen wir euch in den Fluß, mit einem an eure Beine gebundenen Stein. Der Allmächtige Rushhub hat uns zwar jegliches Blutvergießen untersagt — aber er hat uns nicht verboten, unsere Feinde zu ertränken.«

Kurz bevor der Insel-Gralstein die nächste Mittagsmahlzeit ankündigte, brachte man den Schiffbrüchigen etwas Trockenfisch und Eichelbrot.

»Metuŝael sagt, dies wird euch vor dem Verhungern bewahren, bis ihr selbst in der Lage seid, euch mit Fisch und Brot zu versorgen.«

»Ich werde ihm meinen Dank persönlich abstatten«, sagte Burton zum Anführer der Wachen, »auch wenn ihm das vielleicht nicht in den Kram paßt.«

Monat sagte: »War das nur leeres Gerede, oder planst du, dich irgendwie an ihm zu rächen?«

»Ich bin nicht rachsüchtig«, erwiderte Burton. »Aber ich will auf jeden Fall versuchen, daß wir nicht ohne Grale ausgehen.«

Zwei Tage vergingen. Der Vorderteil des Floßes lag immer noch auf Grund, obwohl man mehrere Balkenreihen bereits entfernt hatte.

Es war eine harte Arbeit, das Floß zu verkürzen und auf diese Weise freizubekommen. Die gesamte Bevölkerung des Floßes — ausgenommen ihr Führer — war damit beschäftigt, die an der Bugseite gelösten Baumstämme nach hinten zu schaffen. Von morgens bis abends konnte man auf der Insel die in babylonischer Sprache gebrüllten Anfeuerungsrufe hören.

Aber soviel Fortschritte die Flößer auch machten: manchmal war ihre Arbeit für die Katz, denn die Strömung brandete ununterbrochen gegen das gewaltige Gefährt und schob es immer weiter aufs Land.

Da der Wind aus der Richtung kam, in die das Wasser strömte, hatte man die Segel gesetzt. Metuŝael rechnete offenbar damit, daß der Wind seine Leute bei der Arbeit unterstützen würde, aber gegen seine Theorie sprach, daß die klobigen, hohen Felsen der Insel den größten Teil der Brise abfingen.

Am Morgen des dritten Tages konnte man ungefähr absehen, daß die Flößer noch eine Woche benötigen würden, um ihr Floß wieder voll im Wasser zu haben.

Inzwischen waren die Ganopo nicht untätig gewesen. Da Metušael sich weigerte, ihnen ein Boot zu leihen, hatten sie vier junge Männer ausgesandt, die zum rechten Ufer geschwommen waren, den dort lebenden Stämmen ihre Situation erklärten und sich ein Segelboot liehen. Sie kehrten mit einer Flotte von zwanzig weiteren Booten zurück, auf denen sich die Häuptlinge des örtlichen Staates und deren beste Kämpfer befanden. Der Oberhäuptling, ein hochgewachsener Shawnee, sah sich die Sache an und ließ sich dann mit den Ganopos zu einem Palaver nieder, zu dem auch Burton und Monat eingeladen wurden.

Es wurde eine Menge geredet. Die Ganopo beschwerten sich darüber, daß die Fremden ihre Boote zerstört hatten. Verschiedene Ansichten über deren Benehmen wurden geäußert, und schließlich ergriff auch Burton das Wort. Er berichtete den Häuptlingen von den großen und gefüllten Lagerhäusern der Flößer und äußerte die Vermutung, daß diese vielleicht bereit wären, ihre Reichtümer mit den Bewohnern dieses Gebietes zu teilen, falls man sich erböte, ihnen bei der Arbeit zu helfen. Von der Existenz der Freebies sagte er wohlweislich nichts.

Der Shawnee hielt diesen Vorschlag für eine gute Idee. Er sprach mit Metušael darüber, der sich zwar freundlich zeigte, gleichzeitig aber behauptete, keinerlei Hilfe zu benötigen.

Verärgert kam der Shawnee wieder auf die Insel zurück.

»Diese Krummnasen sind nicht sehr schlau«, sagte er. »Wissen sie eigentlich gar nicht, daß wir ihnen alles nehmen können, ohne ihnen etwas dafür zu geben? Sie haben die Boote der Ganopo zerstört und ihnen nicht einmal eine Entschädigung angeboten. Sie haben das Schiff der anderen Fremden versenkt, daß diese ein ganzes Jahr Arbeitszeit und viel Schnaps und Tabak gekostet hat, den sie gegen das Holz eintauschten, das sie für den Bau benötigten. Sie sind für den Tod eines Menschen verantwortlich und schuld daran, daß die Fremden ihre Grale verloren haben. Jeder Mensch würde es vorziehen, lieber tot zu sein als keinen Gral zu besitzen. Und was bieten sie als Entschädigung an für das, was sie getan haben? Nichts! Sie verhöhnen die Ganopo und diese Fremden! Dies sind keine guten Menschen. Sie sind schlecht. Und so sollte man sie auch behandeln.«

»Von den leckeren Sachen, die er sich unter den Nagel zu reißen gedenkt, wollen wir hier natürlich nicht reden«, flüsterte Burton Monat auf englisch zu.

»Was sagtest du?« fragte der Oberhäuptling.

»Ich sagte meinem Freund, dem Mann von den Sternen, wie groß deine Weisheit und dein Sinn für Gerechtigkeit ist, daß alles, was du mit den Krummnasen machst, richtig ist und der Große Geist deinen Weg ewiglich beleuchten wird.«

»Deine Sprache kann in wenigen Worten ziemlich viel ausdrükken«, sagte der Oberhäuptling.

»Die Zunge meines Volkes ist nicht gespalten«, erwiderte Burton und dachte: Gott möge mir diese Bemerkung vergeben.

Obwohl der Shawnee noch nicht damit herausrückte, was er zu tun beabsichtigte, war es Burton klar, daß er es auf einen Überfall würde ankommen lassen. Vielleicht sogar schon in der kommenden Nacht.

Anschließend rief er die anderen in der Hütte zusammen.

»Macht nicht so lange Gesichter. Ich glaube, wir werden doch noch zu unseren Gralen kommen und uns vom Bettlerstatus verabschieden. Allerdings müssen wir in der kommenden Nacht auf der Hut sein. Wie geht's, Loghu, Pete, Alice? Fühlt ihr euch dazu in der Lage? Auch wenn's vielleicht ein wenig heiß hergeht?«

Alle drei waren der Meinung, wieder gehen zu können; aber zum Rennen fühlte sich noch niemand in der Lage.

»Ausgezeichnet. Und jetzt sage ich euch, was wir tun; das heißt, wenn niemand etwas dagegen hat. Und wenn doch — machen wir's trotzdem.«

20

Sie verzehrten ihr aus Fisch und Brot bestehendes Abendessen, das ihnen schon zum Halse heraushing, ehe sie den ersten Bissen zu sich genommen hatten. Allerdings waren die Ganopo freundlich genug gewesen, sie mit einigen Zigaretten und einer Menge Flechtenalkohols zu versorgen. Bevor er sich in die Hütte zurückzog, um für die Nacht Kräfte zu sammeln, ging Burton noch einmal zum Strand hinunter. Die Babylonier hielten sich entweder in ihren Hütten auf oder standen in kleinen Gruppen — sich unterhaltend — davor herum. Sie machten nach den drei harten Arbeitstagen einen müden und gleichermaßen frustrierten Eindruck und würden sicher bald schlafen gehen. Das hieß, bis auf die Wachen, die sie in jeder Nacht am Floßrand aufstellten. Sobald es dunkel wurde, zündeten sie fischölgetränkte Pinienholzfackeln an, in deren Schein sie auf dem Floß auf- und abpatrouillieren würden, bis ihre Ablösung kam.

Die größte Menschenansammlung befand sich am vorderen Floßende. Metuŝael hatte die Leute offensichtlich dorthin plaziert, um zu verhindern, daß Burtons Leute heimlich an Bord sprangen und etwas von seinen Waren stahlen. Der kleine, dunkelhäutige Mann beobachtete Burton mit mißtrauischen Blicken, als dieser am Strand herumstrolchte. Burton grinste und winkte ihm zu, aber Metuŝael erwiderte seinen Gruß nicht.

Nachdem er sich die Lage genau eingeprägt hatte, kehrte Burton in ihre Hütte zurück. Auf dem Weg traf er den Häuptling der Ganopo, der vor seinem Haus saß und an einer Pfeife nuckelte.

Burton nahm bei ihm Platz.

»Ich glaube, o Häuptling«, sagte er, »daß die Flößer in dieser Nacht eine große Überraschung erleben werden.«

Der Häuptling nahm die Pfeife aus dem Mund und fragte: »Wie meinst du das?«

»Es ist möglich, daß der Häuptling des Nordufers heute nacht einen Angriff auf die Eindringlinge unternimmt. Hast du davon nichts gehört?«

»Nicht ein Wort. Der Oberhäuptling der Shaawanwaaki hat mich nicht ins Vertrauen gezogen. Allerdings wäre ich nicht überrascht, wenn er mit seinen Kriegern die Gemeinheiten und Beleidigungen, die die Ganopo — die unter seinem Schutz stehen — unter den Krummnasen zu erleiden hatten, rächen würde.«

»Wenn es soweit käme ... Wann glaubst du, wäre dafür die richtige Zeit?«

»In jenen alten Zeiten, in denen die Shaawanwaaki die Leute des Südufers bekriegten, pflegten sie den Fluß stets kurz vor Sonnenaufgang zu überqueren. Dann sind die Wolken noch dicht genug, daß niemand sie sehen kann. Aber sobald sie dort sind, wo sie hinwollen, kommt die Sonne auf und brennt mit heißem Strahl den Nebel fort. Und dann können die Shaawanwaaki zuschlagen.«

»Genau das dachte ich auch«, sagte Burton. »Aber eines macht mir Sorgen. Es ist zwar einfach, einen Fluß oder gar einen kleinen See im Nebel zu überqueren und dennoch die andere Seite zu finden, aber diese Insel ist sehr klein, und man könnte sie unter diesen Umständen verfehlen. Sicher, die Felsen hier sind ziemlich hoch — aber die Angreifer stünden selbst im Nebel und könnten sie kaum sehen.«

Der Häuptling stopfte seine Pfeife und erwiderte: »Das ist keine meiner Sorgen.«

Burton sagte: »Auf der höchsten Felsnadel der Insel befindet sich eine höhlenartige Vertiefung, die dem nördlichen Ufer zugewandt ist und von den Flößern nicht gesehen werden kann. Sie würden natürlich auch nicht das Feuer sehen, das man dort anzünden kann; sehr wohl aber jemand, der vom Nordufer aus im Nebel auf die Insel zukommt. Hat das etwas damit zu tun, daß viele deines Stammes damit beschäftigt sind, soviel Holz und Bambus zusammenzutragen und es auf die Felsnadel hinaufzuschaffen?«

Der Häuptling grinste. »Du besitzt die Neugier einer Wildkatze und die Augen eines Falken. Aber dennoch darf ich dir nichts sagen. Ich habe dem Häuptling der Shaawanwaaki versprochen, kein Wort über diese Dinge verlauten zu lassen.«

Burton stand auf. »Ich verstehe. Vielen Dank für deine Gastfreundschaft, Häuptling. Wer weiß, ob wir uns je einmal wiedersehen.«

»Wenn nicht auf dieser Welt, dann vielleicht auf der nächsten.«

Es war schwierig, Schlaf zu finden. Nach stundenlangem Hin- und Herwälzen wurde Burton dadurch überrascht, daß Monat ihn weckte. Burton befreite sich von dem schüttelnden Griff der drei Finger des Arkturiers und stand auf. Der Außerirdische, der ebenfalls von einem Planeten stammte, der in vierundzwanzig Stunden einmal um seine Achse rotiert, schien einen biologischen Chronometer im Kopf zu haben. Burton hatte sich darauf verlassen, daß er ihn und die anderen auf die Minute pünktlich wecken würde.

Bald herrschte in der Hütte geschäftiges Treiben. Während man Kaffee trank, unterhielt man sich leise. Die Kaffeekristalle, ein Geschenk der Insulaner — erzeugten eine kochende Hitze, sobald sie mit Wasser in Berührung kamen.

Nachdem sie ihren Plan noch einmal durchgegangen waren, gingen sie hinaus und erleichterten sich. Der Standort der Hütte lag hoch genug, um über das Nebelfeld hinauszureichen und es ihnen zu ermöglichen, ein mattes Leuchten zwischen den Felsnadeln wahrzunehmen. Die Shaawanwaaki konnten sich, obwohl sie sich selbst im dichtesten Nebel aufhielten, an diesem Signalfeuer orientieren, mehr brauchten sie nicht.

Frigate und Burton waren die einzigen voll bekleideten Besatzungsmitglieder der *Hadji II* gewesen, als das Schiff untergegangen war. Die anderen trugen hauptsächlich Kleiderspenden der Ganopo, und von Kopf bis Fuß indianisch wirkend marschierten sie nach unten in den Nebel hinein. Burton führte sie an: Er hielt Alice an der Hand, die wiederum Frigate führte, und so weiter. Burtons ungewöhnlich gut entwickelter Ortssinn brachte sie bald zum Ufer. Von hier aus konnten sie die auf dem Floß leuchtenden Fackeln der Wächter erkennen.

Burton zog sein Feuersteinmesser. Kazz trug eine Keule, die er sich unter Zuhilfenahme eines ausgeliehenen Messers geschnitzt hatte. Frigates Messer hielt die Neandertalerfrau Besst in der Hand. Die anderen waren unbewaffnet.

Vorsichtig bewegte sich Burton an den Rand des Floßes heran. Zwischen den einzelnen Fackeln war genügend Raum, um ungesehen an Bord zu gelangen. Und genau das hatte er vor, in dem Augenblick, wenn die Wachen weit genug von ihm entfernt waren und ihn weder sehen noch hören konnten. Während die anderen nacheinander aufschlossen, wartete er auf den richtigen Zeitpunkt.

»Bis jetzt war es ein Kinderspiel«, flüsterte er. »Aber von jetzt an werden wir so lange blind sein, bis wir in die Nähe einer Fackel kommen. Ich habe mir die einzelnen Standorte der Hütten zwar genau eingeprägt, aber in dieser Waschküche ... Nun, kommt mit!«

Trotz seiner Zuversicht irrten sie zunächst einmal für eine Weile umher. Dann, ganz plötzlich, ragte die riesige, schwarze Figur des Götzen vor ihm auf. Burton blieb eine Minute lang stehen und schätzte die Anzahl der Schritte ab, die sie von der Hütte mit den Gralen trennten.

Kazz sagte: »Ich kann rechts einige Lichter sehen.«

Die brennenden Fackeln zu ihrer Rechten nicht aus den Augen lassend, führte Burton seine Leute so weit voran, bis er die eckigen Wände und das konisch zulaufende Dach des Lagerhauses ausmachen konnte. Von der Vorderseite des Gebäudes her drangen die leisen Stimmen der Wächter durch die Nacht, und hin und wieder konnte man ihre Schritte hören. Sie wechselten auf die Rückseite des Gebäudes über. Burton tastete sich mit der Hand an der Hüttenwand entlang, um den Kontakt nicht zu verlieren. Schließlich blieb er stehen.

Er zog unter seiner Kleidung ein aufgerolltes Lederseil hervor, das der Ganopo-Häuptling ihm geliehen hatte, ohne Fragen zu stellen. Monat und Frigate taten das gleiche, und Burton knotete sie zusammen. Während Alice das eine Ende in der Hand hielt, wagte Burton sich mit dem anderen — gefolgt von Frigate, Kazz, Monat und Loghu — in die Finsternis hinaus. Er wußte, daß gleich hinter dem Lagerhaus, am Rande des Floßes, ein Bootsgestell lag. Diesmal ging er schnurstracks auf sein Ziel zu.

Seine Leute warnend, behutsam und leise zu hantieren, lösten sie ein großes Kanu aus dem Gestell. Es konnte zehn Leute tragen und war, obwohl es nur aus leichtem Pinienholz und Fischleder bestand, ziemlich schwer.

Nachdem sie das Kanu zu Wasser gelassen und mit Paddeln versehen hatten, kehrten sie — ausgenommen Loghu — zurück. Es war nun ihre Aufgabe, das Boot startbereit zu halten.

Sie folgten der Schnur und fanden so schnell zur Rückwand des Lagerschuppens zurück.

Als sie angekommen waren, stieß Kazz plötzlich ein Knurren aus und sagte: »Da kommt jemand!«

Vier brennende Fackeln erschienen in ihrem Blickfeld.

»Wachablösung!« sagte Burton.

Da die vier bewaffneten Männer sich genau auf sie zubewegten, blieb ihnen nichts anderes übrig, als sich auf eine andere Seite der Hütte zurückzuziehen.

Burton schaute auf. Bildete er sich das nur ein, oder lichtete sich der Nebel wirklich schon?

Sie warteten, und einige von ihnen begannen trotz der kalten Luft zu schwitzen. Die Wachen wechselten einige Worte. Ihrem Lachen nach zu urteilen, hatte einer der Neuankömmlinge einen Witz gemacht. Dann sagten sie einander Gute Nacht. Das Leuchten der Fackeln verriet, daß zwei der Männer sich in Quartiere zurückzogen, die im Vorderteil des Floßes lagen. Die anderen wandten sich in die entgegengesetzte Richtung und kamen den heimlichen Beobachtern ziemlich nahe.

Burton, der die beiden von einer Ecke aus beobachtete, sagte: »Sie trennen sich jetzt. Kazz, glaubst du, du könntest einen von ihnen erwischen?«

»Kein Problem, Burton-*nag*«, erwiderte der Neandertaler und verschwand.

Die Fackeln waren beinahe außer Sicht, als Burton feststellte, daß eine von ihnen erlosch. Eine Minute später war sie wieder an, wurde heller und bewegte sich auf ihren Standort zu.

Inzwischen hatte Burton seine Leute von der Seite wieder zur Rückwand des Gebäudes geführt. Die Wachen durften auf keinen Fall merken, daß hier noch eine weitere Fackel brannte.

Kazz hatte seine Kapuze zurückgeschlagen. Seine riesigen, quadratischen Zähne blitzten im Schein der Flamme. In einer Hand hielt er einen schweren Eichenholzspeer mit Hornfischspitze, den er dem Wächter abgenommen hatte. Im Gürtel trug er ein Steinmesser mit Holzgriff und eine Feuersteinaxt. Er gab die Waffen Frigate und Alice und händigte dem Arkturier seine Keule aus.

»Hoffentlich hast du ihn nicht umgebracht«, flüsterte Monat.

»Das kommt darauf an, wieviel sein Schädel verträgt«, gab Kazz zurück.

Monat verzog gequält das Gesicht. Er hatte eine starke Abneigung gegenüber jeglicher Gewalt, obwohl er, wenn es um seinen eigenen Kragen ging, ein ausgezeichneter Kämpfer sein konnte.

»Glaubst du, daß dein Bein dich behindert?« fragte Burton Frigate. »Glaubst du, daß du die Axt schwingen kannst wie sonst auch?«

»Ich denke schon«, erwiderte Frigate. Er zitterte zwar, war aber auf jeden Kampf vorbereitet. Wie der Arkturier ging auch er meist jedem körperlichen Konflikt aus dem Weg.

Burton sagte ihnen, was sie zu tun hatten, dann führte er Kazz und Alice um die Ecke der Hütte auf deren Frontseite. Die anderen nahmen genau den entgegengesetzten Weg.

Burton spähte um die Ecke. Die vier Wächter standen nahe beieinander und unterhielten sich. Einen Moment später fiel der Schein einer Fackel um die Ecke. Die Wachen sahen sie erst, als sie in ihrer unmittelbaren Nähe war. Im gleichen Moment, in dem Burton sah, daß sie sich dem Lichtschein zuwandten, raste er los.

Kazz, der unter seiner Vermummung überhaupt nicht zu erkennen war, näherte sich den Männern bis auf ein paar Schritt, ehe sie ihn aufforderten, stehenzubleiben. Offenbar hatten sie bis zur letzten Sekunde angenommen, daß einer der Abgelösten noch einmal zurückgekommen sei.

Als sie ihren Fehler bemerkten, war es allerdings schon zu spät.

Kazz wirbelte seine Lanze herum, benutzte sie wie eine Keule und versetzte dem ersten Mann einen heftigen Schlag in den Nacken.

Burton, das Messer in der Linken haltend, schickte den zweiten mit einem Handkantenschlag seiner Rechten zu Boden. Ihm lag nichts daran, zu töten; deswegen hatte er dem blutdurstigen Kazz von vornherein klargemacht, daß er, wo immer es angebracht war, den Speer wie einen Knüppel einsetzen solle.

Frigates Axt bahnte sich einen Weg durch den Nebel und traf den dritten Mann in die Rippen. Entweder hatte er nicht richtig gezielt, oder auch Frigate hatte beschlossen, niemanden umzubringen. Auf jeden Fall war sein Wurf genial. Die stumpfe Seite der Axt traf den Mann so hart, daß er nach hinten taumelte und den Boden unter den Füßen verlor.

Noch ehe er sich erholen konnte, schickte ihn ein Fußtritt Burtons ins Land der Träume.

Monat hatte gleichzeitig zugeschlagen, und der vierte Mann sackte zusammen.

Während sie sich ruhig verhielten und lauschten, ob jemand auf den Kampf aufmerksam geworden war, rührte sich keiner von der Stelle. Schließlich hoben sie die Fackeln der Wächter vom Boden auf, und Burton entriegelte die Tür des Lagerschuppens. Dann trugen sie die Betäubten hinein, und Monat fesselte sie.

»Saubere Arbeit. Sie sind alle noch am Leben.«

»Der eine oder andere wird sicher bald wieder zu sich kommen«, sagte Burton. »Paß auf sie auf, Kazz!«

Mit einer Fackel beleuchtete er die Regalreihen. »Die Bettlerzeiten sind jetzt vorbei.«

Er zögerte. Sollten sie nur sieben Grale nehmen? Warum nicht alle dreißig? Die Überzähligen würden ausgezeichnetes Tauschmaterial abgeben, wenn sie darangingen, ein neues Schiff zu bauen.

Ehrlich währt am längsten war zwar ein nettes Motto, aber hier ging es nicht um Diebstahl, sondern um ausgleichende Gerechtigkeit.

Burton gab einen Befehl, und jeder belud sich mit fünf Gralen. Dann verließen sie die Hütte, verriegelten die Tür und folgten dem Lederseil bis zum Kanu. Die Fackeln ließen sie auf der Steuerbordseite an Deck zurück.

Loghu fragte: »Müßten die Indianer nicht jeden Moment angreifen?«

»Sie sind sogar schon überfällig, würde ich sagen«, erwiderte Monat.

Nachdem sie sich alle an Bord des Bootes begeben hatten, ruderten sie weg. Ihr Ziel war das südliche Ufer, dem sie flußaufwärts folgen wollten, bis der Morgen graute. Burton machte sich wegen der überzähligen Grale einige Sorgen. Wenn die örtlichen Machthaber davon erfuhren, konnte es gut möglich sein, daß man sie ihnen wegnahm. Und selbst wenn sie es persönlich nicht versuchten, gab es genügend andere zwielichtige Gestalten, die nach einem solchen Fang gierten.

Es gab nur eine Möglichkeit, sie vor neugierigen Blicken zu verstecken: Die überzähligen Grale wurden mit Wasser gefüllt, ihre Griffe mit Stricken verbunden, die sie von der ledernen Bootshülle abrissen, und in den Fluß hinabgelassen. Die anderen Enden wurden durch kleine, in die Schiffshaut gestochene Löcher im Inneren des Kanus befestigt.

Das Boot erwies sich als ziemlich schwer, aber zum Glück befanden sie sich bald in Ufernähe. In der Nähe eines Gralsteins hielten sie an und zogen das Kanu an einen Anlegesteg, unter dem sie es verbargen.

Schließlich setzten sie sich unter den Überhang des Gralsteins und warteten. Mit dem Morgengrauen kamen Hunderte von Menschen. Burton stellte sich und seine Leute vor und bat darum, den Gralstein mitbenutzen zu dürfen, was man ihnen gewährte, denn die Bewohner des Südufers dieser Gegend waren ausnehmend friedliche Leute. Und nicht nur das: Sie hießen die Fremden, die ihnen immerhin Abwechslung und auch ein wenig Klatsch mitbrachten, auf das herzlichste willkommen.

Der Nebel schwand. Burton kletterte auf die Oberfläche des Gralsteins und spähte zur Felseninsel hinüber, deren nächster Ausläufer etwa zweieinhalb Seemeilen von seinem Standort entfernt lag. Er konnte die größeren Hütten des Floßes ebenso gut erkennen wie das Standbild, aber die Flammen, mit denen er an sich gerechnet hatte, nicht. Vielleicht hatten die Shaawanwaaki das Floß deswegen nicht in Brand gesetzt, weil sie beabsichtigten, es so lange instand zu halten, bis man es ans Ufer bringen und auseinandernehmen konnte. Das Holz war schließlich ein Vermögen wert.

Anstatt den Tag zu nutzen, entschied sich Burton dafür, ihn zur Ruhe zu verwenden. Am gleichen Nachmittag landete eine

Gruppe der Ganopo bei ihnen, in der sich auch der Häuptling befand. Burton fragte ihn sofort aus.

Der Häuptling lachte. »Die Shaawanwaakis haben das Floß überhaupt nicht gefunden«, erzählte er. »Wie sie das anstellten, nachdem wir ihnen mit unserem Feuer das Zeichen setzten, werde ich wohl niemals verstehen. Sie sind stundenlang um die Insel herumgerudert, und als der Nebel sich lichtete, fanden sie heraus, daß die Strömung sie fünf Steinwürfe von ihr abgetrieben hatte. Welch eine Bande von Narren!«

»Haben die Babylonier etwas über das fehlende Kanu gesagt? Oder von den Wächtern, denen wir eins auf den Kopf gaben?«

Er hielt es für besser, die Grale nicht zu erwähnen.

Der Häuptling brach erneut in ein Gelächter aus. »Oh, ja, sie stürmten an Land, noch bevor der Gralstein aufflammte. Sie waren ziemlich wütend, sagten aber nicht, warum. Sie haben uns ein wenig herumgeschubst, aber die paar Schrammen und Beleidigungen taten uns — wissend, daß ihr es wart, die sie zum Narren gehalten habt — nicht weh. Sie haben die ganze Insel durchkämmt, aber natürlich keine Spur von euch gefunden. Als sie die Feuerasche entdeckten, fragten sie uns natürlich, zu was dies gedient habe. Wir sagten ihnen, es handelte sich um ein zeremonielles Feuer.

Sie glaubten uns nicht. Ich nehme an, daß sie die Wahrheit irgendwie geahnt haben. Aber ihr braucht euch keine Sorgen darüber zu machen, daß sie euch vielleicht ein Suchkommando nachschicken. Jeder einzelne von ihnen — selbst Metuŝael — ist damit beschäftigt, das Floß loszubekommen. Sie wollen noch heute von hier weg. Vielleicht erwarten sie in der kommenden Nacht einen weiteren Angriff.«

Burton fragte den Häuptling, warum die Shaawanwaaki das Floß nicht am hellichten Tage angriffen, sie könnten die Babylonier doch sicher leicht überwältigen.

»Sie tun es deswegen nicht, weil alle Staaten in diesem Land eine Übereinkunft getroffen haben, die lautet, daß Fremde ihren Schutz genießen. Bisher hat sich das immer ausgezahlt, und zwar mit gutem Grund, denn die anderen Staaten würden sofort gegen einen möglichen Verletzer dieser Abmachung in den Krieg ziehen. Die Shaawanwaaki hofften, den Angriff geheimhalten zu können. Und hätte man sie dabei überrascht, hätten sie einfach behauptet, daß die Flößer sich weigerten, für unseren entstandenen Schaden eine angemessene Entschädigung zu zahlen.

Ich weiß nicht. Vielleicht werden die Shaawanwaaki keinen zweiten Angriff mehr versuchen. Unter ihnen sind allerdings ziemlich viele, die einen solchen Überfall schon aus purem Vergnügen wagen würden.«

Burton fand niemals heraus, was aus den Babyloniern wurde. Am nächsten Tag entschloß er sich zur Weiterfahrt. Als das Kanu wieder im tiefen Wasser lag, zogen sie die überzähligen Grale an Bord, leerten sie und verstauten sie im Inneren ihres Bootes auf dem Boden.

21

Nachdem sie etwa zweihundert Kilometer auf dem Fluß zurückgelegt hatten, fand Burton endlich ein Gebiet, das ihm für den Bau eines neuen Schiffes ausgezeichnet geeignet erschien. Hier gab es Holz in Hülle und Fülle: Pinien, Eichen, Eiben und genügend Bambus. Dafür erwies es sich aber als eminent schwierig, genügend scharfkantigen Feuerstein zum Zuschneiden des Baumaterials aufzutreiben. Es hatte von Anfang an Engpässe auf dem Feuersteinsektor gegeben, da dieses Gestein nur in bestimmten Zonen anzutreffen war, von denen manche das Zeug in Hülle und Fülle, andere in mäßigen Mengen und wieder andere gar nicht besaßen. In alten Zeiten war um den Besitz von Feuerstein so mancher blutige Krieg ausgefochten worden. Und Mineralien waren auf dieser Welt noch rarer. Wenn sie keine Lösung des Problems fanden, dann mochte das Ende des Jahres 32 nach der Wiedererweckung auch das Ende des Großschiffbaus sein. Wenn man den Worten trauen konnte, die Burton während ihrer langen Fahrt aufschnappte, mußte in den meisten Gegenden des Flusses derselbe Mangel herrschen.

Das Gebiet, in dem Burton mit seinen Leuten an Land ging, war glücklicherweise noch mit einigen Mineralienvorräten gesegnet. Die dort lebende Bevölkerung, hauptsächlich präkolumbianische Algonquins und prärömische Pikten, wußte allerdings ziemlich gut über den Wert der Schätze Bescheid. Der Häuptling, ein Menomini namens Oskas, feilschte stundenlang mit Burton herum, ehe er sich bereit erklärte, ihnen zu geben, was sie brauchten. Allerdings wollte er als Gegenleistung nicht weniger als siebentausend Zigaretten, fünfhundert Marihuanastäbchen, zweitausendfünfhundert Zigarren, vierzig Päckchen Pfeifentabak und achttausend Becher mit Schnaps. Gleichzeitig ließ er durchblicken, daß ihm sehr daran gelegen sei, alle fünf Tage einmal mit der blonden Loghu zu schlafen, und bekannte, noch lieber würde er das jede Nacht tun, aber möglicherweise hätten seine drei Weiber etwas dagegen.

Burton brauchte geraume Zeit, um sich von diesem Schock zu erholen. Schließlich sagte er: »Das ist allein Loghus Sache. Und ich glaube, daß weder sie noch ihr Mann damit einverstanden sind. Aber trotzdem . . . was du verlangst, ist viel zuviel. Keiner meiner Leute wäre bereit, ein ganzes Jahr lang auf Schnaps und Tabak zu verzichten.«

Oskas zuckte die Achseln und meinte: »Nun, wenn dir die Sache nicht soviel wert ist . . .«

Burton berief eine Konferenz ein und erklärte seinen Leuten, was Oskas verlangte. Kazz sprach sich am lautesten gegen diese Forderungen aus.

»Ich habe mein ganzes Leben — und das waren fünfundvierzig Sommer! — ohne einen Tropfen Alkohol oder eine Zigarette zugebracht, Burton-*nag*«, sagte er, »aber hier würde ich wahnsinnig werden ohne das Zeug — oder, wie ihr sagt, die Wände hinauflaufen. Ihr alle wißt, daß ich mehrere Male versuchte, mir das Rauchen und Trinken abzugewöhnen, aber jedesmal war ich nach einer Woche so geschafft, daß ich nahe daran war, mir die Zunge abzubeißen. Und ich war gereizt wie ein Höhlenbär mit einem Stachel in der Pranke.«

Besst sagte: »Daran kann ich mich noch gut erinnern.«

»Wenn keine Alternative bestünde, hätten wir keine andere Wahl«, erwiderte Burton. »Entweder eine harte Entziehungskur — oder kein Schiff. Aber immerhin haben wir noch unsere freien Grale.«

Er kehrte zu Oskas zurück. Nachdem sie eine Pfeife miteinander geraucht hatten, kam Burton wieder zur Sache.

»Die Frau mit dem gelben Haar sagt, daß der einzige Körperteil, den du von ihr haben kannst, ihr Fuß sei — und daß du anschließend mächtig viel Zeit damit vergeuden würdest, ihn wieder aus deinem Hintern herauszuziehen.«

Oskas brach in brüllendes Gelächter aus und klopfte sich vergnügt auf die Schenkel.

Nachdem er seine Tränen getrocknet hatte, sagte er: »Wie

schade. Und dabei mag ich Frauen mit Geist — solange sie davon nicht zuviel haben.«

»Glücklicherweise«, sagte Burton, »fiel mir irgendwann auf unserer Reise ein freier Gral in die Hände. Ich wäre bereit, ihn gegen einen geeigneten Bauplatz und die Mineralien, die wir zum Schiffsbau brauchen, einzutauschen.«

Oskas hielt sich gar nicht erst damit auf, Burton zu fragen, woher der Gral stamme. Er nahm offensichtlich an, daß er gestohlen war.

»Wenn das wirklich stimmt«, grinste er, »können wir ein Geschäft machen.«

Er erhob sich. »Ich werde zusehen, daß alles so geschieht, wie du es wünschst. — Bist du auch sicher, ob die Blonde nicht nur so tut, als wenn sie schwer herumzukriegen wäre?«

Der Häuptling nahm den freien Gral und brachte ihn zum Lagerhaus der Gemeinde, wo sich bereits einundzwanzig andere dieser Art befanden, die man im Laufe der Jahre für ihn und seine Unterführer gesammelt hatte.

Auch hier — wie überall — schien eine Gruppe von Menschen besondere Privilegien zu genießen.

Es kostete sie ein Jahr, das neue Boot zu bauen. Als es zur Hälfte fertiggestellt war, faßte Burton den Entschluß, es nicht nach seinen beiden erfolglosen Vorgängerinnen, der *Hadji I* und *Hadji II*, zu benennen. Beide hatten kein glückliches Ende genommen, und obwohl er es natürlich rundherum abstritt, war Burton trotzdem abergläubisch. Nach einigen Gesprächen mit seinen Leuten kamen sie zu der Ansicht, daß dem Schiff der Name *Snark* sicherlich gut stehen würde. Alice gefiel der Name schon aufgrund ihrer Bekanntschaft mit Lewis Carroll, und ebenso wie Frigate war sie der Meinung, eine bessere Wahl habe gar nicht getroffen werden können.

Lächelnd rezitierte sie einen Teil der Rede des Klinglers aus *Die Jagd auf den Snark*.

> *»Er kam mit 'ner Karte zu uns an Bord,*
> *darauf gab's kein Land (das war alles fort),*
> *was der Mannschaft gefiel, wie jeder wohl weiß,*
> *denn ein jeder verstand sie, und auf eig'nes Geheiß,*

hub klagend und heulend der Bootsmann an,
»Was soll das, da ist kein Meridian –
selbst Nordpol und Äquator fehlen; die tropische Zone,
wer will das verhehlen?« – Woraufhin die Mannschaft

ausrief wie zum Hohne: »Das ist alles nur äußerlich
und stört nicht die Bohne!
Jetzt ham wir erst einmal dem Käptn zu danken,
der sie uns besorgte. Hör auf mit dem Zanken!«

Burton lachte, obwohl er nicht ganz sicher war, ob sie damit nicht seine Fähigkeiten als Kapitän in Frage stellen wollte. Immerhin hatten sie in letzter Zeit allerlei Ärger miteinander gehabt. »Laßt uns hoffen, daß die Reise in einem neuen Schiff nicht noch einmal zu einer Agonie in acht Aufzügen führt!« rief Alice aus.

»Nun«, meinte Burton mit einem barbarischen Grinsen, »mich deucht zumindest, daß dieser Bootsmann schlau genug war, um Riemen und Bugspriet nicht miteinander zu verwechseln. Und außerdem existiert auf diesem Schiff nicht das zweiundvierzigste Gesetz, das da lautet: *Niemand wage es, den Mann am Steuer durch sein Geschwätz abzulenken.«*

»Welchselbiges«, sagte Alice, während ihr Lächeln verblaßte, »vom Bootsmann sanktioniert wurde. *Und der Mann am Steuer möge ebenfalls niemanden mit seinem Geschwätz von der Arbeit abhalten.«*

Daraufhin folgte ein kurzes Schweigen. Man konnte die Spannung zwischen Burton und Alice förmlich spüren. Die anderen fühlten sich unbehaglich, als rechneten sie jeden Moment mit einer Explosion ihres Kapitäns.

Monat, der nicht daran interessiert war, eine solche Situation mitzuerleben, versuchte die Spannung dadurch zu brechen, indem er lachte. »Ich erinnere mich an das Gedicht«, sagte er, »aber noch besser fand ich *Des Rechtsanwalts Traum.* Moment mal . . . ah, ja: Das Schwein stand vor Gericht, weil es seinen Stall verlassen hatte, und der Miesepeter, gekleidet in eine Robe und mit einer Perücke auf dem Kopf, muß es verteidigen.

Der Grund der Verhandlung, das Vergehen des Schweins,
kam gar nicht zur Sprache, und erst als Karl-Heinz
nach drei Stunden Rede die Frage dann stellte,
sich auch das Gehirn so manch andrem erhellte.«

Monat machte eine Pause, rollte mit den Augen und sagte: »Jetzt hab ich's. Die Strophe, die mich am meisten beeindruckte.

Woraufhin mit tränenumflortem Blick
ein Mann der Behörde, ein kleiner (und schick),
dem Publikum sagte, das wär einerlei,
denn das Schwein sei längst tot, und was wär schon dabei?«

Als die anderen in ein lautes Gelächter ausbrachen, sagte Monat: »Irgendwie scheint mir dieser Vers doch die Essenz der terrestrischen Rechtsprechung auszudrücken; zumindest jedoch ihren Geist.«

»Ich bin erstaunt, daß du während der kurzen Zeit, die du auf der Erde verbracht hast, nicht nur soviel lesen konntest, sondern dich auch noch an alles erinnerst.«

»*Die Jagd auf den Snark* war ein Gedicht. Ich glaube, man kann die Menschen besser durch ihre Gedichte und Fabeln und Erzählungen kennenlernen als durch ihre Sachbücher. Nur deswegen habe ich mir die Mühe gemacht, diese Dinge zu behalten. Na ja, es war ein irdischer Freund, der mich darauf brachte. Er war der Meinung, dieses Gedicht sei eines der wenigen metaphysischen Werke, auf die die Menschheit mit Recht stolz sein könne. Er fragte mich, ob wir Arkturier etwas Gleichwertiges aufzuweisen hätten.«

»Das hat er doch nicht ernst gemeint?« fragte Alice.

»Ich glaube, doch.«

Burton schüttelte den Kopf. Er selbst hatte nicht nur ungeheuer viel gelesen, sondern besaß außerdem noch ein beinahe fotografisches Gedächtnis. Obwohl er neunundsechzig Jahre auf der Erde verbracht hatte, Monat hingegen der irdischen Wirklichkeit lediglich von 2002 bis 2008 teilhaftig geworden war, hatte der Arkturier ein Wissen angesammelt, mit dem kein menschliches Wesen konkurrieren konnte.

Da es Zeit wurde, sich wieder an die Arbeit zu begeben, endete die Konversation ziemlich rasch. Trotzdem hatte Burton Alices versteckten Angriff nicht vergessen. Als sie am Abend zu Bett gingen, kam er darauf zurück.

Sie maß ihn mit einem Blick aus ihren großen, dunklen Augen, als befände sie sich bereits auf dem Rückzug in eine andere Welt. Wenn er sie direkt angriff, zog sie sich beinahe automatisch zurück, was nur noch mehr dazu beitrug, daß Burtons Wut bis zur Weißglut angeheizt wurde.

»Nein, Dick, ich wollte dich nicht beleidigen«, sagte sie. »Zumindest nicht bewußt.«

»Aber unbewußt, nicht wahr? Das ist keine Entschuldigung. Du kannst mir nicht damit kommen, daß du sagst, dies läge an einem Teil von dir, der nicht deiner Kontrolle untersteht. Was dein Unterbewußtsein denkt, spiegelt ebensoviel von dir selbst wieder wie dein Bewußtsein. Es ist genausoschlimm. Dein Bewußtsein kannst du steuern — aber das, was du wirklich denkst, ist das, womit sich dein Unterbewußtsein beschäftigt.«

Burton lief auf und ab.

Im matten Schein des Feuers sah sein Gesicht aus wie das eines zornigen Dämons.

»Isabel war im Gegensatz zu dir beinahe unterwürfig mir gegenüber, aber sie fürchtete sich keinesfalls, in einer Diskussion mit mir ihre Meinung zu sagen, wenn sie der Ansicht war, ich ginge einen falschen Weg. Aber du . . . du frißt alles in dich hinein, sagst keinen Ton. Und selbst wenn du kurz vor der Explosion stehst, hältst du dich noch zurück. Das ist viel schlimmer.

Es ist nichts gegen eine funkenstiebende Schlacht der Argumente einzuwenden. Eine harte Auseinandersetzung, und sei sie so stark wie ein Wirbelsturm, reinigt die Atmosphäre. Das Schlimme an dir ist, daß man dich dazu erzogen hat, eine Lady zu sein. Selbst wenn du verärgert bist, darfst du auf keinen Fall deine Stimme erheben. Du mußt ruhig sein, kühl und stets selbstbeherrscht. Aber dennoch ist auch in deinem Kopf das schattenhafte Urwesen, jenes Erbe unserer äffischen Vorfahren, und rüttelt an seinen Käfigstäben. Es ist das Unterbewußtsein, jenes Fleckchen in deinem Gehirn, das du selbst bist und das an dir reißt. Und du weigerst dich, es zur Kenntnis zu nehmen.«

Alice verlor plötzlich ihren träumerischen Blick und schrie: »Du bist ein Lügner! Und laß gefälligst deine Frau aus dem Spiel, wenn du mit mir sprichst! Wir haben uns vorgenommen, dem anderen nie mit Vergleichen aus der Vergangenheit zu kommen, und doch tust du das ständig, wenn du mich in Wut bringen willst! Es stimmt einfach nicht, daß ich keine Leidenschaft zeigen kann. Gerade du solltest das wissen, und damit meine ich nicht nur das Bett. Ich habe einfach keine Lust, mich über jedes Wort zu erregen. Wenn ich durchdrehe, dann deswegen, weil die jeweilige Situation danach ist, wenn es sich lohnt, wütend zu werden. Du hingegen ... bist nahezu ständig in Rage!«

»Das ist eine Lüge!«

»Ich lüge nicht!«

»Laß uns zum Kern der Sache zurückgehen«, sagte Burton. »Welche Vorbehalte hast du gegen meine Fähigkeiten als Kommandant?«

Alice biß sich auf die Unterlippe. Dann sagte sie: »Es hat nichts damit zu tun, wie du mit den Leuten umgehst oder das Schiff kommandierst. Was diese Dinge angeht, kann ich nur sagen, daß du sie großartig erledigst. Nein, was mich ärgert, ist, wie wenig du dazu in der Lage bist, das Kommando über dich selbst zu führen.«

Burton setzte sich hin und sagte: »Na, komm schon. Über was redest du eigentlich?«

Sie kam auf ihn zu und lehnte sich ihm so nahe entgegen, daß ihre Gesichter einander beinahe berührten.

»Erstens bist du nicht in der Lage, länger als eine Woche an einem Ort zu verbringen. Du wirst schon nervös, wenn wir uns drei Tage irgendwo aufhalten. Am siebten Tag rennst du wie ein gereizter Tiger umher und knurrst alle an, die in die Nähe deiner Gitterstäbe kommen.«

»Spar dir deine zoologischen Vergleiche«, sagte Burton. »Außerdem solltest du dich daran erinnern, daß ich es fast ein Jahr lang an einem Ort ausgehalten habe.«

»Während des Bootsbaus, im Bewußtsein, daß du bald Planken unter den Füßen haben würdest, damit du noch schneller die Szene wechseln kannst. Aber selbst während dieser Zeit hast du mehrere kurze Reisen unternommen. Wir haben in der Zeit gearbeitet. Du mußtest einfach dieses und jenes sehen, Gerüchten nachforschen, fremdartige Sitten studieren und Erfahrungen in einer Sprache sammeln, die du noch nicht kanntest. Es ist mir gleich, welche Entschuldigungen du dafür anführen willst. Was zählt, ist die Tatsache, daß du weg warst.

Du hast eine unruhige Seele, Dick, anders kann ich es nicht beschreiben. Du schaffst es einfach nicht, über längere Zeit hinweg am gleichen Ort zu bleiben. Aber das liegt nicht an den Orten, o nein! Du kannst dich selbst nicht ausstehen, deswegen bist du ständig unterwegs. Du fliehst vor dir selbst!«

Burton erhob sich wieder und ging auf und ab.

»Du meinst also, ich könne mich selbst nicht ausstehen? Welch ein bedauernswerter Gefährte. Da er sich selbst nicht lieben kann, bedeutet das, daß auch kein anderer dazu in der Lage ist!«

»Unsinn!«

»Ja, sicher. Jedes deiner Worte ist purer Schwachsinn!«

»Der Schwachsinn liegt in deinen Worten, nicht in meinen.«

»Wenn du mich schon nicht ertragen kannst, warum verläßt du mich dann nicht?«

Tränen liefen ihre Wangen hinab.

»Weil ich dich liebe, Dick«, erwiderte sie.

»Allerdings nicht genug, um mit meinen läppischen Eigenheiten fertig zu werden, wie?«

Alice warf die Arme in die Luft. »Läppisch?«

»Ich bin eben reiselustig. Na und? Würdest du dich auch dann über mich lustig machen, wenn ich einen anderen Tick hätte? Wenn ich etwa Reservistenkrüge sammelte?«

Alice deutete ein Lächeln an. »Nein, Dick. So was könnte man einem Menschen ausreden. Aber was dich betrifft, so hast du keinen Tick. Du bist *besessen*!«

Sie zündete sich eine Zigarette an, hielt sie demonstrativ unter seine Nase und sagte: »Schau her! Auf der Erde hätte ich es nicht nur nicht gewagt, zu rauchen — ich wäre nicht einmal auf die Idee gekommen, es zu tun. Zu meiner Zeit tat eine Dame solche Dinge einfach nicht, und schon gar nicht eine Dame, deren Ehemann dem Adel angehörte und deren Vater Bischof der anglikanischen Kirche war. Ebenso unterließ sie es, sich zu betrinken oder zu fluchen. Und sie wäre niemals dazu bereit gewesen, nackt unter den Augen anderer ein Bad zu nehmen. Aber hier stehe ich, Alice Pleasance Liddell Hargreaves aus der Sippe der Cuffnells — einer der vornehmsten Damen der Aristokratie der Zeit Königin Viktorias — und tue all das und noch mehr! Was das *noch mehr* angeht, meine ich damit, daß ich im Bett Dinge tue, die sich nicht einmal die Verfasser der von meinem Mann so vielgelesenen französischen Romane auszudenken gewagt hätten.

Ich habe mich einfach verändert. Warum kannst du das nicht auch?

Um die Wahrheit zu sagen, Dick, ich bin es einfach leid, ständig herumzureisen, ewig auf dem Sprung zu sein und eingezwängt in einem engen Boot zu leben, ohne zu wissen, was der nächste Tag für mich bereithält. Ich bin nicht feige, das weißt du, aber ich sehne mich einfach nach einem Ort, wo die Menschen meine Sprache sprechen, wo ich Leute meiner Art treffen kann, wo Frieden herrscht und ich mich niederlassen kann, um Wurzeln zu schlagen. Diese endlose Reise hängt mir zum Hals heraus!«

Burton war beinahe zu Tränen gerührt. Er legte ihr eine Hand auf die Schulter und meinte: »Aber was sollen wir nur tun? Ich muß meinen Weg weitergehen. Und meine . . .«

»Isabel? Ich bin nicht sie. Ich bin Alice. Obwohl ich dich wirklich liebe, Dick, bin ich nicht dein Schatten, der dich überallhin begleitet und allgegenwärtig ist, solange die Sonne scheint.«

Sie stand auf und drückte die halbgerauchte Zigarette in einem mit Sand gefüllten, tönernen Aschenbecher aus. Dann drehte sie sich zu ihm um und sagte: »Aber das ist nicht alles. Es gibt noch etwas, das mir schwer zu schaffen macht. Es verletzt mich, daß du kein hundertprozentiges Vertrauen zu mir hast, Dick. Du hast ein Geheimnis, Dick. Ich weiß mit Gewißheit, daß du etwas vor mir verbirgst.«

»Vielleicht solltest du etwas deutlicher werden. Ich habe nicht die geringste Ahnung, wovon du sprichst.«

»Lüge nicht, Dick! Du hast mehrmals im Schlaf gesprochen. Es hat etwas mit diesen Ethikern zu tun, nicht wahr? Du hast etwas erlebt, in das du während all dieser Jahre niemanden eingeweiht hast. Ich habe gehört, wie du von einer Blase sprachst und davon, siebenhundertsiebenundsiebzigmal Selbstmord begangen zu haben. Und du hast Namen gesagt, die du tagsüber niemals erwähnt hast. Loga. Thanabur. Hin und wieder sprichst du von Ecks und einem geheimnisvollen Fremden. Wer sind all diese Leute?«

»Nur ein Mann, der alleine schläft, kann Geheimnisse für sich behalten«, murmelte Burton.

»Warum erzählst du mir das nicht? Traust du mir etwa immer noch nicht – nach all diesen Jahren?«

»Wenn ich es könnte, würde ich es tun. Aber es wäre zu gefährlich für dich. Glaube mir, Alice, ich habe deswegen geschwiegen, weil ich nicht reden *darf*. Es ist zu deinem eigenen besten. Laß uns jetzt nicht streiten. Ich würde sowieso nicht nachgeben und höchstens wütend werden, wenn du nicht lockerläßt.«

»Na gut. Aber du solltest heute nacht die Hände besser bei dir behalten.«

Es dauerte ungewöhnlich lange, bis Burton endlich Schlaf fand. Irgendwann in der Nacht wachte er auf und dachte über ihr Gespräch nach. Alice saß neben ihm und starrte ihn an.

22

Um die Mittagszeit herum stattete Oskas, halbbetrunken wie immer, Burton einen Besuch ab. Es machte ihm nichts aus, und außerdem war der Häuptling so freundlich, ihm einen Ledersack mitzubringen, der wenigstens zwei Liter Bourbon enthielt.

»Hast du die Geschichten gehört, die man sich von einem großen weißen Schiff erzählt, das den Fluß hinaufkommen soll?« fragte der Indianer.

»Man müßte schon taub sein, um davon nichts zu wissen«, erwiderte Burton und trank einen großen Schluck Whisky. Er hatte ein Aroma, das entfernt an Wein erinnerte, ging aber, ohne daß man ihn verdünnen mußte, glatt die Kehle hinunter. Und das war nicht verwunderlich, denn die Grale lieferten stets das Beste vom Besten.

Burton machte genießerisch »Ah!« und fuhr fort: »Diese Geschichten sind allerdings schwer zu glauben. Wenn die Beschreibungen stimmen, wird das Schiff von zwei Schaufelrädern angetrieben. Das würde bedeuten, daß es über Maschinen aus Eisen verfügt. Ich bezweifle, daß es bis heute jemandem gelungen ist, dermaßen viel Erz zu finden, um daraus Maschinen herzustellen. Außerdem sagt man, die Schiffshülle soll ebenfalls aus Metall sein. Auf diesem Planeten gibt es aber nicht genügend Metall, um ein Schiff solcher Größe zu bauen. Vorausgesetzt, es ist so groß, wie man sagt.«

»Du bist voller Zweifel«, sagte Oskas, »und das ist nicht gut für die Leber. Wenn die Geschichten allerdings stimmen, muß das Schiff eines Tages hier vorbeikommen. Auch mir würde es gefallen, solch ein Gefährt zu besitzen.«

»Dir geht es wie Millionen anderen. Aber wenn ein solches Schiff wirklich existiert, könnten jene, die es gebaut haben, auch über eiserne Waffen, vielleicht sogar über Feuerwaffen verfügen. Trotz der Pulverbomben, die ihr besitzt, hast du vielleicht noch nie solche Waffen gesehen. Feuerwaffen sind metallene Rohre, die über weite Entfernungen eiserne Projektile verschießen können, und manche davon sind so schnell, daß sie einen Bogenschützen schon zehnmal getroffen hätten, ehe er auch nur einen Pfeil an der Sehne hat. Und dann gibt es noch Kanonen, deren Rohre so groß sind, daß sie ihre Granaten bis in die Berge hineinschleudern können.

Du kannst sicher sein, daß auch andere schon auf die Idee gekommen sind, sich dieses Schiffes zu bemächtigen. Sie müssen gestorben sein, noch ehe sie auf Pfeilschußweite heran waren. Nebenbei, was würdest du mit einem solchen Schiff anfangen, wenn es dir gelänge, es zu erobern? Du bräuchtest eine Menge ausgebildeter Leute, um es überhaupt von der Stelle bewegen zu können.«

»Die könnte man schon kriegen«, sagte Oskas. »Was ist zum Beispiel mit dir? Könntest du es bedienen?«

»Möglicherweise.«

»Hättest du vielleicht Interesse daran, mich dabei zu unterstützen, es in die Finger zu bekommen? Ich würde mich als dankbar erweisen. Du könntest der oberste meiner Unterhäuptlinge werden.«

»Ich bin weder ein kriegerischer Mann«, sagte Burton, »noch habe ich Interesse daran, habsüchtig zu werden. Aber um den Gedanken einmal weiter auszuspinnen, nehmen wir einmal an, ich sei an deinem Plan interessiert. Ich würde dann folgendes tun.«

Oskas war von dem komplizierten, aber fantastischen Plan, den Burton vor ihm ausbreitete, über alle Maßen fasziniert. Als er ging, versprach er seinem Gastgeber, auf der Stelle mehr Whisky vorbeizuschicken. Außerdem müßten sie über dieses Thema noch ein weiteres Mal konferieren. Mit einem breiten Grinsen taumelte Oskas schließlich von dannen.

Burton hielt den Häuptling für ziemlich leichtgläubig, war allerdings der Ansicht, daß es nicht weiter schlimm war, ihm ein paar Hoffnungen zu machen. Immerhin würde sich der Mann — dankbar, wie er war — zunächst einmal glücklich fühlen und sich dankbar zeigen.

Die Wahrheit allerdings war, daß Burton bereits einige eigene Pläne entwickelt hatte.

Wenn die Gerüchte um das eiserne Schiff der Wahrheit entsprachen, dann war dieses mysteriöse Schiff auf jeden Fall eher für eine solch weite Reise geeignet als ein Segelboot. Irgendwie mußte er es sich aneignen. Nicht mit Gewalt — aber mit Tücke. Die Hauptschwierigkeit bestand allerdings darin, daß er nicht den blassesten Schimmer hatte, wie er das fertigbringen sollte.

Erstens gab es keinerlei Hinweis darauf, ob das Schiff — wenn es hier vorbeikam — in diesem Gebiet anlegen würde. Und zweitens wußte niemand, wie es um seine Aufnahmekapazität bestellt war. Und drittens: Aus welchem Grund sollte sich der Kapitän überhaupt bemüßigt fühlen, ihn und seine Leute an Bord zu nehmen?

Den Rest des Tages verbrachte Burton mit einem dumpfen Vor-sich-hin-Brüten. Selbst als er im Bett lag, ließen sich die faszinierenden Gedanken nicht abschütteln. Er durchdachte jede Möglichkeit. Sollte er mit Oskas zusammenarbeiten? Vielleicht böte sich im letzten Augenblick ja doch noch die Möglichkeit, ihn hereinzulegen. Möglicherweise konnte er sich durch eine solche Tat das Vertrauen des Kapitäns erschleichen.

Aber nein. Burton fegte den Plan gleich wieder beiseite. Selbst wenn Oskas sich als verräterisch und hinterlistig erweisen sollte: Gedanken dieser Art waren für Burton keine Planungsgrundlage. Außerdem würden bei einem solchen Unternehmen viele von Oskas Leuten verwundet werden oder sterben. Dafür wollte er nicht verantwortlich sein.

Nein, er mußte es anders anstellen.

Schließlich fand er die Lösung. Alles würde davon abhängen, ob es ihm gelang, das Schiff anzuhalten oder zumindest die Aufmerksamkeit seiner Mannschaft zu erringen. Wie er das anstellte, wenn das Schiff während der Nacht an ihrem Standort vorbeikam, wußte er zwar noch nicht, aber irgendwie würde es schon klappen.

Lächelnd schlief Burton ein.

Zwei weitere Monate zogen ins Land. Noch eine Woche, dann konnte die *Snark* vom Stapel laufen. Inzwischen waren weitere Nachrichten, die den Raddampfer betrafen, bei ihnen eingetroffen. Man hatte dazu alle Möglichkeiten der Neuigkeitenübermittlung eingesetzt: Trommeln, Rauchzeichen und Spiegelsignale. Nachdem Burton die einzelnen Steinchen zu einem Mosaik zusammengesetzt hatte, machte er sich ein Bild von dem angekündigten Schiff: Es war allem Anschein nach größer als jedes Flußboot, das zu seinen Lebzeiten auf dem Mississippi gekreuzt hatte, bestand unzweifelhaft aus Metall und konnte mindestens fünfzehn Meilen oder vierundzwanzig Kilometer in der Stunde zurücklegen. Andere Informationen besagten, man habe es mehrere Male mit der doppelten Geschwindigkeit fahren sehen. Natürlich waren alle diese Schätzungen grob, da kein einziger der Beobachter über eine Stoppuhr verfügt hatte. Zumindest konnte man anhand der Gralsteine eine ungefähre Schätzung auf der Basis von Sekunden abgeben.

Aufgrund der ersten Berichte hatte Burton zunächst angenommen, es handele sich um ein Dampfschiff. Erst spätere Meldungen hatten ihm klargemacht, daß die Landgänge der Mannschaft viel zu selten waren, um für ein solches Boot genügend Brennmaterial zu bunkern. Das an Bord genommene Holz wurde lediglich dazu verwendet, Wasser für Duschanlagen und Dampf für die Maschinengewehre zu erzeugen. Es war Burton unklar, wie Dampf dazu dienen konnte, Kugeln voranzutreiben, und es blieb Monat überlassen, den Gedanken zu äußern, daß die Waffensysteme des Schiffes offensichtlich auf einem Synchronverfahren basierten, die die Kugeln aus dem Lauf preßten, indem sie in bestimmten Intervallen hochgespannten Dampf dafür verwendeten.

Die Schiffsmotoren wurden elektrisch angetrieben, und den nötigen Strom holte man sich bei Bedarf aus einem Gralstein.

»Dann haben diese Leute nicht nur Stahl, sondern auch Kupfer für die Windungen ihrer Elektromotoren«, sagte Burton. »Wo haben sie nur all das Material her?«

»Das Schiff besteht vielleicht hauptsächlich aus Aluminium«, mutmaßte Frigate. »Da könnte man ebensogut Aluminiumwindungen nehmen, auch wenn sie weniger effizient sind als solche aus Kupfer.«

Weitere Daten liefen ein. Das Schiff trug auf beiden Seiten einen Namen in großen, schwarzen, römischen Lettern. *Rex Grandissimus.* Das bedeutete »Der Große König«. Wenn die weiteren Informationen stimmten, wurde es von niemand anderem als dem Sohn Heinrichs II. von England und seiner Frau Eleanor, der geschiedenen Ehefrau Ludwig VII. von Frankreich, der Tochter des Herzogs von Aquitaine, kommandiert. König John, den man mit den Beinamen Ohneland versehen hatte, war der Kapitän. Nachdem sein weltberühmter Bruder Richard Löwenherz gestorben war, hatte er den Titel *Joannes Rex Angliae et Dominus Hiberniae* etc. angenommen. Er hatte einen solch schlechten Ruf besessen, daß es nach ihm ungeschriebenes Gesetz wurde, nie wieder einen Thronfolger auf den Namen John zu taufen.

Als Burton den Namen des Kapitäns zum erstenmal hörte, begab er sich zu Alice. »Der Kommandant des Schiffes ist einer deiner Vorfahren. Vielleicht sollten wir uns auf irgendeine familiäre Verbundenheit berufen, um an Bord genommen zu werden. Allerdings sagt man ihm, wenn man der Geschichte trauen kann, wenig Familiensinn nach. Er führte einen Aufstand gegen seinen Vater und soll seinen Neffen Arthur ermordet haben, dem Richard seine Krone überließ.«

»Er war nicht schlimmer als jeder andere König seiner Zeit«, sagte Alice. »Und ungeachtet dessen, was die Leute über ihn reden, hat er auch einige gute Dinge getan. Er reformierte die staatliche Münze, unterstützte den Ausbau der Flotte und unternahm alles, um den Handel in Schwung zu halten. Außerdem sorgte er für die Fertigstellung der London Bridge. Er war schon deswegen eine Ausnahme unter den Monarchen seiner Zeit, weil er zu den Intellektuellen zählte. Er las nicht nur lateinische Bücher, sondern auch französische Geschichte, und hatte, wohin er auch ging, stets seine Bibliothek dabei.

Was seine Opposition zur Magna Charta angeht, so ist sie falsch interpretiert worden. Die Revolte der Barone lag nicht im Interesse des gemeinen Volkes; sie stellte keine demokratische Bewegung dar. Alles, was die Barone wollten, waren Privilegien für sich selbst. Die Freiheit, für die sie eintraten, war die Freiheit des Ausbeuters, seine Untertanen bis aufs Hemd ausplündern zu können. Er hatte einen schweren Kampf gegen die Barone zu bestehen und focht manche Schlacht aus, um der englischen Krone die französischen Provinzen zu erhalten. Er sah einfach keinen Ausweg aus dieser Situation; die alten Konflikte hatten ihm sein Vater und sein Bruder mitvererbt.«

»Hm!« machte Burton ungehalten. »Wenn man dich so reden hört, könnte man meinen, er sei ein Heiliger gewesen.«

»Er war weit davon entfernt. Aber er war andererseits weitaus mehr an England und dem Wohlergehen seiner Bürger interessiert als jeder seiner Vorgänger.«

»Du mußt eine Menge über ihn gelesen und nachgedacht haben. Deine Ansichten stehen jedenfalls im völligen Gegensatz zu allem, was ich über ihn weiß.«

»Als ich in Cuffnells lebte, hatte ich zum Lesen jede Menge Zeit. Und ich hatte schon meine eigenen Ansichten.«

»Wie schön für dich. Nichtsdestotrotz sollten wir nicht vergessen, daß es diesem mittelalterlichen Monarchen irgendwie gelungen ist, die absolute Kontrolle über das fantastischste Gefährt, das diese Welt je gesehen hat, an sich zu reißen. Ich traue mir schon zu, mit ihm fertig zu werden, wenn ich die Chance hätte, zu ihm an Bord zu kommen. Die Frage ist nur: Wie stelle ich das an?«

»Du meinst, wie stellen *wir* es an!«

»Richtig. Entschuldige. Nun, wir werden sehen.«

Als die *Snark* vom Stapel lief, gab es viel Hallo und noch mehr Alkohol. Dennoch war Burton nicht so glücklich, wie er es an sich hätte sein sollen. Sein Interesse an der Sache war erkaltet.

Während die Festivität weiterging, zog Oskas ihn beiseite.

»Ich hoffe, ihr werdet uns nicht so bald verlassen? Ich zähle immer noch auf dich. Du weißt, ich denke an das große Schiff.«

Burton befand sich in einer Stimmung, die es ihm leichtgemacht hätte, ihm zu sagen, er solle sich zum Teufel scheren, aber das wäre nicht diplomatisch gewesen; immerhin besaß der Häuptling hier die Macht. Niemand hätte ihn davon abhalten können, die *Snark* zu beschlagnahmen. Auch konnte er ihre Abmachung vergessen und Loghu in sein Bett holen. Er hatte sie zwar das ganze Jahr über mit Anträgen verfolgt, war ihr jedoch nie zu nahe getreten: Im Zustand der Trunkenheit (was nicht selten der Fall war) beschränkte er sich darauf, sie zu fragen, ob sie mit in seine Hütte kommen wolle.

Da es das eine oder andere Mal tatsächlich so ausgesehen hatte, er werde sie mit Gewalt nehmen, hatte Frigate, dessen Natur alles andere als aggressiv war, mit dem Gedanken gespielt, ihn zum Duell herauszufordern, um das leidige Problem für immer aus der Welt zu schaffen. Genausogut hätte er natürlich auch mit Loghu in der Nacht verschwinden können, aber es behagte ihm nicht, die Leute, mit denen er seit so vielen Jahren zusammenlebte, sang- und klanglos allein zu lassen. Obwohl das Verhalten des Häuptlings seine Ehre und Männlichkeit erniedrigte, war Frigate tapfer geblieben und hatte alle Demütigungen hingenommen, um den Bau der *Snark* nicht noch mehr zu verzögern.

Schließlich hatte Loghu zu ihm gesagt: »Du wirst diesen Wilden nicht töten, um seinen Leuten ein Motiv dafür zu liefern, anschließend dich zu töten. Überlaß die Sache mir.«

Die anderen hatten nicht schlecht gestaunt — und Oskas war der Überraschteste von allen —, als sie den Häuptling zu einem Kampf auf Leben und Tod herausforderte.

Nachdem er sich von diesem Schock erholt hatte, war Oskas in ein brüllendes Gelächter ausgebrochen. »Was? Ich soll gegen eine *Frau* kämpfen? Ich verprügele meine Weiber zwar, wenn sie mich zu sehr ärgern, aber niemals würde ich gegen eine von ihnen kämpfen, denn wenn ich das täte, wäre es eine Leichtigkeit, sie zu besiegen. Man würde mich deswegen auslachen. Ich würde nicht mehr Oskas die Bärenpranke, sein, sondern Der-der-mit-einer-Frau-kämpfte.«

»Welche Waffe wählst du?« hatte Loghu daraufhin weiter gestichelt. »Den Tomahawk? Oder einen Speer? Das Messer? Vielleicht auch nackte Fäuste? Du hast mich während der Wettkämpfe gesehen und weißt, wie gut ich mit all diesen Waffen umgehen kann. Es stimmt zwar, daß du größer und stärker bist als ich, aber ich kenne eine Menge Tricks, die dir unbekannt sind. Immerhin wurde ich von einigen der besten Kampflehrer der Welt ausgebildet.«

Was sie Oskas allerdings nicht an den Kopf warf, waren seine Fettleibigkeit, seine Trunksucht und die Tatsache, daß ihn beides in ihren Augen ziemlich unbeweglich gemacht hatte.

Ein Mann hätte sich diese Dreistigkeiten nicht herausnehmen können, ohne daß Oskas ihm an die Kehle gesprungen wäre. Betrunken, wie er war, wurde dem Häuptling dennoch rasch bewußt, daß er in der Klemme steckte. Tötete er diese Frau, machte er sich in der Öffentlichkeit zum Narren. Wies er die Herausforderung zurück, konnte man ihn für einen Feigling halten.

Monat trat lächelnd einen Schritt vor. »Loghu ist eine meiner besten Freundinnen«, sagte er. »Aber gleichermaßen, Häuptling, sehe ich auch dich als meinen Freund an. Warum wollen wir diese Sache nicht einfach vergessen? Wir wissen doch alle, daß es der Alkohol ist, der aus dir sprach, und nicht Oskas, der Häuptling, der mächtige Krieger, der einst auf Erden wandelte und jetzt noch mehr Ruhm in diesem Flußtal genießt. Niemand wird es wagen, dich zu verhöhnen, wenn du dich weigerst, die Herausforderung dieser Frau anzunehmen. Allerdings ist es auch nicht schön, der Frau eines anderen Mannes nachzustellen. Wenn du nicht voll mit Whisky wärst, das wissen wir, würdest du so etwas auch nicht tun. Deswegen, meine ich, solltest du von nun an damit aufhören, diese Squaw zu belästigen, und ihr statt dessen mit dem gleichen Respekt begegnen, die auch die anderen Männer deinen eigenen Weibern gegenüber zeigen.

Ich war einst — wie Burton schon erwähnte — ein großer Zauberer. Einige meiner Kräfte sind mir auch auf dieser Welt erhalten geblieben, und ich werde nicht zögern, sie einzusetzen, solltest du Loghu etwas antun. Es würde mir sehr leid tun, denn einem Häuptling wie dir gebührt allerhöchster Respekt. Aber wenn sich kein Ausweg findet, werde ich keine Wahl haben.«

Oskas wurde daraufhin unter seiner dunklen Haut und dem vom Whisky geröteten Gesicht blaß. Er sagte: »Ja, es muß am Whisky liegen. Niemand kann mich für etwas verantwortlich machen, das ich während der Trunkenheit tat.«

Damit war der Fall aus der Welt geschafft, und am nächsten Morgen behauptete der Häuptling sogar, er sei dermaßen berauscht gewesen, daß er sich nicht einmal an das vergangene Gespräch erinnern könne.

Die folgenden Monate hindurch gebärdete sich Oskas Loghu gegenüber zwar kühl, aber durchaus entgegenkommend. Später ließ er zwar hin und wieder mal eine Bemerkung über sie fallen, wagte es jedoch nicht, sie anzurühren, was vielleicht daran lag, daß Loghu ihm unter vier Augen (damit nicht die Gefahr bestand, daß er sein Gesicht verlor) angedroht hatte, ihm, falls er es auch nur wagte, sie zu berühren, den Bauch aufzuschlitzen und den Sack abzuschneiden.

Später berichtete sie, daß Oskas darüber nur gelacht habe, aber dennoch sei sie davon überzeugt, daß er nun wußte, welche Gefahren ihm drohten. Und davon abgesehen wäre es für Loghu — gesetzt den Fall, das Moment der Überraschung sei auf ihrer Seite — nicht schwierig gewesen, genau das zu tun, was sie dem Häuptling angedroht hatte.

Aber ungeachtet dieser ständigen Bedrohung wurde Oskas seine Besessenheit in bezug auf Loghu nicht los. Und jetzt, wo der Zeitpunkt des Abschiednehmens immer näher rückte, folgte er ihr wieder lüstern auf Schritt und Tritt.

All dies ging Burton durch den Kopf, während er mit ihm sprach. Es verbesserte ihre Lage nicht gerade, zu wissen, wie klar es dem Häuptling war, daß seine Chance, sie zu guter Letzt doch noch in sein Bett zu bekommen, von Tag zu Tag geringer wurde.

»Nein, wir gehen noch nicht«, sagte Burton. »Wir werden den Plan, den ich für dich ausgearbeitet habe, ausführen. Ich selbst werde — wie auch meine Leute — der Vorhut angehören, die als erste auf das große Schiff übersetzt. Aber wie du selbst weißt, Häuptling, ist es ungeheuer wichtig, dazu den richtigen Zeitpunkt herauszufinden. Wir müssen es genau in dem Moment tun, wenn das Schiff anhält, um sich an einem Gralstein mit neuer Blitzkraft zu versorgen. Wenn es an uns vorbeifährt, haben wir keine Chance. Ich habe mir viele Gedanken darüber gemacht, wo der Ort sein könnte, an dem es anhalten müßte. Natürlich ist es unmöglich, diesen Ort exakt vorherzusagen, aber ich habe eine ungefähre Vorstellung, die sich auf ein Gebiet von vier bis fünf Gralsteinen erstreckt. Unser eigenes Schiff hat allerdings noch keine Probefahrt gemacht. Eventuell werden wir morgen gegen eins aufbrechen. Ich werde dorthin segeln, wo das große Schiff meinen Berechnungen nach den vorletzten Anker wirft, ehe es hier ist, und mir einige Informationen verschaffen. Wir müssen herausfinden, unter welchen Bedingungen wir zu kämpfen haben, wenn wir ein solch mächtiges Schiff angreifen und dabei Erfolg haben wollen. Hättest du nicht Lust mitzukommen?«

Oskas hatte ihn die ganze Zeit über mit zusammengekniffenen Augen angesehen. Jetzt hellte sich sein Gesicht auf, und er lächelte.

»Natürlich will ich mit. Ich stolpere niemals blind in eine Schlacht.«

Irgendwie wurde Burton das Gefühl nicht los, als gehe der Häuptling davon aus, daß die *Snark* von dieser Kreuzfahrt nicht mehr zurückkehren werde. Möglicherweise hatte er aus diesem Grund auch vier Männer in einer Hütte, die in unmittelbarer Nähe der Werft lag, untergebracht. Sie sollten die *Snark* im Auge behalten, damit sie nicht heimlich in See stach. Natürlich sprach er über diese Sache nicht.

Noch in der gleichen Nacht schlich die gesamte Mannschaft der *Snark* im Schutz des dichten Nebels in die Hügel, nahmen ihre dort am Fuße der Berge in einem Loch versteckten freien Grale an sich und brachten sie auf ihr Schiff, wo sie in einem anderen Versteck untergebracht wurden: hinter einem Ding, das nur vordergründig so aussah wie ein solide gebautes Schott.

Am nächsten Tag, kurz nach dem Frühstück, kam Oskas mit sieben seiner besten Krieger an Bord. Obwohl es nun auf der *Snark* ziemlich eng wurde, sagte Burton nichts. Statt dessen packte er einige Behälter mit Flechtenalkohol aus und verteilte ihn an die Indianer. Für seine eigene Mannschaft galt allerstrengste Abstinenz. Gegen Mittag waren Oskas und seine Krieger dermaßen betrunken, daß sie lachten, sangen und lärmten und nicht einmal mehr von der folgenden Mahlzeit ernüchtert wurden. Und Burton animierte seine Gäste zum Weitertrinken. Etwa eine Stunde vor dem Abendessen taumelten die Krieger entweder nur noch auf Deck herum oder hatten sich gleich zum Schlafen auf die Planken gelegt.

Es war kein Problem, jene, die noch bei Bewußtsein waren, zu packen, über Bord zu werfen und dann das gleiche mit denen zu tun, die bereits im Reich der Träume weilten. Glücklicherweise führte das Eintauchen in das kalte Wasser des Flusses dazu, daß selbst der hartnäckigste Schläfer aufschreckte und wieder zu sich kam. Burton beglückwünschte sich dafür. Andererseits hätte er die Leute wieder herausfischen und an Land bringen müssen.

Oskas, der mit beiden Armen wild um sich schlug, schluckte Wasser, drohte der *Snark* mit der Faust und fluchte ununterbrochen in Menomini und Esperanto. Burton ballte lachend eine Hand zur Faust, hob den Arm und streckte den kleinen und den Zeigefinger aus. Es war das alte Abwehrzeichen gegen den bösen Blick, das allerdings wegen seiner Ähnlichkeit mit den Hörnern eines Bullen in moderneren Zeiten »Bullshit«, also etwa Bockmist oder Scheißdreck bedeutet hatte.

Oskas schnappte beinahe über. Er tobte und fluchte und schrie und schilderte Burton in möglichst bunten Farben, auf welche Art er Rache an ihm zu nehmen gedachte.

Grinsend schnappte sich Kazz den Gral des Häuptling und warf ihn mit einer solchen Zielgenauigkeit hinterher, daß seine Hülle den wütenden Häuptling am Kopf traf. Sofort gingen die Krieger auf Tauchstation, um nach Oskas zu suchen. Als sie ihn endlich erwischt hatten, mußten zwei Mann ihn festhalten, damit er nicht gleich wieder versank.

Möglicherweise hielt Kazz es für einen ausgezeichneten Witz, dem Häuptling seinen eigenen Gral an den Schädel zu werfen, und sicher wäre er noch mehr amüsiert gewesen, wenn der Indianer dabei ertrunken wäre, aber dennoch galt er unter seinen Freunden als umgänglich, hilfsbereit und liebevoll und war ein Kamerad, wie man ihn sich besser nicht wünschen konnte. Er war ein Primitiver, sicherlich, und wie alle Primitiven galt seine ganze Fürsorge dem Stamm. Nur die Mitglieder des eigenen Stammes wurden von Leuten wie ihm als menschliche Wesen angesehen und so behandelt. Wer außerhalb davon lebte, war — selbst wenn er zum einen oder anderen freundschaftliche Beziehungen unterhielt — für ihn in erster Linie ein Fremder. Und das war auch der Grund dafür, weswegen es ihm nicht in den Sinn kam, sie wie ihresgleichen zu behandeln. Obwohl der Neandertaler seinen irdischen Stamm verloren hatte, galt ihm die Mannschaft der *Snark* als gleichermaßen verbunden. Hier war seine Familie, sein Volk.

23

Natürlich ging die *Snark* an der Stelle, die Burton dem Indianerhäuptling als Ausgangspunkt zur Beobachtung der *Rex Grandissimus* genannt hatte, nicht vor Anker. Es wäre närrisch gewesen, das zu tun, denn es war Oskas zuzutrauen, daß er sich in aller Eile ein Boot lieh oder raubte, in sein Land zurückkehrte und dort mit einer großen Streitmacht auftauchte, um ihnen den Garaus zu machen.

Also segelte die *Snark* an dem vorgesehenen Haltepunkt vorbei und fuhr zwei Tage lang flußabwärts, während die Besatzung ununterbrochen Nachrichten auffing, die Oskas mittels Heliograph, Rauchzeichen und Trommeln verbreiten ließ. Er behauptete dreist, Burtons Gruppe hätte ihm Zigaretten und Schnaps gestohlen und ihn darüber hinaus zu entführen versucht. Des weiterem bot er jedem, der den Aufenthaltsort der *Snark* ausfindig mache, die Mannschaft festhalte und ihn benachrichtige, damit er sie einer gerechten Strafe zuführen könne, eine hohe Belohnung.

Burton war nicht gewillt, dies auf sich sitzen zu lassen, obwohl er anzweifelte, daß irgendwelche örtlichen Autoritäten sich von Oskas einspannen ließen. Der Häuptling konnte nämlich wegen des Ärgers, den er den anderen kleinen Staaten in seiner Nachbarschaft noch vor einigen Jahren bereitet hatte, nicht von sich behaupten, ein ausgesprochen beliebter Mann zu sein. Es war allerdings nicht unmöglich, daß irgendwelche Privatleute, angelockt von der ausgesetzten Belohnung, Kommandos bildeten und nach der *Snark* Ausschau hielten.

Mit einer Kiste voll Tabak und reichlich Schnaps und Eichenringen ging Burton an Land und suchte die örtliche Niederlassung der Nachrichtenübermittlungsgesellschaft auf. Er bezahlte den Leiter dieser Stelle fürstlich und bat ihn, eine Botschaft in seinem Namen abzusenden, die etwa so lautete: Oskas sei ein Lügner und es entspräche der Wahrheit, daß er versucht habe, ein weibliches Besatzungsmitglied der *Snark* zu vergewaltigen, worauf diese Frau und ihre Freunde sich gezwungen gesehen hätten, seinen Einflußbereich schnellstens zu verlassen. Oskas habe die *Snark* verfolgt, aber sein Kriegskanu sei gesunken, als er versucht habe, das Schiff zu entern. Des weiteren ließ Burton verbreiten, er wisse genau, daß der Häuptling und seine Unterführer in einem Versteck mindestens hundert freie Grale verborgen hielten.

Das war natürlich eine Lüge, da Burton von Oskas, als dieser in jovialer Schnapslaune zuviel ausgeplaudert hatte, wußte, daß es nicht mehr als zwanzig waren. Aber es machte ihm jetzt nichts mehr aus, die Wahrheit ein bißchen zu dehnen. Von nun an würde sich die Aufmerksamkeit von ihm ab- und dem Häuptling zuwenden. Wenn seine eigenen Leute davon hörten, würde die Hölle los sein. Burton zweifelte nicht daran, daß sie von Oskas verlangen würden, daß die überschüssige Produktion der freien Grale der Allgemeinheit zugute kommen müsse. Außerdem mußte Oskas von nun an vor Dieben auf der Hut sein — und die würden nicht nur aus seinem eigenen Volk kommen. Möglicherweise sandte nun jeder kleine Nachbarstaat ein geheimes Kommando aus, um das Versteck aufzuspüren.

Und damit würde Oskas zu beschäftigt sein, um noch an Rache denken zu können.

Burton kicherte, als er daran dachte.

Schließlich erreichte die *Snark* ein Gebiet, in dem die Strömung beständig abnahm. Es war nicht das erste Mal, daß sie sich einem solchen Problem gegenübersahen. Auf der Erde hätte man geglaubt, der Fluß verbreitete sich, um in einen See zu fließen, aber das war hier nicht der Fall.

Als sie das strömungslose Gebiet hinter sich gebracht hatten, nahm die *Snark* rasch wieder Fahrt auf. Erneut jagte sie in Richtung auf das weit entfernte Ziel, das jenseits der legendären großen Höhle lag, in die die Wasser des nordpolaren Sees verschwanden. Es gab eine ganze Reihe von Theorien, die sich mit dem Phänomen der Strömungsverlangsamung auseinandersetzten, aber keine davon war bisher bewiesen worden.

Eine dieser Theorien ging von der Annahme aus, daß der Fluß an bestimmten Stellen über Gravitationsregulatoren verfügte, die ihn davon abhalten sollten, allezu schnell dahinzufließen.

Die Anhänger dieser Spekulation glaubten, daß die unbekannten Schöpfer dieser Welt unterirdische Anlagen erbaut hatten, die den Fluß bewußt im Zaume hielten. Andere wiederum neigten zu der Theorie, daß an diesen Stellen aus großen unterirdisch lagernden Leitungen zusätzlich Wasser an die Oberfläche gepumpt wurde.

Eine dritte Gruppe glaubte an eine Kombination aus beidem, während eine vierte die Auffassung vertrat, Gott habe ganz einfach dem Wasser befohlen, an diesen Stellen leicht bergauf zu fließen, und daß es demgemäß nicht den geringsten Grund gäbe, sich über diesen Zustand Gedanken zu machen.

Die Mehrheit der Menschen dachte allerdings gar nichts.

Wie auch immer die Lösung des Rätsels aussehen mochte: Der Fluß hörte auf seinem zehn Millionen Meilen langen Weg um die Welt niemals auf zu fließen.

Am Ende des zweiten Tages ging die *Snark* in dem Gebiet, wo man das große eiserne Schiff erwartete, vor Anker. Man erfuhr, daß die *Rex Grandissimus* ihre Fahrt seit mehreren Tagen unterbrochen hatte. Die Mannschaft sei für einen kurzen Urlaub an Land gegangen.

»Ausgezeichnet!« sagte Burton. »Dann können wir sie ja in einem Tag erreichen und Kapitän John dazu überreden, uns auf seine Mannschaftsliste zu setzen.«

Obwohl er den Eindruck erweckte, ziemlich gelöst zu sein, war ihm innerlich anders zumute. Wenn sein Plan nicht den gewünschten Erfolg hatte, würde ihnen nämlich nichts anderes übrigbleiben, als sich auf den Rückweg zu machen. Und das bedeutete eine Durchquerung von Oskas' Herrschaftsbereich am hellichten Tag, da in der Nacht zu wenig Wind wehte. Und wenn der Häuptling über das weitverbreitete Nachrichtennetz vom Nahen der *Snark* erfuhr ... Zweifellos würde er sie mit seiner gesamten Streitmacht erwarten. Vielleicht wäre es besser gewesen, sie hätten sich flußaufwärts davongemacht, nachdem Oskas und seine Krieger über Bord gegangen waren. Sie hätten sein Land jetzt schon weit hinter sich. Und irgendwann hätte das große Eisenschiff die *Snark* ohnehin überholt und ihm Gelegenheit gegeben, mit dem Kapitän zu sprechen.

Aber es war müßig, das Fell des Bären zu verteilen, ehe man ihn erlegt hatte. Wie sein Plan ausging, würde der folgende Tag zeigen. Burton wollte den heutigen Abend genießen und die Sorgen des nächsten Tages demselbigen überlassen. Aber ungeachtet seiner gespielten Leichtigkeit machte er sich weiterhin große Sorgen.

Die Bewohner des örtlichen Kleinstaates waren zum größten Teil Holländer aus dem sechzehnten Jahrhundert, die mit einer Minorität von mittelalterlichen Thrakäern und dem üblichen Sammelsurium von Menschen aus allen Zeiten und Erdteilen zusammenlebten. Burton lernte einen Flamen kennen, der unter anderem mit Ben Jonson und Shakespeare bekannt gewesen war, und unterhielt sich gerade mit ihm, als ein Neuankömmling sich zu der

Menge gesellte, die rund um ein offenes Feuer saß. Er war weiß, mittelgroß, dünn, schwarzhaarig und hatte blaue Augen. Etwa eine Minute lang stand er regungslos da und starrte Frigate intensiv an. Plötzlich grinste er breit und stürmte auf ihn zu.

»Pete!« schrie er in englischer Sprache. »Alle Wetter, es ist Pete! Ich bin's, Bill Owain! Pete Frigate — der Schlag soll mich treffen! Du bist es doch oder etwa nicht?«

Frigate sah überrascht auf. Dann sagte er: »Ja? Aber Sie . . . Wie sagten Sie, sei Ihr Name?«

»Bill Owain! Um Himmels willen, du kannst doch nicht deinen alten Kumpel Bill Owain vergessen haben! Du siehst ein bißchen anders aus, Pete. Zuerst war ich mir gar nicht sicher! Mensch, ist das lange her!«

Frigate lächelte und sagte: »Na klar! Bill Owain! Jetzt weiß ich es wieder! Ich habe dich gar nicht erkannt, Mann. Es muß wirklich ungeheuer lange her sein.«

Sie umarmten sich und begannen eine Unterhaltung, die sie hin und wieder mit lautem Gelächter unterbrachen. Nachdem sie sich einigermaßen wieder beruhigt hatten, stellte Frigate den anderen Owain vor.

»Wir sind alte Schulfreunde und haben zusammen seit der vierten Klasse die gleiche Bank gedrückt. Dann gingen wir zusammen auf die Peoria High School. Wir sind auch nach dem Abschluß noch eine ganze Weile beieinander geblieben. Erst als mich meine Jobs etwas weiter in die Umgebung hinausbrachten, sahen wir uns seltener. Na ja, jeder hatte mittlerweile sein eigenes Leben zu leben und wuchs nach und nach in einen neuen Bekanntenkreis hinein.«

»Trotzdem«, sagte Owain, »kann ich mir kaum erklären, wie es kam, daß du mich nicht sofort erkanntest. Na, ich habe dich ja auch nicht gleich auf den ersten Blick wiedererkannt. Deine Nase scheint mir ein wenig länger geworden zu sein. Auch deine Augen sind irgendwie grüner als früher. Dein Mund kommt mir schmaler und dein Kinn etwas breiter vor. Und erst deine Stimme! Weißt du noch, wie dich alle aufzogen, weil sie jeden an die von Gary Cooper erinnerte? Sie hört sich jetzt ganz anders an wie damals. Wer weiß — vielleicht ist ja auch mein Gedächtnis nicht mehr das beste, wie?«

»Yeah«, sagte Frigate gedehnt. »Mit den Erinnerungen ist das schon so eine Sache, Bill. Was mein Gedächtnis angeht, so war das ja nie besonders gut. Ich erinnere mich an uns beide gerade noch als Herren in den mittleren Jahren — und jetzt sehen wir aus wie fünfundzwanzig. Außerdem, meine ich, verändert die Kleidung einen Menschen ziemlich stark. Aber es ist für mich beinahe ein Schock, jemanden zu treffen, der mich an meine irdische Vergangenheit erinnert. Im ersten Augenblick war ich wie gelähmt!«

»Na, und ich erst! Ich konnte es einfach nicht glauben! Sag mal, kannst du dir vorstellen, daß ich bis auf dich hier noch niemanden getroffen habe, den ich von der Erde her kenne?«

Frigate erwiderte: »Für mich bist du der zweite. Den ersten traf ich vor zweiunddreißig Jahren. Ich glaube allerdings nicht, daß der Bursche an unserem unerwarteten Zusammentreffen seine Freude gehabt hat!«

Das, dachte Burton, muß der Mann namens Sharkko gewesen sein. Frigate hatte ihm davon erzählt. Der Bursche war Verleger einer Science Fiction-Reihe gewesen und hatte Frigate in einen jahrelangen Rechtsstreit verwickelt, der ihn beinahe Kopf und Kragen gekostet hätte. Als er die Sache schließlich ausgestanden hatte, war auch Frigates schriftstellerische Karriere an einem Tiefpunkt angelangt. Dieser Sharkko war der erste gewesen, den Frigate nach der allgemeinen Wiedererweckung auf dieser Welt aus seinem Bekanntenkreis wiedergetroffen hatte. Zwar war es Burton nicht vergönnt gewesen, der Begegnung mit eigenen Augen beizuwohnen, aber Frigate hatte mit aller Ausführlichkeit davon berichtet, wie er dem Halunken das Nasenbein zertrümmert hatte.

Burton selbst war während all der Jahre, die er nun schon auf der Flußwelt zubrachte — trotz seiner weiten Reisen und des ausgedehnten Bekanntenkreises, den er besaß — nur einmal mit einem Menschen zusammengekommen, den er von der Erde her kannte. Aber auch diese Begegnung zählte nicht zu denen, auf die er nicht hätte verzichten können. Der Mann war einer der Träger gewesen, die angeheuert worden waren, um ihn auf seinem Weg zu den Quellen des Nils zu begleiten. Auf dem Marsch zum Tanganjikasee (Burton und sein Begleiter Speke waren die ersten Europäer gewesen, die ihn überhaupt zu sehen bekamen) hatte der Mann ein etwa dreizehn Jahre altes Sklavenmädchen als Sexualproviant gekauft, das bald darauf erkrankt war. Als es die Strapazen nicht mehr ertragen konnte, hatte der Kerl ihm — um zu verhindern, daß jemand anders es besitzen konnte — kurzerhand den Kopf abgeschlagen.

Burton war nicht in der Nähe gewesen, um diesen Mord zu verhindern; auch konnte er den Mann deswegen nicht zur Rechenschaft ziehen, denn er besaß das in diesem Land verbriefte Recht, mit seinen Sklaven zu tun, was ihm beliebte. Burton hatte ihn daraufhin konsequent wegen anderer Dinge in die Mangel genommen, denn der Bursche war faul, diebisch wie eine Elster und zu allem Übel auch noch verfressen und hatte dauernd die Finger in den Lebensmittelkisten.

Owain und Frigate hatten sich inzwischen hingesetzt, sprachen dem reichlich vorhandenen Flechtenalkohol zu und unterhielten sich über alte Zeiten. Es fiel Burton auf, daß Owain sich offensichtlich besser an die Ereignisse und ehemaligen gemeinsamen Bekannten erinnerte als Frigate. Das war überraschend, denn bisher hatte er zu der Ansicht geneigt, daß Frigates Gedächtnis kaum zu schlagen war.

»Weißt du noch, wie wir uns Filme im Princess-, Columbia- und Apollo-Theater ansahen?« fragte Owain. »Und an den Samstag, an dem wir uns die Frage stellten, wie viele wir davon an einem Tag schaffen könnten? Wir marschierten zu einer Doppelvorstellung ins Princess, dann in eine im Columbia, sahen uns drei Filme im Apollo an und dann noch die Spätvorstellung im Madison-Theater.«

Frigate nickte lächelnd, aber Burton sah ihm an, daß seine Erinnerungen so weit nicht mehr zurückreichten.

»Ja, und dann kam die Zeit, in der wir zusammen mit El Everhard, Jack Dirkman und Dan Doobin nach St. Louis hinunterfuhren! Der Vetter von Al hatte ein paar nette Mädchen für uns eingeladen; Krankenschwestern, Himmel, waren die scharf! Erinnerst du dich? Wir fuhren zu diesem Friedhof hinaus ... Wie hieß er doch gleich? Das war eine Bumserei!«

»Ich will verdammt sein, wenn ich das noch weiß«, sagte Frigate.

»Na ja, auf alle Fälle kannst du unmöglich vergessen haben, daß du und dein Mädchen high, wie ihr wart ... daß ihr euch auszogt und nackt über den Friedhof ranntet, bis du gegen einen Grabstein knalltest, umfielst und mit dem nackten Hintern in die Rosen hineingerietst. Und die Dornen, die Dornen! Ich wette, das hast du nicht vergessen!«

Frigate murmelte verlegen: »Wie könnte ich das auch?«

»Es nahm dir jedenfalls komplett den Wind aus den Segeln! Und alles andere auch. Haha! Hattest keine Lust mehr ...«

Aber natürlich gab es auch noch andere Dringe, über die es sich zu sprechen lohnte. Eine Weile später wechselte die Unterhaltung auf die Reaktionen über, die sie nach dem großen Wiedererwachen befallen hatten. Auch die anderen beteiligten sich an diesen Schilderungen, denn für jeden Menschen auf dieser Welt war die Wiedergeburt ein bevorzugtes Gesprächsthema. Der Tag war für alle dermaßen furchteinflößend gewesen, daß er sich beinahe zu einem Trauma entwickelt hatte, das niemand jemals vergessen konnte. Der Schrecken, die Panik und die Verwirrung steckte den Leuten, sobald sie sich daran zurückerinnerten, noch immer in den Knochen. Burton fragte sich manchmal, ob sie möglicherweise deswegen so gern über dieses Thema sprachen, weil es für sie eine Therapie darstellte. Offensichtlich hoffte jeder einzelne, sich das Trauma dadurch von der Seele zu reden, indem er es bei jeder Gelegenheit wieder zum Vorschein brachte und sich zumindest verbal damit auseinandersetzte.

Man kam zu der gemeinsamen Übereinkunft, daß sich an diesem bewußten Tag jeder äußerst ungewöhnlich benommen hatte.

»Ich weiß noch, wie absurd steif und würdevoll ich mich benahm«, sagte Alice. »Nicht, daß ich etwa die einzige gewesen wäre, aber die meisten Leute schienen mir absolut hysterisch geworden zu sein. Wir standen ausnahmslos unter einem starken Schock. Ich frage mich heute noch, wie es kam, daß keiner der Wiedererweckten an einem Herzanfall starb. Es ist doch nicht unvorstellbar, daß jemand, der gerade gestorben ist, plötzlich an einem anderen Ort aufwacht und ihn das dermaßen mitnimmt, daß er auf der Stelle ins Grab zurückkehrt.«

Monat meinte: »Vielleicht sind unsere unbekannten Beschützer dieser Möglichkeit dadurch zuvorgekommen, daß sie uns vor dem Erwachen mit einer Droge präparierten, die den Schock milderte. Möglicherweise stellte der Traumgummi, den wir anschließend in unseren Gralen fanden, auch ein Beruhigungsmittel dar. Obwohl sich herausstellte, daß er nicht für jeden ausschließlich positive Erfahrungen mit sich brachte.«

Alice sah Burton an. Selbst nach all den Jahren konnte sie nicht verhindern, daß ihr die Erinnerung an ihre erste Erfahrung mit dem Traumgummi die Röte ins Gesicht trieb. Sie hatte damals für mehrere Stunden die Kontrolle über sich verloren und ein Benehmen an den Tag gelegt, als hätte ihre einzige Nahrung aus einer Portion der legendären spanischen Fliege bestanden. In Wahrheit hatten lediglich ihre geheimen Fantasien die Macht über sie ausgeübt.

Schließlich verlagerte sich das Interesse auf den Arkturier, der früher — aufgrund seiner offen erkennbaren Nichtmenschlichkeit — eine Art Außenseiterstellung eingenommen hatte. Die Menschen waren ihm schüchtern und zurückhaltend begegnet. Jetzt stellten sie ihm Fragen über das Leben auf seinem Heimatplaneten und die Erfahrungen, die er auf der Erde gemacht hatte. Einige der Zuhörer kannten bereits verschiedene Erzählungen aus der Zeit, als Monat und seine Gefährten gezwungen worden waren, den größten Teil der Menschheit auszulöschen. Allerdings hatte keiner der Anwesenden — Frigate ausgenommen — gelebt, als das arkturische Schiff auf der Erde gelandet war.

Burton sagte: »Eins kommt mir komisch vor, obwohl man es an sich nicht anders hätte erwarten können: Nach dem was Pete gesagt hat, lebten im Jahre 2008 auf der Erde 8 Milliarden Menschen. Und doch habe ich — ausgenommen euch beide und eine dritte Person — hier noch niemanden getroffen, der diesen Tag miterlebt hat. Ist es euch nicht genauso ergangen?«

Die anderen nickten. Wie sich herausstellte, gab es auch unter den örtlichen Bewohnern nur zwei, die dieser Periode entstammten: Bill Owain und eine Frau. Sie war 1972 gestorben; Owain 1981.

Burton schüttelte den Kopf. »An diesem Fluß müssen wenigstens sechsunddreißig Milliarden Menschen leben. Die Mehrheit jener, die aus einem bestimmten Zeitraum stammen, müßten also jene Leute sein, die zwischen 1983 — ich nehme dieses Datum an, weil ich bisher nur drei Leute getroffen habe, die noch später lebten — und 2008 existierten. Wo also stecken die?«

»Es ist nicht unmöglich«, sagte Frigate, »daß du sie schon am nächsten Gralstein findest. »Schließlich hat noch niemand eine Volkszählung durchgeführt. Allerdings wäre auch keiner dazu in der Lage, so etwas zu tun. Man kann zwar Hunderttausende am Tag treffen, aber wie oft hat man schon die Gelegenheit, mit jemandem zu sprechen? Ein dutzendmal am Tag vielleicht. Früher oder später mußt du einfach einem von denen begegnen, die das letzte Jahr noch miterlebt haben.«

Sie spekulierten eine Weile darüber nach, warum und wie man sie wiedererweckt hatte und wer dafür verantwortlich sein mochte. Gleichermaßen drehte sich die Diskussion darum, aus welchen

Gründen die Männer bartlos und beschnitten und die Frauen mit intaktem Hymen neu geboren worden waren. Jene, denen es nie Spaß gemacht hatte, sich zu rasieren, freuten sich natürlich darüber, daß in ihren Gesichtern keine Haare mehr sprossen; die anderen jedoch, die zu ihren Lebzeiten stolz Schnauz- und Vollbärte getragen hatten, bedauerten es. Man fragte sich auch, aus welchem Grund die Grale von Männern und Frauen hin und wieder Lippenstifte und andere Kosmetika enthielten.

Frigate meinte, daß ihre Beschützer möglicherweise selbst gegen Bärte eingestellt waren und die Angehörigen beider Geschlechter sich schminkten. Für ihn schien das die einzig logische Erklärung zu sein.

Dann brachte Alice Burtons vorzeitiges Erwachen in der Regenerationsblase zur Sprache, was das Interesse eines jeden erweckte, aber Burton beeilte sich, schnell zu versichern, daß er alle Erinnerung daran aufgrund eines Schlages auf den Kopf verloren habe.

Wie immer, wenn er eine Lüge aussprach, stellte er fest, daß Monat still vor sich hin lächelte. Offenbar wußte der Arkturier genau, wann er sich verstellte, auch wenn er nichts dazu sagte. Er schien Burtons Gründe also zu respektieren, auch wenn ihm unklar sein mußte, was ihn zu diesem Verhalten trieb.

Frigate und Alice berichteten, so gut sie sich daran zu erinnern vermochten, nun ihrerseits von Burtons Erfahrung, wobei es nicht ausblieb, daß sich in ihre Schilderung einige Irrtümer einschlichen, die Burton natürlich nicht korrigieren konnte.

»Wenn das wirklich so war«, sagte einer der Zuhörer, »dann ist an der Wiedererweckung nichts Übernatürliches. Sie wurde auf wissenschaftlicher Grundlage durchgeführt. Erstaunlich!«

»Ja, das ist es wohl«, erwiderte Alice. »Aber ich frage mich, wieso es mit den Wiedererweckungen jetzt zu Ende sein soll. Wieso bleiben die, die jetzt von uns gehen, in einem permanenten Zustand des Todes?«

Eine düstere Stimmung verbreitete sich minutenlang unter den Menschen, die um das Feuer herum saßen.

Kazz durchbrach das Schweigen, indem er sagte: »Da ist etwas, das Burton-*nag* vergessen hat. Die Sache mit Spruce, dem Agenten der Ethiker.«

Seine Feststellung brachte natürlich sofort mehrere neugierige Fragen auf.

»Wer sind die Ethiker?«

Burton nahm einen großen Schluck aus seinem Whiskyglas und begann zu berichten. Einst, so begann er seine Erzählung, waren er und seine Leute in eine Gralsklavenschaft geraten. Es gab keinen Grund, dieses Wort zu erklären, denn mittlerweile hatte beinahe jeder seine Erfahrungen mit Systemen dieser Art gemacht.

Burton erzählte, wie sein Schiff angegriffen worden war und wie man sie in ein von Palisaden umzäuntes Gebiet gebracht hatte. Man hatte sie nur unter schwerster Bewachung herausgelassen, und auch nur dann, um Sklavenarbeit zu verrichten. Und ihre Unterdrücker hatten ihnen alles, was ihre Grale produzierten, weggenommen: Tabak, Marihuana, Traumgummi und Schnaps. Des weiteren auch die Hälfte der jeden Tag zugeteilten Nahrung. Die Sklaven hatten gerade soviel behalten dürfen, wie sie brauchten, um nicht Hungers zu sterben.

Ein paar Monate später hatten Burton und ein Mann namens Targoff eine erfolgreiche Revolte gegen die Unterdrücker angezettelt.

24

»Ein paar Tage nachdem wir unsere Freiheit wiedergewonnen hatten, kamen Frigate, Monat und Kazz zu mir. Sie grüßten mich, und dann sagte Kazz aufgeregt: ›Viele Zeit her, wo ich noch nicht Englisch sprechen, ich sehe etwas. Ich versuchen dir zu sagen damals, aber du mich nicht verstehen. Ich sehen einen Mann, der nicht hatte das auf der Stirn.‹ Und mein Freund Kazz, mein Naq, wie er es in seiner Sprache ausdrückt, deutete auf die Mitte seiner Stirn und dann auf die unserigen. Dann sagte er: ›Ich weiß, daß nicht können es sehen. Keiner kann sehen. Aber ich sehen es auf Stirn von alle Menschen. Nur nicht auf Stirn von Mann wir treffen lange Zeit her. Dann ich sah Frau, die nicht hatte das. Und jetzt ich sehen dritter Mensch, der es hat auch nicht.‹ Ich verstand damals immer noch nicht, was er meinte, aber schließlich äußerte Monat eine Vermutung. ›Er will damit ausdrücken‹, sagte er, ›daß er irgendwelche Symbole oder Zeichen auf unseren Stirnen erkennen kann, die uns unsichtbar bleiben. Er kann diese Dinge nur bei hellem Sonnenschein und von einem bestimmten Blickwinkel aus sehen. Und bisher hat jeder Mensch, der ihm über den Weg lief, diese Symbole aufgewiesen — außer den dreien, von denen er eben sprach.‹

Frigate fügte hinzu, daß Kazz möglicherweise das Farbenspektrum etwas anders sehen könne als andere Nicht-Neandertaler, und zwar weiter ins Ultraviolette hinein, da die Symbole bläulich seien. Zumindest hat Kazz sie so beschrieben. Ein jeder von uns — bis auf ganz wenige Einzelfälle — scheinen also diese Symbole auf der Stirn zu tragen. Wir kamen uns vor wie Rinder mit einem Brandzeichen. Seitdem haben Kazz und seine Frau Besst sich die Gesichter aller Menschen, die ihnen begegneten, genauestens angesehen — soweit die Lichtverhältnisse das zuließen natürlich.«

Diese Offenbarung rief nicht nur ungläubiges Erstaunen und Verwirrung hervor, sondern auch einen großen Schock. Burton wartete, bis der Lärm abebbte, bevor er weitersprach.

»Einige von euch wissen vielleicht, daß man den sogenannten Neandertaler früher ziemlich unterschätzt hat. Die Anthropologen waren der Meinung, daß er keine eigenständige Spezies darstellte, sondern eine Variante des *Homo sapiens*. Er unterscheidet sich allerdings nicht nur im Körperbau und im Gebiß von uns, sondern verfügte auch über die Fähigkeit, im ultravioletten Bereich sehen zu können.«

Besst sagt: »Ich bin zwar kein Neandertaler, sondern eine Neandertalerin — aber diese Fähigkeit habe ich auch.«

Burton erwiderte grinsend: »Damit hat die Emanzipationsbewegung ihren Einzug auch in die Steinzeit gehalten. Aber wie dem auch sei: Laßt mich erklären, wie wir herausfanden, daß jene, die diese Welt bauten und sie mit uns bevölkerten und uns mit einem Brandzeichen versahen, nicht wußten, daß der *Homo neandertalensis* über ein besonderes Talent verfügt. Was bedeutet, daß unsere unbekannten Beschützer nicht allwissend sind. Aber weiter im Text: Ich fragte Kazz, wer derjenige sei, der das Symbol nicht trage, und Frigate erwiderte: ›Robert Spruce!‹

Spruce war wie wir ein Gralsklave gewesen. Er behauptete, Engländer und 1945 geboren zu sein. Mehr wußten wir nicht über ihn.

Ich sagte, daß wir ihn uns schnappen und einem Verhör unterziehen sollten, und Frigate meinte, daß wir uns dann sputen müßten, da er bereits das Weite gesucht habe. Offenbar hatte Kazz Spruce wegen des fehlenden Symbols angesprochen, und er war mißtrauisch geworden. Jedenfalls soll er ziemlich blaß geworden sein und sich davongemacht haben. Frigate und Monat hatten

Suchkommandos ausgeschickt, aber zu dem Zeitpunkt, als sie mir von ihm berichteten, war er noch nicht gefunden worden. Mir schien seine Flucht so etwas wie ein Schuldgeständnis zu sein, obwohl ich damals noch keine Ahnung hatte, woraus seine Schuld bestand. Ein paar Stunden später entdeckte man ihn in einem Versteck in den Hügeln. Man brachte ihn vor die gerade entstandene Ratsversammlung unseres Staates. Spruce war bleich und zitterte, sah uns jedoch offen in die Augen.

Ich sagte ihm, daß wir ihn verdächtigten, ein Agent der Ethiker zu sein — möglicherweise sogar ein Ethiker selbst. Und ich sagte ihm ebenso, daß wir bereit wären, alles zu unternehmen — ihn sogar zu foltern —, um die Wahrheit aus ihm herauszubekommen. Das war natürlich eine Lüge und hätte uns auf eine Stufe mit den Unterdrückern gestellt, die wir gerade überwunden hatten, aber davon konnte Spruce natürlich nichts ahnen.

Er sagte: ›Wenn Sie das tun, sprechen Sie sich selbst das ewige Leben ab. Ich könnte zumindest dafür sorgen, daß Sie an den Ausgangspunkt Ihrer Reise zurückversetzt werden.‹ Ich fragte ihn, was er damit meine, aber er ignorierte meine Frage. Statt dessen sagte er: ›Wir können keine Schmerzen vertragen. Wir sind zu empfindsam dafür.‹

Wir redeten noch eine Weile hin und her, aber er weigerte sich, unsere Fragen zu beantworten. Schließlich machte ein Angehöriger des Rates den Vorschlag, ihn über einem offenen Feuer zu rösten. Dann ergriff Monat das Wort, erklärte, daß er einer Zivilisation angehöre, die der irdischen weit voraus sei, und daß er vielleicht deswegen am besten dafür prädestiniert sei, einige Vermutungen zu äußern. Niemand sprach ihm das ab. Monat meinte dann, er würde Spruce gern die Folter ersparen und gleichermaßen den Schmerz, über etwas zu reden, das er nicht könne oder wolle. Deswegen wolle er lediglich Vermutungen über die Ethiker und ihre Agenten vorbringen, die Spruce entweder bestätigen oder in Abrede stellen könne. Auf diesem Wege würde Spruce zumindest keinen Eid brechen, falls er unter einem stünde.«

Bill Owain sagte: »Das war eine sonderbare Abmachung.«

»Sicher. Aber Monat hoffte, ihn auf diese Weise zum Sprechen zu kriegen. Weißt du, wir wollten auf keinen Fall die brutalen Methoden anwenden, die der Inquisition zu eigen waren. Wenn wir ihn nicht einschüchtern konnten, wollten wir es mit Hypnose versuchen. Sowohl Monat als auch ich sind geübte Hypnotiseure. Es stellte sich allerdings heraus, daß es dazu gar nicht mehr kommen würde.

Monat sagte: ›Ich nehme an, daß Sie von der Erde kommen. Sie leben in einem Zeitalter, das chronologisch gesehen weit jenseits des Jahres 2008 liegt. Sie stammen von den wenigen Menschen ab, die den von mir ausgelösten Todesstrahl überlebten.‹ Er vermutete, daß eine Technologie, die in der Lage sei, eine ganze Welt künstlich umzugestalten, weit fortgeschritten sein müsse und etwa dem fünfzigsten Jahrhundert entstammen könne. Spruce erwiderte, er solle dieser Spekulation noch zwei weitere Jahrtausende hinzufügen. Dann sagte Monat, ihm sei aufgefallen, daß man nicht jeden wieder zum Leben erweckt habe. Man vermisse nicht nur die Kinder unter fünf Jahren, sondern auch Geistesschwache und Idioten. Des weiteren gäbe es keine Menschen, die nach 2008 geboren seien, ausgenommen Spruce selbst. Auf die Frage, wo all diese Leute geblieben seien, erwiderte Spruce, sie befänden sich anderswo, mehr könne er zu diesem Thema nicht sagen.

Dann fragte Monat, wie man es angestellt habe, die gesamte Menschheit aufzuzeichnen, und welche Anlagen man benutze, um Doubletten der menschlichen Körper herzustellen. Da es offensichtlich war, daß man uns auf wissenschaftlicher und nicht auf einer übernatürlichen Grundlage wieder zum Leben erweckt habe, bedeute dies, daß man von jedem — vom ersten Höhlenmenschen bis zum letzten Toten des Jahres 2008 — eine Aufzeichnung besitze, die die komplette Zellstruktur umfasse. Man müsse damit in Urzeiten begonnen und die Aufzeichnungen irgendwo eingelagert haben, bis der Zeitpunkt gekommen war, die Körper von neuem heranwachsen zu lassen.

Monat vertrat die Ansicht, diese Aufzeichnungen müßten sich in einem Energie-Materie-Umwandler befinden, der die einzelnen Körper dupliziere und der gleichzeitig alle Verletzungen und Krankheiten eliminiere, Amputationen rückgängig mache und zerstörte Organe ersetze. Ich selbst hatte diesen Regenerationsprozeß mitangesehen, als ich unplanmäßig vor der Wiedererweckung zu mir kam. Des weiteren war jeder Mensch, der älter als fünfundzwanzig war, wieder verjüngt worden.

Des weiteren führte Monat aus, er sei der Ansicht, daß all die Körper, die in der Regenerationsblase rotierten, nach ihrer ›Fertigstellung‹ wieder zerstört worden seien. Und mit den Aufzeichnungen, die man von ihnen gemacht habe, sei das letzte Stadium in Angriff genommen worden — die große Wiedererweckung, als ein jeder von uns an jenem Tag, den wir nie mehr vergessen werden, am Flußufer erwachte.

Monat nahm an, die Wiedererweckung sei unter Ausnutzung des Metalls in dem Gralsteinsystem hervorgerufen worden, da alle diese Steine in einer unterirdischen Verbindung aneinanderhängen und ihre Energie aus dem heißen Nickeleisenkern dieses Planeten beziehen. Dann fragte er Spruce: ›Aber die große Frage, die uns alle beschäftigt, ist: Warum tun Sie das?‹

Und Spruce sagte: ›Wenn Sie die Macht besäßen, all dies zu tun, würden Sie es nicht für Ihre *ethische* Pflicht halten?‹

Monat sagte, vielleicht, aber er würde dann nur jene wieder zum Leben erwecken, die es auch wert seien. Daraufhin wurde Spruce ziemlich wütend und erwiderte, daß Monat sich dann auf eine Stufe mit Gott stellen müsse, denn jeder, egal wie egoistisch, aufgeblasen, brutal er auch gewesen sei, habe das Recht darauf, eine Chance zu erhalten. Und dann würde es an jedem selbst liegen, was er aus seinem Leben mache ... Dann fragte Monat ihn, wie lange dieses Experiment andauern würde: Tausend Jahre? Eine Million? Zwei? Aber Spruce sagte nichts mehr, sondern sah uns nur an, als ob er uns alle ungemein hassen würde. Schließlich meinte er: ›Der fortgesetzte Kontakt mit euch bringt manchmal selbst den Besonnensten dazu, eure Charakteristika anzunehmen. Es wird uns nichts anderes übrigbleiben, als uns selbst einer Rehabilitation zu unterziehen. Ich fühle mich jetzt schon schmutzig ...‹

Einer der Ratsherren, der ihm noch mehr entlocken wollte, drängte in diesem Moment darauf, ihn doch noch auf das Feuer zu legen, damit sich seine Zunge löste, aber Spruce schrie: ›Nein — das werdet ihr nicht tun! Ich hätte es schon lange tun sollen. Er weiß, was ...‹«

Burton legte eine dramatische Pause ein.

»Und dann fiel er tot um!«

Die Zuhörer schnappten nach Luft, und irgend jemand sagte in deutscher Sprache: »Mein Gott!«

»Ja, aber das ist noch nicht das Ende der Geschichte. Wir ließen Spruces Leiche von einem Arzt untersuchen. Es kam uns zu unwahrscheinlich vor, daß er gerade in diesem Augenblick einen Herzanfall erlitten haben sollte. Das wäre nicht nur für ihn ungewöhnlich gewesen, sondern für jeden von uns, denn Herzschläge gab es nicht mehr.

Während der Arzt ihn untersuchte, diskutierten wir anderen über das, was wir erfahren hatten. Manche von uns nahmen an, daß Spruce uns in allem, was er sagte, belogen hatte. Andere waren der Meinung, er habe nur Halbwahrheiten verbreitet. In einem allerdings waren wir uns einig: Daß sich unter uns Menschen Leute aufhielten, die in den Diensten der Ethiker standen oder vielleicht sogar zu ihnen gehörten. Und das waren diejenigen, die das Brandzeichen nicht trugen. Gleichzeitig wurde uns klar, daß es von nun an vorbei sein würde, uns auf Kazz' Beobachtungsgabe zu verlassen, wenn wir einem von ihnen gegenüberstanden, denn Spruce würde ebenso wie jeder von uns von seinen Herren wieder zum Leben erweckt werden und ihnen sagen, was wir über die Symbole wußten. Dann würden die Agenten ab sofort das gleiche Zeichen tragen. Wir vermuteten, daß das noch einige Zeit in Anspruch nehmen würde und Kazz in der Zwischenzeit noch den einen oder anderen Fang machen konnte. Das war aber nicht der Fall. Weder er noch Besst haben in all den Jahren jemanden gesehen, dem das Symbol fehlte. Was aber auch nicht allzuviel heißen muß, denn auch sie können das Fehlen dieses Zeichens nur unter ganz bestimmten Umständen erkennen.

Drei Stunden später informierte uns der Arzt über das Ergebnis seiner Untersuchungen. Über Spruce gab es nichts Außergewöhnliches zu vermelden. Sein Körper unterschied sich in nichts von dem eines Homo sapiens.«

Wieder legte Burton eine Pause ein.

»Aber es gab eine Kleinigkeit! Eine winzige schwarze Kugel, die der Arzt auf seiner Großhirnrinde gefunden hatte. Sie war durch extrem dünne Drähte mit seinen Zerebralnerven verbunden, was uns zu der Annahme führte, er sei in der Lage gewesen, seinen eigenen Tod herbeizuwünschen. Vielleicht brauchte er nur eine bestimmte Zahlenkombination zu denken, um aus dem Leben zu scheiden, indem er sich selbst geistig vergiftete. Natürlich konnte unser Arzt keinerlei Beweise für diese Annahme beibringen, da er nicht über die nötigen Instrumente verfügte, um eine chemische Analyse vorzunehmen. Jedenfalls zeigte Spruces Leiche keine äußerliche Verletzung. Irgend etwas hatte sein Herz angehalten.«

Eine Frau fragte: »Dann könnten diese Leute also auch unter uns sein? Jetzt, hier, bei uns am Feuer?«

Burton nickte, und alle Leute begannen gleichzeitig durcheinanderzureden. Nachdem er sich fünfzehn Minuten lang dieses Babel angehört hatte, stand er auf und gab seinen Leuten zu verstehen, daß es nun Zeit sei, ins Bett zu gehen. Auf dem Weg zum Schiff zog Kazz ihn beiseite.

»Burton-*naq*, als du erwähntest, Monat und du wäret Hypnotiseure ... nun, da kam mir ein Gedanke. Ich habe bisher noch nicht darüber nachgedacht, und vielleicht ist es auch gar nicht lustig, aber ...«

»Ja?«

»Ich glaube, es ist gar nicht wichtig. Aber zumindest komisch. Weißt du, als ich Spruce erzählte, daß er das Zeichen nicht auf der Stirn hätte, das wir alle tragen, verschwand er ein paar Minuten später. Ich konnte seine Angst beinahe riechen. Die anderen — Tragoff, Dr. Steinberg, Monat, Pete und eine Reihe anderer — saßen gerade beim Frühstück, als ich es ihnen erzählte. Targoff meinte, wir sollten gleich die Ratsversammlung einberufen. Das war kurz nachdem Spruce sich davongemacht hatte. Monat und Pete waren der gleichen Ansicht, aber sie wollten vorher noch etwas mehr von mir erfahren ... Wie die Symbole aussähen und so weiter. Ob jeder dasselbe Symbol trüge oder ob sie verschieden wären.

Ich sagte ihnen, sie seien unterschiedlich. Eine ganze Menge von ihnen waren ... wie sagt man? ... einander ähnlich. Ja, das ist es. Aber jedes einzelne ... Teufel noch mal, du weißt selbst, wie sie aussehen; ich habe doch ein paar davon gemalt.«

Burton erwiderte: »Davon abgesehen, daß sie mich irgendwie an chinesische Ideogramme erinnern, ist mir im Leben nichts begegnet, mit dem sie sich vergleichen ließen. Ich nehme an, daß sie die Funktion einer Numerierung erfüllen.«

»Ja, das sagtest du damals schon. Tatsache ist aber auch, daß Monat und Frigate mich, bevor wir zu dir gingen, beiseite nahmen und mich in Monats Hütte brachten.«

Kazz machte eine Pause. Ungeduldig sagte Burton: »Na und?«

»Ich versuche mich zu erinnern, aber es geht nicht. Ich ging zu dieser Hütte — und das war alles!«

»Was meinst du damit, daß das ›alles‹ war?«

»Burton-*naq*, ich meine damit, was ich sage. Ich weiß überhaupt nichts mehr, was geschah, als ich die Hütte betrat. Ich weiß noch, daß ich dazu ansetzte, durch den Eingang zu gehen. Und das nächste, an das ich mich erinnere, ist, daß ich zusammen mit Monat, Pete und den anderen auf *deine* Hütte zuging!«

Burton verspürte einen kleinen Schock, trotzdem wußte er nicht, was ihn hervorgerufen hatte.

»Soll das heißen, daß du dich an nichts erinnern kannst, was in der Hütte vor sich ging, und du erst wieder zu dir kamst, als du schon wieder draußen warst?«

»Ich meine damit, daß ich mich nicht einmal daran erinnere, aus ihr herausgegangen zu sein. Plötzlich *war* ich wieder draußen, mehrere hundert Schritte von ihr entfernt. Und ich unterhielt mich mit Monat.«

Burton fröstelte. Alice und Besst standen am Ufer und sahen sich um. Offenbar wunderten sie sich, wo die beiden so lange blieben.

»Das ist höchst sonderbar, Kazz. Warum erzählst du mir das erst jetzt? Immerhin sind doch schon eine Menge Jahre seit diesem Tag vergangen. Hast du etwa in all den Jahren nicht einmal darüber nachgedacht?«

»Eben nicht! Ist das nicht komisch? Ich habe nicht den kleinsten Gedanken daran verschwendet. Wenn Loghu mich nicht jetzt eben darauf angesprochen hätte, ich hätte mich nicht daran erinnert. Sie ist es nämlich gewesen, die mich in Monats Hütte hineingehen sah. Allerdings war sie an diesem Tag nicht mit uns zusammen und erfuhr erst später, um was es überhaupt ging. Tatsache ist aber, daß sie am Eingang der Hütte stand, in der sie mit Frigate lebte, und wir zuerst auf sie zugingen. Erst als wir sahen, daß die Hütte leer war, änderten wir den Kurs und gingen auf Monats Unterkunft zu. Heute abend, als wir über die Zeit sprachen, in der wir Gralsklaven waren, und dabei auf Spruce kamen, fragte sie mich, was wir drei an jenem Tage eigentlich so Geheimnisvolles miteinander zu bereden gehabt hätten. Bisher hatte sie die Sache nur deswegen nicht zur Sprache gebracht, weil sie sie für unwichtig hielt. Das tut sie noch immer, aber weil wir nun einmal bei diesem Thema waren, erinnerte sie sich daran und fragte mich. Du weißt ja, wie neugierig Frauen sind.«

»Frauen sind so neugierig wie Katzen«, sagte Burton. »Während Männer so neugierig sind wie Affen.«

»Wie? Was soll das denn heißen?«

»Ich habe keine Ahnung, aber irgendwie scheint mir dieser Aphorismus gedankliche Tiefe zu haben. Ich werde mir später eine

Erklärung dafür ausdenken. Es war also Loghus Beobachtung, die dich darauf aufmerksam machte, daß an jenem Tage nicht alles mit rechten Dingen zugegangen sein kann?«

»Nicht sofort, Burton-*naq*. Das, was sie sagte, verwunderte mich zunächst nur. Ich habe wirklich eingehend nachgedacht. Ich konnte meine Gehirnwindungen beinahe knirschen hören. Schließlich kam eine schwache Erinnerung zurück . . . wie ich damals auf Petes Hütte zugegangen war. Ich wußte plötzlich wieder, daß Loghu da gestanden und Monat gesagt hatte, wir sollten statt dessen in seine Hütte gehen. Und eine Weile später . . . wurde mir klar, daß wir auch dorthin gegangen waren. — Ist dir, während wir uns am Feuer unterhielten, nicht aufgefallen, daß ich meine Stirn runzelte, als wütete dahinter ein Wirbelsturm?«

»Ich habe lediglich angenommen, du hättest zuviel gegessen und getrunken, wie üblich.«

»Das auch. Aber es waren keine gewaltigen Fürze, die mein Inneres durchwühlten, sondern das Gas des Gehirns.«

»Hast du, seit du dich wieder an dieses Ereignis erinnerst, darüber mit Monat oder Frigate gesprochen?«

»Nein.«

»Dann behalte es für dich.«

Kazz hatte zwar eine fliehende Stirn, aber er war nicht dumm.

»Glaubst du, daß mit den beiden irgend etwas nicht stimmt?«

Burton erwiderte: »Ich weiß nicht. Allein der Gedanke, so etwas zu glauben, mißfällt mir. Nach all den Jahren . . . und sie waren mir immer gute Freunde. Immerhin . . .«

»Es kommt mir unmöglich vor«, sagte Kazz mit einer Stimme, die sich anhörte, als sei sein Herz auf dem besten Wege, zu brechen.

»Was tut das nicht?«

»Ich weiß es nicht. Aber wenn es möglich ist, kann dahinter nur etwas *Böses* stecken.«

»Ich habe keine Ahnung«, sagte Burton. »Vielleicht gibt es eine sehr viel einleuchtendere Erklärung für dieses Rätsel als die, an die ich jetzt denke. Auf jeden Fall solltest du die Sache den anderen gegenüber nicht erwähnen.«

»Das würde ich sowieso nicht tun. Nur . . . hör zu! Sie haben beide diese Symbole auf der Stirn. Und die haben sie immer gehabt. Da die Agenten das jedoch nicht von Anfang an hatten, können Pete und Monat also auch keine von denen sein!«

Burton lächelte. Kazz hatte die gleichen Gedanken wie er selbst. Dennoch würde er der Sache auf den Grund gehen müssen. Aber wie konnte er das, ohne die beiden beobachten zu lassen? Vielleicht hatten sie überhaupt nichts zu verbergen.

»Ja«, sagte er. »Ich weiß. Und außerdem hat Besst auch ihre Symbole gesehen. Wir haben also zwei Leute, die ihnen ein positives Zeugnis ausstellen können, ohne daß wir es bräuchten. Auf jeden Fall schweigen wir über diese Sache so lange, bis ich einen anderen Entschluß fasse.«

Sie gingen auf die *Snark* zu, und Kazz sagte: »Ich weiß nicht. Ich habe ein ungutes Gefühl dabei. Hätte ich doch besser den Schnabel gehalten. Loghu jedenfalls *möchte* darüber reden.«

25

Während des Nebels ging Burton auf dem Deck der *Snark* auf und ab. Obwohl die Kleidung seinen Körper genügend wärmte, war sein Gesicht kalt. Ein ungewöhnlich kühles Hoch hatte sich in diesem Gebiet gesammelt, und das Resultat bestand darin, daß er kaum die Hand vor den Augen sehen konnte.

Soweit er wußte, mußte außer ihm selbst an Bord jetzt jeder schlafen. Die einzige Gesellschaft, die er hatte, waren seine Gedanken, und die liefen wie Schafe auf einer Bergwiese in alle Richtungen auseinander. Es war schwer für Burton, sie zusammenzuhalten, zu ordnen und in eine Einheit zu bringen, die es ihm erlaubte, sie zu ihren Ursprüngen zurückzuverfolgen.

Seine Erinnerungen auf dieser Welt umfaßten dreiunddreißig Jahre. Aus ihnen mußte er sich das, was wesentlich war, herausfiltern. Es war ein selektiver Prozeß, der sich auf Monat und Frigate konzentrierte. Welche ihrer Handlungen, was von dem, das sie gesagt hatten, konnte ihn auf eine Spur bringen? Wie sollte er die Dinge, die ihn eventuell mißtrauisch machen könnten, auf einen Nenner bringen?

Auf Anhieb fiel ihm gar nicht soviel ein. Vielleicht hatte er eine ganze Reihe von Dingen übersehen. Möglicherweise türmten sie sich sogar vor seinen Augen auf, ohne daß er sie wahrnahm und als verdächtig einordnen konnte.

Der Arkturier war der allererste gewesen, den er an diesem schrecklichen und doch herrlichen Tag, an dem er von den Toten auferstanden war, kennengelernt hatte. Im Gegensatz zu allen anderen, die Burton hatte beobachten können, war Monat ruhig und bedacht gewesen, hatte kühl und rational gedacht und gehandelt. Er hatte die Situation überraschend schnell erkannt, die Umgebung mit beängstigender Rationalität hingenommen und die Funktion der Grale fast augenblicklich erkannt.

Die zweite Person, die Burton aufgefallen war, war Kazz der Neandertaler gewesen. Dieser hatte ihn allerdings nicht zuerst angesprochen, sondern war ihm eine Weile gefolgt. Peter Frigate war der zweite Mensch gewesen, der mit ihm ein Gespräch begonnen hatte. Erst jetzt, als Burton darüber nachdachte, wurde ihm bewußt, daß auch Frigate sich ziemlich gelassen verhalten hatte. Eine seltsame und verwunderliche Erkenntnis, wenn man bedachte, daß Frigate von sich selbst behauptete, er neige zu Mißtrauen und Hysterie.

Spätere Ereignisse hatten dies bestätigt, auch wenn es ihm nach und nach — und speziell in den letzten zwanzig Jahren — gelungen war, diese Schwächen zu überwinden. Die Frage war nur: Hatte Frigate es einfach geschafft, die Kontrolle über sich zu erringen — oder hatte er nur eine Rolle abgestreift, die er aus irgendeinem Grunde spielen mußte?

Außerdem — war es nicht ein ungeheurer Zufall, daß er ausgerechnet einem Menschen begegnet war, der behauptete, eine Biographie über ihn geschrieben zu haben? Mit wie vielen Leuten mochte er da in einer Linie stehen? Mit zehn? Mit zwölfen? Wie hoch war die Wahrscheinlichkeit, daß einer seiner Biographen ausgerechnet ein paar Meter von ihm entfernt wieder zum Leben erwachte? Zwölf zu sechsunddreißig Milliarden.

Dennoch bewegte er sich in den Grenzen der Wahrscheinlichkeit; daß das, was Frigate behauptete, richtig war, mußte nicht unmöglich sein.

Dann war Kazz zu seiner Gruppe gestoßen. Dann Alice. Dann Lec Ruach.

Während des vergangenen Tages, als Kazz das Steuer übernommen hatte, war Burton bei ihm stehengeblieben und hatte ihn ausgefragt. Ob er mit Monat und Frigate gesprochen habe, bevor sie sich getroffen hatten? Ob er sich an irgend etwas erinnern könne, was ihn mißtrauisch gemacht habe?

Kazz hatte nur seinen starkknochigen Kopf geschüttelt. »Ich war mehrere Male mit ihnen beisammen, als du außer Sicht warst.

Aber ich kann mich an nichts erinnern, das mir damals komisch vorgekommen wäre. Das heißt, Burton-*naq*, sie waren nicht seltsamer als alles andere. An diesem Tag gab es nichts, das mich nicht mißtrauisch gemacht hätte.«

»Sind die Symbole, die die Leute auf den Stirnen trugen, dir gleich am ersten Tag aufgefallen?«

»Bei einigen schon. Und zwar dann, wenn die Sonne am höchsten stand.«

»Auch bei Monat und Frigate?«

»Ich kann mich nicht erinnern, an diesem Tag etwas an ihnen festgestellt zu haben. Aber auch bei dir nicht. Es herrschten leider nicht ständig die gleichen Lichtverhältnisse.«

Burton nahm daraufhin eine Rolle Bambuspapier, einen scharf angespitzten Fischknochen und ein hölzernes Tintenfaß aus seinem Schulterbeutel. Während er steuerte, bemühte Kazz sich, die Symbole so aufzuzeichnen, wie er sie auf den Stirnen des Arkturiers und des Amerikaners gesehen zu haben glaubte. Beide bestanden aus drei horizontal laufenden parallelen Linien, die von drei gleichartigen vertikalen durchkreuzt und von einem Kreis umschlossen wurden. Ein Kreuz im Kreis. Die einzelnen Striche waren von gleicher Stärke und Länge, ausgenommen an den Enden. Während die Monats sich rechts verbreiterten, waren es bei Frigate die linken.

»Und wie sieht das Zeichen auf meiner Stirn aus?« hatte Burton gefragt.

Kazz zeichnete vier wellenförmige, parallel nebeneinander verlaufende horizontale Linien und daneben ein Zeichen, daß wie ein »&« aussah. Darunter befand sich ein kurzer, ebenfalls horizontal verlaufender Strich.

»Die Zeichen Monats und Petes ähneln sich sehr stark«, sagte Burton.

Auf seinen Wunsch hin zeichnete Kazz schließlich die Symbole aller anderen Mitglieder der *Snark*-Besatzung auf. Nicht eines davon glich dem eines anderen.

»Erinnerst du dich an Lev Ruach?«

Kazz nickte. Einen Moment später wußte Burton, wie dessen Zeichen ausgesehen hatte. Er fühlte sich enttäuscht, obwohl dafür überhaupt kein Grund vorlag: Ruachs Zeichen hatte mit denen seiner beiden Hauptverdächtigen nicht die geringsten Gemeinsamkeiten.

Und nun, in dem Moment, da Burton ruhelos über die Decksplanken lief, fragte er sich, aus welchem Grund er überhaupt erwartet hatte, daß das Symbol Ruachs mit dem der beiden anderen identisch sein müsse. Irgend etwas klickte in seinem Gehirn, eine verlorene Erinnerung, ein leises Mißtrauen, dessen er sich nicht klar wurde. Es gab eine Verbindung zwischen den dreien, aber die Spur entglitt ihm, sobald er versuchte, die Hand nach ihr auszustrecken.

Aber er hatte jetzt genug gedacht. Nun kam es auf das Handeln an.

Das weiße, gegen die Kabinenwand gelehnte Bündel war die Gestalt des Neandertalers. Burton folgte den Schnarchgeräuschen, die sein Gefährte ausstieß, und schüttelte ihn. Kazz brach ab und erwachte sofort.

»Ist es soweit?«

»Ja.«

Zuerst pißte Kazz über die Reling. Burton zündete eine Fischöl-Laterne an, und dann marschierten sie zusammen zum Anlegeplatz. Von dort aus gingen sie gemächlich über die Ebene. Ihr Ziel war eine etwa zweihundert Meter entfernt stehende Hütte. Der dichte Nebel führte dazu, daß sie sie zunächst verfehlten und zurückgehen mußten, aber schließlich fanden sie sie, gingen hinein und schlossen die Tür. Kazz hatte am Abend zuvor einen großen Brennholzstapel neben dem steinernen Kamin aufgeschichtet. Eine Minute später brannte in der Hütte ein kleines Feuer. Kazz nahm auf einem geflochtenen Bambussessel in der Nähe des Kamins Platz und hustete mehrere Male, als der Rauch in seine Lungen drang.

Es war leicht, Kazz in den Zustand der Hypnose zu versetzen. Er hatte Burton mehr als einmal als Medium gedient, wenn es galt, irgendwelchen Leuten seine Fähigkeiten zu beweisen.

Jetzt, wo Burton das in Erinnerung kam, fiel ihm auf, daß bei diesen Experimenten Monat und Frigate ständig zugegen gewesen waren. Ob es sie nervös gemacht hatte, Kazz in diesem Zustand zu sehen? Wenn ja, hatten sie es zumindest keinen merken lassen.

Burton versetzte Kazz sofort in jene Zeit zurück, in der er den anderen von seiner Entdeckung, daß Spruce nicht über das Stirnzeichen verfügte, unterrichtet hatte. Mit zunehmender Schnelligkeit führte er ihn dann an den Punkt, wo der Neandertaler Monats Hütte betrat. Hier stellte er zum erstenmal Widerstand fest.

»Bist du jetzt in der Hütte, Kazz?«

Der Neandertaler starrte geradeaus, obwohl sein Blick nach innen gerichtet wirkte und sich in der Vergangenheit zu verlieren schien.

Dann sagte er: »Im Eingang.«

»Geh weiter, Kazz.«

Sein Gefährte begann zu zittern.

»Ich kann nicht, Burton-*naq*.«

»Und warum nicht?«

»Ich weiß nicht.«

»Ist irgend etwas in der Hütte, vor dem du dich fürchtest?«

»Ich weiß nicht.«

»Hat dir jemand erzählt, daß in dieser Hütte etwas Böses auf dich lauert?«

»Nein.«

»Dann brauchst du auch keine Angst zu haben. Kazz — du bist ein tapferer Mann, stimmt's?«

»Du weißt, daß ich das bin, Burton-*naq*.«

»Und warum gehst du dann nicht hinein?«

Kazz schüttelte den Kopf. »Ich weiß nicht. Etwas . . .«

»Etwas — *was*?«

»Etwas . . . sagt mir . . . sagt mir . . . kann mich nicht erinnern.«

Burton biß sich auf die Unterlippe. Das brennende Holz knackte und prasselte.

»Wer sagt dir das? Monat? Frigate?«

»Weiß nicht.«

»Denk nach!«

Kazz' Stirn legte sich in Falten. Burton sah, wie sich auf ihr Schweißtropfen bildeten.

Erneut knisterte das brennende Holz. Als Burton das hörte, lächelte er.

»Kazz!«

»Ja.«

»Kazz! Besst ist in der Hütte, und sie schreit! Kannst du sie schreien hören?«

Kazz' Körper straffte sich. Er schaute mit weit aufgerissenen Augen nach allen Seiten. Seine Nasenflügel vibrierten, er fletschte die Zähne.

»Ich höre sie! Was hat das zu bedeuten?«

»Kazz! In der Hütte ist ein Bär, und er will Besst angreifen!

Nimm deinen Speer, geh hinein und töte ihn, Kazz! Du mußt Besst retten!«

Kazz stand auf, seine Hand packte einen imaginären Speer. Dann machte er einen Satz nach vorne. Burton wich nach rechts aus. Kazz stolperte über den Sessel und fiel auf das Gesicht.

Burton zog eine Grimasse. Ob der Schock jetzt die Trance durchbrochen hatte? Nein, Kazz war sofort wieder auf den Beinen und machte Anstalten, erneut in die imaginäre Hütte hineinzurennen.

»Kazz! Jetzt bist du in der Hütte! Da ist der Bär! Töte ihn, Kazz, töte ihn!«

Kazz packte die nicht vorhandene Lanze mit beiden Händen und stieß sie schnaubend von sich.

»Ayee! Ayee!« Unartikuliertes Gebrüll folgte seinem Siegesruf. Burton, der inzwischen auch die Sprache des Neandertalers gelernt hatte, verstand jedes seiner Worte.

»Ich bin der Mann, der den Weißzahn tötete! Stirb, Haariger-der-den-ganzen-Winter-verschläft! Stirb, aber vergib mir! Ich mußte es tun, ich mußte es! Stirb, stirb!«

Laut sagte Burton: »Kazz! Der Bär ist geflohen! Er ist weggelaufen! Jetzt ist Besst sicher!«

Kazz hielt mit den Stoßbewegungen der unsichtbaren Lanze inne und sah sich um.

»Kazz! Es sind jetzt ein paar Minuten vergangen. Besst ist in Sicherheit. Jetzt bist du in der Hütte. Du bist *drin*! Du brauchst dich vor nichts mehr zu fürchten. Du bist in die Hütte hineingegangen, und nun ist nichts mehr da, das dir gefährlich werden kann. — Aber wer ist sonst noch bei dir? Kazz, du bist im Inneren der Hütte, und es sind erst wenige Minuten vergangen, seit du gesehen hast, daß Spruce nicht das Zeichen auf der Stirn trägt! Wer ist mit dir zusammen in der Hütte?«

Der gefährliche Ausdruck war aus dem Gesicht des Neandertalers gewichen. Plötzlich sah er Burton verwundert an.

»Wer? Nun — Monat und Pete.«

»Sehr gut, Kazz. Und jetzt . . . Wer hat zuerst mit dir gesprochen?«

»Es war Monat.«

»Erzähle mir, was er sagte. Und auch das, was Frigate sagte.«

»Frigate sagte gar nichts. Nur Monat.«

»Erzähle mir, was er sagte . . . was er sagt.«

»Monat sagt: ›Du wirst dich an nichts erinnern, was in dieser Hütte geschah, Kazz. Wir werden eine Minute miteinander reden und dann wieder hinausgehen. Nachdem du die Hütte verlassen hast, wirst du weder wissen, daß du hineingegangen bist, noch sie verlassen hast. Alles, was dazwischen geschah, wird aus deiner Erinnerung verschwinden. Sollte jemand dich fragen, was hier vor sich ging, wirst du sagen, daß du dich daran nicht erinnerst. Und du wirst nicht einmal lügen, denn du wirst es wirklich vergessen haben. Stimmt das, Kazz?‹«

Der Neandertaler nickte.

»›Außerdem, Kazz, nur um das klarzumachen, wirst du dich auch nicht an das erstemal erinnern, als ich dir befahl zu vergessen, daß du zu Frigate und mir sagtest, wir hätten keine Zeichen auf der Stirn. Du erinnerst dich daran, Kazz?‹«

Kazz schüttelte den Kopf. »Nein, Monat.«

Er gab einen erleichterten Seufzer von sich.

»Wer seufzte?« fragte Burton.

»Frigate.«

Der Seufzer hatte ungeheuer erleichtert geklungen.

»Was sagt Monat jetzt? Und erzähle mir auch, was du ihm antwortest.«

»›Kazz, als ich dir damals, nachdem du Frigate und mir gesagt hattest, daß wir keine Zeichen auf der Stirn trügen, befahl, du solltest das vergessen, sagte ich dir auch, daß du uns berichten solltest, wenn Burton etwas über ein Zusammentreffen mit einer mysteriösen Person erzählt. Damit meine ich jemanden, der sich selbst möglicherweise einen Ethiker nennt.‹«

»Aha!« sagte Burton.

»›Erinnerst du dich daran, Kazz?‹«

»Nein.«

»›Natürlich nicht. Ich befahl dir ja auch, daß du es vergessen solltest. Aber jetzt sollst du dich daran erinnern. Erinnerst du dich, Kazz?‹«

Es folgten zwanzig Sekunden Stille. Dann sagte der Neandertaler: »Ja, jetzt erinnere ich mich.«

»›Sehr gut, Kazz. Und nun vergiß es wieder, denn das, was ich dir damals erzählte, gilt auch heute noch. Stimmt's?‹«

»Ja, das stimmt.«

»›Nun zu etwas anderem, Kazz. Hat Burton je etwas über diesen Ethiker gesagt? Oder über jemanden — einen Mann oder eine

Frau —, die behauptet, zu denen zu gehören, die uns von den Toten wieder haben auferstehen lassen?‹«

»Nein. Burton-*naq* hat dergleichen nie erwähnt.«

»›Aber wenn er es tut, irgendwann in der Zukunft, wirst du sofort zu mir kommen und es mir weitererzählen. Das wirst du natürlich nur dann tun, wenn kein anderer in der Nähe ist. An einem Ort, wo niemand uns belauschen kann. Verstehst du das?‹«

»Ja, das verstehe ich.«

»›Sollte ich aus irgendwelchen Gründen nicht da sein, wenn du etwas erfährst — wenn ich auf Reisen bin ... oder tot —, dann wirst du zu Peter Frigate oder Lev Ruach gehen und es ihnen erzählen. Verstehst du?‹«

Leise sagte Burton: »Also doch Ruach!«

»Ja, ich verstehe. Ich werde zu Peter Frigate oder Lev Ruach gehen.«

»›Und auch ihnen wirst du nur berichten, wenn niemand in der Nähe ist und wenn niemand euch belauschen kann. Klar?‹«

»Ich verstehe.«

»›Sehr gut, Kazz. Das ist fein. Wir werden jetzt gehen, und wenn ich zweimal mit den Fingern schnippe, wirst du dich weder an dieses, noch an unser erstes Gespräch erinnern. Hast du verstanden?‹«

»Ja, ich habe verstanden.«

»›Außerdem, Kazz, wirst du ... Oh! Jemand ruft nach uns! Wir müssen jetzt gehen. Also los!‹«

Burton hatte keine Ahnung, was Monat mit der letzten Bemerkung beabsichtigt hatte. Möglicherweise hatte er ihm sagen wollen, wie er sich aus der Affäre ziehen sollte, wenn ihn jemand danach fragte, über was sie in der Hütte gesprochen hatten. Die Unterbrechung war gerade zum rechten Zeitpunkt gekommen. Hätte Monat Kazz mit einer guten Ausrede versorgt, wäre Burton niemals mißtrauisch geworden.

26

Burton sagte: »Setz dich hin, Kazz. Mach es dir bequem. Warte eine Minute. Ich werde hinausgehen. Gleich wird Monat hereinkommen und mit dir sprechen.«

»Ich verstehe.«

Burton ging hinaus und blieb eine Minute lang vor der Hütte stehen. Er hätte gleich als Monat auftreten sollen, sicher wäre dann Kazz' Widerstand leichter zu brechen gewesen, und er hätte sich den Trick mit Besst und der ihr drohenden Gefahr durch den Bären sparen können.

Er ging wieder hinein und sagte: »Hallo, Kazz. Wie geht's denn so?«

»Ausgezeichnet, Monat. Und dir?«

»Prima! Na gut, Kazz, ich werde jetzt von da an übernehmen, wo dein Freund Burton aufhörte. Wir kehren jetzt zurück in die Zeit, in der ich zum erstenmal mit dir sprach, kurz nachdem du festgestellt hattest, daß Frigate und ich keine Zeichen auf der Stirn hatten. Du erinnerst dich jetzt an diesen Tag, Kàzz, weil ich, Monat, dir befahl, daß du dich daran erinnern sollst. Du gehst in die Zeit zurück, nachdem du mir deine Entdeckung gerade berichtet hast. Bist du dort?«

»Ich . . . ich bin dort.«

»Wo seid ihr — Monat, Frigate und du — jetzt?«

»In der Nähe eines Gralsteins.«

»An welchem Tag oder welcher Nacht?«

»Ich verstehe nicht.«

»Ich meine, wie viele Tage nach dem großen Erwachen?«

»Drei Tage.«

»Erzähl mir, was geschah, nachdem du ihnen sagtest, daß du an ihnen etwas festgestellt hättest.«

Mit monotoner Stimme erzählte Kazz, was kurz darauf geschehen war. Monat hatte gesagt, daß er und Frigate allein mit ihm zu sprechen wünschten. Sie waren über die Ebene gegangen und in den Hügeln untergetaucht. Dort, hinter einem gewaltigen Eisenbaum, hatte Monat Kazz mit einem durchdringenden Blick gemustert. Ohne irgendwelche mechanischen Hilfsmittel zu gebrauchen und ohne daß Kazz bewußt geworden war, was mit ihm geschah, war er hypnotisiert worden.

»Es war, als würde etwas Dunkles von ihm zu mir herüberfließen; etwas Finsteres und Übermächtiges.«

Burton nickte. Er hatte gesehen, zu welcher Kraft Monat fähig war, er hatte oft genug den »tierischen Magnetismus«, wie man die Fähigkeit zur Hypnose in Burtons Zeiten genannt hatte, demonstriert. Monat war als Hypnotiseur stärker als Burton, und das war nur einer der Gründe, weswegen er es dem Arkturier niemals gestattet hatte, an ihm herumzuexperimentieren. Burton war sogar soweit gegangen, daß er Abwehrmaßnahmen gegen einen »hypnotischen Überfall« getroffen hatte: mittels Selbsthypnose hatte er sich dazu konditioniert, sich niemals bei einem solchen Angriff überrumpeln zu lassen. Dennoch zweifelte er nicht daran, daß Monat stark genug war, selbst diesen Befehl zu durchbrechen; auch das war ein Grund, warum Burton sich scheute, mit dem Arkturier allein zu sein.

Diese Abwehrmaßnahme hatte allerdings auch damit zu tun, daß Burton befürchtete, Monat könne mitten in eine der Unterredungen mit dem Ethiker hineinplatzen. Die Existenz dieses Wesens war Burtons Geheimnis, und er wollte nicht, daß jemand davon erfuhr. Allerdings hatte er damals natürlich noch nicht gewußt, daß Monat selbst einer der anderen war.

Burton fragte sich, ob auch Frigate sich aufs Hypnotisieren verstand. Der Kerl hatte bisher noch nicht durchblicken lassen, daß er diese Fähigkeit besaß. Er hatte sich allerdings geweigert, sich von Burton hypnotisieren zu lassen, wahrscheinlich deswegen, weil er befürchtete, er könne im Trancezustand etwas ausplaudern.

Während der weiteren Sitzung erinnerte sich Kazz daran, daß Monat Frigate gegenüber eine Bemerkung gemacht hatte, die sich mit der Fähigkeit des Neandertalers auseinandersetzte: »›Davon haben wir nichts gewußt. Wir müssen dem Hauptquartier so schnell wie möglich davon Mitteilung machen.‹«

Das bedeutet also, dachte Burton, daß Monat und Frigate von Zeit zu Zeit mit den Ethikern Kontakt aufnahmen. Aber wie brachten sie das fertig? Dienten jene gelegentlich stattfindenden Landungen von Flugmaschinen, die er mehrmals hatte beobachten können, der Kommunikation? Gaben sie den Agenten im Vorüberflug dadurch, daß sie sich sichtbar und unsichtbar machten, irgendwelche geheime Zeichen?

Die beiden mußten ihn ständig beobachtet haben, und das war möglicherweise auch der Grund, weswegen es der geheimnisvolle Fremde sogar auf sich genommen hatte, ihn während einer stürmischen Nacht aufzusuchen. Der Ethiker schien also zu wissen, daß Monat und Frigate seiner Gruppe angehörten. Aber er hatte sie niemals erwähnt und Burton nicht einmal darauf aufmerksam gemacht, daß man ihn überwachte.

Vielleicht hatte er das tun wollen, war aber in der Eile nicht mehr dazu gekommen. Immerhin hatte er darauf hingewiesen, daß die

Ethiker sich mit ihren Flugmaschinen in der Nähe aufhielten und bald da sein würden. Und er war ziemlich schnell wieder gegangen. Trotzdem hätte er ihm mit ein paar Worten zu verstehen geben können, in welcher Gefahr er sich befand. Ein paar Worte hätten durchaus genügt, um Burton zu zeigen, daß in seiner nächsten Umgebung . . . Warum hatte der geheimnisvolle Fremde das nicht getan? War es möglich, daß er keine Ahnung davon gehabt hatte, daß Monat und Frigate Mitglieder seiner Gruppe waren? Und Ruach. Er durfte Ruach um keinen Preis vergessen.

Warum hatten diese drei Agenten sich ihm angeschlossen? Hätte einer nicht genügt? Außerdem: Warum hatte man eine so auffällige Gestalt wie den Arkturier an seine Fersen geheftet?

Was immer auch die Gründe dafür sein mochten, die Tatsache, daß keiner von den dreien zu Anfang das Stirnzeichen getragen hatte, war bedrückender. Es war offensichtlich, daß die Ethiker, gleichgültig, ob sie einen hohen oder niedrigen Rang einnahmen, nicht über diese Zeichen verfügten. Nun, wo sie wußten, daß die Neandertaler in der Lage waren, dies herauszufinden, hatten sie dafür gesorgt, daß Kazz seine Erkenntnis nicht ausplaudern konnte. Und Monat hatte Kazz auf hypnotischem Wege eingeredet, daß er von nun an die Symbole auf den Stirnen der Agenten dennoch sehen würde.

Aber — warum hatte er Kazz nicht den Befehl gegeben, das Zeichen auch überall dort zu sehen, wo Leute auftauchten, die es nicht hatten?

Vielleicht dachte er, dies sei nicht notwendig. Vielleicht war die Möglichkeit, irgendwo auf weitere Agenten zu stoßen, ziemlich gering. Aber dennoch hätte dieser einfache Befehl gesichert, jeden anderen Agenten der Ethiker vor Kazz' Entdeckung zu schützen.

Vielleicht gab es eine ganz einfache Erklärung für diese Unstimmigkeit. Wenn es dazu nötig war. Kazz mit einem bildhaften Symbol von Hunderten oder Tausenden von Menschen zu versorgen, hätte dafür einfach die Zeit nicht gereicht.

Wenn Monat angenommen hatte, daß aufgrund der Tatsache, daß die Neandertaler sehr selten waren, weitere Begegnungen mit ihnen kaum zustande kommen würden, war er jedenfalls auf keinem falschen Weg gewesen. In der ganzen Zeit seines Lebens auf der Flußwelt war Burton bisher kaum hundert Exemplaren dieser Spezies begegnet.

Trotzdem waren sie auf Besst gestoßen.

Burton versuchte sich daran zu erinnern, unter welchen Umständen sie mit ihr zusammengetroffen waren. Es war jetzt drei Jahre her. Sie waren abends an Land gegangen, und zwar in einem Gebiet, das zu einem Großteil mit Chinesen aus dem vierzehnten Jahrhundert und mittelalterlichen Slawen bewohnt gewesen war. Besst lebte mit einem Chinesen zusammen, aber bereits bei ihrer ersten Begegnung hatte jedermann erkannt, daß sie stark daran interessiert war, Kazz auf das Schiff zu folgen. Bei dieser Begegnung war es dunkel gewesen, so daß ihr schon allein deswegen an Monat und Frigate nichts aufgefallen sein konnte — ausgenommen natürlich, daß letzterer kein Angehöriger der menschlichen Rasse war. Die beiden hatten sich zusammengesetzt und bis spät in die Nacht hinein geredet. Als Bessts Gefährte darauf bestanden hatte, sie solle in seine Hütte kommen, hatte sie sich geweigert. Darauf folgte ein gespannter Moment, in dem alles so aussah, als beabsichtige der Chinese, Kazz anzugreifen. Der Mann hatte es dann doch nicht getan, denn er war klug genug, um festzustellen, daß er gegen einen Mann wie Kazz — der zwar kleiner, aber sehr viel stärker war als er — nicht gewinnen konnte. Trotz seiner Untersetztheit sorgten Kazz' schwere Knochen und starke Muskeln dafür, daß er viel kräftiger war als jeder Mensch aus einer moderneren Epoche. Und dazu kam noch, daß sein brutal wirkendes Gesicht in der Regel jedem potentiellen Gegner schon von vornherein Angst einflößte.

Die beiden waren also an Bord gegangen, um miteinander die Nacht zu verbringen. Sie mußten also bereits vor Morgengrauen eingeschlafen sein. Ob es Monat gelungen war, sie gleich nach dem Aufwachen zu hypnotisieren? Möglicherweise. Burton hatte keine Ahnung, wie ihm das gelungen war. Auf jeden Fall hatte Besst nie auch nur die geringste Bemerkung über die fehlenden Zeichen auf den Stirnen Monats und Frigates gemacht.

Kazz beendete nun seine Erzählung. Sie war kurz und enthielt genau das, was Burton erwartet hatte.

Er schickte Kazz an Bord zurück und schärfte ihm ein, dabei keinen Lärm zu machen. Ein paar Minuten später kehrte er mit Besst zurück. Burton versprach, ihre Neugier über diesen nächtlichen Ausgang später zu befriedigen, und fragte sie, ob sie etwas dagegen habe, wenn er sie in der Zwischenzeit hypnotisiere. Besst gab schläfrig ihr Einverständnis, setzte sich neben Kazz hin und ließ es über sich ergehen.

Nachdem Burton ihr eingeredet hatte, daß er Monat sei, geleitete er sie exakt in jene Zeit zurück, in der Besst ihre Behandlung durch Monat erfahren haben mußte. Seine Vermutung war richtig. Der Arkturier war kurz nachdem Kazz eingeschlafen war zu ihr gekommen und hatte ihr mit einfachen Worten die Symbole beschrieben, die ihr neuer Gefährte auf den Stirnen der drei Agenten zu sehen pflegte. Anscheinend hatte er ihr hypnotisch befohlen, es ihm gleichzutun. Der ganze Prozeß war sehr schnell und in absoluter Stille vonstatten gegangen.

Monat und seine Kollegen konnten sich wirklich glücklich schätzen, daß Kazz vor der Entdeckung Spruces bereits mehrere andere Entdeckungen dieser Art gemacht hatte. Den ersten Menschen ohne Stirnsymbol hatte der Neandertaler bereits am Erwekkungstag zu Gesicht bekommen. Er hatte den Mann angesprochen und gefragt, wieso er das Zeichen nicht trage, und der hatte daraufhin das Weite gesucht; wahrscheinlich deswegen, weil er die Absichten des Neandertalers nicht verstand und seine Nähe als bedrohlich empfand.

Später, als Kazz und Burton einander bereits kannten, hatten sie Sprachschwierigkeiten behindert. Und in den nachfolgenden Tagen waren alle dermaßen damit beschäftigt, das eigene Überleben zu sichern, daß Kazz die Sache einfach wieder vergessen hatte.

Die zweite Person, die ohne Stirnsymbol herumlief, war Kazz' Aussagen zufolge eine Mongolin gewesen. Er hatte sie getroffen, als sie nach einem Bad im Fluß an Land ging. Auch mit ihr hatte er sprechen wollen, aber ein Mann, der im Gegensatz zu ihr das Zeichen besaß, hatte sie eilig mit sich fortgezogen. Er war allem Anschein nach eifersüchtig gewesen, auch er hatte Kazz' Absicht mißverstanden.

Burton und die anderen waren zu dieser Zeit damit beschäftigt gewesen, ein Gespräch mit dem örtlichen Vorsitzenden zu führen. Kazz hatte sich zwar in die Nähe des Bootes begeben, das der Mann und die Mongolin bald darauf zu Wasser ließen, konnte sie jedoch nicht mehr erreichen. Später war er in einen Personenkreis hineingeraten, der ihn reichlich mit Alkohol versorgt und sich mit ihm unterhalten hatten. Die Leute hatten noch nie einen Neandertaler gesehen. Den Alkohol hatten sie mitgebracht, um Kazz die Zunge zu lösen, und da er leicht betrunken wurde, konnte er, als seine Gefährten aus der Hütte zurückkehrten, kaum noch ein verständliches Wort sprechen. Außerdem hatte Burton ihn dermaßen zur Schnecke gemacht, daß er seit diesem Tag nicht mehr dazu zu bewegen war, während der Wache auch nur den kleinsten Schluck zu sich zu nehmen.

Und er hatte auch die Frau vergessen.

Nachdem Burton Besst wieder in die Wirklichkeit zurückgeholt hatte, blieb er nachdenklich sitzen. Besst und Kazz rutschten unruhig hin und her und warfen sich nervöse Blicke zu. Schließlich traf Burton eine Entscheidung. Von nun an bestand für ihn kein Grund mehr, im dunkeln zu operieren. Er würde auch Alice jetzt nicht mehr aus seinem Innenleben aussparen. Er schuldete diesem Fremden nichts, und die Tatsache, daß er ihm nicht mehr erschien, hieß für ihn, daß er sich nicht mehr verpflichtet fühlte, den Mund zu halten. Und außerdem hatte er einfach das Gefühl, daß es notwendig sei, die gemachten Erfahrungen mit jemandem zu teilen.

Obwohl er den beiden alles nur in groben Umrissen erklärte, brauchte er über eine Stunde. Besst und Kazz reagierten auf seine Offenbarungen mit heller Verwunderung und stellten Dutzende von Fragen, denen Burton damit begegnete, daß er die Hand hob und sie zum Schweigen brachte.

»Später!« sagte er. »Später! Viel dringender ist jetzt ein Verhör Monats und Frigates. Der Arkturier ist ein zäher Brocken; deswegen sollten wir uns Frigate zuerst vorknöpfen.« Er legte ihnen seinen Plan auseinander. Kazz sagte: »Wäre es nicht besser, Monat eins auf den Schädel zu geben und zu fesseln? Was ist, wenn er genau in dem Moment aufwacht, in dem wir Frigate in der Mangel haben?«

»Ich möchte auf keinen Fall, daß wir noch mehr Lärm erzeugen, als wir bis jetzt schon gemacht haben. Wenn Loghu und Alice uns hören, wird die Hölle los sein.«

»Die was?«

»Na, sie werden Krach machen. Laßt uns jetzt gehen.«

Zu dritt suchten sie sich den Weg durch den Nebel. Burton formulierte im Geiste bereits einige Fragen, die er Frigate zu stellen beabsichtigte. Er, Monat und Ruach mußten zum Beispiel gewußt haben, daß Spruce ein Agent gewesen war. Sie hatten tausend Möglichkeiten gehabt, mit dem Mann zu sprechen, während sie gemeinsam in der Sklaverei gewesen waren. Außerdem wäre es für Monat leicht gewesen, Kazz dazu zu zwingen, auch auf Spruces Stirn ein Symbol zu sehen. Warum hatte er das nicht getan?

Falls es Monat nicht gelungen war, nach der Revolte der Sklaven mit Kazz allein zu sprechen, hätte er Spruce zumindest raten können, das Gebiet zu verlassen. Zumindest hätte er ihm den Tip geben können, eine bis in die Stirn reichende Kopfbedeckung zu tragen.

Ob Spruce möglicherweise gar nicht gewußt hatte, daß die drei seine Kollegen waren? Vielleicht hatten die Ethiker dermaßen viele Spione auf diesem Planeten stationiert, daß jeder einzelne nur ein paar andere kannte. Aber sicherlich hatten alle wiederum von Monat gewußt.

Burton blieb stehen und holte tief Luft.

Der geheimnisvolle Fremde hatte niemals ein Wort darüber verloren, daß er vielleicht auch über eigene Agenten verfügte. Obwohl er ein Abtrünniger war — konnte es ihm nicht gelungen sein, ein paar vertrauenswürdige Leute aufzutreiben? Hatte Spruce etwa zu ihm gehört? Und konnte Monat das irgendwie herausgefunden haben? Hatte er sich den Mann ganz einfach nur vom Halse geschafft? Immerhin hatte er Spruce gegenüber nichts von Kazz' visuellen Fähigkeiten erwähnt.

Das schien ihm nicht recht wahrscheinlich zu sein. Wenn Monat herausgefunden hatte, daß Spruce ein Agent des Fremden war, wäre es da nicht logischer für ihn gewesen, auch Spruce zu hypnotisieren? Damit hätte er vielleicht sogar herausfinden können — vorausgesetzt, Spruce wußte das —, wer der Fremde war.

Es gab noch eine andere Möglichkeit. Monat hatte von der Möglichkeit des Agenten Spruce gewußt, sich mittels der in seinem Gehirn befindlichen Kugel selbst zu töten. Demgemäß hatte er sich keine Sorgen zu machen brauchen, daß man ihn dazu zwingen könnte, wichtige Informationen preiszugeben.

Des weiteren konnte er Spruce ebensogut für kurierdienstliche Zwecke eingesetzt haben. Wer wußte, ob er ihm nicht Informationen mit auf den Weg gegeben hatte, die Spruce abspulen konnte, sobald man ihn im Hauptquartier wieder zum Leben erweckte?

Monat hatte bei der Befragung von Spruce eine wesentliche Rolle gespielt. Ob er sich dabei amüsiert hatte? Monat war es auch gewesen, der Spruce die intelligentesten Fragen gestellt hatte.

War Spruce auf die Fragen Monats durch Monat selbst vorbereitet gewesen? Hatte er nur Lügen von sich gegeben?

Wenn ja — warum? Warum legte man es darauf an, daß die Wiedererweckten in völliger Dunkelheit umhertappten?

Es war nicht einmal auszuschließen, daß Spruce aufgrund eines

Befehls von Monat die Aufmerksamkeit des Neandertalers bewußt auf sich gelenkt hatte.

Bei diesem Gedanken angelangt, betrat er das Deck der *Snark*. Die beiden Neandertaler blieben oben.

Burton ertastete sich den Weg zur Kabine, stieg die Treppe hinunter, zählte die einzelnen Türen und blieb vor der, hinter der Frigate und Loghu schliefen, stehen. Leise öffnete er die Tür und trat ein. Es war ein kleiner Raum, gerade groß genug, um zwei Betten aufzustellen, vor denen man sich anziehen konnte. Aber die Schlafkajüten waren die einzige Möglichkeit, sich in die Privatsphäre zurückzuziehen. Sie wurden auch als Toiletten benutzt; die dazu nötigen Bambuseimer standen in einem Regal an der Stirnseite.

Frigate schlief immer in der oberen Etage des Doppelbettes. Burton ging mit ausgestreckten Händen auf ihn zu. Er hatte vor, ihn leise zu wecken und ihm zuzuflüstern, daß es Zeit für ihn sei, die Wache an Deck zu übernehmen. Draußen würde Kazz ihn übernehmen, ihm eins auf den Schädel geben und zur Hütte schleppen.

Da es schwer sein würde, Frigate davon abzuhalten, sich selbst zu töten, sobald er das Bewußtsein wiedererlangte, war Burton auf den Plan verfallen, ihn sobald es nur möglich war unter Aufbietung all seiner Kräfte zu hypnotisieren. Es würde schwierig werden, das war klar, aber er mußte es unter allen Umständen versuchen. Es war allerdings auch nicht auszuschließen, daß Frigate – im Gegensatz zu Spruce – nicht so schnell dazu bereit war, Selbstmord zu begehen. Daß man nicht mehr so einfach wieder ins Leben zurückgeholt wurde wie früher, mußte auch ihm klar sein. Aber natürlich konnte man nicht wissen, ob das auch für die Agenten der Ethiker galt.

Burtons Fingerspitzen berührten das weiche Seitenholz der Koje. Es lag ein wenig höher als die Tücher, die dem Schlafenden als Matratze dienten. Burton berührte sie und zog sie beiseite.

Frigate war nicht da!

Obwohl Burton genau wußte, daß es sinnlos war, tastete er die gesamte Oberfläche des Bettes ab. Das Laken war noch warm. Eine ganze Minute lang blieb er nachdenklich stehen. War Frigate allein hinausgegangen, weil er sich über die Reling hinweg erleichtern wollte, damit Loghu nicht wach wurde? Oder war er ein paar Minuten früher als üblich erwacht und an Deck gegangen, um noch einige Minuten mit seinem Kapitän zu reden, bevor er seine Wache übernahm?

Oder hatte er ... Burton fühlte plötzlich, wie ihm heiß wurde. War er etwa aus dem Bett geschlüpft und — hielt sich nun bei Alice auf?

Beschämt über seine eigenen Gedanken wies er die Idee von sich. Alice war ehrlich. Sie würde ihn niemals betrügen. Wenn es sie nach einem Liebhaber gelüstete, würde sie das sagen. Sie hätte es ihm längst gesagt und ihn verlassen. Er glaubte auch nicht daran, daß Frigate dazu fähig war, ihm das anzutun, selbst wenn er es erwöge.

Burton beugte sich nach vorn, bis seine Hände wieder mit Stoff in Berührung kamen. Seine Finger tasteten, folgten der Kurve von Loghus Brüsten, dann wandte er sich ab und ging wieder hinaus.

Leise, während sein Herz so laut klopfte, daß er glaubte, jeder an Bord der *Snark* müsse es hören, ging er zu Monats Kabine, legte ein Ohr gegen die Türfüllung und lauschte.

Stille.

Burtons Gestalt straffte sich.

Er öffnete die Tür und tastete über die obere Koje. Sie war leer, aber Monat konnte ebenso in der unteren liegen. Wenn er dort lag, war sein Atem zumindest nicht zu hören.

Burtons Hand strich über die leere Matratze.

Mit einem saftigen Fluch kehrte er an Deck zurück.

Mit erhobener Faust tauchte Kazz aus dem Nebel auf.

»*Wallah!* Was ist los?«

»Sie sind beide verschwunden«, sagte Burton.

»Aber ... wie konnte das geschehen?«

»Ich weiß es nicht. Vielleicht hat Monat gemerkt, daß etwas nicht stimmt. Er ist die sensitivste Person, die mir je unter die Augen gekommen ist, und kann aus dem oberflächlichsten Gesichtsausdruck eine Stimmung herauslesen. Ebenso registriert er die leichteste Veränderung einer Stimme. Es kann natürlich auch sein, daß er mitbekam, wie du Besst wecktest und mit ihr von Bord gingst. Für ein Wesen wie ihn genügt das schon, um die Wahrheit zu ahnen. Ich möchte nicht mal ausschließen, daß er uns gefolgt ist und in der Hütte belauscht hat.«

»Weder Besst noch ich machten irgendwelchen Lärm. Wir waren so leise wie ein Wiesel, das sich an ein Kaninchen heranschleicht.«

»Ich weiß. Sieh mal nach, ob unser Ruderboot noch da ist.«

Bald war Kazz zurück.

»Das Boot ist noch da.«

27

Burton weckte Loghu und Alice. Während sie heißen Kaffee tranken, informierte er sie über alles, was passiert war, seit er mit den Ethikern Bekanntschaft gemacht hatte. Natürlich waren auch die Frauen im höchsten Grade überrascht, aber sie schwiegen und unterbrachen seine Geschichte nicht ein einziges Mal. Als er fertig war, bestürmten sie ihn mit Fragen, aber Burton vertröstete sie auf später, denn bald würde der Morgen grauen, und das bedeutete, daß es Zeit wurde, zum nächsten Gralstein zu gehen, um die Vorräte zu ergänzen.

Alice war die einzige gewesen, die zu Burtons Offenbarungen keinen Kommentar abgegeben hatte, aber es war offensichtlich und an ihren zusammengekniffenen Augen abzulesen, daß sie wütend war.

»Tut mir leid, daß ich das alles von dir fernhalten mußte«, sagte Burton. »Aber sicher siehst du jetzt ein, wie notwendig mein Verhalten war. Stell dir nur vor, ich hätte dich über alles unterrichtet — und dann wärst du den Ethikern in die Hände gefallen. Sie hätte nur deine Gedanken zu lesen brauchen, um herauszufinden, daß sie einem Irrtum aufgesessen sind, als sie annahmen, ich hätte mein Gedächtnis verloren.«

»Sie haben mich aber nicht«, fauchte Alice. »Und außerdem frage ich mich, wie sie überhaupt auf einen solchen Gedanken kommen sollten.«

»Woher willst du eigentlich wissen, ob du nicht schon in ihrer Gewalt warst?« fragte Burton. »Du hättest ja nicht einmal eine Ahnung davon, wenn es so gewesen wäre.«

Das versetzte ihr einen weiteren Schock. Bis zum Frühstück sagte sie kein Wort mehr.

Das Frühstück nahmen sie unter außergewöhnlichen Umständen ein. Normalerweise war es für die Sonne ein leichtes, den Morgennebel innerhalb kürzester Zeit völlig zu beseitigen — aber heute war es anders. Während sonst der Himmel schnell aufklarte und auch den ganzen Tag über so blieb, türmten sich an diesem

Morgen schwarze Massen vor der Sonne auf. Blitze zuckten, als wollten sie Teile des Firmaments absprengen und auf die Menschheit herunterprasseln lassen. Dann setzte ein Donnergrollen ein, das sie an das Gebrüll eines gigantischen, hinter den Bergwänden umherziehenden Bären erinnerte. Ein bleiches Licht legte sich über das Land und färbte es mit einem gelbbraunen Schimmer. Die Gesichter der Menschen, die sich bereits am Gralstein versammelt hatten, sahen aus, als habe sich der weiße Dunst auf ihre Züge gelegt.

Kazz und Besst hockten sich hin und hielten den Kopf über ihre Nahrungsbehälter gesenkt. Sie machten den Eindruck, als erwarteten sie jede Minute einen unwillkommenen Gast. Kazz murmelte finster in seiner Stammessprache: »Der Bär, der die Bösen einsammelt, geht wieder um!«

Besst brach beinahe in Tränen aus. »Wir müssen uns eine Hütte suchen, in der wir uns verstecken können. Es ist nicht gut, am Wasser zu sein, wenn er umgeht.«

Auch die anderen erweckten in Burton den Eindruck, als konzentrierten sich ihre Gedanken nun einzig und allein auf ein sicheres Obdach. Plötzlich stand er auf und sagte laut: »Einen Moment, bitte! Ich würde sehr gerne wissen, ob jemand von euch ein Boot vermißt!«

Ein Mann fragte: »Warum?«

»Weil zwei Angehörige meiner Besatzung in der letzten Nacht desertiert sind. Ich glaube, daß sie ein Boot gestohlen haben, um von hier fortzukommen.«

Die Leute vergaßen einen Moment lang den heraufziehenden Sturm und warfen einen Blick auf die Uferbank. Es verging keine Minute, dann berichtete jemand, sein Einbaum sei verschwunden.

»Sie müssen jetzt schon sehr weit weg sein«, sagte Kazz. »Aber ich frage mich, ob sie flußauf- oder flußabwärts gefahren sind?«

»Wenn es ein Nachrichtenübermittlungssystem in diesem Gebiet gibt, könnten wir das schnell in Erfahrung bringen«, sagte Burton. »Vorausgesetzt natürlich, sie sind nicht schon längst wieder an Land gegangen und haben sich in die Hügel begeben.«

»Was sollen wir jetzt machen, Dick?« fragte Alice. »Wenn wir hierbleiben und nach ihnen Ausschau halten, entgeht uns die Chance, auf die *Rex* überzuwechseln.«

Burton unterdrückte den Impuls, ihr zu sagen, daß er es für schwachsinnig hielt, ihn auf das Offensichtliche hinzuweisen.

Alice war seinetwegen noch immer innerlich aufgebracht; es war besser, eine Zeitlang kleine Brötchen zu backen.

»Monat und Frigate können den ganzen Tag über rudern, sich heute abend wieder an Land begeben und dann ein anderes Boot entwenden. Es wäre vertane Zeit, jetzt hinter ihnen herzujagen. Nein, wir versuchen das große Schiff zu erreichen und an Bord zu kommen. Aber irgendwann werden wir unsere Freunde wiedersehen, und dann ...«

»Reißen wir sie in Fetzen?« fragte Kazz.

Burton zuckte die Achseln und machte eine hilflose Gebärde. »Das weiß ich noch nicht. Auf jeden Fall haben sie einen Vorsprung. Sie können uns entweder vergessen — oder eine Falle stellen. Wenn wir erst einmal den Turm erreicht haben ...«

Mit träumerischem Blick rezitierte Alice:

»Als ob auf sein Geheiß hin ich mich wandte
In den geheimnisvollen Trakt, der, wie alle glauben,
Den Dunklen Turm birgt ...«

Burton grinste wölfisch. »Browning würde ... *wird* diese Welt als noch fantastischer einstufen, als die, die er in seinem *Rasenden Roland* beschrieben hat. Ich weiß deine Ansicht zu schätzen, Alice, auch wenn er es war, der sie zuerst formulierte. natürlich werden wir dem Dunklen Turm entgegenziehen.«

»Ich habe keins von Alice' Worten verstanden«, sagte Kazz. »Aber wir müssen uns allmählich fragen, wie wir es überhaupt bewerkstelligen sollen, daß man uns auf das Schiff läßt.«

»Wenn König John Platz für uns hat, werde ich ihm unsere letzten Trümpfe anbieten — die freien Grale. Das sollte selbst den Unerbittlichsten für uns einnehmen.«

»Und wenn er keinen Platz hat?«

Burton schwieg eine Weile. Das Ziehen in seinem Gehirn, das Gefühl, irgendeine Verbindung zwischen den Agenten übersehen zu haben, war während des Wortwechsels mit Alice wieder zurückgekehrt. Erst jetzt sah er — oder bildete sich ein, es zu sehen —, wo der Punkt lag, der ihn die ganze Zeit über unbewußt beschäftigt hatte.

Wie erkannten die Agenten sich überhaupt gegenseitig? Monat zu erkennen, war sicher kein Problem; er brauchte kein anderes Mittel, um sich zu identifizieren. Aber welches geheime Signal stand diesen Leuten zur Verfügung, um sich miteinander bekannt zu machen?

Wenn sie die gleiche Fähigkeit besaßen wie die Neandertaler, konnten sie ihre Kollegen an den fehlenden Stirnsymbolen erkennen. Aber was, wenn sie das nicht konnten? Spruce war ziemlich überrascht gewesen, als er von Kazz' optischem Talent erfahren hatte. Er hatte zwar kein Wort darüber verloren, aber sein Benehmen hatte dennoch deutlich gezeigt, daß ihm ein solches Phänomen noch nicht untergekommen war. Offenbar benutzten die Ethiker Maschinen dazu, die Symbole zu unterscheiden und sie für das zu verwenden, zu dem sie dienten. Möglicherweise geschah das von der Regenerationsblase aus, oder wo immer sich ihr Hauptquartier befinden mochte.

Wenn sie also nicht dazu in der Lage waren, die Symbole mit unbewaffnetem Auge zu sehen, mußten sie über eine andere Art der Identifikation verfügen.

Angenommen — bloß angenommen —, es existierte ein Abschlußdatum, ein Zeitpunkt, von dem an niemand mehr von der Erde — zumindest nicht auf dieser Welt — wiedererweckt worden war. Nach den Worten Monats, Frigates, Ruachs und Spruces war dieses Enddatum das Jahr 2008.

Und wenn das nicht stimmte? Was, wenn es vor 2008 gelegen hatte?

Burton hatte keine Ahnung, welches das wirkliche Datum sein mochte, denn er hatte niemanden kennengelernt, der diesen Tag miterlebt hatte — ausgenommen die Agenten, die behauptet hatten, über das Jahr 1983 hinaus gelebt zu haben. Er nahm sich vor, jeden Menschen aus dem zwanzigsten Jahrhundert nach seinem Todesjahr zu fragen. Sollte sich herausstellen, daß niemand später als 1983 gestorben war, konnte er sicher sein, daß dort auch das Enddatum zu finden war.

Es schien ihm plötzlich nicht mehr unmöglich zu sein, daß die Agenten einander durch eine einfache Geschichte identifizierten, die daraus bestand, daß sie behaupteten, das Jahr 2008 noch erlebt zu haben. Des weiteren mußten sie natürlich einige fiktive geschichtliche Ereignisse auf Lager haben, um die Lücke zwischen 1983 und 2008 zu füllen.

Was eventuell bedeutete, daß es gar nicht der Wahrheit entsprach, wenn Monat behauptet hatte, den größten Teil der Menschheit ausgelöscht zu haben. Vielleicht war es zu diesem schrecklichen Gemetzel überhaupt nie gekommen. Es war tatsächlich überlegenswert, ob nicht all das, was er aus der Zeit zwischen 1983 und 2008 erfahren hatte, auf einem Lügengebäude fußte. Woher aber kam dann Monat? Immerhin war er einwandfrei kein Terrestrier. Es lag kein Grund vor, ihn nicht für ein Wesen von einem anderen Planeten zu halten.

Aber ebensowenig gab es momentan einen Anhaltspunkt, seine Anwesenheit auf der Flußwelt zu erklären.

Burton verfügte jetzt also über zwei Möglichkeiten, die Ethiker unter den Menschen aufzuspüren: einmal durch Kazz, das andere Mal dadurch, daß sie sich mit ihrer Geschichte über das Jahr 2008 verrieten.

Allerdings — die Menschheit lebte jetzt ja nicht nur in einer Welt, die sie mit Spekulationen versorgte, sondern auch in einer, die sie dazu zwang, Konsequenzen zu ziehen — bestand auch die Möglichkeit, daß ausschließlich die Agenten aus der Zeitepoche stammten, die jenseits von 1983 lag. Mit anderen Worten: ihre Geschichten konnten durchaus der Wahrheit entsprechen.

Die Möglichkeiten waren vielfältig. Wie konnte er zum Beispiel wissen, ob die Erlebnisse, die Monat, Frigate und Ruach während seiner Abwesenheit gehabt hatten, wahr gewesen waren? Stimmte es zum Beispiel, daß Frigate mit jenem räuberischen Verleger zusammengetroffen war, der einst beinahe sein Untergang geworden wäre? Er hatte behauptet, endlich seine langersehnte Rache genommen und dem Mann einen Schlag auf die Nase versetzt zu haben.

Frigate hatte nach diesem angeblichen Erlebnis einige Kratzer aufgewiesen, die ebenso von dem Kampf mit Sharkko und seinen Leuten wie von einem anderen Zusammenstoß herrühren konnten. Hatte er nicht oft genug betont, wie sehr er jede Art von Gewalt — sei sie nun körperlich oder verbal — verabscheute? Frigate war der typische Vertreter jener Menschenart, die sich zwar in allen Farben ihre Rache ausmalt, jedoch niemals dazu in der Lage wäre, sie auch auszuführen.

Angenommen — bloß angenommen —, die Agenten legten sich Verkleidungen zu, die auf dem Aussehen und den Charakteren wirklich lebender Menschen basierten? Was, wenn der wirkliche Peter Jairus Frigate sich sonstwo auf diesem Planeten herumtrieb? Der Pseudo-Frigate brauchte nur den Eindruck zu erwecken, daß er derjenige sei, den das Interesse an Burtons irdischer Vergangenheit in dessen Nähe getrieben habe. Immerhin hatte er damit einen Grund vorzuweisen, sich Burton anzuschließen und in seiner Umgebung zu bleiben, ohne Verdacht zu erwecken. Und welcher Autor würde sich schon dagegen wehren, mit einem Mann zusammen zu sein, der nicht nur ein Kenner, sondern auch ein Verehrer seiner Werke war? Einer solchen Person konnte er einfach nicht mißtrauen.

Trotzdem — warum sollte es für einen Agenten überhaupt nötig sein, die Identität eines anderen anzunehmen? War es nicht einfacher für ihn, demjenigen, den er zu beobachten hatte, in eigener Person entgegenzutreten?

Vielleicht war es nicht gerade notwendig für solche Leute, sondern nur leichter und bequemer. Und daß er eines Tages der Person gegenüberstünde, die er nach außen hin verkörperte, war mehr als unwahrscheinlich.

Eine Unmenge von Möglichkeiten. Hunderte von Fragen, die einer Antwort harrten.

»Dick!« sagte Alice plötzlich. »Was ist denn los mit dir?«

Unerwartet wurde er aus seinen Träumereien gerissen. Abgesehen von den Mitgliedern seiner Mannschaft und dem Mann, dem man das Boot gestohlen hatte, waren alle anderen verschwunden. Der Mann machte den Eindruck, als überlege er sich ernsthaft, von Burton einen Schadenersatz zu verlangen, und zögere nur, weil niemand mehr da war, der ihm den Rücken stärken konnte.

Ein Wind kam auf, der die Wasser des Flusses leicht kräuselte und in den Dächern der Hütten raschelte. Die *Snark* dümpelte gegen die Kaianlage. Das Licht hatte sich von Gelbbraun zu einem blassen Grau verändert und verfärbte die ihn umgebenden Gesichter noch geisterhafter. Über dem Wasser zuckten dunkelrote Blitze, der Donner grollte wie ein Höhlenbär. Kazz und Besst warteten offensichtlich darauf, daß er endlich den Befehl zum Abrükken gab. Die anderen waren kaum weniger nervös als die beiden Neandertaler.

»Ich habe nachgedacht«, sagte Burton. »Du hast mich gefragt, was wir tun, wenn sich herausstellt, daß König John keinen Platz mehr für uns hat? Nun, Monarchen verfügen über allerlei Möglichkeiten, für Platz zu sorgen, wenn sie es unbedingt wollen. Wenn er sich weigert, werde ich eben einen anderen Weg finden, auf das Schiff zu gelangen. Ich habe nicht vor, mich jetzt noch von irgend etwas oder irgend jemandem aufhalten zu lassen!«

In der Nähe schlug ein Blitz ein und verursachte ein Krachen, als wolle die Welt zerbrechen. Kazz und Besst übernahmen die Führung der kleinen Gruppe, als sie auf das nächste Gebäude zurannten, um dort Unterschlupf zu suchen.

Burton, der in dem strömenden Regen, der augenblicklich dem Einschlag folgte, stehenblieb, lachte sie aus.

»Auf zum Dunklen Turm!« schrie er.

28

Im Traum tastete sich Peter Jairus Frigate durch dichten Nebel. Er war nackt; jemand hatte seine Kleider gestohlen. Er mußte unbedingt sein Heim erreichen, bevor der Wind den Nebel verbrannte und ihn dem Hohn dieses Teils der Welt aussetzte.

Das Gras war feucht und kratzig. Nach einer Weile wurde er es müde, über den Randstreifen zu laufen, und versuchte es auf dem Asphaltbelag. Hin und wieder, als er dahintrottete, lichtete sich der Nebel für ein paar Sekunden, und die Bäume zu seiner Rechten wurden sichtbar.

Irgendwie war ihm bewußt, daß er sich weit draußen auf dem Land befand. Es war ein weiter Weg nach Hause. Aber wenn er schnell genug ging, würde er es noch vor dem Morgengrauen erreichen. Er würde ins Haus gehen müssen, ohne seine Eltern zu wecken. Da sämtliche Türen und Fenster verschlossen sein würden, mußte er Kieselsteine gegen das rückwärtige Fenster im zweiten Stock werfen. Wenn alles klappte, würde sein Bruder Roosevelt davon wach werden.

Sein Bruder war trotz seiner achtzehn Jahre bereits ein starker Trinker und Schürzenjäger, der den Hauptteil seiner Freizeit damit verbrachte, zusammen mit seinen Freunden, die allesamt nietenbesetzte Lederjacken trugen und gleich ihm in der Hiram-Walker-Schnapsbrennerei arbeiteten, auf Motorrädern durch die Gegend zu brausen. Und heute war Sonntagmorgen; er müßte jetzt in der kleinen Dachkammer liegen, die er mit Peter bewohnte, und das Zimmer mit seinem stinkenden Whiskyatem füllen.

Man hatte Roosevelt nach Theodore Roosevelt benannt, da ihr Vater Franklin Delano nicht ausstehen konnte. James Frigate pflegte von ihm ausschließlich als dem »Kerl im Weißen Haus« zu sprechen, und er mochte allenfalls die *Chicago Tribune*, die an jedem Sonntagmorgen auf den Treppenstufen lag. Sein ältester Sohn hingegen schätzte an diesem ganzen Wust von Papier lediglich die Comic Strips, und seit er lesen konnte, verging kein Sonntag, an dem er nicht hastig das aus Kakao und Ei mit Speck bestehende Frühstück hinunterschlang und mit heißen Ohren an den Abenteuern teilnahm, die Chester Gump und seine Freunde bei der Suche nach der goldenen Stadt zu bestehen hatte. Er schätzte aber auch Moon Mullins, Little Orphan Annie und Big Daddy Warbuck und seine Kumpane, vom unvergleichlichen Magier Punjab, dem Erzschurken Asp und Mr. Am, der wie der Weihnachtsmann aussah, alt wie die Erde war und die Fähigkeit besaß, durch die Zeit zu reisen, ganz zu schweigen. Und schließlich auch noch Barney Google, Smilin' Jack und Terry und die Piraten. Das waren Sachen, die so stark waren, daß es einem glatt die Socken auszog! Und warum dachte er ausgerechnet jetzt, wo er pudelnackt über eine feuchte und nebelverhangene Landstraße trabte, an diese Strip-Charaktere?

Ganz einfach. Der Gedanke an sie war identisch mit dem Gedanken an sein Zuhause; er erfüllte ihn mit Wärme, Geborgenheit und Zuversicht. Es war ein gutes Gefühl, sich vorzustellen, wie es sich anfühlte, nach dem herrlichen, von der Mutter zubereiteten Frühstück bäuchlings auf dem Boden zu liegen und die Comicseiten der Sonntagszeitung vor sich auszubreiten, während leise das Radio dudelte und der Vater im Schaukelstuhl sitzend die Kolumne von »Colonel Blimp« zur Kenntnis nahm, während die Mutter in der Küche rumorte und seine beiden jüngeren Brüder und die Schwester versorgte. Er dachte an die kleine Jeanette, die er so geliebt hatte, die aufwachsen, drei Ehemänner und eine Unzahl von Liebhabern verschleißen und schließlich dem Whisky verfallen würde, wie es dem Schicksal der Frigates entsprach.

All das befand sich vor ihm, verschwand schließlich aus seinem Bewußtsein, wurde vom Nebel verschluckt. Jetzt lag er behaglich ausgestreckt auf dem Teppich, fühlte sich glücklich und ... Nein, auch das Gefühl löste sich auf. Er war draußen, im Hintergärtchen, nackt, zitternd vor Kälte und der Angst, ohne einen Faden am Leib von jemandem erwischt zu werden, der ihm keine Gelegenheit gab, seinen momentanen Zustand zu erklären. Er warf Kieselsteine gegen das Fenster und hoffte, daß sie seinen Bruder aufmerksam machten, ohne die im darunterliegenden Stockwerk schlafenden kleineren Geschwister aus dem Schlaf zu reißen.

Das Haus war ursprünglich eine aus einem Klassenraum bestehende Landschule gewesen und hatte einst außerhalb von Peoria gelegen. Aber die Ortschaft war gewachsen, es waren überall rundum Häuser aus dem Boden geschossen, und jetzt lag die Stadtgrenze eine halbe Meile weiter nördlich. Man hatte die Schule mit einem zweiten Stockwerk versehen und sie im Zuge der Stadtvergrößerung auch an die Kanalisation angeschlossen. Es war das erstemal, daß Peter in einem Haus lebte, das über eine Innentoilette verfügte. Vorher hatten sie in einem Farmhaus in der Nähe der Ortschaft Mexico im Staat Missouri gelebt: er, seine Eltern, ein jüngerer Bruder und die Familie des Bauern, die den Frigates zwei Zimmer vermietet hatten.

Sein Vater war Elektriker (er hatte ein Jahr lang das Rose Polytechnic Institute von Terre Haute in Indiana besucht und besaß ein Diplom des Internationalen Fernlehrinstituts) und hatte dort ein Jahr lang in einem Elektrizitätswerk gearbeitet. Peter hatte dort den ersten Schock seines Lebens erfahren, als er mitansah, wie ein Hahn eine Maus verspeiste, die er in einer Falle in seinem Zimmer gefangen und auf den Hinterhof geworfen hatte. Viel schlimmer noch war die Erkenntnis gewesen, daß er Hühner aß, ja daß die Welt auf der Basis von Kannibalismus existierte.

Das war nicht richtig, dachte er. Ein Kannibale ist ein Geschöpf, das sich von anderen seiner eigenen Art ernährt. Er wälzte sich herum und glitt in den Schlaf zurück. Ihm wurde nur schwach bewußt, daß er sich zwischen den einzelnen Traumsequenzen in einem halbwachen Zustand befand, über das eben Geträumte nachdachte, um dann den Faden wieder aufzunehmen. Er hatte diesen Traum schon oft gehabt. Manchmal sogar mehrere Male in einer Nacht. Hin und wieder kam es vor, daß Jahre dazwischenlagen, bevor er zu dem gleichen Traum zurückfand.

Die Traumserien erinnerten ihn daran, daß es ihm in seinem schriftstellerischen Schaffen stets ähnlich ergangen war. Einmal hatte er an einundzwanzig Serien von Erzählungen gleichzeitig geschrieben. Zehn davon hatte er abgeschlossen, aber die anderen warteten darauf, daß er sich weiter mit ihnen auseinandersetzte. Jede davon hatte das typische Fortsetzungs-Ende, aber der allmächtige Herausgeber, der zwischen den Sternen wohnte, hatte ihnen ein unerwartetes Ende ohne Fortsetzung bereitet.

Wie im Leben, so im Tod. Er würde niemals — niemals? —, nun, höchstens unter sehr schwierigen Umständen eine davon zu

Ende bringen. Das große Unvollendete. Er war sich erst darüber klargeworden, als er seine Qualen und Befürchtungen einem Mann anvertraut hatte, der neben seinem Job als Psychologiedozent die Aufgabe übernommen hatte, die Neulinge am College zu betreuen.

Dieser Professor — wie hatte er geheißen? O'Brien? Ein kleiner, schlanker junger Mann mit der Tendenz zu feuriger Begeisterung und mit feuerrotem Haar, der stets eine Krawatte getragen hatte.

Und jetzt marschierte Peter Jairus Frigate wieder durch den Nebel, in dem es kein Geräusch zu hören gab außer dem weit entfernten Schrei einer Eule. Ein Motor brüllte plötzlich auf, dann glitten die bleichen Finger zweier Scheinwerfer auf ihn zu, wurden heller, und die Reifen kreischten mit der gleichen Lautstärke auf wie seine Stimmbänder. Er warf sich zur Seite, suchte im Nebel Zuflucht, tauchte unter in der weichen Umhüllung und sah den schwarzen Körper des sich jetzt langsamer auf ihn zubewegenden Automobils. Während er durch den Nebel dahinschwebte und mit den Armen ruderte, wandte er den Kopf und sah den Wagen genauer an. Hinter dem Licht der Scheinwerfer erkannte er einen Duesenberg, eines jener langen und klassischen Modelle, das er irgendwann in einem Film mit Cary Grant — *Topper* — gesehen hatte. Hinter dem Lenkrad saß eine formlose Masse, deren einzig erkennbare Gesichtszüge aus Augen bestanden. Sie waren hellblau, wie die seiner deutschen Großmutter Wilhelmine Kaiser, die die Mutter seiner Mutter gewesen war.

Und dann schrie er wieder, denn der Wagen wendete und kam direkt auf ihn zu. Es gab keine Möglichkeit mehr, ihm zu entrinnen.

Stöhnend wachte er auf. Eve sagte schläfrig: »Hattest du einen Alp . . .?« Sie brachte die Frage nicht zu Ende, verfiel in ein unverständliches Murmeln und schlief auf der Stelle wieder ein.

Peter stand auf. Das Bett, auf dem er gelegen hatte, war ein kurzbeiniger Kasten aus Bambusrahmen, deren Innenteil aus Seilen bestand, über die man Tücher gebreitet hatte, unter denen weiche Zweige lagen. Der Boden war ebenfalls mit Tüchern bedeckt und die Fenster mit dem durchsichtigen Membranmaterial ausgestattet, das der Hornfisch lieferte. Sie wurden von dem matten Sternenlicht schwach erhellt.

Er torkelte zur Tür, öffnete sie, ging hinaus und urinierte. Immer noch tröpfelte das Regenwasser vom Hüttendach herab. Zwischen zwei Hügeln konnte er das Feuer sehen, das unter einem der Wachttürme brannte und die Gestalt des Wächters beleuchtete, der sich gerade über die Brüstung beugte und auf den Fluß hinabsah. Die Flammen beleuchteten außerdem die Masten und Takelage eines dort liegenden Schiffes, das er nie zuvor gesehen hatte. Da der zweite Wächter sich nicht auf der Plattform befand, konnte das nur bedeuten, daß er sich auf dem Schiff aufhielt. Vielleicht verhörte er gerade den Schiffer. Es schien alles in Ordnung zu sein, da niemand die Alarmtrommeln geschlagen hatte.

Als er wieder im Bett lag, rekonstruierte Frigate seinen Traum. Mit der Chronologie stimmte etwas nicht, aber das war für Träume nicht ungewöhnlich. Sein Bruder Roosevelt zum Beispiel war 1937 erst sechzehn Jahre alt gewesen. Das Motorrad, sein Job in der Schnapsbrennerei und die strammen Blondinen, denen er nachzujagen pflegte, waren also erst zwei Jahre später gekommen. Des weiteren hatte seine Familie gar nicht mehr in dem alten Schulgebäude gelebt, sondern war mehrere Blocks weitergezogen, und zwar in ein Haus, das nicht nur geräumiger, sondern auch neuer gewesen war.

Blieb noch diese amorphe, feindlich wirkende Masse am Steuer des Wagens; jenes Ding mit den Augen seiner Großmutter. Was hatte das zu bedeuten? Es war nicht das erstemal, daß ihn ein finsteres, kapuzenbewehrtes Ding erschreckt hatte, das Großmama Kaisers blaßblaue Augen besaß. Und es war ebensowenig das erstemal, daß er sich darüber klarzuwerden versuchte, weswegen sie ihm in einer solch erschreckenden Maske erschien.

Sie war aus Galena, Kansas, nach Terre Haute gekommen, um, kurz nachdem er zur Welt gekommen war, seiner Mutter im Haushalt zur Seite zu stehen. Obwohl seine Mutter später davon erzählt hatte, sie habe sich bis zu seinem fünften Lebensjahr um ihn gekümmert, konnte er sich lediglich daran erinnern, sie im Alter von zwölf zum erstenmal gesehen zu haben, als sie zu einem Besuch gekommen war. Damals war er davon überzeugt gewesen, sie müsse ihm in seiner Kindheit etwas Schreckliches angetan haben, zumindest aber etwas, das ihm schrecklich *erschienen* war. Allen Vorurteilen zum Trotz hatte sie sich dann als freundliche alte Dame entpuppt, die gelegentlich zur Hysterie neigte und es niemals schaffte, die Kinder ihrer Tochter unter Kontrolle zu halten, wenn sie ihr zur Aufsicht überlassen wurden.

Wo mochte sie jetzt sein? Sie war nach einem langen und

schmerzhaften Kampf gegen einen Magenkrebs im Alter von siebenundsiebzig Jahren gestorben. Er hatte Fotografien von ihr gesehen, die aus der Zeit stammten, als sie zwanzig gewesen war. Eine zierliche Blondine mit lebhaften blauen Augen, die mit den verblaßten und rotgeäderten späterer Zeiten nicht die geringste Gemeinsamkeit aufwiesen. Ihr Mund war, im Gegensatz zu den schmalen, harten Lippen der Frigates, klein und zart gewesen. Alle diese Gesichter auf den vergilbten Fotografien erweckten den Eindruck, als hätten die Leute zwar harte Zeiten durchgemacht, wären aber gegen jede Krankheit gefeit.

An ihren Fotos gemessen, mußten die Viktorianer allesamt einer zähen, aufrechten Generation angehört haben, und die Familie seiner Großmutter schien aus demselben Holz geschnitzt zu sein. Weil sie zur Baptistenkirche konvertiert war, hatte sie – den Verfolgungen ihrer lutheranischen Nachbarn und deren kirchlichen Autoritäten ausgesetzt – den Ort Oberellen in Thüringen verlassen und war ins gelobte Land gezogen. (Beide Seiten von Peters Familie hatten stets die Rechte religiöser Minderheiten vertreten, mochten sie auch noch so verrückt sein. Sie waren typische Vertreter jener Gattung Mensch, die überall, wo sie auftaucht, gleich den Ärger der Allgemeinheit auf sich zieht.)

Nach vielen Jahren der Wanderschaft und ohne jemals eine goldgepflasterte Straße zu entdecken, nach knochenbrechender Arbeit, seelenerweichender Armut, dem Tod vieler Kinder und schließlich dem der Eltern und Großeltern, schafften die Kaisers es schließlich. Sie wurden zu beinahe wohlhabenden Farmern und Inhabern von Maschinenhandlungen in Kansas City.

War es das wert gewesen? Die Überlebenden sagten ja.

Wilhelmine war, als sie nach Amerika kam, eine hübsche, blauäugige Blondine von zehn Jahren gewesen. Mit achtzehn hatte sie einen zwanzig Jahre älteren Mann aus Kansas geheiratet; möglicherweise, um aus den ärmlichen Verhältnissen herauszukommen. Man hatte sogar davon gesprochen, daß der alte Bill Griffiths einen Schuß Cherokeeblut in den Adern gehabt und einstmals zu Quantrells Guerillas gehört hatte. Aber das mußte nichts besagen, denn Geschichten dieser Art geisterten durch beide Seiten von Peters Familie. Jeder schien darauf aus zu sein, seine Vorfahren ein bißchen besser oder böser darzustellen, als sie in Wirklichkeit gewesen waren. Was allerdings die Vergangenheit des alten Bill anging, Peters Mutter hatte sich stets konsequent geweigert, darüber etwas zu sagen. Vielleicht weil er ein gewöhnlicher Pferdedieb gewesen war.

Wo mochte Wilhelmine jetzt stecken?

Sie war jetzt nicht mehr die verhutzelte, gebeugt gehende alte Dame, die er einst gekannt hatte, sondern mußte nun ein gutaussehendes junges Mädchen mit ansprechenden Formen sein, das leuchtendblaue Augen besaß und mit einem schweren deutschen Akzent Englisch sprach. Die Frage war nur: Würde er sie, falls sie einander begegneten, wiedererkennen? Nicht unbedingt. Und wenn doch, würde er dann herausfinden, mit welchen Traumata sie ihren Enkel belastet hatte? Kaum. Es war schwer vorstellbar, daß sie sich an Dinge erinnerte, die für sie selbst höchstens Kleinigkeiten dargestellt hatten. Und falls sie das doch tat, würde sie sicherlich niemals zugeben, ihm jemals etwas angetan zu haben; vorausgesetzt natürlich, es gab überhaupt etwas, das sie sich vorzuwerfen hatte.

Während einer kurzen psychoanalytischen Sitzung hatte Peter einmal versucht, die dunklen, ihn seinen Erinnerungen abschneidenden Schattenwände zu durchstoßen und herauszufinden, in welchem Kindheitsdrama seine Großmutter eine solch wichtige Rolle eingenommen hatte. Es war nichts dabei herausgekommen. Nicht einmal breiter angelegte Versuche der Selbsterkenntnis unter dem Einfluß der Scientologen hatten etwas Brauchbares erbracht. Er war auch weiterhin durch traumatische Episoden geschlittert, wie ein Affe an einem mit Schmierseife bedeckten Baumstamm. Er war bis zum Zeitpunkt seiner Geburt in die Vergangenheit zurückgekehrt — und sogar in mehrere davorliegende Leben.

Schließlich, nachdem er die Identitäten einer Frau, die in einer mittelalterlichen Burg zur Welt gekommen war, eines Dinosauriers und einer im Urozean schwimmenden Amöbe angenommen hatte und als Mensch des achtzehnten Jahrhunderts mit einer Postkutsche den Schwarzwald durchquert hatte, war die Scientologie kein Hilfsmittel mehr für ihn gewesen. Die Phantasien, die er durchlebt hatte, waren allerdings interessant gewesen und hatten ihm etwas über seinen Charakter offenbart. Dennoch war er seiner Großmutter nicht auf die Spur gekommen.

Hier, auf der Flußwelt, war der Traumgummi seine Waffe gewesen, um einen Blick hinter die Schattenwände seines Geistes zu tun. Unter der Anleitung eines Gurus hatte er einen Trip unternommen und war wie ein Perlentaucher in die Tiefen seines Unterbewußtseins vorgestoßen. Als er wieder zu sich gekommen war, hatte er den Guru zusammengeschlagen und aus mehreren Wunden blutend ohnmächtig auf dem Hüttenboden wiedergefunden. Und es gab nicht den geringsten Zweifel, wer ihn so zugerichtet hatte.

Nachdem Peter dafür gesorgt hatte, daß der Guru ohne schlimme Nachwirkungen weiterleben würde, hatte er das Gebiet verlassen. Es war unmöglich für ihn, irgend etwas anderes als Schuld- und Schamgefühle zu entwickeln, wenn er den Mann traf, obwohl dieser ihm sofort verziehen und angeboten hatte, die Sitzungen weiterzuführen, vorausgesetzt, Peter wäre bereit, sich dabei fesseln zu lassen.

Aber er konnte die Gewalt nicht ertragen, die tief in seinem Inneren brodelte. Die Angst vor der eigenen Gewalttätigkeit war es, die ihn sich vor der Gewalttätigkeit der anderen fürchten ließ.

Die Schuld, mein lieber Brutus, ist nicht von den Sternen, sondern von unseren eigenen lausigen Genen abhängig. Oder davon, daß man nicht in der Lage ist, sein eigenes Ich zu erforschen.

Der nächste, beinahe unausweichliche Gedanke, der ihn beschäftigte, war der der Verführung Wilhelmines. Wie einfach es doch war, sich diese fantastische Vorstellung als real auszumalen, wo es doch nicht unmöglich war, ihr eines Tages zu begegnen. Nach einigem Hin und Her würden sie feststellen, daß sie Großmutter und Enkel waren. Dann würde die lange Erzählung dessen, was aus ihrer Tochter und ihrem Schwiegersohn, ihren Enkeln und Urenkeln, ihren Ur-Urenkeln und Ur-Ur-Urenkeln geworden war, folgen. Würde es sie entsetzen, wenn sie erfuhr, daß eine ihrer Urenkelinnen einen Juden geheiratet hatte? Ohne Zweifel. Nahezu jeder, der um 1880 herum gelebt hatte, litt unter derartigen Vorurteilen. Wie würde sie darauf reagieren, wenn er ihr erzählte, daß seine Schwester einen Japaner geheiratet und daß einer seiner Brüder eine Katholikin geheiratet hatten? Daß eine ihrer Ur-Urenkelinnen zum Katholizismus und einer ihrer Ur-Urenkel zum Buddhismus konvertiert war?

Andererseits konnte die Flußwelt natürlich auch ihre Ansichten geändert haben, das war bei vielen anderen Menschen auch der Fall gewesen. Frigate hatte auf der Erde schon Menschen gekannt, deren Ansichten nicht den Zeiten entsprachen, in denen sie lebten.

Aber weiter mit dem Traum.

Nach ein paar Drinks und einem langen Gespräch — würde daraufhin das Bett folgen?

Wenn man rational dachte, konnte auf dieser Welt eigentlich niemand etwas gegen Inzest haben. Und Kinder gab es hier keine.

Aber wann hätten Menschen über derartige Situationen jemals rational nachdenken können?

Nein. Bevor sie nicht miteinander im Bett gewesen waren, konnte er sich nicht zu erkennen geben.

Sein Gedankengebäude bekam die ersten Sprünge. Es mußte sie in schrecklichster Weise erniedrigen. Es wäre grausam. Und gleichgültig, wie sehr er nach Rache dürsten mochte — das konnte er ihr nicht antun. Er würde es niemandem antun können. Und außerdem war er sich nicht einmal sicher, ob er nicht Rache für etwas nahm, das nie geschehen war. Und selbst wenn seine vagen Erinnerungen ihn nicht trogen — es war nicht von der Hand zu weisen, daß sie ihm lediglich etwas angetan hatte, das nur ein sehr kleines Kind als Gemeinheit empfinden konnte. Seine Erinnerung spielte ihm vielleicht nur Streiche.

Dennoch war es ein ungeheurer Gedanke, die eigene Großmutter aufs Kreuz zu legen. Natürlich würde es in der Realität niemals dazu kommen, denn ihn zogen nur intelligente Frauen an, und seine Großmutter war eine ignorante Bäuerin gewesen. Und vulgär, wenn auch nicht in einem religiösen oder obszönen Sinn. Er erinnerte sich noch gut an das Festessen, das an irgendeinem Erntedankfest stattgefunden hatte: Seine Großmutter hatte sich geschneuzt, aber der Rotz war auf ihrer Bluse gelandet, und sie hatte ihn mit den Fingern abgewischt und an ihren Rock geschmiert. Sein Vater hatte gelacht, während seine Mutter beinahe vom Stuhl gefallen und ihm der Appetit vergangen war.

Seine Vorstellung verblaßte, wandelte sich zu Abscheu.

Und doch bestand die Möglichkeit, daß sie sich geändert hatte.

Zum Teufel damit! dachte Frigate, rollte sich auf die Seite und schlief wieder ein.

29

Trommelwirbel. Das Schmettern hölzerner Trompeten. Peter Frigate fand sich mitten in einem anderen Traum wieder. Die Zeit: drei Monate nach Pearl Harbor. Er war Luftwaffenkadett in Randolph Field und wurde gerade von seinem Fluglehrer zusammengestaucht.

Der Leutnant, ein hochgewachsener junger Mann mit dünnem Schnurrbart und großen Füßen, war beinahe ebenso hysterisch wie Großmama Kaiser.

»Wenn Sie das nächste Mal links schwenken, wenn ich rechts sage, Frigate, brechen wir den gottverdammten Flug ab — und das wird dann für Sie der letzte sein! Möglicherweise finden Sie irgendwo anders einen Fluglehrer, der drauf scheißt, ob sein Schüler ihn um Kopf und Kragen bringt — aber das werde ich jedenfalls nicht sein! Herrgott, Frigate, wir hätten beinahe umkommen können! Haben Sie denn die Maschine zu Ihrer Linken nicht gesehen? Sie sind der reinste Selbstmörder! Solange Sie das allein tun, kann mir das ja egal sein, aber geben Sie sich wenigstens dann Mühe, wenn ich und zwei weitere Leute in Ihrer Kiste sitzen! Und dann machen Sie es in Ihrer Freizeit, auf einem anderen Flugplatz und nicht mit Regierungseigentum! Was, zum Teufel, ist mit Ihnen los, Frigate? Hassen Sie mich?«

»Ich konnte Sie leider nicht hören, Sir«, sagte Peter. Obwohl er in der warmen Fliegerkombination und in dem engen Raum stark schwitzte, zitterte er und hatte das schmerzhafte Verlangen, seine Blase entleeren zu müssen. »Ich glaube, ich kann durch diese Kopfhörer nichts hören.«

»Mit den Kopfhörern ist alles in Ordnung! Ich empfange Sie bei jedem Flug ausgezeichnet! Und mit Ihren Ohren ist ebenfalls alles in Ordnung. Sie hatten doch erst vor zwei Wochen eine medizinische Überprüfung, nicht wahr? Aber es ist halt immer dasselbe mit euch Hosenscheißern! Sobald ihr einmal in der Luft seid, geht euch die Muffe eins zu tausend! Oder wollen Sie das etwa abstreiten?«

Peter schüttelte den Kopf und sagte: »Nicht mehr als früher auch Ihnen, Sir.«

Das Gesicht des Leutnants lief rot an. Seine Augen quollen hervor. Dann sagte er: »Was wollen Sie damit sagen, Frigate? Etwa, daß ich mir früher selbst in die Hosen geschissen habe?«

Peter warf den anderen Kadetten und Fluglehrern aus den Augenwinkeln einen kurzen Blick zu. Die meisten von ihnen taten so, als ginge sie die ganze Sache nichts an. Einige grinsten.

»Ich würde es niemals wagen, solche Sachen von Ihnen zu denken, Sir«, sagte Peter.

»Was? Wohl weil Sie der Meinung sind, ich sei es gar nicht wert, daß man einen Gedanken an mich verschwendet, wie? Hören Sie, Frigate! Mich stößt nicht nur Ihr Verhalten in der Luft ab, sondern auch das, das Sie am Boden an den Tag legen! Aber kommen wir doch wieder zu dem Thema zurück, dem Sie sich hier mit aller Gewalt zu entwinden versuchen. Warum, zum Teufel, können Sie mich nicht hören, wo ich Sie doch ausgezeichnet empfange? Etwa, weil Sie mich nicht hören *wollen*? Nun, das kann gefährlich werden, Frigate! Außerdem ist der Gedanke beängstigend, denn er kann dazu führen, daß ich ganz plötzlich die Sau rauslasse! Wissen Sie eigentlich, wie viele von diesen stummelflügeligen Kisten jede Woche ins Trudeln geraten? Ich frage mich manchmal, ob all diese Hundesöhne wie Sie über einen eingebauten Trudeleffekt verfügen, Kadett! Selbst wenn ein Fluglehrer sich die größte Mühe gibt, seinen geistig minderbemittelten Schülern einzubleuen, daß sie sorgfältig mit der Kiste umgehen sollen, und er die ganze Zeit die Hand auf dem zweiten Knüppel hat, um im Notfall die Maschine übernehmen zu können, stellt sich jedesmal heraus, daß die Jungs automatisch Karussell fahren! Deswegen frage ich mich, wie Sie, wenn ich ihnen sage, nach rechts abzuschwenken, plötzlich auf die Idee kommen, Kreisel zu spielen! Hätte ich nicht eingegriffen, lägen wir jetzt sieben Meter unter der Erde, Frigate! — Was ist also mit Ihren Ohren los?«

»Ich weiß es nicht«, sagte Peter mit einem miserablen Gefühl in der Magengrube. »Vielleicht entwickeln sie zuviel Schmalz und verstopfen mein Gehör. Es ist eine Familienkrankheit, Sir. Ich muß mir normalerweise alle sechs Monate die Ohren auspusten lassen.«

»Ich werde noch mehr als nur Ohrenschmalz aus Ihnen herauspusten, Bürschchen! Hat der Arzt sich Ihre Ohren etwa nicht angesehen? Natürlich hat er das! Also erzählen Sie mir nicht, daß es an zuviel Ohrenschmalz liegt! Es liegt einfach daran, daß Sie mich nicht hören *wollen*! Und warum? Das weiß Gott allein! Vielleicht wollen Sie mich aber auch deswegen nicht hören, Frigate, weil Sie mich so sehr hassen, daß es Ihnen scheißegal ist, ob Sie draufgehen — solange Sie nur mich dabei mitnehmen können! Stimmt's?«

Es hätte Peter nicht überrascht, wenn dem Leutnant jetzt Schaum vor dem Mund gestanden hätte.

»Nein, Sir.«

»Nein, Sir, was?«

»Nein, Sir, nichts von dem stimmt.«

»Soll das heißen, daß Sie alles, was ich jetzt gesagt habe, abstreiten? Daß Sie links abgeschwenkt sind, als ich Ihnen sagte, Sie sollten nach rechts abschwenken? Wollen Sie etwa behaupten, ich lüge?«

»Nein, Sir.«

Der Leutnant legte eine Pause ein. Dann sagte er: »Warum grinsen Sie, Frigate?«

»Das ist mir gar nicht aufgefallen«, sagte Peter. Und das war die Wahrheit. Tatsächlich war er innerlich wie äußerlich ziemlich mit den Nerven herunter. Warum also hatte er gegrinst?

»Sie sind ein Irrer, Frigate!« brüllte der Leutnant. Ein hinter ihm stehender Captain machte zwar ein finsteres Gesicht, machte jedoch keine Anstalten, um einzugreifen.

»Ich will Sie hier erst dann wieder sehen, wenn Sie ein unterschriebenes Attest mitbringen, auf dem steht, daß Ihre Ohren in Ordnung sind, Frigate«, sagte der Leutnant. »Haben Sie das gehört?«

Peter nickte.

»Jawohl, Sir.«

»Bis ich diesen Bericht bekomme, werden Sie am Boden bleiben. Aber morgen, wenn die Flugstunde beginnt, und ich wieder mit Ihnen aufsteige — Gott möge mir beistehen! — will ich diesen Wisch sehen!«

»Jawohl, Sir!« sagte Peter und hätte beinahe salutiert. Er unterließ es, denn das wäre für den Fluglehrer nur eine weitere Möglichkeit gewesen, ihn niederzubrüllen: Es war verboten, im Schulungsraum die Hand an die Schläfe zu legen.

Während er seinen Fallschirm untersuchte, warf er einen Blick nach hinten. Der Captain und der Leutnant unterhielten sich in einem ernsthaften Tonfall. Was redeten sie da nur über ihn? Hatten sie möglicherweise vor, sich ihn vom Halse zu schaffen?

Vielleicht war das wirklich besser so. Er konnte diesen Fluglehrer wirklich nicht verstehen. Stets kam nur die Hälfte vom Gerede des Leutnants an seinen Ohren an. Es lag natürlich nicht an zuviel Ohrenschmalz. Es hatte auch nichts mit der Flughöhe oder irgendeinem physischen Defekt seines Gehörs zu tun. Es hatte viele Jahre gedauert, bis ihm klargeworden war, daß er den Mann wirklich nicht hatte hören *wollen.*

»Er hatte recht«, sagte Peter.

»Wer hatte recht?« fragte Eve. Sie saß aufrecht im Bett, lehnte sich auf einen Arm und schaute auf ihn herab. Ihr Körper war mit dicken, bunten Tüchern bedeckt, die durch Magnetverschlüsse miteinander verbunden waren. Die Kapuze ließ ihr Gesicht winzig klein erscheinen.

Peter setzte sich hin und reckte sich. Im Inneren der Hütte war es dunkel; in der Ferne erklangen die schwachen Geräusche von Trommeln und Signalhörnern. Irgendwo in der unmittelbaren Nähe bearbeitete einer ihrer Nachbarn seine mit Fischhaut überzogene Bambustrommel, als lege er es darauf an, die halbe Welt aus dem Schlaf zu reißen.

»Es ist nichts.«

»Du hast gestöhnt und vor dich hin gemurmelt.«

»Die Erde ist stets bei uns«, sagte Peter und ging, ohne ihr eine weitere Erklärung zu geben, hinaus und nahm den Nachttopf mit, den er in der nur hundert Schritte entfernten Gemeinschaftstoilette entleerte. Eine ganze Reihe von Männern und Frauen mit dem selben Ziel begegneten ihm unterwegs. Nacheinander schütteten sie den Inhalt ihrer Töpfe in einen großen Bambusholzwagen, den eine bestimmte Gruppe nach dem Frühstück durch die Hügel an den Fuß der Berge fahren würde. Aus den Exkrementen entstand Pottasche, und die brauchte man wiederum, um Schwarzpulver herzustellen. Zwei Tage im Monat arbeitete Frigate in der Pulverherstellung, vier weitere machte er Dienst bei den Wachttürmen.

Der nächste Gralstein befand sich dem Hügel, auf dem seine Hütte stand, genau gegenüber, und normalerweise gingen Frigate und Eve gemeinsam dorthin, um sich ihre Grale füllen zu lassen. An diesem Morgen allerdings hatte Frigate das starke Bedürfnis, mit der Mannschaft des während der Nacht angekommenen Schiffes ein Schwätzchen zu halten. Eve würde schon nichts dagegen haben, wenn er heute alleine ging; außerdem hatte sie noch einige Arbeiten zu erledigen: Sie fertigte aus Hornfischgräten und Knochen sehr begehrte Halsketten und andere Kunstgegenstände an, die sie gegen Tabak, Schnaps und Feuersteine eintauschte. Frigate selbst stellte Bumerangs her — und hin und wieder auch einen Einbaum oder ein Kanu.

Er trug den Gral in der linken, den mit einer Feuersteinspitze versehenen Eibenholzspeer in der rechten Hand. Um seine Hüften spannte sich ein Fischhautgürtel, an dem in einer Scheide eine steinerne Streitaxt hing, und an seiner Schulter baumelte ein prallgefüllter Köcher mit schlanken Knochenpfeilen und ein Eibenholzbogen. Letzterer war in Bambuspapier gewickelt, um zu verhindern, daß die Sehne (sie war aus dem Darm eines Flußdrachenfisches gefertigt) der morgendlichen Feuchtigkeit ausgesetzt wurde. Ruritania, der kleine Staat, dessen Bürger Frigate war, befand sich allerdings weder im Kriegszustand, noch wurde er von einem anderen bedroht: Das alte Gesetz, das jedermann dazu verpflichtete, seine Waffen stets griffbereit zu halten, stammte noch aus den Zeiten der Unsicherheit und Turbulenz. Überflüssige Gesetze starben auf dieser Welt ebenso langsam wie auf der Erde. Allgemeine Trägheit hatte auch hier um sich gegriffen, wenngleich der Ansporn, sich überkommener Verhaltensweisen zu entledigen, von Staat zu Staat unterschiedlich war.

Frigate wanderte zwischen den Hütten, die die gesamte Ebene bedeckten, hindurch, und Hunderte von Leuten, die ebenso wie er von Kopf bis Fuß eingehüllt waren, um sich gegen die Kälte zu schützen, schlossen sich ihm an. Erst eine halbe Stunde nach Sonnenaufgang begann man sich aus den Kleidern zu schälen. Während er sein Frühstück verzehrte, hielt Frigate nach neuen Gesichtern Ausschau. Er zählte fünfzehn, und sie stammten ausnahmslos von der *Razzle Dazzle*, dem Schoner, der während der Nacht gekommen war. Die Leute saßen in einer Gruppe beisammen, verzehrten ihre Mahlzeit und unterhielten sich mit denjenigen, die etwas von der Welt erfahren wollten. Schließlich nahm Peter bei ihnen Platz, beobachtete sie und hörte den Gesprächen zu.

Der Kapitän des Schiffes, ein Mann namens Martin Farrington (man nannte ihn auch Frisco-Kid), war ein muskulöser, mittelgroßer Mann. Sein hübsches Gesicht wirkte irisch, und sein Haar war leicht gewellt und hatte die Farbe rötlicher Bronze. Seine Augen waren tiefblau und groß, sein Kinn breit. Er sprach mit energiegeladener Stimme, lächelte oft und besaß einen zündenden Humor. Sein Esperanto war zwar flüssig, aber nicht perfekt; allem Anschein nach bevorzugte er die englische Sprache.

Sein Erster Offizier, Tom Rider (man sprach ihn auch als Ex an), war beinahe einen Meter achtzig groß und somit nur knapp fünf Zentimeter kleiner als Frigate. Er war äußerlich das, was die Schundheftchenschreiber zu Frigates Zeiten als »wilde Schönheit« bezeichnet hatten. Etwas weniger muskulös als sein Kapitän, bewegte er sich mit einer katzenhaften Gewandheit, die Frigate direkt für ihn einnahm. Rider hatte glattes, dunkles Haar und eine dermaßen dunkle Hautfarbe, daß man ihn beinahe für einen Onondaga-Indianer hätte halten können. Sein Esperanto war perfekt, aber wie Farrington freute auch er sich darüber, in der Menge einige Leute zu finden, die in der Lage waren, mit ihm in seiner eigenen Sprache einen Schwatz halten zu können. Seine Stimme war ein angenehm klingender Bariton, der den schleppenden Tonfall des amerikanischen Südwestens mit der Aussprache eines Mittelwestlers kombinierte.

Ohne auch nur eine einzige Frage zu stellen, erfuhr Frigate von den Neuankömmlingen nahezu alles, was er von ihnen hatte wissen wollen: Die Mannschaft der *Razzle Dazzle* bestand aus der üblichen bunten Mischung von Menschen, die man auf allen größeren Schiffen vorfand, die entweder flußab- oder flußaufwärts segelten. Die Gefährtin des Kapitäns war eine dem neunzehnten Jahrhundert entstammende weiße Südamerikanerin; die des Ersten Offiziers eine Bürgerin der römischen Stadt Aphrodita aus dem zweiten Jahrhundert nach Christi Geburt. Frigate erinnerte sich, daß irgendwelche Archäologen die Stadt während der siebziger Jahre des zwanzigsten Jahrhunderts in der Türkei ausgegraben hatten.

Zwei weitere Mannschaftsmitglieder waren Araber. Einer davon hieß Nur el-Musafir — der Reisende. Der andere war weiblichen Geschlechts und war einst die Gattin eines arabischen Schiffskapitäns gewesen, der während des zwölften Jahrhunderts mit dem südafrikanischen Reich Monomotapa Handel getrieben hatte.

Ein chinesischer Matrose war ertrunken, als Kublai Khans Invasionsflotte bei einem Sturm vor der japanischen Küste untergegangen war.

Des weiteren fuhren auf Farringtons Schoner zwei Männer mit, die dem achtzehnten Jahrhundert entstammten: Edmund Tresillian, der 1759 während der Schlacht zwischen Hoods *Vestal* und der französischen *Bellona* vor Kap Finisterre ein Bein verloren hatte. Da man ihm keine Pension zugestehen wollte, er aber eine Frau und sieben Kinder zu versorgen hatte, war er zum Bettler geworden und wegen Diebstahls einer Geldbörse ins Gefängnis gewandert. Dort war er während des Wartens auf seinen Prozeß gestorben. Der zweite Mann, »Red« Cozens, war Bootsmann auf der *Wager* gewesen, einem umgebauten Kauffahrteischiff, das Admiral Ansons Flottille auf ihrer Fahrt um die Welt begleitet hatte. Vor der Küste von Patagonien war die *Wager* gesunken, und nach einer

Reihe schrecklicher Leiden und Schicksalsschläge hatte es die Mannschaft schließlich geschafft, in die Zivilisation zurückzufinden. Die spanische Regierung Chiles hatte sie zwar für eine Weile in den Kerker geworfen, aber Cozens war die Freiheit nicht lange vergönnt gewesen: Ein gewisser Kapitän Cheap hatte ihn irrtümlicherweise für einen Meuterer gehalten und erschossen.

John Byron, der Großvater des Dichters, der zu dieser Zeit ebenfalls Bootsmann gewesen war, hatte diese Tat Cheaps in seinem *Bericht des Ehrenwerten John Byron (Kommodore eyner Kürtzlich erfolgten EXPEDITION um die WELT), verbunden mit eyner Aufzählung aller Erschröcklichen dortselbst erlebter Leyden und dero seyner Gefährten vor der Küste von Patagonien vom Jahre 1740 bis zu Ihro Ankunfft in England 1746,* der 1768 in London erschienen war, heftig angegriffen.

Frigate hatte einst eine Erstausgabe dieses Buches besessen. Darin war auch Byrons Beschreibung eines von ihm entdeckten Tieres enthalten gewesen, das ein Riesenfaultier sein mußte.

Er wäre gern mit Byron zusammengetroffen. Der kleine Mann mußte unglaublich zäh gewesen sein, wenn er all diese schrecklichen Erfahrungen überlebt hatte. Er war später zum Admiral aufgestiegen, und seine Matrosen hatten ihm den Spitznamen »Schlechtwetter-Jack« verpaßt, denn jedesmal, wenn er in See stach, geriet sein Schiff unweigerlich in einen schweren Sturm.

Andere interessante Besatzungsmitglieder der *Razzle Dazzle* waren ein ehemaliger Millionär und Jachtbesitzer aus dem Rhode Island des zwanzigsten Jahrhunderts; ein Türke aus dem achtzehnten, der an der Syphilis, der typischen Seemannskrankheit seiner Zeit, gestorben war, und Abigail Rice, die auf der Erde mit einem Zweiten Offizier eines New-Bedford-Walfängers verheiratet gewesen war. Binns, der Millionär, und Mustapha, der Türke, schienen ein Verhältnis miteinander zu haben.

Erst später fand Peter heraus, daß sich Cozens, Tresillian und Chang zu dritt Abigail Rice teilten, und er stellte sich die Frage, wie sie wohl jene Zeit verbracht hatte, in der ihr Mann zwei oder drei Jahre lang irgendwelchen Walherden hinterhergejagt war. Vielleicht hatte sie auch gar nichts getan, was sie nicht hätte tun dürfen. Es war nicht auszuschließen, daß ihre irdische Enthaltsamkeit schuld daran war, daß sie hier größere sexuelle Aktivität an den Tag legte.

Dann war da noch Umslopogaas, abgekürzt Pogaas. Er kam aus Swasiland und war der Sohn eines Königs, dessen Volk mit dem der Zulus verfeindet gewesen war. Pogaas hatte während jener Zeit gelebt, die der Expansionismus der Briten und Buren in Südafrika und die Gemetzel des blutdürstigen militärischen Genies Shaka geprägt hatte. Auf der Erde war er aus zwölf Duellen als Sieger hervorgegangen; hier hatte er nicht weniger als fünfzig derartiger Kämpfe überlebt.

Die Geschichte hätte ihn normalerweise trotz seines Ruhmes als Kämpfer links liegengelassen, wäre er nicht in hohem Alter bei der Missionsstation von Sir Theophilus Shepstone aufgetaucht. Bei Shepstone hatte er nämlich einen jungen Mann namens Henry Rider Haggard kennengelernt, der von der stattlichen Figur und den abenteuerlichen Geschichten, die der Alte auf Lager hatte, sofort beeindruckt gewesen war. Haggard hatte Umslopogaas in seinen drei Romanen *Nada the Lily, She and Allen* und *Allan Quatermain* unsterblich gemacht. Allerdings war in seinen Büchern aus dem Krieger aus Swasiland ein Zulu und illegitimer Sohn Chakas geworden, was sein Vorbild ziemlich verstört haben mußte.

Im Moment lungerte Pogaas gerade in der Nähe des Schiffes herum und stützte sich auf eine langschäftige, mit einer Feuersteinspitze versehene Streitaxt. Er war groß und schlank und seine Beine waren ungewöhnlich lang. Mit seinen dünnen Lippen, der Hakennase und den hohen Wangenknochen wirkte er eher hamitisch als negroid. Obwohl er einen ausgesprochen freundlichen Eindruck machte, strahlte seine Gestalt doch etwas Bedrohliches aus, das sagte, daß mit ihm nicht zu spaßen sei. Er war übrigens der einzige Mann auf der *Razzle Dazzle*, der sich weigerte, an Bord zu arbeiten, und seine Begründung dafür war die, daß er ein Kämpfer sei.

Frigate bekam hektische Flecken auf den Wangen, als er erfuhr, wer der Mann war. Das mußte man sich vorstellen! Umslopogaas!

Nachdem er sich mit mehreren Leuten der Schiffsbesatzung unterhalten hatte, zog Frigate sich zurück und gesellte sich zu einer Gruppe, die sich um die beiden Offiziere geschart hatte. Aus dem, was er hörte, bekam er mit, daß man momentan keine Eile hatte, an irgendeinen Ort zu gelangen. Der Kapitän wies allerdings zwischendurch einmal darauf hin, daß ihm daran lag, eines Tages zur Quelle des Flusses vorzustoßen, die er, wie er annahm, in hundert Jahren oder so erreichen würde.

Schließlich meldete Frigate sich zu Wort und fragte den Kapitän und Rider nach ihrem früheren Leben auf der Erde. Farrington berichtete, er sei in Kalifornien gebürtig, nannte jedoch keinen Ort oder ein Datum. Rider war 1880 in Pennsylvanien zur Welt gekommen, hatte allerdings, wie er sich ausdrückte, den größten Teil seines Lebens im Westen verbracht.

Frigate stieß einen innerlichen Fluch aus. Beide Männer kamen ihm ziemlich bekannt vor. Allerdings trugen sie jetzt längeres Haar, als es auf der Erde üblich gewesen war, und die Tatsache, daß sie Kleider trugen, die mit der irdischen Mode rein gar nichts zu tun hatten, trug auch nicht dazu bei, ihren wahren Identitäten auf die Spur zu kommen. Er hatte irgendwie das Gefühl, daß Rider ein großer, weißer Zehn-Gallonen-Hut, ein flatternder Pseudowestern-Mantel, Breeches und ein Paar ornamentverzierter Cowboystiefel fehlten. Und ein Pferd.

Als Kind hatte Frigate ihn in dieser Aufmachung auf einem Pferd sitzen sehen — und zwar während einer Parade des Zirkus ... Sells & Floto? Er wußte es nicht mehr. Jedenfalls hatte er zusammen mit seinem Vater am Rande der Adams Street, südlich vom Gerichtsgebäude, gestanden und sehnsüchtig auf seinen bevorzugten Westernfilmhelden gewartet, der an ihnen vorbeireiten sollte. Und genau das hatte der Held dann auch getan, und weil er betrunken gewesen war, hatte die Sache keinen guten Ausgang genommen. Er war vom Pferd gefallen, hatte sich unter dem Jubel und Gelächter der Massen wieder in den Sattel geschwungen und war weitergeritten. Der Sturz schien ihn ernüchtert zu haben, denn anschließend legte er einige Reiter- und Lassowurfkunststückchen aufs Parkett, die die Menge niemals vergaß.

Da Frigate zu jener Zeit Trinker für unmoralische Menschen hielt, hätte er eigentlich — was Rider anbetraf — absolut desillusioniert sein müssen. Aber die Verehrung, die er diesem Mann entgegenbrachte, war so stark, daß er bereit gewesen war, ihm zu vergeben. Welch ein dummer Bengel er doch gewesen war!

Farringtons Gesicht war ihm schon deshalb bekannt, weil er es auf den Schutzumschlägen zahlloser Bücher und in mehreren Biographien gesehen hatte. Frigate hatte im Alter von zehn Jahren angefangen, Bücher zu lesen, und als er siebenundfünfzig war, sogar ein Vorwort zu einer Sammlung seiner Fantasy- und Science Fiction-Stories beigesteuert.

Aus irgendwelchen Gründen reisten seine beiden Vorbilder unter falschen Namen. Er, Peter Frigate, würde der letzte sein, der ihre wahre Identität aufdeckte — wenn ihn die Umstände nicht dazu zwangen. Nein, er würde es nicht einmal dann tun, aber wenn es keine andere Möglichkeit gab, daß sie ihn mitnahmen, würde er ihnen zumindest damit drohen müssen. Er würde nahezu alles tun, um an Bord der *Razzle Dazzle* zu gelangen.

Eine Weile später gab Frisco-Kid bekannt, daß er und Tex gerne bereit seien, mit jedem Mann zu sprechen, der daran interessiert sei, in die Mannschaft der *Razzle Dazzle* einzutreten. Man stellte zwei Klappstühle am Kai auf, und sogleich begann sich vor den beiden Offizieren eine Linie von Freiwilligen zu bilden. Frigate reihte sich sofort ein. Vor ihm standen drei Männer und eine Frau. Dies gab ihm die Möglichkeit zu hören, welche Fragen die beiden Männer den Leuten stellten, und sich die entsprechenden Antworten bereitzulegen.

30

Auf einem zusammenklappbaren Bambusstuhl sitzend und eine Zigarette rauchend musterte Frisco-Kid Frigate von oben bis unten.

»Peter Jairus Frigate, he? Amerikaner. Aus dem Mittelwesten. Richtig? Sie sehen zwar stark aus, aber wie steht's mit seemännischer Erfahrung?«

»Auf der Erde hatte ich nicht viel«, sagte Peter. »Ich bin höchstens mal mit einem kleinen Segelboot auf dem Illinois River gewesen. Aber ich hab hier 'ne Menge gelernt. Ich bin drei Jahre lang auf 'nem großen, einmastigen Katamaran gewesen und verbrachte ein weiteres auf einem Zweimastschoner wie Ihrem.«

Das war eine Lüge. Auf dem Zweimaster war er nur drei Monate lang gewesen. Aber immerhin kannte er sich etwas mit der Takelage aus.

»Hm. Haben diese Schiffe nur Kurzreisen unternommen oder waren sie auch mal längere Zeit unterwegs?«

»Es waren lange Reisen«, log Frigate. Zum Glück hatte er nicht von Schiffen gesprochen. Manche Seeleute unterschieden sehr genau zwischen einem Boot und einem Schiff. Für Frigate war alles, was auf dem Fluß schwamm, ein Schiff. Aber Farrington war ein Mann, der seine Erfahrungen auf dem Ozean gesammelt hatte, und die galten auch jetzt noch, auch wenn es keine Ozeane mehr gab.

»In den Gegenden, wo wir uns aufhielten«, fügte er hinzu, »blies der Wind in der Regel flußabwärts. Deswegen segelten wir die meiste Zeit gegen ihn.«

»Yeah«, sagte Farrington, »gegen den Wind segeln kann ja wohl jeder.«

»*Aus welchem Grund* wollen Sie mit uns kommen?« fragte Rider plötzlich.

»Warum? Weil mir das hiesige Leben zum Halse heraushängt. Oder besser gesagt: Ich bin unzufrieden damit, jeden Tag dasselbe tun zu müssen. Ich . . .«

»Sie wissen, wie es auf 'nem Schiff zugeht«, sagte Farrington. »Es ist eng, und die meiste Zeit werden Sie mit den gleichen Leuten zusammensein. Und auch dort werden Sie jeden Tag dasselbe tun.«

»Sicher, das weiß ich«, sagte Frigate. »Nun — ich möchte ebenfalls gerne das Ende des Flusses sehen. Der Katamaran, auf dem ich war, hatte das gleiche Ziel, aber er brannte während eines Angriffs von Sklavenjägern ab. Und der Schoner soff ab, während wir mit Hilfe einiger Leute versuchten, ihn über Wasser zu halten. Ein Drachenfisch riß ihn runter. Wie damals, als Moby Dick sich die *Pequod* schnappte.«

»Sie waren Ishmael?« fragte Rider.

Frigate sah ihn an. Man sagte Rider zwar nach, ganze Akte von Shakespeare auswendig aufsagen und sogar lesen zu können, aber vielleicht war das auch nur der ewig alte Schmus, den die Klatschtanten von Hollywood verbreitet hatten.

»Sie meinen, ich sei der einsame Überlebende gewesen? Nein, sechs von uns schafften es bis an Land. Es war eine furchtbare Sache . . .«

»War?« Farrington hielt inne, räusperte sich und schaute Rider an. Rider hob seine buschigen, dunklen Augenbrauen. Anscheinend war Farrington sich nicht sicher, wie er an die Frage anknüpfen sollte.

»Wer waren die Kapitäne dieser beiden Schiffe?«

»Der Kapitän des Katamarans war ein Franzose namens De-Grasse. Der Kapitän des Schoners ein Hundesohn namens Larsen. Ein Norweger mit dänischem Stammbaum, glaube ich. Er war vorher Kapitän eines Robbenfängers, glaube ich.«

Nichts von dem, was er über Larsen sage, entsprach der Wahrheit.

Aber Peter konnte es sich einfach nicht verkneifen, Farringtons Reaktion zu testen.

Die Augen des Kapitäns verengten sich, dann lächelte er. Schließlich sagte er langsam: »Hatte Larsen den Spitznamen *Wolf*?«

Peter verzog keine Miene. In diese Falle würde er nicht gehen. Wenn Farrington der Ansicht war, sein Gegenüber versuche ihm durch die Blume zu erklären, daß er ihn durchschaut habe, würde er ihn nicht mitnehmen.

»Nein. Wenn er überhaupt einen Vornamen besaß, muß er Bastard geheißen haben. Er war beinahe einsneunzig groß und für einen Skandinavier ziemlich dunkel. Seine Augen waren schwarz wie die eines Arabers. Kannten Sie ihn?«

Farrington entspannte sich. Er drückte seine Zigarette in einem tönernen Aschenbecher aus und zündete sich eine neue an. Rider fragte: »Wie gut sind Sie mit dem Bogen?«

»Ich habe dreißigjährige Paraxis. Ich bin zwar kein Robin Hood, aber ich kann sechs Pfeile in zwanzig Sekunden abschießen und dabei noch was treffen. Ich habe mich vor zwanzig Jahren zum erstenmal mit den Kriegskünsten auseinandergesetzt, obwohl ich keinen Streit suche und Kämpfen nach Möglichkeit aus dem Wege gehe. Dennoch habe ich mich etwa vierzig größeren Schlachten und einer Menge von kleineren nicht entziehen können. Ich bin viermal ziemlich schwer verwundet worden.«

Rider sagte: »In welchem Jahr wurden Sie geboren?«

»Neunzehnhundertachtzehn.«

Farrington warf Rider einen Blick zu und sagte dann: »Ich nehme an, daß Sie als Kind eine Menge Filme sahen?«

»Nicht mehr als jedes andere.«

»Welche Bildung haben Sie?«

»Ich habe einen Bachelor of Arts in englischer Literatur und einen kleineren Grad in Philosophie. Ich habe aber eine Menge gelesen. Herrgott, wie ich Bücher hier vermisse!«

»Ich auch«, sagte Farrington.

Sie machten eine Pause. Dann sagte Rider: »Nun, unsere Erinnerungen an die Erde werden von Tag zu Tag schwächer.«

Was nichts anderes auszudrücken schien als die Vermutung, daß er es vergessen haben müsse, wenn er ihn je in seinen Filmen und Farrington einstmals auf Buchumschlägen gesehen hatte. Die Frage des Kapitäns über seine Bildung hingegen mochte eventuell von besonderem Interesse sein: Er wollte Leute in seiner Mannschaft, mit denen er sich in intelligenter Weise über die verschiedensten Dinge unterhalten konnte. Auf der Erde waren Farringtons früheste Bekannte in der Hauptsache brutal und ungebildet gewesen — also nicht gerade Brüder seiner Seele. Zumindest traf das auf den Großteil der Leute zu, die er gekannt hatte, bevor er auf das College gegangen war.

»Ich glaube, es sind noch etwa zehn Leute, mit denen wir zu sprechen haben«, sagte Farrington. »Wir werden erst mit jedem einzelnen sprechen und anschließend unsere Wahl treffen. Wir werden Sie wissen lassen, was mit Ihnen ist. Spätestens Mittag haben Sie das Ergebnis.«

Obwohl Peter mit Inbrunst wünschte, in die Mannschaft aufgenommen zu werden, hielt er sich zurück, denn er wollte um keinen Preis, daß allzuviel Eifer die beiden Männer gegen ihn einnahm. Da sie beide unter Pseudonym reisten, würde sie jemand, der sich ihnen allzu hart aufdrängte, möglicherweise nur mißtrauisch machen. Aber warum das so war, konnte er nicht sagen.

»Eins haben wir noch vergessen«, meinte Rider. »Wir haben nur Platz für einen Mann. Sie würden also Ihre Frau nicht mitnehmen können. Ginge das in Ordnung?«

»Kein Problem.«

»Sie könnten's ab und zu mit Abigail treiben«, sagte Rider, »wenn es Ihnen nichts ausmacht, Sie mit drei anderen zu teilen. Voraussetzung ist natürlich, daß sie Sie mag. Aber bis jetzt hat sie eigentlich keinem gegenüber irgendwelche Antipathien gezeigt.«

»Sie ist sicher eine anziehende Frau«, sagte Peter. »Aber solche Sachen schmecken mir nicht.«

»Mustapha scheinen Sie jedenfalls zu gefallen«, warf Farrington grinsend ein. »Sein schmachtender Blick ist unverkennbar.«

Frigate musterte den Türken. Der Mann zwinkerte ihm zu und sorgte dafür, daß er einen roten Kopf bekam.

»Das wäre ebensowenig mein Fall.«

»Machen Sie ihm das klar, dann werden weder Binns noch er Sie in irgendeiner Weise belästigen«, meinte Farrington. »Ich bin zwar nicht schwul, aber ich habe eine Menge homosexueller Dramen miterlebt. Und das hat jeder Mann, der je unter einem Mast gesegelt ist. Jedes Schiff, ob es nun unter militärischer oder ziviler Flagge segelte, ist seit Noahs Zeiten eine sodomitische Jauchegrube gewesen. Abgesehen von ihrer Interesselosigkeit dem anderen Geschlecht gegenüber sind diese beiden Burschen allerdings echte Vollblutmänner. Und verdammt gute Seeleute dazu. Wenn Sie es schaffen, ihnen klarzumachen, daß mit Ihnen nichts läuft, könnten wir Sie akzeptieren. Aber ich möchte keine Scherereien zwischen Leuten haben, die nicht wissen, woran sie sind. Sie selbst können sich austoben, sobald wir irgendwo an Land gehen, und sollten wir unterwegs einen Mann verlieren, könnten Sie sich dafür eine Frau an Bord holen. Allerdings muß sie in der Lage sein, einen guten Seemann zu ersetzen. Auf diesem Schiff hat jeder sein eigenes Gewicht zu tragen.«

»Oder wie Abigail das von ein paar anderen«, sagte Frigate.

Farrington und Rider lachten; Frigate setzte sich in Bewegung.

Er hielt sich noch eine Weile am Ufer auf. Ruritania verfügte als Anlegestelle über eine kleine Bucht, die man mit viel Arbeit und Mühe künstlich hergestellt hatte und die von einzelnen Felsen, die vom Fuße der Berge stammten, zu beiden Seiten begrenzt war. Vom Ufer aus führten mehrere hölzerne Laufstege ins Wasser, an denen Ruderboote befestigt waren. Es gab allerdings auch zwei größere Flöße, die man zum Drachenfischen benutzte, und in ihrer unmittelbaren Nähe dümpelten mehrere Kriegskanus. Die Kanus und Ruderboote wurden jetzt ins Wasser gestoßen, denn es wurde Zeit zum Fischen. Gegen Mittag würde es auf diesem Streifen des Flusses von Fischerbooten nur so wimmeln.

Die *Razzle Dazzle* war zu groß, um an den Piers anlegen zu können, deswegen war sie etwas abseits von der Bucht in der Nähe einiger schwarzer, aus dem Wasser ragender Felsen vor Anker gegangen. Es war ein herrliches Schiff, lang und niedrig gebaut, bestand es ausschließlich aus Eichen- und Pinienholz. Frigate sah nicht einen einzigen Nagel in ihrer Hülle, und die Splinte, die sie zusammenhielten, mußten mit Feuerstein bearbeitet und zugeschnitten worden sein. Die Segel, aus der gegerbten Haut von Drachenfischen gefertigt, waren dünn und beinahe transparent. Die eichene Galionsfigur stellte eine vollbusige Meerjungfrau dar, die eine Fackel in den Händen hielt.

Das Schiff war ein reines Wunder; aber noch erstaunlicher war es, daß die Mannschaft es geschafft hatte, alle Diebe und Langfinger von ihm fernzuhalten. Viele Menschen waren auf dieser Welt bereits für weniger elegante Wassergefährte umgebracht worden.

Gespannt entfernte Frigate sich von Farrington und Rider. Die Interviews waren immer noch nicht zu Ende. Mittlerweile hatte sich die Nachricht, daß die *Razzle Dazzle* jemanden an Bord nehmen wollte, herumgesprochen, und nicht weniger als zwanzig Männer und Frauen hatten sich am Ufer versammelt. Wenn dies so weiterging, war es nicht auszuschließen, daß die Befragung der potentiellen Neulinge an Bord sich den ganzen Tag hinzog. Aber da es nichts gab, was er dagegen hätte tun können, zuckte Frigate die Achseln und ging nach Hause zurück. Eve war nicht da, was Frigate erleichterte. Es gab keinen Grund, ihr jetzt schon zu sagen, was er zu tun im Begriff war. Solange er nicht wußte, wie seine Chancen standen, wollte er sein Vorhaben erst einmal verschweigen. Falls man ihn ablehnte, würde er ihr sowieso kein Wort von seinen Bemühungen sagen.

Ein Teil seiner Pflichten als ruritanischer Bürger bestand darin, Alkohol zu brennen. Da er die Wartezeit irgendwie überbrücken mußte, konnte er ebensogut den Rest des Tages seinem Job nachgehen. Vielleicht konnte er sich damit ein wenig ablenken. Frigate machte sich auf den Weg durch die engen Täler. Schließlich lagen noch vier Hügel vor ihm, und jeder von ihnen wuchs höher in den Himmel als der vorhergehende. Auch die Bäume wuchsen hier dichter, wohingegen die Hütten merklich seltener wurden. Dann erreichte er die Kuppe des höchsten Hügels, der gleichzeitig den Fuß des Gebirges markierte. Eine glatte Felswand erhob sich steil über ihn. Sie war schätzungsweise eintausendzweihundert Meter hoch. Knapp neunzig Meter von ihm entfernt donnerte ein Wasserfall zu Tal, wo in jeder Minute Tausende von Litern in einen See stürzten. Von dort aus lief das Wasser in einem breiten Bach, der sich seinen Weg durch die Täler suchte, zum Fluß.

Frigate kam an den Feuern vorbei, an hölzernen, steinernen und gläsernen Arbeitsgeräten, und roch schließlich den Duft von Alkohol. Er kletterte eine Bambusleiter zu einer Plattform hinauf, die sich an die Felswand schmiegte, deren Oberfläche voller Flechtengewächse war. Er meldete sich bei einem Vorarbeiter, der ihm einen Steinkratzer aushändigte. Dann entnahm der Mann einem hölzernen Regal einen Pinienstab, der Frigates Initialen trug und in den seine Arbeitszeit eingekerbt wurde.

»Im nächsten Jahr«, sagte der Mann, »werden wir wohl dazu übergehen müssen, das Flechtenzeug mit Stöcken aus dem Fels zu kratzen. Wir müssen unbedingt mit unseren Feuersteinen sparsam umgehen, wenn wir unseren Waffenbestand nicht gefährden wollen.«

Frigate nickte und begab sich an die Arbeit.

Bald würde sich also ihr Vorrat an Schiefer- und Feuerstein erschöpfen. Das bedeutete, daß es anschließend mit der Technologie rapide bergab ging. Anstatt sich vom Holz- zum Steinzeitalter voranzuarbeiten, würde genau das Gegenteil der Fall sein.

Er fragte sich, wie er es anstellen konnte, seine mit steinernen Spitzen versehenen Waffen aus Ruritania herauszuschmuggeln. Laut Gesetz war er gezwungen, sie — wenn er auf Farringtons Schiff anheuerte — hier zurückzulassen.

Die Zeit, die Frigate mit der Arbeit des Flechtenkratzens verbrachte, wurde von dem Vorarbeiter geschätzt. Abgesehen von der Sonne existierten nur wenige Uhren, auf die man sich verlassen konnte. Das wenige verfügbare Glas jedoch, das der kleine Staat besaß, wurde ausnahmslos für die Alkoholherstellung benötigt, deswegen verfügten sie hier oben nicht einmal über ein Stundenglas. Um überhaupt an Glas zu kommen, hatte Ruritania sich gezwungen gesehen, aus einem Land, das achthundert Kilometer weiter flußabwärts lag, einige Ladungen Sand zu importieren, was sie mehrere Bootsladungen Tabak und Schnaps und einige Stapel Horn- und Drachenfischhaut gekostet hatte. Der Tabak und der Schnaps waren durch Sammlungen unter den Bürgern zusammengekommen. Frigate hatte zwei Monate lang das Rauchen und Trinken einstellen müssen, um seinen Anteil an diesem allgemeinen Opfer zusammenzukriegen, und als die Zeit vorbei war, war er zum Nichtraucher geworden und tauschte seine Zigaretten und Zigarren gegen Whisky ein. Aber wie schon mehrere Male auf der Erde, war er dann doch wieder in die Arme des Nikotindämons zurückgekehrt.

Er arbeitete hart, kratzte das dichtwachsende blaugrüne Flechtengewächs von der schwarzen Felsenoberfläche und warf es in einen der bereitstehenden Eimer, die andere Männer an Seilen zum Boden hinabließen, wo ihr Inhalt in große Fässer geschüttet wurde.

Kurz vor der Mittagszeit unterbrach Frigate seine Arbeit und warf, bevor er die Leiter hinunterkletterte, noch einen langen Blick auf das sich vor ihm ausbreitende Hügelgelände und den dahinterliegenden Fluß. Weit unter ihm leuchtete der weiße Rumpf der *Razzle Dazzle* in der Sonne. Irgendwie mußte es ihm gelingen, an Bord genommen zu werden; spätestens in dem Moment, wenn das Schiff die Anker lichtete.

Er kehrte schließlich zu seiner Hütte zurück, stellte fest, daß Eva immer noch nicht da war, und wandte sich der Ebene zu. Die Reihen der Anmusterungswilligen schienen kein Ende zu nehmen. Er erreichte die Zone, die das Ende des Hügellandes markierte, und fragte sich, woran es lag, daß hier auch das Gras abrupt kürzer wurde. Woran mochte es liegen, daß das lange Hügelgras schlagartig endete und dem harten, kurzen Rasen des Flachlandes Platz machte? An den Chemikalien, die im Hügelboden steckten? Oder daran, daß die Ebene nicht über derartige Stoffe verfügte? Konnte beides etwas zu sagen haben? Aber warum?

Das Trainingsgelände der Bogenschützen lag in südlicher Richtung etwa einen halben Kilometer von den Kaianlagen entfernt. Frigate verbrachte eine halbe Stunde damit, Zielübungen auf einen Grasbüschel zu machen. Schließlich zog es ihn auf das Sportareal, wo er einen Kurzstreckenlauf machte, sich im Weitsprung übte und zwei weitere Stunden mit Karate, Judo und Speerwerfen verbrachte. Am Ende fühlte er sich ausgelaugt und müde, aber dennoch platzte er beinahe vor Freude. Es war eine herrliche Sache, über einen fünfundzwanzig Jahre alten Körper zu verfügen, nicht mehr an die Müdigkeit und Abgeschlafftheit seiner längst vergangenen mittleren Jahre denken zu müssen und keinen Gedanken mehr daran zu verschwenden, wie man sich fühlte, wenn man Magengeschwüre, ewige Kopfschmerzen und Fettleibigkeit zu bekämpfen hatte und außerdem noch weitsichtig war. All das hatte er durch die Fähigkeit ersetzt, lange Zeit laufen und schwimmen zu können und außerdem beinahe jede Nacht (und einen Großteil des Tages) sexuelles Verlangen zu spüren.

Den abscheulichsten Job auf der Erde hatte er in der Zeit zwischen seinem achtunddreißigsten und einundfünfzigsten Geburtstag gehabt: an einen Schreibtisch gefesselt technische Artikel zu verfassen, obwohl ihn danach hungerte, sich seinen Lebensunterhalt als freier Schriftsteller zu verdienen. Er hätte besser im Stahlwerk bleiben sollen. Sicher, auch dort verrichtete man nur monotone Arbeit, aber zumindest hatte sie ihm erlaubt, während der ewig gleichen Tätigkeit die Stoffe für zahllose Geschichten auszuspinnen. Und jeden Abend hatte er gelesen oder geschrieben.

Mit dem Trinken hatte er erst angefangen, als er den ganzen Tag auf dem Hintern gesessen hatte. Auch das Lesen war während dieser Zeit viel zu kurz gekommen, denn es war einfacher, sich nach einem langen, achtstündigen Arbeitstag vor den Fernseher zu setzen und sich mit Whisky vollaufen zu lassen. Das Fernsehen war sowieso die schlimmste Erfindung des Jahrhunderts gewesen. Jedenfalls kam sie direkt nach der Bombe und der Überbevölkerung.

Nein, sagte er sich, das ist nicht fair. Immerhin hatte ihn niemand dazu gezwungen, sich vor der Glotze langsam zu besaufen. Mit etwas mehr Selbstdisziplin wäre es ihm sicher auch gelungen, die Kiste abzustellen und nur bei bestimmten Anlässen zu aktivieren. Aber irgendwie war er immer zu abgeschlafft gewesen, das durchzuhalten. Abgesehen davon hatten die Programme hin und wieder auch Unterhaltsames und Bildendes geboten.

Dennoch gefiel ihm die Flußwelt ohne ihre Fernsehapparate und Autos, ohne Atombomben, Zuwachsraten, Einziehungsaufträge, Ratenzahlungen und Arztrechnungen besser als die Erde. Es gab hier weder Wasserverschmutzung noch Staub, und niemand scherte sich den Teufel um Kapitalismus und Kommunismus, weil beides nicht existierte. Nun, auch das entsprach nicht ganz der Wahrheit: die meisten Staaten im Flußtal praktizierten eine Art primitiven Kommunismus.

31

Frigate ging zum Fluß hinunter, sprang hinein und wusch sich den Schweiß vom Leib. Schließlich lief er am Uferstreifen entlang (den man in einer Breite von dreißig Metern nicht bebauen durfte) zum Hafengelände hinüber. Bis zum Abendessen lungerte er dort herum und unterhielt sich mit Freunden und Bekannten. Zwischendurch beobachtete er die beiden Männer von der *Razzle Dazzle*. Sie sprachen immer noch mit den Leuten, obwohl das viele Reden inzwischen ihre Kehlen ausgedörrt haben mußte, denn sie kippten einen Drink nach dem anderen hinunter. Frigate wartete inbrünstig darauf, daß die Reihen der Anmusterungswilligen endlich verschwanden.

Kurz vor Anbruch der Essenszeit stand Farrington auf und gab mit lauter Stimme bekannt, daß er jetzt keine Bewerbungen mehr annehmen würde. Jene, die noch immer darauf warteten, mit ihm sprechen zu können, protestierten zwar, wurden aber trotzdem abgewimmelt.

Inzwischen war der Führer Ruritanias, »Baron« Thomas Bullitt, mit seinen Ministern aufgetaucht. Er war zu seinen Lebzeiten auf der Erde eine kleine Berühmtheit gewesen, denn 1775 hatte er die Wasserfälle des Ohio River an jener Stelle entdeckt, wo später Louisville/Kentucky lag. Er war im Auftrag des William-und-Mary-College in Virginia losgezogen, hatte das Land bereist und war später von der Geschichte vergessen worden. Jetzt begab er sich zum Kai hinab, und in seiner Begleitung befand sich Paulus Buys, ein dem sechzehnten Jahrhundert entstammender Holländer, der die Position seines Stellvertreters innehatte. Sie luden die Mannschaft der *Razzle Dazzle* für den Abend zu einer Party ein, die man zu ihren Ehren zu veranstalten gedachte, wobei natürlich der Hauptgrund der Einladung darin bestand, daß man sich erhoffte, einige abenteuerliche Geschichten zu hören. Da die Möglichkeiten allgemeiner Unterhaltung im Flußtal ziemlich beschränkt waren, hungerte jeder danach, zu erfahren, wie es in anderen Teilen dieser Welt aussah.

Farrington nahm die Einladung zwar an, sagte jedoch, daß sechs Angehörige als Wachen auf dem Schiff zurückbleiben müßten. Als sich die Gesellschaft zur sogenannten Stadthalle, einem Stück überdachten Geländes, aufmachte, schloß Frigate sich ihr an. Bald darauf drängten offene Feuer und brennende Fackeln die Finsternis zurück. Ein Orchester begann zu spielen, und die Leute begannen Tänze aufzuführen. Frisco-Kid und Tex standen eine Weile herum und unterhielten sich mit den Politikern, ihren Frauen und engeren Freunden. Da Frigate keine besondere Funktion in Ruritania einnahm, hatte er kaum eine Möglichkeit, sich zu diesem Kreis zu gesellen, aber er war sich darüber im klaren, daß es an dem Abend, je weiter die Zeit vorrückte, irgendwann weniger formell zugehen würde. Während er sich anstellte, um den bei Gelegenheiten dieser Art üblicherweise ausgegebenen Liter Freialkohol abzuholen, stieß er auf seine Gefährtin.

Eve Bellington winkte ihm zu und reihte sich, zwölf Personen hinter ihm, ebenfalls in die Schlange ein. Sie war eine große, schwarzhaarige, blauäugige und mit üppigen Formen ausgestattete Frau aus Georgia, 1850 geboren und zwei Tage vor ihrem einhundertersten Geburtstag gestorben. Ihr Vater war ein wohlhabender Baumwollpflanzer gewesen und hatte den Rang eines Majors in der Kavallerie der Konföderierten bekleidet. Ihre Baumwollplantage war während Shermans Marsch durch Georgia in Flammen aufgegangen, und die Bellingtons waren ohne einen Pfennig dagestanden. Schließlich war ihr Vater nach Kalifornien gegangen, hatte den Goldrausch miterlebt und dem Boden genug Reichtümer abgerungen, um sich in eine Reederei einkaufen zu können.

Zwar war es Eve nicht gegen den Strich gegangen, wieder reich zu sein, aber sie hatte es ihrem Vater niemals verziehen, daß er sie und ihre Mutter während dieser harten Jahre allein gelassen hatte.

Während seiner Abwesenheit war sein Bruder, ein gutaussehender, nur zehn Jahre älterer Mann als Eve, zu ihnen gezogen, der das zwölfjährige Mädchen (ohne allzuviel Widerstand, wie Eve zugab) vergewaltigt hatte. Als ihrer Mutter klargeworden war, daß ihre Tochter ein Kind erwartete, hatte sie den Onkel sowohl in die Beine als auch in die Genitalien geschossen. Einige Jahre später war der Krüppel im Gefängnis verstorben.

Mrs. Bellington war zusammen mit ihrer Tochter zu ihrem Mann nach Richmond gefahren. Eves Sohn wuchs dort zu einem gutaussehenden und großen Mann heran, der von seiner Mutter zwar heiß geliebt wurde, mit seinem Onkel-Großvater jedoch keinen rechten Kontakt bekam. Nach einem furchtbaren Streit hatte er sich abgesetzt, um im Westen sein Glück zu versuchen. Sein letztes Lebenszeichen war ein Brief aus Silver City/Colorado gewesen. Dem Bericht eines Detektivs zufolge, den Eve hinter ihm herschickte, war er irgendwo in den Rockies verschwunden.

Ihre Mutter war bei einem Brand ums Leben gekommen und ihr Vater während des Versuchs, ihr zu helfen, einem Herzanfall erlegen. Die Cholera hatte Eves ersten Ehemann dahingerafft, und noch bevor sie das Alter von fünfzig Jahren erreicht hatte, waren weitere zwei Ehemänner und sechs ihrer zehn Kinder von ihr gegangen.

Sie hatte dermaßen viel durchgemacht, daß ihr Leben eigentlich Margaret Mitchell und Tennessee Williams auf die Idee hätte bringen können, einen gemeinsamen Roman daraus zu machen, aber Eve schien, als Peter ihr diese Idee erläuterte, nicht begeistert davon zu sein.

Nach mehr als dreißig Jahren auf der Flußwelt hatte sie allerdings ihre Vorurteile gegen Neger und den Haß auf die Blaujacken überwunden und sich sogar in einen Yankee verliebt. Peter hatte ihr nie erzählt, daß sein Urgroßvater bei einem Regiment in Indiana gedient hatte, das zusammen mit Sherman in Georgia eingefallen war. Seiner Meinung nach war es besser, schlafende Hunde nicht zu wecken.

Er bewegte sich vorwärts, nahm seinen Liter Alkohol in Empfang und mischte einen Teil davon mit drei Teilen Wasser in einem Bambuseimer. Schließlich kehrte er zu Eve zurück, die immer noch in der Schlange stand. Er fragte sie, wo sie den ganzen Tag gewesen sei, und sie erwiderte, sie sei herumgewandert und habe nachgedacht.

Frigate vermied es, danach zu fragen, was sie dermaßen geistig beschäftigt haben könnte, denn er wußte es. Sie suchte nach einer Möglichkeit, ihr Verhältnis ohne Schmerzen zu lösen. Sie hatten sich in den letzten Monaten auseinandergelebt, und ihre Liebe war ganz plötzlich und unerwartet abgekühlt. Peter hatte auch schon mehrere Male darüber nachgedacht. Es sah so aus, als warte jeder von ihnen nur darauf, daß der andere die Initiative ergriff.

Peter versprach ihr, sie später wiederzutreffen, und bahnte sich einen Weg durch die Menge auf Farrington zu. Rider hielt sich auf dem Tanzboden auf, wirbelte Bullitts Frau herum und stieß hin und wieder einen begeisterten Schrei aus.

Frigate wartete ab, bis der Kapitän der *Razzle Dazzle* von seinen Abenteuern während des Goldrausches von 1898 im Yukon-Territorium berichtet hatte. Farrington erwähnte, er habe dabei Skorbut bekommen und einige Zähne verloren, aber dennoch sei dies für ihn eine Erfahrung gewesen, die er nicht missen mochte.

Dann sagte Peter: »Mr. Farrington, sind Sie schon zu einer Entscheidung gekommen?«

Farrington machte eine Pause. Offenbar war er gerade im Begriff, eine weitere Geschichte zum besten zu geben. Seine geröteten Augen funkelten. Dann sagte er: »Oh, ja! Sie . . . äh . . . heißen Frigate, nicht wahr? Peter Frigate. Der Bursche, der eine Menge gelesen hat. Ja, Tom und ich haben unsere Entscheidung gefällt. Wir werden sie irgendwann während der Party bekanntgeben.«

»Ich hoffe, Sie nehmen mich«, sagte Peter. »Ich würde wirklich gerne mit Ihnen gehen.«

»Enthusiasmus ist zwar eine gute Sache«, sagte Farrington, »aber Erfahrung zählt ein bißchen mehr. Jemand, der beides in sich vereinigt, würde eine gute Teerjacke abgeben.«

Peter holte tief Luft und schluckte.

»Diese Unsicherheit macht mich einfach fertig. Könnten Sie mir wenigstens sagen, ob ich aus dem Rennen raus bin? Dann könnte ich zumindest damit aufhören, mir Gedanken zu machen.«

Farrington lächelte. »Bedeutet es Ihnen wirklich so viel? Warum?«

»Weil ich wissen will, wo der Fluß aufhört.«

Farrington zog die Augenbrauen hoch. »Yeah? Glauben Sie, dort alle Antworten auf Ihre Fragen zu finden?«

»Ich will keine Millionen, sondern Antworten auf meine Fragen«, zitierte Peter. »Das ist aus Dostojewskis *Die Brüder Karamasow.*«

Farringtons Gesicht erhellte sich.

»Ausgezeichnet! Ich habe zwar von Dostojewski gehört, aber nie die Gelegenheit gehabt, etwas von ihm zu lesen. Ich glaube, seine Bücher waren zu meinen Lebzeiten noch gar nicht ins Englische übersetzt. Zumindest bin ich nie auf eins gestoßen.«

»Nietzsche hat behauptet, eine Menge über Psychologie gelernt zu haben, indem er russische Romane las«, sagte Peter.

»Nietzsche, wie? Kennen Sie sich in seinem Werk aus?«

»Ich habe ihn englisch und deutsch gelesen. Er war ein großer Sprachkünstler, der einzige deutsche Philosoph, der nicht den üblichen besoffenen Stil schrieb. Na ja, vielleicht stimmt das nicht ganz. Auch Schopenhauer konnte Sachen schreiben, die einen nicht einschlafen ließen und bei deren Lektüre man einen Nervenzusammenbruch riskierte, hätte man mitten in einem Absatz zu lesen aufgehört. Ich bin mit Nietzsches Übermenschentheorie allerdings nicht einverstanden. *Der Mensch ist nur ein Seil, das über einem Abgrund zwischen dem Tier und dem Übermenschen hängt.* Vielleicht zitiere ich aber auch nicht richtig. Es ist verdammt lange her, seit ich *Also sprach Zarathustra* las. Ich glaube allerdings auch, daß der Mensch nur ein Zwischenstück zwischen dem Tier und dem Übermenschen ist, aber der Übermensch, an den ich denke, ist nicht der gleiche, den Nietzsche meint. Der wahre Übermensch ist derjenige, der es schafft, sich von allen Neurosen, Psychosen und Vorurteilen zu befreien, dem seine tatsächlichen Möglichkeiten als menschliches Wesen bewußt werden und auf der Basis der Freundschaft, Hilfsbereitschaft und Liebe lebt, anstatt der Herde zu folgen. Nehmen Sie Nietzsches Konzept des Übermenschen, wie es sich in Jack Londons Roman *Der Seewolf* präsentiert . . .«

Peter machte eine Pause und fragte dann: »Kennen Sie den Roman?«

Farrington grinste. »Ich habe ihn mehr als nur einmal gelesen. Was halten Sie von Wolf Larsen?«

»Ich glaube, er war eher Jack Londons Übermensch als der von Nietzsche. Er entsprach der Vorstellung, die London von einem Übermenschen hatte. Nietzsche wäre vor Larsens Brutalität entsetzt zurückgewichen. Schließlich ließ London ihn an einem Gehirntumor sterben. Ich nehme an, daß er seinen Lesern damit zeigen wollte, daß mit Larsens Übermenschentum etwas nicht stimmte. Wenn meine Annahme stimmt, so ist das zumindest den meisten Literaturkritikern entgangen. Sie haben die Ursache von Larsens Tod niemals kapiert. Gleichzeitig glaube ich, daß London uns ebenfalls gezeigt hat, daß der Mensch — und sogar der Übermensch — seine Wurzeln in der animalischen Natur hat, im Wesen des Tiers. Er ist ein Teil der Natur, und wie groß seine geistigen Fähigkeiten auch sein mögen: er kann den physischen Tatsachen nicht entrinnen. Er ist ein Tier, und deswegen anfällig für Krankheiten wie die eines Gehirntumors. *Seht, wie die Mächt'gen untergehn.* Aber ich glaube auch, daß Wolf Larsen in gewisser Beziehung den Charakter verkörperte, der Jack London gerne gewesen wäre. London lebte in einer brutalen Umwelt; er hatte keinen anderen Gedanken als den, daß er stark sein müsse, um nicht unterzugehen. Aber er hatte auch Gefühle, er wußte, daß er zu den Menschen des Abgrunds gehörte. Er glaubte, daß die Massen sich nur dadurch aus dem Elend herauszerren könnten, indem sie den Sozialismus praktizierten. Er hat sein ganzes Leben lang gekämpft und war zu gleicher Zeit ein ausgesprochener Individualist. Was ihn natürlich in bezug auf den Sozialismus in Schwierigkeiten brachte, wodurch er schließlich seinen Glauben an die Sache verlor. Er war keine Emma Goldman. Seine Tochter Joan hat ihn übrigens deswegen später in einer Studie über sein Leben kritisiert.«

»Das wußte ich gar nicht«, sagte Farrington. »Offenbar hat sie das erst nach meinem Tod geschrieben. Wissen Sie mehr über sie? Was wurde nach Londons Tod aus ihr — und wann ist sie selbst gestorben?«

»Ich kannte mal einen Mann, der nicht nur London-Spezialist war, sondern auch mit ihr Kontakt hatte«, erwiderte Peter.

In Wirklichkeit hatte sein Bekannter mit Joan London lediglich einige Briefe gewechselt und sie einmal ganz kurz getroffen. Peter hatte allerdings keine Lust, dies zu offenbaren; möglicherweise kostete ihn das seinen Job auf dem Schiff.

»Sie war aktive Sozialistin und starb 1971, glaube ich. Das Buch, das sie über ihren Vater schrieb, galt als ausgesprochen objektiv, wenn man bedenkt, daß London ihre Mutter verließ, um eine jüngere Frau zu heiraten. — Jedenfalls glaube ich, daß London gerne Wolf Larsen gewesen wäre, weil ihm das die Möglichkeit gegeben hätte, sich gegen die Schmarotzer zur Wehr zu setzen, die ihm das Leben zur Hölle machten. Ein Mann, der sich nicht um die Schicksale anderer schert, kann selbst auch kaum verletzt werden. Zumindest glaubte er das, obwohl das Gegenteil der Fall ist.

London mag das erkannt haben und hat tatsächlich versucht, diesen Gedanken von sich abzuschütteln, aber gleichzeitig wünschte er sich, ein Wolf Larsen zu sein, selbst wenn das bedeutete, innerlich zu erkalten und zu einer brutalen Bestie zu werden. Schriftsteller haben nun einmal die gleichen Widersprüche mit sich auszufechten wie andere Leute auch. Das ist auch der Grund, weswegen gute Autoren selbst dann noch eine enigmatische Aura haben, wenn die Kritiker mit ihnen fertig sind. *Sind die Himmel verhangen und die Meere ausgetrocknet, der Mensch wird das letzte Geheimnis bleiben.*«

»Das gefällt mir!« rief Farrington aus. »Von wem ist das?«

»E. E. Cummings«, sagte Peter. »Eine andere Zeile von ihm, die zu meinen bevorzugten gehört, lautet: *Hör zu! Direkt nebenan existiert ein verdammt gutes Universum . . . Laß uns da hingehen!*«

Peter befürchtete bereits, etwas zu dick aufgetragen zu haben, aber Farrington schien es zu gefallen.

Wenn er erst einmal auf dem Schiff war, konnte es gut passieren, daß er auf Dinge zu sprechen kam, die Farrington möglicherweise nicht nur irritieren, sondern auch verärgern würden. Was der Kapitän der *Razzle Dazzle* über Nietzsche wußte, stammte wohl hauptsächlich aus Gesprächen mit seinem Freund Strawn-Hamilton. Er hatte zwar mehrere Versuche unternommen, die Werke des Philosophen in englischer Sprache zu lesen, aber die poetischen Phrasen und Schlagworte mußten ihn dermaßen beeindruckt haben, daß er niemals zum Kern durchgedrungen war. Farrington hatte — wie Hitler — das von Nietzsches Ideen übernommen, was ihm in den Stiefel paßte — und den Rest ignoriert. Auch Hitler hatte das getan, war natürlich nicht bedeutete, daß dessen und Farringtons Meinungen sich auch nur ähnelten.

Was hatte seine Tochter über ihn gesagt? »Phrasen wie ›die fröhlichen Halunken‹, ›der Übermensch‹ und ›lebe gefährlich!‹ wirkten auf ihn gefährlicher als Wein.«

Was Farringtons Wissen über den Sozialismus anbetraf, so hatte er nicht mehr gelesen als *Das kommunistische Manifest,* das allerdings, wie seine Tochter ebenfalls erläutert hatte, zu seinen Lebzeiten unter Amerikas Kommunisten von Hand zu Hand ging.

Es gab noch eine ganze Reihe anderer Dinge zu diskutieren — und zu den Akten zu legen. London hatte im Sozialismus offensichtlich nur einen Segen für die germanisch-stämmigen Völker gesehen. Außerdem glaubte er, daß Männer Frauen geistig überlegen seien, was vielleicht statistisch gesehen gar nicht einmal so falsch war. Und strenggenommen war er nicht einmal ein Künstler gewesen. Er hatte nur für Geld geschrieben, und wenn man seinen Behauptungen glauben konnte, hätte er diese Tätigkeit wieder aufgegeben, wenn er auf andere Weise reich geworden wäre. Frigate bezweifelte diese Aussage allerdings. Wer einmal mit dem Schreiben anfing, hörte so leicht nicht wieder damit auf.

»Nun«, sagte er zum Abschluß, »was immer man auch gegen London ins Feld führen mag: das letzte Wort sei Fred Lewis Patton überlassen, der einmal sagte, daß es zwar leicht sei, ihn zu kritisieren und auseinanderzunehmen, aber unmöglich, sich ihm zu entziehen.«

Das schien Farrington zwar noch besser zu gefallen, aber plötzlich sagte er: »Lassen wir London jetzt ruhen, obwohl ich ihm gerne eines Tages begegnen würde. Hören Sie mir zu! Ihr eigenes Ideal vom Übermenschen gleicht für meine Begriffe stark dem, das die Kirche der Zweiten Chance vom idealen Menschen verbreitet. Noch mehr hört es sich allerdings nach dem an, womit mir ständig ein Mitglied unserer Mannschaft in den Ohren liegt. Ich meine damit den kleinen Burschen, der zwar wie ein Araber aussieht, aber keiner ist. In Wirklichkeit ist er ein andalusischer Maure aus dem zwölften Jahrhundert und hat mit den Chancisten nichts zu tun.«

Er deutete auf einen Mann, den Frigate unter den Leuten von der *Razzle Dazzle* gesehen hatte. Der Maure wurde im Moment von einer großen Gruppe Ruritanier umlagert und hielt einen Drink in der Hand und eine Zigarette zwischen den Lippen. Das, was er zu erzählen hatte, schien den Leuten zu gefallen, denn zumindest jene, die in seiner unmittelbaren Nähe standen, lachten laut. Der Mann war etwas über einen Meter sechzig groß, ziemlich mager und drahtig, und er strahlte eine Kraft aus. Er war ziemlich dunkelhäutig und hatte eine große Nase. Er wirkte beinahe wie ein junger Jimmy Durante.

»Nur-ed-din el-Musafir«, sagte Farrington. »Wir nennen ihn Nur.«

Frigate sagte: »Das bedeutet Das-Licht-das-dem-Reisenden-den-Weg-erhellt.«

»Sie können arabisch?« fragte Farrington. »Abgesehen von Esperanto habe ich in meinem Leben nie die Geduld gehabt, eine Fremdsprache zu erlernen.«

»Ich habe nur ein paar Wörter aus *Tausendundeiner Nacht* aufgeschnappt, die Burton in seiner Übersetzung erwähnt.« Peter machte eine Pause und fragte dann: »Nun, wie sieht's mit mir aus? Bin ich aus dem Rennen?«

Farrington sagte: »Ja und nein.« Als er Frigates verwundertes Gesicht sah, mußte er lachen und klopfte ihm auf die Schulter.

»Können Sie schweigen?«

»Wie ein Grab.«

»Na gut, Pete. Tom und ich hatten uns an sich diesen großen Kanaken dort ausgesucht.« Er dautete auf Maui, einen gigantischen Bewohner der Marquesas-Inseln, der in seinem weißen Umhang und der dunkelrot leuchtenden Blume, die in seinem blauschwarzen, krausen Haar steckte, wie ein Polynesier wirkte.

»Er hat dreißig Jahre lang als Erster Harpunier gearbeitet. Außerdem macht er den Eindruck einer kampfbereiten Höllenkatze. — Aber das Negative an ihm ist, daß er rein gar nichts von Büchern versteht und ich gerne gebildete Leute um mich habe. Das mag sich zwar ein bißchen versnobt anhören, aber was soll's? Ich will es Ihnen sagen: Ich habe meine Ansichten in bezug auf ihn geändert. Sie sind unser Mann — soweit es mich angeht. Nein, warten Sie noch! Sie sollten sich außerdem zunächst mal das glückliche Gesicht abschminken. Ich muß erst noch mit Tom über die Sache reden. Warten Sie, ich bin gleich zurück.«

Farrington mischte sich zwischen die Tänzer, packte Riders Arm und zog ihn ungeachtet seiner Proteste beiseite. Peter sah zu, wie sie sich miteinander unterhielten. Rider warf ihm mehrere Blicke zu, aber Peter konnte ihnen nichts entnehmen.

Peter war glücklich, daß man ihn nicht dazu gezwungen hatte, seine Trumpfkarte auszuspielen. Wenn die beiden ihn nicht genommen hätten, wäre ihm nichts anderes übriggeblieben, als ihnen zu sagen, daß er über ihre wahre Identität Bescheid wußte. Was daraufhin geschehen wäre, konnte er nur vermuten. Allem Anschein nach hatten Farrington und Rider einen guten Grund dafür, daß sie unter falschen Namen reisten. Es war nicht einmal von der Hand zu weisen, daß sie auf der Stelle die Flucht ergriffen und ihn hier zurückgelassen hätten, wenn er ihnen damit gedroht hätte, sie zu verraten. Möglicherweise wäre ihnen aber auch nichts anderes übriggeblieben, als ihn mitzunehmen, bloß damit er den Mund hielt, und irgendwo über Bord gehen zu lassen.

Vielleicht hatte Farrington auch längst gemerkt, was er vorhatte. Es war ziemlich unwahrscheinlich, daß ein Mann, der vorgab, dermaßen viel über Jack London zu wissen, ihn nicht erkannt hätte. Sicherlich nahm er an, daß Frigate irgendwann Fotografien von London gesehen hatte. Er mußte einfach annehmen, daß Frigate irgendein Spiel mit ihm spielte. Und jetzt verstellte er sich nur. Später, wenn sie zusammen auf dem Schiff waren und Ruritania weit hinter ihnen lag, konnte er immer noch herausfinden, wer sein neuer Mann an Bord war und was er wußte.

Peter kam allerdings nicht auf den Gedanken, daß er sich in Gefahr befinden könnte oder möglicherweise der Tod auf ihn wartete. Weder Farrington noch Rider waren Mörder. Natürlich, wenn aus manchen Menschen in dieser Welt etwas Besseres geworden war, konnten andere sich genausogut zum Schlechteren hin entwickeln, aber momentan war es wohl besser, nicht daran zu denken, daß er sich möglicherweise auf ein undurchschaubares und gefährliches Spiel einließ.

Rider kam herüber, schüttelte ihm die Hand und erklärte ihm, er sei an Bord willkommen. Ein paar Minuten später brachte Farrington die Musik zum Schweigen und gab bekannt, auf wen die Wahl gefallen war. Peter hatte Eve inzwischen beiseite geführt und ihr die Neuigkeit persönlich übermittelt.

Sie schwieg eine Weile. Dann sagte sie: »Ja, ich wußte von Anfang an, daß du versuchen würdest, mit diesem Schiff von hier fortzukommen. Es ist nicht einfach, in diesem Land ein Geheimnis für sich zu behalten, Peter. Ich kann nicht gerade sagen, daß ich mich darüber freue, aber am meisten schmerzt es mich, daß du mir nicht früher etwas davon gesagt hast.«

»Ich wollte es dir ja sagen«, sagte Peter. »Aber als ich zurückkam, warst du nicht da.«

Eve begann zu weinen, und auch Frigates Augen wurden feucht. Schließlich wischte sie sich die Tränen ab, putzte sich die Nase und sagte: »Es tut mir nicht weh, daß du mich verläßt, Peter, sondern daß unsere Liebe gestorben ist. Früher habe ich angenommen, sie würde eine Ewigkeit dauern. Ich hätte es besser wissen sollen.«

»Ich bin immer noch vernarrt in dich.«

»Aber nicht vernarrt genug, nicht wahr? Natürlich, so ist es. Ich mache dir ja gar keine Vorwürfe, Peter. In mir sieht es genauso aus. Es ist nur ... ich hätte mir gewünscht, daß es mit uns so bliebe, wie es zu Anfang war.«

»Du wirst einen anderen finden. Zumindest trennen wir uns nicht im Zorn.«

»Vielleicht wäre es besser, wenn wir uns im Zorn trennten. Es ist schon schlimm genug, wenn man jemanden liebt, ohne mit ihm fertig werden zu können. Aber eine abgekühlte Liebe ist das schlimmste, was einem passieren kann. Es ist nichts Halbes und nichts Ganzes.«

»Du hast in deinem Leben mehr ertragen müssen als das«, erwiderte Peter. »Wenn wir uns noch immer lieben würden, wäre ich entweder hiergeblieben oder hätte darum gekämpft, daß sie uns beide mitnehmen.«

»Und dann hättest du mich doch irgendwann dafür gehaßt. Nein, die jetzige Lösung mag zwar nicht die beste sein — aber sie ist die einzige.«

Frigate zog sie an sich, um sie zu küssen, aber sie hielt ihm lediglich die Wange hin.

»Leb wohl, Peter.«

»Ich werde dich nicht vergessen.«

»Alles Gute für uns beide«, sagte sie und verschwand.

Frigate kehrte unter das Dach zurück. Eine Menge Leute versammelten sich um ihn und gratulierten ihm, ohne daß in ihm ein Glücksgefühl aufkam. Eve hatte seine Stimmung zerstört, und er fühlte sich unbehaglich unter all diesen Menschen, die ihn jetzt in den Mittelpunkt stellten. Schließlich war Bullitt an der Reihe, ihm die Hand zu schütteln.

»Es tut uns leid, Sie fortgehen zu sehen, Frigate«, sagte er. »Sie sind wirklich ein musterhafter Bürger gewesen. Es gibt da allerdings noch eine Sache, die wir hinter uns bringen müssen.«

Er wandte sich an einen neben ihm stehenden Mann und sagte: »Mr. Armstrong, würden Sie bitte Mr. Frigates Waffen beschlagnahmen?«

Da Peter sich insgeheim bereits geschworen hatte, alles dafür herzugeben, wenn er nur aus Ruritania herauskäme, erhob er keinen Protest. Allerdings hatte er niemandem versprochen, die Waffen nicht zurückzustehlen — und genau das tat er am nächsten Morgen, als es noch nicht zu tagen begonnen hatte und der Himmel noch dunkel war.

Seine Begründung für diese Tat war einfach: Er war der Meinung, daß er einfach zuviel Arbeit in die Herstellung dieser Waffen investiert hatte, um sie sich so einfach abnehmen zu lassen. Ganz abgesehen davon war er einmal im Kampf um den kleinen Staat verwundet worden: Ruritania schuldete ihm die Waffen einfach.

Er war noch nicht einen Kilometer von Ruritania entfernt, als ihn das Gefühl überkam, er müsse zurückschwimmen und das Diebesgut reumütig wieder abliefern. Aber dieser Anfall von Ehrlichkeit dauerte nur einen Tag, dann war er von ihm kuriert.

Zumindest nahm er das an. Schließlich überfiel ihn erneut der periodisch wiederkehrende Traum. Er setzte genau an dem Punkt an, wo er nackt vor dem Haus seiner Eltern stand und sich verzweifelt — aber ohne Erfolg — bemühte, seinen Bruder Roosevelt zu wecken, indem er Kieselsteinchen ans Fenster warf. Schließlich gab er es auf, schlich um das Haus herum, versuchte ein offenes Fenster zu finden und langte schließlich bei der Eingangstür an, die unverschlossen war. Lautlos schlich er durch den Vorraum, gelangte in die Küche und von dort aus zu einer Tür, die dem Eingang des Badezimmers gegenüberlag. Von hier aus führte eine Treppe zur Dachkammer hinauf, wo sich der Schlafraum der beiden Brüder befand. Von dort an mußte er vorsichtig sein und nur auf den Zehenspitzen gehen, denn die Stufen hatten die Angewohnheit, in ein gräßliches Quietschen zu verfallen, wenn sie das ganze Körpergewicht eines Menschen auf sich spürten.

Und genau in diesem Augenblick stellte Peter fest, daß nicht nur die Tür der elterlichen Schlafzimmers, sondern auch die des Raumes der kleineren Geschwister offenstand. Mondlicht fiel herein. (Es spielte jetzt keine Rolle mehr, daß bereits der Morgen gegraut hatte, als er nackt um das Haus gelaufen war: schließlich befand er sich in einem Traum.) Das helle Mondlicht zeigte ihm, daß das altmodische, breite Bett seiner Eltern leer war. Ebenso das der kleinen Schwester. Er warf einen Blick um die Ecke, schaute in die Doppelbetten von Mungo und James Junior. Auch sie waren verwaist.

Auch Roosevelt war nicht in seinem Bett.

Panische Angst ergriff ihn. Er zwang sich dazu, aus dem rückwärtigen Fenster zu sehen. Sogar die Hundehütte war leer.

Alle — sogar der Hund — waren verschwunden. Und niemand hatte eine Nachricht für ihn hinterlassen.

Welch namenloses Verbrechen hatte hier stattgefunden?

32

»In einem Monat wird der Prototyp des Luftschiffs fertig sein«, sagte Firebrass. »Und da Jill Gulbirra bis jetzt die einzige ist, die genügend Fachkenntnisse aufzuweisen hat, wird sie es sein, die es übernimmt. Es ist mir ernst: Ich werde sie zum Kapitän des Prototyps machen. Was hältst du davon, Jill? Wenn es schon keine Möglichkeit gibt, dich zum Kommandanten unseres großen Luftschiffes zu machen, solltest du mindestens die Verantwortung über das kleine haben. Und laß dir nicht einfallen, irgendwann mal herumzuposaunen, Firebrass hätte sich für dich nicht stark gemacht.«

Obwohl die versammelten Männer ihr ausnahmslos gratulierten, trugen manche ziemlich saure Gesichter zur Schau. Cyrano jedoch schien dermaßen erfreut zu sein, daß er Jill beinahe an sich gezogen und geküßt hätte. Da er aber genau wußte, wie wenig sie davon hielt, wenn man sie berührte, unterließ er es. Einer plötzlichen Eingebung folgend tat Jill überraschenderweise das, was er hatte tun wollen: sie drückte ihn an ihre Brust und gab ihm einen flüchtigen Kuß auf die Wange. Sie hatte nicht übersehen, daß es ihn danach drängte, sein einstiges Verhalten wieder gutzumachen.

Zwanzig Minuten später stürzte sie sich zusammen mit Firebrass, Metzing, Piscator und zehn anderen Technikern auf die Konstruktionspläne des großen Luftschiffes. Die Vorarbeiten hatten drei harte Wochen in Anspruch genommen, und an jedem dieser Tage waren zwölf bis vierzehn Arbeitsstunden obligatorisch gewesen. Statt Hunderte von Zeichnungen auf Papier zu übertragen, hatten sie sich der Dienste des Computerzeichners versichert, der nicht nur viel schneller und genauer arbeitete, sondern jeden Strich auch noch mehrmals überprüfte. Natürlich hatte man ihn vorher programmieren müssen, aber auch bei dieser Tätigkeit war Jill dabeigewesen. Ihr lagen Jobs dieser Art; sie waren kreativ und gaben ihr die Möglichkeit, mit mathematischen Gleichungen umzugehen.

All das trug allerdings auch zu einer starken nervlichen Belastung bei. Um daran nicht zu verzweifeln und gleichzeitig in Form zu bleiben, ging sie jeden Tag zwei Stunden lang zum Fechten. An die Waffen der Flußwelt, die mit denen der Erde wenig gemeinsam hatten, mußte sie sich erst gewöhnen: die Klinge eines hiesigen Rapiers war schwerer und widerstandsfähiger als die eines irdischen. Da außerdem im Ernstfall jeder Körperteil ein Ziel bildete, war es schon deswegen erforderlich, sich auch während der Übungsstunden weitgehend mit Schutzpolstern einzudecken.

»Dies hier ist kein Spiel«, pflegte Cyrano zu sagen. »Hier geht es um mehr als nur einen Punktsieg. Irgendwann wird auch für Sie der Tag kommen, an dem Sie vor der Wahl stehen, ob Sie sich von Ihrem Gegner durchbohren lassen oder ihm die eigene Klinge bis zum Heft in den Leib jagen.«

Jill war früher eine ausgezeichnete Fechterin gewesen. Ihr Trainer, ein olympischer Goldmedaillengewinner, war stets der Ansicht gewesen, sie habe das Zeug, um in die Endausscheidung für die Weltmeisterschaft zu kommen, wenn sie nur genügend trainierte. Aber leider war das niemals möglich gewesen: ihr Job hatte es einfach nicht erlaubt, zuviel Zeit auf einem Fechtboden zu verbringen. Dennoch hatte Jill jede sich bietende Möglichkeit zum Training wahrgenommen. Sie mochte diesen Sport; in gewisser Beziehung erschien er ihr wie eine Art physisches Schach — und auch Schach war ein Spiel, dessen Zauber sie sich nur selten zu entziehen vermochte.

Es machte Spaß, die Klinge in die Hand zu nehmen und all die lange nicht mehr praktizierten — keinesfalls jedoch vergessenen — Tricks erneut zu lernen und auszuführen, und ebenso erfreute es sie, festzustellen, daß es ihr gelang, den größten Teil der männlichen Gegner zu schlagen. Obwohl sie sich anfangs stets ein wenig zurückhielt, veränderte sie sich schlagartig, sobald sie den Griff eines Rapiers in der Hand spürte; von da an verwandelte sie sich in ein Musterbeispiel von Gewandheit und Schnelligkeit.

Es gab nur zwei Männer, die ihr überlegen waren: der eine hieß Radaelli und war Autor des Buches *Istruzioni per la Scherma di Spada a di Sciabola* (1885); der andere, dessen Meisterschaft niemand in Frage stellte, war Savinien Cyrano de Bergerac.

Jill wunderte sich darüber, denn zu seinen Lebzeiten hatte das Fechten keineswegs zu den Künsten gehört, die durch besonders ausgereifte Techniken geglänzt hätten. Erst gegen Ende des achtzehnten Jahrhunderts war es vervollkommnet worden. Cyrano jedoch war in der Mitte des siebzehnten Jahrhunderts — mithin noch vor der Erfindung des Floretts — gestorben. Zu seiner Zeit hatte man noch Kampftechniken gehabt, die man aus heutiger Sicht nur als primitiv bezeichnen konnte. Die Italiener hatten zwar bereits im frühen siebzehnten Jahrhundert einige Grundregeln des modernen Schwertkampfes formuliert, aber dennoch waren bis zu ihrer Vervollkommnung noch zwei Jahrhunderte vergangen.

Dennoch genoß Cyrano den Ruf des größten Fechters aller Zeiten, und er brauchte sich nicht zu scheuen, sein Können mit dem anspruchsvollerer Fechter später Jahrhunderte vergleichen zu lassen. Anfangs hatte Jill geglaubt, daß sein Ruhm auf der maßlosen Übertreibung der Leute basierte, zumal niemand sagen konnte, ob die Geschichte seines heldenhaften Kampfes an der Porte de Nesle der Wahrheit entsprach oder auf einer Legende fußte. Der einzige Mensch, der darüber genaueres hätte sagen können, war der Franzose selbst — der allerdings niemals ein Wort darüber verlor.

Cyrano hatte erst später die Feinheiten des Klingenkreuzens erlernt — und zwar von Männern wie Radaelli und Borsody, die er nach vier Ausbildungsmonaten überflügelt und nach einem weiteren geschlagen hatte. Jetzt galt er als unbesiegbar. Noch.

Obwohl sie zunächst etwas zurückhaltend vorging, lieferte Jill Cyrano mit jeder Minute, die er ihr widmete, einen besseren Kampf. Aber es gelang ihr nicht, innerhalb eines üblichen Sechs-Minuten-Kampfes mehr als einen der fünf erreichbaren Punkte zu gewinnen. Cyrano war so geschickt, daß er meist schon vier davon für sich verbucht hatte, ehe Jill die Gelegenheit erhielt, einen für sich zu holen. Nach einer Weile kam ihr der Gedanke, daß er ihr möglicherweise regelmäßig diesen einen Punkt schenkte, um sie bei guter Laune zu halten. Einmal, nachdem sie eine Trainingsstunde absolviert hatten, sagte sie, sie habe das Empfinden, von ihm zu gönnerhaft behandelt zu werden.

»Selbst wenn ich in Sie verliebt wäre und es demgemäß scheute, Ihre Gefühle zu verletzen«, erwiderte er, »würde ich *das* niemals tun! Es wäre unehrlich. Selbst unter dem Gesichtspunkt, daß in der Liebe und im Krieg alle Mittel erlaubt sind, könnte ich das nicht für mich gelten lassen. Nein — Sie haben sich jeden Punkt ausschließlich aufgrund Ihrer eigenen Fähigkeiten erworben.«

»Aber wenn es ein ernsthafter Kampf gewesen wäre«, meinte Jill, »und wir mit spitzen Klingen gefochten hätten — müßte ich da nicht längst tot sein? Der erste Treffer kam immer von Ihnen.«

Cyrano schob seine Schutzmaske hoch und wischte sich den Schweiß von der Stirn. »Das stimmt. Aber das soll doch etwa nicht heißen, daß Sie mit dem Gedanken spielen, mich zu einem Duell herauszufordern? Sind Sie etwa immer noch wütend auf mich?«

»Meinen Sie wegen der Sache damals am Flußufer? Nein. Deswegen nicht.«

»Und weswegen dann, wenn ich mir die Kühnheit herausnehmen darf, danach zu fragen?«

Da sie ihm darauf keine Antwort gab, zog er die Brauen hoch und zuckte in typisch gallischer Manier die Achseln.

Cyrano *war* besser als sie. Sooft sie trainierte, wie sehr sie sich auch anstrengte — weil er ein Mann war und gegen niemanden, ob Mann oder Frau, verlieren wollte, war sie stets die Verliererin. Einmal, als sie ihn wegen seiner Ignoranz und seines Aberglaubens aufgezogen hatte (um ihn zu reizen), war er so wütend geworden und mit einem solchen Zorn auf sie losgegangen, daß er innerhalb von fünfeinhalb Minuten fünf Treffer erzielte. Anstatt den Kopf zu verlieren, wie man es von einem normalen Menschen hätte erwarten können, war er nur noch mehr zu einer kaltblütigen Maschine geworden, die nichts aus der Bahn werfen konnte. Cyrano war mit einer solchen Sicherheit und Behendigkeit zu Werke gegangen und hatte jede Bewegung mit einer Perfektion ausgeführt, die ihresgleichen suchte.

Und Jill hatte wieder einmal eine Niederlage einstecken müssen.

Mit Recht, sagte sie sich und entschuldigte sich bei ihm; auch wenn das Eingeständnis einer zweiten Niederlage gleichkam.

»Es war absolut falsch von mir, Sie wegen Ihrer mangelnden wissenschaftlichen Bildung und einiger falschen Ansichten aufzuziehen«, sagte sie. »Es ist schließlich nicht Ihre Schuld, daß Sie 1619 geboren wurden. Ich hätte mich daran nicht festbeißen dürfen. Ich habe es nur getan, damit Sie die Selbstkontrolle verlieren und mir eine breitere Angriffsfläche bieten. Es war eine blödsinnige Idee. Ich verspreche, so etwas nie wieder zu tun, und bitte Sie aufrichtig um Entschuldigung. Es war nicht so gemeint.«

»Dann war das ganze gemeine Gerede also nichts anderes als ein Trick?« fragte Cyrano. »Ein verbaler Versuch, sich ein paar Punkte zu ergaunern? Sie haben es also in Wirklichkeit gar nicht persönlich gemeint?«

Jill zögerte einen Augenblick lang und sagte dann: »Ich will jetzt ganz ehrlich sein. Mein Hauptziel war, darauf hinzuarbeiten, daß Sie die Nerven verlören. Aber als mir die Idee kam, habe ich die Sache nicht rein intellektuell gesehen. Ich war wirklich der Ansicht, Sie seien ein ignoranter Simpel und ein lebendes Fossil. Es war lediglich mein eigener Ärger, der aus mir sprach. Ich weiß natürlich, wie weit Sie Ihrer eigenen Zeit voraus waren und gegen Aberglauben und Barbarei kämpften, daß es beinahe einer Ablehnung der damaligen Kultur gleichkam. Sie waren eine Ausnahme, und ich halte das durchaus für eine ehrenhafte Einstellung. Ich versichere Ihnen, daß Sie derartige Worte aus meinem Munde nie wieder hören werden.«

Sie machte eine Pause und fragte dann: »Stimmt es eigentlich, daß Sie auf dem Sterbebett um Vergebung gefleht haben?«

Cyrano wurde rot. Dann schnitt er eine Grimasse und erwiderte: »Aber sicher. Ich sagte in der Tat, daß mir meine Blasphemien und meine Ungläubigkeit leid täten. Ich bat Gott sogar um Vergebung — ich, der ich seit meinem dreizehnten Lebensjahr ein Atheist gewesen bin! Ich, der ich fanatisch die vollgefressenen, aalglatten, stinkenden, ignoranten und scheinheiligen Parasiten von Pfaffen haßte! Sie und ihren allgegenwärtigen, gnadenlosen, grausamen Gott!

Aber jemand wie Sie, der in einem viel freieren und aufgeklärteren Zeitalter lebte, kann nicht die Schrecken des Höllenfeuers und der ewigen Verdammnis kennen! SIe können sich unmöglich vorstellen, wie es ist, wenn die Hölle die Arme nach dir ausstreckt und darauf wartet, dich zu verbrennen! Das hat man uns von den frühesten Kindheitstagen an unablässig eingehämmert. Es saß in uns drin, tief in unserem Leib und unseren Knochen und in den Abgründen unseres Unterbewußtseins!

Und deswegen, weil mir klar wurde, daß ich im Begriff war, an einer Kombination aus jener schrecklichen Krankheit mit dem beinahe harmlosen Namen Syphilis und jenem Schlag auf den Kopf, den mir ein Gegner versetzt hatte, zu sterben, schickte ich, der ich nach nichts anderem gedürstet hatte als nach der Liebe der Menschheit . . . äh, was wollte ich eigentlich damit ausdrücken?

Ah, ja! Als mir klar wurde, daß ich im Sterben lag und mich die teuflischen Kreaturen der Hölle bereits umkreisten, als ich an die ewige Folter dachte, die mich erwartete, schickte ich nach meiner zahnlosen Schwester und meinem guten alten Freund Le Bret und erklärte ihnen, ich sei bereit, alles zu bereuen, da ich mir darüber klargeworden sei, daß meine Seele auf ewig in der Hölle braten würde, wenn ich dies nicht täte, und ich bat sie, mich in ihre Gebete einzuschließen.

Und warum auch nicht? Ich hatte auf einmal mehr Angst als je zuvor in meinem Leben, und außerdem konnte es doch niemandem schaden, wenn ich all meine Sünden jetzt bereute. Ich war jedoch nicht hundertprozentig davon überzeugt, daß ich der ewigen Verdammnis anheimfallen würde, glauben Sie mir. Aber ich dachte: Wenn Christus wirklich derjenige ist, der dir das Heil bringen kann, und es einen Himmel und eine Hölle gibt, bin ich dann nicht ein Narr, wenn ich nicht den Versuch unternähme, meine wertlose Haut und meine unschätzbare Seele zu retten?

Andererseits dachte ich auch: Wenn sich alles als Humbug herausstellt und nach dem Tod nichts als eine große, schwarze Leere über dich kommt — bricht mir dann ein Zacken aus der Krone? Auf jeden Fall konnte ich noch mit dem Bewußtsein sterben, meine Schwester und den zwar abergläubischen, ansonsten aber gutherzigen Le Bret glücklich gemacht zu haben.«

»Er hat übrigens eine glühende Lobrede auf Sie gehalten«, sagte Jill, »die später zum Vorwort Ihres Buches *Die Reise zu den Mondstaaten und Sonnenreichen* wurde, das er zwei Jahre nach Ihrem Tod herausgab.«

»Oh! Ich hoffe nur, er hat keinen Heiligen aus mir gemacht!« rief Cyrano aus.

»Das nicht gerade. Aber er hat Sie als Menschen mit feinem und edlem Charakter beschrieben. Andere Autoren allerdings ... Sie scheinen eine Menge Feinde gehabt zu haben.«

»Wer es nach meinem Tod wagte, als ich mich nicht mehr wehren konnte, meinen Namen in den Dreck zu zerren, kann nur ein Feigling und Schweinehund gewesen sein!«

»Ich erinnere mich nicht an ihre Namen«, sagte Jill. »Aber das dürfte ohnehin jetzt unerheblich sein, oder? Davon abgesehen kennen höchstens die Gelehrten die Namen Ihrer Verleumder. Den meisten Leuten sind Sie lediglich als der romantische, witzige und pathetische Held eines Don-Quichote-haften Bühnenstücks bekannt, das im späten neunzehnten Jahrhundert ein Landsmann von Ihnen schrieb. Man hat übrigens lange Zeit angenommen, daß Sie geistig umnachtet waren, als Sie *Die Reise zu den Mondstaaten und Sonnenreichen* verfaßten, und aus diesem Grund war das Buch auch stark zensiert. Weil die kirchlichen Zensoren dermaßen an Ihrem Manuskript herumstrichen, ergaben manche Stellen lange Zeit keinen Sinn. Später hat man dann versucht, das Originalwerk soweit wie möglich zu rekonstruieren, und zu der Zeit, in der ich geboren wurde, existierte auch schon eine ungekürzte Version in englischer Sprache.«

»Es freut mich, das zu hören! Ich habe schon von Clemens und einigen anderen gehört, daß man mich zu den Bewohnern des literarischen Olymp zählte, und daß ich, wenn ich schon nicht mit Zeus verglichen wurde, so doch zumindest zu einem Ganymed geworden bin; immerhin ein Mundschenk im Kreise der Großen. Aber ihre höhnische Bemerkung, ich sei abergläubisch, hat mich doch ein wenig geschmerzt, Mademoiselle. Es stimmt, daß ich — wie Sie behaupteten — daran glaubte, daß der bleiche Mond den Tieren das Mark aus den Knochen saugt. Sie sagen, das sei ein absoluter Schwachsinn. Na gut, ich akzeptiere das. Mein Glaube war falsch, ebenso falsch wie der von unzähligen anderen Menschen meiner Zeit, und gottweißwievielen Menschen vor mir.

Aber dies war nur ein harmloser Irrtum, der niemandem, der daran glaubte, jemals auch nur den kleinsten Schaden zufügte. Der Aberglaube jedoch, den *ich* bekämpfte, war jener gravierende Irrtum, der mehrere Millionen Menschen in Angst und Schrecken versetzte; die Annahme, es gäbe Menschen, die mit dem Teufel im Bunde seien, schwarze Magie praktizierten und mit Zaubersprüchen andere behexten. Ich verfaßte einen Aufruf gegen diese bösartige Verirrung, der sich auch auf das System bezog, in dem wir lebten, und wies darauf hin, daß diese grotesken Auswüchse auf legalen Gesetzen basierten und die barbarischen und grausamen Folterungen im Namen Gottes lediglich Menschen, die entweder geistesgestört oder naiv waren, trafen; daß die Schlacht gegen das Böse in Wirklichkeit von Kräften geführt werde, die grundsätzlich selbst böse seien.

Nun, es stimmt zwar, daß dieser Aufruf zu meinen Lebzeiten nicht publiziert wurde. Mit gutem Grund. Man hätte mich gefoltert und bei lebendigem Leibe verbrannt. Aber er ist in meinem Freundeskreis zirkuliert und beweist, daß ich keinesfalls der Ignorant war, den Sie aus mir zu machen versuchten. Ich war in vieler Hinsicht meiner Zeit voraus, obwohl ich natürlich nicht der einzige war, der diese unerfreuliche Situation sah.«

»Das weiß ich«, sagte Jill. »Und ich habe mich dafür bereits entschuldigt. Wollen Sie, daß ich es noch mal tue?«

»Das ist nicht nötig«, sagte Cyrano. Sein breites Lächeln machte ihn trotz der langen Nase attraktiv, beinahe sogar hübsch.

Jill packte den Handgriff ihres Grals und sagte: »Es ist fast Essenszeit.«

Sie hatte aufgrund einiger mitgehörter Gespräche etwas über einen Mann namens Odysseus erfahren. Er war allem Anschein nach und ohne daß jemand Notiz davon genommen hatte geradewegs aus dem Nichts aufgetaucht, als die Truppen Clemens' und König Johns sich gegen ein Invasionsheer zur Wehr setzten, das es auf das Erz des Meteoriten abgesehen hatte. Odysseus war es auch gewesen, der den gegnerischen Führer mit einem wohlgezielten Bogenschuß erledigt und dessen Offiziere dermaßen in Panik versetzt hatte, daß die Truppen Parolandos jenen Vorsprung gewannen, der ihnen schließlich zum Sieg verhalf.

Odysseus von Ithaka war angeblich der historische Odysseus gewesen, auf dem Homers mythischer Held basierte. Er hatte vor den Toren Trojas gekämpft und behauptet, daß diese Stadt nicht dort läge, wo die Gelehrten sie vermuteten, sondern viel weiter südlich, weit entfernt von der Küste Kleinasiens.

Als Jill dies zum erstenmal hörte, war sie darüber unentschieden gewesen, ob sie dem Mann glauben sollte. Es gab einfach zu viele Aufschneider auf dieser Welt. Andererseits: Welchen Grund sollte der angebliche Mann aus Ithaka haben, zu behaupten, daß jenes Troja VIIa, das sogar die Archäologen ihrer Tage für das richtige hielten, das falsche sei? Was sollte ihn dazu bringen, zu behaupten, das originale Troja habe an einem ganz anderen Ort gelegen?

Was immer auch der Grund gewesen sein mochte, der Mann war nicht mehr hier. Er war ebenso mysteriös untergetaucht, wie er aufgetaucht war. Man hatte ihm zwar einige Agenten nachgeschickt, aber keiner davon war mit verwertbaren Ergebnissen zurückgekommen.

Nachdem Clemens die Anker der *Mark Twain* gelichtet hatte und abgefahren war, hatte Firebrass noch einmal nach Odysseus forschen lassen. Einer seiner Leute, ein Mann namens Jim Sorley, war schließlich auf eine Spur des Griechen gestoßen, aber auch sie sagte nicht mehr aus, als daß er zumindest keinem Mordanschlag König Johns zum Opfer gefallen war.

Jill hatte sich des öfteren gefragt, aus welchem Grund Odysseus freiwillig an Clemens' Seite gekämpft hatte. Aus welchem Grund sollte ein Fremder, der zufällig in eine bewaffnete Auseinandersetzung hineinplatzte, sich einer bestimmten Seite anschließen und sein Leben für sie riskieren? Was gab es für einen solchen Menschen zu gewinnen, speziell wenn man berücksichtigte, daß er keine der beiden kämpfenden Parteien und ihre Ziele kannte?

Jill hatte Firebrass danach gefragt, aber die einzige Antwort, die er ihr gegeben hatte, war das Eingeständnis des eigenen Nichtwissens gewesen. Höchstens Sam Clemens könnte in der Lage sein, ihr diese Frage zu beantworten, meinte Firebrass, aber er habe selbst nie ein Wort über die Sache verloren.

Schließlich hatte er hinzugefügt: »Es ist allerdings nicht auszuschließen, daß Odysseus aus dem gleichen Grund hierher kam, aus dem Cyrano und ich hier sind: weil er mit dem Schiff zum Polarsee vorstoßen wollte.«

Es kam Jill komisch vor, daß man erst auf die Idee gekommen war, ein Luftschiff zu konstruieren, nachdem das zweite große Schiff vom Stapel gelaufen war. Warum sollte man eine jahrzehntelange Schiffsreise auf sich nehmen, wenn ein Luftschiff in der Lage war, die gesamte Strecke in ein paar Wochen zu überwinden?

Firebrass sagte grinsend: »Das ist nur eines der vielen Rätsel, die das Leben einem aufgibt. Der Mensch – pardon, ich meine natürlich die Menschheit – ist manchmal einfach nicht in der Lage, die eigene Nasenspitze zu sehen. Bis dann jemand kommt und ihr einen Spiegel vorhält.«

»Hätte die gesamte Menschheit eine Nase wie ich«, sagte Cyrano, »wäre es sicher besser um sie gestellt.«

In diesem konkreten Fall war der Mann mit dem Spiegel ein Herr namens August von Parseval gewesen. Er hatte auf der Erde als Major der deutschen Armee gedient und für eine deutsche Firma Luftschiffe entworfen. Jener Typ, der seine Existenz Parsevals Berechnungen verdankte, war in den Jahren von 1906 bis 1914 sowohl von der deutschen als auch der britischen Regierung eingesetzt worden.

Von Parseval war kurz vor der Abfahrt der *Mark Twain* in Parolando aufgetaucht und hatte sich darüber gewundert, wieso niemand auf die Idee gekommen war, statt eines Schiffes ein Luftschiff zu bauen, das ein Vielfaches seiner Geschwindigkeit erreichen konnte und nicht den Windungen des Flusses zu folgen brauchte.

Firebrass hatte ihn nachdenklich gemustert und war dann – den Deutschen im Schlepptau – eilig zu Clemens gerannt.

Zu seiner Überraschung konfrontierte Clemens ihn mit der Behauptung, lange über ein solches Projekt nachgedacht zu haben. Schließlich sei er der Verfasser des Buches *Tom Sawyer im Ausland* gewesen — und seien darin nicht Tom, Jim und Huckleberry Finn mit einem Ballon von Missouri bis in die Sahara geflogen?

Woraufhin Firebrass ihm die Frage stellte, wieso in Herrgottsnamen er dann niemandem von seinen Gedanken berichtet habe.

»Ich habe das nicht getan, weil ich genau wußte, daß sofort irgendein energiegeladener Bursche schneller auf die Idee gekommen wäre, die Arbeit an unserem Schiff einzustellen, als ein Einbrecher beim Anblick eines Polizisten die Flucht ergreift! Er hätte das Boot links liegenlassen und jegliche Arbeitskräfte und Materialien auf den Bau eines Luftschiffes konzentriert!

Nein, mein Lieber! Dieses Schiff hier genießt absolute Priorität, wie Noah zu seinem Weibe sagte, als dieses die Arbeit unterbrechen wollte, um an einem Regentanz teilzunehmen. Und so wahr ich hier stehe — es wird niemals ein Luftschiff geben, solange uns der Wasserweg offensteht, um unser Ziel zu erreichen! Man würde mir nicht mal erlauben, an Bord eines solchen Dings eine Zigarre zu rauchen, und wenn ich das nicht tun könnte, wofür sollte ich dann noch leben?«

Clemens hatte noch einige andere Einwände gemacht, und die meisten davon waren durchaus ernsthaft zu sehen. Dennoch vermutete Firebrass, daß all diese Gründe nur vorgeschoben wurden, um einen anderen zu überspielen: das Erreichen des Turms war nicht die Hauptsache für Clemens. Viel wichtiger schien ihm die Reise selbst zu sein. Alles, was er sich ersehnte, war, das größte Flußboot zu bauen, das jemals existiert hatte, und sein Kapitän, sein Herr zu sein, Millionen Kilometer auf ihm zurückzulegen und bewundert und verehrt von Milliarden zu sein.

Darüber hinaus dürstete es ihn nach Rache. Sein Sinnen und Trachten zielte darauf ab, die Spur Königs Johns aufzunehmen, des Mannes, der ihm sein erstes Schiff, die *Nicht vermietbar*, geraubt hatte. Er wollte den Kerl fangen und vernichten.

Es war möglich, daß es vierzig Jahre dauerte, um die Strecke von Parolando bis zu den Bergen, die den Polarsee umgaben, hinter sich zu bringen. Sam kümmerte das nicht. Er würde nicht nur der hochgeschätzte Eigentümer und Steuermann des größten und schönsten Schiffes sein, das der Menschheit je unter die Augen gekommen war, sondern auch die längste Reise unternehmen, die — ohne jeden Zweifel — je auf einem Schiff unternommen worden war. Vierzig Jahre! Das stopft euch mal in die Pfeife, Kolumbus und Magellan, und raucht es!

Außerdem würde er während dieser Zeit Hunderttausende von Menschen kennenlernen und mit ihnen reden. Und auch das war etwas, worauf Sam brannte, denn er sammelte ebenso die Ansichten anderer Menschen wie Hausfrauen Neuigkeiten über die Nachbarn.

Wenn er die Reise auf einem Luftschiff machte, würde es niemanden geben, mit dem er sich unterhalten konnte.

Und auch wenn Firebrass so gesellig wie das Mitglied eines Entenschwarms war: dieses Benehmen ging ihm über die Hutschnur. Für ihn selbst gab es nur ein Ziel, das absoluten Vorrang genoß: die Enträtselung des geheimnisumwitterten Turmes. Dort mußte seiner Meinung nach der Schlüssel zu allem, was die Menschheit in Erstaunen versetzte, zu finden sein.

Dennoch hielt er sich zurück und sagte Clemens nichts von dem, was er glaubte. Es hätte sowieso nichts geändert und der Sache höchstens geschadet. Außerdem war Sam Clemens klug genug, alles abzustreiten und ihm dabei auch noch geradewegs in die Augen zu sehen.

Aber auch ohne Firebrass' Kritik an seinem Verhalten wußte Sam, daß er falsch handelte. Sechzig Tage vor dem Stapellauf der *Mark Twain* ließ er Firebrass zu sich rufen.

»Sobald ich unterwegs bin«, sagte er, »kannst du meintwegen mit dem Bau eines solch feuergefährlichen Dings beginnen. Das bedeutet natürlich, daß du dich jetzt entscheiden mußt, ob du den Job auf dem besten Schiff, das die Menschheit je auf Kiel legte, annehmen willst oder nicht. Des weiteren darfst du das Luftschiff lediglich für Beobachtungszwecke einsetzen, als Scout sozusagen . . .«

»Wieso das denn?« fragte Firebrass verblüfft.

»Wieso?« rief Clemens. »Warum zum Henker sollte überhaupt jemand auf die Idee kommen, etwas anderes damit tun zu wollen, he? Kann ein Luftschiff etwa auf der Turmspitze oder sonstwo da oben landen? Nach Joe Millers Aussage fallen die den Polarsee umgebenden Bergwände steil ab. Es gibt dort keinen Strand. Und . . .«

»Woher will Joe überhaupt wissen, ob es dort oben keinen Strand gibt? Der See lag doch unter einer dichten Wolkendecke verborgen. Er hatte doch kaum etwas gesehen außer den oberen Teil des Turms.«

Sam stieß eine Wolke Zigarrenqualm aus, die wütende kleine

Drachen symbolisierte. »Es ist doch gar keine Frage! Welches Interesse sollten die Leute, die für die Konzeption des Sees verantwortlich sind, an einem Strand haben? Wer wäre denn so verrückt, irgendwelchen Invasoren auch noch die Landeplätze zu bauen? Niemand!

Was ich allerdings gerne herausfinden möchte, ist, wie das Land dort oben aussieht. Ihr solltet mit dem Luftschiff herausfinden können, ob es noch einen anderen Weg durch die Berge gibt als den, den Joe damals nahm. Und ob man in den Turm auch noch auf andere Weise eindringen kann als nur über das Dach.«

Natürlich hatte Firebrass sich auf keine echte Auseinandersetzung eingelassen. Er wußte: wenn er erst einmal in der Polgegend war, würde er tun, was ihm in den Kram paßte, denn dann befand er sich längst außerhalb von Sam Clemens' Kontrolle.

»Dann bin ich abgehauen«, erzählte Firebrass Jill, »und ich fühlte mich so glücklich wie ein Köter, der auf einen Schlag alle seine Flöhe losgeworden ist. Ich schnappte mir August von Parseval, teilte ihm Sams Entscheidung mit und veranstaltete mit ihm erst einmal ein Freudenfest. Leider wurde der arme August zwei Monate später von einem Drachenfisch verschluckt. Das hat mich so mitgenommen, daß ich ihm am liebsten nachgesprungen wäre.«

An dieser Stelle der Geschichte offenbarte Firebrass Jill ein Geheimnis.

»Schwör mir bei deiner Ehre, Jill, daß du von dem, was ich dir jetzt sage, keiner Menschenseele etwas erzählen wirst. Wäre das Schiff nicht seit langem ausgelaufen und würde die Möglichkeit bestehen, daß König John irgendwie an diese Information herankäme — womit ich natürlich nicht unterstellen will, daß er sie von dir bekäme —, dürfte ich es dir gar nicht sagen.«

»Ich schwöre, die Sache für mich zu behalten — was immer es auch sein mag.«

»Nun . . . einer unserer Ingenieure war ein kalifornischer Wissenschaftler. Er wußte genug, um einen Laser herzustellen, der eine Reichweite von 404 Metern hat. Innerhalb dieser Distanz könnte er die *Rex* in Scheibchen schneiden. Da wir genug Material hatten, um ein solches Ding zu bauen, haben wir es schließlich getan. Der Laser befindet sich an Bord der *Mark Twain.*

Das Projekt wurde dermaßen streng geheimgehalten, daß insgesamt nur sechs Mann von der *Mark Twain*-Besatzung von seiner

Existenz wissen. Der Laser wird in einem Raum versteckt gehalten, dessen Lage nur diesen sechs Männern bekannt ist. Nicht einmal Sams Freund Joe hat eine Ahnung.

Wenn die *Mark Twain* irgendwo auf die *Rex* trifft, werden sie den Laser herausholen und auf ein Dreibein montieren. Es wird eine kurze, aber entzückende Schlacht werden. Entzückend für Sam und kurz für John. Sie wird ebenso die Verluste für beide Seiten in Grenzen halten.

Ich selbst weiß nur von dieser Sache, weil ich zu den Ingenieuren gehörte, die das Projekt durchführten. Kurz bevor der Laser fertiggestellt war, fragte ich Sam, ob er ihn nicht doch zurücklassen wolle, denn ich wollte ihn in das Luftschiff einbauen und ihn dazu benutzen, von oben her einen Eingang in den Turm zu brennen, falls uns keine andere Möglichkeit offenstand, in ihn einzudringen.

Aber Sam war dagegen und meinte, irgend etwas könne dem Luftschiff passieren, und dann sei der Laser unwiederbringlich verloren. Ich diskutierte wie ein Irrer mit ihm, zog aber letztlich doch den kürzeren. Na ja, Sams Argumentation war natürlich nicht falsch. Man kann nie wissen, in welche Gefahren man sich begibt, wenn man in einem Luftschiff sitzt. Jeder Wetterumschwung kann einem möglicherweise den Rest geben, von anderen Gefahren ganz zu schweigen. Jedenfalls war ich ziemlich frustriert.«

33

Jill wollte gerade die Frage stellen, ob man noch nicht auf den Gedanken gekommen sei, ein paar Agenten auszuschicken, um nach Materialquellen zu forschen, die es ihnen ermöglichten, einen zweiten Laser herzustellen, als es klopfte und Firebrass' Sekretärin erschien. Ob er bereit sei, Mr. Piscator zu empfangen?

Firebrass nickte. Der Japaner trat ein, wünschte ihnen eine gute Gesundheit und sagte, er habe eine gute Nachricht zu überbringen: Die Ingenieure, die damit beschäftigt waren, synthetisches Dieselöl herzustellen, ließen übermitteln, daß die erste Landung eine Woche vor dem festgesetzten Termin bereitstehen würde.

»Ausgezeichnet!« sagte Firebrass und lächelte Jill an. »Das bedeutet, daß du mit der *Minerva* praktisch schon morgen aufsteigen kannst! Unsere Versuche können also eine Woche früher beginnen als angenommen! Fabelhaft!«

Jill fühlte sich sogar noch glücklicher.

Frebrass kündigte an, er werde, um dieses Ereignis gebührend zu würdigen, einen ausgeben, aber der Schnaps war kaum in den Gläsern, als die Sekretärin erneut hereinkam.

Mit einem breiten Lächeln sagte sie: »Wenn es nicht so wichtig wäre, hätte ich die Sitzung nicht gestört. Ich glaube, wir haben einen neuen Luftschiffmann für Sie, der offensichtlich über ziemlich große Erfahrung verfügt. Er ist vor ein paar Minuten angekommen.«

Jill, die beinahe in einer Art Ekstase schwebte, fühlte sich plötzlich wie ein Ballon, aus dem die Luft entweicht. Ihr Brustkasten sackte ein. Offenbar hatte sie damit wieder einmal eine Position erreicht, in der sie um den Rang des Zweiten Offiziers, dessen sie sich so sicher gewähnt hatte, kämpfen mußte. Ausgerechnet jetzt tauchte jemand auf, der vielleicht die gleiche Qualifikation aufzuweisen hatte wie sie. Vielleicht sogar mehr? Und es war natürlich ein Mann. Möglicherweise war er sogar Offizier auf der *Graf Zeppelin* oder der *Hindenburg* gewesen. Ein Veteran aus der Zeit der großen Luftschiffe mußte in Firebrass' Augen unweigerlich wichtiger erscheinen als jemand, der nur kleinere Typen geflogen hatte.

Als sie den Mann, der der Sekretärin in Firebrass' Büro folgte, erblickte, begann ihr Herz wie rasend zu klopfen. Sie kannte ihn zwar nicht, aber das mußte nichts heißen, denn es gab Dutzende von ehemaligen Luftschiffpiloten aus der Zeit der *Hindenburg*, deren Fotografien sie nie zu Gesicht bekommen hatte. Sie kannte nicht einmal jeden, der zu ihren Lebzeiten ein Kollege gewesen war, und abgesehen davon zeigten jene alten Bilder in der Regel Männer in den mittleren Jahren in Zivilkleidung oder Uniformen. Und nicht wenige davon trugen Bärte.

»Chefingenieur Firebrass«, stellte Agatha Rennick die Männer einander vor. »Barry Thorn.«

Der Neuankömmling trug Fischhautsandalen, einen leuchtenden rot-, weiß- und blaugestreiften Kilt und einen langen, schwarzen Umhang, der am Hals von einer Spange zusammengehalten wurde. In der einen Hand hielt er den Griff seines persönlichen Grals, in der anderen einen großen Fischhautbeutel.

Der Mann war etwa einen Meter siebzig groß und hatte unglaublich breite Schultern. In Jill erweckte er den Eindruck eines

Bullen. Dennoch waren seine Beine im Verhältnis zu seinem Rumpf ziemlich lang und muskelbepackt. Sein Brustkorb und die langen Arme ließen ihn fast einem Gorilla ähneln, der kein Brustfell hatte.

Kurzes, gekräuseltes Blondhaar umrahmte ein breites Gesicht. Die Augenbrauen hatten die Farbe hellen Strohs, seine Augen waren blau. Der Mann zeigte, als er lächelte, zwei Reihen gesunder, weißer Zähne. Sein Kinn sprang etwas vor, war abgerundet und zeigte einen kerbenähnlichen Einschnitt. Er hatte kleine, eng am Kopf anliegende Ohren.

Auf Firebrass' Einladung hin legte er seine Last ab und entkrampfte die Finger, als hätte er sein Gepäck lange Zeit nicht aus den Händen gelegt. Möglicherweise hatte er aber auch eine lange Strecke paddelnd in einem Kanu zurückgelegt. Trotz der Breite seiner Handflächen hatte er lange und schlanke Finger.

Der Mann schien ziemlich versessen darauf zu sein, ein Gespräch mit ihnen zu führen und über seine Qualifikationen Auskunft zu geben, auch wenn er hier völlig fremden Menschen gegenübersaß. Tatsächlich strahlte er etwas aus, das wie Rechtschaffenheit wirkte und eine Anziehungskraft hatte, die Jill an den oft mißbräuchlich verwendeten und überstrapazierten Ausdruck »Charisma« denken ließ.

Erst später fand sie heraus, daß der Mann dazu in der Lage war, diese Ausstrahlung anzuschalten wie eine Lampe, um plötzlich völlig eins zu werden mit dem, was ihn als Hintergrund umgab. Ein psychisches Chamäleon.

Als Jill Piscator einen kurzen Blick zuwarf, stellte sie fest, daß der Japaner außerordentlich neugierig auf den Fremden war. Seine schwarzen Augen verengten sich, und er hielt den Kopf in einer solch merkwürdigen Art schief, als lausche er einem fernen, kaum hörbaren Klang.

Firebrass und Thorn schüttelten sich die Hände.

»Jemine, welch ein Griff! Es freut mich, Sie an Bord zu haben, Sir, wenn Sie wirklich der sind, den Agatha mir ankündigte! Nehmen Sie Platz und strecken Sie die Beine aus. Haben Sie eine lange Reise hinter sich? Tatsächlich? Vierzigtausend Steine? Darf ich Ihnen etwas zu essen anbieten? Kaffee? Tee? Schnaps oder Bier?«

Thorn lehnte bis auf den Stuhl alles ab. Er sprach in einem vertrauenerweckenden Bariton und unterließ es, all die Pausen, Verzögerungen und Halbsätze zu verwenden, in denen die meisten Leute sich artikulieren.

Nachdem er erfahren hatte, daß Thorn Kanadier war, wechselte Firebrass vom Esperanto ins Englische über. Ein paar Minuten später hatte er bereits die Kurzbiographie des Neuankömmlings.

Barry Thorn war im Jahre 1920 auf der Farm seiner Eltern in der Nähe von Regina/Saskatchewan zur Welt gekommen. Nachdem er ein Studium der Elektromechanik abgeschlossen hatte, war er während eines Aufenthalts in England 1938 zur britischen Marine gegangen. Er hatte während des Krieges ein kleines Marineluftschiff kommandiert, nach Kriegsende eine Amerikanerin geheiratet und war in die USA gezogen, da seine Frau, die aus Ohio stammte, darauf bestand, in der Nähe ihrer Eltern zu leben. Abgesehen davon waren ihm dort die Möglichkeiten für Luftschiffpiloten günstiger erschienen.

Thorn hatte sich eine kommerzielle Pilotenlizenz verschafft und den Plan gehabt, in die Dienste einer amerikanischen Luftfahrtgesellschaft zu treten. Nach seiner Scheidung hatte er seinen Job bei Goodyear aufgegeben und mehrere Jahre im kanadischen Yukon-Territorium als Buschpilot verbracht. Nach dem Tod seiner zweiten Frau war er zu einer neuentstandenen deutsch-englischen Luftfahrtgesellschaft übergewechselt, die ihn damit beschäftigt hatte, mit Gas beladene Großcontainer aus dem Mittleren Osten nach Europa zu schaffen.

Jill stellte ihm, da sie sich erhoffte, seine Antworten würden ihr Gedächtnis besser auf Touren bringen, ein paar Fragen. Sie hatte mit Sicherheit einige von Thorns Kollegen gekannt, und vielleicht fiel ihr wieder ein, daß der eine oder andere ihn erwähnt hatte. Thorn glaubte sich an einen dieser Männer zu erinnern, konnte aber nichts mit Bestimmtheit sagen — immerhin lag diese Zeit lange zurück.

Er war 1983 in Friedrichshafen gestorben. Der Grund seines Todes war ihm unbekannt, aber er tippte auf Herzversagen. Er war wie an jedem Abend zu Bett gegangen und hatte sich an einem Flußufer dieser Welt wiedergefunden — zusammen mit allen anderen Menschen, die jemals gelebt hatten.

Seit diesem Tag war er flußauf- und flußabwärts gewandert. Dann, als ihm zu Ohren gekommen war, daß man irgendwo Anstrengungen unternahm, ein Luftschiff zu bauen, hatte er sich entschlossen, diesem Gerücht selbst auf den Grund zu gehen.

Firebrass sagte strahlend: »Welch ein Glück! Sie sind mehr als willkommen hier, Barry! Agatha, würdest du dich um eine Unterkunft für Mr. Thorn bemühen?«

Thorn schüttelte allen die Hände und ging. Firebrass war so aufgekratzt, daß er beinahe in einen Tanzschritt verfiel. »Es ist unglaublich, wie gut wir vorankommen!«

»Verändert das meine Position?« fragte Jill.

Firebrass sah sie überrascht an. »Nein. Ich sagte doch, daß du hier der Chefausbilder und Kapitän der *Minverva* sein wirst. Ein Firebrass pflegt sein Wort auch zu halten. Das heißt . . . jedenfalls meistens. He, ich weiß, was du jetzt denkst! Ich habe nie ein Versprechen darüber abgegeben, wer die Position des Ersten Offiziers auf der *Parseval* erhält. Du hast gute Chancen, den Job zu kriegen, Jill, aber es ist jetzt einfach noch zu früh, darüber Entscheidungen zu fällen. Alles, was ich sagen kann, ist: Möge der beste Mann gewinnen. Oder die beste Frau.«

Piscator tätschelte Jills Hand. Zu jedem anderen Zeitpunkt hätte sie eine solche Berührung zurückgewiesen, aber jetzt fühlte sie sich plötzlich durch sie erwärmt.

Später, nachdem sie das Büro verlassen hatten, sagte Piscator: »Ich bin mir nicht sicher, ob dieser Thorn die Wahrheit spricht. Jedenfalls nicht die ganze. Seine Geschichte mag zwar, soweit er sie erzählt hat, der Wahrheit entsprechen, aber irgend etwas an seiner Stimme scheint mir falsch zu klingen. Ich werde den Eindruck nicht los, daß er uns etwas verschwiegen hat.«

»Manchmal jagst du mir direkt Angst ein«, sagte Jill.

»Ich kann mich natürlich auch irren.«

Aber Jill hatte den Eindruck, daß er daran selbst nicht glaubte.

34

Jeden Morgen, noch bevor der Tag graute, startete die *Minerva* zu einem Übungsflug. Manchmal blieb sie bis eine Stunde nach dem Mittagsmahl in der Luft, und hin und wieder kam es sogar vor, daß sie bis in die späten Abendstunden herumkreuzte, ehe sie sich wieder herabsenkte, um zu landen. In der ersten Woche war Jill der einzige Pilot, der das Schiff steuerte, dann kamen nach und nach jene Leute an Bord, die in der *Minerva* ausgebildet werden sollten.

Erst vier Wochen nach dem ersten Ausbildungstag der Nachwuchspiloten und Gondeloffiziere setzte Barry Thorn seinen Fuß in das Schiff. Jill hatte darauf bestanden, daß er zunächst auf dem Boden einen Kursus mitmachte, denn obwohl er über reichlich Flugstunden und Erfahrung verfügte, hatte er doch seit zweiunddreißig Jahren kein Luftschiff mehr von innen gesehen, so daß man annehmen konnte, daß er eine Menge vergessen hatte. Thorn weigerte sich jedenfalls nicht.

Während er im Pilotensessel der *Minerva* saß, ließ Jill ihn keine Sekunde aus den Augen. Worauf auch immer Piscators Mißtrauen gegen den Mann basierte: er ging mit dem Schiff um, als habe er nie etwas anderes getan. Auch was die Navigation und die simulierten Notsituationen, die zum Training der Leute gehörten, anging, zeigte er keinerlei Schwächen.

Jills Stimmung mußte unter diesen Umständen natürlich sinken. Zumindest innerlich hatte sie gehofft, Thorm möge sich in irgendeiner Beziehung als Aufschneider herausstellen. Nun wußte sie, daß er aus genau dem Stoff gemacht war, aus dem Kapitäne zu bestehen hatten.

Dennoch erwies Thorn sich als seltsamer Mann. Er schien sich gegenüber den anderen durchaus zwanglos zu verhalten und konnte sogar über sich selbst lachen. Dennoch kam er nie auf die Idee, einen anderen aufzuziehen oder sich, wenn seine Pflichten erfüllt waren, mit den Kollegen zusammenzusetzen. Obwohl man ihn in eine Hütte eingewiesen hatte, die nur zwanzig Meter von der Jills entfernt lag, tauchte er niemals bei ihr auf oder machte den Versuch, sie zu sich einzuladen. In gewisser Weise war sie natürlich glücklich darüber, da die rein beruflichen Kontakte sie ihm gegenüber zu nichts verpflichteten, aber die Tatsache, daß er keine Anstrengungen unternahm, eine Frau in sein Heim zu locken, konnte andererseits nur bedeuten, daß er homosexuell war. Aber auch das schien nicht zuzutreffen: Thorn schien, was die Sexualität anging, an keinem Geschlecht interessiert zu sein. Er war ein Einzelgänger, der allerdings, wenn er sich Mühe gab, durchaus offen und sehr charmant sein konnte. Dann wieder verwandelte sich seine Persönlichkeit ganz plötzlich ins Gegenteil, und er verschloß sich wie eine Faust, wurde zu einem blassen Neutrum und wirkte beinahe wie eine lebende Statue.

Aber nicht nur er, sondern auch die gesamte restliche potentielle Besatzung der *Minerva* stand unter ständiger Beobachtung.

Jeder einzelne mußte sich starken psychologischen Härtetests unterwerfen. Thorn schien das keine Schwierigkeiten zu bereiten. Er bestand sowohl die Beobachtungsprüfung wie auch die Tests — als hätte er sie selbst erfunden.

»Daß er sich in seinem sozialen Verhalten ein wenig komisch benimmt«, sagte Firebrass, »muß ja nicht zwangsweise bedeuten, daß er kein erstklassiger Aeronaut ist. Für mich zählt nur das, was ein Mann tut, wenn er hoch oben in der Luft rumschwirrt.«

Auch Firebrass und de Bergerac dürsteten danach, Luftschiffpiloten zu werden. Was den Amerikaner betraf, war das wenig überraschend, verfügte er doch über die Erfahrung vieler tausend Flugstunden auf Düsenjägern, Hubschraubern und Raumschiffen. Der Franzose entstammte allerdings einer Zeitepoche, die noch nicht einmal Ballons besessen und deren komplizierteste mechanische Gerätschaften aus Musketen und Steinschloßpistolen bestanden hatte. Er war nicht einmal in der Lage, mit einer gewöhnlichen Uhr umzugehen, die ihrem Besitzer nicht mehr abverlangte, als gelegentlich aufgezogen zu werden.

All diesen Widrigkeiten zum Trotz absorbierte Cyrano de Bergerac mit ungeheurer Schnelligkeit die Grundbegriffe der Luftschiffahrt und hatte nicht einmal Schwierigkeiten mit der Mathematik.

Vom Firebrass konnte man sagen, daß er ein sehr guter Pilot wurde — aber der beste von allen war der Franzose, wie Jill sich neidlos eingestehen mußte. Die Reaktionen Cyranos waren ebenso wie seine Lagebeurteilungen fast so schnell wie die eines Computers.

Ein weiterer überraschender Kandidat war John de Greystock. Der mittelalterliche Baron hatte sich freiwillig jener Mannschaft zugesellt, die von der halbstarren *Minerva* aus die *Rex* angreifen wollte. Jill war zwar zunächst skeptisch gewesen, ob der Mann den Belastungen eines Luftschiffers standhalten würde, aber drei Monate harten Ringens brachten es mit sich, daß er schließlich in die Reihen derjenigen eingeordnet werden konnte, die das Zeug hatten, die *Minerva* eines Tages zu kommandieren. De Greystock war kampferfahren, unbarmherzig und entschieden furchtlos. Und er haßte König John. Seit dessen Leute ihn während der Meuterei auf der *Nicht vermietbar* verwundet über Bord geworfen hatten, schrie in seinem Inneren alles nach Rache.

Jill war gegen Ende des Monats, den man hier Dektria (was ›der

Dreizehnte‹ bedeutete) nannte, in Parolando angekommen. Da der gesamte Planet weder Monde besaß, noch Jahreszeiten unterworfen war, hatte man sich auf einen dreizehnmonatigen Kalender geeinigt. Natürlich gab es, abgesehen von einer gewissen Sentimentalität, keinen triftigen Grund, das Jahr in 365 Tage einzuteilen, aber Sentimentalität genügte den Menschen in diesem Landstrich auch, um bei dieser Zahl zu bleiben. Jeder einzelne Monat bestand aus vier siebentägigen Wochen. Da zwölf dieser Monate allerdings erst 336 Tage erbrachten, hatte man dem Jahr kurzerhand einen dreizehnten hinzugefügt. Natürlich blieb dabei immer noch ein Tag übrig. Das war derjenige, den man je nach Laune mit den unterschiedlichsten Bezeichnungen belegte: einmal war es der ›Neujahrsabendtag‹, ein anderesmal der ›allerletzte Tag‹ und hin und wieder auch ›der Tag, um in die Luft zu gehen‹. Drei Tage vor diesem Datum im Jahre 31 nach der Wiedererweckung war Jill an Land gegangen.

Jetzt schrieb man das Jahr 33, und obwohl die Arbeit an dem großen Luftschiff bereits begonnen hatte, würde mindestens noch ein weiteres vergehen, bevor man zum Polarflug starten konnte. Das war teilweise auf unvorhergesehene, aber unausweichlich eintretende Schwierigkeiten, andererseits aber auch auf Firebrass' grandiose Einfälle zurückzuführen, die die Konstrukteure am laufenden Band zwangen, von den Originalplänen abzuweichen und ihr Konzept weiterzuentwickeln.

Zwar stand die Mannschaft schon fest – aber immer noch tappten die angehenden Offiziere im dunkeln. Was Jill anbetraf, so war es ihr gleich, wie die Offiziersliste ausfallen würde, solange es nicht um die beiden ersten Plätze ging. Einer der Posten würde an Thorn, der andere an sie gehen, das stand außer Frage. Was sie bewegte, war allerdings die Ungewißheit, an welcher Stelle sie stehen würde. Sie gab sich äußerlich gelassen. Nur in ihren nächtlichen Träumen zeigte sich, wie sehr sie unter dieser offenen Frage litt, da es Thorn egal zu sein schien, welche Position er bekam.

An einem Mittwoch im Januar war sie jedoch glücklich. Die Arbeit an der *Parseval* ging so gut voran, daß man bereits absehen konnte, daß sie vor dem Termin fertig werden würde. Sie holte ihr Angelzeug, um an den kleinen See zu gehen, der sich in der Nähe ihrer Hütte befand. Als sie den ersten Hügel erklomm, sah sie Piscator. Auch er trug eine Angel und einen Bastkorb mit sich.

Jill rief ihm etwas zu, aber als er stehenblieb, bemerkte sie, daß das übliche Lächeln, das immer auf seinen Lippen lag, wenn er sie begrüßte, diesmal fehlte.

»Du siehst aus, als würde dich irgend etwas schwer beschäftigen«, sagte Jill.

»Das stimmt; jedoch trifft das Problem nicht mich persönlich, sondern jemanden, den ich für meinen Freund halte.«

»Wenn du nicht willst, brauchst du mir natürlich nichts darüber zu erzählen«, sagte Jill.

»Ich glaube, das werde ich doch tun. Denn es betrifft dich.«

Sie blieb stehen. »Was willst du damit sagen?«

»Ich habe gerade von Firebrass erfahren, daß die psychologischen Bewertungstests keinesfalls abgeschlossen sind. Es wird noch einer durchgeführt, an dem jeder der Mannschaft teilnehmen soll.«

»Ist das ein Grund zur Besorgnis?«

Er nickte. »Der Test findet unter Hypnose statt. Man will damit herausfinden, ob man irgendwelche Faktoren geistiger Instabilität übersehen hat.«

»Ja, aber . . .«

Jill machte eine Pause.

»Ich fürchte, daß dieser Test jene . . . äh . . . Halluzinationen offenlegen wird, die dich heimsuchten.«

Jill fühlte sich plötzlich schwach in den Knien. Die ganze Welt um sie herum schien sich in einem Nebel aufzulösen. Piscator ergriff ihren Arm und stützte sie.

»Es tut mir leid, aber ich hielt es für das beste, dich darauf vorzubereiten.«

Jill riß sich los und sagte: »Ich bin vollkommen in Ordnung.« Und dann: »Herrgott im Himmel! Ich habe seit acht Monaten keinerlei Schwierigkeiten dieser Art mehr gehabt! Seit du mich in meiner Hütte gefunden hast, habe ich keinen Traumgummi mehr angerührt. Es hat auch keine Nachwirkungen gegeben. Außerdem hatte ich diese Halluzinationen nur ein einziges Mal — an dem Abend in meiner Hütte. Du glaubst doch nicht, daß Firebrass mich aussortieren könnte? Er hat doch gar keinen ausreichenden Grund dazu!«

»Ich weiß es nicht«, erwiderte Piscator. »Vielleicht wird die Hypnose ja auch gar nichts von diesem Anfall verraten. Dennoch möchte ich dir raten — und dich gleichzeitig um Verzeihung dafür bitten, daß ich jetzt versuche, Einfluß auf dich auszuüben —, Firebrass aufzusuchen und ihm von deinen Schwierigkeiten zu berichten. Tu das, bevor die Tests anfangen.«

»Was würde mir das nützen?«

»Wenn er erfährt, daß du ihm etwas verhehlt hast, könnte er dich möglicherweise auf der Stelle aussortieren. Aber wenn du ihm gegenüber ehrlich bist und ihm von der Sache erzählst, bevor du offiziell etwas von dem geplanten Test erfährst, wird er vielleicht bereit sein, deine Version des Falles zu hören. Ich persönlich glaube zwar nicht, daß du irgendeine Art Gefahr für das Luftschiff darstellen könntest, aber auf meine Meinung kommt es nun einmal nicht an.«

»Ich werde nicht betteln gehen!«

»Das würde Firebrass auch nicht beeinflussen können — und wenn, dann höchstens negativ.«

Jill atmete tief ein und sah sich um, als erwarte sie, in der nächsten Umgebung einen Fluchtweg in eine andere Welt zu entdekken. Und sie war sich so sicher gewesen! Noch vor einem Moment war sie sich so glücklich vorgekommen.

»Na gut. Es gibt keinen Grund, damit hinter dem Berg zu halten.«

»Du bist mutig«, sagte Piscator. »Und eine außergewöhnliche Frau. Ich wünsche dir Glück.«

»Bis später«, sagte Jill und ging mit zusammengebissenen Zähnen den Weg zurück.

Trotzdem klopfte ihr, als sie die Treppe zum zweiten Stock des Gebäudes erklomm, in dem Firebrass residierte, das Herz bis zum Halse. Und das lag nicht etwa an mangelnder körperlicher Kondition — sondern an ihrer Furcht.

Überraschenderweise erklärte Firebrass' Sekretärin ihr, er sei in seine Suite gegangen. Jill scheute sich, nach dem Grund für diesen frühen Feierabend zu fragen. Möglicherweise stand Firebrass genau wie sie unter dem Eindruck, einmal ausspannen zu müssen.

Um die Tür, die zu seinem Apartment führte, zu erreichen, mußte Jill die halbe Eingangshalle durchqueren. Sie sah die Leibwache dort stehen, die Firebrass' auf allen Wegen begleitete. Zwei fehlgeschlagene Attentate in den vergangenen sechs Monaten hatten dies nötig gemacht. Leider hatten die Killer selbst Hand an sich gelegt, bevor man ihnen irgendwelche Informationen entreißen konnte, und so wußte niemand mit Bestimmtheit, in wessen Auftrag sie gekommen waren. Firebrass verdächtigte den Herrscher eines flußabwärts liegenden Sklavenhalterstaates als Drahtzieher dieser Aktionen, denn der Mann machte kein Hehl daraus, daß er auf das metallhaltige Gebiet Parolandos und dessen Wundermaschinen scharf war. Offensichtlich hatte er geglaubt, nach der Ermordung Firebrass' leichter in das Land eindringen zu können, aber dies war, wie gesagt, alles reine Spekulation.

Jill wandte sich an den Fähnrich, der die vier schwerbewaffneten Männer befehligte.

»Ich möchte mit dem Chefingenieur sprechen.«

Der Fähnrich, ein Mann namens Smithers, sagte: »Tut mir leid, aber ich habe Befehl, ihn unter keinen Umständen zu stören.«

»Und warum nicht?«

Smithers streifte sie mit einem seltsamen Blick. »Woher sollte ich das wissen?«

Ihre unbestimmte Angst wurde plötzlich zur Furcht.

»Ich nehme an, er hat eine Frau bei sich!«

»Nein. Nicht etwa, daß es Sie etwas anginge...« Er grinste plötzlich maliziös und sagte: »Er hat einen Besucher. Einen Neuankömmling namens Fritz Stern. Er ist erst seit einer Stunde da. Ein Deutscher und — nach dem, was ich gehört habe — irgendeine Zeppelin-Kapazität. Ich hörte zufällig, wie er dem Kapitän erzählte, er sei Kommandant bei der NDELAG gewesen, was immer das auch bedeuten mag. Aber er hat auf jeden Fall mehr Flugstunden aufzuweisen als Sie.«

Jill mußte sich zusammenreißen, um dem Mann nicht die Zähne einzuschlagen. Sie wußte, daß Smithers sie nicht ausstehen konnte und es ihm unsägliche Freude bereitete, sie zu verletzen.

»NDELAG«, sagte Jill und wünschte sich aufgrund des Zitterns ihrer Stimme selbst zur Hölle, »kann nur Neue Deutsche Luftschiffahrts-Aktien-Gesellschaft bedeuten.«

Ihre Stimme hörte sich plötzlich an, als käme sie aus weiter Ferne.

»Es gab eine Zeppelingesellschaft, die sich vor dem Ersten Weltkrieg DELAG nannte und Passagiere und Fracht transportierte. Aber von einer NDELAG habe ich nie gehört.«

»Vielleicht deswegen, weil sie erst nach Ihrem Tod gegründet wurde«, sagte Smithers grinsend, dem ihre Niedergeschlagenheit offensichtlich Freude machte. »Ich bekam mit, wie er sagte, er habe sein Examen 1984 an der Akademie von Friedrichshafen gemacht und seine Karriere als Kommandant eines Superzeppelins namens *Viktoria* beendet.«

Jill fühlte sich krank. Erst Thorn und jetzt Stern.

Es gab keinen Grund, noch länger hierzubleiben. Sie hob die Schultern und sagte mit fester Stimme: »Ich komme später noch einmal wieder.«

»Natürlich, Sir. Tut mir leid, Sir«, sagte Smithers zynisch und grinste.

Jill wandte sich ab und machte Anstalten, die Treppe hinabzugehen.

Plötzlich knallte eine Tür und jemand stieß einen Schrei aus. Sie wirbelte herum. Aus Firebrass Apartment kam ein Mann gerannt und warf die Tür hinter sich ins Schloß. Er blieb einige Sekunden lang unschlüssig stehen, schien zu erstarren und musterte die Wachen, die sofort die schweren Pistolen aus den Holstern rissen. Smithers hatte sein Schwert bereits zur Hälfte aus der Scheide gerissen.

Der Mann war so groß wie sie. Er sah ausnehmend gut aus, war breitschultrig und schmalhüftig und hatte ziemlich lange Beine. Sein Gesicht war hübsch, wenngleich es einen etwas arroganten Eindruck erweckte; das Haar blond und wellig, die Augen groß und blau. Die Haut des Mannes war ungewöhnlich bleich, und zudem blutete er aus einer Schulterwunde. Er hielt einen blutbeschmierten Dolch in der Linken.

Dann öffnete sich die Tür erneut und Firebrass stand auf der Schwelle. Er hatte ein Rapier in der Hand. Sein Gesicht war verzerrt, und er blutete an der Stirn.

»Stern!« brüllte der Fähnrich.

Stern wirbelte herum und rannte durch die Halle, genau auf ein kleines Fenster zu. Smithers schrie: »Nicht schießen, Männer, er kann uns nicht entkommen!«

»Das wird er doch, wenn er durch das Fenster flieht!« rief Jill.

Am Ende der Halle sprang Stern mit einem Schrei auf das Fenster zu. Er hielt einen Arm vor sein Gesicht und wirbelte seinen Körper so herum, daß er möglichst wenig Schaden nahm.

Doch das Fenster hielt dem ersten Ansturm stand. Stern prallte mit einem Knall dagegen und wurde abgeschmettert. Mit einem weiteren Knall fiel er mitten auf das Gesicht. Dort blieb er liegen, während Firebrass, Smithers und die Wächter auf ihn zueilten.

Eine Sekunde später folgte ihnen Jill.

Bevor die Gruppe ihn erreichte, gelang es Stern wieder aufzustehen. Er starrte die auf ihn zurennenden Männer an, warf einen Blick auf seinen Dolch, der zu Boden gefallen war, als er versucht hatte, durch das Fenster zuspringen, schloß die Augen und fiel erneut zu Boden.

35

Als Jill die Stelle erreichte, kniete Firebrass bereits neben Stern nieder und fühlte dessen Puls.

»Er ist tot!«

»Was ist geschehen, Sir?« fragte Smithers.

Firebrass stand auf.

»Ich wünschte, ich wäre mir über seine Motive im klaren. Alles was ich sagen kann, ist, *wie* es geschah. Wir kamen ganz ausgezeichnet miteinander klar, saßen beisammen, unterhielten uns, tranken und rauchten, und Stern erzählte mir die Einzelheiten seiner Karriere. Alles war völlig in Ordnung. Und dann sprang er ganz plötzlich auf, zog einen Dolch und versuchte mir die Kehle durchzuschneiden!

Er muß einfach verrückt geworden sein, obwohl er bis zu dem Augenblick, in dem der Anfall ihn überkam, völlig normal handelte. Irgend etwas lief falsch in seinem Inneren. Könnte er sonst so plötzlich an einem Herzanfall sterben?«

»An einem Herzanfall?« fragte Jill. »Ich habe in meinem ganzen Leben noch nichts davon gehört, daß auf dieser Welt jemand an einem Herzanfall gestorben ist. Du etwa?«

Firebrass zuckte die Achseln und meinte: »Irgendwann ist es immer das erste Mal. Schließlich haben auch die Wiedererweckungen aufgehört zu funktionieren.«

»Er sieht verdammt blau aus für jemanden, der an einem Herzanfall gestorben sein soll«, sagte Jill. »Ob es möglich ist, daß er Gift geschluckt hat? Ich habe allerdings nicht gesehen, daß er etwas in den Mund steckte.«

»Woher sollte er denn Blausäure oder ein anderes Gift herbekommen haben, wenn nicht aus Parolando?« fragte Firebrass. »Und um sich hier damit zu versorgen, hätte er viel früher kommen müssen.«

Er sah Smithers an. »Wickelt seine Leiche ein und tragt sie eine einen der Schlafräume. Um Mitternacht könnt ihr ihn dann hinausbringen und in den Fluß werfen. Mögen die Drachenfische ihn fressen.«

»Jawohl, Sir«, sagte Smithers. »Was ist denn mit Ihrer Stirn los, Sir? Sollte ich nicht einen Arzt holen?«

»Nein, damit werde ich schon selber fertig. Und vergessen Sie nicht: kein Wort über diese Sache zu irgend jemandem. Ist das allen klar? Das gilt auch für dich, Jill. Kein Wort! Ich will die Leute um keinen Fall beunruhigen.«

Die Wachtposten nickten. Schließlich sagte Smithers: »Glauben Sie, daß dieser Hundesohn Burr den Kerl geschickt hat, Sir?«

»Ich habe keine Ahnung«, sagte Firebrass. »Nicht die geringste. Ich möchte ihn nur loswerden, klar?«

Er wandte sich Jill zu. »Weswegen bist du hier?«

»Ich wollte an sich etwas Wichtiges mit dir besprechen«, erwiderte sie, »aber das können wir auch später tun. Du bist momentan wohl nicht in der richtigen Stimmung dazu.«

»Unsinn!« sagte Firebrass grinsend. »Natürlich bin ich das. Du glaubst doch wohl nicht, daß solche Sachen mir das Hemd zum Flattern bringen, oder? Komm rein, Jill! Wir unterhalten uns, während ich diesen Kratzer hier versorge.«

Jill ließ sich im Wohnzimmer seiner luxuriös ausgestatteten Suite auf einem Polstersessel nieder. Firebrass verschwand für eine Weile im Badezimmer und kehrte nach einigen Minuten mit einem weißen Kopfverband zurück.

Fröhlich lächelnd, als sei dies ein ganz gewöhnlicher Tag, sagte er: »Was hältst du von einem Drink? Er könnte deine Nerven beruhigen.«

»Meine Nerven?«

»Okay. Unser beider Nerven. Ich gebe ja zu, daß ich ein kleines bißchen daneben bin. Ich bin kein Supermann, auch wenn manche Leute das über mich sagen.«

Er füllte zwei Gläser halb voll und gab einige Eiswürfel hinzu. Weder Eis noch Gläser dieser Art waren außerhalb von Parolando zu erhalten, wenn Jills Informationen zutrafen.

Eine Minute lang nippten sie schweigend an ihren eisgekühlten, würzigen Getränken. Dann und wann trafen sich ihre Blicke, aber keiner von ihnen sagte ein Wort. Dann sagte Firebrass: »Okay. Genug des höflichen Betragens. Weswegen wolltest du mit mir sprechen?«

Jill bekam beinahe kein Wort heraus. Irgend etwas schien sie in ihrer Kehle zurückzuhalten, wie eine Staumauer, die erst unter großem Druck zerbrach. Schließlich klappte es. Nachdem sie einen langen Zug aus ihrem Glas genommen hatte, gelang es ihr endlich, zum Kern der Sache zu kommen.

Firebrass unterbrach sie kein einziges Mal. Er saß unbeweglich da, während seine braungrün gesprenkelten Augen intensiv ihren Blick suchten.

»Deswegen«, schloß Jill, »bin ich hier. Ich mußte dir einfach davon erzählen, und du kannst mir glauben, daß es mich die größte Überwindung meines Lebens gekostet hat.«

»Warum hast du dich schließlich doch dafür entschieden, mir das zu sagen? Etwa, weil du von der Hypnoseaktion erfahren hast?«

Eine Sekunde lang spielte sie mit dem Gedanken, ihn anzulügen. Piscator würde sie niemals betrügen, und außerdem würde sie besser dastehen, wenn sie nicht dazu gezwungen wurde, die Wahrheit zu sagen.

»Ja. Ich habe davon gehört. Aber ich habe vorher schon darüber nachgedacht, ob ich nicht mit dir darüber sprechen sollte. Es lag...es lag einfach daran, daß ich den Gedanken nicht ertragen konnte, hier zurückgelassen zu werden. Und ich glaube wirklich nicht, daß ich eine Gefahr für das Schiff darstelle.«

»Es wäre natürlich eine schlimme Sache, wenn du während einer kritischen Flugphase einen Anfall bekämst, Jill, aber das weißt du wohl selbst. Nun, laß dir sagen, was ich von der ganzen Angelegenheit halte: Du bist — abgesehen von Thorn — der beste Luftschiffpilot...oder die beste Luftschiffpilotin, die wir haben. Im Gegensatz zu ihm, der zwar sein Leben lang ein fähiger Aeronaut war, bist du allerdings eine Fanatikerin, die sogar eine Stunde Kuschelmuschel in einem Heuschober ablehnen würde, nur um fliegen zu können. Was mich betrifft, tendiere ich dazu, beides miteinander zu kombinieren.

Ich würde dich nicht gern verlieren, aber wenn es sich nicht vermeiden ließe, müßte ich mir ernsthaft Sorgen darüber machen, ob du dir nicht das Leben nimmst. Nein, du brauchst jetzt nicht zu protestieren — ich glaube wirklich, daß du dazu fähig wärst. Und das macht dich in gewisser Weise unausgeglichen. Aber ich habe in erster Linie auf das Wohlergehen des Schiffes und seiner Mannschaft zu achten, weswegen ich dich — vorausgesetzt, eine andere Lösung stünde nicht zur Debatte — aussortieren müßte, ungeachtet des Kummers, den mir eine solche Entscheidung selbst bereiten würde.

Ich bin bereit, dir eine Bewährungsprobe zuzugestehen. Wenn du von jetzt an bis zu dem Tag, an dem das Luftschiff zu seiner großen Reise aufbricht, keinen weiteren Anfall bekommst — bist du dabei.

Was mir allerdings Kopfzerbrechen bereitet, ist die Tatsache, daß ich mich — was die Einzigartigkeit dieses Anfalls angeht — nur auf deine Aussage verlassen muß. Nun, es gäbe noch eine andere Möglichkeit, herauszufinden, ob du mich nicht beschwindelt hast. Ich könnte dich hypnotisieren lassen, um die Wahrheit zu erfahren. Ich würde es nicht gern tun, denn ein solches Vorgehen müßte auf dich den Eindruck machen, daß ich dir nicht vertraue. Und ich möchte niemanden auf dem Schiff sehen, dem ich nicht selbst hundertprozentig trauen kann.«

Jill hätte ihn am liebsten in die Arme genommen und an sich gedrückt. Ihre Augen verschleierten sich, und es hätte nicht viel gefehlt und sie wäre in Freudentränen ausgebrochen. Aber sie blieb sitzen. Ein Offizier fiel seinem Kapitän nun einmal nicht um den Hals. Außerdem war es gut möglich, daß er ihr Verhalten falsch interpretierte und Anstalten machte, sie in sein Schlafzimmer zu schleppen.

Jill schämte sich plötzlich derartiger Gedanken. Firebrass würde niemals einer Frau gegenüber seine Machtposition ausnutzen. Zumindest glaubte sie das.

»Eins an dieser Hypnosesitzung ist mir allerdings noch nicht ganz klar«, sagte sie. »Wie willst du es anstellen, daß alle anderen — außer mir — an ihr teilnehmen müssen? Kommt das nicht einer Diskriminierung der kompletten Mannschaft gleich?«

»Ich habe meine Ansicht darüber geändert.«

Firebrass stand auf, beugte sich über einen Schreibtisch, schrieb etwas auf ein Stück Papier und händigte es Jill aus.

»Hier. Nimm das und gib es Dr. Graves. Er wird eine Röntgenaufnahme von dir machen.«

Jill starrte ihn verblüfft an. »Aber warum denn, in Herrgottsnamen?«

»Da ich nun einmal dein Kapitän bin, könnte ich jetzt einfach sagen, du solltest den Mund halten und einem Befehl Folge leisten. Aber das tue ich nicht, weil du beleidigt sein würdest. Laß mich nur sagen, daß es um etwas geht, das die Psychologen im Jahre

2000 herausfanden. Es würde den Sinn des Tests torpedieren, wenn ich dir alles erzählte. Auch die anderen Mannschaftsmitglieder werden von Dr. Graves geröntgt werden. Du hast allerdings die Ehre, die erste Person zu sein.«

»Ich verstehe zwar kein Wort«, murmelte Jill, »aber ich werde es natürlich tun.«

Sie stand auf und sagte: »Vielen Dank.«

»Du brauchst mir nicht zu danken. Und jetzt sieh zu, daß du zu Dr. Graves runterkommst.«

Als Jill das Büro des Arztes betrat, saß er gerade am Telephon. Er machte ein finsteres Gesicht und biß beinahe seine Zigarre durch.

»In Ordnung, Milt, ich mach's. Aber es paßt mir überhaupt nicht, daß du mich nicht ins Vertrauen ziehst.«

Er legte den Hörer auf und blickte Jill an. »Hallo, Jill. Du mußt noch etwas warten. Fähnrich Smithers wird gleich hier aufkreuzen. Er hat den Auftrag, die Röntgenbilder auf dem schnellsten Wege zu Firebrass hinaufzubringen.«

»Hat er denn eine Dunkelkammer?«

»Nein. Sie brauchen nicht entwickelt zu werden. Wußtest du das nicht? Sie sehen genauso aus wie jede andere Fotografie, die auf elektronischem Wege im gleichen Moment entsteht, in dem sie aufgenommen wird. Firebrass hat die dazu nötige Anlage selbst entworfen. Er hat sich dabei auf irgendwelche neuen Erkenntnisse von 1998 bezogen.«

Graves begann heftig auf seiner Zigarre herumbeißend auf und ab zu gehen.

»Verdammt noch mal! Er wollte nicht einmal mich die Aufnahmen sehen lassen! Welchen Grund hat er denn dafür?«

»Er will, daß außer ihm niemand die Aufnahmen zu sehen bekommt, weil das mit zu einem psychologischen Test gehört.«

»Wie zum Henker könnten irgendwelche Röntgenaufnahmen etwas über die Psyche eines Menschen aussagen? Ist er denn übergeschnappt?«

»Ich nehme an, daß er uns darüber aufklären wird, nachdem er die Aufnahmen gesehen hat.«

Graves blieb stehen und runzelte die Stirn. »Ich wünschte, ich hätte länger gelebt. Leider mußte ich schon 1980 den Löffel abgeben, und so hatte ich keine Chance mehr, etwas über die späteren Fortschritte der medizinischen Wissenschaft zu erfahren. Na, vielleicht war das nicht einmal so schlecht. Ich weiß gar nicht, ob ich diese Flut an neuen Erfindungen und Entdeckungen geistig überhaupt noch hätte verkraften können.«

Er wandte sich Jill zu, streifte die Asche der Zigarre ab und sagte: »Ich möchte dich etwas fragen, Jill. Es beschäftigt mich einfach. Firebrass ist der einzige Mensch, den ich jemals traf, der nach 1983 gelebt hat. Hast du je einen anderen Menschen aus dieser Zeit kennengelernt?«

Jill sah ihn überrascht an. »N-nein. Jetzt, wo ich darüber nachdenke, fällt mir das allerdings auch auf. Firebrass ist der einzige.«

Einen Moment lang spielte sie mit dem Gedanken, Graves etwas von Stern zu erzählen. Es würde schwer werden, dieses Geheimnis für sich zu behalten.

»Siehst du? Mir geht es da nicht anders. Ist das nicht merkwürdig?«

»Na, ich weiß nicht«, sagte Jill. »Ich kann natürlich nicht behaupten, schon überall auf dieser Welt gewesen zu sein, aber ich habe mehrere hunderttausend Kilometer auf dem Fluß zurückgelegt und mit Tausenden von Menschen geredet. In den Gruppen, auf die ich dabei traf, waren die Leute aus dem zwanzigsten Jahrhundert zwar ziemlich dünn gesät und lebten außerdem weit verstreut — aber wenn irgendwo größere Ansammlungen von ihnen existieren, habe ich jedenfalls nie etwas davon gehört. Mit anderen Worten: Dort, wo man Menschen des zwanzigsten Jahrhunderts aufstöbert, dominiert in jedem Fall die Bevölkerung anderer Jahrhunderte. Was soll daran so merkwürdig sein, daß Leute, die nach 1983 lebten, so selten sind?«

»Meinst du? Na gut. Ah, da kommen Smithers und zwei andere Schläger. Schnell hinter den Röntgenschirm mit dir, meine Liebe!«

36

AUSZÜGE AUS VERSCHIEDENEN AUSGABEN DES *Täglichen Hörrohrs*:

Dmitri »Mitja« Iwanowitsch Nikitin wurde zum pro tempore-*Piloten und Dritten Offizier der* Parseval *ernannt. Er erblickte das Licht der Welt 1885 in Gomel/Rußland. Seine Eltern gehörten dem Mittelstand an. Sein Vater besaß eine Weberei, seine Mutter gab Klavierstunden. Die Qualifikation,* die zu seiner Pilotenanwartschaft führten, beruhen auf seinen Erfahrungen als Erster Steuermann auf der Russie, einem französischen Luftschiff, das die Firma Lebaudy-Juillot 1909 für die russische Regierung baute.

Miz Jill Gulbirra, unsere Chefausbilderin, ist zwar der Meinung, daß Mitjas Erfahrungen etwas begrenzt seien, daß er aber dennoch ausgezeichnete Fähigkeiten an den Tag gelegt habe. Allerdings ist er, wenn man den Gerüchten Glauben schenken darf, ein großer Freund starker Getränke. Ein Tip von uns, Mitja: Laß die Finger vom Fusel!

... hat sich der Herausgeber entschlossen, keine Klage gegen den Piloten Nikitin anzustrengen. Während eines kurzen Besuches im örtlichen Hospital sagte Mr. Bragg: »Ich bin schon von besseren Männern umgehauen worden, als von diesem ungeschlachten Trottel. Wenn er das nächstemal in mein Büro kommt, werde ich darauf vorbereitet sein. Daß ich ihn nicht habe festnehmen lassen, liegt nicht etwa daran, daß ich ein besonders gutes Herz habe, sondern das persönliche Interesse, ihm demnächst eins über den Schädel zu geben. Meine Devise ist: Rede freundlich mit den Leuten — aber habe ständig einen Knüppel hinter dem Rücken.«

... Ettore Arduino ist Italiener (was sonst?), aber dennoch blond und blauäugig genug, um überall als Schwede durchzukommen, solange er den Mund nicht aufmacht und keinen Knoblauch ißt. Wie alle Mitbürger wissen, tauchte er vor zwei Monaten in Parolando auf und wurde gleich ins Trainingsprogramm gesteckt. Er verfügt zwar über eine farbige, aber auch tragische Lebensgeschichte, denn er war Chefingenieur auf dem Luftschiff Norge und diente schließlich auf der Italia unter Umberto Nobile. Die Aufgabe der Norge bestand darin, im Mai 1926 über den Nordpol zu fliegen, und sie war es, die der Welt die Erkenntnis brachte, daß es zwischen dem Pol und Alaska keine große Landmasse gab, wie der prominente Forscher Kommodore Robert E. Peary (1856-1920), der erste Mensch, der den Nordpol (1909) erreichte, behauptet hatte. (Da Peary von einem Neger namens Matthew Henson und vier Eskimos, deren Namen wir uns nicht mehr entsinnen, begleitet wurde, war es in Wirklichkeit Henson, der als erster Mensch den Pol betrat.)

Nachdem die Italia den Pol überflogen hatte, geriet sie auf dem Weg zur King's Bay in einen starken Gegenwind. Bei starker Vereisung verklemmten sich die Ruder, ein Absturz schien unvermeidbar. Schließlich schmolz das Eis, und die Italia kam noch einmal davon, aber einige Zeit später begann das Schiff langsam zu sinken. Der Mannschaft blieb nichts anderes übrig, als hilflos zuzusehen, wie die Königin der Lüfte auf dem Eis zu zerschellen *drohte. Als sie den Boden streifte, wurde jedoch nur die Steuergondel abgerissen, womit das Leben der Leute, die sich in ihr aufhielten, gerettet war. Als sie sich aufrappelten, sahen sie mit Entsetzten, daß die* Italia, *nun etwas leichter geworden, wieder aufstieg.*

Zuletzt sah man Ettore Arduino, als er im Eingang zur Gondel der Steuerbordmaschine stand. Wie später ein Besatzungsmitglied (Dr. Francis Behounek von Radio Prag) aussagte, war sein vereistes Gesicht eine Maske des Unglaubens. Die Italia *schwebte an den geretteten Männern vorbei, erhob sich in die Lüfte und verschwand. Nichts von ihr und denjenigen, die sich noch an Bord befanden, wurde jemals wieder aufgefunden — zumindest nicht auf der Erde.*

Arduino sagte uns, daß er die Lage erst in dem Moment begriff, als sich die Italia *zum zweiten und letzten Mal zu senken begann. Der komplette Text seiner haarsträubenden Erlebnisse soll in der nächsten Donnerstagsausgabe abgedruckt werden. Nun würde normalerweise kein Mensch, der Herr seiner Sinne ist, von einem Mann wie Ettore erwarten, daß er sich ein zweitesmal für einen Luftschiff-Flug zur Verfügung stellt — aber weit gefehlt! Er dürstet nach einer weiteren Polexpedition und wird auch diesmal wieder mit dabeisein. Es ist uns stets gleichgültig gewesen, was die Leute im allgemeinen über Italiener sagen, und wir haben schon früher nichts als Verachtung für die Bevölkerung Tombstones übriggehabt, die der Ansicht war, ein Itaker sei nur mit einer gelbgestreiften Ratte zu vergleichen. Zwar wissen wir aufgrund eigener Erfahrung, daß sie in der Regel mehr Mumm als Köpfchen aufweisen, aber wir sind dennoch sicher, daß Ettore nur ein glänzender Zugewinn für die Mannschaft sein kann.*

... zuletzt gesehen, als er in ziemlicher Hast in einem Boot auf die Flußmitte zupaddelte, während Mr. Arduino mehrere Schüsse aus einer neuen Mark-VI-Pistole hinter ihm herfeuerte. Entweder konnte die Waffe nicht halten, was man von ihr behauptet, oder Mr. Arduino hatte einen schlechten Tag.

... hat der neue Herausgeber dieser Zeitung den Vorschlag von Präsident Firebrass akzeptiert, die bisher ausgeübte Praxis der freien Meinungsäußerung mit etwas mehr Zurückhaltung zu verbrämen.

... wurde Mr. Arduino, nachdem er versprochen hatte, in Zukunft etwaige Meinungsverschiedenheiten, seien sie nun ehrabschneidend oder nicht, nicht mehr auf gewaltsamem Wege beizulegen, wieder aus der Haft entlassen. Die neukonstituierte Kommission der Schiedsmänner wird von nun an versuchen, Streitigkeiten dieser Art auf gütliche Art und Weise aus

der Welt zu schaffen, wobei Präsident Firebrass als letzte Instanz fungiert. Obwohl wir S. C. Bagg sicherlich vermissen werden, müssen wir doch eingestehen, daß…

…Metzing war Chef der Marineluftschiffdivision im kaiserlichen Deutschland des Jahres 1913. Als der Zeppelin L-1 während eines Manövers am 9. September gleichen Jahres abstürzte, hatte er den Rang eines Korvettenkapitäns inne. Die L-1 war der erste Marinezeppelin, der verlorenging, aber der Absturz war nicht etwa auf die Unfähigkeit eines Mannschaftsmitgliedes zurückzuführen, sondern ganz einfach auf die Ignoranz in jenen Zeiten, was die meteorologischen Bedingungen höherer Luftschichten betraf. Mit anderen Worten: Wetterbeobachtung war damals eine Wissenschaft, die noch in den Kinderschuhen steckte. Eine gewaltige Bö hob die L-1 höher hinauf, als ihre Konstruktion erlaubte, und drückte sie dann nach unten. Während die Propeller noch arbeiteten und jeglicher Ballast über Bord geworfen wurde, prallte sie in der Nähe von Helgoland auf die See. Wie die meisten seiner Mannschaft verlor auch Metzing dabei das Leben… Wir heißen diesen erfahrenen Offizier und beliebten Gentleman in Parolando willkommen und hoffen inständig, daß er sein Pech nicht auf uns übertragen wird.

…Zack! Gerade angekommen: Eine weitere Veteranin der Luftschiffahrt! Sie heißt Anna Karlowna Obrenowa und legte vierzigtausend Kilometer zurück, um flußabwärts zu uns zu kommen. In dem kurzen Interview, das Miß Obrenowa uns gewährte, bevor man sie in Präsident Firebrass' Hauptquartier brachte, erfuhren wir, daß sie einst als Kapitän auf dem sowjetischen Luftfrachter Lermontow *Dienst tat. Sie kann auf 8584 Flugstunden verweisen, was mithin die 8342 Stunden von Jill Gulbirra und die 8452 Stunden Mr. Thorns übertrifft. Eine ausführliche Darstellung von Miß Obrenowa finden Sie in unserer morgigen Ausgabe. Alles, was wir im Moment sagen können, ist dies: Sie ist ein süßer Käfer und wirklich ein Gewinn für uns.*

37

Es war ein Witz, wenngleich auch nicht zum Lachen. Die ganze Zeit hatte sie sich davor gefürchtet, daß in Parolando ein Mann auftauchen könne, der mehr Flugstunden hatte als sie. Es war einer gekommen, aber der hatte sich als ungefährlich erwiesen, denn seine einzige Ambition bestand darin, zur Mannschaft zu gehören. Es schien ihm völlig egal zu sein, welchen Rang er dabei einnahm.

Es war Jill niemals in den Sinn gekommen, daß es auch eine Frau geben könnte, die das Zeug hatte, sie in ihre Schranken zu verweisen. Es hatte zu ihren Lebzeiten einfach zu wenig weibliche Luftschiffpiloten gegeben. Und da es in Parolando nur einen Menschen gab, der über das Jahr 1983 hinaus gelebt hatte, war sie zuversichtlich gewesen und hatte sich um eventuell auftauchende Piloten aus dieser Zeit keine Sorgen gemacht. Nach dem, was Firebrass ihr erzählt hatte, waren Zeppeline in diesen Jahren sowieso nicht sonderlich verbreitet gewesen — deswegen war die Wahrscheinlichkeit, daß einer dieser Leute hier auftauchte, denkbar gering.

Und nun hatte das Schicksal ihnen ausgerechnet eine Frau namens Obrenowa geschickt, die nicht nur mehr Flugstunden aufzuweisen hatte als Jill, sondern auch noch Kommandantin eines sowjetischen Großluftschiffes gewesen war.

Bis jetzt stand die Reihenfolge der Schiffsoffiziere noch nicht fest. Aber das war gleichgültig, denn Jill wußte, daß die kleine Blondine den Posten erhalten würde, der sie zur Stellvertreterin des Kapitäns machte. Es war nur realistisch, wenn Firebrass sie zum Ersten Offizier machte; selbst Jill hätte — wäre sie an seiner Stelle gewesen — nicht anders gehandelt.

Andererseits war der Termin zum Aufbruch der großen Reise in die Polarzone auf ein Datum in zwei Monaten festgesetzt. Es war mithin fraglich, ob es der Russin gelingen würde, in dieser kurzen Zeit das gesamte Trainingsprogamm nachzuholen. Sie mußte nach vierunddreißig Jahren des Auf-dem-Boden-Lebens eingerostet sein und sich erst einmal vier Wochen lang mit der *Minerva* vertraut machen. Erst dann konnte sie zu dem Trainigsmonat zugelassen werden, den auch die anderen auf der *Parseval* zu absolvieren hatten.

Würde sie das schaffen? Natürlich würde sie das. Selbst Jill schloß das nicht aus.

Sie war zusammen mit den anderen Offizierskandidaten im Konferenzraum gewesen, als Agatha die Neue angekündigt hatte, und noch bevor Jill ihr Auge in Auge gegenüberstand, war ihr klargeworden, was jetzt auf sie zukam. Agatha hatte die Identität der Russin noch nicht gelüftet, als auch Jills Herz zu klopfen begann wie ein überlasteter Motor.

Anna Obrenowa war zwar klein und schlank, aber gleichzeitig auch langbeinig und vollbusig. Sie hatte langes, leuchtendblondes Haar, dunkelblaue Augen, ein herzförmiges Gesicht, hohe Wangenknochen, einen sinnlichen Mund und war tiefgebräunt. Sie stellte, um einen anderen Zeitungsartikel, der sich mit ihr beschäftigte, zu zitieren, »eine wirkliche Schönheit« dar.

Sie war aufregend weiblich und schön, und das war im höchsten Grade unfair, denn sie stellte genau jenen Typ Frau dar, den Männer gleichzeitig beschützen und ins nächste Bett schleppen möchten.

Firebrass sprang auf und ging auf sie zu. Sein Gesicht leuchtete auf und seine Augen schienen im gleichen Moment literweise männliche Hormone abzusondern.

Aber es war noch mehr Thorns Reaktion, die Jill überraschte. Als er Anna Obrenowa sah, zischte er wie eine Rakete aus seinem Stuhl, öffnete den Mund, schloß ihn, öffnete ihn erneut und schloß ihn zum zweitenmal. Dann wurde er blaß.

»Sie kennen sie?« fragte Jill leise.

Thorn setzte sich wieder hin und bedeckte einen Moment lang sein Gesicht mit beiden Händen.

Als er sie wieder wegnahm, sagte er: »Nein! Eine Sekunde lang glaubte ich es! Sie sieht genauso aus wie meine erste Frau! Ich kann es kaum glauben.«

Während die anderen sofort eine Gruppe um die Neue bildeten, blieb Thorn zitternd auf seinem Stuhl sitzen. Erst als die Männer sich der Russin vorgestellt hatten, stand er auf und gab ihr ebenfalls die Hand und sagte ihr, wie sehr sie ihn an seine Frau erinnere. Anna Obrenowa lächelte strahlend und sagte dann in stark akzentuiertem Englisch:

»Liebten Sie Ihre Frau?«

Es war für Thorn offenbar nicht leicht, darüber zu reden. Er machte einen Schritt zurück und sagte schließlich: »Ja, sehr. Aber sie hat mich verlassen.«

»Das tut mir leid«, sagte Anna Obrenowa. Für den Rest der Zeit, die sie im Konferenzraum zubrachten, wechselten sie kein Wort mehr miteinander.

Firebrass nahm wieder Platz und bot der Neuen einen Imbiß, Zigaretten und Likör an. Das erste Angebot nahm sie dankbar an, den Rest lehnte sie jedoch ab.

»Soll das etwa heißen, daß Sie keinerlei Laster haben?« erkundigte sich Firebrass. »Ich habe gehofft, Sie hätten zumindest eines.«

Anna Obrenowa ignorierte diese Bemerkung. Schließlich zuckte Firebrass die Achseln und begann sie auszufragen, und je mehr die Russin über sich und ihre Erfahrungen erzählte, desto depressiver wurde Jill. Anna, 1970 in Smolensk geboren, war als Flugzeugingenieurin ausgebildet worden und hatte sich 1984 zu einem Luftschiffausbildungsprogramm gemeldet. Im Jahre 2001 schließlich war sie zur Kommandantin des Passagierfrachters *Lermontow* ernannt worden.

Als sie fertig war, sagte Firebrass, daß die lange Reise sie sicher ermüdet habe. Sie solle zu Agatha gehen, die ihr eine Unterkunft zuweisen werde.

»Wenn möglich in diesem Gebäude«, fügte er hinzu.

Agatha erwiderte, daß im Hauptquartier leider keine Räumlichkeiten zur Verfügung stünden, aber eventuell Übernachtungsmöglichkeiten in der Gegend, in der Jill und Thorn lebte, frei seien.

Mit einem verärgert wirkenden Gesichtsausdruck sagte Firebrass: »Nun, vielleicht läßt sich später in diesem Haus etwas für Sie finden. Ich werde erst einmal mit Ihnen gehen, Anna, und dafür sorgen, daß man Sie nicht in einem Stall unterbringt.«

Damit erreichte Jills Selbstwertgefühl einen Tiefpunkt. Wie konnte sie von ihm noch Objektivität erwarten, wenn er dermaßen offensichtlich diese Russin hofierte.

Zeitweise schwelgte sie in Phantasien. Was, wenn sie die Kleine entführte und an einem sicheren Ort bis zum Starttermin versteckte? Sie konnte sich nicht vorstellen, daß Firebrass den Start verschieben würde, bloß um sie wiederzufinden. Und dann mußte er Jill Gulbirra zu seinem Ersten Offizier machen.

Wenn es möglich war, auf diese Weise die Obrenowa aus dem Verkehr zu ziehen — warum sollte ihr das gleiche nicht mit Firebrass gelingen? Dann konnte sie sogar Kapitän werden.

Die sich daraus ergebenden Aussichten waren verlockend, aber dennoch würde sie niemals in der Lage sein, irgend jemandem dergleichen anzutun, welche Gefühle sie auch gegen ihn hegte. Die Rechte anderer Menschen mit Füßen zu treten war gleichbedeutend mit einer Vergewaltigung ihrer selbst.

In der darauffolgenden Woche kam es mehrmals dazu, daß Jill wütend mit den Fäusten auf den Tisch einschlug oder weinte. Manchmal tat sie beides zugleich. Nach vierzehn Tagen gelangte sie zu der Ansicht, daß sie sich benahm wie ein unreifes Mädchen. Akzeptiere das Unausweichliche und erfreue dich an dem, was für dich übrigbleibt. War es denn so wichtig, die erste Geige spielen zu müssen?

Für sie ja. Für jeden anderen auf der Welt nicht.

Also schluckte sie jeglichen Verdruß und Widerwillen hinunter.

Piscator mußte wissen, wie es um sie stand, denn hin und wieder erwischte sie ihn dabei, wie er sie ansah, ihr zulächelte oder den Kopf zur Seite drehte, wenn sie seinen Blick erwiderte. Aber er wußte es, er wußte es!

Sechs Monate vergingen, und schließlich stellte Firebrass seine Versuche, Anna Obrenowa in seine Unterkunft zu locken, ein. Er machte ebensowenig ein Geheimnis daraus, daß er sie begehrte, wie aus der Tatsache, daß er letztlich bei ihr doch nicht zum Zuge gekommen war.

»Man kann eben nicht immer gewinnen«, sagte er mit einem schmerzlichen Grinsen zu Jill. »Vielleicht will sie gar nichts mit Männern zu tun haben. Ich kenne mehr als ein Dutzend, die hinter ihr her waren wie der Teufel hinter einer armen Seele, und keinen davon hat sie erhört. Sie ist beinahe so kühl wie die Venus von Milo.«

»Ich bin sicher, daß sie keine Lesbierin ist«, sagte Jill.

»Man muß wohl selbst eine sein, um ein solches Urteil fällen zu können, wie? Ha, ha!«

»Du weißt doch verdammt noch mal sehr gut, daß ich widerstreitende Gefühle habe!« sagte Jill wütend und ließ ihn stehen.

»Unentschiedene wäre eher das richtige Wort!« schrie Firebrass ihr nach. Zu dieser Zeit lebte Jill mit Abel Park, einem hochgewachsenen, muskulösen, gutaussehenden und intelligenten Mann zusammen. Er war ein Flußkind, eines der vielen Millionen Kleinkinder, die nach ihrem fünften Lebensjahr auf der Erde gestorben waren. Abel erinnerte sich weder an das Land, in dem er das Licht der Welt erblickt hatte, noch der Sprache, in der er erzogen worden war. Obwohl er in einer Gegend zu sich gekommen war, in der die Mehrheit aus mittelalterlichen Hindus bestand, hatte ihn ein schottisches Paar zu sich genommen und aufgezogen, das aus den Lowlands des achtzehnten Jahrhunderts stammte. Trotz seiner bäuerlichen Herkunft war es Abels Stiefvater gelungen, in Edinburgh die Doktorwürde zu erlangen.

Nachdem seine Eltern umgebracht worden waren, hatte Abel

seine Heimat verlassen und war flußabwärts gewandert, bis nach Parolando. Da er Jill auf den ersten Blick gefiel, hatte sie ihn gefragt, ob er keine Lust habe, in ihre Hütte zu ziehen. Der hünenhafte Mann hatte freudig zugestimmt. Sie hatten zusammen einige idyllische Monate verbracht, aber inzwischen war Jill zu dem Ergebnis gekommen, daß Abels Intelligenz seiner Ignoranz im Wege stand. Sie gab sich alle Mühe, ihn weiterzubilden, und lehrte ihn Philosophie, Dichtung und sogar ein wenig Mathematik. Obwohl er begierig darauf war, etwas zu lernen, beschuldigte er sie plötzlich, ihn gängeln zu wollen.

Schockiert hatte Jill dies abgestritten.

»Ich will dich lediglich erziehen, dir Wissen vermitteln, das du aufgrund deines frühen Todes nicht erlernen konntest.«

»Ja, aber du bist zu ungeduldig. Du vergißt ständig, daß ich nicht der gleichen Herkunft bin wie du. Manche Dinge, die für dich Kleinigkeiten sind, stellen für mich unüberwindliche Hindernisse dar. Mir stehen einfach nicht die gleichen Quellen zur Verfügung.«

Er machte eine Pause und sagte dann: »Du bist eine Wissens-Chauvinistin. Kurz gesagt . . . Wie nannte man die? — Du bist ein Snob!«

Das hatte Jill noch mehr schockiert. Obwohl sie eilige Anstrengungen unternahm, diesen Vorwurf zu widerlegen, machte ihre Reaktion sofort klar, daß er möglicherweise doch recht hatte. Aber zu diesem Zeitpunkt war es bereits zu spät, irgendwelche Reparaturen an ihrer Beziehung vorzunehmen: Abel verließ sie wegen einer anderen Frau.

Jill versuchte sich zunächst damit zu trösten, daß sie sich einredete, er sei noch zu sehr von dem Gedanken besessen gewesen, der Mann müsse den Boß spielen, und es ihm einfach zu schwerfiel, sie als gleichwertig anzuerkennen.

Es dauerte einige Zeit, bis sie herausfand, daß diese Vermutung nur teilweise der Wahrheit entsprach. In Wirklichkeit mußte sie sich eingestehen, schon deswegen einen geheimen Widerwillen gegen ihn mit sich herumgetragen zu haben, weil sie wußte, daß er ihr weder geistig ebenbürtig war, noch dies je sein würde. Dieses Wissen kam ganz plötzlich und aus Jills Unterbewußtsein. Sie hatte den Gedanken kaum gedacht, als sie ihn auch schon bedauerte und sich dessen schämte.

Von nun an gab sie sich keine Mühe, die über jene, einen gelegentlichen Sexualpartner zu finden, hinausging. Ihre Partner waren jetzt Männer und Frauen, die — wie sie selbst — lediglich auf sexuelle Befriedigung aus waren, die sie, wie Jill, hin und wieder auch erhielten. Dennoch fühlte sie sich anschließend meist frustriert. Was sie brauchte, war eine unverfälschte Beziehung und Kameradschaft.

Obrenowa und Thorn, so glaubte sie, schienen unter dem gleichen Schicksal zu leiden. Die beiden zeigten keinerlei Reaktionen, die man dahingehend interpretieren konnte, daß sie an jemandem sexuell interessiert waren. Soviel Jill wußte, hatten sie nicht einmal kurze nächtliche Affären.

Drei Tage vor dem Start wurde ganz Parolando beurlaubt. Jill zog sich aus der Ebene zurück, die jetzt von unzähligen Besuchern wimmelte, die aus allen Richtungen zusammengeströmt waren und einen Höllenlärm erzeugten. Bereits jetzt schienen mehrere hunderttausend in Parolando zu kampieren, und sie schätzte, daß sich diese Zahl bis zum Start der Parseval noch verdoppeln würde. Sie blieb also in ihrer Hütte und verließ sie nur, um hin und wieder fischen zu gehen. Am zweiten Tag, den sie am Ufer des kleinen Sees zubrachte, starrte sie gerade gedankenverloren in das Wasser, als sie jemanden kommen hörte.

Ihre Angst vor einer Besucherinvasion zerstob, als sie Piscator erkannte. Er trug eine Angelrute und den üblichen Binsenkorb. Schweigend nahm er neben ihr Platz und bot Jill eine Zigarette an. Sie schüttelte den Kopf. Eine Zeitlang starrten sie auf die Wasseroberfläche, die der leichte Wind sanft kräuselte und die hin und wieder ein springender Fisch durchbrach.

Schließlich sagte Piscator:

»Bald werde ich Lebewohl zu meinen Jüngern und meiner Angelausrüstugn sagen müssen.«

»Ist dir die Sache soviel wert?«

»Du meinst, weil ich dieses herrliche Leben hier aufgebe und mich einer Expedition anschließe, die ebensogut in Tod und Verderben enden kann? Zum Glück weiß niemand, was die Zukunft für uns bereithält, nicht wahr?«

Nach einer Weile sagte er: »Wie ist es dir ergangen? Haben sich deine Erfahrungen aus jener Nacht wiederholt?«

»Nein. Mir geht's gut.«

»Aber du hast ein Messer in deinem Herzen herumgetragen.«

»Was meinst du damit?« fragte Jill und wandte den Kopf, um ihn genauer anzusehen. Sie hoffte inbrünstig, daß ihre Maske nicht so durchsichtig war, wie sie glaubte.

»Ich hätte besser drei Messer sagen sollen. Eins für den Kapitän, eins für die Russin — und eins für dich selbst.«

»Na gut, ich habe Probleme gehabt. Aber haben wir die nicht alle? Bist du etwa eine Ausnahme? Bist du überhaupt ein Mensch?«

Piscator lächelte. »Ganz sicher bin ich das. Ich bin sicher mehr ein Mensch als mancher andere, auch wenn sich das ein wenig eitel anhört. Und warum? Weil ich mir über mein menschliches Potential klargeworden bin. Ich kann natürlich nicht erwarten, daß dir das etwas sagt — außer vielleicht eines Tages. Aber niemand kann sagen, ob dieser Tag wirklich kommt. Aber was die Frage nach meiner Menschlichkeit angeht: Ich habe mich hin und wieder, je nachdem, welchen Leuten ich begegnet bin, gefragt, ob sie überhaupt Menschen seien. Ich meinte damit, daß ich mich gefragt habe, ob man sie der Gattung Homo sapiens zurechnen kann. Glaubst du nicht an die Möglichkeit, daß jene, die für unser Hiersein verantwortlich zu machen sind, Agenten in unseren Reihen haben? Welches Ziel sie damit verfolgen, ist mir unbekannt, aber immerhin ist es denkbar, daß sie als eine Art Katalysator unter uns wirken, um uns zu irgendwelchen Handlungen zu verleiten. Damit meine ich keine physischen Handlungen, wie etwa den Bau eines Luftschiffes, obwohl das natürlich auch ein Teil ihrer Strategie sein mag. Ich meine damit geistige Handlungen, wie etwa die, unser Bewußtsein in bestimmte Richtungen zu drängen. In welche, wirst du mich fragen. Vieleicht in eine Richtung, die irgendwie auf der gleichen Linie liegt wie jene, die die Kirche der Zweiten Chance postuliert. Einem spirituellen Ziel entgegen, einer Läuterung des menschlichen Geistes. Vielleicht aber auch nur — um ein altes Sprichwort zu benutzen —, um die Spreu vom Weizen zu trennen.«

Er machte eine Pause und zog an seiner Zigarette.

»Um bei dieser religiösen Theorie zu bleiben: Es könnten auf dieser Welt zwei Kräfte am Werk sein. Die eine arbeitet für das Böse, die andere für das Gute. Eine arbeitet also daran, die Erfüllung des Ziels zu verhindern.«

»Was?« fragte Jill. »Hast du auch nur den geringsten Beweis dafür?«

»Nein, nur Spekulationen. Versteh mich nicht falsch. Ich will damit nicht etwa sagen, daß Scheitan oder Luzifer — unter welchen Namen er auch bekannt sein mag — Krieg gegen Allah oder Gott, den wir Sufis vorzugsweise Den Wirklichen nennen, führt. Aber manchmal frage ich mich, ob wir hier nicht irgendeine Parallele vor uns haben. Aber wie gesagt, all das ist reine Spekulation. Wenn es überhaupt Agenten dieser Art gibt, müssen sie aussehen wie menschliche Wesen.«

»Weißt du irgend etwas, das ich nicht weiß?«

»Sagen wir es so: mir sind einige Dinge aufgefallen. Auch dir wird nicht entgangen sein, daß einige Dinge auf dieser Welt in kein bestimmtes Schema passen. Dunkle Muster — das ist es. Doch es ist möglich, daß ich sie von der falschen Seite aus beobachte. Vielleicht würde mir eine Erleuchtung kommen, wenn ich sie wenden würde.«

»Ich wünschte, mir wäre klar, über was du da sprichst. Hättest du etwas dagegen, mich etwas näher über diese . . . Strukturen aufzuklären?«

Piscator stand auf und warf den Zigarettenstummel ins Wasser. Sofort tauchte ein Fisch auf, verschluckte ihn und tauchte wieder unter.

»Unter diesem Wasserspiegel«, sagte er, »gehen allerhand Dinge vor sich.« Er deutete auf den See. »Wir können sie allerdings nicht sehen, weil das Wasser im Vergleich mit der Luft ein anderes Element darstellt. Die Fische wissen, was dort unten vor sich geht, aber wir erfahren nichts davon. Alles, was wir uns erhoffen können, ist, daß wir, wenn wir unsere Angelhaken in die Tiefe hinabsenken, irgend etwas fangen.

Ich las einst eine Geschichte, in der ein Fisch auf dem Grund eines tiefen, dunklen Sees saß und eine Angelrute über den Wasserspiegel hinaus hielt. Und die Menschen bissen an.«

»Ist das alles, was du dazu sagen kannst?«

Piscator nickte und sagte:

»Ich nehme an, daß auch du heute abend zu Firebrass' Abschiedsparty kommst?«

»Eine Einladung, gekoppelt mit einem Befehl. Es paßt mir gar nicht, dorthin zu gehen. Es wird doch nur ein Besäufnis werden.«

»Man muß sich nicht unbedingt zum Schwein machen, wenn man die Schweine in ihrem Koben besucht. Wenn man die Sache so sieht, kann einem der Gedanke, daß man ihnen überlegen ist, geradezu Spaß machen.«

»Du bist ein Esel«, sagte Jill. Dann, schnell: »Tut mir leid, Piscator. Der Esel bin ich. Du hast mich natürlich durchschaut.«

»Ich nehme an, daß Firebrass heute abend die Rangfolge der Offiziere und Piloten bekanntgibt.«

Jill hielt einen Moment lang die Luft an. »Das glaube ich auch, aber ich kann nicht behaupten, daß ich mich sonderlich darauf freue.«

»Du überbewertest die Dienstgrade. Wenn es wirklich darauf ankommt, kann einem eine hohe Position auch nicht mehr helfen. Auf jeden Fall glaube ich, daß du eine ausgezeichnete Chance hast.«

»Ich hoffe es.«

»Hättest du etwas dagegen, wenn wir bis dahin in mein Boot klettern und ein wenig angeln würden?«

»Danke, aber ich möchte nicht.«

Jill erhob sich mit eckigen Bewegungen und holte die Leine ein. Der Köder, der am Haken gehangen hatte, war verschwunden.

»Ich glaube, ich gehe besser nach Hause und werde etwas vor mich hin brüten.«

»Leg aber keine Eier«, scherzte Piscator.

Jill schnaufte empört und ging. Bevor sie ihre Hütte erreichte, kam sie an der Thorns vorbei und hörte laute und wütende Stimmen, die nur dem Besitzer der Hütte und Anna Obrenowa gehören konnten.

Also hatten die beiden doch zusammengefunden. Keiner schien allerdings besonders glücklich dabei zu sein.

Jill zögerte einen Moment lang und kämpfte das Verlangen nieder, die beiden zu belauschen. Sie schaffte es schließlich, weiterzugehen, aber bevor sie außer Hörweite war, schnappte sie einen Ausruf Thorns auf, der in einer Sprache ausgestoßen wurde, die Jill unbekannt war.

Es hätte ihr also doch nichts genützt, wenn sie ein Ohr auf die Hüttenwand gelegt hätte. Aber was war das für eine Sprache? Wie Russisch klang es jedenfalls nicht.

Anna Obrenowa erwiderte etwas in der gleichen Sprache. Sie redete zwar leiser, aber immer noch laut genug, daß Jill es hören konnte. Offenbar forderte sie Thorn auf, etwas leiser zu sein.

Es wurde still. Jill setzte eilig den Weg fort und hoffte, daß keiner von beiden jetzt hinaussah und denken könnte, sie habe gelauscht. Zumindest gab es für Jill jetzt etwas, über das sich nachzudenken lohnte. Soviel sie wußte, sprach Thorn lediglich Englisch, Französich, Deutsch und Esperanto. Er konnte natürlich während seiner Wanderjahre im Flußtal hie und da noch andere Sprachbrokken aufgeschnappt haben. Im Laufe einer solchen Zeit mußte selbst das größte Sprach-Untalent derartige Erfahrungen machen.

Aber dennoch: Welchen Grund mochten die beiden haben, sich in einer anderen Sprache als der ihrer eigenen Länder oder in Esperanto zu unterhalten? Kannten sie etwa beide eine Sprache, die sie nur dann benutzten, wenn sie sich stritten, so daß niemand sie verstehen konnte?

Sie mußte Piscator davon erzählen. Vielleicht war er dazu in der Lage, diesen Punkt zu erhellen.

Wie sich allerdings herausstellte, sollte sie keine Chance dazu erhalten, und an jenem Tag, an dem die Parseval endlich startete, hatte sie das Problem bereits wieder vergessen.

38

Entdeckungen in Dis

26. Januar 20 NDW
Peer Jairus Frigate
An Bord der *Razzle Dazzle*
Südliche Temperaturzone
Flußwelt

An
Robert F. Rohrig
Flußabwärts (in hoffnungsfroher Zuversicht)

Lieber Bob,
in den dreizehn Jahren, die ich mich nun auf diesem Schiff befinde, habe ich insgesamt einundzwanzig dieser Botschaften abgesandt. Briefe von einem Lazarus. Kabel von Charon. Botschaften von Mictlan. Palaver vom Po. Tiraden von Tír na nOc. Töne von Tuonela. Allegorien von al-Sirat. Kassiber vom Styx. Briefe aus Bullerbü. Und so weiter.

Jede Menge besserwisserischen, alliterierenden Unfug.

Vor drei Jahren warf ich mein Telegramm aus Tartarus ins Wasser, und ich schrieb dir darin über nahezu alles, was mir in den Jahren nach deinem Tod in St. Louis (du starbst wohl an zuviel Leben) passiert ist. Natürlich hast du keinen dieser Briefe erhalten. Falls doch, müßte ich doch ehrlich staunen.

Zur Zeit sitze ich an einem herrlichen Nachmittag auf dem Deck eines Zweimastschoners, schreibe mit einem Fischknochenstift und kohlenschwarzer Tinte auf Bambuspapier. Wenn ich fertig bin, rolle ich das Ding zusammen, stecke es in eine Hülle aus Fischmembran und verschließe beides in einem Bambuszylinder. Das offene Ende des Zylinders versiegele ich mit einer runden Scheibe aus dem gleichen Holz und spreche ein Gebet, in der Hoffnung, daß die Götter, wie immer sie auf dieser Welt heißen mögen, mich erhören. Schließlich werfe ich das Ding über Bord und hoffe, daß mein Brief dich per Flußpost irgendwann doch noch erreichen möge.

Der Kapitän, Martin Farrington alias Frisco-Kid, steht gerade an der Ruderpinne. Sein rotbraunes Haar glänzt in der Sonne und weht im Wind. Er sieht zwar aus wie eine Mischung aus einem Polynesier und einem Iren, ist aber keines davon, sondern Amerikaner englischer und walisischer Abstammung und wurde 1876 in Oakland/Kalifornien geboren. Er hat mir zwar kein Wort davon erzählt, aber ich weiß es, weil ich weiß, wer er wirklich ist. Ich habe einfach zu viele Bilder von ihm gesehen, um ihn nicht zu erkennen. Leider kann ich Dir nicht seinen wahren Namen verraten, weil er offenbar gute Gründe hat, unter einem Decknamen zu reisen. (Sein Vor- und sein Nachname stammen übrigens von zwei fiktiven Charakteren, die er selbst erfunden hat.) Ja, er war ein bekannter Schriftsteller. Vielleicht wirst du es sogar schaffen, herauszufinden, wer er einst war, obwohl ich das bezweifle. Du hast mir einmal erzählt, daß du eines seiner Bücher gelesen hättest — es war *Fischpiraten* — und es lausig fandest. Es hat mich ziemlich verärgert, daß du dich daraufhin geweigert hast, seine Hauptwerke zu lesen. Einige davon sind wirklich Klassiker!

Farrington, sein Erster Offizier Tom Rider — genannt Tex — und ein Araber namens Nur sind die einzigen von der Originalbesatzung, die übriggeblieben sind. Die anderen sind aus allen möglichen Gründen von uns gegangen: Tod, Krankheit, Unverträglichkeit etc. Tex und Kid sind die einzigen Leute, die ich bisher auf dem Fluß getroffen habe, die zur wirklichen Prominenz auf der Erde zählten. Ziemlich nahe bin ich allerdings auch Georg Simon Ohm (von »Ohm« hast du sicherlich schon mal was gehört) und James Nasmyth, dem Erfinder des Dampfhammers, gekommen.

Aber glaub mir: Reider und Farrington stehen auf der Liste der zwanzig Leute, die ich schon immer gerne mal kennenlernen wollte, ganz oben. Meine Liste ist natürlich etwas eigentümlich, aber sicher nicht mehr als ich.

Der wirkliche Name unseres Ersten Offiziers lautet natürlich auch nicht Rider. Er hat ein Gesicht, das man einfach nicht vergessen kann, auch wenn es jetzt — ohne den weißen Zehn-Gallonen-Hut, den er üblicherweise trug, ein wenig anders wirkt. Er war während meiner Kindheit ein großer Filmheld, und ich liebte ihn ebenso wie einige andere, die vorzugsweise in Büchern vorkamen: Tarzan, John Carter vom Mars, Sherlock Holmes, Dorothy von Oz und Odysseus. Von den insgesamt 260 Westernfilmen, die er gemacht hat, habe ich mindestens vierzig gesehen. Meistens liefen sie zwei- oder dreimal in den zweitklassigen Schuppen wie dem Princess, dem Columbia oder dem Apollo in Peoria. (Keins von den Kinos existiert heute mehr; sie wurden schon abgerissen, bevor ich fünfzig wurde.) Seine Filme verschafften mir wirklich manch goldene Stunde. Komisch, daß ich mich an keinen dieser Streifen völlig erinnern kann, in der Erinnerung verschmelzen sie zu Hunderten von Szenen, zu einer einzigen Montage, in der die gigantische Gestalt Riders den glänzenden Mittelpunkt darstellt.

Als ich zweiundfünfzig wurde, interessierte ich mich auf einmal für das Schreiben von Biografien. Du weißt sicher, daß ich viele Jahre plante, die Lebensgeschichte von Sir Richard Francis Burton, dem bekannten und berüchtigten Forschungsreisenden des neunzehnten Jahrhunderts, zu verfassen, der nebenbei auch noch Schriftsteller, Übersetzer, Schwertkämpfer, Anthropologe und so weiter war.

Leider hielt mich die Brotarbeit stets davon ab, endlich mit *Ein harter Bursche im Dienste der Königin* (so der geplante Titel) zu beginnen; und als ich endlich mal über genügend Zeit verfügte, mich an die Arbeit zu machen, kam Byron Farwell mit seiner Burten-Biografie auf den Markt. Sie war gut gemacht, und ich entschloß mich, ein paar Jahre ins Land ziehen zu lassen, bis der Markt ein weiteres Werk dieser Art vertragen könnte. Und gerade als ich wieder anfangen wollte, kam Fawn Brodie mit seiner Burton-Biografie heraus, die möglicherweise die beste bisher erschienene ist. Ich beschloß also, das Projekt erst einmal für zehn Jahre aufzuschieben und mich in der Zwischenzeit an eine Biografie meines bevorzugten Kindheitsfilmhelden heranzumachen. (Ich hatte übrigens zwei; der andere war Douglas Fairbanks senior.) Ich konnte nicht umhin, eine Menge Artikel über ihn in alten Film- und Western-Magazinen und Tageszeitungen nachzulesen, und dabei stellte sich heraus, daß sein wirkliches Leben das jener Gestalten, die er in seinen Filmen spielte, noch bei weitem an Farbigkeit übertraf.

Aber leider kam ich nie in die Situation, genug Geld zu haben, um mit dem Romaneschreiben aufhören und im Lande herumreisen und Leute interviewen zu können, die ihn gekannt hatten — ich wußte nicht einmal, wo sie steckten. Mit Sicherheit gab es aber zumindest einige, die mich mit Details aus seinem frühen Leben hätten versorgen können: Er war bei den Texas Rangers gewesen, hatte als U. S. Marshal in New Mexico, als Deputy-Sheriff in Oklahoma County und als Rauhreiter zusammen mit Roosevelt am San Juan Hill gearbeitet; er war als Soldat bei der Philippinen-Revolte und beim Boxeraufstand in China dabeigewesen; hatte Pferde für die Briten zugeritten, auf beiden Seiten während des Burenkrieges gekämpft, als Söldner für Madero in Mexiko gedient und war Star einer Westernshow und der höchstbezahlte Filmschauspieler seiner Zeit gewesen.

Den Arikeln allerdings, die über ihn geschrieben worden waren, konnte man kaum trauen. Selbst jene Leute, die behaupteten, ihn sehr gut gekannt zu haben, lieferten die unterschiedlichsten Darstellungen seines Lebens. Seine Nachrufe waren voller Widersprüche, und mir wurde bald klar, daß sowohl die Fox als auch die Universal über ihre Presseabteilungen den größten Unfug über ihn hatten verbreiten lassen: Übertreibungen oder manchmal auch ganz einfach Lügen.

Die Frau, die sich für seine erste gehalten hatte, war auch mit einem Buch über ihn auf den Markt gekommen. Aber glaubst du, man hätte daraus erfahren können, daß er sich von ihr hatte scheiden lassen und anschließend noch zweimal verheiratet gewesen war? Daß zwei andere Frauen Töchter von ihm hatten, daß er an einem »Trinkproblem« litt und der uneheliche Sohn eines Londoner Juweliers war?

Die Frau hielt sich wirklich für seine erste Frau — dabei war sie die zweite oder dritte. Niemand war sich über die Anzahl seiner Ehen jemals hundertprozentig sicher.

Daß er trotz allem noch ein strahlender Held für sie war, sagt zwar einiges über den Mann aus, aber auch über die Frau.

Einer meiner alten Freunde, Coryell Varoll (du müßtest dich an ihn erinnern: Er war Zirkusakrobat, Taschenspieler, Seiltänzer, ein ungeheurer Bierschlucker und Tarzan-Fan), schrieb mir einmal etwas über ihn. Es war 1964, glaube ich.

»Ich erinnere mich daran, daß ich, als ich ihm zum erstenmal begegnete, glaubte, Gott gegenüberzustehen ... Mit den Jahren, in denen wir im gleichen Schamassel steckten (damit meinte er den Zirkus), ging meine Bewunderung natürlich auf ein Normalmaß zurück, aber er war immer noch sehr beliebt und wurde von allen Kindern vergöttert, selbst dann noch, als er keine Filme mehr machte ... Ich weiß, daß er im nüchternen Zustand ein ziemlich großer Angeber war und im Suff bis zuletzt ausharrte und manchmal gewaltig über die Stränge schlug (aber tun wir das nicht alle?) ... Ich weiß einige Dutzend Geschichten über ihn, die niemals in die Zeitungen gelangten. Wenn wir uns mal wiedersehen, kann ich dir Näheres darüber sagen.«

Aber irgendwie kam Cory nie dazu.

Man bezweifelte selbst Riders Geburtsdatum. Seine Studios und seine Frau behaupteten, er sei 1880 geboren. Der Grabstein in der Nähe von Florence/Arizona (wo er mit 150 Kilometer in der Stunde über eine verschmutzte Straße raste und umkam) sagt das gleiche.

Aber es existiert ebenso der Gegenbeweis, daß er schon 1870 das Licht der Welt erblickte. Ob er nun sechzig oder siebzig war — er sah jedenfalls in seinen letzten Jahren stets wie ein junggebliebener Fünfziger aus und verlor niemals seine Form.

Des weiteren sagte ein Freund, der ihn zu seiner letzten Fahrt aufbrechen sah, aus, er sei mit einem gelben Ford-Kabriolett losgefahren. Seine Frau behauptete, es sei weiß gewesen. Soviel über Augenzeugen. Die Presseabteilungen der Studios behaupteten, er sei in Texas aufgewachsen. Ich selbst fand heraus, daß auch das eine Lüge war: Er kam aus der Nähe von Mix Run/Pennsylvania und verließ das Kaff erst, als er achtzehn war und in die Armee eintrat.

Ich war gerade im Begriff, einen Brief an das Kriegsministerium zu schreiben und um Einsicht in seine Akte zu bitten — weil ich mich selbst davon überzeugen wollte, was er in der Armee getan hat —, als ein Roman von Darryl Ponicsan auf den Markt kam. Wieder einmal war ich der Gelackmeierte; ich hatte zu langsam gearbeitet. Obwohl Ponicsans Titel nur zur Hälfte ein Sachbuch darstellte, hatte er doch genau die Forschungsergebnisse zusammengetragen, die ich selbst hatte herausfinden wollen.

Er enthüllte, daß mein Held weder der Enkel eines Cherokesenhäuptlings, noch in El Paso/Texas geboren war. Auch wenn er in der Armee gedient hatte: er war am San Juan Hill lediglich leicht und auf den Philippinen überhaupt nicht verwundet worden.

Tatsächlich war er in die Armee erst einen Tag nach Ausbruch des spanisch-amerikanischen Krieges eingetreten. Ich bin mir aber sicher — und auch Ponicsan vertritt diese These —, daß er wirklich hoffte, dort eingesetzt zu werden, wo die Sache heiß herging. Niemand zweifelt daran, daß er ein couragierter Bursche war und es ihn danach verlangte, sich dort aufzuhalten, wo die Luft am bleihaltigsten war.

Statt dessen versetzte man ihn in ein Fort. Später wurde er dann durchaus ehrenhaft entlassen. Er trat ein zweitesmal in die Armee ein, kam aber wieder nicht zum Zuge. Also desertierte er im Jahre 1902.

Er ging nicht nach Südafrika, wie die Studios verbreiten ließen, sondern heiratete eine junge Lehrerin und ging mit ihr ins Oklahoma-Territorium. Entweder ließ der Vater der jungen Frau die Ehe annullieren, oder sie verließ ihn — eine Scheidung wird jedenfalls nirgendwo erwähnt. Niemand kann darüber etwas mit Bestimmtheit sagen.

Während er als Bartender arbeitete (das war kurz bevor er einen Job auf der 101-Ranch in Oklahoma annahm), heiratete er eine andere Frau.

Aber auch diese Ehe ging nicht gut, und auch hier scheint keine Scheidung in die Wege geleitet worden zu sein.

Das meiste von dem, was die Publicityabteilungen der Filmgesellschaften — und Rider selbst — behaupteten, entsprach nicht der Wahrheit. Man erfand einfach Geschichten, um einen Mann zu glorifizieren, der Reklame dieser Art gar nicht nötig hatte. Rider war allerdings einverstanden damit, und es gibt keinen Gegenbeweis, daß er manche dieser Stories nicht sogar selbst erfand. Nach einer Weile begann er sie selbst zu glauben. Ich meine damit, er glaubte sie wirklich. Ich muß es wissen, denn ich habe mehr als einmal mitbekommen, wie er Flunkereien dieser Art zum besten gab, und es ist offensichtlich, daß die Fiktion für ihn heute real geworden ist.

Diese Trübung der Unterscheidungsfähigkeit zwischen Wirklichkeit und Einbildung schwächt natürlich niemals seine Kompetenz in bezug auf das reale Leben.

Als die Fox vorschlug, ihn in der Öffentlichkeit als unehelichen Sohn Buffalo Bills auszugeben, lehnte Rider ab, weil er der Meinung war, dies würde Nachforschungen nach sich ziehen, die das ganze Lügengebäude zum Einsturz bringen könnten.

Aber er sagte nie ein Wort über seine Zeit als Filmstar. Manchmal berichtet er über seine Erfahrungen mit der Filmindustrie, aber er gibt sich dann stets nur als Statist aus.

Warum er einen Decknamen benutzt? Ich habe keine Ahnung.

Seine dritte Frau beschrieb ihn als groß, schlank und dunkelhaarig. Ich nehme an, daß er um die Jahrhunderwende als großer Mann gegolten hat, obwohl er kleiner ist als ich. In seinem hageren Körper stecken stahlharte Muskeln. Farrington ist noch kleiner als er, aber ebenfalls sehr muskulös. Er ist ständig darauf aus, Tom zum Armdrücken herauszufordern, speziell dann, wenn er einen hinter der Binde hat. Tom ist ein gefälliger Bursche. Sie stützen die Armgelenke auf den Tisch, geben sich die Hand und versuchen dann beide, den Arm des anderen auf die Tischplatte hinabzudrükken. Dann gibt es jedesmal einen langen Kampf, den Tom in der Regel gewinnt. Frarrington lacht dann zwar, aber ich glaube, in Wirklichkeit ärgert er sich.

Ich habe mit beiden schon dieses Spiel gespielt und bin zur Hälfte als Sieger (oder als Verlierer, je nach Standpunkt) hervorgegangen. Langfristig gesehen kann ich beide besiegen, aber wenn es zu einem ernsthaften Boxkampf kommt, unterliege ich unweigerlich. Was mir fehlt, ist der »Killerinstinkt«, den die beiden haben. Aber diese rohe Protzerei mit der Kraft war noch nie meine Sache, was möglicherweise aber auch daran liegt, daß ich mich unbewußt davor fürchte, im Ernstfall zu einer Bestie zu werden.

Farrington sind solche Sachen wichtig. Wenn sie es auch für Tom sind, zeigt er es jedenfalls nie.

Aber egal: Es war ein Vergnügen, mit diesen beiden famosen Burschen beisammenzusein, und ist es immer noch, obwohl die Gewohnheit einen natürlich mit der Zeit etwas abstumpft.

Tom Rider ist während der Jahre, in denen er hunderttausend Kilometer am Fluß entlangwanderte, dreimal umgebracht worden. Einmal war er in unmittelbarer Nähe der Flußmündung wiedererweckt worden. Wenn ich Nähe schreibe, meine ich damit, daß er nur noch 20000 Kilometer zurückzulegen hatte. Es war in der arktischen Region. Die Flußmündung befindet sich, wie auch ihre Quelle, in der Nähe des Nordpols. Mündung und Quelle scheinen sich genau gegenüberzuliegen; während die Wasser, die aus den Bergen kommen, sich in die eine Hemisphäre ergießen, fließen sie über die andere wieder zu den Bergen zurück.

Nach dem, was ich gehört habe, existiert am Nordpol ein See, der von einer kreisförmigen Bergkette umgeben ist, neben der der Mount Everest lediglich eine Erdaufschüttung wäre. Der See entspringt aus einem Loch am Fuße dieses Gebirges, wird zu einem Fluß, der sich um den ganzen Planeten windet, den Südpol passiert und schließlich die andere Hemisphäre wieder hinauffließt, wobei er sich windet wie eine Schlange, Tausende von Kurven beschreibt und sich schließlich wieder in den von Bergen umgebenen Polarsee ergießt (das heißt, die Berge sind in Wirklichkeit nur einer; ihr Innenraum wirkt wie der Krater eines Vulkans).

Würde ich versuchen, eine Zeichnung des Flusses anzufertigen, müßte er aussehen wie die Midgardschlange aus der Nordischen Mythologie; ein weltumspannendes Reptil, das sich in den eigenen Schwanz beißt.

Tom sagt, daß die Gebiete in der Nähe der Mündung hauptsächlich von Eiszeitgeschöpfen bevölkert sind, und zwar frühzeitlichen Sibiriaken und Eskimos. Hin und wieder soll es auch Gruppen von modernen Alaskanern, Nordlandkanadiern und Russen dort geben. Und natürlich Leute aus allen Zeiten und Nationen.

Als der Abenteurer, der er nun einmal ist, entschloß er sich, als er in dieser Region erwachte, zur Mündung des Flusses vorzustoßen. Zusammen mit sechs anderen Männern baute er einige Kajaks und paddelte flußabwärts vom Land der Lebenden in die Ödnis einer Nebelwelt hinein. Überraschenderweise mußte er feststellen, daß trotz der ständig herrschenden Dunkelheit in dieser Zone überall Vegetation ist. Des weiteren setzten sich die Gralsteine über mehrere tausend Kilometer hinweg auch im Nebelgebiet fort. Am letzten Gralstein machte die kleine Expedition Rast, aß sich noch einmal satt und setzte dann, beladen mit Vorräten an getrocknetem Fisch, Eichelbrot, und dem, was sie sich während der Reise vom Munde abgespart hatten, den Weg ins Ungewisse fort und folgten der Strömung, die sie ihrem Ziel entgegenbringen sollte.

Während der letzten hundert Kilometer wurde die Geschwindigkeit des Flusses dermaßen stark, daß an eine Rückkehr nicht mehr zu denken war. Es hatte auch keinen Zweck mehr, sich mit aller Gewalt einen Weg ans Ufer zu erkämpfen, denn die Canyonwände, die sich zu beiden Seiten ihres Weges erhoben, waren so eng und hoch geworden, daß jeder Versuch gescheitert wäre. Es blieb den Leuten nichts anderes übrig, als auf ihren Kajaks zu essen und zu schlafen.

Es sah aus wie eine Reise ohne Wiederkehr, und genau das wurde es auch. Sie wurden in eine Grotte getrieben, die so riesig war, daß Toms Fackel nicht einmal ihre Decke oder Wände erkennen ließ. Dann schoß der Fluß mit einem schrecklichen Brüllen in einen Tunnel, in der die Decke plötzlich so niedrig wurde, daß Tom mit dem Schädel gegen sie stieß. An mehr erinnerte er sich nicht. Es stand außer Frage, daß die niedrige Decke auch seinen Kajak zerschmettert hatte.

Als er am nächsten Tag wieder zu sich kam, fand er sich irgendwo in der Südpolregion wieder.

39

(Fortsetzung von Frigates Brief)

»In der Mitte des Sees, den die Polarberge umgeben, gibt es einen Turm«, sagte Tom.

»Einen Turm?« fragte ich. »Wie meinst du das?«

»Hast du etwa noch nicht davon gehört? Ich dachte, jeder wüßte davon.«

»Ich habe niemals jemanden drüber reden hören.«

»Nun«, sagte Tom und maß mich mit einem verwunderten Blick, »dies hier ist ein ganz verdammt langer Fluß. Es kann ganz gut möglich sein, daß es noch eine Menge Gebiete gibt, in denen man die Geschichte tatsächlich noch nicht gehört hat.«

Und er versuchte mir begreiflich zu machen, daß das, um was es hier ging, wirklich nichts anderes war als das, was er sagte: eine Geschichte. Niemand hatte einen Beweis, daß sie stimmte. Der Mann, der sie Tom erzählte, konnte ebensogut ein Lügner gewesen sein, von denen es hier ja weiß Gott nicht weniger gibt als auf der Erde. Aber zumindest konnte er sich darauf berufen, daß diese Geschichte nicht aus siebter Hand war, sondern daß er sie von einem Menschen erfahren hatte, der steif und fest behauptete, den Turm mit eigenen Augen gesehen zu haben.

Obwohl Tom diesen Mann ziemlich lange gekannt hatte, hatte dieser nie ein Wort über die Sache fallengelassen — bis zu jenem Abend, an dem er und Tom voll wie die Strandhaubitzen gewesen waren. Während der Erzählung gewann er allerdings seine Nüchternheit zurück und weigerte sich plötzlich, weiterzusprechen. Er fürchtete sich einfach.

Der Mann, ein alter Ägypter, hatte einer Gruppe angehört, die von einem Pharao namens Echnaton angeführt worden war. Du weißt schon, wen ich meine, der Pharao, der im dreizehnten Jahrhundert vor Christus versuchte, eine monotheistische Religion zu gründen. Echnaton war in einem Gebiet, in dem die Leute seiner eigenen Zeit dominierten, zum Leben erweckt worden. Der Geschichtenerzähler, ein Adeliger namens Paheri, wurde zusammen mit vierzig anderen in Echnatons Dienste genommen. Sie bauten ein Boot und fuhren davon, ohne daß jemand von ihnen wußte, wie weit die Reise sie führen mochte. Sie wußten nicht einmal, wo ihr Ziel lag, ausgenommen, daß sie versuchen wollten, die Quelle des Flusses zu erreichen. Echnaton, der an Aton, den Sonnengott, glaubte, war der festen Überzeugung, daß dieser dort leben müsse und eine Pilgerreise in diese Zone nur dazu dienen könnte, sein Image bei den Göttern aufzupolieren, damit sie ihm den rechten Weg ins Paradies wiesen, denn in seinen Augen konnte die Flußwelt lediglich eine Zwischenstation sein.

Im Gegensatz zu Echnaton war Paheri allerdings ein konservativer Polytheist. Er glaubte an die »wahren« Götter: Ra, Horus, Isis, die ganze alte Bande, und folgte Echnaton nur deswegen, weil er glaubte, daß dieser, nachdem er sie an den Hof der Götter geführt hatte, von diesen schon sein Fett abkriegen würde, nachdem er sie auf der Erde hatte in die Rumpelkammer bringen lassen. Letzten Endes würde die ausgleichende Gerechtigkeit Echnaton auf die Müllkippe des Opportunismus schmettern — und ihn, Paheri, für seine Standhaftigkeit in Glaubensfragen belohnen.

Glücklicherweise befand sich der Ort ihres zweiten Lebens ziemlich hoch im Norden, was ihre Fahrt nicht übermäßig lange ausweiten würde; drüber hinaus waren die Zonen, durch die sie kamen, hauptsächlich von Skandinaviern aus dem späten zwanzigsten Jahrhundert bevölkert, die sich nicht nur friedlich, sondern sogar entgegenkommend verhielten und es der ägyptischen Expedition bereitwillig erlaubten, ihre Gralsteine zur Auffrischung der Vorräte zu benutzen.

Als sie der Polregion näher kamen, drangen sie in ein Gebiet ein, in dem gigantische Frühmenschen lebten, die möglicherweise mit einer Spezies identisch waren, deren Fossilien man auf der Erde niemals gefunden hatte. Sie waren zweieinhalb bis drei Meter groß, ob man das nun glaubte oder nicht, und hatten Nasen, die an Schnabelaffen erinnerten. Sie kannten zwar eine Sprache, verfügten aber über keinen besonders großen Wortschatz.

Jeder einzelne dieser haarigen Gestalten hätte die ganze Mannschaft mit einer Hand fertigmachen können, aber seltsamerweise fürchteten sie sich vor dem Boot der Ägypter und hielten es für ein lebendes Wesen oder irgendein Seeungeheuer. Des weiteren war das Gebiet, in dem sie lebten (es war mehrere tausend Kilometer lang), von der dahinterliegenden Zone durch eine sehr schmale Enge abgetrennt, durch die der Fluß mit solcher Kraft schoß, daß es keinem Ruderer möglich gewesen wäre, sie zu bezwingen.

Dadurch wurden die Ägypter aufgehalten. Es kostete sie zwar sechs Monate harter Arbeit, aber schließlich schafften sie es doch. Unter Benutzung einiger Feuerstein- und Eisenwerkzeuge — es gab ein wenig Eisen in diesem Gebiet, das sie gegen Schnaps und Tabak eintauschten — schlugen sie etwa drei Meter oberhalb des Wasserspiegels einen Sims in das Gestein. Sie zerlegten das Boot in seine Einzelteile, packten es sich auf den Rücken und legten so eine Strecke von etwa einem Kilometer zurück.

Im Land der Giganten gelang es ihnen weiterhin, einen Riesen zu rekrutieren, dessen Namen niemand aussprechen konnte. Sie nannten ihn Djehuti (die griechische Form dieses Namens lautet Thoth), weil seine lange Nase an den Gott gleichen Namens erinnerte. Thoth hat den Kopf eines langschnäbeligen Vogels, den man Ibis nennt.

Das Boot machte seinen Weg weiter flußaufwärts, bis die Gralsteine endeten und man in eine Landschaft dichter Nebel kam. Obwohl der Fluß auf seinem Weg durch den hinter den Bergen liegenden See viel von seiner Wärme verloren hatte, gab er immer noch genügend ab, um Dünste zu erzeugen, sobald er auf kältere Luftschichten traf.

Sie erreichten einen Wasserfall, der groß genug war, um den Mond darauf herabschwimmen zu lassen, berichtete Paheri. Man ließ das Boot stehen, das nach allem, was man darüber weiß, immer noch dort liegen muß, wenn es nicht inzwischen bei der dort herrschenden Feuchtigkeit verrottet ist.

Und jetzt kommt der seltsamste Teil der Geschichte. Die Expedition erreichte eine Felswand, die unüberwindlich war, aber zu ihrer Überraschung fand sie einen in das Gestein gehauenen Tunnel, der sie ohne weiteres durch die Wand brachte. Und später, als die Männer am Fuße einer noch größeren Erhebung standen, entdeckten sie ein aus Tüchern zusammengesetztes Seil, an dem sie hinaufkletterten, bis sie schließlich, obwohl der weitere Weg kaum weniger uneben war als der bisherige, schließlich den Rand des Polarsees erreichten.

Wer den Tunnel durchs Gestein trieb und das Seil hinterließ? Und aus welchem Grund? Es ist für mich offensichtlich, daß irgend jemand ein Interesse daran hat, uns Erdenmenschen den Weg freizumachen. Ich bezweifle, daß es andere Flußbewohner waren, die den Tunnel in den Fels hauten und das Seil befestigten. Der Berg, durch den der Tunnel führt, ist aus massivem Quarz. Ganz abgesehen davon, daß in diesem Gebiet niemand über dermaßen viel Eisen verfügt, um genügend Grabwerkzeuge daraus herzustellen, müßte ein solcher Bau Materialien verschlungen haben, die man auf dem ganzen Planeten nicht zusammenbekäme. Des weiteren sagte Paheri aus, daß die Tunnelwände absolut glatt gewesen seien und keinerlei Hinweise auf die Verwendung primitiver Werkzeuge gegeben hätten. Selbst wenn man voraussetzt, jemand habe genügend Eisenwerkzeuge zur Verfügung gehabt: es ist unmöglich, daß eine Gruppe von Menschen — und sei sie auch noch so groß — genügend Zeit gehabt hätte, eine solche Arbeit zu vollenden. Sie hätten nicht einmal genug Nahrung heranschaffen können, um sich dort über längere Zeit hinweg aufzuhalten.

Zudem: Wer wäre in der Lage gewesen, die zweite Erhebung zu erklettern, um dort das Seil zu befestigen? Konnte irgendeine geheimnisvolle Gruppe den Ort schon vor den Ägyptern erreicht und das Seil mit Hilfe einer Rakete hinaufgeschossen haben? Aber dort, wo es befestigt war, gab es nur ein einziges mögliches Ziel, eine hohe, dünne Felsnadel, in deren Richtung man ein hypothetisches Seil, mit ebenso hypothetischen Fanghaken versehen, hätte abfeuern müssen. Die Chancen, daß die Rakete diese Stelle getroffen hätte (ganz abgesehen davon, daß sich am Seilende keine Fanghaken befanden), erscheinen mir sehr unwahrscheinlich. Des weiteren waren nirgendwo irgendwelche Überreste einer Rakete aufzufinden. Wer immer also das Seil an diesem Felsen befestigt hat, er hat es getan, indem er es einfach mit einem Knoten versah. Außerdem sagte Paheri aus, daß der Felsen auf ihn den Eindruck gemacht hätte, als sei er bearbeitet worden. Nachdem sie über einen Sims in eine dunkle Höhle gekrochen waren, durch die ein eiskalter Wind pfiff, erreichten sie schließlich den See. Über dem Gebirgsmassiv, das ihn dem Anschein nach völlig umsäumte, lag eine schwere Wolkendecke. Aber die Bergwand war nicht zur Gänze massiv, wie sich später herausstellte. Es sah so aus, als klaffe auf der anderen Seite in ihr ein breiter Spalt. Djehuti kam als erster in den Genuß, ihn zu sehen. Gerade als die Sonne sich anschickte, einen Augenblick lang durch den Spalt zu scheinen, ging er um eine Ecke. Diejenigen, die hinter ihm waren, hörten plötzlich einen erschreckten Ausruf, dann ein Aufbrüllen und schließlich einen langgezogenen, klagenden Schrei. Als sie nun ihrerseits um die Ecke bogen, sahen sie gerade noch, wie Djehutis Körper in der unter ihnen dahinwabernden Wolkendecke verschwand.

Später rekonstruierten sie, was geschehen war. Djehuti war um die Ecke gebogen und hatte ein paar Schritte von sich entfernt einen Gral stehen sehen. Ja, einen Gral. Irgend jemand hatte ihn dort hingestellt. Allem Anschein nach hatte Djehuti ihn ebenfalls gesehen — und dann fielen die Sonnenstrahlen unerwartet durch den Spalt in der Felswand. Geblendet — oder auch erschreckt — mußte er einen Schritt in die falsche Richtung getan haben und war dabei über den Gral gestolpert.

Die Sonne spendete noch genügend Licht, um die Ägypter in der Seemitte etwas erkennen zu lassen, das wie die Spitze eines überdimensionalen Grals auf sie wirkte, der sich über die Wolken erhob; dann war sie an dem Spalt vorbeigewandert. Die Wolken fügten sich wieder zusammen, und der Große Gral verschwand.

Sicher wirst du dir jetzt die Frage stellen, wieso die Ägypter die Sonne überhaupt sehen konnten. Müßten sie die Wolken selbst dann, wenn der Spalt sich bis zum Horizont fortgesetzt hätte, nicht vor ihren Blicken verborgen haben? Die Antwort lautet ja, jedenfalls unter normalen Umständen. Aber der Zufall wollte es nun einmal, daß im gleichen Augenblick, in dem die Sonne auftauchte, etwas Wind herrschte, der die Wolken auseinandertrieb. Diese Kombination der Umstände hatte sich für Djehuti allerdings als fatal erwiesen.

Die Winde in dieser Region sind eigenartig. Sie trieben die Wolken sogar zweimal auseinander, und so gelang es den Ägyptern noch einmal, einen kurzen Blick auf den oberen Teil des Turmes zu werfen. Wäre die Sonne nicht gewesen, hätten sie in der herrschenden Dämmerung möglicherweise angenommen, lediglich die Umrisse eines seltsam geformten Felsens gesehen zu haben. Aber sie sahen genug. Sie hatten ein Bauwerk erkannt, und es war ein ziemlich großes. Es muß nicht von Menschenhand erschaffen worden sein, denn wir wissen immer noch nicht, ob jene Wesen, denen diese Welt gehört und die sie beherrschen, menschlich sind. Aber es ist ein Bauwerk; es war einfach zu ebenmäßig und von zu regelmäßig zylindrischer Form, als daß es hätte etwas anderes sein können. Unter anderen Umständen wäre es sicherlich niemandem sonderlich aufgefallen.

Aber das war noch nicht alles. Ein paar Stunden später sahen die Ägypter ein anderes Objekt, das sich aus den Wolken erhob, die den Turm umgaben. Es war rund, und wenn man berücksichtigt, wo die Beobachter standen, als sie es sahen, muß es von gewaltiger Größe gewesen sein. Als es höher stieg, reflektierte es das Licht der inzwischen wieder unsichtbaren Sonne. Schließlich flog es so hoch hinauf, daß man es nicht mehr erkennen konnte.

Ich war ziemlich beeindruckt und fragte: »Ob sich in diesem Turm das Hauptquartier derjenigen befindet, die hinter allem stekken, was sich auf dieser Welt tut?«

»Genau das nehmen Frisco und ich an.«

Die Ägypter hatten Djehuti liebgewonnen. Trotz seines urwelthaften Aussehens hatte sich herausgestellt, daß er ein gutes Herz im Leibe trug und ein lustiger Bursche war. Er bekam sogar ägyptische Wortspiele mit, was darauf hinweist, wie hoch seine Intelligenz in Wirklichkeit gewesen sein muß. Die Menschheit ist doch wirklich einmalig im Reich der Tiere; sie ist die einzige Spezies, die dazu in der Lage ist, Witze zu machen. Homo agnominatio? Ich weiß nicht. Mein Latein wird von Tag zu Tag schlechter. Wenn ich einen Lateinprofessor auftreiben könnte, würde ich gerne einen Auffrischungskursus bei ihm nehmen.

Aber zurück zu Paheris Geschichte. Und die von Djehuti. Wäre er nicht mit solch gorillahaften Kräften ausgestattet gewesen — die Ägypter wären sicherlich nicht so weit gekommen. Also sprachen sie ein paar Gebete für ihn und gingen den Pfad wieder hinab.

Der Weg wurde immer schmaler und abschüssiger und war schließlich von einer schleimigen Feuchtigkeit bedeckt, so daß man ihn nur noch gehen konnte, indem man sich mit dem Rücken gegen die Felswand preßte und seitwärts weiterbewegte. Manchmal wurde er dermaßen problematisch, daß den Ägyptern nichts anderes übrigblieb, als sich der Wand zuzuwenden und auf Zehenspitzen weiterzugehen, während sie sich mit den Fingern in den kleinen Ritzen und Spalten festzuhalten versuchten.

Als sie die Hälfte des Weges geschafft hatten, wäre Echnaton beinahe abgestürzt. Er stolperte im Nebel über ein Skelett. Ja, ein Skelett! Und das war ohne Zweifel einmal derjenige gewesen, der den Gral zurückgelassen hatte. Da nicht ein einziger seiner Knochen gebrochen war, nahm man an, er sei verhungert. Der Pharao sprach ein Gebet für seine sterblichen Überreste und warf die Knochen in den See hinab. Nach einer Weile erreichten sie dann das Ende des Weges, der auf der gleichen Höhe lag wie der Wasserspiegel des Sees. Die Männer begannen zu verzweifeln, aber Echnaton hielt sich mit einer Hand an einem Felsvorsprung fest, nahm in die andere eine Fackel und wagte einen Blick um den Felsen herum.

Auf der anderen Seite befand sich eine Öffnung, der Eingang zu einer Höhle. Echnaton wagte sich weiter vor, zog sich um die Ecke, während der See ihm bereits bis an die Knie reichte, und stellte fest, daß der Sims, auf dem sie die ganze Zeit gelaufen waren, sich unter Wasser fortsetzte. Die Fackel zeigte ihm einen glatten Felsboden, der sich in einem Winkel von etwa dreißig Grad nach oben zog, und die anderen folgten ihm, ohne daß dabei etwas schiefgegangen wäre.

Während Echnaton sie führte, näherten sich die Ägypter dem Eingang der Höhle. Ihre Herzen klopften zum Zerspringen. Sie froren, und ihre Zähne klapperten. Einer von ihnen — Paheri — fürchtete sich dermaßen, daß er vor Nervosität Durchfall bekam.

War dies der Eingang zur Halle der Götter? Wartete Anubis mit dem Kopf eines Schakals dort, um sie dem Großen Richter vorzuführen, der ihre guten gegen ihre schlechten Taten abwägen würde?

In diesem Moment wurde Paheri erst bewußt, was er alles an gemeinen, grausamen und verräterischen Dingen während seines Lebens getan hatte, und er bekam plötzlich Angst und spielte mit dem Gedanken, nicht weiterzugehen. Aber die anderen setzten unbeirrt ihren Weg fort, und da die Dunkelheit ihn stark bedrückte, blieb ihm schließlich nichts anderes übrig, als mit ihnen

Schritt zu halten. Immerhin ließ er zwischen den anderen und sich einen gewissen Abstand.

Die Höhle wurde zu einem Tunnel, dessen Wände offenbar mit Werkzeugen bearbeitet worden waren. Er beschrieb eine sanfte Kurve und mündete nach mehreren hundert Metern in einem großen, kreisförmigen Raum, der von neun Lampen aus schwarzem Metall erleuchtet wurde, die auf hohen Dreibeinen standen. Die Lampen waren kugelförmig und sandten ein kaltes, beständiges Licht aus.

In der Kammer stießen sie auf eine Reihe von Dingen, die sie in höchstes Erstaunen versetzten. Das erste, was sie fanden, war ein weiteres Skelett, das ebenso wie das andere noch bekleidet war und einen Arm ausgestreckt hielt, als habe es versucht, nach etwas zu greifen. Daneben lag ein Gral. Natürlich waren sie anfangs zu aufgeregt, um das Skelett sofort zu untersuchen, aber ich will es Dir kurz beschreiben:

Es war das Skelett einer Frau. Außerdem zeigten einige noch nicht verrottete Haare auf dem Schädel, daß sie Negerin gewesen war.

Und auch sie war verhungert — und was noch tragischer und ironischer war: nur wenige Meter von Eßbarem entfernt.

Nach dem Tode ihres Partners mußte sie sich aufgemacht haben, die Möglichkeit zu erforschen, die auch den Ägyptern den Weg in die Höhle gewiesen hatte. Und dann, in unmittelbarer Nähe von allem, was sie retten konnte, hatte der Tod sie ereilt.

Ich frage mich, wer sie war und was sie auf diese gefährliche Reise trieb. Wie viele ihrer Gruppe mögen gestorben oder umgekehrt sein, bevor sie die mächtige Grotte erreichte, durch die die Wasser des Polarsees in die Welt hinausströmen? Wie sind diese Leute an den haarigen, großnasigen Kolossen vorbeigekommen? Welches mag ihr Name gewesen sein und was sie dazu bewegt haben, so tief in das Herz der Finsternis vorzustoßen?

Vielleicht hatte sie eine Botschaft im Innern ihres Grals hinterlassen, aber dessen Deckel war verschlossen, so daß niemand außer ihr ihn je hätte öffnen können. Aber wie dem auch sei: Es wäre ziemlich unwahrscheinlich gewesen, daß die Ägypter ihre Worte hätten entziffern können, denn immerhin fand diese Begegnung vor der Zeit statt, in der die Chancisten ihr Esperanto dem Fluß entlang verbreiteten. Und abgesehen davon gibt es auch jetzt noch mehrere Milliarden Menschen, die dieser Sprache zwar mächtig sind, sie aber nicht zu lesen vermögen.

Die Ägypter sprachen auch für sie ein Gebet, dann begannen sie vorsichtig die größeren Objekte, die die Kammer beherbergte, einer Inspektion zu unterziehen. Es waren elf metallene Boote unterschiedlicher Größe, die auf niedrigen, V-förmigen Untersätzen standen.

Desgleichen fanden sie Nahrungsmittel, die sie aber nicht gleich erkannten, da sie von Plastikbehältern noch nie etwas gehört hatten. Aber da einige auf den Etiketten angebrachte Zeichungen ihnen sagten, wie man sie öffnen konnte, taten sie es schließlich und fanden Fleisch, Brot und Gemüse. Die Ägypter schlugen sich, hungrig wie sie waren, den Magen voll, und da sie von der langen Reise ziemlich erschöpft waren, legten sie sich erst einmal zum Schlafen nieder.

Sie glaubten jetzt wirklich, daß die Götter (in Echnatons Fall natürlich nur ein Gott) ihnen zur Seite standen. Sie hatten einen Pfad für sie vorbereitet, auch wenn er nicht leicht zu bezwingen gewesen war, aber die Straße zur Unsterblichkeit, das war ihnen allen klar, konnte auch nicht einfach sein, damit auch wirklich nur jene ihn bezwingen konnten, die sich seiner würdig erwiesen. Vielleicht hatte Djehuti irgendwann einmal eine große Sünde auf sich geladen und war deswegen von den Göttern vom Sims hinabgestoßen worden.

Im Innern der Boote fanden sie Zeichnungen, die ihnen zeigten, wie man einzelne Zeichen zu verstehen hatte. Die Ägypter studierten sie und trugen schließlich eines der großen Boote durch den Tunnel. Obwohl es geräumig genug war, um dreißig Leute zu transportieren, genügten vier, um es hochzuheben, oder einer reichte aus, um es hinter sich herzuziehen. Man schob es über den Felssims in den See, was keine große Schwierigkeit darstellte, und ging an Bord. Beim Steuerrad befanden sich allerlei kleine Geräte, und obwohl Echnaton in seiner Stellung als Pharao über jeglicher körperlicher Arbeit stand, bediente er sie, hielt sich an die gezeichneten Instruktionen und drückte einen Knopf. Er fuhr erschrocken zurück, als ein Bildschirm aufleuchtete und die Umrisse des Turmes in hellem orangefarbenem Licht zeigte. Als er den nächsten Knopf bediente, bewegte sich das Boot durch unsichtbare Ruderer angetrieben in den See hinaus.

Natürlich fürchtete sich jeder von den Ägyptern, aber ihr Führer versuchte unter allen Umständen seine eigene Angst zu verbergen. Gleichzeitig hatten sie den Eindruck, sich am rechten Ort zu befinden und hier willkommen zu sein. Zudem ähnelte das Boot jener Barke, die ihrer Religion gemäß die Toten über den Fluß in die andere Welt, Amenti, brachte.

(Amenti bezieht sich auf Ament, eine Göttin, deren Name »die Westliche« bedeutet. Ebenso wie die Libyer, die Bewohner Westägyptens, trug sie eine Feder, und die Feder stellte das Zeichen oder den Hieroglyphen für das Wort »westlich«, d. h. »gen Sonnenuntergang«, dar. In späteren Zeiten bezeichnete man mit dem Begriff »Westen« das Land der Toten, über deren Bewohner die Göttin Ament herrschte. Es hieß, daß sie es sei, die die Toten am Tor zur anderen Welt willkommen hieße. Sie reichte ihnen Brot und Wasser und machte sie, sobald sie es verzehrten, zu »Freunden der Götter«).

Ebenso wie die Nahrungsmittel, die sie in der Höhle gefunden hatten, schien den Ägyptern auch das Boot eine Analogie jener Barke zu sein, das die Toten auf ihrer Reise in die andere Welt benutzten. Wie viele andere Völker hatte es auch die Ägypter in großes Erstaunen — und sogar in hellen Zorn — versetzt, als sie auf der Flußwelt wieder zum Leben erwacht waren, denn die Priester hatten ihnen zu ihren Lebzeiten ganz andere Dinge prophezeit. Trotzdem glaubten sie in dieser Welt einige Parallelen und physische Analogien zum gelobten Land zu erkennen, etwa die Existenz des großen Flusses, auf dem sie reisen konnten. Sie waren stets ein Vok der Flußuferbewohner gewesen und hatten in der Nähe des Nils gelebt.

Und jetzt wurden sie von einem göttlichen Wesen dem Herzen der anderen Welt entgegengeführt.

Die Ägypter fragten sich, ob sie den gigantischen Frühmenschen statt Djehuti nicht lieber Anubis hätten nennen sollen. Anubis war der Gott mit dem Kopf eines Schakals, der die Toten auf ihrem Weg durch die Unterwelt zum Doppelpalast der Osiris überprüfte: ein Richter, der ihre Seelen wog. Djehuti war der Sprecher der Götter und Hüter ihrer Aufzeichnungen. Manchmal nahm er die Gestalt eines hundsköpfigen Affen an. Wenn man die Gesichtszüge und Behaarung ihres umgekommenen Gefährten berücksichtigte, sah er allerdings doch eher wie eine Inkarnation Djehutis aus.

(Anmerkung: Diese beiden Sichtweisen Thoths [Djehutis] deuten darauf hin, daß in frühen Zeiten beide Götter irgendwann miteinander verschmolzen sein müssen.)

Diese Welt hatte für die Ägypter eine Reihe von Ähnlichkeiten mit der ihren, und jetzt, wo sie sich in der Obhut der Osiris wußten, wurden diese Ähnlichkeiten immer verwunderlicher. Die Flußwelt konnte sehr gut jene Zwischenstation auf dem Weg von der Welt der Lebenden zu der der Toten sein, wie die Priester es beschrieben hatten. Sie hatten verwirrende, sich widerprechende Geschichten erzählt. Lediglich die Götter wußten die volle Wahrheit.

Was immer auch die Wahrheit sein mochte: bald würde man sie ergründen. Zwar sah der Turm nicht so aus, wie man ihnen die doppelte Halle der Gerechtigkeit beschrieben hatte, aber vielleicht hatten die Götter auch sie verändert. Die Flußwelt war ein Ort konstanten Wechsels, eine Reflexion jenes Stadiums von Bewußtsein, das die Götter gerade innehatten.

Echnaton drehte das Steuerrad so, daß der orangefarbene Turm von einer vertikal den Schirm durchziehenden Linie halbiert wurde. Hin und wieder, als wolle er sich davon überzeugen, daß er noch ausreichende Kontrolle über die Geschwindigkeit des Bootes habe, drückte er den Knüppel, der rechts neben dem Steuerrad angebracht war. Damit ließ sich die Schnelligkeit des Bootes erhöhen oder verringern, je nachdem, wie stark er auf ihn einwirkte.

Mit einer Geschwindigkeit, die die Herzen der Passagiere mit Furcht erfüllte, jagte das Boot, von starken unsichtbaren Ruderern angetrieben, durch den wirbelnden, undurchsichtigen Nebel immer weiter auf den Turm zu. Innerhalb von zwei Stunden wurden die Umrisse auf dem Bildschirm immer gewaltiger. Schließlich verwandelten sie sich in eine helle Flamme, die den ganzen Schirm einnahm, und Echnaton ließ das Boot langsamer weiterfahren. Er drückte einen Knopf, und als vom Bug des Bootes aus zwei runde Objekte glänzende Lichtstrahlen aussandten, schrien die Ägypter ängstlich und verwundert auf.

Vor ihnen lag eine gigantische Masse — der Turm.

Wieder bediente Echnaton einen Knopf, dessen Funktion ihm die Zeichnungen erklärt hatten. In der glatten, nahtlosen Oberfläche der Turmwandung öfnnete sich langsam ein großes rundes Tor. Helligkeit traf ihre Augen. Sie sahen eine breite Halle, deren Wände aus dem gleichen grauen Metall bestanden wie der Turm selbst.

Echnaton bugsierte das Boot längsseits zum Eingang. Mehrere seiner Leute streckten die Arme nach der Festung aus, und der Pharao betätigte einen Knopf, der die unsichtbare Kraft, die das Boot vorwärtsbewegte, zum Erliegen brachte. Nachdem er in den offenen Raum hineingesprungen war, zog er das Boot an den dafür vorgesehenen, in seinem Inneren angebrachten Tauen hinter sich her und band es an einem Haken in der Halle fest. Leise und etwas verängstigt folgten die anderen ihm nach.

Das heißt alle bis auf Paheri, den das Entsetzen jetzt mit voller Kraft übermannt hatte. Seine Zähne schlugen laut und unkontrolliert aufeinander, seine Knie zitterten, und sein Herz hämmerte mit der Kraft eines gefangenen Vogels, der in einen dunklen Raum eingesperrt ist und mit den Schwingen gegen die Wände schlägt. Paheri fror und war nahe daran, das Bewußtsein zu verlieren. Er spürte, wie sein Geist sich aufzulösen begann und dahinschmolz wie eine Schneewächte unter den wärmenden Strahlen der Sonne.

Er fühlte sich einfach zu schwach, um aufzustehen und den anderen in den Gang hinein zu folgen. Außerdem zweifelte er nicht daran, daß am Ende des Korridors sein Richter auf ihn wartete, um ihm den Garaus zu machen.

Noch eins über Paheri: Daß er Manns genug war, Tom Rider gegenüber zuzugeben, daß er ein Feigling gewesen war, offenbart, daß er ein Gewissen hatte. Um einem anderen gegenüber dergleichen einzugestehen, erfordert wenigstens Courage.

Als habe er nicht das geringste von seinem Einzigen Gott zu befürchten, schritt Echnaton unbeirrbar auf das Ende des Korridors zu, während die anderen ihm in einer Entfernung von einem Dutzend Schritten in einer dichten Traube folgten. Einer der Ägypter wandte sich um und stellte überrascht fest, daß Paheri noch immer im Boot hockte. Er bedeutete ihm, auszusteigen, aber Paheri schüttelte nur den Kopf und hängte sich über das Dollbord.

Dann, ohne daß irgendeiner der Reisenden auch nur einen Schrei ausgestoßen hätte, fielen die sich im Inneren des Korridors aufhaltenden Männer plötzlich auf die Knie, versuchten sich mit den Händen abzustützen und wieder aufzustehen, schafften es jedoch nicht, sondern schlugen mit den Gesichtern zu Boden. Dort blieben sie liegen, still und steif wie die Puppen.

Und dann schloß sich langsam wieder der Eingang. Alles ging völlig lautlos vor sich, und als das Tor die dahinterliegenden Halle zur Gänze verdeckte, vermochte man nicht einmal zu erkennen, daß hier je eine Öffnung gewesen war. Man sah nicht einmal eine Naht. Paheri saß allein und verlassen inmitten des dunklen Nebels, der über dem kalten See aufstieg.

Paheri verlor keine Sekunde. Er ließ das Boot wenden und jagte mit der gleichen Geschwindigkeit, mit der sie sich dem Turm genähert hatten, von ihm weg. Diesmal jedoch zeigte der Bildschirm keine hellen Umrisse, an denen er sich hätte orientieren können. Er fand die Höhle nicht wieder, und so blieb ihm nichts anderes übrig, als panisch hin und her zu rasen und darauf zu hoffen, sie aus purem Zufall zu entdecken. Schließlich gab er es auf und steuerte das Boot an den Klippen entlang, bis er den Kanal fand, durch den der See sich in die Berge ergießt. Er kam in eine lange und gewaltig ausgedehnte Grotte, aber als er schließlich den großen Katarakt erreichte, fand er keine Stelle, die ihm erlaubt hätte, das Boot an Land zu bringen. Schließlich wurde es über die Wasserfälle geschwemmt, und Paheri erinnerte sich nur noch an das Aufbrüllen der Wassermassen. Er wurde hin und her geschleudert und verlor schließlich das Bewußtsein.

Als er zu einem neuen Leben erwachte, lag er nackt in einem nebeligen Gebiet unter dem Überhang eines Gralsteins. Sein eigener Gral — er hatte jetzt natürlich einen neuen — und ein Kleiderstapel befanden sich direkt neben ihm. Plötzlich vernahm er Stimmen. Er sah die schattenhaften Umrisse von Leuten, die sich ihrem Gralstein näherten, und wurde sich jetzt erst darüber klar, daß er sich in Sicherheit befand — und das schreckliche Erlebnis in der Halle der Götter nur noch in seinen Erinnerungen existierte.

Nachdem Tom Rider von einigen fanatischen mittelalterlichen Christen umgebracht worden war, hatte das Schicksal ihn in die Gegend, in der Paheri lebte, verschlagen. Er wurde Soldat, lernte den Ägypter kennen, diente mit ihm in der gleichen Brigade und erfuhr schließlich von seiner Geschichte. Nachdem er es bis zum Hauptmann gebracht hatte, wurde er erneut getötet und in ein Land versetzt, in dem Farrington lebte.

Ein paar Monate später waren sie zusammen in einem Einbaum aufgebrochen. Später hatten sie sich eine Weile niedergelassen, um die *Razzle Dazzle* zu bauen.

Was ich von der ganzen Sache halte? Nun, Paheris Geschichte ist immerhin interessant genug, daß es mir keine Ruhe läßt, sie zu überprüfen. Wenn er nicht maßlos aufgeschnitten hat — und

Toms Erfahrungen sprechen eigentlich dagegen, denn er kannte den Ägypter als absolut soliden und phantasielosen Zeitgenossen —, kann es durchaus möglich sein, daß diese Welt hier — ganz im Gegensatz zur Erde — alle Antworten auf die Großen Fragen für uns bereithält und ein Spiegelbild der letzten Realität ist. Tumwärts, ho!

40

(Fortsetzung von Frigates Brief)

Hinter der Geschichte scheint mir mehr zu stecken, als Rider mir erzählt hat. Ich hatte vor ein paar Tagen die Gelegenheit, Frisco und Tex zu belauschen, als sie in der Hauptkabine waren und die Verbindungstür offenstand. Ich hatte mich gerade hingesetzt, mit dem Rücken gegen die Kabinenwand gelehnt und mir eine Zigarre angezündet. (Ja, um ehrlich zu sein: Ich bin wieder in die Arme des Nikotinteufels zurückgekehrt). Zunächst schenkte ich ihren Stimmen gar keine besondere Aufmerksamkeit, da ich mich noch immer mit den Ergebnissen einer vorhergehenden Diskussion mit Nur el-Musafir beschäftigte, aber plötzlich hörte ich den Kapitän (der eine ziemlich laute Stimme hat) sagen: »Ja, aber woher wollen wir wissen, ob er uns nicht aus den gleichen Gründen für seine eigenen Zwecke benutzt? Wieso soll er nicht ein Motiv haben, das uns gar nichts, ihm aber sehr viel einbringen kann? Und woher wollen wir wissen, ob wir überhaupt in den Turm hineinkommen können? Schließlich haben die Ägypter es doch auch nicht geschafft. Gibt es einen zweiten Eingang? Wenn ja, warum hat er uns nichts davon erzählt? Statt dessen vertröstet er uns auf später. Aber das ist nun sechzehn Jahre her! Und seitdem haben wir ihn nicht mehr zu Gesicht bekommen! — Ich meine damit, daß du ihn nicht zu Gesicht bekommen hast, denn ich habe ihn ja noch nie gesehen. Ihm kann genausogut etwas zugestoßen sein. Vielleicht haben sie ihn erwischt. Oder vielleicht — braucht er uns jetzt gar nicht mehr!«

Rider erwiderte etwas, das ich nicht verstehen konnte. Farrington sagte darauf:

»Sicher, aber weißt du, was ich glaube? Ich glaube, daß er nicht die geringste Ahnung davon hatte, daß die Ägypter da oben waren. Er weiß nicht einmal etwas von dem einen, der die Sache überlebte. Zumindest wußte er das damals noch nicht, als er mit dir sprach.«

Wieder sagte Rider etwas. Farrington erwiderte: »Der Tunnel, das Seil, die Boote und möglicherweise auch der Pfad müssen für uns vorbereitet worden sein. Aber trotzdem sind andere vor uns dagewesen.«

Da sich in diesem Augenblick der Wind verstärkte, konnte ich eine oder zwei Minuten lang kein Wort mehr verstehen. Ich näherte mich also der Trennwand ein wenig mehr. Farrington sagte gerade: »Glaubst du wirklich, daß einer von ihnen — oder mehrere — mit uns auf diesem Schiff sitzen? Ich will nicht abstreiten, daß das eventuell möglich ist, Tex, aber was hätte das für uns schon zu bedeuten? Warum haben wir nicht erfahren, wer die anderen sind, damit wir sie erkennen und uns mit ihnen zusammentun können? Wann wird man uns das sagen? Wo werden wir einander treffen? Am Ende des Flusses? Was, wenn wir dort auftauchen und keiner ist da? Sollen wir dann ein weiteres Jahrhundert abwarten? Was, wenn...«

Rider unterbrach den Wortschwall Farringtons noch einmal. Er muß ziemlich lange geredet haben, und ich spitzte vor Neugier dermaßen meine Ohren, daß sie beinahe wie zwei Elmsfeuer leuchteten. Mustapha, der am Ruder stand, starrte mich mit einem seltsamen Gesichtsausdruck an. Er muß geahnt oder sogar bemerkt haben, daß ich lauschte, und das bescherte mir ein ungutes Gefühl. Trotzdem wollte ich unter allen Umständen auch den Rest der Diskussion mitbekommen. Andererseits konnte es passieren, daß man mich über Bord warf, wenn der Türke Farrington und Rider erzählte, was ich getan hatte. Schließlich sagte ich mir, daß er ja gar nichts von der Unterhaltung wissen konnte, deren Zeuge ich wurde, und ich paffte an meiner Zigarre und stellte mich, als sie zu Ende geraucht war, schlafend.

Die Situation erinnerte mich an Jim Hawkins Erlebnis in der Schatzinsel, als er in einem Apfelfaß hockte und den Worten des Long John Silvers lauschte, der gerade seinen schurkischen Piratenkomplizen auseinanderlegte, daß er die *Hispaniola* in seine Gewalt zu bringen gedächte, sobald der Schatz gefunden worden sei. Bloß daß Farrington und Rider in diesem Fall keinen bösen Plan gegen irgend jemanden schmiedeten. Im Gegenteil: viel mehr schien sich gegen sie verschworen zu haben.

Farrington sagte: »Ich würde wirklich gerne wissen, wieso er uns überhaupt benötigt. Da ist ein Mann, der über mehr Macht verfügt als ein Dutzend Götter. Was, zum Henker, kann er von einigen gewöhnlichen Sterblichen wie uns an Hilfe erwarten, wenn er vorhat, gegen seine Kumpane loszuziehen? Und wenn er uns unbedingt in diesem Turm haben will — warum ist er dann nicht in der Lage und bringt uns hin?

Erneut wurde das Gespräch überlagert, als das Geräusch zweier gegeneinandergestoßener Gralbecher erklang. Dann sagte Rider laut: »...muß schon verdammt gute Gründe dafür haben. Aber was soll's? Wir werden es irgendwann schon herausfinden. Und überhaupt — was sollten wir sonst auf dieser Welt machen?«

Farrington brüllte auf und erwiderte dann: »Ganz recht! Was sonst? Wir könnten unsere Zeit ebensogut dazu verwenden, uns einen guten Abgang zu verschaffen — oder meinetwegen auch einen schlechten. Aber ich habe eben immer noch das Gefühl, ausgenutzt zu werden, und das paßt mir einfach nicht in den Kram. Als ich jung war, haben mich die Reichen und das Kleinbürgertum ausgenommen, und als ich schließlich bekannt und selber reich wurde, traten Redakteure und Verleger an ihre Stelle — und schließlich auch meine Freunde und Verwandten. Ich bin einfach nicht mehr bereit dazu, mich auf dieser Welt von jemandem benutzen zu lassen, als wäre ich irgendein abgestumpftes Wesen, das zu nichts anderes zu gebrauchen ist, als Kohlen aus der Erde zu schaufeln oder Fisch in Konservendosen zu verpacken!«

»Du hast dich zu einem gewissen Grade auch ganz schön selbst ausgebeutet«, sagte Rider. »Haben wir das nicht alle getan? Ich habe 'ne Menge Geld gemacht, genauso wie du. Und was passierte dann? Wir gaben mehr aus als vorher, bauten Riesenhäuser, kauften schnelle Autos, investierten in Fusel und Huren und klopften uns mächtig gegen die Brust. Wir hätten es cleverer anstellen sollen; alles mit der Ruhe machen, unser Leben leben und steinalt sterben. Aber...«

Farrington lachte dröhnend. »Aber wir haben es nicht gemacht, stimmt's? Das, Tex, entsprach damals ebensowenig unserer Natur wie heute. Leb dich aus, zünde die Kerze an beiden Enden an und schnapp dir ein Steuerrad, anstatt wie ein Ochse im Geschirr um einen Brunnen herumzulaufen und Wasser heraufzuziehen! Ist es für ein solch kastriertes Vieh wünschenswerter, als Dungproduzent eingesetzt zu werden, anstatt in einer Leimfabrik zu landen? Was soll's? An was hat er schon zu denken, solange er nichts als

Gras in sich hineinfrißt? An ein langes, eintöniges Leben und eine kurze, aber ebenso graue Zukunft?«

Wieder Klappern. Schließlich fing Farrington an, Rider von einem Trip zu erzählen, der ihn von Frisco nach Chicago geführt und während dem er eine Frau kennengelernt hatte, die von ihrem Kind und ihrer Zofe begleitet wurde. Keine Stunde nach ihrem Kennenlernen war er mit der Frau in seinem Schlafabteil verschwunden, wo sie sich drei Tage und Nächte lang wie verrückte Nerze gepaart hatten.

Ich kam zu dem Schluß, daß es jetzt an der Zeit sei, meine Horchposten aufzugeben. Ich stand auf und schlenderte zum Fockmast hinüber, wo Abigail Rice und Nur sich unterhielten. Mustapha ist offenbar nie auf den Gedanken gekommen, daß ich den anderen zugehört hatte.

Aber seit diesem Tag stelle ich mir Fragen. Wer ist jener er, über den sie sprachen? Es scheint mir offensichtlich zu sein, daß er einer von jenen ist, die diese Welt für uns erschufen und uns von den Toten wiederauferstehen ließen. Kann das wirklich sein? Dieser Gedanke erschien mir nicht nur ungeheuerlich, sondern auch schwer zu verdauen. Und doch — jemand muß für all dies verantwortlich sein. Und sie müssen über wahrhaft gottähnliche Fähigkeiten verfügen.

Wenn Rider die Wahrheit spricht, gibt es wirklich einen Turm im Inneren des Polarsees. Und dann muß dieser Turm auch eine Basis derjenigen sein, die diese Welt erschufen — unsere geheimen Herren. Ja, ich weiß, daß sich das alles geradezu paranoid anhört — oder wie eine Science Fiction-Geschichte, von denen ja wohl die meisten paranoid sind. Aber abgesehen von den wirklich wenigen, die damit reich wurden, wußten alle anderen Science Fiction-Autoren, daß ihre geheimen (oder auch nicht geheimen) Herren die Verleger waren. Selbst die Reichgewordenen mußten um ihre Tantiemenabrechnungen betteln. Vielleicht wird der Turm von einer Bande Superverlegern bewohnt. (Nur 'n Witz, Bob! Glaube ich wenigstens.)

Vielleicht lügt Rider. Oder sein Informant Paheri war ein Lügner. Ich kann allerdings nicht daran glauben. Es ist offensichtlich, daß Rider und Farrington einem dieser Leute begegnet sind. Ich kann mir nicht vorstellen, daß sie sich diese Geschichte nur ausgedacht haben, um einen Lauscher zu verarschen.

Oder vielleicht doch?

Da fragt man sich wirklich, wo die Paranoia anfängt.

Nein, sie haben etwas diskutiert, das ihnen wirklich passiert ist. Wenn sie unvorsichtig gehandelt, die Verbindungstüre offengelassen und ohne Geheimniskrämerei darüber gesprochen hatten, war das nur zu natürlich. Wer würde nach all diesen Jahren nicht sorglos werden? Und weiter: Warum sollten es dann nicht auch andere erfahren?

Irgend jemand mag nach ihnen suchen. Wer? Warum?

In meinem Gehirn wirbelt alles durcheinander. So viele Spekulationen, so viele Möglichkeiten. Und ich denke: Mann, was für eine Geschichte! Schade, daß ich nicht auf diese Idee gekommen bin, als ich noch aktiv Science Fiction schrieb, aber das Konzept eines Planeten, der aus einem viele Millionen Kilometer langen Fluß besteht, an dessen Ufern jeder Mensch, der jemals gelebt hat, wiedererweckt wird (jedenfalls ein großer Teil von ihnen), wäre einfach zu gewaltig, um in ein einziges Buch zu passen. Um der ganzen Sache gerecht zu werden, müßte man sie in mindestens zwölf Bände packen. Ich bin froh, niemals auf diesen Gedanken gekommen zu sein.

Was soll ich angesichts dieser Entwicklungen tun? Diesen Brief aufgeben oder zerreißen? Er würde Dich ja sowieso niemals erreichen, dafür gibt's nicht die geringste Chance. Aber vielleicht jemand anderen?

Vielleicht findet ihn jemand, der nicht einmal Englisch lesen kann.

Warum mache ich mir eigentlich Sorgen darüber, daß er in die falschen Hände geraten könnte? Ich weiß es wirklich nicht. Aber unter der Oberfläche des scheinbar so einfachen Lebens in diesem Tal findet ein finsterer, geheimer Kampf statt, und ich habe die Absicht, herauszufinden um was es dabei geht. Ich werde vorsichtig zu Werke gehen müssen. Der kleine Mann in meinem Ohr sagt mir, daß es besser wäre, jetzt das Weite zu suchen, wenn ich von alldem lieber nichts wissen wollte.

Wer ist also der wirkliche Empfänger dieser meiner Botschaften? Möglicherweise ich selbst, obwohl ich hoffnungslos hoffe, daß es gerade die Unmöglichkeit möglich machen wird und einer davon in die Hände eines Menschen gelangt, den ich kannte, liebte oder zumindest schätzte.

Und doch starre ich genau in diesem Moment über den Fluß auf die vielen Leute, die sich am Ufer versammelt haben, und sehe vielleicht genau den, für den ich alle diese Briefe geschrieben habe. Aber das Schiff hält sich jetzt in der Flußmitte auf, und ich bin zu weit von ihnen entfernt, um jemanden ausfindig zu machen, den ich vielleicht erkennen sollte.

Großer Gott — all die Gesichter, die ich in diesen zwanzig Jahren gesehen habe! Millionen! Weit mehr als auf der Erde. Manche davon sahen schon vor mehr als dreihunderttausend oder mehr Jahren in die Welt hinaus. Ohne Zweifel sind einige von ihnen meine Vorfahren, auch unter den Neandertalern. Eine gewisse Zahl von ihnen wurde durch Rassenmischung vom *Homo sapiens* absorbiert, solltest Du wissen.

Und wenn man die Wanderungen größerer Gruppen während der Vorgeschichte und der aufgeschriebenen Geschichte berücksichtigt, Emigrationswellen, Invasionen, Sklaverei, Kauffahrerei und so weiter nicht außer acht läßt, gehören eine ganze Anzahl dieser Mongolen, Indianer, Australneger und Neger, die ich während unserer Reise am Flußufer gesehen habe, auch zu meinen Vorfahren.

Stell dir das mal vor! Jede Generation unserer Vorfahren verdoppelt, wenn man in der Zeit zurückgeht, ihre Anzahl. Du wurdest 1925 geboren und hattest zwei Eltern, die 1900 zur Welt kamen. (Ja, ich weiß, daß Du 1923 geboren wurdest und Deine Mutter damals vierzig war, aber nehmen wir das nur mal an, um die Sache einfacher zu machen.)

Die Eltern Deiner Eltern wurden um 1875 geboren. Das waren schon vier. Verdopple Deine Vorfahren alle fünfundzwanzig Jahre. Wenn Du bei 1800 ankommst, hast du schon zweiunddreißig Vorfahren. Die meisten davon kannten sich nicht einmal, aber sie waren dazu »ausersehen«, Deine Ur-Ur-Ur-Urgroßeltern zu werden.

Im Jahr 1700 bringst du es schon auf fünfhundertzwölf Vorfahren, 1600 sind es achttausendeinhundertzweiundneunzig, 1500 bereits einhunderteinunddreißigtausendzweiundsiebzig. Im Jahr 1400 kämst Du auf zwei Millionen und siebenundneunzigtausendeinhundertzweiundfünfzig, das wären dann um 1300 schon dreiunddreißig Millionen und fünfhundertvierundfünfzigtausendvierhundertzweiunddreißig. Zu Ende des zwölften Jahrhunderts hättest Du fünfhundertsechsunddreißig Millionen und achthundertsiebzigtausendneunhundertzwölf Vorfahren.

Genau wie ich. Und wie jeder andere. Wenn die Weltbevölkerung im Jahre 1925 etwa bei zwei Milliarden lag (ich weiß nicht mehr, wie viele es genau waren) und Du sie mit der Anzahl deiner Vorfahren aus dem Jahre 1200 multiplizierst, bekommst du mehr als eine Billiarde. Unmöglich? Eben!

Mir fällt gerade ein, daß man die Zahl der Menschen, die im Jahre 1600 lebte, auf fünfhundert Millionen schätzte. Als die Zeitrechnung begann, gab es etwa 140 Millionen Menschen. Der daraus resultierende Schluß ist ganz offensichtlich: Es muß ungeheurer Inzest geherrscht haben, und zwar überall auf der Welt, und die ganze Sache hat schon in der frühesten Vergangenheit angefangen. Nicht zu reden von der Gegenwart. Möglicherweise schon in den Tagen der Menschheitsdämmerung. Das bedeutet also, daß wir beide miteinander verwandt sind und ebenso mit allen anderen Menschen. Wie viele Chinesen und Afrikaner, die 1925 geboren wurden, mögen entfernte Vettern von uns gewesen sein? Eine Menge, würde ich sagen.

Deswegen gehören die Gesichter, die ich an den Ufern erblicke, während ich an ihnen vorbeisegle, meinen Vettern und Kusinen. Hallo, Hang Tschau! Grüß dich, Bulabula! Wie steht's, Hiawatha? Heil dir, Og, Sohn des Feuers! Aber selbst wenn sie das wüßten, würden sie mir gegenüber nicht freundlicher sein. Oder umgekehrt. Immerhin haben die größten Gemeinheiten und Blutbäder innerhalb von Familien stattgefunden. Bürgerkriege sind die schlimmsten Kriege. Aber nachdem wir alle Vettern sind, sind alle Kriege Bürgerkriege. Und alle sind wir ziemlich unzivilisiert. Die Paradoxie der menschlichen Beziehungen: Ich schieß dir den Arsch ab, Bruder!

Mark Twain hatte recht. Hast Du seine *Auszüge aus Captain Stormfields Besuch im Himmel* gelesen? Der alte Stormfield zeigte sich mächtig verwundert, als er das Perlentor durchschritt und dahinter so viele dunkle Gesichter zum Vorschein kamen. Wie jeder von uns hellhäutigen Kaukasiern hatte er sich vorgestellt, daß es im Himmel nur so von weißen Gesichtern wimmeln müsse – und er hie und da mal einem gelben, braunen oder schwarzen begegnen würde. Aber es war ganz anders. Er hatte glattweg vergessen, daß die Farbigen schon immer zahlreicher gewesen waren als die Weißen. Tatsächlich sah er für jedes weiße Gesicht, das ihm begegnete, mindestens zwei farbige. Und genauso ist es hier. Ich ziehe meine Hut vor Ihnen, Mr. Twain, Sie haben vorhergesehen, wie es kommen würde.

Jetzt sitzen wir in unserm Flußtal, wissen nicht, warum und weswegen. Ratlos wie auf der Erde.

Aber es gibt natürlich eine Menge Leute, die ganz genau wissen, weswegen wir hier sind. Da sind die beiden dominierenden Kirchen: die Chancisten und Nichireniten, tausend Sekten von reformierten Christen, Moslems, Juden, Buddhisten, Hindus und Gott weiß was sonst noch. Die ehemaligen Taoisten und Konfuzius-Anhänger sagen, daß ihnen alles scheißegal ist; dies hier sei ein besseres Leben als das vorherige, jedenfalls im ganzen gesehen. Jene, die an die Kraft von Totems glauben, sind ein bißchen irritiert, weil es hier keine irdischen Tiere gibt, was für sie natürlich nicht bedeutet, daß die Geister, die in ein Totem einfahren, nicht existieren. Eine ganze Reihe von denen, die an die Kraft von Totems glauben, beschwören, daß die Dinger ihnen in ihren Träumen erschienen sind, aber die Mehrheit von ihnen ist zu den »höheren« Religionen übergetreten.

Dann ist da noch Nur el-Musafir. Er ist ein Sufi. Es hat ihn ebenso geschockt wie die anderen, als er auf dieser Welt wieder zu sich kam. Allerdings drehte er nicht durch, sondern paßte sein Denken der neuen Situation an. Er ist der Ansicht, daß wer immer auch diese Welt erschaffen hat, dabei nur Gutes im Sinn gehabt haben kann. Warum sonst hätten sie all diesen Ärger und Aufwand auf sich nehmen sollen? (In dieser Beziehung erinnert er mich an einen Marktschreier. Aber er ist durchaus ehrenhaft. Was natürlich nicht heißt, daß er weiß, über was er redet.)

Seiner Meinung nach sollten wir uns nicht den Kopf darüber zerbrechen und höchstens nach dem Warum fragen. In dieser Beziehung hört er sich an wie ein Chancist. Aber ich sehe gerade, daß ich am Ende meiner Papierzuteilung angelangt bin. Deswegen: Adiaŭ, Adios, Salah, Amen, Salaam, Shalom und so weiter. (Das englische so long stammt übrigens von Selang ab, so sprechen die malaiischen Moslems das arabische Salaam aus. Ja, man lernt nie aus!)

Mit allerfreundlichstem Gruß stets der Deine :

PETERJAIRUS FRIGATE

PS. Ich weiß immer noch nicht, ob ich diesen Brief in toto abschicke, zensiere oder ihn einfach als Toilettenpapier benutze.

41

Im Durchschnitt war der Fluß 2,4135 Kilometer breit. Manchmal verengte er sich zu einem Kanal, der keinerlei Ufer aufwies und an dessen Rändern sich steile Bergwände in den Himmel erhoben; manchmal erweiterte er sich aber auch zu einem See. Ungeachtet seiner unterschiedlichen Breiten betrug seine Tiefe in der Mitte an jeder Stelle ungefähr dreihundertfünf Meter.

Nirgendwo war etwas davon zu bemerken, daß das Wasser an seinen Ufern eine Erosion hervorrief. Das auf der Ebene wachsende Gras verwandelte sich, je näher es dem Fluß kam, in ein aquatisches, das ins Wasser hineinwuchs. Sich über den Flußboden fortsetzte und auf der anderen Seite wieder zum Vorschein kam. Die Wurzeln beider Grassorten waren dermaßen miteinander verwachsen, daß sie wie ein Teppich wirkten. Das Gras bestand nicht aus einzelnen Halmen; es war eine einzige, weitverzweigte Entität.

Die Wasserpflanzen dienten einer Unzahl von Fischen, die entweder auf dem Grund des Flusses oder in höheren Zonen lebten, als Nahrung. Viele dieser Spezies bewegten sich vornehmlich in der Nähe des Wasserspiegels, und zwar in jenem Bereich, den das Sonnenlicht zu durchdringen vermochte. Andere, zwar hellere, aber kaum weniger gefräßige Kreaturen, tummelten sich in mittlerer Tiefe. In der Finsternis der Bodenzone wimmelte es nur so von haarsträubend aussehenden Lebensformen, die sich auf die unmöglichsten Arten davonbewegten.

Manche fraßen sogar die leprös-weißen, wurzelähnlichen Dinger, die wie Blumen aussahen, oder wurden von ihnen umschlungen und verdaut. Wieder andere, ob groß oder klein, glitten unentwegt dahin, rissen ständig das Maul auf und verschlangen mikroskopisch kleines Leben, das ebenfalls in dieser flüssigen Atmosphäre existierte.

Der größte Fisch aber, der alle anderen übertraf und mächtiger war als ein irdischer Blauwal, war jene gefräßige Kreatur, die man den ›Flußdrachen‹ nannte. Zusammen mit einem viel kleineren Wasserbewohner verfügte er über die Fähigkeit, vom Grund des Flusses nach oben zu jagen und den Wasserspiegel zu durchstoßen, ohne sich dabei durch die rasche Veränderung des Drucks ein Leid zuzufügen.

Das andere Lebewesen hatte viele Namen, aber auf englisch

nannte man es den ›Croaker‹ oder ›Miesmacher‹. Es hatte etwa die Größe eines deutschen Schäferhundes, war langsam wie ein Faultier und verfügte etwa über den gleichen Appetit wie eine Sau. Als Hauptreiniger des Flusses fraß der Miesmacher alles, was er schlucken konnte. Und ein Großteil seiner Nahrung bestand aus menschlichem Kot.

Da der Miesmacher ein Lungenfisch war, kroch er mit Vorliebe nachts an Land. Viele Menschen, die über den schleimigen Körper des nach Auswurf und Abfällen stöbernden Burschen gestolpert waren und seine großen Glubschaugen im Nebel hatten aufleuchten sehen, hatten sich zutiefst erschreckt. Beinahe ebenso fürchterlich wie der Anblick des Miesmachers war sein lautes Krächzen, das einen sofort an nächtliche Ungeheuer und Geister denken ließ.

An diesem Tag im Jahr 25 nach der Wiedererweckung hielt sich einer dieser stinkenden Müllsucher in der Nähe des Ufers auf, weil hier die Strömung schwächer war als in der Mitte des Flusses. Deswegen erzeugten seine beinähnlichen Finnen auch nahezu Höchstgeschwindigkeit, da er nicht zurückgezogen werden wollte. Seine Nase entdeckte plötzlich einen auf ihn zutreibenden toten Fisch. Der Miesmacher bewegte sich ein wenig nach vorn und wartete darauf, daß der Kadaver geradewegs in sein Maul gespült wurde.

Der Fisch kam näher, ebenso aber auch ein anderes Objekt, das sich direkt hinter ihm befand. Beide rutschten in das Maul des Miesmachers. Der Fisch glitt sofort durch die Speiseröhre, während das andere Ding einen Moment lang steckenblieb, bevor es durch ein krampfhaftes Schlucken ebenfalls hinunterrutschte.

Fünf Jahre lang war das wasserdichte Bambusfaß, in dem Frigates an Rohrig adressierter Brief lag, flußabwärts getrieben. Wenn man berücksichtigte, an wie vielen Fischern und Reisenden es in dieser Zeit vorbeigekommen war, sollte man eigentlich meinen, daß es jemandem in die Hände gefallen sein mußte. Aber dies war nicht der Fall gewesen. Jedes Lebewesen, ausgenommen der Miesmacher, der natürlich in erster Linie auf den toten Fisch aus gewesen war, hatte es ignoriert.

Fünf Tage bevor der Briefbehälter das Ende seiner Reise erreichte, war er an einem Gebiet vorbeigetrieben, in dem der Empfänger des Schreibens lebte. Aber Rohrig hielt sich in einer Hütte auf, befand sich inmitten der Stein- und Holzskulpturen, die er schuf, um damit Schnaps und Zigaretten einzutauschen, und litt an den Nachwirkungen einer großen Party.

Vielleicht war wirklich nur ein Zufall, möglicherweise aber auch ein psychisches Prinzip dafür verantwortlich, daß an diesem Morgen eine Art geistiger Verbindung zwischen dem Absender und dem Empfänger des Briefes existierte. Was immer auch der Grund gewesen sein mag: An diesem frühen Morgen träumte Rohrig von Frigate, und zwar vom Jahr 1950, in dem er Student gewesen war, dem das G. I.-Gesetz und eine arbeitende Ehefrau zu einem Studienplatz verholfen hatten.

Es war ein warmer Tag spät im Mai (Mayday! Mayday!) und er saß in einem kleinen Raum drei Doktoren gegenüber. Es war der Tag der Abrechnung. Nach fünf Jahren harter Arbeit und Streß in den Hörsälen war es nun an ihm, ob er den Titel eines Master of Arts in englischer Literatur gewann oder verspielte. Wenn er es schaffte, seine Prüfungsarbeit zu verteidigen, würde er als Englischlehrer einer High School in die Welt hinausgehen. Wenn er versagte, blieb ihm nichts anderes übrig, als sein Studium um sechs Monate zu verlängern und es ein zweites Mal zu versuchen.

Die drei Inquisitoren begannen Fragen auf ihn abzuschießen, als seien es Pfeile — und er die Zielscheibe (was wirklich der Fall war). Rohrig war nicht einmal nervös, da er das Thema seiner Arbeit (in ihr ging es um mittelalterliche walisische Dichtung) mit dem Hintergedanken ausgewählt hatte, daß keiner der drei Hochschullehrer etwas davon verstand.

Er hatte recht. Aber Ella Rutherford, eine charmante, sechsundvierzigjährige Dame, die bereits ergraut war, nahm ihn trotzdem mächtig in die Zange. Vor einiger Zeit hatten sie etwas miteinander gehabt und sich zweimal die Woche in ihrem Apartment getroffen, bis sie sich an einem durchgesoffenen und durchgebumsten Nachmittag über die Qualitäten von Byron als Dichter in die Haare geraten waren. Obwohl Rohrig nicht gerade übermäßig viel von Byrons Versen hielt, verehrte er doch seinen Lebensstil, den er für wahre Dichtung hielt. Auf jeden Fall war es geschehen, daß er sich einer gegenteiligen Meinung erdreistet hatte.

Das Ende vom Lied war gewesen, daß er ihr einige häßliche Dinge gesagt hatte und mit der Bemerkung aus dem Zimmer gestürmt war, daß er sie niemals wiedersehen wolle.

Ella Rutherford glaubte nun, daß er sie nur aus dem Grunde beschlafen hätte, weil er in ihrem Kursus vorankommen wollte, und er den Streit nur deswegen vom Zaun gebrochen hätte, um sich von einer Frau ihres fortgeschrittenen Alters leichter trennen zu können. Das war natürlich falsch, denn Rohrig zog es sehr stark zu älteren Frauen hin. Im Endeffekt war es ihm aber doch immer schwerer gefallen, ihr Verlangen zu stillen. Es war ihm einfach nicht mehr möglich gewesen, sie, seine Frau, zwei Studentinnen, zwei Frauen, die mit Freunden von ihm verheiratet waren, eine Wirtin, die ihn mit Gratisdrinks versorgte, und die Hausmeisterin des Apartments, in dem er lebte, weiterhin ausreichend sexuell zu befriedigen.

Fünf konnte er schaffen, acht nicht mehr. Der Entzug an Zeit, Energie und Samen führte dazu, daß er schließlich im Hörsaal einzuschlafen begann. Der einzige Ausweg, der ihm blieb, war der gewesen, mit seiner Professorin, einer der Studentinnen (es ging sowieso das Gerücht um, daß sie einen Tripper habe) und der Frau eines Freundes (die auch zuviel von ihm verlangte) zu brechen.

Und jetzt sagte die Rutherford mit zusammengekniffenen Blauaugen: »Sie haben sich bisher ganz gut geschlagen, Mr. Rohrig. Bis jetzt.«

Sie machte eine Pause. Rohrig fühlte sich plötzlich entsetzlich nervös. Sein Anus verengte sich. Schweiß lief ihm übers Gesicht und tröpfelte aus seinen Achselhöhlen. Er sah sie plötzlich vor sich, wie sie am Abend zuvor dagesessen und einen Plan entwikkelt hatte, der ihn zu Fall bringen sollte — einen teuflisch ausgeklügelten, besonders niederträchtigen Plan.

Die Herren Doktoren Durham und Pur stellten ihr Fingerspitzengetrommel ein. Es schien interessant zu werden. Ihre Kollegin erschien ihnen plötzlich in einem völlig neuen Licht; sie wirkte wie eine Tigerin, die zum Sprung auf ein ängstlich zusammengeducktes Lämmchen ansetzte. Jeden Moment konnte der Blitz einschlagen, der den unglücklichen Kandidaten seines Pimmels berauben mußte, falls der sich nicht schon jetzt in seinem Hintern verkrochen hatte.

Rohrig tastete fahrig nach den Lehnen seines Stuhls. Von seiner Stirn lief der Schweiß wie eine Herde von Mäusen, die sich vor einem Schweizer Käse fürchteten. Schweiß, säuerlicher Schweiß brannte in seinen Achselhöhlen. Was, zum Teufel, kam da auf ihn zu?

Die Rutherford sagte: »Sie scheinen den Gegenstand Ihrer Arbeit durch und durch zu kennen und haben uns eine bemerkenswerte Demonstration Ihres Wissens um ein doch eher obskures Gebiet der Dichtkunst geliefert. Ich versichere Ihnen, daß wir alle stolz auf Sie sind und das Gefühl haben, unsere Zeit im Klassenzimmer mit Ihnen nicht vertrödelt zu haben.«

Womit die listige Hündin ihm natürlich nichts anderes nahebringen wollte als die Tatsache, daß dies für die gemeinsam verbrachte Zeit in ihrem Apartment nicht galt. Aber diese Bemerkung war nur ein kleiner Seitenhieb, ein Vorstoß, der dazu beitragen sollte, ihn zu verletzen, nicht zu töten. Sie bereitete ihn damit auf den Generalangriff vor. Es kam selten — beinahe nie — vor, daß die Professoren, die einem das Examen abnahmen, dem Kandidaten während der Folter gratulierten. Das taten sie höchstens anschließend, wenn sie darüber abgestimmt hatten, ob er bestanden hatte.

»Und jetzt...«, sagte die Rutherford gedehnt, »sagen Sie mir...« — Sie machte eine Pause und knackte mit den Fingerknöcheln — »...sagen Sie mir, Mr. Rohrig, *wo* Wales überhaupt liegt?«

Irgend etwas in Rohrigs Innerem verlor den Halt und plumpste in die Tiefen seines Magens hinab. Er schlug sich mit der Hand gegen die Stirn und stöhnte auf.

»Mutter Maria, voll der Gnade! Ich bin am Arsch! Heiliger Dagobert Duck!«

Dr. Pur, die Vorsitzende der Prüfungskommission, wurde blaß, denn es war das erste Mal in ihrem Leben, daß sie ein Wort wie »Arsch« zu hören bekam.

Dr. Durham, die in der Regel in Tränen ausbrach, wenn sie ihren Studenten Gedichte vorlas, sah aus, als würde sie gleich in Ohnmacht fallen. Lediglich Dr. Rutherford, die jetzt ihren Giftpfeil abgeschossen hatte, blickte triumphierend auf die Überreste ihres Opfers.

Rohrig nahm all seine Kräfte zusammen. Er weigerte sich, mit flatternder Fahne unterzugehen, während eine Kapelle *Näher, mein Gott, zu dir* spielte, und lächelte, als hätte der Goldtopf am Ende des Regenbogens sich keinesfalls in einen Eimer voll Kacke verwandelt.

»Ich weiß zwar nicht, wie Sie das geschafft haben, aber Sie haben mich reingelegt! Okay — ich habe schließlich nie behauptet, perfekt zu sein. Und was geschieht jetzt?«

Ergebnis: durchgefallen. Urteilsspruch: sechs Monate Bewährung, anschließend die Möglichkeit einer weiteren und letzten Prüfung.

Später, als er sich mit der Rutherford allein in der Halle befand, sagte sie: »Ich würde dir vorschlagen, daß du auch ein wenig Geographie studieren solltest, Rohrig. Ich gebe dir einen Tip. Wales liegt in der Nähe von England. Aber ich zweifle daran, ob mein Rat dir etwas bringen wird. du würdest nicht einmal deinen Arsch wiederfinden, wenn man ihn dir nicht auf einem silbernen Tablett reichte.«

Am Ende der Halle wartete sein Freund Peter Frigate auf ihn. Er gehörte einer Gruppe älterer Studenten an, die von einer Studentin aus dem zweiten Semester, die öfters mit ihnen herumhing, »die Bärtigen« getauft worden war. Es handelte sich bei den Angehörigen dieser Gruppe ausnahmslos um Veteranen, deren Collegeausbildung durch den Krieg unterbrochen worden war, und sie führten mit ihren Frauen oder Geliebten ein Leben, das sie selbst als das von Bohemiens bezeichneten. Sie waren Vorläufer der späteren Beatniks und Hippies.

Als Rohrig näher kam, sah Frigate ihn fragend an. Obwohl Rohrig den Tränen nahe war, setzte er ein breites Lächeln auf und brach in ein brüllendes Gelächter aus.

»Du würdest es nicht glauben, Pete!«

Frigate selbst konnte ebenfalls nicht glauben, daß es Menschen oberhalb des sechsten Hauptschuljahres gab, die nicht wußten, wo Wales lag. Als er schließlich erfuhr, wie die Sache ausgegangen war, lachte auch er.

»Wie, zum Henker, hat diese grauhaarige Füchsin herausgefunden, wo meine schwache Stelle liegt?« rief Rohrig aus.

Frigate sagte: »Ich habe keine Ahnung, aber sie ist einfach gewaltig. Hör zu, Bob! Du solltest dir deswegen nicht graue Haare wachsen lassen. Ich kenne zum Beispiel einen wirklich begnadeten Chirurgen, der keine Ahnung hat, ob die Erde sich nun um die Sonne oder die Sonne sich um die Erde bewegt. Und er meint, es sei auch nicht nötig, das zu wissen, solange man sich damit beschäftigt, an anderer Leute Körper herumzuschnippeln. — Aber jemand, der es drauf anlegt, in Anglistik zu graduieren . . . der sollte das nun wirklich wissen . . . Ha, ha!«

In einer der rätselhaften Sequenzen, die die Drehbuchautoren von Träumen zu schreiben pflegen, fand Rohrig sich bald woanders wieder. Er hielt sich im Nebel auf und verfolgte einen Schmetterling. Er war schön und von einer solch herrlichen Farbkombination, daß er der einzige seiner Art sein mußte. Nur Rohrig wußte das. Der Schmetterling leuchtete azurblau und golden, seine Fühler waren scharlachfarben und seine Augen grüne Halbedelsteine. Der König der Zwerge hatte ihn in seiner Höhle in den Schwarzen Bergen erschaffen und der Zauberer von Oz in den Wassern des Lebens getauft.

Er flatterte nur drei Zentimeter von Rohrigs ausgestreckter Hand dahin und führte ihn durch den Nebel.

»Bleib stehen, du Hundesohn! Halt an!«

Meilenweit rannte er hinter ihm her. Aus den Augenwinkeln konnte er die schattenhaften Umrisse seltsamer Gestalten erkennen, die so unbeweglich dastanden, als seien sie aus Holz geschnitzt. Zweimal gelang es ihm, eine Gestalt näher anzusehen: die eine trug eine Krone, die andere hatte einen Pferdekopf.

Plötzlich wuchs genau vor ihm eine Gestalt aus dem Boden. Da Rohrig keine Möglichkeit sah, an ihr vorbeizukommen, blieb er stehen. Der Schmetterling setzte sich für einen Moment auf den Kopf des Wesens. Seine grünen Augen leuchteten, während er mit den Vorderbeinen die Fühler massierte.

Als Rohrig langsam weiter ging, erkannte er, daß es Frigate war, der seinen Weg blockierte.

»Wehe, du packst ihn an!« flüsterte Rohrig aufgeregt und heiser. »Er gehört mir!«

Das Gesicht Frigates zeigte ebensowenig Gefühle wie das Helmvisier eines Ritters. Er sah immer so aus, wenn Rohrig einem Wutanfall nahe war und jeden angiftete, der sich in seiner Nähe aufhielt. Und das machte ihn nur noch gereizter, ganz besonders in diesem Fall.

»Aus dem Weg, Frigate!« knirschte er. »Geh zur Seite — oder ich schlag dich nieder!«

Erschreckt durch diesen Ausbruch schwang der Schmetterling sich in die Lüfte und tauchte im Nebel unter.

»Ich kann nicht«, erwiderte Frigate.

»Und warum nicht?« fauchte Rohrig, der frustriert auf und nieder sprang.

Frigate zeigte nach unten. Er stand auf einem großen roten Viereck, und rechts und links davon — aber auch dahinter — befanden sich zahllose andere dieser Art. Einige waren schwarz, andere rot.

»Ich stehe auf einem falschen Feld. Ich weiß nicht, was daraus erwachsen kann. Es ist gegen alle Regeln, mich auf ein rotes Viereck zu stellen. Aber wer kümmert sich schon um die Regeln? Abgesehen von den Spielfiguren, meine ich.«

»Kann ich dir helfen?« fragte Rohrig.

»Wie solltest du? Du kannst dir ja nicht mal selbst helfen.«

Frigate zeigte über Rohrigs Schulter.

»Es wird dich gleich erwischen. Während du hinter dem Schmetterling herranntest, rannte es hinter dir her.«

Rohrig spürte plötzlich entsetzliche Angst. Da war irgend etwas hinter ihm, das für ihn einen ungeheure Gefahr bedeutete.

Verzweifelt versuchte er einen Schritt nach vorn zu machen. Er wollte Frigate einfach überrennen oder an ihm vorbeigehen. Aber das rote Viereck hielt ihn genauso fest wie seinen Freund.

»In der Falle!«

Er konnte immer noch den Schmetterling sehen, der immer kleiner wurde, nur noch ein Punkt war und dann verschwand.

Der Nebel war dichter geworden. Frigate war nur noch ein Schatten.

»Ich mache mir meine eigenen Gesetze!« schrie Rohrig.

Aus dem Nebel kam eine flüsternde Stimme und sagte: »Sei leise, sonst hört es dich!«

Rohrig wachte kurz auf. Seine Gefährtin bewegte sich.

»Stimmt was nicht, Bob?«

»Ich ertrinke in einer permanenten Brandung.«

»Was?«

»Im Überfluß.«

Er sank in den Urozean zurück, in dem ertrunkene Götter mit seltsam verrenkten Gliedern umhertrieben und mit kalten Fischaugen, die unter Muschelkronen hervorlugten, vor sich hin starrten.

Weder Rohrig noch Frigate konnten ahnen, daß er in der Lage gewesen wäre, eine der in Frigates Brief angesprochenen Fragen zu beantworten. Rohrig war am Wiedererweckungstag im hohen Norden wieder zu sich gekommen. Seine Nachbarn waren prähistorische Skandinavier, patagonische Indianer, Mongolen aus der Eiszeit und Sibiriaken des späten zwanzigsten Jahrhunderts gewesen. Da Rohrig ein ausgezeichnetes Sprachtalent besaß, konnte er bald fließend in einem Dutzend verschiedener Sprachen reden, auch wenn er die Aussprache nie richtig hinbekam und jede Syntax vergewaltigte. Wie es seine Art war, hatte er sich bald heimisch gefühlt, sich viele Freunde gemacht und zeitweise sogar die Position eines Schamanen innegehabt. Es war allerdings ein ungeschriebenes Gesetz, daß jeder Schamane, der erfolgreich sein wollte, sich zumindest ernst nehmen mußte — aber Rohrig hatte nie etwas anderes ernst genommen als seine Bildhauerei. Auch die ewige Kälte hing ihm bald zum Halse heraus. Er war stets ein Sonnenanbeter gewesen und hatte seine glücklichste Zeit in Mexiko als Erster Offizier auf einem kleinen Küstenschiff verbracht, das eisgekühlte Shrimps von Yukatan nach Brownsville in Texas transportiert hatte. Kurz bevor man ihn für einige Tage in ein mexikanisches Gefängnis warf, hatte er seinen Job als Waffenhändler an den Nagel gehängt. Er mußte Mexiko verlassen, obwohl die Behörden ihm nichts nachweisen konnten. Es war wirklich besser gewesen, dem Vorschlag der Behörden zu folgen und zu verschwinden.

Er war gerade dabeigewesen, einen Einbaum zu Wasser zu lassen und sich auf den Weg in ein wärmeres Klima zu begeben, als Agatha Croomes auftauchte. Agatha war eine Schwarze, geboren 1713, gestorben 1783, eine freigelassene Sklavin und hinterwälderische Baptistenpredigerin, eine heilige Woge, die viermal verheiratet gewesen war, zehn Kinder zur Welt gebracht hatte und Pfeife rauchte. Zwar war sie einhunderttausend Gralsteine von diesem Ort entfernt wiedererweckt worden, aber jetzt befand sie sich hier. Sie hatte eine Vision gehabt, in der Gott ihr gesagt hatte, sie solle zu seinem Heim am Nordpol kommen, wo er ihr den Schlüssel zu seinem ewigen Reich anhängen, sie in den Heiligenstand erheben und ihr alles über Zeit und Ewigkeit, Raum und Unendlichkeit, die Schöpfung und die Apokalypse, den Tod und das Leben offenbaren würde. Außerdem sollte sie diejenige sein, die den Teufel in eine Falle locken, ihn einschließen und den Schlüssel wegwerfen sollte.

Rohrig hielt sie zwar für verrückt, aber sie brachte es fertig, ihn zu begeistern. Außerdem war er sich nicht sicher, ob der Schlüssel zu den Rätseln dieser Welt nicht doch am Ende des Flusses zu finden war.

Es war bekannt, daß es bis jetzt noch niemand gewagt hatte, eine Reise in das nördlich von ihnen liegende nebelverhangene Land zu machen. Wenn er sich der elfköpfigen Gruppe Agathas anschloß, würde er zu den ersten zählen, die den Nordpol erreichten, und wenn er sich anstrengte, konnte er sogar der allererste werden. Er brauchte nur, wenn ihr Ziel in Sichtweite kam, vorauszueilen und am Nordpol eine Statue aus Stein aufzustellen, in die sein Name eingraviert war.

Und von diesem Tage an würde jeder, der sich aufmachte, um den Pol zu bezwingen, erfahren müssen, daß Robert F. Rohrig ihn bereits geschlagen hatte. Ein Handikap war, daß Agatha sich weigern würde, ihn mitzunehmen, solange er nicht an ihren Herrn und dessen Heiliges Buch glaubte. Es fiel ihm nicht leicht, sie anzulügen, aber irgendwie hatte Rohrig die Vorstellung, daß er die Frau ja nicht wirklich hinterging. Immerhin glaubte er ja irgendwie tief in seiner Seele doch an einen Gott — nur war er sich nicht sicher, ob dessen Name Jehova oder Rohrig war. Und was die Bibel anging, so war sie ein Buch, und schließlich sagten alle Bücher die Wahrheit in dem Sinne, daß ihre Autoren glaubten, sie hätten ihren Lesern eine Art Wahrheit mitzuteilen.

Noch bevor die Expedition das Ende der Gralsteine erreichte, waren fünf der Teilnehmer schon wieder umgekehrt. Als sie an die gewaltige Höhle kamen, aus der der Fluß hervorschoß, gelangten vier weitere zu der Ansicht, daß sie, wenn sie noch weiter gingen, des Hungers sterben müßten. Und so blieben nur noch Rohrig, Agatha Croomes und Winglat, ein Indianer, dessen Volk irgendwann in der Steinzeit von Sibirien nach Alaska gewandert war, übrig. Rohrig wäre am liebsten auch umgekehrt, aber wollte sich nicht eingestehen, daß eine verrückte schwarze Frau und ein paläolithischer Wilder mehr Schneid besaßen als er.

Darüber hinaus begann er tatsächlich allmählich zu glauben, daß Agatha wirklich eine Vision gehabt hatte. Vielleicht warteten der allmächtige Gott und Jesus auch auf ihn?

Er hatte plötzlich die Überzeugung, er dürfe sie keinesfalls warten lassen.

Nachdem sie über den Felsensims in die Höhle hineingekrochen waren, rutschte Wiglat aus und versank im Fluß. Das ernüchterte Rohrig, und er begann sich darüber klarzuwerden, daß er auf dem besten Wege war, ebenso verrückt zu werden wie Agatha. Dennoch ging er weiter.

Als sie den Ort erreichten, an dem sich der Sims hinabsenkte und in der Tiefe verlor, hörten sie in der den See bedeckenden Nebelbank entfernte Geräusche. Aber der Hunger hatte sie bereits stark geschwächt. Es gab jetzt kein Zurück mehr. Agatha war fest davon überzeugt, daß sie sich in unmittelbarer Nähe von etwas Eßbarem befanden. Wenn sie es nicht fanden, würden sie den Tag nicht überleben. Woher sie das so genau wußte? Sie hatte wieder eine Vision gehabt, nachts, im Schlaf, als sie auf dem Sims eine Rast eingelegt hatten. Sie hatte einen Ort gesehen, an dem es Gemüse und Fleisch im Überfluß gab.

Rohrig sah, wie sie von ihm wegkroch, und folgte ihr eine Weile später nach. Er ließ seinen Gral zurück, weil er glaubte, ihn nicht mehr tragen zu können. Wenn er überlebte, konnte er immer noch zurückkehren und ihn holen. Die kleine Statue, die er am Nordpol hatte aufstellen wollen, befand sich im Innern des Grals, und ein paar Sekunden lang spielte er mit dem Gedanken, sie herauszuholen und mitzunehmen. Zum Teufel damit, dachte er dann und kletterte weiter in die Tiefe hinab.

Aber er schaffte es nie. Die Schwäche machte ihn fertig. Weder seine Beine noch seine Arme wollten seinem Willen noch gehorchen.

Bevor es dazu kam, daß er verhungerte, machte der Durst seinem Leben ein Ende. Es war grausam zu wissen, daß der Fluß direkt an ihm vorbeirauschte und er ihn nicht erreichen konnte, weil er kein Seil besaß, um sich zu ihm hinunterzulassen. Der See donnerte gegen den Fuß der Felsenklippen, und er kam einfach nicht an ihn heran.

Coleridge würde das zu schätzen wissen, dachte er. Ich wünschte, ich könnte das auch.

»Jetzt werde ich niemals die Antworten auf meine Fragen erhalten«, murmelte er. »Vielleicht ist das auch besser so. Ich weiß nicht einmal, ob sie mir gefallen hätten.«

Und jetzt schlief Rohrig einen unruhigen Schlaf in einer Hütte am Fluß – in der Äquatorzone.

Und Frigate, der gerade auf dem Deck eines Kutters Wache hielt, kicherte vor sich hin. Er erinnerte sich an den für Rohrig unangenehmen Prüfungstag.

Vielleicht war es Telepathie, daß sie beinahe zur gleichen Zeit an die gleichen Dinge dachten, vielleicht war es aber auch nur ein Zufall.

Der Miesmacher legte sich so ins Wasser, daß der vorbeitreibende tote Fisch genau in sein Maul rutschen mußte, und genauso kam es auch. So verschluckte das Flußwesen auch Frigates Brief samt seinem Behälter, denn dieser schwamm nur knapp einen Zentimeter hinter dem Kadaver her. Auch er wurde verschluckt und rutschte gemeinsam mit dem toten Fisch durch die Kehle des Miesmachers in dessen Magen.

Der Magen des Miesmachers konnte zwar mit Leichtigkeit Abfälle, Exkremente und verwesenden Fisch verdauen, aber die Zellulosefasern des Bambusbehälters erwiesen sich doch als zu zäh für ihn, um ihn in eine absorbierbare Form zu pressen. Nachdem der Miesmacher längere Zeit einen stechenden Schmerz verspürte, starb er bei dem Versuch, den Fremdkörper wieder auszuscheiden.

Es gibt Briefe, die können einem den Nerv töten. Aber manchmal schafft das auch der Umschlag allein.

42

Beinahe alle stießen miteinander an. Die Menge hatte sich um Jill versammelt. Man drückte sie an sich und küßte sie, und plötzlich machte es ihr gar nichts mehr aus. Obwohl Jill wußte, daß der Hauptteil der Freundlichkeit, die die Leute an den Tag legten, auf ihre Betrunkenheit zurückzuführen war, verspürte sie ein warmes Gefühl in der Magengegend. Es war besser, daß die Trunkenheit der Umstehenden sich in Zuneigung statt in frustrierter Aggression entlud. Vielleicht war sie ihnen doch nicht so unsympathisch, wie sie bisher angenommen hatte. Sogar David Schwartz, der sie einst hinter ihrem Rücken »das alte Eisgesicht« genannt hatte, klopfte ihr auf den Rücken und gratulierte ihr.

Anna Obrenowa stand, obwohl sie den ganzen Abend kaum ein Wort mit ihm gewechselt hatte, neben Barry Thorn und lächelte vor sich hin, als fühle sie sich dadurch, daß man Jill ihr vorgezogen hatte, auch noch geehrt. Vielleicht machte es ihr ja wirklich nichts aus. Jill hätte zwar lieber die kleine Blondine vor Wut schäumen sehen, aber es war nicht auszuschließen, daß sie sich in ihr geirrt hatte. Anna konnte sich ihr gegenüber durchaus rational verhalten. Immerhin war sie zu denjenigen zu zählen, die zuletzt gekommen waren, und Jill hatte mehrere tausend Stunden mit der Konstruktion des Schiffes und der Ausbildung seiner Mannschaft zugebracht.

Firebrass hatte um Ruhe gebeten. Das laute Reden und Singen war schließlich zu einem Ende gekommen, und er hatte bekanntgegeben, daß er jetzt endlich dazu übergehen wolle, die Reihenfolge der Offiziere bekanntzugeben. Jill hatte sich krank gefühlt, als er sie dabei grinsend ansah. Sein Grinsen hatte etwas Maliziöses, dessen war sie sich sicher. Jetzt würde er ihr alle ätzenden Bemerkungen ein für allemal zurückzahlen. Und dabei waren alle Bemerkungen, die sie von sich gegeben hatte, durchaus berechtigt gewesen, denn sie war auch jetzt noch nicht bereit, sich auf der Nase herumtanzen zu lassen, bloß weil sie eine Frau war. Und jetzt war Firebrass in der Position, sich zu rächen.

Trotzdem hatte er es nicht getan und fühlte sich offenbar noch glücklich dabei.

Jill bahnte sich lächelnd einen Weg durch die Menge, schlang die Arme um Firebrass und brach in Tränen aus. Als sie ihn küßte, schob er seine Zunge tief in ihren Mund und täschelte ihren Hintern. Diesmal hatte sie gegen seine unerbetenen Vertraulichkeiten nichts einzuwenden, denn sie spürte, daß er die Situation keineswegs auszunutzen bestrebt war, sondern sie offensichtlich mochte. Auf jeden Fall war er in sie vernarrt und fühlte sich von Jill sexuell angezogen. Anna reichte ihr lächelnd die Hand und sagte: »Meine aufrichtigen Glückwünsche, Jill.«

Jill nahm ihre zarte und kühle Hand in die ihre, fühlte den unwirklichen, sie beinahe überwältigenden Drang, ihr den Arm herauszureißen, und erwiderte:

»Vielen Dank, Anna.«

Thorn winkte und rief ihr etwas — möglicherweise einen Glückwunsch — zu, machte jedoch keine Anstalten, sich ihr zu nähern.

Etwas später stolperte Jill weinend aus dem Ballsaal hinaus. Bevor sie ihre Hütte erreicht hatte, begann sie sich schon wieder dafür zu hassen, wie stark sie ihre Gefühle zur Schau gestellt hatte. Sie hatte niemals in der Öffentlichkeit geweint, nicht mal beim Begräbnis ihrer Eltern.

Die Tränen trockneten, als sie an ihren Vater und ihre Mutter dachte. Wo mochten sie jetzt sein? Was mochten sie jetzt tun? Es wäre nett, sie einmal wiederzusehen. Das war aber auch alles: nett. Sie würde nicht im gleichen Gebiet mit ihnen zusammen leben wollen. Sie würden nicht mehr die gleichen Eltern sein, wie sie sie zuletzt gekannt hatte, grauhaarig, faltenreich und fett; Leute, deren einziges Interesse noch den Enkeln galt. Sie würden ebenso jung sein wie sie und sie würde — abgesehen von den gleichen Erfahrungen — wenig mit ihnen gemeinsam haben. Sie würden ihr ebenso auf die Nerven gehen wie sie ihr auf die Nerven gehen würden. Es würde unmöglich sein, ihnen zu erklären, daß das Eltern-Kind-Verhältnis zwischen ihnen nicht mehr existierte. Nebenbei dachte sie von ihrer Mutter lediglich so wie von einem x-beliebigen Symbol, einem meinungslosen Anhängsel ihres Vaters, der ein gewalttätiger, lauter und dominierender Mensch gewesen war. Obwohl sie ihn an sich nie sonderlich mochte, hatte sie, als er gestorben war, doch ein klein wenig Kummer verspürt. Aber das bezog sich vielleicht mehr darauf, was hätte werden können — nicht darauf, was geworden war.

Nach allem, was sie jetzt wußte, konnten sie längst wieder gestorben sein.

Was kümmerte es sie?

Es kümmerte sie nicht. Aber warum weinte sie nun schon wieder?

43

»Also, Leute, da sind wir wieder. Diesmal dreht sich alles um den großen Kahn! Der Start steht bevor! Ein Hoch auf den Großen Gral, den Nebelturm, das Haus des Weihnachtsmanns am Nordpol, die Wohnung des heiligen Nikolaus, der uns von den Toten auferstehen ließ und uns die ewige Jugend, kostenlose Nahrung, Schnaps und Tabak schenkte!

Es müssen mindestens eine Million Menschen hier versammelt sein. Die Tribünen sind voll, die Hügel wimmeln von Menschen, und die Leute fallen beinahe schon aus den Bäumen. Die Polizei kommt kaum noch damit durch, in diesem Gewimmel eine Ordnung aufrecht zu erhalten. Wir haben einen herrlichen Tag — aber haben wir den nicht immer? Der Lärm ist ungeheuer, und ich weiß nicht einmal, ob ihr überhaupt ein Wort von dem, was ich rede, verstehen könnt, auch wenn ich durch eine Verstärkeranlage spreche. Und jetzt, Leute, geht's los!

Aha! Einige von euch haben mich also doch gehört. Aber das war nur ein Scherzchen, Freunde — ich wollte nur eure Aufmerksamkeit auf mich lenken. Laßt mich nun etwas über die *Parseval* erzählen. Ich weiß zwar, daß viele von euch eine Broschüre bekommen haben, in denen alles über dieses kolossale Luftschiff drinsteht, aber die meisten von euch sind Analphabeten. Das ist natürlich nicht eure Schuld. Ihr sprecht zwar Esperanto, aber die wenigsten haben die Gelegenheit gehabt, es auch lesen zu lernen. Also paßt gut auf! Das heißt, wartet einen Moment, damit ich mir zuvor meine ausgedörrte Kehle mit einem Schnäpschen anfeuchten kann.

Ah! Das tat guuuut! Das einzig Ärgerliche an der Sache ist, daß ich meinen Durst schon seit dem Morgengrauen zu stillen versuche und nun Schwierigkeiten habe, geradeaus zu sehen. Ich kann mich einfach nicht an den Gedanken gewöhnen, wie es morgen früh mit mir aussieht, aber lassen wir das. Man hat für alles Gute auf dieser Welt seinen Preis zu zahlen – von dem Schlechten mal abgesehen.

Da ist sie, Leute, obwohl es sicherlich sinnlos ist, extra auf sie hinzuweisen. Die *Parseval*. Getauft auf diesen Namen von Firebrass, dem Mann, der als erster auf die Idee kam, ein Luftschiff zu bauen und schließlich auch – nach 'ner Menge Diskussionen – durchsetzte, wie sie heißen soll.

Der Dritte Offizier Metzing wollte sie nach dem Mann, der die erste kommerzielle Luftschifflinie gründete und seine Finger auch in der Konstruktion militärischer Luftschiffe hatte, *Graf Zeppelin III* nennen.

Die Erste Offizierin Gulbirra war der Meinung, man sollte sie nach der gesamten menschlichen Rasse *Adam und Eva* nennen, damit sie uns alle repräsentiert. Sie hat auch *Königin der Lüfte* und *Titania* vorgeschlagen und damit ein kleines bißchen weiblichen Chauvinismus gezeigt. *Titania* erinnerte uns aber zuviel an *Titanic*, und ihr wißt, was aus diesem Schiff geworden ist.

Ach nein, könnt ihr ja gar nicht. Ich vergaß, daß die meisten von euch noch nie von ihr gehört haben.

Einer der Ingenieure – ich habe seinen Namen gerade nicht im Kopf –, der früher auf der unglückseligen *Shenandoah* geflogen ist, schlug *Silberwolke* vor. So lautete der Name eines Luftschiffes in einem Buch mit dem Titel *Tom Swift und sein großes Luftschiff*.

Ein anderer wollte sie nach dem Franzosen, der das erste lenkbare Luftschiff, das leichter als Luft war, flog, *Henri Giffard* nennen. Schade, daß der alte Henri nicht dabeisein kann, um zu sehen, welches Kunstwerk wir erschaffen haben. Zu schade auch, daß nicht die ganze menschliche Rasse sich hier versammeln kann, um Zeuge zu werden, wie wir die Götter herausfordern und unser fliegendes Schiff sich allen noch so großen Mächten entgegenstellt!

Entschuldigt mich einen Moment, Leute. Es ist wieder mal an der Zeit, den Göttern ein weiteres Trinkopfer zu bringen, und zudem ist es besser, wenn das köstliche Naß meine Kehle hinunterläuft, bevor ich es aus Versehen auf den Boden schütte und verschwende.

Ahhhh! Das war mächtig gut, Leute! Trinkt auch einen, der Fusel ist frei heute und geht auf Kosten des Hauses, das die Nation Parolando darstellt.

Nach all diesen Vorschlägen, Leute, entschied unser verehrter Ex-Präsident, Ex-Amerikaner und Ex-Astronaut Milton Firebrass, diesen Koloß auf den Namen *Parseval* zu taufen. Und da er nun einmal der Chef-Honcho, der große Enchilada, kurz gesagt, der Boß ist, hat sie diesen Namen auch erhalten.

Deswegen...oh, ja, an sich wollte ich ja ein paar statistische Zahlen loswerden. Kapitän Firebrass wollte das größte Luftschiff aller Zeiten konstruieren, und genau das hat er auch getan. Die *Parseval* wird auch das größte Luftschiff aller Zeiten bleiben, weil es nach ihr keine weiteren mehr geben wird. Vielleicht hätte er sie auch *Die Letzte ist die Beste* nennen sollen.

Jedenfalls, die *Parseval* ist 820 Meter lang. Ihr größter Durchmesser beträgt 328 Meter. Ihre Hülle faßt 6360000 Kubikmeter Wasserstoffgas, besteht aus stark belastbarem Aluminium und enthält acht große Behälter und einige kleinere am Bug und in den Heckflossen. Anfangs hat man beabsichtigt, sie mit dreizehn außerhalb der Hülle befindlichen Gondeln zu versehen, von denen zwölf jeweils zwei Motoren beherbergen sollten. Das sollte wegen der hohen Explosionsgefahr des Wasserstoffs so gemacht werden, aber die Tests der Gasbehälter, die aus den Darmschichten von Flußdrachen hergestellt wurden, ergaben, daß sie Gas durchsikkern ließen, und deswegen — das ist ein Witz, Leute! — ordnete Kapitän Firebrass an, daß die Wissenschaftler sich darauf stürzen sollten, ein Plastikmaterial zu entwickeln, bei dem dies nicht möglich sein würde.

Und das taten sie dann auch, denn wenn Firebrass sagt, daß man springen soll, dann springt man. Jedenfalls ist der Gasverlust jetzt gleich Null. Und deswegen befinden sich die Maschinen- und Kontrollräume, ausgenommen jener, die im Bug und im Heck liegen, mitten in der *Parseval* drin.

Der Wasserstoff ist, nebenbei gesagt, neunundneunzigkommaneunneunneun Prozent rein.

Zusätzlich zu einer Besatzung, die aus achtundneunzig Männern und zwei Frauen besteht, wird die *Parseval* zwei Helikopter mit sich führen, von denen jeder zweiunddreißig Personen aufnehmen kann, und einen Zwei-Mann-Gleiter.

Es gibt an Bord allerdings keine Fallschirme, weil einhundert Fallschirme ein solches Gewicht hätten, daß man sich entschlossen hat, auf sie zu verzichten. Das mag euch zeigen, wieviel Vertrauen unsere Luftschiffer in die Maschinen haben. Ich weiß nicht, ob ich das aufbringen könnte.

Schaut sie euch an, Leute! Stellt sie nicht etwas dar? Die Sonne scheint auf sie runter, als wäre sie zum Ruhme der Götter selbst gebaut worden! Sie ist herrlich und berauschend schön anzusehen!

Ein großer Tag für die Menschheit! Da kommt schon das Orchester und spielt die Ouvertüre aus dem Film *Der einsame Ranger*. Ha! Ha! Auch das war nur ein Witz, den ich euch leider nicht erklären kann, weil das zu lange dauern würde, Leute! Natürlich spielen sie in Wirklichkeit die Ouvertüre aus *Wilhelm Tell* von Rossini, glaube ich. Firebrass hat sie, da er an diesem Stück hängt, als Startmusik ausgewählt, aber auch ein paar von den anderen, die ich in der Menge ausmache, haben sich darauf versteift.

Reich mir noch ein Glas von diesem Ambrosia, Randy. — Randy ist mein Stellvertretender Zeremonienmeister, Leute; er hat auf der Erde Fantasies geschrieben und hat nun die Position des Chefkontrollinspektors der parolanischen Alkoholproduktion inne. Was ungefähr das gleiche ist, als würde man einen Wolf damit beauftragen, ein Steak zu bewachen.

Aah! Ein köstliches Gesöff! Und da kommt auch schon die *Parseval*. Sie wird aus dem Hangar herausgeholt! Ihre Nase ist der einzige bewegliche Ankermast auf der Welt. Bis zum Start dauert es jetzt nur noch ein paar Minuten. Ich kann jetzt durch die Windschutzscheibe in den Kontrollraum — oder die Brücke, wenn ihr den Ausdruck bevorzugt — sehen. Auch sie ist in der Nase untergebracht.

Der Mann, der in der Mitte an den Armaturen sitzt — der Chefpilot Cyrano de Bergerac. Zu seinen früheren Lebzeiten betätigte er sich auch als Schriftsteller und verfaßte Romane über Reisen zum Mond und zur Sonne. Und jetzt befindet er sich im Inneren einer Flugmaschine, die nicht einmal annähernd denen gleicht, von denen er früher geträumt hat. Daß er selbst einst an einer solchen Reise teilnehmen würde, wäre ihm natürlich auch nie in den Sinn gekommen. Der Flug zum Nordpol eines fremden Planeten ist bisher von niemandem, nicht mal von der ausgeflipptesten Seele auf der Erde je beschrieben worden. Und jetzt sitzt er in diesem herrlichen Wunderwerk, das kein Mensch jemals übertreffen wird, entschwebt in die himmelblauen Weiten und sucht nach einem sagenumwobenen Turm, in einem kalten, nebelverhangenen See. Ein Ritter der Lüfte, ein nachterrestrischer Galahad auf der Suche nach einem Riesengral!

Cyrano steuert ganz alleine. Das Schiff ist vollautomatisch, seine Motoren, Höhen- und Seitenruder sind elektronisch direkt mit den Kontrollen auf der Brücke verbunden. Damit entfällt eine ganze Menge Bedienungspersonal, das man auf den Luftschiffen alter Bauart für die Bedienung der Höhen- und Seitenruder und die Nachrichtenübermittlung an das Maschinenpersonal benötigte. Wenn es einen Menschen gäbe, der es schaffte, dreieinhalb Tage lang ununterbrochen wach zu bleiben, könnte er ein Schiff wie die *Parseval* ganz allein zum Nordpol steuern. Theoretisch wäre es natürlich auch möglich, das Schiff die ganze Strecke zurücklegen zu lassen, ohne daß sich auch nur eine einzige Seele an Bord befindet.

Und dort, zu Cyranos Rechten, sitzt der Kapitän, unser einmaliger Milton Firebrass. Er winkt gerade dem Manne zu, der jetzt seinen Job als Präsident von Parolando übernommen hat: Judah P. Benjamin aus Louisiana, dem ehemaligen Generalstaatsanwalt der nicht mehr existenten, aber auch nicht unbedingt erwähnenswerten konföderierten Staaten von Amerika.

Was? Nimm die Finger von mir, mein Junge! Damit meine ich doch nicht die ehemaligen Bürger der USA. Nehmt mir den Süffel vom Hals, Leute!

Und dort — auf der extremen Linken — sehen wir den Piloten im Range des Dritten Offiziers Mitja Nikitin. Er hat versprochen, während der gesamten Reise nüchtern zu bleiben und keine Schnapsflaschen zwischen den Gasbehältern zu verstecken, haha!

Rechts von Nikitin seht ihr die Erste Offizierin Jill Gulbirra. Obwohl Sie einigen von uns ziemlich zugesetzt haben, Miz Gulbirra, verehren wir doch...

Ah, da ertönen wieder die Trompeten! Welch ein Klang! Und jetzt winkt Kapitän Firebrass uns zu. Auf Wiedersehen, mon capitaine, bon voyage! Halten Sie uns per Funk auf dem laufenden.

Und schon werden die Taue am Heck der *Parseval* gelöst. Das Schiff tanzt ein wenig, aber keine Sorge, sein Gleichgewicht kriegt es gleich wieder. Vor ein paar Stunden habe ich mir angesehen, wie es ausbalanciert wurde. Es liegt jetzt so perfekt in der Luft, daß ein einzelner Mann es mit einer Hand hochheben könnte.

Jetzt wird die Nase der *Parseval* von dem beweglichen Ankermast befreit. Und schon läßt man ein bißchen von dem Wasserballast fallen. Tut mir leid, Leute, aber wir haben euch ja gesagt, ihr solltet nicht so nahe an die Kiste rangehen — zumindest die, die eine Dusche nicht vertragen können.

Jetzt hebt sie sich ein wenig. Der Wind trägt sie rückwärts, nach Süden, aber die Motoren sind bereits gedreht worden. Sie werden sie nach Norden bringen.

Sie startet! Größer als ein Gebirge und leichter als eine Feder! Auf zum Nordpol und dem Dunklen Turm!

Mein Gott, mir kommen die Tränen! Ich muß zuviel von diesem tränentreibenden Urwaldgesöff abgekriegt haben! Aber, Leute, ist das nicht ein erhebender Anblick?!«

44

Hochdroben über der Welt leuchtete das Luftschiff wie eine Nadel im Blau des Himmels.

In einer Höhe von 6000 Metern hatte die Besatzung der *Parseval* eine ausgezeichnete Aussicht über die Flußwelt. Jill, die hinter der Frontscheibe stand, sah das in Nord-Süd-Richtung verlaufende Tal. Zwanzig Kilometer vor ihnen wandte es sich in einem weiten Bogen nach Osten, um sich dann in die Ferne zu winden wie ein malaiischer Dolch mit wellenförmiger Klinge.

Hin und wieder warf der Fluß die Sonnenstrahlen zurück. Aus dieser Höhe waren die Millionen und Abermillionen Menschen, die an seinen Ufern lebten, unsichtbar, und selbst die größten Schiffe schienen den Beobachtern nicht größer zu sein als aufgetauchte Drachenfische. Die Welt sah von hier oben so aus wie am Tage der Wiedererweckung. Nichts von Menschenwerk war erkennbar.

In der Nase der *Parseval* war inzwischen ein Fotograf damit beschäftigt, die ersten Luftaufnahmen des Planeten zu machen. Und die letzten. Man würde die Fotos mit dem Flußverlauf vergleichen, wie ihn die Leute von der *Mark Twain* über Funk geschildert hatten. Allerdings würde es auch auf den Karten, die der Bordkartograph der *Parseval* herstellen mußte, noch eine Menge weißer Stellen geben, denn der Raddampfer war vor seinem Aufbruch nach Norden mehrere Male nach Süden gefahren und hatte in der südlichen Polregion gekreuzt. Die Luftaufnahmen würden zusammen mit den Informationen der *Mark Twain* also lediglich ein Bild über die nördliche Hemisphäre des Planeten liefern. Aber der Fotograf konnte seine Kamera immerhin schon auf jene Gebiete richten, die die *Mark Twain* erst noch durchfahren mußte. Die Radaranlage hatte inzwischen Informationen über die Höhe der Gebirgsmassive ausgespuckt. Der höchste bis jetzt entdeckte Berg war 4564 Meter hoch, die anderen waren jedoch kaum mehr als 3000, die meisten sogar nur 1500 Meter hoch.

Bevor sie nach Parolando gekommen war, hatte Jill wie die meisten angenommen, daß die Berge zwischen viertausend und siebentausend Meter hoch sein müßten. Das waren natürlich nur reine Schätzungen gewesen, denn sie war nie jemandem begegnet, der auch nur im Traum daran gedacht hätte, eine wissenschaftlich exakte Messung vorzunehmen. Erst als sie in Parolando angekommen war, wo es genügend technische Gerätschaften gab, wie sie im zwanzigsten Jahrhundert auf der Erde existiert hatten, war es möglich gewesen, die Höhe der Berge genau festzustellen.

Möglicherweise lag es an der unmittelbaren Nähe der Bergwände, daß die Leute sich von ihnen erschlagen fühlten und sie für höher hielten, als sie waren: in der Regel erhoben sie sich steil in die Höhe und wurden nach etwa dreihundert Metern so ebenmäßig glatt, daß niemand sie besteigen konnte. Oft hatten sie Überhänge, die es selbst geübten Bergsteigern mit guter Ausrüstung unmöglich machten, sie zu erklimmen.

Jetzt, wo sie über den Höhenzügen dahinschwebten, stellten sie fest, daß die Massive an der Spitze selten breiter waren als vierhundert Meter. Dennoch war es unmöglich, die harte Felswand ohne stählerne Werkzeuge und Dynamit zu bewältigen. Es wäre zwar möglich gewesen, den Fluß in Richtung Norden heraufzufahren, bis er sich in eine Kurve legte, die wieder nach Süden führte. Von dort aus hätte man – mit genügend Bohrmaterial und Sprengstoff ausgerüstet – einen Tunnel durch die Felswand treiben können. Aber wer hätte schon im voraus gewußt, welche Strecke durch das Berginnere zurückzulegen war?

Die *Parseval* nutzte munter die nordöstlichen Oberflächenwinde aus, passierte die Roßbreiten und bediente sich ausgiebig des in den gemäßigten Zonen wehenden Rückenwindes. Innerhalb von vierundzwanzig Stunden hatte sie ein Gebiet überflogen, das schätzungsweise der Strecke von Mexico City bis zu den weitesten Ausläufern der Hudson Bay entsprach. Bevor der zweite Reisetag endete, mußte sie die Gegenwinde der arktischen Region erreichen, aber niemand wußte, als wie stark sie sich erweisen würden. Tatsache war jedoch, daß die Luftströmungen der Flußwelt wegen des Fehlens beträchtlicher Unterschiede zwischen den Land- und Wassermassen nur selten irdische Intensität erreichten.

Ein Unterschied wurde den Luftschiffern jedoch in der Äquatorialzone deutlich: der zwischen den Bergen und den Tälern. Die Berge waren weitaus höher als in den gemäßigten Breitengraden, die Täler wesentlich enger.

Man konnte die Landschaft der Äquatorzone mit den norwegischen Fjorden vergleichen. Regnete es in den klimatisch gemäßigten Gebieten der Flußwelt täglich gegen 15.00, so war dies am Äquator um 3.00 Uhr der Fall, wobei es in der Regel auch zu Gewittern kam. Die parolandischen Wissenschaftler weigerten sich allerdings, diese veränderte Wetterlage als tropisches Naturschauspiel hinzunehmen, sondern vermuteten, daß in den Bergen installierte Regenmaschinen für dieses beinahe fahrplanmäßige Timing verantwortlich sein mußten. Natürlich bedurfte eine Maschinerie dieser Art einer ungeheuren Energiezufuhr — aber man konnte einem Volk, das in der Lage war, aus einem Planeten ein unendlich langes Flußtal zu machen und ein schätzungsweise sechsunddreißig Milliarden Köpfe zählendes anderes Volk dreimal täglich mit einer Mahlzeit zu versorgen, indem es Energie in Materie umwandelte, zweifellos auch zutrauen, das Wetter steuern zu können.

Aber welcher Art war ihre Energiequelle? Es konnte zwar niemand mit Bestimmtheit sagen, aber es war nicht auszuschließen, daß sie den heißen Kern des Planeten anzapften.

Spekulationen wurden laut, nach denen sich zwischen der Oberfläche dieser Welt und den tieferen Gesteinsschichten eine Art metallisches Schild befand. Diese Hypothese wurde durch die Erkenntnis gestützt, daß man bisher weder Vulkanismus noch Erdbeben registriert hatte.

Zudem gab es weder ausgedehnte Eis-, noch Wassermassen, die man mit denen der Erde hätte vergleichen können. Normalerweise hätte auf der Flußwelt ein ganz anderes Klima herrschen müssen, einschließlich unterschiedlicher Windbedingungen — aber bis jetzt schien alles durchaus nach einem irdischen Muster entworfen zu sein.

Firebrass ordnete an, auf 3600 Meter herunterzugehen. Vielleicht würde sich die Kraft des Winds dort als schwächer erweisen. Die Berggipfel lagen nur knapp 600 Meter unter der *Parseval*, und das Luftschiff hatte mit den zu dieser Tageszeit starken Auf- und Abwinden zu kämpfen. Zum Glück war man in der Lage, den Propellerwinkel zu verändern, um die Achterbahnfahrt auszugleichen. Die Bodengeschwindigkeit nahm zu.

Kurz vor 15.00 Uhr brachte man die *Parseval* wieder herunter und ließ sie majestätisch über die Täler hinwegschweben. Als die Sonne sank, wurden die Horizontal- und Vertikalwinde schwächer, und das Schiff segelte noch sanfter durch die Luft dahin. Wenn die Nacht hereinbrach, würde sich der Wasserstoff in den Behältern abkühlen, und die *Parseval* würde ihre Propeller noch höher hinaufrecken, um den Verlust an Volumen auszugleichen.

Der mit einem Druckausgleichsaggregat versehene Kontrollraum wurde durch Elektroheizung erwärmt, aber dennoch trugen alle, die in ihm beschäftigt waren, warme Kleidung. Firebrass und Piscator pafften Zigarren, die meisten der anderen Zigaretten. Die Ventilatoren saugten den Qualm zwar ab, aber waren nicht schnell genug, um auch den Zigarrenrauch, unter dem Jill am meisten litt, ebenso schnell verschwinden zu lassen.

Detektoren, die jeden Austritt von Wasserstoff anzeigen sollten, waren an den Behältern befestigt worden und würden die Mannschaft über jedes Leck sofort informieren. Dennoch war es nur in fünf Zonen erlaubt, dem Rauchgenuß zu frönen: in der Kontrollgondel (oder der Brücke), einem Raum, der auf halbem Wege zwischen Bug und Heck lag, dem Hilfskontrollraum in der unteren Schwanzfinne, und Räumlichkeiten, die zu den Mannschaftsquartieren an Bug und Heck der *Parseval* gehörten.

Barry Thorn, der Erste Offizier der Hecksektion, meldete einige magnetische Ablesungen. Demnach war der Nordpol der Flußwelt mit dem magnetischen Pol identisch. Seine magnetische Kraft war allerdings viel schwächer als die des irdischen Pols; tatsächlich war sie dermaßen gering, daß man sie nur mit Geräten, die man in den siebziger Jahren erst entwickelt hatte, messen konnte.

Der Funkempfang war an diesem Tag ausgezeichnet. Das Schiff

schwebte hoch über den Bergen dahin, und das Sendegerät der *Mark Twain* hing an einem großen Ballon, der mit einem Seil an den Decksaufbauten befestigt war.

Aukuso sagte: »Sie können jetzt sprechen, Sir.«

Firebrass nahm neben dem Samoaner Platz und sagte: »Hier ist Firebrass, Sam. Wir haben gerade eine Botschaft von Greystock erhalten. Er ist unterwegs und hält sich nordöstlich. Er ist bereit, in jedem Moment, in dem er etwas über die Position der *Rex* herausfindet, den Kurs zu ändern.«

»Irgendwie hoffe ich immer noch darauf, daß ihr Drecksack-John *nicht* findet«, erwiderte Sam. »Es würde mir viel größeren Spaß bereiten, ihn mir selbst vorzuknöpfen. Und es würde mir große Freude bereiten, seinen Kahn persönlich zu versenken. Das ist zwar nicht gerade eine praktische Einstellung, aber eine ziemlich befriedigende. Ich bin an sich nicht einmal ein sonderlich nachtragender Charakter, Milt, aber diese Hyäne würde sogar den heiligen Franziskus dazu verleiten, ihr einen Tritt zu versetzen, der sie über die Klippen befördert.«

»Die *Minerva* hat vier Sechsundvierzig-Kilo-Bomben und sechs Raketen mit Neun-Kilo-Sprengköpfen an Bord«, sagte Firebrass. »Wenn auch nur zwei der Bomben ins Ziel gehen, würde die *Rex* absaufen.«

»Und dennoch würde es mich nicht verwundern, wenn es diesem Windbeutel von einem König gelänge, heil aus dem ganzen Schlamassel herauszukommen und sich ans Ufer zu retten«, sagte Clemens. »Wie alle Halunken hat auch er stets das Glück auf seiner Seite. Wie würde ich ihn dann noch aufspüren können? Nein, ich will auf jeden Fall seine Leiche sehen. Und wenn man ihn lebend schnappt, möchte ich ihm wenigstens persönlich den Hals umdrehen.«

De Bergerac sagte leise zu Jill: »Für einen Mann, der Gewalt ablehnt, spuckt er ziemlich große Töne. Na ja, es ist eben einfach, so zu reden, wenn sich dein Gegner sechzigtausend Kilometer entfernt von dir aufhält.«

Firebrass lachte und sagte: »Nun, Sam, wenn du es selbst nicht schaffen solltest, ihm den Hals herumzudrehen, wäre ja immer noch Joe da, um diese Arbeit zu erledigen.«

Eine unmenschlich tiefe Stimme polterte: »Nein, ich würde ihm feine Arme und Beine aufreifen. Dann kann Fäm ihm den Half foweit herumdrehen, daf John daf Land überblicken kann, in dem er gewefen ift. Ef wird ihm nämlich dort, wo er anfliefend hingeht, nicht fo fehr gefallen.«

»Reiß ihm ein Ohr für mich ab«, sagte Firebrass. »Der alte John hätte mich einmal beinahe umgelegt.«

Jill nahm an, daß er sich auf den Kampf an Bord der *Nicht vermietbar* bezog, der stattgefunden hatte, nachdem es John gelungen war, das Schiff in seine Gewalt zu bringen.

»Wenn unsere Berechnungen stimmen«, fuhr Firebrass fort, »werden wir das Gebiet, in der die *Rex* sich aufhält, in etwa einer Stunde erreichen. Du müßtest etwa hundertvierzig Kilometer westlich von der *Rex* sein. Natürlich ist das noch ein ganz schönes Stück entfernt, aber nach allem, was wir wissen, fährt John die Kraft der *Rex* nicht ganz aus, oder er hat sich für Reparaturarbeiten in ein Dock begeben.«

Sie redeten noch eine ganze Stunde miteinander. Clemens sprach mit einigen Besatzungsmitgliedern der *Parseval*, und zwar hauptsächlich mit jenen, die er noch gekannt hatte, bevor er von Parolando aus in See gestochen war. Jill fiel auf, daß er nicht nach de Bergerac fragte.

Im gleichen Moment, als Sam das Funkgespräch beendete, meldete der Radarbeobachter der *Parseval*, daß die *Rex Grandissimus* auf dem Bildschirm auszumachen war.

45

450 Meter schwebte die *Parseval* über dem Schiff. Von dieser Höhe aus gesehen wirkte es wie ein Spielzeugboot, aber die schnell vergrößerten Fotos zeigten deutlich, daß sie es mit Johns Schiff zu tun hatten.

Es sah beeindruckend aus. Obwohl Jill es für eine Schande hielt, ein so schönes Schiff zu zerstören, teilte sie ihre Gedanken wohlweislich niemandem mit. Firebrass und de Bergerac waren wütend auf den Mann, der ihnen vor Jahren ihr wunderbares Schiff entführt hatte.

Aukuso übermittelte die Position der *Rex* an Greystock, der sofort bekanntgab, daß seine *Minerva* am nächsten Tag dort eintreffen würde. Des weiteren registrierte er die Position der *Mark Twain*.

»Ich würde an sich gern zu Sam hinüberfliegen«, sagte Greystock, »damit er sich das Luftschiff, das die Rex versenken wird, einmal aus der Nähe ansehen kann.«

»Ich hätte nichts dagegen«, erwiderte Firebrass. »Und Sam würde es sicherlich auch gefallen.«

Nachdem er das Gespräch mit Clemens beendet hatte, sagte Firebrass: »Ich bin davon überzeugt, daß Greystock sich auf einem Himmelfahrtskommando befindet. Die *Rex* ist vollgestopft mit Raketen und verfügt außerdem über zwei Flugzeuge, die mit Raketen und Maschinengewehren ausgerüstet sind. Meiner Meinung nach hängt alles davon ab, ob Greystock es schafft, die *Rex* bei einem Überraschungsangriff zu versenken. Und seine Chancen sind nicht allzu groß, wenn Johns Radaranlage die *Minerva* vorher aufspürt. Natürlich weiß man nicht, ob die Anlage gerade eingeschaltet ist, wenn Greystock kommt. Aber warum sollte sie überhaupt in Betrieb sein? Für die Navigation am hellichten Tag reicht der Sonar völlig aus.«

»Ja«, sagte Piscator, »aber die Leute von der *Rex* haben uns inzwischen gesehen. Sie werden sich fragen, wer wir sind, und auch wenn sie das nicht herausfinden, könnten sie die Radaranlage einschalten; ganz einfach deswegen, weil wir ihr Mißtrauen erweckt haben.«

»Das glaube ich auch«, sagte Jill. »Außerdem dürfte es nicht schwer sein, auf den Gedanken zu kommen, daß nicht nur Parolando dazu in der Lage ist, Luftschiffe zu bauen.«

»Wir werden sehen. Vielleicht. Wenn die *Minerva* die *Rex* erreicht, sind wir jedenfalls schon hinter den Polarbergen. Ich glaube kaum, daß wir dort oben auf einen guten Funkempfang hoffen dürfen. Wir werden also das Ergebnis erst erfahren, wenn wir wieder hierher zurückkommen.«

Firebrass sah bei diesen Worten plötzlich sehr nachdenklich aus und machte beinahe den Eindruck, als sei er sich nicht sicher, ob die *Parseval* ihre Mission überleben würde.

Die Sonne versank hinter dem Horizont, aber in der Höhe, in der sich das Schiff befand, blieb es noch lange Zeit hell.

Schließlich kam die Nacht mit ihren leuchtenden Sternhaufen und Gasnebeln.

Bevor sie sich auf den Weg zu ihrer Kabine machte, wechselte Jill noch ein paar Worte mit Anna Obrenowa. Die kleine Russin machte zwar einen sehr freundlichen Eindruck auf sie, schien aber nicht so recht auf dem Posten zu sein. Machte es ihr wirklich derart zu schaffen, daß man ihr nicht die Position des Ersten Offiziers gegeben hatte?

Bevor sie ihr Quartier aufsuchte, machte Jill einen Spaziergang durch den Korridor zur Hecksektion, wo sie einen Kaffee trank und ein wenig mit den dortigen Offizieren schwätzte. Barry Thorn war ebenfalls anwesend, aber auch er schien ein wenig nervös zu sein. Jedenfalls war er zurückhaltender als gewöhnlich. Vielleicht, dachte Jill, war das darauf zurückzuführen, daß die Obrenowa ihm die Meinung gesagt hatte. Offensichtlich war es bei ihrem Streit um etwas Persönliches gegangen.

Erst jetzt wurde Jill wieder bewußt, daß sich die beiden in einer ihr unbekannten Sprache unterhalten hatten. Jetzt war sicherlich nicht die richtige Zeit, ihn danach zu fragen — und vielleicht kam diese Zeit auch niemals. Denn wenn sie ihn nach dieser Sprache fragte, mußte sie gleichzeitig zugeben, die beiden belauscht zu haben.

Aber sie war natürlich ziemlich neugierig.

Irgendwann, wenn sie die Gewißheit hatte, daß Thorn weniger unter Druck stand, würde sie ihn danach fragen. Sie konnte ja behaupten, rein zufälligerweise an seiner Hütte vorbeigekommen zu sein — schließlich stimmte das ja auch — und einige Worte ihres Gesprächs aufgeschnappt zu haben. Und da sie kein Wort verstanden hatte, konnte man ihr ja auch schwerlich vorwerfen, gelauscht zu haben.

Sie kehrte in ihre Kabine zurück, kroch in die Koje und fiel sofort in tiefen Schlaf. Um 4.00 Uhr wurde sie vom Pfeifen des Interkoms geweckt und begab sich in den Kontrollraum, um Metzing, den Dritten Offizier, abzulösen. Er blieb noch eine Weile da und erzählte von seinen Erfahrungen als Kommandant der LZ-1. Dann ging er. Da Piscator ein sehr kompetenter Pilot war, gab es für Jill nicht allzuviel zu tun. Die atmosphärischen Bedingungen waren normal. Zudem hatte der Japaner den Autopiloten eingeschaltet und verbrachte die Zeit damit, die Armaturen zu überwachen.

Es befanden sich noch zwei weitere Leute in der Kontrollkanzel: der Funker und der Radarbeobachter.

»Gegen 23.00 Uhr sollten wir die Berge am Pol sehen können«, sagte Jill. Piscator fragte sich laut, ob sie wirklich so hoch waren, wie Joe Miller geschätzt hatte. Nach den Aussagen des Titanthropen mußten sie knapp 6100 Meter hoch fliegen. Allerdings hatte Joe, was Schätzungen anbetraf, selten das richtige Augenmaß. Zumindest bereitete es ihm Schwierigkeiten, Entfernungen ins metrische System umzurechnen.

»Wenn wir da sind«, sagte Jill, »werden wir es schon sehen.«

»Ich frage mich, ob die rätselhaften Turmbewohner es uns erlauben werden, die Polregion wieder zu verlassen«, sagte Piscator. »Und natürlich auch, ob sie es uns überhaupt gestatten werden, ihren Turm zu betreten.«

Diese Frage hätte der gleichen Antwort bedurft wie die vorherige, aber Jill schwieg.

»Vielleicht«, fuhr Piscator fort, »erlauben sie uns sogar, ihn zu besichtigen.«

Jill zündete sich eine Zigarette an. Sie war zwar in diesem Augenblick keinesfalls nervös, aber ihr wurde klar, daß sie zumindest ein leicht gruseliges Gefühl entwickeln würde, wenn die Berge näher kamen. Dann würden sie sich in das verbotene Land vorwagen, ein Tabu brechen und sich dem Gebiet einer drohenden Festung nähern.

Lächelnd und mit glänzenden schwarzen Augen sagte Piscator: »Ist dir je der Gedanke gekommen, daß sich einer von *ihnen* auf unserem Schiff aufhalten könnte?«

Jill erstickte beinahe, als sie den Zigarettenrauch inhalierte. Nachdem sie den Hustenanfall überwunden hatte, erwiderte sie nach Luft schnappend: »Was, zum Teufel, meinst du damit?«

»Daß sie irgendwelche Spitzel in unseren Reihen versteckt haben könnten.«

»Und welchen Grund hast du, das anzunehmen?«

»Es war nur eine Idee«, erwiderte Piscator. »Wäre es denn so unwahrscheinlich, daß sie uns überwachen?«

»Ich glaube, daß du mehr weißt, als du zugibst. Wie kommst du auf solche Ideen? Es würde dir sicher keine Zacke aus der Krone brechen, wenn du es mir erzählen würdest.«

»Es ist nichts anderes als eine unbegründete Spekulation.«

»Und innerhalb dieser unbegründeten Spekulation, wie du es nennst, gibt es jemanden, von dem du glaubst, er könnte einer der ihren sein?«

»Es wäre sicherlich nicht gerade klug, so etwas zu behaupten, selbst wenn es jemanden dieser Art hier gäbe. Ich würde niemals den Finger auf jemanden richten, der möglicherweise unschuldig ist.«

»Du verdächtigst *mich* doch nicht etwa?«

»Ich wäre ein Trottel, wenn ich dann auch noch mit dir über dieses Thema reden würde. Nein, ich denke lediglich etwas laut. Das ist eine bedauerliche Angewohnheit, die ich selbst nur zu gerne los wäre.«

»Ich kann mich nicht daran erinnern, daß du früher auch laut gedacht hast.«

Da Piscator ihr deutlich machte, daß er keinen Drang verspürte, seiner Andeutung noch etwas hinzuzufügen, ließ auch Jill es dabei bewenden, aber für den Rest ihrer Wache war sie damit beschäftigt, über das nachzudenken, was Piscator möglicherweise beobachtet und ihn dazu veranlaßt hatte, dahinter ein System zu suchen. Schließlich brummte ihr der Schädel, und sie ging frustriert wieder zu Bett. Vielleicht hatte er sie auch nur auf den Arm nehmen wollen.

Am Nachmittag, nur zwei Minuten später, als sie vorhergesagt hatte, kamen die Gipfel der Polarberge in Sicht. Sie sahen wie Wolken aus, aber das Radargerät sprach eine andere Sprache. Es waren Berge, oder besser gesagt, ein einziger, kreisförmiger Bergwall, der den Polarsee umgab. Als Firebrass seine Höhen maß, stöhnte er auf.

»Neuntausendsiebenhundertdreiundfünfzig Meter! Das Ding ist höher als der Mount Everest!«

Er stöhnte aus gutem Grund. Die anderen schauten verwirrt. Das Luftschiff konnte auf keinen Fall höher als bis 9000 Meter steigen, und auch dazu würde Firebass den Befehl nur sehr zögernd geben. Theoretisch gesehen war das genau die Druckhöhe, die die Gasbehälter ertragen konnten. Wenn sie über diese Höhe hinausgingen, bedeutete das, daß die automatischen Ventile der Behälter Wasserstoff freisetzten, weil sie sonst explodieren würden, da sie ihre Aufblähungsgrenze erreicht hatten.

Es gefiel Firebrass gar nicht, das Schiff bis an die Grenzen seiner Belastbarkeit zu bringen. Ein unerwarteter Schub an warmer Luft konnte außerdem dazu beitragen, den Wasserstoff in den Behältern noch weiter auszudehnen und das Schiff noch mehr ins Schwimmen bringen, als der Sicherheit zuträglich war. Unter diesen Umständen würde die *Parseval* schnell aufsteigen, und der Pilot mußte gleichermaßen schnell reagieren, die Nase des Luftschiffs unten halten und im gleichen Moment die Propeller kippen, um eine Sinkbewegung einzuleiten. Wenn ein solches Manöver schiefging, würde das Gas sich unter dem geringeren atmosphärischen Druck ausdehnen und die Zellenwände bis an den Rand des Berstens bringen.

Selbst wenn das Schiff diese Situation überstand, würde der Verlust des durch die Ventile ausgetretenen Gases bedeuten, daß es schwerer wurde. Und die einzige Möglichkeit, es wieder zu erleichtern, bestand im Abwerfen von Ballast. Und wenn man zuviel Ballast über Bord gehen ließ, würde die *Parseval* wieder zu stark ins Schwimmen geraten.

Firebrass sagte: »Wenn es überall so ausieht wie hier, sind wir aufgeschmissen. Aber Joe hat gesagt . . .«

Er blieb einen Moment stehen, dachte nach und warf einen Blick auf die finstere, unheilverkündende Masse, die vor ihnen aufragte. Unter ihnen wand sich das seit ewigen Zeiten von Nebelbänken bedeckte Tal schlangengleich dahin. Es war kalt in diesem Gebiet, und sie hatten die Doppelreihe von Gralsteinen bereits seit geraumer Zeit hinter sich gelassen. Trotzdem zeigten die Radaranlagen und die Infrarotausrüstung an, daß auf den Hügeln eine dichte Vegetation wucherte. Ein weiteres Rätsel. Wie konnten in dieser Waschküche aus kalten Nebeln Bäume gedeihen?

»Wir gehen auf 3050 Meter herunter, Cyrano«, sagte Firebrass. »Ich möchte einen Blick auf die Quellen riskieren.«

Mit einem ›Blick‹ meinte er die Radarsicht, denn niemand konnte durch die dichten, kochenden Wolken hindurchsehen, die das mächtige Loch am Fuße der Berge einhüllten. Das Radargerät zeigte die kolossalen Ausmaße der Quelle: eine Öffnung, die nicht weniger als 5 Kilometer breit war. Der höchste Punkt des Tunnels war 3,5 Kilometer vom Boden entfernt.

Die mächtigen Wassermassen rasten drei Kilometer weit geradeaus dahin, dann wälzten sie sich über einen Klippenrand und stürzten 1 000 Meter in die Tiefe.

»Joe hat zwar etwas übertrieben, als er sagte, der Fluß sei an der Stelle, wo er aus der Höhle tritt, breit genug, um den Mond auf ihm schwimmen zu lassen«, meinte Firebrass, »aber es ist wirklich sehr beeindruckend!«

»Ja«, sagte Cyrano, »es ist in der Tat großartig. Aber die Luft hier ist ein wenig rauh.«

Firebrass ließ die *Parseval* höher steigen und setzte den Kurs so fest, daß sie in einer Entfernung von zwölf Kilometern parallel zu den Bergwänden flog. Cyrano mußte das Schiff wenden und die Propeller schwenken, um zu verhindern, daß sie nach Süden abgetrieben wurden. Schließlich schwebte das Schiff langsam neben der sich auftürmenden Bergkette dahin.

Gleichzeitig versuchte der Funker einen Kontakt mit der *Mark Twain* herzustellen.

»Bleiben Sie dran«, wies Firebrass den Mann an. »Sam wird wissen wollen, was wir jetzt tun. Ich bin verdammt neugierig, wie es in der Zwischenzeit der *Minerva* ergangen ist.«

Zu den anderen sagte er: »Ich halte nach diesem Spalt Ausschau. Er muß hier irgendwo sein, denn Joe sagte, er habe einen Durchbruch gesehen, als die Sonne für einen Moment durch die Wolken schien. Er konnte den Spalt zwar selbst nicht ausfindig machen, aber da die Sonne sich hier oben nie hoch über den Horizont erhebt, hätte sie den See gar nicht beleuchten können, wenn der Spalt nicht sehr tief wäre.«

Jill fragte sich, aus welchen Gründen die Fremden sich die Arbeit gemacht haben sollten, einen dermaßen gewaltigen Berggürtel zu errichten, wenn sie dann doch eine Öffnung freigelassen hatten.

Um 15.15 Uhr meldete der Radarbeobachter eine Unterbrechung in der Bergwand. Das Luftschiff befand sich nun über einem Berggebiet, das außerhalb des Polarwalls lag. Dieses Gebiet gehörte nicht mehr zu der Barriere, die Eindringlingen den Zutritt zum Polarsee verwehrte, aber auch hier waren Höhen zu überwinden, die nicht selten mehr als 3000 Meter erreichten. Als sie dem Spalt schließlich näher kamen, erkannten sie, daß sich zwischen den niedrigeren Bergen und der steinernen Polarbarriere ein weiträumiges Tal erstreckte.

»Ein wahrhaftiger Grand Canyon«, bemerkte Cyrano, »wenn es stimmt, was man mir darüber erzählt hat.« Es war in der Tat eine gigantische Schlucht, in die sich niemand hätte herablassen können, der nicht mindestens ein sechshundert Meter langes Seil besaß. Die Wände dieses Canyons zu erklimmen war ein Ding der Unmöglichkeit. »Sie sind beinahe ebenso glatt wie das Hinterteil meiner Geliebten.«

Auf der anderen Seite der niedrigeren Berge erhob sich ein Klotz, der bis an den Fluß heranreichte. Selbst wenn es einem Menschen gelingen mochte, diese Höhen zu erklimmen und aus dem Tal herauszukommen, mußte er eine mörderische Strecke von über achtzig Kilometern durch unwirtlichstes Gebiet hinter sich bringen.

Und danach hätte er immer noch das Tal zu bezwingen, das sich durch den Polarwall zog.

»*Ginnungaabgrund*«, sagte Jill.

»Wie?« fragte Firebrass.

»Aus der nordischen Mythologie. Der Urabgrund, in dem Ymir, das erste Lebewesen, der Vorfahr der bösen Rasse der Riesen, geboren wurde.«

Firebrass schnaubte und erwiderte: »Nächstesmal wirst du mir noch erzählen wollen, daß der See von Dämonen bevölkert wird.«

Obwohl er äußerlich unbeeindruckt wirkte, war Jill davon überzeugt, daß er lediglich eine Maske trug. Es sei denn, er hatte übermenschliche Nerven, war gegen Streß gefeit, sein Adrenalinspiegel blieb konstant und sein Blutdruck ging nicht hoch. Ob er nicht der gleichen Ansicht war wie sie, nämlich daß es besser wäre, das Steuer einem etwas erfahreneren Piloten zu übergeben? Möglicherweise waren die Reflexe und das Urteilsvermögen des Franzosen jedem anderen überlegen. Sie hatten Notstandssituationen schließlich bis zum Erbrechen im Simulator geübt. Aber — Cyrano besaß einfach nicht die Erfahrung von Tausenden von Flugstunden unter irdischen — und das bedeutete rasch wechselnden — Bedingungen. Bis jetzt war die Reise ohne Schwierigkeiten vonstatten gegangen, aber das Polargebiet war eine unbekannte Größe, und wenn sie die Barriere durchquerten, konnte das Schiff unerwarteten Kräften begegnen. Nein, nicht konnte. Würde.

Hier auf dem Dach der Welt waren die Sonnenstrahlen schwächer, und es war auch kälter. Der Fluß ergoß sich auf der anderen Seite der Berge in den Polarsee, wo er seine Wärme verlor, die er nach einem Weg von Tausenden von Kilometern um den Planeten in die Arktisregion mitgebracht hatte. Der Zusammenprall von kalter Luft mit warmem Wasser erzeugte den Nebel, von dem Joe Miller berichtet hatte.

Trotzdem war die Luft hinter dem Polarwall relativ kälter als außerhalb. Die unter hohem Druck stehende Kaltluft innerhalb des Rings würde nach außen drängen. Joe hatte den über die Pässe heulenden Wind deutlich beschrieben.

Jill war drauf und dran, Firebrass zu bitten, Cyrano durch sie, Anna Obrenowa oder Barry Thorn zu ersetzen. Letztere waren die einzigen an Bord, die außer ihr über genügend Erfahrung verfügten. Beide waren — objektiv gesehen — genauso gut wie sie, aber Jill wollte die Kontrolle behalten, weil sie nur dann das Gefühl haben würde, auf dem richtigen Posten zu stehen. Zumindest soweit, wie die Situation es erlaubte.

Vielleicht hatte Firebrass sogar die gleichen Ansichten. Wenn ja, schien er jedenfalls ebensowenig bereit zu sein, daraus die Konsequenzen zu ziehen, wie Jill bereit war, ihre Meinung auszudrükken. Es war ein ungeschriebenes — oder besser: unausgesprochenes — Gesetz, das sie daran hinderte, dies zu tun. Jetzt war Cyranos Wache. Ihn aufzufordern, sie an einen qualifizierteren Piloten abzugeben, mußte ihn erniedrigen. Ein solches Verhalten mußte einen Mangel an Vertrauen ausdrücken, der ihn weniger als einen »Mann« erscheinen lassen würde.

Es war lächerlich, absolut lächerlich. Die gesamte Mission und einhundert Menschenleben standen auf dem Spiel.

Dennoch hätte Jill selbst dann nichts gesagt, wenn sie der Meinung gewesen wäre, daß alles nach ihrem Einsatz schrie. Sie war, wie die anderen, durch einen Kode gebunden. Welche Einstellung gegen das Überleben sie damit auch zeigte, sie konnte Cyrano einfach nicht blamieren. Ganz abgesehen davon, daß es auch sie beschämen würde, den Vorschlag zu äußern, ihn durch sie zu ersetzen.

Sie befanden sich jetzt der Schlucht gegenüber, die keinesfalls den V-förmigen Spalt darstellte, den man erwartet hatte. Was die Besatzung des Luftschiffes vor sich sah, war ein perfekter, kreisförmiger Tunnel durch die Polarbarriere; ein Loch, das drei Kilometer durchmaß und etwa einen Kilometer über Normalhöhe begann. Aus diesem Loch schwebten Wolken heraus, die von einem Wind herangetragen wurden, der, wenn man ihn hätte hören können, durchaus als »heulend« zu bezeichnen gewesen wäre. Um nicht nach Süden abgetrieben zu werden, blieb Cyrano nichts anderes übrig, als geradewegs auf das Loch zuzusteuern. Obwohl die Triebwerke der *Parseval* mit Höchstgeschwindigkeit liefen, schafften sie nicht mehr als sechzehn Kilometer in der Stunde.

»Welch ein Wind!« sagte Firebrasse. Er zögerte. Die Luft, die über die Bergspitze nach unten drängte, mußte ebenfalls als Hinderungsfaktor angesehen werden. Der Pilot würde die beste Radarunterstützung brauchen, um den Tunnelwänden nicht zu nahe zu kommen.

»Wenn der Wall nicht dicker ist als die Berge, die wir vom Fluß her kennen«, sagte Firebrass, »kommen wir schneller durch das Loch als ein Hund durch einen Reifen. Wie auch immer . . .«

Er steckte sich eine Zigarre in den Mund und sagte zwischen zusammengebissenen Zähnen: »Laßt uns das Schiff durch das Tor zur Hölle bringen!«

46

Wege, die sich durch Zufall kreuzten, faszinierten Peter Frigate.

Der pure Zufall hatte seinen *in potentio* in *essens* gebracht.

Sein Vater war in Terre Haute Indiana auf die Welt gekommen und aufgewachsen, seine Mutter in Galena Kansas. Der Zufall, daß die beiden einander begegnet waren, um Peter Frigate zu zeugen, war also nicht sonderlich groß gewesen, stimmt's? Schon ganz und gar nicht im Jahre 1918, als die Leute wenig herumreisten. Aber sein Großvater, der gutausehende, wohlhabende, von der Spielleidenschaft besessene und versoffene Schürzenjäger William Frigate war eines Tages dazu gezwungen gewesen, eine Geschäftsreise nach Kansas City Missouri zu unternehmen. Und da er der Ansicht gewesen war, nichts anderes als eine Geschäftsreise könne seinem zwanzigjährigen Sohn zeigen, wie man seine Interessen verwaltete, hatte er ihn kurzerhand mit in den Mittelwesten genommen. Statt mit dem Packard zu fahren, hatten sie den Zug genommen.

Peters Mutter hatte damals in Kansas City bei ihren deutschen Verwandten gelebt und eine Handelsschule besucht. Die beiden hatten nie etwas voneinander gehört und hatten nicht mehr gemeinsam, als daß sie der menschlichen Rasse angehörten und in einem Gebiet des Mittelwestens lebten, das größer war als mancher europäische Stadt.

Und so hatte seine Mutter in spe einen Drugstore aufgesucht, um ein Sandwich zu sich zu nehmen und einen Milchshake zu trinken. Sein Vater in spe hatte sich inzwischen ausgiebig bei einem geschäftlichen Gespräch zwischen seinem Vater und dem Hersteller von landwirtschaftlichen Maschinen gelangweilt. Als die Mittagstunde heranrückte, waren die beiden älteren Männer auf einen Saloon zugesteuert, und James, der keine Lust hatte, zu so früher Stunde schon mit Alkohol anzufangen, war in den Drugstore gegangen. Hier hatten ihn die herrlichen Gerüche von Eiskrem, Vanillepudding und Schokolade begrüßt. Er hatte dem leisen Summen zweier gigantischer, an der Decke befestigter Ventilatoren gelauscht, einen Blick über die lange Ladentheke riskiert, die auf einem Zeitschriftenständer aufgereihten Magazine bewundert und drei hübsche Mädchen entdeckt, die an einem runden Tisch auf Drehstühlen saßen. Er sah sie an, wie es jeder Mann, egal, wie alt er ist, tun würde, dann setzte er sich hin, bestellte ein Schokoladensoda und ein Schinkensandwich und entschloß sich schließlich, einen zweiten Blick auf die Zeitschriftenständer zu werfen. Er blätterte einige der Magazine durch und steckte seine Nase auch in ein Taschenbuch, das sich mit Zeitreisen beschäftigte. Er hielt nicht viel von derartigen Geschichten. Er hatte zwar des öfteren versucht, sich zu einem Verständnis von H. G. Wells, Jules Verne, H. Rider Haggard und Frank Reade jr. durchzuringen, aber sein rational denkender Dickschädel lehnte solche Unwahrscheinlichkeiten ab.

Auf dem Rückweg, gerade in dem Moment, als er den Tisch mit den drei kichernden Mädchen passierte, mußte er zur Seite springen, um einem fliegenden Colaglas zu entgehen. Eines der Mädchen hatte es, während es mit den Händen fuchtelnd eine Geschichte erzählte, umgestoßen.

Wäre James nicht dermaßen flink gewesen, hätte ihm die Flüssigkeit die Hosenbeine versaut. So wurde nur einer seiner Schuhe benetzt.

Das Mädchen entschuldigte sich, und James erwiderte, daß es nicht so schlimm sei. Er stellte sich vor und fragte, ob er sich zu ihnen setzen könne. Die Mädchen brannten darauf, sich mit dem gutaussehenden jungen Mann aus dem fernen Indiana unterhalten zu können. So führte eins zum anderen. Bevor die Mädchen in die nahe gelegene Schule zurückkehrten, hatte James eine Verabredung mit »Teddy« Griffiths vereinbart, der ruhigsten aus der Runde und sicher nicht der bestaussehenden, aber irgend etwas an dem schlanken Mädchen mit den teutonischen Zügen, dem indianerhaft glatten schwarzen Haar und den großen, dunkelbraunen Augen zog ihn an.

›Wahlverwandtschaften‹ pflegte Peter es zu nennen, der sich nicht zu fein dafür war, etwas von Goethe auszuleihen.

Brautwerbungen waren in jenen Tagen allerdings weniger einfach vonstatten gegangen als zu seiner Zeit. James hatte sich zum Haus der Kaisers in der Locust Street aufmachen und eine lange Straßenbahnfahrt hinter sich bringen müssen, dann wurde er ihrem Onkel und ihrer Tante vorgestellt. Anschließend saßen sie auf der vorderen Veranda und aßen mit den alten Leuten hausgemachtes Eiskrem mit Waffeln. Um acht Uhr war er mit Teddy einmal um den Block spaziert, und sie hatten über dieses und jenes gesprochen. Nach der Rückkehr hatte er sich bei ihren Verwandten für ihre Gastfreundschaft bedankt und auf Wiedersehen gesagt, ohne Teddy zu küssen. Aber von nun an schrieben sie sich Briefe, und zwei Monate später machte James eine zweite Reise, diesmal in einem der Wagen seines Vaters. Und diesmal knutschten sie sich sogar ab, hauptsächlich in der letzten Reihe des lokalen Kinopalastes.

Auf der dritten Reise heiratete er Teddy. Nach der Hochzeit verließen sie die Stadt auf der Stelle und nahmen den Zug nach Terre Haute. Es hatte James stets großen Spaß gemacht, seinen ältesten Sohn damit aufzuziehen, daß er eigentlich vorgehabt hatte, ihn ›Pullman‹ zu nennen. »Du wurdest in einem Zug empfangen, Pete, und da dachte ich, es wäre eine nette Idee, dir einen Namen zu geben, der dich an dieses Ereignis erinnert. Aber deine Mutter hatte etwas dagegen.«

Peter hatte keine Ahnung, ob er seinem Vater diese Geschichte glauben sollte oder nicht. Er war ein bekannter Witzbold. Davon abgesehen konnte er sich einfach nicht vorstellen, daß seine Mutter sich irgendwann einmal mit ihm gestritten haben sollte. James war ein kleiner Mann gewesen, aber gleichzeitig hatte er auch den typischen Hahn dargestellt, der auf dem Hühnerhof die Entscheidungen trifft. Ein häuslicher Napoleon.

Es war dieser Reihung von zufälligen Ereignissen zu verdanken, die dafür gesorgt hatten, daß aus der Möglichkeit Peter Frigate eine tatsächliche Existenzform geworden war. Hätte der alte William sich nicht dazu entschlossen, seinen Sohn mit nach Kansas City zu nehmen; hätte James sich nicht mehr von einem Sodagetränk statt einem Bier angezogen gefühlt; hätte das Mädchen nicht das Colaglas umgestoßen, so würde es jetzt keinen Peter Jairus Frigate geben. Zumindest nicht das Individuum, das jetzt seinen Namen trug. Wenn die Ejakulation seines Vaters verfrüht eingesetzt oder er ein Verhütungsmittel verwendet hätte, wäre er, Peter, niemals geboren worden. Wenn es aus irgendwelchen Gründen in jener Nacht nicht zum Geschlechtsverkehr gekommen wäre, hätte das Ei sich vielleicht gelöst und wäre den Weg in eine Menstruationsbinde gegangen.

Und was war mit dem einen Samenfädchen, dem einen von

300 000 000, dem es gelungen war, all die anderen zu schlagen und als erstes das Ei zu befruchten?

Möge der Beste gewinnen. Und so war es schließlich auch gewesen. Aber es war knapp, verteufelt knapp gewesen, und ihm lief es kalt über den Rücken, wenn er so darüber nachdachte.

Denn schließlich hatte es Scharen von Brüdern und Schwestern *in potentio* gegeben, die nicht mehr zum Zuge gekommen waren. Sie waren alle gestorben, weil sie das Ei entweder zu spät oder gar nicht erreicht hatten. Welch eine Verschwendung von Fleisch und Geist. Ob einer der anderen Samenfäden das gleiche Potential an Vorstellungsgabe und Schreibtalent aufgewiesen hätte wie er? Oder hatten sich diese Kräfte im Inneren des Eies befunden? Oder waren sie durch eine Fusion von Sperma und Ei zustande gekommen, in dem beide Teile für eine Genverbindung sorgten, die zusammenpassen mußte? Was seine drei Brüder anbetraf, so hatten sie keine schöpferische und nur wenig passive Vorstellungskraft; seine Schwester besaß zumindest bis zu einem gewissen Grad Fantasie. Sie mochte zwar Fantasy und Science Fiction, verspürte aber nicht den Drang zum Schreiben. Was war für diesen Unterschied verantwortlich?

Ihr Umwelt konnte dafür keine Erklärung liefern, denn seine Geschwister waren der gleichen Beeinflussung ausgesetzt gewesen wie er selbst. Sein Vater hatte sich eine Bibliothek von kleinen, in Kunstleder gebundenen Büchern angelegt, deren Reihenbezeichnung ihm entfallen war. Auf jeden Fall war sie in den Zeiten seiner Kindheit eine populäre Heimbibliothek gewesen. Seine Geschwister hatten sich von den Geschichten in diesen Büchern nicht faszinieren lassen. Sie waren weder vernarrt in Sherlock Holmes gewesen, noch in Irene Adlers *Ein Skandal in Böhmen*. Sie hatten weder mit dem Monster in *Frankenstein* sympathisiert, noch mit Achilles vor den Mauern der Stadt Troja gekämpft. Odysseus und seine Irrfahrten hatten sie ebensowenig beeindruckt wie die Reisen des Helden in Wells' *Die Zeitmaschine*. Sie hatten kein Interesse daran gehabt, mit Olaf Stapledon auf eine Sternenreise zu gehen und sich auch keine Sorgen um Natty Bumppo gemacht, wenn ihm die Mohikaner auf den Fersen waren. Und das gleiche Desinteresse hatten sie auch den anderen Büchern gegenüber an den Tag gelegt, die seine Eltern ihm gekauft hatten: *Tom Sawyer und Huckleberry Finn, Die Schatzinsel, Tausendundeine Nacht* und *Gullivers Reisen*. Sie waren nicht einmal in der kleinen Bibliothek gewesen, in der

Peter seine ersten Schätze ausgegraben hatte: Frank Baum, Hans Christian Andersen, Andrew Lang, Jack London, Arthur Conan Doyle, Edgare Rice Burroughs, Rudyard Kipling und Henry Rider Haggard. Und nicht zu vergessen die kleineren Erzähler, die zwar nicht unter das Gold, aber immer noch unter Silber und Kupfer fielen: Irving Crump, A.G. Henty, Roy Rockwood, Oliver Curwood, Jeffrey Farnol, Robert Service, Anthony Hope und A. Hyatt Verrill. In seinem persönlichen Pantheon nahmen der Neandertaler Og und Rudolph Rassendyll beinahe die gleiche Position ein wie Tarzan, John Carter vom Mars, Dorothy Gale von Oz, Odysseus, Holmes und Challenger, Jim Hawkins, Ayesha, Allan Quatermain und Umslopogaas.

Es verursachte Peter in diesem Moment einen leichten Kitzel, wenn er daran dachte, daß er mit dem gleichen Mann auf einem Boot war, der das Modell für den fiktiven Umslopogaas abgegeben hatte. Gleichsam spielte er die Rolle eines Matrosen für den Mann, der die Tiergestalten Buck und Wolfsblut, den harten Robbenfänger Wolf Larsen, den namenlosen Erzähler des Buches *Vor Adam* und Alaska-Kid erschaffen hatte. Desgleichen freute es ihn ungeheuer, daß er jeden Tag mit dem großartigen Tom Mix reden konnte, jenem Mann, dem eine solch starke Aura des Kinos anhaftete, daß man ihn nur noch mit Douglas Fairbanks senior vergleichen konnte. Wäre doch Fairbanks ebenfalls an Bord! Aber genauso interessant müßte es natürlich sein, wenn jetzt Doyle, Twain, Cervantes und Burton bei ihm wären — speziell Burton. Und . . . Aber in einem solchen Fall würde das Boot schnell überbevölkert sein. Sei zufrieden. Aber wer war das schon?

Ich schweife ab. Wovon hatte ich erzählt? Ach ja. Vom Zufall, einem anderen Wort für Schicksal.

Im Gegensatz zu Mark Twain glaubte er nicht daran, daß alle Ereignisse und Verhaltensweisen starr vorherbestimmt waren. »Zu jener Zeit, als das erste Atom des großen Laurentinischen Meeres gegen das zweite prallte, war unser aller Schicksal besiegelt.« So etwa hatte Twain (möglicherweise in seinem beklemmenden *Was ist der Mensch*?) sich ausgedrückt. Eine Philosophie, die eine Entschuldigung dafür lieferte, an allem unbeteiligt gewesen zu sein. Eine Verpflichtung zum Duckmäusertum.

Ebensowenig glaubte er, wie Kurt Vonnegut, der Nachfolger Mark Twains im zwanzigsten Jahrhundert, daß der Mensch völlig vom chemischen Aufbau seines Körper beherrscht werde. Gott war keinesfalls der Große Biochemiker im Himmel oder der Göttliche Pillenverordner. Vorausgesetzt, es gab einen. Frigate hatte keine Ahnung, was Gott war, und bezweifelte des öfteren, ob er überhaupt existierte.

Gott existierte vielleicht nicht, aber der freie Wille sehr wohl. Zugegeben, er war eine nur begrenzte Macht, die von Umweltbedingungen beeinflußt oder unterdrückt wurde und unter Chemikalien, Gehirnverletzungen, Nervenkrankheiten und Lobotomie litt. Aber ein menschliches Wesen stellte keinesfalls nur einen Proteinroboter dar. Ein Roboter war nicht dazu in der Lage, sein Bewußtsein zu verändern, sich dazu durchzuringen, sich neu zu programmieren und mit geistigen Kräften sich selbst wieder aufzurichten.

Dennoch wurden wir mit unterschiedlichen genetischen Zusammensetzungen geboren, die zu einem gewissen Teil Einfluß auf unseren Intellekt, unsere Fähigkeiten, Neigungen und Reaktionen — kurz: unseren Charakter — nehmen. Der Charakter bestimmt, laut Heraklit, das Schicksal. Aber ein Mensch kann seinen Charakter ändern. Manchmal verspürt man eine Kraft in sich, die einem sagt:

»Das werde ich nicht tun!« oder »Niemand wird mich davon abhalten, das zu tun!« oder »Ich war ein Feigling, aber jetzt bin ich ein wütender Stier!«

Manchmal brauchte man, ebenso wie der Blechmann, die Vogelscheuche oder der Feige Löwe, einen Anstoß von draußen. Aber der Zauberer gab ihnen lediglich das, was sie schon immer gehabt hatten: ein Gehirn aus Sägemehl, Kleie, Nägeln und Nadeln, ein mit Sägemehl ausgepolstertes Herz und eine Flüssigkeit aus einer viereckigen, grünen Flasche, auf der ›Courage‹ geschrieben stand, was aber nichts anderes war als eine Beruhigungsmedizin.

Im Geiste konnte man seine gefühlsmäßigen Verhaltensweisen ändern. Obwohl die Praxis diese Theorie niemals untermauert hatte, glaubte Frigate dennoch an sie.

Er war in einer Familie aufgewachsen, die der Christlichen Wissenschaft angehörte, aber im Alter von elf Jahren waren seine Eltern dazu übergegangen, ihn in die Presbyterianische Kirche zu schicken. Sie hatten sich damals in einem Stadium religiöser Apathie befunden. Frigates Mutter hatte an den Sonntagmorgen die Küche aufgeräumt und auf die kleineren Kinder aufgepaßt, und sein Vater hatte zur *Chicago Tribune* gegriffen. Ob es ihm nun paßte oder nicht: Frigate war in die Sonntagsschule gegangen und hatte sich den Sermon angehört.

So war er zu zwei unterschiedlichen religiösen Erziehungen gelangt.

Die eine glaubte an den freien Willen, das Böse, das sich in Illusionen zeigte, und den Geist als einzige Wirklichkeit.

Die andere glaubte an die Vorherbestimmung. Gott suchte sich ein paar Leute aus, führte sie der ewigen Seligkeit entgegen und überließ die anderen der Hölle. Ob sich das reimte oder der Logik entsprach, kümmerte niemanden. Es gab auch keine Möglichkeit, dies zu verändern. Sobald der göttliche Wille seine Auswahl getroffen hatte, war die Angelegenheit erledigt. Es nützte dann auch nichts mehr, wenn man den Rest seines Lebens mit Gebeten und inbrünstiger Hoffnung zubrachte: wenn der Jüngste Tag vor der Tür stand, hatte man sich auf seinen vorherbestimmten Platz zu begeben. Jene Schäfchen, die Gott aus nur ihm bekannten Gründen seiner Gnade hatte teilhaftig werden lassen, würden dann zu seiner Rechten sitzen. Die Ziegen jedoch, jene Menschen, die er aus unerfindlichen Gründen ablehnte, rutschten dann durch einen vorbereiteten Schacht in das Höllenfeuer hinein, und dann spielte es keine Rolle mehr, ob es sich bei ihnen um Heilige oder Sünder handelte. Als er zwölf Jahre alt gewesen war, waren dann die Alpträume gekommen, in denen Mary Baker Eddy und John Calvin um seine Seele gerauft hatten.

Es war also nicht verwunderlich gewesen, daß er im Alter von vierzehn Jahren mit beiden Religionen gebrochen hatte. Mit allen Religionen. Dennoch war er ein Ausbund des allerprüdesten Puritanismus geblieben. Keine Anzüglichkeiten kamen über seine Lippen; er war rot geworden, wenn jemand einen schmutzigen Witz erzählte. Der Geruch von Bier und Whisky hatte in ihm Übelkeit erzeugt, und selbst wenn er diese Getränke gemocht hätte, hätte er sie entrüstet zurückgewiesen. Und wäre sich noch den anderen gegenüber moralisch überlegen vorgekommen.

Seine frühzeitig einsetzende Pubertät war eine Qual gewesen. Wenn man ihn in der siebten Klasse zur Rezitation eines Gedichts aufrief, wurde er rot, weil er das Klopfen seines erigierten Penis' spürte, der sich beim Anblick der kaum verhüllten Brüste der Lehrerin wie zu einem Fanfarenstoß steil aufrichtete. Niemand schien es zu bemerken, aber jedesmal, wenn er aufstand, rechnete er damit, daß man ihn in Ungnade fallen lassen würde. Und einmal, als er mit seinen Eltern ins Kino gegangen war, hatte er beim Anblick einer leichtgeschürzten Wandheldin die Hände in den Schoß legen müssen, um die plötzliche Erektion zu verbergen.

Das Licht der Leinwand mußte seine Sündhaftigkeit offenbaren, dann würden seine Eltern seine Gedanken kennen und aufs äußerste entsetzt sein. Und er würde ihnen nie wieder ins Gesicht sehen können.

Sein Vater hatte zweimal mit ihm über Sex geredet. Einmal, als er zwölf gewesen war. Anscheinend hatte seine Mutter einen Blutfleck auf seinem Badetuch entdeckt und darüber mit seinem Vater gesprochen. James Frigate, dem die Sache sichtlich peinlich war (sein verlegenes Grinsen offenbarte es), hatte ihn daraufhin gefragt, ob er masturbierte. Peter war daraufhin ebenso entsetzt wie entrüstet gewesen. Er hatte es abgestritten, aber sein Vater hatte sich benommen, als würde er ihm nicht glauben.

Nachforschungen ergaben jedoch schließlich, daß Peter, wenn er badete, nicht einmal die Vorhaut zurückzog, um sich darunter zu waschen. Er hatte einfach seinen Penis nicht berühren wollen. Weißliche Absonderungen hatten sich darunter festgesetzt. Ob dies eine Blutung hervorgerufen haben mochte, wußte weder er noch sein Vater, aber von nun an sagte man ihm, daß er sich auch dort zu waschen habe, wenn er in die Badewanne stieg. Gleichzeitig schärfte man ihm ein, daß Onanieren unweigerlich zu Gehirnerweichung führe, und wies als Beispiel auf den Dorftrottel von Terre Haute an, einen Jungen, der sogar in aller Öffentlichkeit wichste. Mit Leichenbittermiene machte ihm sein Vater klar, daß aus jedem, der sich einen von der Palme schüttelte, ein sabbernder Idiot würde. Wahrscheinlich hatte sein Vater sogar selbst daran geglaubt. Die meisten Angehörigen seiner Generation vertraten diese blödsinnige Ansicht. Vielleicht verbreitete er diese entsetzlichen Geschichten aber auch nur deswegen, weil man sie seit Gott weiß wie vielen Jahrtausenden gedankenlos weitergab und er seinem Sohn das Fürchten lehren wollte.

Später fand Peter heraus, daß all dies auf reinem Aberglauben beruhte und derlei Geschichten auf Schlußfolgerungen basierten, um die Existenz Geistesschwacher zu erklären. Erklärungen dieser Art gingen Hand in Hand mit Weisheiten wie dieser, daß der Blitz niemals einen Schlafenden trifft.

Aber Peter hatte nicht gelogen. Er hatte nicht der Sünde Onans gefrönt. Es war ihm auch unklar, wieso man diese Tätigkeit mit dem Begriff Onanie belegte, da Onan niemals masturbiert, sondern sich beim Geschlechtsverkehr einer Technik bedient hatte, die man in der Umgangssprache als »das Heu vor der Scheune abladen« bezeichnete.

Einige seiner Schulkameraden – die etwas »lebhafteren« – prahlten geradezu damit, wie sie ihre Pimmel behandelten. Einer dieser Genießer, ein wilder Bursche namens Vernon (er war während seiner Ausbildung zum Bombenschützen bei der Air Force 1942 bei einem Unfall ums Leben gekommen) hatte es sogar geschafft, im hinteren Teil einer Straßenbahn auf dem Heimweg von einem Basketballspiel zu masturbieren. Peter, der dieser Geschichte zugehört hatte, hatte sich gleichzeitig fasziniert und abgestoßen gefühlt. Die anderen hatten nur gekichert.

Einmal war er mit einem Freund namens Bob Allwood, der genauso puritanisch eingestellt war wie er selbst, spät am Abend mit der Straßenbahn von einer Filmvorführung gekommen. Bis auf den Fahrer und eine grobknochig aussehende Wasserstoffblondine auf dem Vordersitz war der Wagen leer gewesen. Als sich die Straßenbahn der Endstation an der Elizabeth Street näherte, hatte der Fahrer die ihn und die Blondine umgebenden Kabinenvorhänge heruntergezogen und das Licht ausgeschaltet. Bob und Pete, die aus dem hinteren Teil des Wagens zusahen, merkten plötzlich, wie die Beine der Blondine verschwanden, aber es dauerte immer noch ein paar Minuten, ehe Peter verstand, was da vor sich ging. Die Frau mußte sich dem Fahrer auf den Schoß gesetzt und sich rücklings gegen die Armaturen gelehnt haben, während er sie unterm Fahren vögelte. Peter hatte Bob erst dann von seiner Beobachtung erzählt, nachdem sie beide wieder auf der Straße waren. Natürlich glaubte Bob kein Wort davon.

Peter war über seine eigene Reaktion überrascht gewesen. Es war amüsanter gewesen als alles andere. Vielleicht war auch Neid der richtige Begriff. Die »ordnungsgemäße« Reaktion auf dieses Erlebnis kam erst später. Daß dieser perverse Kerl und seine Nutte reif für die Hölle waren, stand außer Frage.

All das war lange her. Und schließlich war auch die Zeit gekommen, in der Peter — mit besoffenem Kopf — eine Frau vor dem Altar einer leeren Kirche aufs Kreuz gelegt hatte. Es war eine römisch-katholische Kirche in Syracuse gewesen und die Frau eine Jüdin. Die Idee war von ihr ausgegangen, denn sie haßte diese Religion, weil die polnischen Katholiken, mit denen sie zusammen in Boston die High School besucht hatte, sie des öfteren wegen ihres Glaubens angepöbelt hatten. Der Gedanke, eine Kirche auf diese Weise zu schänden, war auch Frigate damals ganz aufregend erschienen, auch wenn er am nächsten Tag bei der Vorstellung, daß jemand sie hätte erwischen können, unter Schweißausbrüchen zu leiden hatte. In einer evangelischen Kirche wäre der Reiz für ihn nicht sonderlich groß gewesen. Sie wirkten einfach öde auf ihn. Obwohl Gott in dieser Umgebung sicherlich auch nicht tot war, konnte man es ihm nicht verdenken, daß er die Plätze, an denen sich seine katholischen Schäfchen versammelten, bevorzugte. Sie wirkten einladender. Peter hatte stets eine Neigung zum Katholizismus verspürt und war zweimal nahe daran gewesen, zu konvertieren. Und richtige Blasphemie konnte man ja nur da betreiben, wo Gott anwesend war.

Was natürlich auch eine kuriose Ansicht war. Warum sollte man einen Gott, an dessen Existenz man gar nicht glaubte, überhaupt lästern?

Als wäre das noch nicht schlimm genug gewesen, hatten Sarah und er sich noch in eine Reihe von Apartmenthäusern begeben, die in Straßen lagen, an deren Namen er sich jetzt nicht mehr erinnern konnte. Einmal waren sie in einem ziemlich feinen Distrikt gewesen, wo die Reichen sich große, mit Stuck verzierte, mehrstöckige Häuser hatten bauen lassen. Als sie die Gegend verlassen hatten, wurden die Häuser in einzelne Wohnungen aufgeteilt und vermietet. Hauptsächlich lebten jetzt wohlhabende ältere Leute — Witwen und alte Ehepaare — darin. Sarah und er waren durch die Eingangshallen dreier Gebäude gewandert und hatten festgestellt, daß alle Wohnungstüren fest verschlossen waren und aus den dahinterliegenden Räumen keine Geräusche außer denen gedämpft eingestellter Fernsehgeräte nach außen drangen. Als sie sich im dritten Stock des vierten Hauses aufhielten und Sarah auf dem Boden vor ihm kniete und mit kundiger Zunge zugange war, wurde eine Tür geöffnet. Eine alte Frau streckte den Kopf auf den Korridor hinaus, kreischte auf und warf die Tür wieder ins Schloß. Lachend waren Sarah und er auf die Straße geflohen und hatten sich in ihr Apartment begeben, um die Sache zu Ende zu bringen.

Und wieder war ihm erst später klargeworden, was geschehen wäre, wenn sie von der Polizei geschnappt worden wären. Gefängnis, öffentliche Ächtung, der Verlust seiner Arbeitsstelle bei General Electric, die Schamgefühle, denen seine Kinder ausgesetzt sein würden, der Zorn seiner Frau. Was wäre passiert, wenn die alte Frau einen Herzanfall bekommen hätte? Bei der Durchsicht der Todesanzeigen stellte sich heraus, daß in jener Straße in der vergangenen Nacht niemand gestorben war. Das wiederum war an sich auch schon wieder eine Seltenheit, da Sarah behauptete, in dieser Straße vergehe kein Tag, an dem sie nicht aus dem Fenster sehe, ohne einen Leichenwagen zu erblicken.

Gleichsam suchte er in der Zeitung nach einer Notiz über den nächtlichen Vorfall. Wenn die alte Dame die Polizei benachrichtigt hatte, stand jedenfalls nichts über die Sache in der Presse.

Frigate hatte sich gesagt, daß ein achtunddreißigjähriger Mann damit aufhören sollte, derart dumme Kinderstreiche zu begehen. Und ganz speziell dann, wenn dadurch vielleicht unschuldige Leute verletzt wurden. Nie wieder! Aber noch Jahre später brach er in Gelächter aus, wenn er an die wilden Zeiten mit Sarah dachte.

Obwohl er schon mit fünfzehn überzeugter Atheist wurde, war er die Zweifel niemals losgeworden. Im Alter von neunzehn hatte er zusammen mit Bob Allwood an einem Treffen der Erweckungsbewegung teilgenommen. Allwood war streng fundamentalistisch erzogen worden, aber auch er hatte sich schließlich zum Atheismus bekannt, wenngleich auch nur für ein Jahr. Dann waren seine Eltern an Krebs gestorben, und der Schock hatte ihn dazu gebracht, über die Unsterblichkeit nachzudenken. Unfähig zu begreifen, daß seine Eltern jetzt für immer und alle Zeiten tot waren und er sie nie wiedersehen würde, hatte er begonnen, an den Treffen der Erweckungsbewegung teilzunehmen. Mit achtzehn war er dann zu ihnen übergelaufen.

Da sie bereits während der Grundschulzeit Spielkameraden gewesen waren und später auch zusammen auf die gleiche High School gingen, sahen sie sich natürlich sehr oft, stritten sich über Religion und über die Glaubwürdigkeit der Bibel. Schließlich hatte Peter sich damit einverstanden erklärt, an einem Massentreffen der Bewegung, auf dem der berühmte Reverend Robert Ransom predigen sollte, teilzunehmen.

Zu Bobs Überraschung fand Peter, der eigentlich nur mitgekommen war, um die ganze Angelegenheit zu verspotten, sich zutiefst bewegt. Er selbst war noch weitaus mehr überrascht, als er sich vor dem Prediger auf den Knien wiederfand und ihm versprach, Jesus als seinen Herrn anzuerkennen.

Er brach das Versprechen innhalb eines Monats. Er konnte einfach nicht an seinen Versprechungen festhalten. Nach Allwoods Worten war er »abgefallen« und hatte sich der Gnade entzogen.

Bob gegenüber äußerte er, daß die religiöse Konditionierung seiner Kindheit und die leidenschaftlichen Ermahnungen der Bekehrten dafür verantwortlich seien, daß er seinen Glauben nicht aufrechterhalten könne.

Allwood fuhr damit fort, »seine Seele zu retten«, aber Peter blieb stur.

Er wurde sechzig Jahre alt. Seine Mitschüler und Freunde segneten nach und nach das Zeitliche, und auch er selbst befand sich in einem schlechten Gesundheitszustand. Der Tod war nun nicht mehr weit entfernt. Als er noch jung gewesen war, hatte er über die Milliarden, die vor ihm dagewesen waren, das Licht der Welt erblickt, gelitten, gelacht, geliebt und geweint hatten und dann gestorben waren, nachgedacht. Und er dachte an die Milliarden, die nach ihm kommen würden, die Schmerzen und Haß würden erdulden müssen, die Liebe erführen und schließlich wieder abtraten. Wenn für die Erde das Ende kam, würde aus allen, egal ob Höhlenmensch oder Astronaut, wieder Staub werden — oder weniger als das.

Und was hatte das alles zu bedeuten? Ohne Unsterblichkeit bedeutete es nichts.

Es gab Leute, die sagten, der einzige Grund für das Leben sei das Leben selbst, nichts anderes.

Das waren Narren, Menschen, die sich selbst in die Irre führten. Gleichgültig, wie intelligent sie sich auch in anderen Bereichen verhalten mochten — in diesem Fall waren sie Narren. Sich selbst blendende, gefühlsmäßige Idioten.

Andererseits: warum sollte man der Menschheit die Chance eines Lebens nach dem Tode überhaupt zugestehen? Sie war doch nichts weiter als eine Ansammlung von elenden, alles hinnehmenden, selbstgerechten, scheinheiligen Zwergen. Und sogar die besten Exemplare ihrer Spezies machten da keine Ausnahme. Frigate kannte keine Heiligen, obwohl er zugab, daß es sicher einige gegeben hatte und noch gab. Er war der Ansicht, daß nur Heiligen die Unsterblichkeit vorbehalten sein sollte, aber auch was diese anging, zweifelte er den Heiligenschein eines manchen noch an.

Der heilige Augustin, zum Beispiel. »Arschloch« war das einzige Wort, das ihn richtig charakterisierte. Ein selbstsüchtiges Ungeheuer.

Der heilige Franziskus kam einer Person dieses Status' schon ziemlich nahe. Aber er war zweifellos psychisch krank gewesen. Die Wunden eines Leprakranken zu küssen, um Nächstenliebe zu demonstrieren? Na wirklich!

Wie seine Frau schon immer gesagt hatte: Nobody is perfect.

Dann gab es da noch diesen Jesus, bei dem niemand zweifelte, daß er ein Heiliger gewesen war. Das Neue Testament sagte allerdings glasklar aus, daß er sich geweigert hatte, die Juden zu retten. Aber schließlich hatten sie ihm auch ziemlich übel mitgespielt. Und deswegen war Paulus (auch ein Heiliger), als er feststellte, daß die Juden nicht bereit waren, den Glauben, für den sie dermaßen hart gekämpft und wegen dem sie schwer zu leiden gehabt hatten, nicht aufgeben würden, sich den Nichtjuden zugewandt. Er mußte einige Kompromisse machen, aber schließlich gelang es ihm doch, das Christentum (das man besser als Paulismus bezeichnet hätte) zu etablieren. Aber auch Paulus hatte seine Eigenheiten gehabt: Wenn man absolute sexuelle Enthaltsamkeit als Perversion wertete, war auch er sicher nicht normal gewesen.

Das machte auch aus Jesus einen Perversen.

Es gab sicher immer wieder Leute, die keinen sonderlich starken Geschlechtstrieb verspürten. Vielleicht hatten Jesus und Paulus zu dieser Minderheit gehört. Oder sie hatten ihren Trieb in etwas anderes, Wichtigeres umgewandelt: den Drang, in den Menschen das Verlangen zu wecken, die Wahrheit zu sehen.

Buddha war möglicherweise auch ein Heiliger. Der Erbe eines Throns, von Reichtümern und Macht, verheiratet mit einer lieblichen Prinzessin, die ihm Kinder geboren hatte, alles hatte er aufgegeben. Das Elend und die Erbärmlichkeit der Armen hatte ihn dazu gebracht, durch Indien zu wandern und die Wahrheit zu suchen. So hatte er den Buddhismus begründet, der schließlich von genau den Leuten zurückgewiesen wurde, denen er versucht hatte zu helfen: den Hindus. Seine Jünger trugen seine Religion in andere Länder hinaus, wo sie Wurzeln schlug. So wie der heilige Paulus die Lehre Jesu aus seinem eigenen Land mitgenommen und ihre Saat unter Ausländern zum Blühen gebracht hatte.

Die Religionen von Jesus, Paulus und Buddha begannen zu degenerieren, noch ehe ihre Gründer in ihren Gräbern lagen. Ebenso wie der Orden des heiligen Franziskus sich korrumpieren ließ, bevor die Leiche seines Gründers erkaltet war.

48

Eines Nachmittags, als die *Razzle Dazzle* vor einem guten Wind dahinsegelte, erzählte Frigate Nur el-Musafir von seinen Gedanken. Sie saßen gegen die Reling des Vorderdecks gelehnt, rauchten Zigarren und betrachteten faul die Menschen an den Ufern. Frisco-Kid stand hinter dem Steuerruder. Die anderen unterhielten sich oder spielten Schach.

»Das Ärgerliche an dir, Pete — oder eine der Ärgerlichkeiten —, ist, daß du dir zu viele Gedanken über das Verhalten anderer Leute machst. Du stellst ihnen Idealgestalten gegenüber, deren Größe nicht nur sie, sondern auch du schwerlich wirst erreichen können.«

»Ich weiß, daß ich ihre Größe niemals erreichen werde, deswegen gebe ich aber auch gar nicht erst vor, ihnen nachstreben zu wollen,« erwiderte Frigate. »Aber es stört mich einfach, daß andere behaupten, die gleichen Ideale zu haben und nach ihnen zu leben. Wenn ich dann sage, daß sie gerade das nicht tun, werden sie wütend.«

Der kleine Maure lachte. »Sicher. Deine Kritik bedroht ihr Selbstbewußtsein. Wenn man das zerstört, würden sie automatisch mit vernichtet sein. Zumindest nehme ich das an.«

»Das weiß ich«, sagte Frigate. »Deswegen habe ich auch vor langer Zeit damit aufgehört. Ich habe schon auf der Erde gelernt, über solche Dinge zu schweigen. Nebenbei gesagt sind manche von den Leuten, mit denen ich so sprach, nicht nur wütend geworden. Einige haben mir sogar Prügel angedroht oder sind gewalttätig geworden. Und das sind beides Dinge, die ich nicht ertragen kann.«

»Obwohl du selbst ein ziemlich aufbrausender Mensch bist. Ich glaube, daß deine Aversion gegen Gewalt darauf basiert, daß du insgeheim selbst gewalttätig bist. Du warst — bist — ängstlich, jemanden zu verletzen. Deswegen unterdrückst du deine eigene Wut.

Aber als Schriftsteller hättest du es ausdrücken können. Es wäre dann zwar unpersönlich geworden, aber immerhin. Du bräuchtest es dann nicht in einer wirklichen Situation auszuleben.«

»Das weiß ich alles.«

»Und warum hast du dann nichts dagegen getan?«

»Das habe ich ja. Ich habe mehrere Therapien, Religionen und Lehrmethoden ausprobiert: Psychoanalyse, Dianetik, Scientologie, Zen, transzendentale Meditation, Nichirenismus, Gruppentheraphie, christliche Wissenschaft und orthodoxes Christentum. Ich war nahe daran, den römisch-katholischen Glauben anzunehmen.«

»Ich habe von alldem natürlich nie etwas gehört«, sagte Nur. »Und ich glaube auch nicht, daß ich wissen muß, um was es bei all diesen Sachen geht. Wie sinnvoll oder nutzlos diese Methoden aber auch alle gewesen sein mögen, der Defekt liegt in dir selbst. Wie du selbst sagtest, hast du es bei keiner dieser Gruppen lange genug ausgehalten. Du hast keiner dieser Methoden eine Chance gegeben.«

»Das«, erwiderte Frigate, »lag daran, daß ich sofort ihre Schwächen erkannte. Und ich hatte immerhin die Möglichkeit, jene Leute zu studieren, die diese Methoden praktizierten. Die meisten dieser Religionen oder Lehrmethoden hatten auf die Praktikanten einen eher heilsamen Effekt, aber keine von ihnen gab den Leuten das, was sie wirklich brauchten. Und was die Praktikanten dieser Heilmethoden anging, so führten sie sich mit den geringfügigen Erfolgen selbst an der Nase herum, indem sie sie höher einstuften, als sie wirklich waren.«

»Möglicherweise hätte es auch auf dich gar keinen Effekt gehabt, wenn du länger bei diesen Leuten geblieben wärst«, sagte Nur. »Ich glaube, daß du innerlich Angst davor hast, dich verändern zu lassen. Natürlich sehnst du eine Änderung deines Ichs herbei — aber du fürchtest sie auch. Und die Angst geht aus diesem Kampf als Sieger hervor.«

»Ich weiß auch das«, sagte Frigate.

»Und doch hast du nichts unternommen, um diese Angst zu überwinden.«

»Nicht nichts. Ein bißchen was.«

»Aber nicht genug.«

»Ja. Allerdings habe ich einige Fortschritte gemacht, als ich älter wurde. Und hier natürlich noch weitaus mehr.«

»Aber noch nicht genug?«

»Nein.«

»Was nützt einem die Selbsterkenntnis, wenn man sich nicht traut, sie in Handlungen umzusetzen?«

»Nicht viel«, gab Frigate zu.

»Dann solltest du einen Weg finden, deinen Willen zum Handeln zu zwingen.«

Nur machte eine Pause und lächelte. Seine kleinen schwarzen Augen funkelten.

»Natürlich wirst du mir jetzt erzählen, daß du auch das alles selbst weißt. Und beim nächstenmal wirst du mich fragen, ob ich dir den Weg nicht zeigen könnte. Ich werde dir dann sagen, daß du zunächst einmal bereit sein mußt, dir den Weg von mir zeigen zu lassen. Du bist noch nicht bereit dazu, auch wenn du das Gegenteil glaubst. Vielleicht wirst du sogar niemals dazu bereit sein, was schade wäre. Du hast nämlich das Potential dazu.«

»Das Potential dazu hat jeder.«

Nur sah auf. »In gewissem Sinne, ja. In einem anderen: nein.«

»Würde es dir etwas ausmachen, mir das zu erklären?«

Nur fuhr sich mit seiner kleinen, dünnen Hand über die Nase und warf dann den Zigarrenstummel über die Reling. Er ergriff seine Bambusflöte, sah sie kurz an und legte sie dann wieder hin.

»Wenn die Zeit dazu reif ist, falls sie das je wird.«

Er warf Frigate einen Blick aus dem Augenwinkel zu.

»Du fühlst dich zurückgestoßen? Ja. Ich weiß, daß du zu stark auf Ablehnung reagierst. Was einer der Gründe ist, weshalb du immer versuchst, Situationen zu entgehen, die möglicherweise damit enden, daß dich jemand ablehnt. Wie du allerdings unter diesen Umständen Schriftsteller werden konntest, ist mir ein Rätsel. Stimmt das etwa nicht? Trotz aller anfänglichen Ablehnung bist du stur in deinem Traumberuf hängengeblieben. Und das, obwohl du — wie du selbst erzählt hast — sehr oft lange Zeit vergehen ließest, ehe du es wieder versuchtest. Aber du bist dabeigeblieben. Sei es, wie es will, es ist deine eigene Angelegenheit, darüber zu entscheiden, ob du dich dadurch verletzt fühlen sollst, daß ich dich jetzt zurückweise. Versuch es später noch einmal. Dann, wenn du sicher bist, ein zumindest vorbereiteter Kandidat zu sein.«

Eine ganze Weile sagte Frigate nichts. Nur setzte die Flöte an die Lippen und spielte eine seltsam klagende, auf- und abschwellende Melodie. Wenn er Wache hatte, sah man ihn niemals ohne sein Instrument. Manchmal begnügte er sich damit, kurze Stücke zu spielen, dann wieder saß er im Schneidersitz am äußersten Punkt des Vordecks, während seine Flöte schwieg und er die Augen geschlossen hielt.

In solchen Augenblicken wünschte er von niemandem angesprochen zu werden. Frigate wußte, daß Nur sich dann in eine Art Trance versetzte. Er hatte ihm bisher nicht mehr als eine Frage zu dieser Verhaltensweise gestellt.

Nurs Antwort war gewesen: »Du brauchst das nicht zu wissen. Jedenfalls nicht jetzt.«

Nur-ed-din Ibn Ali al-Hallag (Das Licht des Glaubens, der Sohn von Ali, dem Barbier) faszinierte Frigate. Er war 1164 n. Chr. in der seit 711 n. Chr. von den Moslems beherrschten Stadt Córdoba geboren worden. Das maurische Spanien hatte damals den Glanz der sarazenischen Zivilisation repräsentiert, die Nur in allen Aspekten verkörperte. Das christliche Europa befand sich zu dieser Zeit — verglichen mit der brillanten Kultur der Moslems — immer noch im finstersten Mittelalter. Kunst, Wissenschaft, Philosophie, Medizin, Literatur und Dichtung wurden in den großen Zentren des Islam großgeschrieben. Die westlichen Städte dieser Zivilisation waren das iberische Córdoba, Sevilla und Granada, die östlichen Bagdad und Alexandria. Für sie gab es keine Konkurrenz, ausgenommen vielleicht im fernen China.

Die reichen Christen schickten ihre Söhne auf die maurischen Universitäten der Iberischen Halbinsel, um ihnen eine Bildung zukommen zu lassen, die man weder in London, noch in Paris oder Rom empfangen konnte.

Die Söhne der Ärmeren machten sich auf den Weg und bettelten auf den Straßen nach Brot, um ihr Studium zu überleben. Und von diesen Schulen kehrten die Christen dann in ihre Heimat zurück, um weiterzugeben, was sie zu Füßen ihrer turbantragenden Lehrmeister gelernt hatten.

Das maurische Spanien war ein ungewöhnliches und großartiges Land und wurde von Männern regiert, die sich im Grad ihrer Gläubigkeit und ihres Dogmatismus stark unterschieden. Manche von ihnen waren intolerant und streng, andere wiederum aufnahmebereit und tolerant genug, um selbst Christen und Juden vor sich hintreten zu lassen, Kunst und Wissenschaft zugeneigt und freundlich gegenüber allen Ausländern, die bereit waren zu lernen, gleichgültig, welcher Religion sie auch anhingen.

Nurs Vater betrieb sein Geschäft in dem weiträumigen Palast außerhalb von Córdoba, in der nahe gelegenen Stadt Medinat az-Zahra. Zu Nurs Lebzeiten war sie in der ganzen Welt von Legenden umwoben gewesen, aber zu denen Frigates gab es von ihr nicht einmal mehr eine Spur. Nur hatte dort das Licht der Welt erblickt und das Handwerk seines Vaters erlernt. Da er sich danach sehnte, etwas anderes zu tun, hatte sein Vater die Geschäftsverbindungen zu seinen wohlhabenden Kunden dazu ausgenutzt, seinen Sohn zu unterstützen. Nachdem Nur seine Geschicklichkeit in den Fächern Literatur, Musik, Mathematik, Alchimie und Theologie unter Beweis gestellt hatte, konnte er die beste Schule von Córdoba besuchen. Er mischte sich unter die Reichen und die Armen, die Wichtigen und die Überflüssigen, die nordischen Christen und nubischen Neger.

Dort war er auch auf Muyid-ed-din Ibn el-Arabi gestoßen, einen jungen Mann, der zum größten Liebesdichter seiner Zeit werden sollte und dessen Einflüsse man später sogar noch in den Liedern französischer und deutscher Troubadoure finden würde. Der reiche und gutaussehende junge Mann freundete sich mit dem armen und häßlichen Barbierssohn an und lud ihn im Jahre 1202 zu einer Pilgerfahrt nach Mekka ein. Während der Reise durch Nordafrika machten sie die Bekanntschaft einer Gruppe von persischen Emigranten, den Sufis. Nur hatte deren Lehre zwar bereits vorher kennengelernt, aber die Gespräche mit den Persern führten schließlich dazu, daß er zu einem ihrer Jünger werden wollte. Allerdings fand sich zu diesem Zeitpunkt kein Lehrmeister, der bereit gewesen wäre, ihn in den Kandidatenstand zu erheben. Nur setzte mit el-Arabi seinen Weg nach Ägypten fort, wo beide von Fanatikern der Häresie angeklagt und beinahe umgebracht worden wären.

Nach der Beendigung ihres Hadsch in Mekka reisten sie nach Palästina, Syrien, Persien und Indien. Sie brauchten vier Jahre dazu und die Rückreise in ihre Heimatstadt kostete sie ein weiteres. In Córdoba waren sie beide zeitweilig Schüler einer Sufi namens Fatima bint Waliyya. Da die Sufis von der Gleichwertigkeit von Männern und Frauen überzeugt waren, riefen sie den Zorn der Orthodoxen hervor, die der Ansicht waren, daß wenn Männer und Frauen miteinander Kontakt aufnahmen, dies nur aus sexuellen Motiven heraus geschehen dürfe.

Es war Fatima, die Nur schließlich nach Bagdad schickte, um dort unter einem berühmten Lehrmeister zu studieren. Nach einigen Monaten sandte dieser ihn zu einem anderen großen Mann nach Córdoba zurück. Als die Christen schließlich nach einem brutalen Krieg Córdoba eroberten, ging Nur mit seinem Meister nach Granada.

Nach mehreren dort verbrachten Jahren endlich begab Nur sich auf jene weiten Wanderungen, die ihm seinen Spitznamen el-Musafir, der Reisende, einbrachten. Nachdem er in Rom gewesen war, wo man ihn aufgrund einiger Empfehlungschreiben Fatimas und el-Arabis freundlich aufnahm, reiste er nach Griechenland, in die Türkei, noch einmal nach Persien, Afghanistan, wieder nach Indien, Ceylon, Indonesien, China und Japan.

Er ließ sich schließlich in der heiligen Stadt Damaskus nieder, verdiente seinen Lebensunterhalt als Musiker und kam als Tasawwuf (oder Sufi-Meister) mit einer ganzen Reihe von neuen Lehren in Berührung. Nach weiteren sieben Jahren aber machte er sich erneut auf den Weg. Er fuhr die Wolga hinauf, bereiste Finnland und Schweden und fuhr über das baltische Meer in das Land der Götzenanbeter, der wilden Preußen. Nachdem er nur knapp dem Opfertod zu Ehren einer hölzernen Götterfigur entgangen war, schlug er sich in westlicher Richtung durch das Land der Germanen. Nordfrankreich, England und Irland waren weitere Ziele seiner Reise.

In jenen Tagen, in denen Nur sich in London aufhielt, herrschte dort ein König namens Richard, den man auch *Cœur de Lion* nannte. Aber Richard hielt sich zu diesem Zeitpunkt nicht in England auf, weil er damit beschäftigt war, die Burg Chalus in der Limousin in Frankreich zu nehmen. Einen Monat später wurde Richard von einem aus der Burg fliegenden Pfeil getötet, und im darauffolgenden Mai übernahm sein Bruder John das Zepter. Nur sah sich die Krönungszeremonien in der Stadt an, und kurz darauf gelang es ihm sogar, zu einer Audienz bei dem neuen König vorgelassen zu werden. Er empfand König John als einen charmanten und humorvollen Mann, der sich für die islamische Kultur interessierte und auch für den Sufismus. Was ihn besonders faszinierte, waren Nurs Berichte über ferne Länder.

»Das Reisen in jenen Tagen war im höchsten Grade mühsam

und gefährlich«, sagte Frigate. »Und selbst in den sogenannten zivilisierten Ländern kann es kein Zuckerlecken gewesen sein. Religiöser Fanatismus war an der Tagesordnung. Wie konntest du als Moslem ohne Schutz und Geld sicher in christlichen Ländern umherziehen? Speziell als die Kreuzzüge begannen und der religiöse Wahnsinn mehr und mehr um sich griff?«

Nur hatte die Achseln gezuckt. »In der Regel unterstellte ich mich dem Schutz der kirchlichen Würdenträger der in denjenigen Ländern herrschenden Staatskirchen. Und die verliehen mir stets ihren Schutz. Die Kirchenfürsten waren einfach zu sehr mit den Ketzern in ihren eigenen Reihen beschäftigt, als sich auch noch um Ungläubige kümmern zu können. Zumindest in ihren eigenen Gebieten.

Manchmal stellte sich auch meine Armut als mein bester Schutz heraus. Räuber waren an mir nicht interessiert. Wenn ich durch ländliche Gebiete kam, schlug ich mich durch, indem ich die Leute mit meinem Flötenspiel unterhielt oder meine Geschicklichkeit als Gaukler unter Beweis stellte. Ich trat auch als Akrobat und Zauberer auf. Meine ausgezeichneten Sprachkenntnisse ermöglichten es mir, sehr schnell die Sprachen und Dialekte der Leute, unter denen ich mich aufhielt, zu erlernen, und ich hatte die Möglichkeit, ihnen Geschichten und Witze zu erzählen. In den meisten Orten hieß man mich willkommen, obwohl man mich hin und wieder auch unfreundlich behandelte. Was scherte es die Leute, daß ich ein Moslem war? Ich war harmlos und bereitete ihnen Freude.

Außerdem strahlte ich die sichere Gewißheit der Freundlichkeit selbst aus. Das ist etwas, was *wir selbst* zu einem guten Verhältnis beitragen können.«

Als er nach Granada zurückgekehrt war und feststellte, daß die dortige Atmosphäre sich zu Ungunsten der Sufis verändert hatte, war er nach Khorasan gegangen. Nach mehreren Jahren Lehrtätigkeit reiste er erneut nach Mekka. Von Südarabien aus fuhr er auf einem Kauffahrerschiff an die Ufer von Sansibar und dann nach Südostafrika. Nach seiner Rückkehr nach Bagdad hatte er sich in dieser Stadt niedergelassen, wo er im Alter von vierundneunzig Jahren gestorben war.

Die Mongolen unter Hulagu, dem Enkel des Dschingis-Khan, fielen in Bagdad ein, plünderten die Stadt aus und metzelten alles nieder. Innerhalb von vierzig Tagen brachten sie Hunderttausende von Menschen um, und einer davon war Nur. Er saß in seinem kleinen Zimmer und spielte Flöte, als ein vierschrötiger, schlitzäugiger, blutbesudelter Krieger hereinkam. Er ließ sich nicht unterbrechen und spielte sein Lied so lange weiter, bis die Schwertklinge des Barbaren seinen Nacken traf.

»Die Mongolen haben aus dem Mittleren Osten eine Wüste gemacht«, hatte Frigate gesagt. »Nie zuvor in der Geschichte ist es jemandem gelungen, innerhalb solch kurzer Zeit eine einzige Ödnis aus einem Land zu machen. Bevor die Mongolen wieder abzogen, brachten sie die halbe Bevölkerung um und zerstörten alles — die Bewässerungsanlagen, die Gebäude. Selbst zu meinen Lebzeiten — sechshundert Jahre später — hatte der Mittlere Osten sich noch nicht wieder von dieser Heimsuchung erholt.«

»Sie waren in der Tat die Geißel Allahs«, hatte Nur erwidert. »Aber trotzdem gab es auch gute Männer und Frauen unter ihnen.«

Und jetzt, während Frigate neben dem kleinen Mann auf dem Vorderdeck kauerte und die dunkelhäutigen Betelnußkauer an den Ufern beobachtete, dachte er erneut über den Zufall nach. Welches Schicksal hatte ihn, einen Amerikaner des Mittelwestens aus dem Jahre 1918, den Weg eines 1164 in Spanien geborenen Moslems kreuzen lassen? War das Schicksal überhaupt etwas anderes als ein Zufall? Möglicherweise nicht. Aber die Möglichkeit eines Ereignisses wie dieses wäre auf der Erde eins zu einer Million gewesen. Es war der Flußwelt zu verdanken, daß Zufälle wie dieser möglich wurden, und hier hielten sie sich nun einmal auf.

An diesem Abend, nach dem Gespräch mit Nur, ergab es sich, daß sie alle zusammen in der Kajüte des Kapitäns saßen. Das Schiff war in der Nähe des Ufers vor Anker gegangen, und jetzt beleuchteten die Fischöllampen ein Pokerspiel. Nachdem es Tom Rider gelungen war, den letzten großen Topf (dessen Inhalt aus Zigaretten bestand) an sich zu reißen, machte man es sich gemütlich, und Nur erzählte zwei Geschichten von Mullah Nasreddin. Nasreddin (Der Adler des Glaubens) war eine Gestalt, die oft in islamischen Volksmärchen auftauchte, und verkörperte die Figur eines verrückten Derwisches und Eulenspiegels, dessen Abenteuer für jeden Zuhörer echte Lektionen in Weisheit enthielten.

Nur nippte an seinem schottischen Whisky — er trank niemals mehr als zwei Unzen täglich — und sagte: »Kapitän, Sie haben uns eine Geschichte von Pat und Mike erzählt. Es war eine lustige Geschichte, aber sie versucht dem Zuhörer etwas über die Art des

Denkens mitzuteilen. Pat und Mike sind Gestalten der westlichen Folklore. Lassen Sie mich eine Geschichte aus dem Osten erzählen.

Eines Tages kam ein Mann am Hause des Mullah Nasreddin vorbei und beobachtete, wie dieser um sein Heim herumlief und dabei Brotkrusten auf den Boden warf.

›Warum in aller Welt tust du das, Mullah?‹ fragte der Mann erstaunt.

›Um mir die Tiger vom Leibe zu halten.‹

›Aber‹, sagte der Mann nicht weniger erstaunt, ›es gibt hier doch gar keine Tiger!‹

›Eben‹, erwiderte Nasreddin. ›Daran kannst du sehen, daß meine Methode funktioniert.‹«

Die Zuhörer lachten, dann sagte Frigate: »Nur, wie alt ist diese Geschichte?«

»Sie war schon mindestens zweitausend Jahre alt, als ich geboren wurde. Man erzählte sie sich unter den Sufis als eine Art Gleichnis. Warum fragst du?«

»Weil ich die gleiche Geschichte in abgewandelter Form in den fünfziger Jahren des zwanzigsten Jahrhunderts gehört habe«, erwiderte Frigate. »Dabei ging es allerdings um einen Engländer, der auf der Straße kniete und mit einem Stück Kreide Linien über den Boden zog. Ein Freund des Mannes kam an ihm vorbei und sagte: ›Warum tust du das?‹

›Um mir die Löwen vom Halse zu halten.‹

›Aber in England gibt es doch gar keine Löwen!‹

›Na, siehste?‹«

»Herrgott«, polterte Farrington, »ich habe die gleiche Geschichte in Frisco gehört, als ich noch ein Kind war! Nur ging es dabei um einen Iren.«

»Viele der an sich belehrend gemeinten Nasreddin-Geschichten sind zu schlichten Witzen geworden«, sagte Nur. »Die Leute erzählen sie sich zum Spaß, aber ursprünglich waren sie durchaus ernst gemeint. Hier ist eine andere: Nasreddin hatte auf dem Rükken seines Esels sehr oft die Grenze von Persien nach Indien überquert. Jedesmal trug der Esel dabei große Strohbündel mit sich. Jedesmal untersuchten die Zöllner Nasreddin mit peinlicher Genauigkeit, ohne jedoch feststellen zu können, ob er etwas schmuggelte. Die Zöllner fragten ihn jedesmal, was in aller Welt seine zahlreichen Reisen in das Nachbarland zu bedeuten hätten, woraufhin der Mullah lächelte und ihnen stets die gleiche Antwort gab: ›Ich schmuggle.‹

Viele Jahre später, als Nasreddin sich in Ägypten niederlassen wollte, kam einer der Zöllner zu ihm und sagte: ›Na gut, Nasreddin. Ich verspreche dir, dich nicht anzuzeigen, aber sag mir, was du die ganzen Jahre über geschmuggelt hast.‹

Und seine Antwort war: ›Esel.‹«

Erneut brachen die Zuhörer in Gelächter aus, und Frigate sagte: »Die gleiche Geschichte habe ich in Arizona gehört. Nur war der Schmuggler ein gewisser Pancho, und er überquerte die Grenze von Mexiko nach den Vereinigten Staaten.«

»Ich nehme an, daß alle Geschichten derart alt sind«, sagte Tom Rider schleppend. »Vielleicht haben die Höhlenmenschen sie sich schon erzählt.«

»Vielleicht», nickte Nur. »Aber es ist überliefert, daß all diese Geschichten schon bei den Sufis bekannt waren, ehe Mohammed auf die Welt kam. Sie wurden geschaffen, um die Leute zu lehren, die Muster ihrer Denkweisen zu ändern, auch wenn sie in sich selbst amüsant sind. Natürlich werden sie von den Meistern ausschließlich während des ersten Stadiums des Lernens angewandt.

Auf jeden Fall sind diese Geschichten seit ihrer Entstehung in der ganzen Welt bekannt geworden. Es war ziemlich amüsant für mich, einige davon in Irland wiederzufinden, wo man sie sich auf Gälisch erzählte. Allein durch mündliche Überlieferung hatte Nasreddin es geschafft, in zwei Jahrtausenden von Persien bis ins Abendland vorzustoßen.«

»Wenn die Sufis sie schon vor der Geburt Mohammeds erfunden haben«, sagte Frigate, »müssen sie am Anfang Zoroastrier gewesen sein.«

»Der Sufismus ist kein Monopol des Islam«, führte Nur aus. »Er wurde zwar hauptsächlich von Moslems weiterentwickelt, aber jeder, der an Gott glaubt, kann Sufi-Kandidat werden. Die Sufis neigen allerdings dazu, ihre Lehrmethoden der jeweiligen lokalen Kultur anzugleichen. Was für persische Moslems in Khorasan gut ist, muß nicht auch unbedingt für schwarze Moslems im Sudan gut sein. Und die Unterschiedlichkeit in der Effektivität würde noch größer sein, wenn man sie auf Pariser Christen anwendet. Der Ort und die Zeit bestimmen die Lehre.«

Später vertraten Nur und Frigate sich noch ein wenig an Land die Beine. Sie kamen an einem großen Lagerfeuer vorbei und passierten eine Gruppe Draviden, die sich unterhielten. »Welche Methode würdest du entwickeln, um deine Lehre auf dieser Welt zu verbreiten? Die Leute hier entstammen allen Kulturen und Zeiten, und monolithische Kulturen gibt es so gut wie gar nicht mehr. Und diejenigen, die es noch gibt, sind einem ständigen Wechsel unterworfen.«

»Ich arbeite noch daran«, sagte Nur.

»Dann ist also einer der Gründe, weshalb du mich nicht als Jünger akzeptieren willst, die Tatsache, daß du dich als Lehrmeister noch nicht für reif genug hältst?«

»Du kannst dir damit den Rücken stärken, wenn du willst«, erwiderte Nur lachend. »Aber ja, das ist einer der Gründe. Wie du siehst, müssen auch Lehrer sich ständig selbst etwas beibringen.«

49

Graue Wolken schwebten durch das Schiff und füllten jeden Raum.

Sam Clemens sagte: »Oh, nein — nicht schon wieder!«, aber er hatte keine Ahnung, weshalb er das tat. Der Nebel drückte nicht nur gegen die Kabinendecken und setzte sich in allem fest, das in der Lage war, ihn zu absorbieren, sondern drängte sich auch in seine Kehle und umschloß sein Herz, das von Wasser durchnäßt wurde. Tropfen fielen von seinem Herzen ab und tröpfelten in seinen Bauch hinein, sammelten sich in seinen Lenden, brachten sie zum Überlaufen, plätscherten an seinen Beinen hinab und benetzten seine Füße.

Eine namenlose Angst, wie er sie noch nie zuvor verspürt hatte, hielt ihn in den Klauen.

Er war allein auf der Brücke. Allein im ganzen Schiff. Er stand hinter den Kontrollen und blickte aus dem Fenster, gegen das der Nebel drückte. Er konnte durch den Kunststoff kaum mehr als eine Armeslänge weit sehen. Und dennoch wußte er irgendwie, daß auch die Uferbänke des Flusses bar jeden Lebens waren. Dort draußen war niemand. Und er befand sich in diesem gigantischen Schiff, ganz allein. Das Schiff brauchte nicht einmal ihn, um zu funktionieren, denn die Instrumente waren auf automatische Navigation eingestellt.

Auch wenn er allein und einsam war: zumindest konnte ihn

nichts davon abhalten, zu den Quellen des Flusses vorzustoßen. Es gab niemanden mehr auf dieser Welt, der sich ihm entgegenstellen würde.

Er wandte sich um und begann innerhalb der Brücke von einem Schott zum anderen zu laufen. Wie lange würde diese Reise noch dauern? Wann würde sich der Nebel lichten, die Sonne wieder glänzen und sich die Berge, die den Polarsee umgaben, offenbaren? Wann würde er endlich wieder eine menschliche Stimme, ein anderes Gesicht sehen?

»Jetzt!« brüllte jemand.

Sam sprang in die Luft, als hätte jemand unter seinen Füßen eine Federung entsichert. Sein Herz öffnete und schloß sich so schnell wie die Flügelschläge eines Kolibris. Es pumpte Wasser und Angst aus sich heraus und erzeugte zu seinen Füßen eine Wasserlache. Irgendwie, ohne daß er sich dessen bewußt wurde, war er herumgewirbelt und sah dem Besitzer der Stimme in die Augen. Inmitten der wirbelnden Nebel, die die Brücke erfüllten, bewegte sich eine schattenhafte Gestalt. Sie kam auf ihn zu, blieb stehen und streckte einen undeutlich erkennbaren Arm aus. Eine Schattenhand legte an den Kontrollen einen Schalter um.

Sam unternahm alle Anstrengungen, »Nein! Nein!« zu schreien, aber die Worte prallten im Innern seiner Kehle gegeneinander und erzeugten lediglich den Klang zerbrechenden, dünnen Glases.

Obwohl die Sicht zu schlecht war, um die Gestalt zu erkennen, die den Kontrollschalter umgelegt hatte, wußte er, daß das Schiff jetzt einen Kurs einschlug, der es gnadenlos gegen das linke Ufer jagen würde.

Endlich gelang es ihm, mit überschnappender Stimme einen Ton herauszubringen.

»Das kannst du nicht tun!«

Lautlos kam die schattenhafte Gestalt näher. Jetzt erkannte er, daß sie einem Mann gehörte, der zwar nicht größer war als er selbst, aber weitaus breitere Schultern hatte. Auf einer davon trug er einen langen, hölzernen Schaft, an dessen Ende sich ein scharf geschliffenes, dreieckiges Stück Stahl befand.

»Erik Blutaxt!« schrie Sam auf.

Und dann begann die schreckliche Verfolgungsjagd. Sam raste durch das Schiff, rannte durch jeden Raum der Brücke, lief über das Flugdeck, kletterte über eine Leiter auf das Hangardeck hinab, durchquerte jeden einzelnen der hier befindlichen Räume, nahm die nächste Leiter, eilte durch sämtliche Kabinen des Hurrikandecks, floh schließlich auf das Hauptdeck, bis er zur letzten Leiter gelangte, über die er auf das weiträumige Heizdeck gelangte.

Und hier, sich ständig bewußt, daß er sich unterhalb des Wasserspiegels befand, durchquerte er eine weitere Anzahl von unterschiedlich großen Räumen. Er eilte zwischen den gigantischen Elektromotoren dahin, die im Begriff waren, das Schiff dem Untergang entgegenzutreiben, und versuchte verzweifelt, in den großen Hangar zu gelangen, in dem sich die beiden Beiboote befanden. Er war fest entschlossen, aus einem der beiden sämtliche Kabel herauszureißen und mit dem anderen auf den Fluß hinauszufliehen, damit sein Verfolger das Nachsehen hatte. Aber irgend jemand hatte die Tür verriegelt.

Also verkroch er sich in einem kleinen Verschlag und versuchte seinen rasselnden Atem zu beruhigen. Das Eingangsschott öffnete sich. Erik Blutaxts Gestalt leuchtete im eintönigen Grau der Umgebung auf. Er kam langsam auf Sam zu und hob die Axt mit beiden Händen.

»Ich habe dich gewarnt«, sagte er und hob die Waffe.

Sam hatte weder die Kraft, sich zu bewegen, noch zu protestieren. Immerhin hatte er es sich selbst zuzuschreiben. Er hatte es verdient.

50

Stöhnend wachte er auf. Die Lichter der Kabine waren eingeschaltet und Gwenafras von langem, honigblondem Haar umrahmtes Gesicht beugte sich über ihn.

»Wach auf, Sam! Du hattest einen schweren Traum!«

»Diesmal hätte er mich beinahe gekriegt«, murmelte er.

Er setzte sich auf. Pfeifen schrillten auf den Decks. Eine Minute später klingelte die Interkomanlage. Das Schiff würde gleich auf einen Gralstein zuhalten, damit die Besatzung ein Frühstück einnehmen könnte. Sam liebte es zwar, lange zu schlafen, aber beinahe hätte er das Frühstück verpaßt. Als Kapitän war es allerdings seine Pflicht, zusammen mit den anderen aufzustehen.

Sam stand auf und begab sich ins Badezimmer. Nachdem er sich geduscht und seine Zähne geputzt hatte, kehrte er zurück. Gwenafra hatte bereits ihre Morgendkleidung angelegt und sah aus wie ein Eskimo, der seinen Pelz gegen einen Haufen Handtücher eingetauscht hatte. Eine Weile später sah Sam durchaus ähnlich aus wie sie, aber er vermied es, die Kapuze hochzuziehen, und bedeckte seinen Kopf statt dessen mit einer Kapitänsmütze. Während er auf und ab ging, zündete er sich eine Zigarre an und blies blaue Rauchkringel in die Luft.

»Hast du schon wieder von diesem Blutaxt geträumt?« fragte Gwenafra.

»Ja«, brummte Sam. »Schenkst du mir bitte einen Kaffee ein?«

Gwenafra schüttelte einen Teelöffel voll dunkler Kristalle in einen grauen Metallbecher. Sobald das Wasser mit ihnen in Berührung kam, erhitzte es sich und kochte auf. Sam nahm den Becher an sich und sagte: »Danke.«

Gwenafra nahm einen Schluck und sagte: »Du hast keinen Grund, dich seinetwegen schuldig zu fühlen.«

»Das ist genau das, was ich mir schon selbst mehrere tausend Male eingeredet habe«, erwiderte Sam. »Es ist irrational, aber wann hat jemals ein solches Wissen einen Menschen dazu gebracht, sich besser zu fühlen? Wir werden von unserer eigenen Irrationalität angetrieben. Der Herr der Träume hat nicht mehr Grips im Schädel als eine Wildsau, aber er ist ein Künstler, obwohl er weniger Witz aufzuweisen hat als jeder andere Künstler, dem ich je begegnet bin. Vielleicht sogar weniger als ich selbst.«

»Nichts spricht dafür, daß Blutaxt dich jemals wiederfinden wird.«

»Das weiß ich. Aber versuch mal, das dem Herrn der Träume klarzumachen.«

Ein Licht blitzte auf. Dann war ein Pfeifton zu hören. Sam drückte einen Knopf.

»Kapitän? Hier ist Detweiller. Wir werden in fünf Minuten den Gralstein erreichen.«

»Okay, Hank«, erwiderte Sam. »Ich komme gleich.«

Gefolgt von Gwenafra verließ er den Salon. Sie gingen durch einen schmalen Korridor und betraten durch eine Luke die Brücke, die sich auf dem obersten Deck des Steuerhauses befand. Die anderen höheren Offiziere bewohnten die Kabinen, die auf der Höhe des zweiten und dritten Steuerhausdecks lagen.

Drei Personen hielten sich auf der Brücke auf: Detweiller, der früher Steuermann auf einem Flußboot, dann Kapitän und schließlich Eigentümer einer Illinois-Mississippi-Dampfschiffgesellschaft gewesen war; Johan Byron, ein Ex-Admiral der Royal Navy, der hier die Position eines verantwortlichen Chefoffiziers innehatte, und Jean Baptiste Antoine Marvellin de Marbot, der Kommandant der Marineinfanteristen; er war unter Napoleon General gewesen.

De Marbot war ein kleiner, schlanker, lustig aussehender Bursche mit dunkelbraunem Haar, einer Stupsnase und hellblauen Augen. Als Clemens die Brücke betrat, salutierte er und erstattete ihm Meldung.

»Alles bereit zur Übernahme, mein Kapitän.«

»Fein, Marc«, erwiderte Sam. »Du kannst dich jetzt auf deinen Posten begeben.«

Der kleine Franzose salutierte erneut, verließ das Steuerhaus und rutschte hinter ihm an einem Pfahl auf das Flugdeck hinab. Lichter blitzten auf und zeigten die Infanteristen, die sich dort in einer Linie feldmarschmäßig aufgestellt hatten. Der Standartenträger hielt eine Stange in die Luft, an deren Ende die Schiffsflagge befestigt war. Sie zeigte einen scharlachfarbenen Phönix. In seiner Nähe standen mehrere Reihen von Pistoleros, Männer und Frauen mit grauen Duraluminiumhelmen, auf deren Spitzen Büschel aus eingefettetem Menschenhaar prangten, und die Kürasse aus Plastik, kniehohe Lederstiefel und breite Gürtel trugen, an denen Mark-IV-Revolver baumelten.

Hinter ihnen standen die Speerwerfer, dann kamen die Bogenschützen und eine Gruppe Rifles.

Etwas außerhalb dieser Gruppen stand ein gepanzerter Koloß, der mit einer Eichenkeule bewaffnet war, die selbst Sam nur unter größten Mühen und dann mit beiden Händen anheben konnte. Offiziell galt Joe Miller als sein Leibwächter, aber an Tagen wie diesen schloß er sich regelmäßig den Infanteristen an. Seine Hauptfunktion bestand darin, die örtlichen Uferbewohner in Schrecken zu versetzen.

»Aber wie üblich«, pflegte Sam oft zu sagen, »geht Joe zu weit. Sie sterben beinahe schon an Herzschlag, wenn er nur friedlich in ihrer Nähe herumsteht.«

Dieser Tag schien sich von vielen vorhergehenden nicht zu unterscheiden. Es lag jedoch in seiner Bestimmung, daß er anders werden sollte. Irgendwann an diesem Tag würde die *Minerva* die *Rex Grandissimus* angreifen. An sich hätte Sam einen Grund zum Jubeln haben müssen. Aber den hatte er nicht. Der Gedanke, daß ein solch wunderbares Schiff, das er selbst entworfen und mitgebaut hatte, zerstört werden sollte, behagte ihm ganz und gar nicht. Außerdem hätte er die Sache viel besser genießen können, wenn ihm die Möglichkeit eingeräumt worden wäre, an John persönlich Rache zu nehmen.

Andererseits war es auf diese Weise natürlich viel sicherer für ihn.

Rechts von ihnen, etwa einen halben Kilometer von ihnen entfernt, brannte ein Lagerfeuer. Die Flammen beleuchteten einen pilzförmigen Gralstein und weiße Tücher, die irgendwelche Körper bedeckten. An dieser Stelle war der Fluß niedriger und enger als gewöhnlich. Bald würde es sich aufklären, spätestens dann, wenn die Sonne über die Berggipfel stieg. Schon jetzt erhellte sich der Himmel, und die gigantischen, flammenden Sternhaufen und Gaswolken verschwanden.

Wie üblich, wurde die *Feuerdrache III*, das bewaffnete Amphibienboot, vom Mutterschiff aus zu Wasser gelassen. Wenn sie in ein Gebiet kamen, in dem sie den Batacitor des Schiffes aufladen mußten, palaverte der Bootskommandant mit den Uferbewohnern so lange, bis er die Erlaubnis erhielt, einen oder zwei ihrer Gralsteine anzuzapfen. Die meisten Kleinstaaten fühlten sich geehrt, den Fremden helfen zu können, bekamen sie doch auf diese Weise die Chance, einen näheren Blick auf die *Mark Twain* zu werfen.

Jene Leute, die sich weigerten, ihnen mit Energie auszuhelfen, mußten sich in der Regel damit abfinden, daß man sie ihnen einfach stahl. Aber auch dann blieb ihnen nichts anderes übrig als zu protestieren, denn das Schiff verfügte über eine überwältigende Feuerkraft, wenngleich Clemens stets einen Widerwillen hatte, sie einzusetzen. Selbst wenn sie keine andere Wahl mehr hatten, als sich mit Mitteln der Gewalt durchzusetzen, versuchte Clemens unter allen Umständen, ein Massaker zu vermeiden. Meistens genügten ein paar Salven mit den .80-Kaliber-Plastikkugeln aus den großen Dampfmaschinengewehren, die die Uferzonen aufwühlten, um ihre Forderungen durchzusetzen. In den meisten Fällen war es nicht einmal nötig, überhaupt jemanden zu töten.

Und außerdem: was verloren die Bewohner dieses Landstriches schon, wenn sie zwei Gralsteine besaßen, von denen sie einen ein einzigesmal von Fremden mitbenutzen ließen? Kein einziger von ihnen brauchte deswegen auf eine Mahlzeit zu verzichten. Es gab stets genügend freie Stellen auf den anderen naheliegenden Steinen, um die Kapazität des einen wieder auszugleichen. Und tatsächlich schien es jene, die sich nicht zum nächsten Stein aufmachten, nicht einmal zu stören, daß ihnen eine Mahlzeit entging, denn die meisten von ihnen blieben viel lieber in der Nähe des großen Schiffes, um dessen Herrlichkeit ausgiebig zu kommentieren und bestaunen zu können.

Die vier gewaltigen Elektromotoren der *Mark Twain* benötigten ungeheuer viel Energie. Einmal am Tag baute man über dem Gralstein, in dessen Nähe man vor Anker gegangen war, eine metallene Kappe auf. Ein Beiboot brachte dann die Grale der Schiffsbesatzung zum Füllen an einen anderen Stein. Ein Kran, der sich auf einem weiteren Beiboot befand, sorgte dafür, daß die Metallkappe über der Oberfläche des Gralsteines angebracht wurde. Wenn der Gralstein dann seine Energie freisetzte, floß diese durch dicke Kabel in den Batacitor, eine riesige Metallkiste, die sich vom Heizungsdeck bis zum Hauptdeck hinauf erhob. Dort wurde die aufgenommene Energie gespeichert. Und je nachdem, in welchen Mengen man sie später benötigte, gab der Basacitor sie wieder ab.

Sam Clemens sprang ans Ufer und führte ein kurzes Gespräch mit den Esperanto verstehenden örtlichen Autoritäten. Obwohl diese Universalsprache in diesem Land in stark abgewandelter Form gesprochen wurde, war es Sam trotz aller Schwierigkeiten möglich, sie zu verstehen. Er dankte den Männern feierlich für ihre Freundlichkeit und kehrte mit seinem kleinen Privatbeiboot zum Schiff zurück. Zehn Minuten später kehrte auch die *Feuerdrache III* mit einer kompletten Ladung gefüllter Grale zurück.

Um den Bewohnern des Landstriches zu geben, wonach ihr Herz verlangte, begannen kurz darauf die Schiffsglocken zu läuten und Pfeifen zu schrillen, dann fuhr die *Mark Twain* weiter flußaufwärts. Sam und Gwenafra nahmen, umringt von den höheren Offizieren — ausgenommen jenen, die gerade Wache hatten — an einem großen, neuneckigen Tisch im Eßzimmer des Hauptdecksalons Platz. Nachdem Sam einige Tagesbefehle ausgegeben hatte, zog er sich an einen Billardtisch zurück und spielte gegen den Titanthropen. Wegen seiner großen Hände war Joe allerdings weder ein besonders guter Billard- noch Kartenspieler. Sam schlug ihn beinahe in jedem Spiel und wandte sich anschließend meist einem gewandteren Gegner zu.

Um 7.00 Uhr würde er sich auf seinen üblichen Rundgang

durch das Schiff begeben. Sam mochte es zwar nicht, die ganze Strecke zu Fuß zu gehen, beharrte aber dennoch darauf, weil er dies als körperlichen Ausgleich betrachtete. Außerdem konnte er diese Tradition schon deswegen nicht aus der Welt schaffen, weil es dem Äußeren des Schiffes nicht gut bekommen wäre. Ohne Drill und Rundgänge konnte aus einer Schiffsmannschaft recht schnell wieder ein Haufen schlampiger Zivilisten werden, die mehr und mehr aus sich herausgingen und dazu neigen würden, allzu kollegial mit ihren Vorgesetzten umzuspringen, wenn sie sich im Dienst befanden.

»Ich betreibe zwar ein schauerliches Suffboot«, hatte Sam des öfteren geprahlt, »das heißt, daß zumindest die Mannschaft aus Suffköppen besteht. Aber trotzdem ist es noch nicht einmal vorgekommen, daß einer meiner Leute betrunken zum Dienst erschienen ist.«

An diesem Tag fand allerdings dennoch kein Rundgang statt. Da der Funker eine Botschaft von der *Minerva* aufgefangen hatte, wurde Sam ins Steuerhaus gerufen. Noch bevor er im Aufzug verschwunden war, hatte der Mann an der Radaranlage ein Objekt ausgemacht, das von Backbord her über die Berge kam.

51

Wie ein silbernes Ei, das gerade von der Sonne gelegt worden war, tauchte das Luftschiff aus der Helligkeit des Himmels auf. Für die überraschten Menschen am Boden, von denen viele nie von einem Luftschiff gehört, geschweige denn eines gesehen hatten, wirkte es wie ein furchterregendes Monster. Zweifellos glaubten manche der Leute, daß es sich dabei um ein Schiff jener rätselhaften Wesen handeln mußte, die sie wieder von den Toten hatten auferstehen lassen, und einige von ihnen hätten es beinahe mit einer Mischung aus Entsetzen und Freude und der Erwartung, daß ihnen eine Offenbarung bevorstand, willkommen geheißen.

Wie hatte die *Minerva* die *Mark Twain* so schnell finden können?

Das gewaltige Flußboot schleppte einen großen, drachenähnlichen Ballon an einer Schnur hinter sich her. Der Ballon erhob sich über die Berge und trug einen Sender, der ununterbrochen Peilzeichen aussandte. Hardy, der Navigator der *Minerva*, kannte die ungefähre Position der *Mark Twain* zudem aufgrund des Kartenmaterials, das vor ihm auf dem Tisch ausgebreitet lag. Während der ganzen Jahre ihrer Reise hatte die *Mark Twain*, um den in Parolando Zurückgebliebenen die Möglichkeit zu geben, ihrer Spur zu folgen, per Funk jede Positionsänderung bekanntgegeben. Der Navigator der *Parseval* hatte der *Minerva* zudem Informationen darüber geliefert, wo die *Mark Twain* zur Zeit lag.

Da man auf der *Minerva* des weiteren wußte, wo die *Rex* derzeit kreuzte, wußte Kapitän de Greystock genau, daß das von John Lackland kommandierte Schiff nicht weniger als einhundertvierzig Kilometer von der *Mark Twain* entfernt lag.
Allerdings basierte diese Berechnung auf der Luftlinie; hätte die *Mark Twain* der *Rex* folgen wollen, hätten sie alle Biegungen des Flusses hinter sich bringen und nicht weniger als fünfhundertsiebzigtausend Kilometer zurücklegen müssen.

Greystock, der sich in der Kontrollkanzlei der *Minerva* aufhielt, bat per Funk um die Erlaubnis, die *Mark Twain* überfliegen zu dürfen.

Sam beugte sich über das Mikrofon und sagte mit flacher Stimme: »Warum?«

»Um Ihnen unsere Ehre zu erweisen«, erwiderte der Engländer. »Außerdem kann ich mir vorstellen, daß Sie und Ihre Leute gern einen Blick auf das Luftschiff werfen würden, das im Begriff ist, König John zu vernichten. Und — um die Wahrheit zu sagen — meine Männer würden gerne einen näheren Blick auf Ihr vortreffliches Schiff werfen.«

Er machte eine Pause und sagte dann: »Vielleicht ist das unsere letzte Chance.«

Diesmal war es Sam, der eine Weile schwieg. Schließlich erwiderte er mit einer Stimme, die sich anhörte, als müsse er gegen die Tränen ankämpfen:

»Okay, Greystock. Sie können an uns vorbeifliegen, aber nicht über die *Mark Twain* hinweg. Es ist mir egal, ob Sie jetzt denken, daß ich vielleicht an Verfolgungswahn leide, aber ich kann den Gedanken, daß uns ein Luftschiff überfliegt, das vier große Bomben an Bord hat, einfach nicht ertragen. Was wäre, wenn sie sich aus Versehen ausklinken?«

Greystock rollte entsetzt mit den Augen und grinste die anderen Leute in der Kanzel barbarisch an.

»So etwas *kann* einfach nicht geschehen«, erwiderte er dann.

»Tatsächlich? Genau das hat auch der Kommandant der *Maine*

gesagt, bevor er den Löffel abgab. Nein, nein, Greystock; machen Sie es so, wie ich es Ihnen gesagt habe.«

Obwohl er über diese Entscheidung offensichtlich traurig war, erwiderte Greystock, daß er Sams Befehl gehorchen würde.

»Wir werden die *Mark Twain* einmal umkreisen und uns dann an die Arbeit machen.«

»Ich wünsche Ihnen viel Glück dazu«, sagte Sam. »Ich weiß, daß ihr Prachtkerle . . .«

Er schien es nicht zu schaffen, den Satz zu Ende zu bringen.

»Wir wissen, daß wir eventuell von unserer Mission nicht zurückkehren«, sagte Greystock. »Aber ich glaube ebenso, daß wir eine ausgezeichnete Chance haben, die *Rex* in einem Überraschungsangriff zu versenken.«

»Das hoffe ich auch. Aber denken Sie daran, daß die *Rex* über zwei Flugzeuge verfügt. Sie müssen zuerst das Flugdeck treffen, wenn Sie verhindern wollen, daß die Maschinen aufsteigen.«

»Ich brauche keine Ratschläge«, sagte Greystock kühl.

Dann kam eine weitere Pause. Sie war länger als die beiden vorhergegangenen.

Sams Stimme drang nun lauter aus dem Lautsprecher. »Lothar von Richthofen wird aufsteigen, um Sie zu begrüßen. Er wird neben Ihnen herfliegen und Ihnen seinen persönlichen Segen erteilen. Das ist das mindeste, was ich für ihn tun muß, denn es hat mich eine ganze Menge Schweiß gekostet, ihm auszureden, daß er Sie begleitet. Auch er würde gern beim Angriff auf die *Rex* mit von der Partie sein.

Leider erreichen unsere Maschinen nur eine Flughöhe von 3 500 Metern. Das macht sie zu anfällig über den Bergen. Und außerdem müßten wir sie noch mit einem Reservetank ausstatten, damit sie es überhaupt schaffen, zu uns zurückzukehren.«

Lothars Stimme mischte sich ein. »Ich sagte ihm, daß wir genug Sprit von Ihnen bekommen könnten, um zurückzufliegen, Greystock.«

»Kommt gar nicht in Frage!«

Greystock warf einen Blick durch die Bugscheibe. Auf der *Mark Twain* war man gerade dabei, den Ballon einzuholen, aber es würde noch zwanzig Minuten dauern, bis er völlig unten war.

Das gewaltige Schiff war ein herrlicher Anblick. Es war um ein Viertel länger als die *Rex* und viel breiter. Jill Gulbirra hatte behauptet, die *Parseval* sei das herrlichste und perfekteste Kunstwerk auf der ganzen Flußwelt, aber Greystock war der Ansicht, daß dieses Schiff — um einen von Clemens' Aussprüchen zu benutzen —»das blaue Band noch mit einer Meile Vorsprung gewinnen würde«.

Während Greystock es beobachtete, wurde auf der *Mark Twain* mit Hilfe einer Hebebühne ein Flugzeug auf das Landedeck befördert, und die Mannschaft bereitete das Katapult für den Einsatz vor.

Der steif wirkende Mann mit den kühlen grauen Augen sah sich in der Kontrollgondel um. Der Pilot Newton, der als Flieger am Zweiten Weltkrieg teilgenommen hatte, befand sich auf seinem Posten. Hardy, der Navigator, und Samhradh, ein Ire, der die Stellung des Ersten Offiziers innehatte, saßen vor dem Bugfenster. Es befanden sich noch sechs weitere Männer an Bord. Sie waren für die drei Triebwerke zuständig.

Greystock begab sich zur Waffenkammer, öffnete sie und nahm zwei schwere Mark-IV-Pistolen an sich. Diese stählernen Waffen waren vierschüssig und verwendeten Duralaluminium-Patronen mit Plastikkugeln vom Kaliber .69. Greystock nahm eine der Pistolen in die linke Hand, die andere in die rechte. Während er die beiden Männer an der Bugscheibe beobachtete, baute er sich hinter Newton auf und versetzte ihm mit dem Knauf der Waffe einen Schlag auf den Kopf. Der Pilot fiel zur Seite und stürzte zu Boden.

Blitzschnell streckte Greystock die Linke aus und schaltete das Funkgerät mit dem Daumen ab. Die beiden anderen Männer hatten sich im gleichen Moment, in dem der Körper des Piloten auf den Metallboden gefallen war, herumgedreht. Sie erstarrten und schauten ungläubig auf das, was sich vor ihren Augen abspielte.

»Keine Bewegung«, sagte Greystock. »Und jetzt legt ihr die Hände hinter den Kopf.«

Mit rollenden Augen sagte Hardy: »Was hat das zu bedeuten, Mann?«

»Schweig still!«

Greystock deutete mit einer der Pistolen auf einen Schrank. »Legt eure Fallschirme an. Und versucht nicht, mich zu übertölpeln. Es wird nicht schwer sein, euch beide niederzuschießen.«

Samhradh stotterte etwas. Sein Gesicht wechselte von Weiß zu Rot. »Du ... du ... du Hundesohn! Du bist ein Verräter!«

»Nein«, erwiderte Greystock, »ich bin ein loyaler Untertan König Johns von England.« Er lächelte. »Ich habe die Zusicherung, daß man mich zum Ersten Offizier der *Rex* macht, wenn ich Seiner Majestät dieses Luftschiff bringe. Das gewährleistet natürlich meine Loyalität.«

Samhradh schaute aus dem Heckfenster. Von den Triebwerksgondeln aus konnte man deutlich sehen, was sich in der Kommandokanzel abspielte.

»Erinnert ihr euch daran, daß ich vor einer halben Stunde kurz weg war, weil ich einige Kontrollen bei den Ingenieuren durchzuführen hatte? Ich habe sie gefesselt, deswegen werden sie euch nicht zu Hilfe kommen können.«

Die beiden Männer durchquerten den Raum, öffneten den Schrank und legten die Fallschirme an. Hardy deutete mit einer Kopfbewegung auf den bewußtlosen Piloten und fragte: »Was wird mit ihm?«

»Ihr könnt ihm einen Schirm anlegen und ihn hinauswerfen, bevor ihr springt.«

»Und die Ingenieure?«

»Auch sie werden ihre Chance bekommen.«

»Sie werden sterben, wenn man die *Minerva* abschießt!« rief Samhradh.

»Pech für sie.«

Als die beiden Männer ihre Fallschirme angelegt hatten, zogen sie Newton in die Mitte der Gondel. Während sie dies taten, wich Greystock, noch immer beide Pistolen in den Händen haltend, zurück. Schließlich betätigte er den Knopf, der die vordere Bugscheibe versenkte. Newton, der stöhnte und immer noch nicht ganz bei Bewußtsein war, wurde über die Brücke geworfen, und Samhradh zog im letzten Moment die Leine des Piloten. Einen Augenblick später sprang der Ire selbst. Hardy blieb einen Augenblick auf der Brüstung sitzen und sah sich um.

»Wenn wir uns jemals wieder begegnen sollten, Greystock, lege ich Sie um.«

»Nein, das werden Sie nicht tun«, sagte Greystock. »Und nun springen Sie, bevor ich mir überlege, ob ich Ihnen überhaupt eine Chance geben soll.«

Er schaltete den Empfänger wieder ein.

»Was zum Geier ist da oben los?« donnerte ihm die Stimme von Sam Clemens entgegen.

»Wir haben Lose gezogen, um zu der Entscheidung zu kommen,

wer von uns das Schiff verläßt«, sagte Greystock sanft. »Wir mußten das Schiff leichter machen. Es ist besser so; wir brauchen jeden Kilometer an Geschwindigkeit, den wir herausholen können.«

»Warum zum Teufel haben Sie mir nichts davon gesagt?« fragte Clemens. »Jetzt müssen wir hier herumgurken und die Leute aus dem Wasser fischen.«

»Ich weiß«, sagte Greystock und hielt den Atem an.

Er warf einen Blick aus dem Bugfenster. Die *Minerva* war jetzt an der *Mark Twain* vorbei. Die Decks waren voller Leute, die neugierig zu dem Luftschiff hinaufstarrten. Das Flugzeug, ein stummelflügiger Einsitzer, befand sich auf dem Katapult, das man umgedreht hatte, damit die Maschine gegen den Wind stand. Man war immer noch dabei, den Ballon einzuholen.

Greystock nahm vor den Kontrollen Platz. Innerhalb weniger Minuten hatte er das Schiff auf eine Höhe von neunzig Meter gebracht. Dann wendete er und hielt auf die *Mark Twain* zu.

Das mächtige weiße Schiff hatte inzwischen angehalten, und seine Schaufelräder bewegten sich gerade noch soviel, um es auf Position zu halten. Am Heck beschäftigte man sich damit, ein großes Beiboot zu Wasser zu lassen, um die Fallschirmspringer, die gegen die kalten Fluten ankämpften, zu bergen.

Beide Ufer waren voller Neugieriger, und mindestens hundert kleinere Boote segelten oder ruderten auf die drei Springer zu.

Das Katapult wurde in eine Dampfwolke gehüllt, dann raste der Eindecker davon. Seine silberne Außenhülle und die Tragflächen leuchteten hellgrau, als er sich höherschraubte, um dem Luftschiff entgegenzufliegen.

Jetzt donnerte wieder Sam Clemens' Stimme aus dem Lautsprecher: »Was in aller Welt hast du vor, John?«

»Ich drehe nur noch einmal um, um sicherzugehen, daß meine Leute in Sicherheit sind«, erwiderte Greystock.

»Bei allen Höllenhunden!« schrie Clemens. »Selbst wenn dein Gehirn zehnmal mehr an Substanz aufzuweisen hätte, wäre es noch nicht groß genug, um das Arschloch einer Mücke auszufüllen! Da sieht man mal wieder, was man davon hat, wenn man versucht, aus einem Schweinedarm eine Nerzkappe zu machen! Wie oft habe ich Firebrass gesagt, er solle um Gottes willen niemals einen mittelalterlichen Baron in die Nähe eines Luftschiffes kommen lassen! ›Greystock gehört der arrogantesten, doofsten und am wenigsten vertrauenswürdigen Klasse an, die die Menschheit je hervorgebracht hat!‹ sagte ich zu ihm. ›Nämlich der der mittelalterlichen Edelmänner!‹ An die Decke fahrender Jesus Christus! Aber nein, er behauptete, du hättest das nötige Potential, und außerdem sei es ein nettes Experiment, herauszufinden, ob man dich jämmerlichen Windbeutel ins industrielle Zeitalter versetzen könne! Den Teufel kann man! Ihr Gesindel seid noch schwärzer als der Dreck unter euren Fingernägeln!«

Joe Millers Stimme sagte brummend: »Immer mit der Ruhe, Fäm. Wenn du ihn jetft anpifft, wird er fich weigern, einen Angriff gegen Johnf Schiff fu fliegen.«

»Ach, leck mich doch am Arsch!« erwiderte Clemens wütend. »Wenn ich einen Rat von einem Paläanthropus brauche, werde ich schon darum bitten! Verstanden?«

»Du follteft nicht beleidigend werden, nur weil du wütend bift, Fäm«, sagte Miller. »Frag mal: Ift ef Eurer Majeftät eventuell klar, daf Greystock möglicherweife eine Dreckigkeit plant? Daf er vielleicht im Begriff ift, unf an diefef Arfloch König John fu verkaufen?«

Greystock fluchte. Dieser komisch aussehende, haarige Koloß von einem Affenmenschen war gerissener als er aussah. Aber vielleicht würde Clemens ihn in seinem sich ausbreitenden Wutanfall ignorieren.

Das Luftschiff senkte seine Nase jetzt um zehn Grad und hielt weiter direkt auf die *Mark Twain* zu. Die Flughöhe betrug einunddreißig Meter und fiel weiter.

Von Richthofens Flugzeug jagte in einem Abstand von fünfzehn Metern an der *Minerva* vorbei. Er winkte Greystock zwar zu, machte jedoch einen verstörten Eindruck. Allem Anschein nach hatte er das Gespräch zwischen Clemens und Miller abgehört.

Greystock betätigte einen Knopf. Aus der Befestigung unterhalb der Bugtriebwerksgondel löste sich eine Rakete. Der Gewichtsverlust führte dazu, daß die *Minerva* sogleich wieder an Höhe gewann. Mit feuernden Heckdüsen schwebte der lange, schlanke Zylinder auf das silberne Flugzeug zu. Der Hitzedetektor des Geschosses regristrierte bereits den Energieausstoß der Maschine. Richthofens Gesicht war im Moment unsichtbar, aber Greystock konnte sich vorstellen, daß der Mann im Moment nacktes Entsetzen empfand. Er hatte vielleicht noch sechs Sekunden, um seinen Fallschirm anzulegen und aus dem Cockpit zu verschwinden. Selbst wenn er ihm entkam, konnte er von Glück sagen, wenn sich in dieser geringen Höhe sein Fallschirm noch rechtzeitig öffnete.

Nein, er machte keine Anstalten abzuspringen. Statt dessen zog er nach unten und jagte dem Wasser entgegen. Knapp über dem Wasserspiegel brachte er die Maschine wieder in eine gerade Lage. Dann blitzte die Rakete auf und hüllte sich und den Eindecker in einen Feuerball.

Inzwischen geschah an Bord der *Mark Twain* alles Nötige, um ein weiteres Flugzeug am Katapult zu befestigen. Die Ballonmannschaft, abgelenkt von den ertönenden Sirenen und Hörnern, stellte ihre Tätigkeit ein. Greystock hoffte, daß sie nicht auf die Idee kamen, das Ballonseil zu kappen. Das große Ding war nämlich wie geschaffen dazu, die *Mark Twain* an raschen Manövern zu hindern.

Matt drang das Heulen der Sirenen und der Klang von Clemens' Stimme, die jetzt fast die gleiche Höhenlage hatte, durch den Lautsprecher zu ihm herauf.

Die *Mark Twain* nahm zur gleichen Zeit Geschwindigkeit auf und begann sich zu drehen. Greystock lächelte. Er hatte damit gerechnet, daß das Schiff ihm die Breitseite präsentieren würde. Er drückte einen weiteren Knopf und ließ zwei schwere Torpedos los. Dann brachte er die *Minerva* dazu, die Nase noch weiter nach unten zu senken, und schaltete auf volle Kraft.

Klatschend schlugen die Torpedos auf dem Wasser auf und zogen zwei Schaumkronen hinter sich her. Aus dem Empfangsgerät der *Minerva* erklang Clemens' Stimme. Das gewaltige Schiff, das seinem Kommando unterstand, stellte das Wendemanöver ein und beschleunigte in einem Winkel, der es direkt an die linke Uferseite bringen mußte. Auf den Decks der *Mark Twain* wurden Raketen abgefeuert. Einige davon galten den Torpedos und explodierten augenblicklich, nachdem sie die Wasseroberfläche durchschlagen hatten. Andere jedoch jagten auf die *Minerva* zu.

Greystock stieß in normannischem Französisch einen Fluch aus. Er war nicht schnell genug gewesen. Aber die Torpedos mußten das Schiff treffen, und wenn das geschehen war, hatte er König Johns Befehle ausgeführt.

Aber er wollte nicht sterben. Er hatte seine eigene Mission zu erfüllen.

Vielleicht hätte er die Bomben fallen lassen sollen, solange er über die *Mark Twain* hinweggeflogen war. Sie hatte ein Wendemanöver ausgeführt, als er genau über ihr gewesen war, und er hatte den Kurs nicht allzu abrupt verändern wollen. Es wäre besser gewesen, wenn er die Mannschaft aus dem Wege geschafft hätte, bevor er Clemens gesagt hatte, er würde mit der *Minerva* näher kommen, damit seine Leute sie sich ansehen könnten.

Während Greystock diese Gedanken wälzte, drückte er automatisch den Knopf, der alle Raketen auf einmal abfeuerte. Die Geschosse jagten den Raketen der *Mark Twain* entgegen, und ihre Hitzedetektoren stellten sich ebenso auf die Feuerschweife der anderen Raketen ein wie diese auf die der seinen.

Die Explosion der aufeinanderprallenden Raketen waren so stark, daß eine Druckwelle das Luftschiff erzittern ließ. Vor Greystocks Augen breitete sich eine Rauchwolke aus, die sogar die *Mark Twain* unsichtbar machte. Dann durchstieß er sie und fand sich beinahe über Clemens' Schiff wieder.

Bei Gottes Wundmalen! Ein Torpedo hatte die Backbordseite des Hecks knapp verfehlt — aber der zweite würde sie treffen! Nein, vorbei! Der Torpedo hatte die *Mark Twain* nur ganz leicht gestreift und war dann abgedriftet! Irgendwie war es dem Schiff gelungen, beiden Sprengköpfen zu entgehen!

Clemens' Stimme teilte ihm jetzt in ungehaltenem Tonfall mit, daß man davor absehen würde, weitere Raketen auf die *Minerva* abzufeuern. Er hatte Angst, daß das Luftschiff explodieren und — vom Wind getrieben — möglicherweise auf sein Schiff fallen würde.

Der Ballon an dem Plastikkabel erhob sich im gleichen Moment wieder in die Luft und schwebte in die Richtung, die flußabwärts lag.

Clemens hatte vergessen, daß die *Minerva* noch über ihre Bomben verfügte.

Das zweite Flugzeug, ein zweisitziges Amphibienfahrzeug, schoß jetzt unter Greystock dahin. Der Pilot sah mit einem frustrierten Gesichtsausdruck zu ihm hinauf. Sie waren einander zu nahe, und der andere war außerdem zu schnell, um das Bug-MG auf die *Minerva* zu richten. Aber der Schütze, der im Cockpit hinter dem Piloten saß, ließ sich nicht beirren. Er riß sein Zwillings-MG herum. Jedes zehnte Geschoß, das den Lauf seiner Waffe verließ, würde aus Leuchtspurmunition bestehen. Er brauchte nur einen der Gasbehälter zu treffen, um den Wasserstoff zu zünden. Die *Minerva* war nun noch einhundertfünfzig Meter von der *Mark*

Twain entfernt und näherte sich ihr immer mehr. Alle Motoren liefen mit Höchstgeschwindigkeit. Im Zusammenwirken mit einem sechzehn Kilometer in der Stunde zurücklegenden Rückenwind bedeutete das, daß der *Mark Twain* keine Zeit mehr bleiben würde, um ihm zu entkommen.

Wenn es ihm nur gelang, die Bomben abzuwerfen, bevor der MG-Schütze ihn in die Hölle blies. Vielleicht würde der Mann die *Minerva* auch verfehlen. Bis er seine Waffe richtig justiert hatte, konnte das Luftschiff längst an ihm vorbei sein.

Die Breitseite der *Mark Twain* ragte drohend vor Greystock auf. Er war dem Schiff jetzt so nahe, daß die Bomben sie beide in Stücke reißen würden, wenn der MG-Schütze auf dem Flugzeug die *Minerva* nicht vorher traf. Greystock schätzte die Zeit ab, in der die *Minerva* über der *Mark Twain* sein würde, stellte daraufhin den automatisch funktionierenden Bombenabwurf ein, stand auf und sprang aus der geöffneten Luke. Er hatte keine Zeit mehr, einen Fallschirm anzulegen. Abgesehen davon war er dem Wasser jetzt schon viel zu nah, um darauf hoffen zu können, daß er sich noch rechtzeitig öffnen würde. Während des Falls traf ihn eine Druckwelle, die so mächtig war, als hätte sie ein überdimensionaler Ventilator erzeugt. Er wirbelte um seine eigene Achse und verlor das Bewußtsein, ohne auch nur eine Sekunde lang Zeit dafür zu finden, darüber nachzudenken, daß er seinen Posten als Erster Offizier unter John Lackland verloren hatte. Oder seinen Plan, sich John vom Hals zu schaffen und das Kommando über die *Rex Grandissimus* in die eigenen Hände zu nehmen.

52

Eine Woche nach dem Neujahrstag des Jahres 7 nach der Wiedererweckung war Peter Frigate an Bord der *Razzle Dazzle* gegangen. Sechsundzwanzig Jahre später befand er sich immer noch auf dem gleichen Schoner. Aber er wurde immer segelmüder und mutloser. Würde das Schiff jemals sein Ziel — die Quellen des Flusses — erreichen?

Seit er an Bord gekommen war, hatten sie allein auf der Steuerbordseite 810000 Gralsteine passiert. Das bedeutete, sie hatten inzwischen eine Strecke von 1303390 Kilometern zurückgelegt.

Er hatte in der Äquatorzone angefangen, und es hatte eineinhalb

Jahre gedauert, bis sie in arktische Regionen vorgedrungen waren, da sie sich nicht wie Vögel fortbewegen konnten, sondern einem Pfad folgten, der scheinbar von einer sich windenden Schlange ausgetreten worden war. Wäre der Fluß geradlinig verlaufen, hätten sie für die gleiche Entfernung kaum mehr als fünf oder sechs Monatc gebraucht. Aber er verlief nun einmal nicht gerade, im Gegenteil. Er wand sich wie ein Politiker, den man nach der Wahl fragt, wie es mit der Erfüllung seiner Versprechungen steht.

Als das Schiff zum erstenmal die Arktis erreichte — kurz bevor sich der Fluß wieder dazu entschied, in südlicher Richtung weiterzufließen —, hatte Frigate vorgeschlagen, daß es am besten sei, wenn sie den Rest des Weges nach Norden zu Fuß zurücklegten. Obowhl man die Polarberge noch nicht sehen konnte, mußten sie ralativ nahe sein. Verlockend nahe.

Farrington hatte gesagt: »Und wie, zum Henker, kommen wir über die Berge, die noch zwischen dem Pol und uns liegen?«

Er hatte auf einen Steinhaufen gedeutet, der sich im Norden vor ihnen aufbaute und mindestens dreieinhalbtausend Meter hoch war.

»Mit einem Ballon.«

»Bist du von Sinnen? Der Wind bläst nach Süden. Er würde uns von den Polarbergen *weg*treiben.«

»Der Bodenwind sicher. Aber wenn die meteorologischen Gegebenheiten hier mit denen der Erde vergleichbar sind, müßten die polaren Höhenwinde uns nach Norden bringen. Wenn der Ballon erst einmal genug Höhe erreicht, um in diesen Luftstrom hineinzukommen, würde er uns direkt zum Pol hinaufbringen.

Und dann, wenn wir den Polbergen nahe genug sind, müßten wir niedergehen, denn in einem Ballon können wir die Polarbarriere nicht überqueren, wenn sie so hoch ist, wie man behauptet.«

Farrington war blaß geworden, als er Frigates Vorschlag vernahm.

Rider sagte grinsend: »Wußtest du nicht, daß Frisco-Kid nicht einmal den *Gedanken* an eine Fahrt durch die Luft ertragen kann?«

»Darum geht es nicht!« sagte Martin wütend. »Wenn uns ein Ballon dort hinbringen könnte, wäre ich der erste, der dabei mitmachen würde! Aber es wird nicht klappen! Und außerdem: Wie, beim Großen Muckamuck, sollten wir einen Ballon herstellen?«

Frigate mußte zugeben, daß sie dazu nicht in der Lage waren.

Zumindest nicht in dieser Gegend. Einen Ballon herzustellen und ihn mit Wasserstoff zu füllen, war unmöglich. Es gab in diesem Gebiet nicht die nötigen Materialien. Und soviel er wußte, gab es sie anderswo auch nicht.

Es gab allerdings noch eine andere Methode, die ihm nachdenkenswert erschien. Wie wäre es denn mit einem Heißluftballon, mit dem man ein Seil auf der Spitze des nächsten Berges befestigen könnte?

Im gleichen Moment, in dem er diesen Einfall äußerte, mußte er über sich selbst lachen. Wie sollten sie ein 3 500 Meter langes Seil herstellen, das außerdem noch stark genug war, um nicht unter seinem eigenen Gewicht zu reißen? Wie groß müßte ein Ballonkorb sein, um ein Monsterseil dieser Länge in die Luft heben zu können? So groß wie die *Hindenburg*?

Und wie sollten sie das Seilende auf der Bergspitze befestigen?

Grinsend schlug Frigate vor, zusammen mit dem Ballon einen Mann hinaufzuschicken, der das Seil um die Bergspitze schlingen und verknoten müsse. Er könne ohne weiteres dort oben aussteigen und den Ballon solange festbinden.

»Vergiß es!« sagte Farrington.

Frigate schätzte sich glücklich, dies tun zu können.

Die *Razzle Dazzle* setzte ihren Weg gen Süden fort, segelte vor einem ausreichenden Wind dahin, und die Mannschaft war überglücklich, diesem Wahnsinnsplan entgangen zu sein. In dem Gebiet, in dem sie sich aufgehalten hatten, lebten ein paar Menschen aus der Altsteinzeit, die auch auf der Erde in kalten Zonen gehaust hatten. Sie wußten nichts davon, daß es auch Gegenden mit gemäßigterem Klima gab.

Bislang hatte der Schoner den Äquator und den Südpol neunmal befahren. Und im Moment befand man sich wieder in wärmeren Gefilden.

Das Leben an Bord hing Peter Frigate zum Halse heraus. Aber er war nicht der einzige, der diese Gefühle mit sich herumtrug. Die Landurlaube wurden, wenn man Gelegenheit dazu hatte, länger und länger.

Eines Tages, als Frigate am Strand gerade sein Mittagsessen einnahm, machte er kurz hintereinander zwei aufregende Erfahrungen. Die eine bestand aus dem Angebot seines Grals. Jahrelang hatte er darauf gehofft, endlich einmal Erdnußbutter und eine Banane gleichzeitig zu erhalten. Und nun, als er den Deckel seines

Grals öffnete, stellte er fest, daß sein Traum Wirklichkeit geworden war.

Ein grauer Metallbehälter im Inneren des Grals war mit weicher, wohlriechender Erdnußbutter gefüllt, und in einer anderen befand sich eine Banane. Erfreut und beinahe gierig schmatzend schälte Frigate die Frucht und bestrich ihr Ende mit Erdnußbutter. Einer ausgewachsenen Ekstase ziemlich nahe, biß er in die Banane hinein.

Allein diese Speisekombination wäre es ihm schon wert gewesen, wieder von den Toten auferweckt zu werden.

Einen Augenblick später sah er eine Frau, die an ihm vorbeiging. Sie war sehr attraktiv, aber es war ihrer Kleidung zuzuschreiben, daß Frigates Augen sich weiteten. Er stand auf, ging auf sie zu und sprach sie auf Esperanto an.

»*Pardonu min, Sinjorino.* Aber er war mir nicht möglich, an diesem ungewöhnlichen Armreif vorbeizusehen. Er sieht aus, als sei er aus Blech!«

Sie senkte den Blick, lächelte und sagte: »*Estas brazo.*«

Mit einem gemurmelten »*Dankon*« nahm sie die angebotene Zigarette und zündete sie sich an. Sie schien ziemlich freundlich zu sein. Vielleicht *zu* freundlich, mochte der hochgewachsene, finster dreinblickende Mann vielleicht denken, der sich Frigate und dem Mädchen plötzlich näherte.

Frigate versicherte ihm hastig, daß sein Interesse nicht dem Mädchen, sondern ihrem Armreif gelte. Der Mann sah daraufhin beruhigter aus; was wiederum der Frau nicht so recht zu gefallen schien. Schließlich zuckte sie die Achseln und fand sich damit ab.

»Es stammt von irgendwoher flußaufwärts«, sagte sie, »und hat mich hundert Zigaretten und zwei Hornfischhörner gekostet.«

»Ganz zu schweigen von ein paar körperlichen Gefälligkeiten«, knurrte der Mann.

»Aber Emil«, sagte die Frau, »das war doch, bevor ich dich kennenlernte.«

»Wissen Sie, woher es stammt?« fragte Frigate. »Ich meine, wo es hergestellt wurde?«

»Der Mann, der mir den Reif verkaufte, stammte aus Nova Bohemujo.«

Frigate schenkte dem Mann eine Zigarette. Diese freundliche Geste schien dessen Spannung sichtlich abzubauen. Er erklärte, Neu-Böhmen sei einer der größeren Staaten und läge etwa neunhundert Gralsteine flußaufwärts. In der Hauptsache werde das Land von Tschechen aus dem zwanzigsten Jahrhundert bewohnt. Die Minderheit ihres Staates bestehe aus irgendeinem vorsintflutlichen gallischen Stamm, des weiteren gäbe es natürlich die üblichen zehn Prozent Menschen aus allen möglichen Gegenden und Zeitperioden.

Noch vor drei Jahren sei Neu-Böhmen ein ziemlich kleines Staatsgebilde gewesen und nur eines unter mehreren slawischen Reichen dieser Gegend.

»Aber ihr Chef, ein Mann namans Ladislas Podebrad, organisierte vor sechs Jahren ein Projekt, denn er glaubte, daß es unter der Erde seines Landes Mineralien, speziell Eisen, geben müsse. Seine Leute begannen am Fuß der Berge zu graben und hoben ein gewaltiges Loch aus. Es hat sie eine Menge Feuerstein, und Knochen gekostet. Sie wissen ja selbst, wie zäh der Grasboden ist.«

Frigate nickte.

Das Gras schien dazu geschaffen worden zu sein, jeglicher Erosion zu wiederstehen. Seine Wurzeln reichten in ungeahnte Tiefen und waren unentwirrbar miteinander verflochten. Er war sich nicht einmal sicher, ob sie es nicht mit einem eigenständigen, komplexen Organismus zu tun hatten, der sich über beide Seiten des endlosen Flußtales erstreckte, ohne daß das Wasser in der Lage war, eine Bresche in den Teppich zu schlagen. Und die Graswurzeln waren widerstandsfähige Silikonträger.

»Sie hatten ziemlich viel Mühe, das Gras zu durchdringen, aber als sie es endlich geschafft hatten, fanden sie darunter nichts als Erde. Sie machten weiter und stießen nach sechzig Metern auf Fels. Ich glaube, es war Kalkstein. Die Leute hätten beinahe aufgegeben, als sie das sahen, aber Podebrad, der ziemlich viel von einem Mystiker an sich hat, erzählte ihnen, er habe einen Traum gehabt, und in dem seien sie hinter dem Kalkgestein auf große Mengen an Eisenerz gestoßen.«

»So was würde dir natürlich nie einfallen«, sagte die Frau.

»Du hast auch nicht gerade das Pulver erfunden.«

Frigate vermutete, daß die Beziehung zwischen den beiden nicht mehr lange halten würde, aber er sagte nichts. Er konnte sich ebensogut irren. Auf der Erde hatte er Ehepaare kennengelernt, die sich praktisch vom Hochzeitstag bis zu ihrem Todestag gestritten hatten. Aus irgendwelchen unerfindlichen Gründen hatten sie einander dennoch ein Leben lang gebraucht.

Vor drei Jahren hatte sich die harte Arbeit von Podebrads Leuten dann bezahlt gemacht.

Sie waren auf eine immense Lagerstätte gestoßen: Eisenerz, Zinksulfid, Sand, Kohle, Blei, Schwefel und sogar ein wenig Platin und Vanadium.

Frigate riß die Augen auf und sagte: »Meinen Sie eine richtige Lagerstätte? Das wäre absolut unnatürlich.«

»Nein«, erwiderte Emil, »denn genau das hat auch der Mann gesagt, der Marie die Geschichte erzählte. Und was er weiter sagte, deckte sich mit dem, was mir andere Leute aus Neu-Böhmen erzählt haben: Der Fund sieht so aus, als sei er von einem Riesenlastwagen genau an dieser Stelle abgeladen worden. Wer immer diese Welt geschaffen hat, er ist auch für diese Lagerstätte verantwortlich. Es sieht so aus, als habe man das ganze Zeug mit einem gigantischen Bulldozer zusammengeschoben, eine Felsschicht darübergelegt, Erde draufgekippt und das Gras darüber wachsen lassen.«

Podebrad hatte das Lager ausgebuddelt und war, wie sich herausstellte, immer noch dabei. Alle seine Leute waren nun mit stählernen Waffen ausgerüstet. Und Neu-Böhmen hatte sich vergrößert. Aus dem ehemals zwölf Kilometer langen Zwergstaat war ein Reich geworden, daß sich zu beiden Seiten des Ufers auf einer Länge von sechzig Kilometern ausdehnte.

Dies war allerdings nicht auf Eroberungszüge zurückzuführen gewesen: Die Nachbarstaaten hatten darum gebeten, von Neu-Böhmen eingemeindet zu werden, und man hatte sie willkommen geheißen. Neu-Böhmen besaß genug Reichtum für alle.

Inzwischen hatten die Anrainerstaaten Neu-Böhmens ihre eigenen Ausgrabungsprojekte gestartet. Man war jetzt seit drei Jahren an der Arbeit, hatte jedoch nicht mehr als Schweiß, stumpfgewordene Werkzeuge und Enttäuschungen geerntet.

Podebrads kleines Originalreich schien also wirklich das einzige zu sein, in dem es Mineralien gab. Oder die anderen Depots — wie Emil sie nannte — lagen noch tiefer unter der Oberfläche des Planeten verborgen.

Emil deutete auf die Berge.

»Wir selbst haben ein Loch gegraben, das sechzig Meter tief ist; jetzt sind wir dabei, es wieder zuzuschütten. Wir sind nur auf Dolomit gestoßen. Podebrad hat einfach mehr Glück gehabt. Die Schicht, die über seinen Schätzen lag, war nur aus Kalkstein.«

Frigate dankte den beiden und machte sich aufgeregt aus dem

Staub. Das Resultat seiner Begegnung sah so aus, daß die *Razzle Dazzle* elf Tage später vor Podebrads Hauptstadt Anker warf.

Noch bevor der Schoner die Südgrenze Neu-Böhmens überhaupt erreicht hatte, konnte die Mannschaft es bereits riechen: der Gestank von Schwefel und Kohlerauch lag über dem ganzen Land.

An den Ufern Neu-Böhmens hatte man hohe Erdwälle aufgeschüttet. Überall konnte man stählerne Waffen, einschließlich mit Feuersteinschlössern versehene Schießprügel sehen. Der Fluß wurde von vier großen Raddampfern unter Kontrolle gehalten, von denen jeder mit zwei Kanonen ausgerüstet war und über kleine Beiboote verfügte, die mit MGs ausgestattet waren.

Die Mannschaft der *Razzle Dazzle* war aus dem Häuschen. Andererseits aber auch ein wenig deprimiert. Das herrliche Tal war eine einzige Wüste. Sie hatten zu lange unter einem blauen Himmel in sauberer Luft gelebt und grüne Hügel und Berge bestaunt, um sich mit diesem Anblick anfreunden zu können.

Nur fragte einen der Neu-Böhmen, aus welchen Gründen es notwendig sei, das Land derart zu verwüsten, bloß um diese Waffen herzustellen.

»Wir mußten es tun«, erwiderte der Mann. »Hätten wir es nicht getan, wären die anderen Staaten über uns hergefallen und hätten versucht, uns das Erz wegzunehmen. Sie hätten uns mit Waffengewalt unterworfen. Wir haben unsere Waffen nur zur Selbstverteidigung hergestellt. Natürlich stellen wir auch andere Dinge her. Damit handeln wir und kommen so an mehr Tabak, Alkohol, Nahrung und Schmuck; alles, was wir gebrauchen können.«

Der Mann streichelte genüßlich seinen fetten Wanst.

Nur lächelte und sagte:

»Die Grale geben uns genug, um die Bedürfnisse jeder Person zu befriedigen — und hin und wieder sogar den einen oder anderen Luxus. Warum reißt ihr das Land auf? Nur, um mehr zu bekommen, als ihr braucht?«

»Das sagte ich doch schon.«

»Es wäre besser gewesen, ihr hättet das Loch gleich wieder zugeschüttet«, sagte Nur. »Oder noch besser: Ihr hättet gar nicht erst anfangen sollen zu graben.«

Der Mann zuckte die Achseln. Dann wandte er sich mit einem überraschten Gesichtsausdruck Rider zu.

»Sagen Sie mal, sind Sie nicht der Filmstar Tom Mix?«

Tom lächelte und sagte: »Nein, bin ich nicht, *Amiko.* Mir hat schon mehr als einer erzählt, daß ich ihm ein bißchen ähnlich sehe.«

»Ich habe Sie ... ihn gesehen, als er während seiner Europatournee nach Paris kam. Ich war damals auf einer Geschäftsreise und stand in der Menge, während die Leute Ihnen ... ihm zujubelten und er auf seinem Pferd Tony angeritten kam. Er war eine tolle Sache. Er war nämlich mein Lieblingscowboy-Darsteller.«

»Meiner auch«, erwiderte Tom und wandte sich ab.

Frigate bat den Kapitän und seinen Ersten Offizier beiseite.

»Du siehst aufgeregt aus, Pete«, sagte Farrington. »Offenbar denkst du an die gleiche Sache, über die Tom und ich noch vor ein paar Minuten gesprochen haben.«

Frigate sagte: »Woher soll ich denn wissen, über was ihr gesprochen habt? Um was geht's denn?«

Martin sah Tom aus den Augenwinkeln an und lächelte. »Na, was könnte es schon sein? Wir haben darüber gesprochen und ein wenig herumspekuliert, wenn du nichts dagegen hast, wie es wohl wäre, wenn wir auch eines dieser kleinen Dampfschiffe hätten.«

Frigate schaute ihn verblüfft an. »Daran habe ich nicht einen Augenblick lang gedacht! Was meinst du damit — sollen wir eines klauen?«

»Hmm ...«, sagte Tom gedehnt. »Die Leute hier können sich ja jederzeit ein neues bauen. Wir haben jedenfalls darüber nachgedacht, wieviel Zeit wir einsparen könnten, wenn wir mit einem dieser liebreizenden Raddampfer flußaufwärts schippern könnten.«

»Abgesehen davon, daß es unmoralisch wäre, so etwas zu tun«, wandte Frigate ein, »wäre die Sache nicht ungefährlich. Ich bin sicher, daß man die Schiffe nachts bewacht.«

»Ausgerechnet du mußt uns was von Unmoral erzählen«, sagte Martin. »Erinnerst du dich daran, daß du, als du zu uns an Bord kamst, sowohl deinen Speer als auch Pfeil und Bogen gestohlen hast?«

Frigate wurde rot.

»Ganz so war das ja nun nicht. Ich habe die Waffen schließlich selbst hergestellt. Sie gehörten mir.«

»Es war Diebstahl«, sagte Martin. Er schenkte Frigate eines seiner wundervollen und charmanten Lächeln und klopfte ihm auf die Schulter. »Kein Grund, die beleidigte Leberwurst zu spielen. Du brauchtest die Waffen nötiger als der Staat, aus dem du auswandern wolltest, und auch du hast etwas mitgehen lassen, das leicht zu ersetzen war. Wir befinden uns jetzt in der gleichen Situation. Wir müssen flußaufwärts einfach schneller vorankommen.«

»Gar nicht davon zu reden, daß das auch komfortabler geschehen könnte«, meinte Tom.

»Ihr wollt also das Risiko eingehen, daß man uns umbringt?«

»Willst du dich nicht freiwillig melden? Ich würde niemandem den Befehl dazu geben, an dieser Aktion teilzunehmen. Du würdest uns doch nicht etwa in die Pfanne hauen, wenn du aussteigen wolltest, oder?«

»Natürlich nicht!« sagte Frigate heftig und spürte, daß er schon wieder rot wurde. »Ich bin ja nicht dagegen, weil ich Angst hätte. Schaut, ich würde ja mitmachen, wenn es nötig wäre, aber das, an was ich gedacht habe, als Martin mich ansprach, war etwas völlig anderes. Ich dachte an etwas, das uns noch tausendmal schneller als ein Dampfschiff in den Norden bringen würde.«

»Du meinst, Podebrad soll ein Schnellboot für uns konstruieren?« fragte Martin. »Eine Dampfjacht?«

»Nein, nicht so etwas. Ich meine überhaupt nichts, das sich *auf* dem Fluß bewegt. Ich meine etwas, das über ihn *hinweg* geht!«

»Da brat' mir einer 'n Storch«, sagte Tom. »Meinst du ein Flugzeug?«

Der Gedanke schien ihm zu gefallen. Martin hingegen wurde ziemlich blaß.

»Nein, das würde uns nichts nützen. Natürlich kann ein Flugzeug uns ziemlich schnell weit bringen, aber wir würden unterwegs des öfteren landen und Treibstoff aufnehmen müssen, und da wir das nicht können, fällt die Sache natürlich flach. Nein, ich hatte eigentlich eher an eine andere Art der Fortbewegung durch die Luft gedacht.«

»Du denkst doch nicht etwa an einen Ballon?«

»Sicher, warum denn nicht. Ein Ballon — oder noch besser: ein Zeppelin!«

53

Tom Rider gefiel die Idee.

Farrington sagte: »Nein! Das ist zu gefährlich! Ich vertraue diesen zerbrechlichen Gasbeuteln nicht. Außerdem bräuchten wir dazu Wasserstoff, stimmt's? Und das Zeug fängt ebenso schnell

Feuer wie das hier!« Er schnippte mit zwei Fingern, um das Anzünden eines Streichholzes zu demonstrieren. »Außerdem sind diese Dinger eine leichte Beute für den Wind und die Stürme. Und wo sollen wir jemanden hernehmen, der ein Luftschiff steuern kann? Flugzeugpiloten dürften leichter aufzutreiben sein, obwohl ich bisher nur zweien begegnet bin. Und dann würden wir die Mannschaft darstellen, was bedeutet, daß jemand uns ausbilden müßte. Was ist, wenn wir uns dazu aber nicht eignen? Und es gibt noch einen anderen Einwand . . .«

»Na, die Feigheit lassen wir jetzt aber beiseite«, grinste Tom.

Martins Gesicht rötete sich. Er ballte die Hände zu Fäusten und sagte: »Du hast wohl ein paar Zähne zuviel, was?«

»Es wäre nicht das erste Mal«, sagte Tom Rider. »Aber immer sachte, Frisco, ich habe wirklich nur alle Aspekte aufzählen wollen, die uns von einer solchen Sache abhalten können. Ich wollte dir nur weiterhelfen.«

Frigate wußte, daß Jack London nie Interesse am Fliegen gezeigt hatte. Dennoch hätte er vermutet, daß ein Mann, der ein solch abenteuerliches Leben gelebt hatte und stets von einer kampflustigen Tapferkeit beseelt gewesen war, ein starkes Interesse daran haben müßte, die Erfahrung des Fliegens zu machen.

Hatte er etwa Angst vor dem Fliegen?

Es konnte sein. Viele Menschen, die sich vor nichts auf der Erde zu fürchten schienen, hatten Angst davor, den Boden unter den Füßen zu verlieren. Das war eine ganz normale Sache, derer sich niemand zu schämen brauchte.

Nichtsdestoweniger konnte es möglich sein, daß Martin sich schämte, seine Angst zu zeigen.

Frigate mußte sich zu seiner Schande eingestehen, daß auch er hin und wieder unter ähnlichen Schamgefühlen litt. Einige seiner Ängste war er zwar inzwischen losgeworden, aber es waren immer noch genügend zurückgeblieben. Er hielt sich zwar jetzt nicht mehr zurück, seine Angst zu zeigen, solange ihre Ursache rational erfaßbar war — aber seine Furcht zuzugeben, wenn sie von etwas hervorgerufen wurde, das er nicht lokalisieren konnte, war schwierig für ihn.

Farringtons Reaktion zeigte sogar einige Logik. Es konnte in der Tat gefährlich — wenn nicht sogar absolut närrisch — sein, unter diesen unsicheren Bedingungen ein Luftschiff auch nur zu besteigen.

Man rief Nur und Pogaas herbei, um sie mit Frigates neuem Einfall bekannt zu machen. Frigate ging sogar soweit, daß er ihnen alle möglichen Gefahren veranschaulichte, auf die sie sich möglicherweise einließen.

»Dennoch wäre es, wenn man berücksichtigt, wieviel Zeit wir sparen, viel ökonomischer, die Reise in einem Luftschiff zu machen. Und wenn man die Zeit, die man in einem Luftschiff verbringt, gegen jene aufrechnet, die wir brauchen würden, wenn wir mit dem Schiff weiterführen, so birgt eine dermaßen lange Seereise weitaus mehr Gefahren in sich.«

»Verdammich, ich fürchte mich nicht vor der Gefahr! Das weißt du doch genau! Es ist nur so, daß . . .«

Martins Stimme versagte.

Tom lächelte.

»Weswegen grinst du so?« fragte Farrington. »Du siehst aus wie ein scheißefressendes Stinktier!«

Auch Pogaas grinste.

»Es hat jetzt sowieso keinen Zweck, sich um des Kaisers Bart zu raufen«, sagte Tom. »Zuerst müssen wir herausfinden, was dieser Großkopfete Podebrad überhaupt für uns tun kann. Ich halte es für ziemlich unwahrscheinlich, daß er uns einen solchen Gasbeutel baut. Warum sollte er auch? Aber laßt uns trotzdem mal zu seinem Haus raufpilgern, um zu sehen, was er dazu zu sagen hat.«

Da Nur und Pogaas einige wichtigere Arbeiten zu erledigen hatten, blieben schließlich nur der Kapitän, sein Erster Offizier und Matrose Frigate übrig, um sich dem großen Kalksteinhaus zu nähern, das ihnen ein Spaziergänger gezeigt hatte.

»Du denkst doch nicht ernsthaft daran, eines der Dampfschiffe zu stehlen?« fragte Frigate.

»Kommt darauf an«, sagte Tom.

»Nur wird bei so was niemals mitmachen«, erwiderte Frigate. »Und von den anderen sicher auch keiner.«

»Dann müßten wir's vielleicht ohne sie tun«, meinte Tom.

Sie blieben vor Podebrads Haus stehen. Es stand auf dem Gipfel eines Hügels, und sein bambusverkleidetes Dach berührte beinahe die unteren Äste einer großen Pinie. Wächter führten sie in einen Empfangsraum. Eine Sekretärin hörte die Männer an, dann verschwand sie für eine Minute. Als sie zurückkehrte, sagte sie, daß Podebrad mit ihnen sprechen würde; sie sollten in zwei Tagen nach dem Mittagessen noch einmal hereinsehen.

Man entschloß sich, für den Rest des Tages fischen zu gehen. Rider und Farrington fingen ein paar gestreifte »Barsche«, verbrachten aber den größten Teil der Zeit damit, einen Plan auszuhecken, um an eines der Boote heranzukommen.

Ladislas Podebrad erwies sich als rotschopfiger Mann mittlerer Größe. Er war ziemlich breit und muskulös, hatte einen Stiernakken, dünne Lippen und ein energisches Kinn. Trotz seines abschreckenden Äußeren und des eisigen Betragens, das er an den Tag legte, dauerte das Gespräch länger, als die drei erwartet hatten. Es verlief sogar ziemlich gut, wenngleich auch nicht ganz so, wie man erhofft hatte.

»Warum diese Eile, um zum Nordpol zu kommen?« fragte Podebrad. »Ich habe von diesem Turm auch schon gehört. Ich weiß nicht, ob ich diese Geschichte glauben soll. Vielleicht entspricht sie der Wahrheit. Möglicherweise tut sie das wirklich.

Aber diese Welt kann ebensogut von Gott geschaffen worden sein. Aber es ist offensichtlich, daß ihre Oberfläche von intelligenten Wesen bearbeitet worden ist. Und mir ist ebenso klar — schließlich bin ich Wissenschaftler —, daß unsere Wiedererwekkung auf wissenschaftliche Weise erklärt werden kann und nicht auf irgendwelche übernatürliche Dinge zurückzuführen ist.

Warum? Das weiß ich nicht. Aber die Kirche der Zweiten Chance hat eine Erklärung, die einleuchtend ist. Obwohl sie fast keine Daten hat und über noch weniger Zeugenaussagen verfügt.

Tatsächlich werde ich den Eindruck nicht los, daß diese Kirche mehr zu wissen scheint als jeder andere, der sich mit diesen Dingen beschäftigt, wenn ich das mal so ausdrücken darf.«

Während die anderen in Schweigen verfielen, trommelte Podebrad mit seinen langen, schlanken Fingern auf der Tischplatte herum. Frigate, der sie beobachtete, wurde den Eindruck nicht los, daß sie viel zu klein waren und überhaupt nicht zur restlichen Erscheinung des Mannes paßten.

Podebrad stand auf, näherte sich einem Schrank, öffnete ihn und entnahm ihm einen Gegenstand.

Er hielt den Spiralknochen eines Hornfisches zwischen den Fingern.

»Sie alle wissen, was das ist. Die Chancisten tragen es als Symbol ihres Glaubens, obwohl ich mich freuen würde, wenn sie ihren Glauben mit etwas mehr Wissen untermauen könnten. Aber wenn sie mehr wüßten, brauchten sie keinen Glauben mehr, nicht wahr? In dieser Hinsicht gleichen sie jeder anderen Religion, ob von der Erde oder von dieser Welt.

Wir wissen jedenfalls, daß es ein Leben nach dem Tode gibt. Vielleicht sollte ich auch sagen, daß es ein Leben nach dem Tode *gab.* Jetzt, wo die Leute nach dem Tode nicht wieder zum Leben erweckt werden, wissen wir nicht, was wir zu erwarten haben. Selbst die Chancisten haben keine Antwort auf die Frage, warum es mit den Ortsversetzungen nach dem Tode nicht mehr klappt. Sie nehmen möglicherweise an, daß die Zeit, die man bestimmten Leuten gegeben hat, um zu sich selbst zu finden, abgelaufen ist und kein Grund besteht, sie endlos wieder ins Leben zurückzubefördern.

Entweder ist man, wenn man jetzt noch lebt, gerettet — oder man ist es nicht. Ich weiß wirklich nicht, wie die Wahrheit aussieht.

Auf der Erde, meine Herren, war ich Atheist und Mitglied der Tschechoslowakischen Kommunistischen Partei. Aber hier habe ich einen Menschen kennengerlernt, der mich davon überzeugt hat, daß Religion mit Rationalität nichts zu tun hat. Zumindest ihre Grundlagen haben nichts damit zu tun.

Nach dem Akt des Glaubens kommt natürlich die Rationalisierung desselben, die pseudologische Rechtfertigung. Allerdings hatten, was das Leben nach dem Tode anbetrifft, weder Jesus noch Marx, weder Buddha noch Mohammed, weder die Hindus noch die Konfuzianer, weder die Taoisten noch die Juden recht. Sie haben über diese Welt noch unzutreffendere Äußerungen gemacht als über die, aus der wir kommen.«

Er ging zu seinem Tisch zurück, nahm dahinter Platz und legte den Spiralknochen vor sich auf die Platte.

»*Sinjoroj,* ich wollte heute meinen Übertritt zur Kirche der Zweiten Chance bekanntgeben. Ebenso wollte ich den Bewohnern von Nova Bohemujo mitteilen, daß ich von meinem Amt als ihr Führer zurücktrete. In ein paar Tagen hätte ich mich eingeschifft, um eine Reise nach Virolando zu unternehmen, ein Land, von dem ich annehmen kann, daß es wirklich existiert. Dort wollte ich dem Führer und Gründer der Kirche, La Vairo, einige Fragen stellen. Hätte er sie mir zufriedenstellend beantwortet — selbst wenn er mir gesagt hätte, daß er nicht auf alle Fragen eine Antwort hat —, hätte ich mich unter sein Kommando gestellt. Ich wäre dort hingegangen, wohin er mich geschickt hätte, und hätte alle seine Wünsche erfüllt.

Aber wenn meine Informationen stimmen — und ich habe keinen Grund, anzunehmen, daß meine Informanten Lügner sind —, ist Virolando Millionen von Kilometern von hier entfernt. Es würde mich ein halbes Erdenleben kosten, bis ich dort einträfe.

Und plötzlich kommen Sie mit einem Vorschlag zu mir; einer Idee, die mich schon deswegen erstaunt, weil ich noch nicht selbst auf sie gekommen bin; möglicherweise, weil ich an der Reise selbst mehr interessiert war als an ihrem Ende.

Reisen belohnen einen immer mehr mit Selbsterkenntnis als allem anderen, nicht wahr? Vielleicht liegt es daran, daß mir das Naheliegendste entgangen ist.

Ja, meine Herren, ich kann ein Luftschiff für Sie bauen lassen.

Es gibt nur eine Bedingung: Sie müssen mich mitnehmen.«

54

Nach langem Schweigen sagte Farrington:

»Ich wüßte keinen Grund, aus dem wir das ablehnen sollten, Sinjoro Podebrad. Und ich glaube, ich spreche dabei in unser aller Namen.«

Frigate und Rider nickten.

»Aber jetzt haben Sie uns am Kanthaken. Nicht daß ich auch nur das geringste dagegen hätte, wenn Sie mitkommen. Ich bin in der Tat hocherfreut darüber. Nur . . . nun ja, was ist, wenn wir keinen erfahrenen Luftschiffer auftreiben können? Es wäre nackter Wahnsinn, wenn wir uns in die Lüfte hinauswagten, ohne zu wissen, wie man eine solche Maschine steuert oder auf was man sich dabei einläßt.«

»Das stimmt. Aber es wird zunächst einmal einige Zeit in Anspruch nehmen, das Schiff zu bauen. Nehmen wir an, wir finden einige Ingenieure, die wissen, wie man ein solches Schiff konstruiert oder zumindest die Spezifikationen kalkulieren können. Bis dahin können wir erst einmal unsere eigenen Ideen artikulieren. In der Zwischenzeit können wir nach einem Piloten Ausschau halten lassen. Obwohl sie ziemlich selten sind, müßte es irgendwo am Fluß in einer Reichweite von tausend Kilometern flußauf- und flußabwärts den Mann geben, nach dem wir suchen.

Oder vielleicht sollte ich sagen, es könnte einer da sein. Offengestanden, es wird nicht einfach sein, einen aufzutreiben.«

»Ich war Ballonfahrer«, sagte Frigate, »und habe eine ganze Menge über Fahrzeuge, die leichter als Luft sind, gelesen. Ich habe sogar zwei kurze Flüge in einem Luftschiff mitgemacht. Aber das macht mich natürlich noch lange nicht zu einem Experten.«

»Möglicherweise werden wir uns selbst ausbilden müssen, *Sinjoro* Frigate. Und in diesem Fall wäre die kleinste Wissensmenge für uns von Wichtigkeit.«

»Es ist natürlich schon lange her. Ich habe eine Menge vergessen.«

»Du bist nicht gerade derjenige, der einem den Glauben stärkt, Pete«, knurrte Frisco-Kid.

»Der Glaube kommt mit der Erfahrung«, sagte Podebrad. »Und jetzt, meine Herren, werde ich sofort mit der Arbeit beginnen. Ich halte meine Rücktrittserklärung zurück, bis das Luftschiff startbereit ist, denn niemand, der Mitglied der Kirche ist und den absolut passiven Widerstand predigen muß, kann Führer dieses Staates sein.«

Frigate fragte sich, wie tief der Glaube dieses Mannes war. Er hegte die Vermutung, daß jeder, der wirklich an die Doktrinen der Kirche glaubte, augenblicklich das gleiche sagen würde, egal, wie die Konsequenzen auch aussehen mochten.

»Sobald wir unsere Konferenz beendet haben, werde ich die Möglichkeiten zur Wasserstoffherstellung prüfen lassen. Ich glaube, die beste dürfte sich angesichts der verfügbaren Mittel aus der Reaktion von verdünnter Schwefelsäure und Zink ergeben. Unsere Schwefelsäureindustrie arbeitet seit einiger Zeit Wir hatten das Glück, Platin und Vanadium zu finden, aber keine großen Mengen. Ich wünschte, wir könnten Aluminium herstellen, aber . . .«

»Die Schütte-Lenz-Luftschiffe waren aus Holz«, sagte Frigate. »Und ein kleines Luftschiff würde nicht viel Holz verschlingen.«

»Holz!« stöhnte Farrington. »Verlangst du etwa von mir, daß ich in ein hölzernes Luftschiff steige?«

»Lediglich der Kiel und die Gondel würden aus Holz sein«, beruhigte Frigate ihn. »Die Hülle könnte man aus der Haut von Drachenfischen machen.«

»Was bedeutet, daß wir eine Menge fischen müssen«, sagte Podebrad. Er stand auf. »Ich habe heute noch viel zu tun. Aber wir werden uns morgen während des Essens sehen, meine Herren. Wir können dann in die Einzelheiten gehen. Bis dahin wünsche ich Ihnen einen guten Tag.«

Als sie das Gebäude verließen, blickte Farrington ziemlich ernst drein. Schließlich sagte er zu Rider: »Also, wenn du mich fragst, das ist alles ziemlich verrückt!«

»Für meine Ohren hört es sich großartig an«, erwiderte Tom. »Um die Wahrheit zu sagen: die ganze Segelei hängt mir zum Halse heraus.«

»Jeah, aber wir könnten schon in die Kiste fallen und dem Leben Lebewohl sagen, während wir noch dabei sind, dieses verdammte Ding fliegen zu lernen. Und was ist, wenn wir feststellen, daß es gar nicht funktioniert? Dann haben wir eine Menge Zeit verloren!«

Frigate sagte: »Das hört sich aber gar nicht nach einem Mann an, der eine ganze Menge Leute durch die Stromschnellen von White Horse in Alaska geschleust hat, nur um ein paar Dollars zu verdienen. Oder nach einem Austernräuber . . .«

Er wurde blaß. Rider und Farrington blieben stehen. Ihre Gesichter wurden hart.

Langsam sagte Farrington: »Ich habe zwar eine Menge Geschichten über das Yukon-Gebiet erzählt, aber niemals die Stromschnellen von White Horse erwähnt. Jedenfalls nicht in deiner Gegenwart. Hast du etwa gelauscht?«

Frigate holte tief Luft und erwiderte: »Teufel noch mal, ich habe es nicht nötig, zu lauschen! Ich habe dich schon beim erstenmal erkannt, als wir uns gesehen haben!«

Rider war plötzlich hinter ihm, und Farrington legte die Hand auf den Knauf seines Feuersteinmessers.

Rider sagte gefährlich leise: »Okay, wer immer du auch sein magst, du geht jetzt vor mir her. Genau auf das Schiff zu. Und versuch nicht, irgendwelchen Unfug zu machen.«

»*Ich* gehöre nicht zu denen, die inkognito reisen«, versetzte Frigate. »*Ihr* seid diejenigen!«

»Tu, was ich dir sage!«

Frigate zuckte die Achseln und versuchte zu grinsen. »Es ist offensichtlich, daß ihr beiden etwas mehr zu verbergen habt als nur eure wahre Identität. Na gut. Ich gehe. Aber ihr werdet mich doch nicht etwa umbringen, wie?«

»Kommt drauf an«, sagte Rider.

Sie verließen das Hügelgebiet und überquerten schweigend die

Ebene. Das einzige Besatzungsmitglied, das auf dem Schiff Wache hielt, war Nur. Er unterhielt sich gerade mit einer Frau. »Kein Wort, Pete«, sagte Rider. »Und vergiß nicht zu lächeln.«

Frigate, der dem Mauren geradewegs in die Augen sah, zog eine Grimasse. Er hoffte, Nur würde entdecken, daß mit ihm irgend etwas nicht stimmte — er konnte Gesichtsausdrücke ziemlich gut deuten —, aber Nur winkte ihnen lediglich zu. Als sie die Kabine des Kapitäns erreicht hatten, schloß Frisco-Kid die Tür und befahl Frigate, sich auf den Rand seiner Koje zu setzen.

»Ich bin jetzt sechsundzwanzig Jahre mit euch zusammen«, sagte Frigate. »Sechsundzwanzig Jahre! Und ich habe während dieser Zeit keinem Menschen gesagt, welches eure wirklichen Namen sind.«

Farrington nahm auf einem Stuhl an seinem Tisch Platz, spielte mit dem Messer und sagte: »Das widerspricht eindeutig der menschlichen Natur. Wie hast du es fertiggebracht, so lange den Mund zu halten? Und warum?«

»Ganz besonders *warum*«, nickte Rider. Er baute sich in der Nähe der Tür auf. In seiner Hand blitzte ein Hornfischstilett.

»Es war mir einfach klar, daß ihr eure Gründe haben mußtet, eure Identität zu verheimlichen. Und weil ich euch für meine Freunde hielt, sagte ich nichts. Mich wundert allerdings, daß ihr euch mit solchen Geheimnisstuereien umgebt.«

Farrington schaute Rider an. »Was meinst du, Tom?«

Rider zuckte die Achseln und sagte: »Wir haben einen Fehler gemacht. Wir hätten darüber lachen sollen. Wir hätten kein Geheimnis daraus machen dürfen, wer wir sind, und für unser bisheriges Verhalten irgendeine Erklärung zusammenbasteln sollen.«

Farrington legte das Messer weg und zündete sich eine Zigarette an.

»Jeah, die späte Einsicht. Und was machen wir jetzt?«

»Nach diesem ganzen geheimnisvollen Hin und Her«, meinte Rider, »müßte Pete notgedrungen darauf kommen, daß wir etwas zu verbergen haben.«

»Das hat er ja schon gesagt.«

Rider schob das Stilett in die Scheide zurück und zündete sich ebenfalls eine Zigarette an. Frigate fragte sich, ob er die Situation beim Schopfe ergreifen und einen Fluchtversuch unternehmen sollte. Die Chance, daß ein solches Unterfangen glücklich für ihn ausgehen würde, war ziemlich gering. Auch wenn die beiden

Männer kleiner waren als er — sie waren ziemlich stark und schnell. Abgesehen davon käme ein Fluchtversuch einem Schuldeingeständnis gleich.

Aber welche Schuld hatte er einzugestehen?

Tom sagte: »Das ist schon besser. Vergiß die Idee, abzuhauen. Entspann dich.«

»In Gegenwart von zwei Männern, die Mordpläne wälzen?«

Rider lachte und sagte: »Nach all diesen Jahren solltest du eigentlich wissen, daß wir nicht zu denjenigen gehören, die kaltblütig töten können. Nicht einmal einen Fremden — und irgendwie mögen wir dich beide, Pete.«

»Nun . . . aber wenn ich nun der wäre, für den ihr mich haltet — was würdest ihr dann mit mir tun?«

»Schätze, wir würden eine Situation aufbauen, die uns zumindest die Möglichkeit gibt, dich nicht kaltblütig umbringen zu müssen.«

»Und warum?«

»Wenn du nicht wirklich Peter Frigate bist, weißt du es selbst.«

»Wer, zum Teufel, sollte ich wohl sonst sein?«

Eine lange Zeit sagte niemand etwas. Schließlich drückte Farrington seine Zigarette in einem Aschenbecher aus.

»Die Lage ist folgende, Tom«, sagte er zu Rider. »Er ist länger bei uns gewesen als irgendeine unserer Frauen. Wenn er einer von den Anderen wäre, weswegen sollte er dann so lange bei uns bleiben? Wo er doch behauptet, daß er uns sofort erkannt hat? Wenn er einer der Anderen wäre, hätte man uns schon in der ersten Nacht hochgenommen.«

»Kann sein«, meinte Tom. »Wir wissen aber nicht mal ein Viertel von dem, was hier vor sich geht. Ein Achtzigstel vielleicht. Und das, was wir wissen, kann auch auf Lügen basieren. Vielleicht spielt man mit uns nur ein verdammtes Einfaltspinsel-Spiel.«

»Die Anderen?« fragte Frigate. »Hochgenommen?«

Martin Farrington warf Tom einen Blick zu und sagte: »Was machen wir jetzt? Es gibt keine Möglichkeit, einen von ihnen zu identifizieren. Wir sind Narren, Tom. Wir hätten ihm irgendeine Geschichte auftischen sollen. Jetzt müssen wir die Sache durchstehen.«

»Wenn er wirklich einer von denen ist«, sagte Rider, »weiß er es bereits. Wir könnten ihm also gar nicht viel erzählen, was er nicht selbst schon weiß. Ausgenommen über den Ethiker. Und wenn er ein Agent ist, hätte man ihn nicht auf uns angesetzt, außer man vermutet, daß *er* mit uns Kontakt aufgenommen hat. Ja, wir sitzen also in der Scheiße. Aber wenn Pete wirklich ein Agent ist, hätte er uns dann auf die Idee mit dem Luftschiff gebracht? Würde ein Agent wollen, daß wir den Turm erreichen?«

»Das stimmt. Außer wenn . . .«

»Spann mich nicht auf die Folter!«

»Außer wenn irgend etwas in Unordnung geraten ist und er jetzt genauso im dunkeln tappt wie wir.«

»Was meinst du damit?«

»Schau, Tom, ich habe in letzter Zeit eine Menge nachgedacht, anstatt zu schlafen oder zu vögeln. Ich glaube, daß irgend etwas Rätselhaftes vor sich geht. Ich meine damit nichts von dem, was der Ethiker uns erzählte. Ich meine vielmehr die Tatsache, daß plötzlich niemand mehr von den Toten aufersteht.

Bist du jemals auf die Idee gekommen, daß das Ende dieser Wiedererweckung vielleicht gar nichts mit dem ursprünglichen Plan dieser Leute zu tun hat?«

»Du glaubst, jemand hat denen ein bißchen Sand ins Getriebe geworfen? Daß dadurch ein unheimliches Durcheinander entstanden ist und nun niemand mehr weiß, wo's lang geht?«

»Ja. Und deswegen stehen die Agenten ebenso im Dunkeln wie du und ich.«

»Was wiederum bedeuten könnte, daß unser Pete doch ein Agent ist. Daß er lediglich versucht, mit unserer Hilfe wieder nach Hause zu kommen. Du meinst, daß er rein zufällig auf uns gestoßen ist und einfach deswegen mitkam. Und daß er auf die Idee mit dem Luftschiff nur deswegen gekommen ist, weil ein solches Ding *ihm* helfen würde, schneller sein Ziel zu erreichen?«

»Ja, so ungefähr.«

»Damit wären wir wieder beim Anfang. Pete könnte ebensogut einer von den Anderen sein.«

»Wenn er das ist, trifft meine Theorie genauso zu. Wir könnten ihm nichts erzählen, was er nicht selbst schon weiß.«

»Yeah, aber *er* könnte uns was erzählen. Ziemlich viel sogar!«

»Willst du es aus ihm herausprügeln? Und was ist, wenn er nun doch kein anderer ist als Frigate?«

»Natürlich würde ich das nicht tun. Zumindest so lange nicht, bis ich mir sicher wäre, daß die Wahrscheinlichkeit ziemlich hoch ist. Ach, zum Henker, wahrscheinlich nicht mal dann!«

»Wir könnten einfach weitersegeln und ihn hier zurücklassen«, sagte Farrington.

Tom grinste verschlagen und meinte: »Tatsächlich? Das würde dir gefallen, was? Dann brauchtest du wenigstens nicht deine schlotternden Knie und dein klopfendes Herz einem Luftschiff anzuvertrauen.«

»Du bist unheimlich nahe dran, mich aufzuregen, Tom.«

»Okay. Ich werde nie wieder ein Wort über dieses Thema verlieren. Außerdem weiß ich, daß du nicht einen einzigen feigen Knochen im Leibe hast. Was also machen wir jetzt? Du solltest nicht vergessen, daß Pete, wenn wir einfach weitersegelten, die Situation schon in der Hand haben kann, wenn wir den Nordpol erreichen.«

»Zum Teufel«, sagte Farrington plötzlich. »Wieso soll er überhaupt einer von *denen* sein? Sie sind den Menschen doch überlegen, oder? Und Pete ist garantiert kein Supermann. Das soll keine Beleidigung sein, Pete.« Tom sah Frigate mit zusammengekniffenen Augen an.

»Genausogut könnte er bloß vorgeben, ein ganz normaler Mensch zu sein. Aber ich kann mir einfach nicht vorstellen, daß jemand sechsundzwanzig Jahre lang eine solche Maske tragen kann.«

»Dann laß es uns ihm erzählen. Was haben wir denn zu verlieren? Außerdem habe ich jetzt keine Lust mehr, ein neunundzwanzig Jahre altes Geheimnis mit mir herumzutragen.«

»Du hast schon immer zuviel geredet.«

»Wer redet denn hier die ganze Zeit? Häuptling Altes Großmaul doch wohl höchstpersönlich.«

Farrington zündete sich eine neue Zigarette an. Rider folgte seinem Beispiel und sagte dann: »Willst du auch eine, Pete?«

»Ihr wollt mich wohl mit diesen Stinkdingern umbringen«, erwiderte Frigate und entnahm seinem Schulterbeutel eine Zigarre.

»Ich könnte jetzt auch einen Drink gebrauchen.«

»Das könnten wir alle. Tom, mach du das mal! Und dann werden wir dir alles erzählen, Pete. Herrgott, welch eine Erleichterung!«

55

»...'s war eine finstere und stürmische Nacht«, sagte Tom lächelnd, um zu demonstrieren, daß er sich durchaus darüber im klaren war, daß er die klassischen Einleitungsworte sämtlicher alter Geistergeschichten imitierte. »Jack und ich ...«

»Bleib bei Martin, Tom, klar? Selbst im privaten Kreis.«

»Sicher, aber damals warst du noch Jack. Wie dem auch sei, ich kannte diesen Burschen hier zwar schon, aber man kann nicht sagen, daß wir miteinander befreundet gewesen wären. Unsere Hütten standen eng beieinander, und wir waren beide Matrosen auf einer Patrouillenschaluppe in der Marine des örtlichen Kriegsherrn.

Eines Nachts — ich hatte Freiwache und schlief in meiner Hütte — wachte ich plötzlich auf. Es hatte weder mit dem Donner zu tun, daß ich aufwachte, noch mit den Blitzen. Jemand berührte mich an der Schulter. Zuerst dachte ich, es sei Howardine, meine Frau. Du erinnerst dich an sie, Kid?«

»Sie war eine Schönheit«, sagte Martin zu Frigate. »Eine rothaarige Schottin.«

Frigate ruschte unruhig hin und her und sagte: »Ich kann's kaum erwarten, daß ihr zur Sache kommt.«

»Okay, dann ohne Umschweife. Es war nicht meine Frau, weil ich hören konnte, daß sie schlief. Dann zeigte mir die Helligkeit eines Blitzes die Umrisse einer Gestalt, die neben mir kniete. Ich wollte aufspringen und griff gleichzeitig unter das Kissen, wo ich einen Tomahawk versteckt hatte. Aber ich konnte mich nicht bewegen.

Ich glaube, ich stand unter Drogen oder irgendeiner Art Bann. Ich dachte nur: *Oh! Oh! Dieser Bursche hat dich irgendwie gelähmt, und jetzt wird er's dir geben.*

Natürlich wäre ich damals noch nach meinem Tod anderswo wieder aufgewacht — aber komischerweise hatte ich gar nicht das Gefühl, daß ich im Begriff war, dieses Land zu verlassen.

Dann ließen ein paar weitere Blitze mich einige Details dieses Burschen erhaschen. Ich war überrascht. Nicht verängstigt, weiß du, sondern nur überrascht. Er trug einen weiten, schwarzen Umhang. Und hatte keinen Kopf! Das heißt, er war von einem Ding umhüllt, das kugelrund war, wie ein Globus oder ein Goldfischglas. Uns es war pechschwarz, so daß ich sein Gesicht nicht sehen konnte. Irgendwie brachte er es jedenfalls fertig, mich zu sehen.

Wenn ich mich auch nicht bewegen konnte, so konnte ich doch sprechen. Ich sagte: ›Wer sind Sie? Was wollen Sie?‹ Obwohl ich laut genug sprach, um Howardine aufwecken zu können, rührte sie sich nicht. Ich nehme an, daß der Kerl auch sie irgendwie gelähmt hatte, aber stärker als mich.

Der Fremde sprach mit tiefer Stimme und antwortete mir auf englisch.

›Ich habe nicht viel Zeit, deswegen kann ich nicht auf Einzelheiten eingehen. Mein Name tut nichts zur Sache. Ich könnte ihn Ihnen schon deswegen nicht sagen, weil die Möglichkeit besteht, daß man Sie findet und Ihre Erinnerungen überprüft.‹

Ich fragte mich, was er damit meinte. Die ganze Geschichte begann für meine Begriffe immer bizarrer zu werden. Ich wußte, daß ich nicht träumte, und wünschte mir, es wäre so.

›Wenn sie das täten‹, sagte der Bursche zu mir, ›würden sie alles herausfinden, was sich hier abgespielt hat und gesprochen wurde. Sie können eine Art Film von Ihren Erinnerungen machen und alles beiseite lassen, was sie nicht wissen wollen. Sollte es einmal dazu kommen, werde ich mich wieder mit Ihnen in Verbindung setzen.‹

›Von wem sprechen Sie?‹ fragte ich.

›Von den Leuten, die diesen Planeten umstruktuiert und Sie wieder zum Leben erweckt haben‹, sagte der Fremde. ›Aber hören Sie mir jetzt zu und unterbrechen Sie mich nicht, bis ich fertig bin.‹

Du kennst mich doch, Kid. Normalerweise zwingt mich niemand dazu, irgendwelchen Schwachsinn anzuhören. Aber dieser Kerl hatte eine Art zu reden, als sei die ganze Welt eine Ranch, die ihm gehört, und ich kam mir vor wie einer seiner Cowboys. Na ja, was hätte ich auch schon tun können?

›Sie leben in einem Turm, der sich in der Mitte des nördlichen Polarsees befindet‹, fuhr der Fremde fort. ›Vielleicht haben Sie schon Gerüchte darüber gehört. Es ist bereits einigen Menschen gelungen, das Polargebirge zu bezwingen, das diesen See umgibt.‹

Normalerweise hätte ich ihn an dieser Stelle gefragt, ob er derjenige gewesen sei, der das lange Seil dort zurückgelassen habe und für die Existenz des Tunnels verantwortlich sei. Aber damals wußte ich selbst noch nichts davon.

›Aber keiner von ihnen‹, fuhr er fort, ›ist bisher in das Innere des Turmes vorgestoßen. Ein Angehöriger dieser Gruppe starb, als er abstürzte und in den See hinabfiel. Er wurde in das Flußtal zurückversetzt.‹«

Tom machte eine Pause. »Er muß irgendeine Möglichkeit gehabt haben, dies herauszufinden. Dann sagte der Fremde: ›Den anderen wurde diese Möglichkeit nicht zuteil. Sie . . . Aber lassen wir das.‹

Er wußte also nicht alles über die Ägypter«, sagte Tom mit einem Grinsen. »Denn er hatte keine Ahnung, daß noch einer von ihnen entkommen war. Oder wenn er es doch wußte, mußte er schon einen Grund haben, mir nichts davon zu erzählen. Ich glaube aber trotzdem, daß er nichts davon erfahren hat. Sonst hätte er ihn sicher nicht davonkommen lassen.

›Jedenfalls‹, sagte der Fremde, ›ist die Geschwindigkeit, mit der sich Neuigkeiten im Tal verbreiten, bewundernswert. Soviel ich weiß, nennen Sie dieses System Mundpropaganda. Der Mann, der damals vom Berg fiel, erzählte seine Geschichte weiter, nachdem er an einen anderen Ort versetzt worden war, und seitdem hat man sie nahezu überall verbreitet. Sie können jetzt etwas sagen. Haben Sie von der Geschichte gehört?‹

›Bis jetzt noch nicht‹, erwiderte ich.

›Nun, Sie werden zweifellos in der Zukunft davon hören. Sie werden sich flußaufwärts begeben und die Geschichte dort in dieser oder jener Version zu hören bekommen. In ihrem Kern ist sie wahr.

Zweifellos werden auch Sie sich fragen, warum man Sie von den Toten wiedererweckt und hierher versetzt hat, nicht wahr?‹

Als ich nickte, sagte er: ›Mein Volk, die Ethiker, haben dies aus Gründen eines wissenschaftlichen Experiments getan. Sie haben die ganze Menschheit hierhergebracht und die verschiedensten Rassen aus den unterschiedlichsten Zeiten miteinander vermischt, nur um ihre Reaktionen zu studieren, sie aufzuzeichnen und zu klassifizieren.

Und dann — an dieser Stelle erhob sich seine Stimme in heller Empörung —, nachdem sie ihre Experimente abgeschlossen haben, nachdem man Ihnen eingeredet hat, daß das ewige Leben auf die Menschheit wartet, werden sie das Projekt abschließen! Sie alle werden sterben — und zwar endgültig! Es wird keine Wiedererweckung mehr geben! Sie werden zu Staub zerfallen!‹

›Das erscheint mir sehr grausam‹, erwiderte ich, ohne daran zu denken, daß er mir noch gar keine Sprecherlaubnis erteilt hatte.

›Es ist unmenschlich grausam‹, bekräftigte der Fremde, ›denn sie haben die Macht, Ihnen das ewige Leben zu schenken! Das heißt, es würde zumindest so lange dauern wie das dieser Sonne und sogar noch länger, denn man könnte Sie ohne weiteres nach ihrem Tod auf einen Planeten versetzen, der über eine lebensspendende Sonne verfügt. — Aber nein! Das wollen sie nicht! Ihr Standpunkt ist, daß die Menscheit die Unsterblichkeit nicht verdient!‹

›Das ist ja geradezu unethisch‹, sagte ich. ›Wie kommen diese Burschen dazu, sich selbst als Ethiker zu bezeichnen?‹

Diese Bemerkung schien ihn für einen Moment zu verwirren. Schließlich sagte er: ›Weil sie glauben, es sei unethisch, einer solch miserablen, unverdienten Spezies zu gestatten, ewig zu leben.‹

›Sie hatten sicher keine sehr hohe Meinung von uns‹, erwiderte ich.

›Das habe *ich* auch nicht‹, sagte der Fremde, ›aber gute oder schlechte Meinungen über die Menschheit haben mit ethischen Aspekten so lange nichts zu tun, wie man sie auf die Menschen als Masse anwendet.‹

›Wie können Sie jemanden lieben, den Sie verachten?‹ fragte ich.

›Es ist nicht leicht‹, erwiderte der Fremde. ›Aber das ist nichts, das wirklich ethisch ist. Aber dieses Gespräch kostet mich zuviel Zeit.‹

Ein bläuliches Licht flammte auf, und in seinem Schein konnte ich erkennen, daß er die rechte Hand unter seinem Umhang hervorgeschoben hatte. Am Handgelenk des Fremden befand sich ein Gegenstand, der größer war als eine Armbanduhr, und dieser war auch für das Licht verantwortlich. Ich konnte das Ding nicht genau erkennen, aber es sprach mit einer leisen, sanften Stimme, wie ein heruntergedrehtes Radio.

Ich konnte keines der Worte verstehen, aber jedes einzelne davon hörte sich an, als gehöre es zu einer Sprache, die ich vorher noch nie gehört hatte. Und das blaue Licht zeigte mir den Globus, der den Kopf des Wesens darstellte. Er war schwarz und sah aus, als sei er aus Glas. Die Hand des Fremden war zwar groß und breit, hatte aber lange, schlanke Finger.

›Meine Zeit ist um‹, sagte er, zog die Hand wieder unter den Umhang zurück und ließ das Innere meiner Hütte wieder dunkel werden. Dann und wann leuchtete draußen ein Blitz auf.

›Ich kann Ihnen jetzt nicht sagen, warum ich ausgerechnet auf Sie gekommen bin‹, sagte der Fremde, ›außer vielleicht, weil ihre Aura darauf hindeutet, daß Sie einen ausgezeichneten Kandidaten abgeben und der richtige Mann für diesen Job sind.‹

Was ist eine Aura? dachte ich. Natürlich wußte ich, wie ein Wörterbuch diesen Begriff definiert, aber ich wurde den Eindruck nicht los, daß der Fremde etwas ganz anderes damit meinte. *Und von welchem Job redet er*?

Als hätte er meine Gedanken glesen, streckte er plötzlich erneut die Hand aus. Das bläuliche Licht war jetzt heller geworden; so hell, daß ich ihn kaum noch sehen konnte. Dafür war es mir aber jetzt möglich, seine Hände zu erkennen, die den Globus hochhoben. Ich hoffte darauf, zumindest die Umrisse seines Kopfes und vielleicht seine Gesichtszüge erkennen zu können, wenn ich mich nur genügend anstrengte, aber ich sah nichts anderes als den großen Globus über seinem Kopf. Nicht den gläsernen Globus, denn den hielt er zur Seite. Das Ding über seinem Kopf drehte sich, erzeugte eine Farborgie und war so hell, daß ich plötzlich überhaupt nichts anderes mehr erkannte. Von Zeit zu Zeit streckte das Ding Fühler aus, die länger und länger wurden und sich dann wieder in das um seine eigene Achse wirbelnde Ding zurückzogen. Ich muß zugeben, daß ich in diesem Moment ziemlich Angst bekam. Nun, es war weniger Angst als Ehrfurcht. Es war, als würde ich einem Engel gegenüberstehen, und es ist sicherlich keine Schande, wenn man in einem solchen Augenblick Furcht verspürt.«

»Immerhin war Luzifer auch ein Engel«, warf Frigate ein.

»Yeah, ich weiß. Ich habe die Bibel auch gelesen. Und sogar Shakespeare. Ich bin vielleicht in der Grundschule keine große Leuchte gewesen, aber ich habe mir schon selbst einiges beigebracht.«

»Ich wollte dich keinesfalls als Kulturbanausen hinstellen«, sagte Frigate.

Martin schnaufte und sagte: »Ihr beiden werdet doch wohl nicht an Engel glauben?«

»Ich nicht«, sagte Tom. »Aber er sah verdammt wie einer aus. Jedenfalls nehme ich an, daß diese Aura normalerweise nicht so einfach zu sehen ist. Ich nehme an, daß er sie mir mit Hilfe des Geräts, das er am Arm trug, zeigte. Ganz plötzlich verschwand sie dann, und im gleichen Augenblick erlosch auch das blaue Licht. Es ging zu schnell, als daß ich hätte einen Blick auf sein Gesicht werfen können. Als der nächste Blitz das Innere meiner Hütte erhellte, hatte er sich die Glaskugel bereits wieder über den Kopf gezogen. Ich weiß jetzt, was er mit Begriff Aura meinte. Nach dem, was er sagte, besitze ich also auch eine. Nur ist sie unsichtbar.«

»Nächstens wirst du noch behaupten, ein Engel zu sein«, knurrte Martin.

»›Sie können – Sie müssen – mir behilflich sein‹«, fuhr Tom mit den Worten des Fremden fort. »›Ich möchte, daß Sie eine Reise flußaufwärts, dem Turm entgegen, machen. Aber zuerst sollen Sie Jack London erzählen, was sich in dieser Nacht hier abgespielt hat. Sie müssen ihn davon überzeugen, daß Sie die Wahrheit sprechen, und ihn dafür gewinnen, Sie auf dieser Reise zu begleiten. Sie dürfen unter keinen Umständen irgendeinem anderen etwas von dem erzählen, was Sie von mir wissen. Nicht einem! Wir Ethiker sind nur wenige und entfernen uns nur selten vom Turm, aber meine Feinde verfügen über Agenten, die unter den Menschen leben. Im Vergleich zum Rest der Menschheit sind es natürlich nur wenige, aber sie sind als Wiedererweckte verkleidet und werden nach mir Ausschau halten.

Irgendwann werden sie auf den Gedanken kommen, daß es Flußtalbewohner gibt, die mich unterstützen. Dann werden sie versuchen, Sie zu finden. Wenn ihnen das gelingt, wird man Sie zum Turm bringen, ihre Erinnerungen lesen und sich auf die Teile Ihres Gedächtnisses stürzen, die mich betreffen. Dann wird man Sie wieder laufen lassen. – Auch London besitzt eine Tiger-Aura. Sie müssen ihn dazu bringen, daß er Sie begleitet. Sagen Sie ihm, daß ich Sie beide bald wiedertreffen werde, dann wird er Ihnen glauben. Sie werden dann mehr von dem erfahren, um was es hier eigentlich geht.‹ Er stand auf und sagte: ›Bis dann.‹

Als ein weiterer Blitz seine dunkle Gestalt beleuchtete, sah ich ihn mir an und fragte mich, ob ich noch alle fünf Sinne beieinander hatte. Ich versuchte aufzustehen, aber es gelang mir nicht. Eine halbe Stunde später klang die Lähmung ab, und ich ging hinaus. Das Gewitter war vorüber, und die Wolken brachen auf, aber er war verschwunden.«

Martin erzählte die Geschichte weiter. Tom war am nächsten Abend zu ihm gekommen und hatte ihn dazu verpflichtet, über das, was er ihm zu sagen hatte, absolutes Stillschweigen zu bewahren. Martin hatte anfangs nicht gewußt, ob er ihm überhaupt glauben sollte. Was ihn schließlich davon überzeugte, daß er die Wahrheit sprach, war die Tatsache, daß es einfach keinen Grund gab, weswegen Tom ihn ein derart fantastisches Garn erzählen sollte.

Die Begegnung *hatte* stattgefunden — aber wer sagte ihnen, ob sie nicht auf einen Witzbold hereingefallen waren?

Tom hatte sich diese Frage nicht nur selbst gestellt, sondern auch darüber nachgedacht, ob nicht vielleicht London selbst derjenige gewesen sei, der ihn veräppelt hatte, aber es war beiden Männern klargeworden, daß niemand aus ihrem Bekanntenkreis in der Lage gewesen wäre, eine gläserne Kugel, wie sie der Fremde getragen hatte, zu konstruieren. Und wie hätte jemand die leuchtende Aura erzeugen können?

Jedenfalls hatte es Frisco-Kid bald darauf mächtig in den Fingern gejuckt. Der Gedanke, ein Segelboot zu bauen und damit flußaufwärts zu fahren, gefiel ihm. Ob die Geschichte nun der Wahrheit entsprach oder nicht — auf alle Fälle gab sie ihm eine andere Einstellung zum Leben. Und so dachte auch Tom. Der Turm wurde für sie beide zu einer Art Heiligem Gral.

»Ich hab mich ziemlich mies gefühlt, Howardine so ohne ein Abschiedswort zu verlassen. Kid kam sowieso nicht mit seiner Frau klar. Sie war ein recht selbstbewußtes Weib, das sich durchzusetzen verstand. Weiß der Teufel, was er an ihr gefressen hatte. Jedenfalls hatte er nichts dagegen, einfach abzudampfen.

Wir fuhren ein paar hundert Steine weit flußaufwärts und suchten uns einen Platz, an dem wir unseren Schoner auf Kiel legten. Dann tauchte Nur auf und half uns. Er ist der einzige, der schon in den Anfangstagen bei uns war.«

Tom legte plötzlich einen Finger auf die Lippen und schlich lautlos zur Tür. Er preßte das Ohr gegen die Füllung und lauschte einen Moment lang. Dann riß er die Tür auf.

Vor ihm stand Nur el-Musafir, der kleine Maure.

56

Er schien weder überrascht noch ängstlich zu sein und sagte auf englisch: »Darf ich eintreten?«

»Genau das wirst du jetzt tun, verdammt!« brüllte Tom. Er machte allerdings keine Anstalten, ihn hereinzuziehen, denn irgend etwas an dem kleinen Mann deutete darauf hin, daß es gefährlich sein konnte, ihn anzugreifen.

Nur kam herein. Farrington blickte ihn finster an und stand auf.

»Du hast gelauscht?«

»Offensichtlich.«

»Und warum?« fragte Tom.

»Weil ich euren Gesichtern ansehen konnte, daß etwas nicht stimmt, Peter war in Gefahr.«

»Vielen Dank, Nur«, sagte Frigate.

Tom Rider schloß die Tür. Martin sagte: »Jetzt brauche ich noch einen Drink.«

Nur ließ sich auf dem Deckel einer Seemannskiste nieder. Martin schenkte zwei Whisky ein. Tom sagte: »Du hast alles gehört?«

Nur nickte.

»Genausogut hätten wir uns mit einem Megaphon an Deck stellen und es der ganzen Welt erzählen können!« schrie Martin.

»Um Himmels willen!« sagte Tom. »Jetzt haben wir schon wieder ein Problem am Hals!«

»Es besteht genausowenig ein Grund wie bei Peter, mich zu töten«, sagte Nur. Er nahm eine Zigarre aus seinem Brustbeutel und zündete sie sich an. »Ich hörte, wie eure Frauen sagten, daß sie bald zurück sein würden. Wir haben nicht mehr viel Zeit.«

»Er ist wirklich ziemlich gewichst, was?« sagte Tom zu Martin.

»Wie ein erfahrener Agent.«

Nur lachte und sagte: nein. Eher wie jemand, der von einem Ethiker ausgewählt wurde!«

Und dann: »Jetzt schaut ihr, was? An sich hättet ihr euch schon früher fragen können, warum ich von Anfang an bei euch war und alle Höhen und Tiefen dieser Reise mitgemacht habe.«

Martin und Tom öffneten gleichzeitig den Mund.

»Ich weiß, was ihr jetzt denkt«, fuhr Nur fort. »Natürlich würde jeder Agent behaupten, zu den Auserwählten des Fremden zu gehören. Aber glaubt mir, ich bin kein Spitzel.«

»Woher sollen wir wissen, ob du die Wahrheit sprichst? Kannst du es beweisen?«

»Woher weiß ich, daß ihr keine Agenten seid? Könnt ihr das Gegenteil beweisen?«

Der Kapitän und sein Erster Offizier waren sprachlos.

»Wann hat der geheimnisvolle Fremde mit dir gesprochen?« fragte Frigate. »Und warum hat er Tom gegenüber nichts davon erwähnt, daß auch du zu seinen Leuten gehörst?«

Nur hob die Schultern.

»Er kam kurz nach seinem Besuch bei Tom zu mir. Ich weiß nicht mehr genau, wann das war. Und was die zweite Frage angeht, so weiß ich darauf keine Antwort. Ich vermute, daß der Fremde uns vielleicht nicht die Wahrheit gesagt hat. Er hat möglicherweise insofern gelogen, daß er uns nicht die ganze Wahrheit der Lage offenbart hat, in der wir uns befinden. Warum, weiß ich nicht. Aber ich bin neugierig darauf.«

»Vielleicht sollten wir sie alle beide hier zurücklassen«, sagte Martin.

»Wenn du das tust«, erwidert Nur, »werden Peter und ich den Luftweg nehmen und vor euch am Turm ankommen.«

Martin grunzte und sagte: »Ach, sie können einfach keine Agenten der Feinde deines Besuchers sein, Tom, sonst hätte man uns längst hochgehen lassen. Wir müssen ihnen einfach glauben. Wenn ich auch nicht verstehe, warum der Ethiker Nur nicht erwähnt hat.«

Tom brachte einen Trinkspruch auf ihre neugegründete Verbindung aus, und die Männer tranken. Bald darauf kehrten die Frauen auf das Schiff zurück. Als sie Martins Kabine betraten, lachten die Männer gerade über einen Witz, den der Kapitän der *Razzle Dazzle* erzählt hatte. Glücklicherweise war es ihnen bereits vorher gelungen, sich zu einem geheimen Treffen in den Hügeln zu verabreden.

Am nächsten Tag gingen sie wieder zu Podebrad, der sie seinen Ingenieuren vorstellte. Dann ging man an die Planung des Luftschiffes.

Frigate wies darauf hin, daß die Konstruktion auf ihre Ziele abgestimmt sein mußte. Wenn sie lediglich in die Nähe der Quellen gelangen wollten, würden sie lediglich ein Schiff brauchen, das genug Treibstoff speichern konnte, um die Strecke zurückzulegen. Es brauchte dann nicht höher als etwa 4500 Meter fliegen zu können. Beabsichtigten sie jedoch, die Polarbarriere zu überfliegen, mußte es schon eine Höhe von über 9000 Metern erreichen können.

Das hieß, wenn die Geschichten, die man sich von der Höhe der Polarberge erzählte, stimmten. Niemand wußte genau, wie hoch sie waren.

Noch länger würde es dauern, ein Luftschiff zu entwerfen und zu bauen, das auch die höchsten Gipfel würde nehmen können. Ein solches brauchte eine viel größere Mannschaft — und die eine grundlegende Ausbildung. Je höher man flog, desto stärker mußten die Motoren sein. Abgesehen davon würden die Winde in dieser Höhe weitaus stärker wehen als anderswo. Zu stark. Der Zeppelin mußte sehr wahrscheinlich auch noch Sauerstoffvorräte für die Mannschaft und die Maschinen transportieren. Das wiederum würde den Ballast erhöhen. Des weiteren bestand die Gefahr, daß die Triebwerke in dieser Höhe einfroren.

Es wäre nett gewesen, wenn man das Fahrzeug hätte mit Düsen ausstatten können, aber die waren wiederum bei niedrigen Höhen und geringen Geschwindigkeiten nutzlos. Und leider gab es auch kein Material zur Herstellung von Düsentriebwerken.

Podebrad eröffnete ihnen kühl, daß sie sich ein dermaßen großes, lenkbares Luftschiff aus dem Kopf schlagen könnten. Er interessierte sich lediglich für die kleineren, starren Modelle, denn auch diese würden die Berge überwinden können, wenn sie eine Höhe von 4000 Metern nicht überschritten. Er wußte, daß die Berge hie und da Höhen von über 6000 Metern erreichten. Deswegen würde das Schiff so lange an ihnen vorbeifliegen müssen, bis es eine Lücke fand, die es passieren konnte.

»Das würde einen hohen Treibstoffverbrauch bedeuten, weil wir dann länger unterwegs wären«, warf Frigate ein.

»Sicher«, sagte Podebrad. »Das Schiff muß groß genug sein, um auf solche Fälle vorbereitet zu sein.«

Es war klar, daß *Sinjoro* Podebrad ab jetzt den Boß darstellte.

Am nächsten Tag wurde das Projekt Luftschiff eingeleitet. Nach acht Monaten wurde es abgeschlossen, und damit hatte man vier Monate weniger gebraucht, als man geschätzt hatte. Podebrad erwies sich als harter Antreiber.

Dann fragte Nur Podebrad, wie er Virolando ohne jegliches Kartenmaterial finden wollte.

Der Tscheche erwiderte, er habe mit mehreren Missionaren gesprochen, die aus diesem Lande stammten. Nach ihren Schätzungen lag Virolando in der Nähe der arktischen Region, und zwar dort, wo der Fluß abwärts floß. Virolando mußte etwa 50000 Kilometer von den Quellen entfernt liegen und aus der Luft ohne weiteres zu erkennen sein, denn es lag an den Ufern eines sehr großen, stundenglasförmigen Sees, aus dem genau einhundert Felsnadeln herausragten. Man konnte ihn unmöglich mit einem anderen verwechseln.

Später sagte Frigate: »Ich zweifle daran, daß er ein Chancist ist.

Diejenigen, die ich bisher getroffen habe, waren alle sehr warmherzig und mitfühlend. Aber dieser Bursche könnte glatt noch einem Eisschrank Lektionen in Kühlung erteilen.«

»Vielleicht ist er ein Agent«, sagte Nur.

Die anderen erstarrten bei dem Gedanken.

»Aber wenn er einer wäre«, sagte Nur, »würde er dann nicht eher darauf bestehen, einen Zeppelin zu bauen, der so hoch fliegen kann, daß er über die Polarbarriere hinwegkommt?«

»Ich glaube nicht, daß es überhaupt möglich wäre, das zu tun«, sagte Frigate.

Wie immer Podebrad sich auch geben mochte: er arbeitete effizient. Obwohl er keinen Luftschiffpiloten auftreiben konnte, brachte er genügend Ingenieure zusammen, um ein Dutzend Zeppeline zu bemannen. Und er traf die Entscheidung, daß die Piloten sich ihr Wissen selbst aneignen mußten.

Er stellte drei Mannschaften auf, so daß es für jede Person, die aus irgendwelchen Gründen ausscheiden mußte, einen Ersatz gab. Erst während des Bodentrainings kamen Frigate, Nur, Farrington, Rider und Pogaas die ersten Zweifel. Keiner von ihnen wußte viel über Maschinen, was bedeutete, daß sie sich auch dieses Wissen würden aneignen müssen. Warum sollte Podebrad sie überhaupt einsetzen, wenn er über mehr als genug ausgebildete Ingenieure und Mechaniker verfügte?

Er hatte die Mannschaftsstärke auf acht Personen festgesetzt, und nach dem, was er der Mannschaft der Razzle Dazzle versprochen hatte, würden fünf von ihnen auf jeden Fall dazu gehören. Podebrad war während jeder Ausbildungsstunde dabei, wenn auch offensichtlich nur als Beobachter.

Frigate war nervös, als er seinen ersten Flug unternahm, aber glücklicherweise half ihm die Erfahrung als Ballonfahrer über das Lampenfieber hinweg.

Eine Mannschaft nach der anderen wurde ausgebildet. Dann unternahm das große, halbstarre Schiff mehrere hundert Kilometer weite Rundflüge. Es schwebte über vier Bergwände hinweg und überflog Täler, die man, obwohl sie praktisch direkt neben der Haustür lagen, noch niemals gesehen hatte.

Am Abend vor dem endgültigen Start nahmen die Mannschaften an einer Festlichkeit teil, die man zu ihren Ehren veranstaltet hatte. Auch die Mannschaft der *Razzel Dazzle,* mit Ausnahme der Frauen, war dazu eingeladen worden. Die Frauen hatten sich verständlicherweise darüber geärgert, daß Frigate, Farrington, Rider und Pogaas die Absicht hatten, ohne sie auf die Reise zu gehen, und sich anderen Partnern zugesellt. Nur war ohne Frau nach Neu-Böhmen gekommen. Er hatte sich als einziger nichts vorzuwerfen.

Kurz vor Mitternacht schickte Podebrad die Leute wieder nach Hause. Der Aufstieg sollte erst kurz vor Morgengrauen stattfinden, was bedeutete, daß die Mannschaft noch früher als sonst das Bett verlassen mußte. Farringtons Gruppe ließ sich in einer Hütte in der Nähe des Bambushangars nieder und ging bald zu Bett. An sich hatte man erwartet, daß Podebrad während der Party seinen Rücktritt und den Abflug der Gruppe bekanntgeben würde, aber es war offensichtlich, daß er damit zu warten gedachte, bis man sich an Bord befand.

»Vielleicht glaubt er, man würde ihn lynchen«, sagte Martin.

Frigate konnte als einziger nicht einschlafen — oder zumindest nahm er das an. Es war nicht unmöglich, daß Martin seinen Schlummer nur vortäuschte. Obwohl er während der ganzen Ausbildungszeit keine Angst gezeigt hatte, schien er sich noch immer nicht mit dem Gedanken anfreunden zu können, bald keinen Boden mehr unter den Füßen zu haben.

Frigate wälzte sich hin und her. Er war zu aufgekratzt, um sich wirklich entspannen zu können. Es war ihm schon immer schwergefallen, kurz vor entscheidenden Ereignissen einschlafen zu können, gleichgültig, ob es sich um ein Fußballspiel oder ein Rennen gehandelt hatte. Leider hatte diese Schlaflosigkeit nicht selten dazu geführt, daß er am nächsten Tag unausgeschlafen und nicht hundertprozentig Herr seiner Kräfte gewesen war. Allein die Angst, daß er möglicherweise nicht gut genug für das sei, was ihn erwartete, hatte dafür gesorgt, daß er am nächsten Tag versagte.

Und davon abgesehen waren ihm die Gefahren, auf die sie sich einließen, noch aus den Tagen bekannt, in denen er die Maschinen der US-Luftwaffe und später dann Ballons geflogen hatte. Er wachte aus seinem leichten Schlaf auf, als er das Brüllen von Motoren und das Surren von Propellern hörte.

Frigate rollte sich aus seinem Bett, öffnete die Tür und schaute hinaus. Obwohl das ganze Land unter einer dichten Nebeldecke verborgen war, konnte es nur einen Grund für die Geräuschkulisse geben.

Es kostete ihn eine Minute, die anderen zu wecken. Lediglich mit Kilts und langen, dicken Tüchern bekleidet rannten sie auf den

Hangar zu. Mehrere Male stießen sie gegen Hüttenwände oder stolperten. Schließlich, als sie den Hügelrücken erklommen hatten und über das Nebelfeld hinwegsahen, erkannten sie, daß genau das geschah, was sie insgeheim befürchtet hatten.

Im hellen Licht der Sterne erblickten sie eine Gruppe von Männern und Frauen, die in Hochrufe ausgebrochen waren. Sie hatten das Luftschiff an langen Seilen aus dem Hangar gezogen. Und jetzt, im Bewußtsein, daß ihre Arbeit erledigt war, sahen sie zu, wie es langsam aufstieg. Der Wasserballast wurde abgeworfen und durchnäßte sie. Immer schneller stieg das zigarrenförmige Gefährt nun auf, und seine Nase drehte sich dem Fluß entgegen. In der Kabine und unterhalb des langen, dreieckigen Kiels blitzten nun Lichter auf. Durch eines der Fenster konnte man Podebrads Gesicht erkennen.

Heulend und fluchend rannten die fünf Männer auf das Schiff zu. Aber jedem einzelnen von ihnen war klar, daß sie nichts mehr gegen seinen Abflug unternehmen konnten.

Farrington ergriff einen an der Hangarwand stehenden Speer und schleuderte ihn. Er flog nicht weit und hätte beinahe eine Frau getroffen. Schließlich warf Farrington sich auf den Boden und schlug wütend mit den Fäusten auf die Grasdecke ein.

Mix sprang hin und her. Er schrie und schüttelte die Fäuste.

Nur schüttelte den Kopf.

Pogaas stieß Flüche in seiner Sprache aus.

Frigate weinte. Er war schuld daran, daß die anderen neun Monate Zeit vertrödelt hatten. Wäre er nicht auf die Idee mit dem Luftschiff gekommen, hätten sie mit der *Razzle Dazzle* ihrem Ziel schon 50000 Kilometer näher sein können.

Und das Allerschlimmste war, daß sie die *Razzle Dazzle* verkauft hatten. Natürlich nicht für eine Kleinigkeit. Für fünftausend Zigaretten, eine Menge Schnaps und einige persönliche Gefälligkeiten.

Später saßen sie mit finsteren Gesichtern in der Nähe eines Gralsteins und warteten darauf, daß er ausbrach, um ihre Nahrungsbehälter zu füllen. Die Neu-Böhmer um sie herum veranstalteten einen Höllenlärm und verfluchten ihren ehemaligen Chef. Die ehemaligen Mannschaften der *Razzle Dazzle* und des Luftschiffes hingegen schwiegen. Schließlich sagte Martin Farrington: »Nun, wir können unser Schiff immer noch zurückstehlen.«

»Das wäre nicht ehrlich«, sagte Nur.

»Was meinst du mit ›nicht ehrlich‹? Ich habe natürlich nicht daran gedacht, es zu nehmen, ohne dafür etwas dazulassen. Wir könnten den Kaufpreis zurückzahlen.«

»Niemand würde sich auf diesen Handel einlassen«, sagte Tom.

»Was könnten sie dagegen tun?«

Die plötzliche Aktivität um sie herum brachte die Männer für einen Moment zum Schweigen. Ein Mann gab bekannt, daß der Rat von Neu-Böhmen einen neuen Staatsführer gewählt hatte. Es handelt sich um Karel Novak, Podebrads Stellvertreter. Es gab einige Hochrufe, aber die meisten der Anwesenden machten den Eindruck, als sein sie zu deprimiert, um tiefere Gefühle zu zeigen.

»Warum hat er uns das nur angetan?« fragte Martin. »Wir sind doch ebenso gute Luftschiffer wie die anderen. Und außerdem hatte er es uns versprochen.«

Frigate sagte mit beinahe überkippender Stimme: »Die Wahrheit ist, daß Hronow und Zeleny einfach bessere Piloten sind als ich. Podebrad wußte genau, daß ihr, wenn er mich ablehnte, einen Höllensturm entfacht hättet. Nur deswegen ist er ohne uns abgehauen.«

»Die verdammte Ratte!« sagte Tom. »Nein, das ist es nicht. Und abgesehen davon bist du gar kein schlechter Mann.«

»Wir werden es niemals herausfinden«, sagte Martin. »Sagt mal, ob dieser Podebrad ein Agent war? Ob er irgendwie etwas über uns herausgefunden und uns deswegen mit dem Finger in der Nase hier zurückgelassen hat?«

»Das bezweifle ich«, meinte Nur. »Er könnte einer sein. Vielleicht war es seine ursprüngliche Absicht, ein schnelles Dampfschiff zu bauen, um damit den Fluß hinauf zu fahren. Und dann kamen wir und setzten ihm einen Floh ins Ohr: ein Luftschiff. Jetzt hat der Floh allerdings uns gebissen.«

»Wenn er wirklich ein Agent war — woher hat er dann aber von unseren Absichten erfahren können?«

Frigate hob den Kopf. »Da haben wirs! Vielleicht hat eine der Frauen, von denen wir uns abgeseilt haben, irgendwann ein Gespräch zwischen uns mit angehört. Du bist manchmal ziemlich laut geworden, wenn wir in deiner Kabine zusammen waren. Vielleicht hat Eloise oder Nadja dich im Schlaf reden gehört. Und aus Rache hat sie dann Podebrad alles erzählt. Das wäre Grund genug für ihn, uns nicht mitzunehmen.«

»Keine von denen hätte ihren Mund halten können«, sagte Tom. »Das haben sie schon vor langer Zeit bewiesen.«

»Wir werden's nie herausbekommen«, sagte Martin.

»Ach ja?« fragte Tom. »Ich für meinen Teil werde Podebrad, sollte ich ihn noch einmal treffen, jedenfalls den Hals umdrehen.«

»Aber zuerst breche ich ihm die Beine« versicherte Farrington.

»Nein«, wandte Frigate ein. »Ich würde zuerst ein sechstöckiges Haus bauen. Es dürfte nur ein Fenster haben, und zwar im obersten Stockwerk. Und dann könnten wir ihn nach einer original tschechischen Methode exekutieren.«

»Und wie funktioniert die?« fragte Tom.

»Indem wir ihn aus dem Fenster werfen.«

»Sich vorzustellen, wie die Rache ausfallen wird«, warf Nur ein, »ist eine gute Methode, um etwas Ärger loszuwerden. Auf jeden Fall ist es besser, als gar keine Rachegefühle zu verspüren. Aber es wäre besser, wenn wir etwas täten, anstatt nur Luft abzulassen.«

Frigate stand gewandt auf. »Ich habe eine Idee! Nur, kannst du einen Moment auf meinen Gral aufpassen? Ich werde versuchen, mit Novak zu sprechen.«

»Du und deine Ideen!« rief Farrington. »Sie haben uns schon genug Schwierigkeiten eingebracht! Komm gefälligst zurück!«

Aber Frigate ging weiter.

57

Langsam und majestätisch schwebte die *Parseval* über der Kluft dahin. Die Nase des Luftschiffes zeigte nach oben, und seine Propeller waren aufwärts gerichtet. Der aus dem Loch wehende Wind strömte am Rand des Canyons nach unten, und das Luftschiff mußte darauf achten, nicht von dem Abwind erfaßt zu werden. Cyrano mußte die Windstärke exakt berechnen, das Luftschiff auf konstanter Höhe halten und dafür sorgen, daß es genau im Zentrum des bogenförmigen Loches blieb. Der kleinste Fehler konnte dazu führen, daß die *Parseval* gegen den Rand des Canyons gedrückt wurde und auseinanderbrach.

Jill machte sich klar, daß sie — vorausgesetzt, sie wäre der Kommandant des Schiffes gewesen — dieses Risiko nicht eingegangen wäre. Nach ihrer Ansicht wäre es besser gewesen, die Polarbarriere weiter zu umkreisen, um nach einem anderen Eingang zu suchen. Das bedeutete allerdings den Verbrauch von viel Treibstoff. Angesichts der starken Winde, gegen die die Motoren anzukämpfen hatten, würden sie wahrscheinlich zuviel verbrauchen, um nach Parolando zurückkehren zu können. Vielleicht hätte die *Parseval* unter diesen Umständen nicht einmal mehr die *Mark Twain* erreicht.

Obwohl Cyrano schwitzte, glänzten seine Augen, und sein Gesicht zeugte von echter Begeisterung. Wenn er sich fürchtete, zeigte er es nicht. Jill mußte sich eingestehen, daß er trotz allem die beste Figur an Bord abgab. Er hatte die schnellsten Reflexe und schien gar nicht daran zu denken, er könne in Panik verfallen. Offenbar war der Flug durch das Loch für ihn gleichbedeutend mit einem Duell. Der Wind rückte gegen ihn vor; er parierte; der Wind zog sich zurück — Cyrano setzte ihm nach.

Und jetzt befanden sie sich innerhalb dicker, den Tunnel ausfüllender Wolken.

Und dann waren sie durch.

Obwohl der Nebel sie noch immer einhüllte, sagten ihnen die Radarschirme, wie es draußen aussah. Vor ihnen, in einem Kilometer Tiefe, breitete sich der See aus. Um ihn herum gruppierten sich die Polarberge. Und geradeaus, im Mittelpunkt des Sees, exakt 48,5 Kilometer von ihnen entfernt, befand sich ein Objekt, das sich über den Wasserspiegel erhob und dennoch im Vergleich zu den Bergen zwergenhaft wirkte.

Cyrano sagte: »Behaltet den Turm im Auge!«

Der Radarbeobachter, der an der Backbordseite vor seinen Instrumenten saß, bestätigte den Befehl.

Firebrass ordnete an, auf eine Höhe von 3000 Metern zu gehen. Da das Schiff immer noch gegen den Wind ankämpfte, war es momentan unmöglich, die Propeller horizontal zu schwenken, um die *Parseval* schneller hoch zu bringen.

Je höher sie kamen, desto mehr ließ der Wind nach. Als das Schiff die geplante Höhe erreichte, konnte es mit Leichtigkeit geradeaus manövrieren. Seine Geschwindigkeit betrug schätzungsweise 80 Kilometer in der Stunde, aber sie vergrößerte sich, je näher die *Parseval* dem Turm kam.

Der Himmel war nun heller als beim Morgengrauen, dafür sorgte die in diesen Breitengraden schwache Sonne und die interstellaren Gasnebel.

Die Radargeräte tasteten das gesamte Gebiet ab und konzentrierten sich dann auf die entfernteste Erhebung. Die nahezu kreisförmige Wasserfläche durchmaß etwa siebenundneunzig Kilometer. Die ihnen gegenüberliegende Felswand war ebenso hoch wie diejenigen, die sie gerade durchquert hatten.

»Der Turm!« brach es aus Firebrass heraus. »Er ist eintausendsiebenhundert Meter hoch — und er hat einen Umfang von sechzehn Kilometern!«

Dann gab es eine Unterbrechung. Hakkonen, der Chefingenieur, meldete, daß sich auf der Schiffshülle eine Eisschicht bildete. Zum Glück blieben die Sichtfenster der Kontrollgondel, die aus eisabweisendem Plastik bestanden, davon verschont.

»Geh auf 1 500 Meter runter, Cyrano«, sagte Firebrass. »Dort ist die Luft wärmer.«

Der hier in den See mündende Fluß brachte trotz der weiten Strecke, die er durch die arktische Region hatte zurücklegen müssen, noch genügend Wärme mit sich. In diesem geschützten, von Bergwänden umgebenen »Becher«, in dem er sich sammelte, erreichte er eine solch hohe Temperatur, daß in einer Höhe von 1 500 Metern noch eine Wärme von zwei Grad über dem Gefrierpunkt herrschte. In den höheren Luftschichten war die von der Feuchtigkeit schwere Luft allerdings eine Eisfalle.

Während das Luftschiff herunterging, meldete der Radarbeobachter, daß die Innenwände des Polarwalls weniger glatt als ihre Außenwände seien. Überall registrierte er unzählige Löcher und Vorsprünge, als seien die Schöpfer der Berge der Ansicht gewesen, daß es nicht nötig sei, die Innenseite hundertprozentig fertigzustellen.

Der Radarbeobachter hatte mittlerweile auch den Weg entdeckt, den Joe Miller beschrieben hatte: er führte vom Gipfel der Bergwand geradewegs nach unten. Es gab noch einen weiteren schmalen Pfad, der zum Fuße der Felswand hinunterreichte, aber er endete vor einem Loch, das zwei Meter hoch und drei Meter breit war.

Niemand gab einen Kommentar dazu ab. Jill fragte sich laut, aus welchen Gründen man überhaupt das große Loch geschaffen hatte, durch das das Luftschiff gekommen war.

»Vielleicht für ihre eigenen Luftfahrzeuge«, meinte Firebrass. »Wahrscheinlich haben sie das Loch gemacht, um nicht die Berge überfliegen zu müssen.«

Diese Begründung schien ebenso gut zu sein wie jede andere.

»Vielleicht«, meinte Piscator. »Allerdings kann der Lichtstrahl, den Joe Miller gesehen hat, kaum etwas damit zu tun gehabt haben, daß gerade die Sonne durch das Loch schien. Erstens dürften die Nebelwolken im Inneren des Loches einen solchen Effekt verhindern; und zweitens hätte die Sonne — selbst wenn sie es doch geschafft hätte, durch das Loch zu dringen — es niemals geschafft, auch noch die Turmspitze zu erhellen. Joe sprach davon, daß der Nebel sich kurzzeitig teilte. Aber dann hätte er die Sonnenstrahlen nicht sehen können, denn er hätte sich zu diesem Zeitpunkt mit ihnen und dem Turm auf einer parallelen Linie befinden müssen. Das war er aber nicht, denn der Pfad, auf dem er sich befand, reicht einfach nicht weit genug, um ihn in eine solche Position zu bringen.«

»Möglicherweise«, meinte Firebrass, »kam der Lichtstrahl von der Flugmaschine, die Joe eine Minute später sah. Sie setzte zur Landung an und mußte vielleicht aus irgendwelchen Gründen Energie ablassen oder so was. Und das hat Joe für einen Sonnenstrahl gehalten.«

Cyrano sagte: »Das ist möglich. Vielleicht hat es sich um ein Lichtsignal vom Turm gehandelt. Der Turm ist sicher groß genug, aber wenn Joe auf dem Vorsprung gestanden hat, konnte er ihn sicher trotzdem aus einer Entfernung von 50 Kilometern sehen. Ich frage mich allerdings, ob es möglich war, von dort aus auch ein so kleines Objekt wie eine Flugmaschine zu erkennen.«

»Vielleicht war das Flugzeug gar nicht so klein«, sagte Firebrass.

Einen Augenblick lang herrschte Stille. Jill versuchte sich die Größe eines Flugzeuges vorzustellen, das man aus einer solchen Entfernung noch sehen konnte. Sie hatte zwar keine Ahnung, ob ihre Berechnungsgrundlagen stimmten, aber es kam ihr keinesfalls übertrieben vor, eine Länge von einem Kilometer anzunehmen.

»Der Gedanke gefällt mir nicht«, meinte Cyrano.

Firebrass erteilte den Befehl, den See zu umkreisen. Die Radargeräte zeigten an, daß die Außenhülle des Turms, abgesehen von zahlreichen Öffnungen, die sich etwa zweihundertvierzig Meter unterhalb seiner Spitze befanden, fugenlos und glatt war. Die Spitze selbst war von einer Mauer umgeben, hinter der sich ein Landefeld erstreckte, das einen Umfang von fast sechzehn Kilometern besaß.

»Die Öffnungen am Fuß der Mauer«, sagte Firebrass, »sind zwar erheblich kleiner als die, durch die wir gekommen sind, aber vielleicht dienen auch sie dazu, daß der Nebel von diesem Landefeld abfließt.«

Was sie am meisten interessierte, war eine Erhebung auf dem Landefeld. Sie lag näher zum Rande des Turms, war acht Meter hoch und hatte etwa fünfzehn Meter Durchmesser.

»Wenn das kein Eingang ist«, sagte Firebrass, »verspeise ich meinen Lendenschurz!« Er schüttelte nachdenklich den Kopf. »Sam wird einen Anfall bekommen, wenn er erfährt, daß man nur von der Luft aus in den Turm hinein kann.«

»Noch sind wir nicht drin«, sagte Piscator.

»Ach was — tatsächlich? Das weiß ich selbst. Aber wir werden es auf Teufel komm raus probieren. Alle mal herhören! Sam hat uns angewiesen, lediglich den Voraustrupp zu spielen. Ich glaube, daß der Versuch, in den Turm hineinzugelangen, etwas mit der Arbeit eines Spähtrupps zu tun hat.«

Firebrass hatte nie zu den ruhigsten Personen gehört, aber jetzt schien sein ganzer Körper beinahe vor Spannung zu vibrieren. Sein Gesicht leuchtete so stark, als hätte sich jeder einzelne Nerv in ihm in eine Lichtleitung verwandelt. Selbst seine Stimme vibrierte vor Spannung.

»Es ist nicht auszuschließen, daß es dort unten Abwehrsysteme gibt — bemannt oder automatisch«, fuhr er fort. »Und die einzige Möglichkeit, etwas über sie herauszubekommen, besteht darin, daß wir sie provozieren. Ich möchte das Schiff aber keiner größeren Gefahr aussetzen, als unbedingt nötig ist.

Jill, ich werde mit einer kleinen Gruppe in einem Hubschrauber hinfliegen. Du übernimmst die Wache, das heißt, daß du stellvertretend den Posten des Kapitäns übernimmst. Was immer geschehen mag, du wirst unseren ursprünglichen Plan zu Ende bringen.

Du hältst das Schiff in einer Entfernung von einem Kilometer tausend Meter über der Turmspitze. Wenn uns irgend etwas zustoßen sollte, bringst du es zu Sam zurück. Das ist ein Befehl.

Falls wir auf irgendwas Unerwartetes stoßen, gebe ich es durch. Dann setzt du diese Kiste hier in Bewegung und überläßt die Sorge, wie wir zurückkommen, mir. Kapiert?«

»Ja, Sir«, sagte Jill.

»Wenn diese Erhebung dort ein Eingang ist, benötigen wir wahrscheinlich einen automatischen Sesam-öffne-dich. Vielleicht aber auch nicht. Wahrscheinlich hat man nicht einmal einen Gedanken daran verschwendet, daß eines Tages jemand hier auftauchen würde, um in den Turm einzusteigen. Ich glaube nicht einmal, daß jemand zu Hause ist. Falls dem aber doch so sein sollte, wird man eventuell erst einmal abwarten, was wir tun, bevor man gegen uns vorgeht. Hoffentlich kommt es nicht soweit.«

»Ich würde gerne mit Ihnen gehen, Kapitän«, sagte Cyrano.

»Du bleibst hier, du bist unser bester Pilot. Ich nehme dich, Anna, und Haldorsson, denn er kann den Hubschrauber auch fliegen. Dann noch Metzing, Arduino, Chong und Singh. Vorausgesetzt, sie melden sich freiwillig.«

Die Obrenowa rief die anderen an und meldete kurz darauf, daß sie alle bereit seien.

Dann informierte Firebrass die Mannschaft über das Kommunikationssystem über die bisherigen Erkenntnisse und gab bekannt, daß seine Gruppe in Kürze landen würde.

Er hatte seine Rede kaum beendet, als Thorn in der Zentrale anrief. Firebrass hörte ihm eine Minute lang zu und sagte dann: »Nein, Barry; ich hab jetzt genug Freiwillige.«

Er wandte sich vom Telefon ab und sagte: »Thorn war ziemlich versessen darauf, mit mir zu gehen. Er war richtig unglücklich, als ich ihn abwies. Ich hatte gar keine Ahnung, daß er an dieser Art Aktionen so stark interessiert sein könnte.«

Jill rief die Hangarsektion an und teilte Szentes mit, dem für diesen Bereich zuständigen Offizier, er solle den Helikopter Nr. 1 flugbereit machen.

Mit Ausnahme von Jill schüttelte Firebrass jedem in der Kontrollkanzel Anwesenden die Hand. Jill nahm er statt dessen für geraume Zeit in die Arme. Sie war sich nicht darüber im klaren, ob ihr dies gefiel. Es erschien ihr irgendwie ihrem Dienstgrad nicht angemessen. Des weiteren deutete eine solche Geste auf einen langen Abschied hin. Zweifelte er daran, daß er zurückkehren würde? Oder projizierte sie lediglich ihre eigene Besorgnis auf ihn?

Worin immer auch die Wahrheit bestehen mochte, sie konnte nicht abstreiten, daß sie zwiespältige Gefühle hegte. Sie mochte es nicht, wenn er sie vor den anderen so behandelte, aber gleichzeitig erfüllte es sie mit Wärme, weil er so offenkundig in sie vernarrt war. Es war geradezu ein Wunder, daß sie bei all diesen widerstreitenden Gefühlen noch keine Magengeschwüre hatte. Aber bisher waren ihr auf dieser Welt noch nie Berichte über Magengeschwüre zu Ohren gekommen. Geistige und nervliche Spannung schien sich lediglich in psychischen Erscheinungen zu äußern. Wie beispielsweise in ihren Halluzinationen.

Kurz darauf war sie bereits keine Ausnahme mehr. Cyrano bat Piscator, seinen Posten für eine Minute zu übernehmen, dann erhob er sich und umarmte, während ihm Tränen über die Wangen liefen, herzlich den Kapitän.

»Mein lieber Freund«, sagte er überschwenglich, »du darfst nicht traurig sein! Auch wenn dort Gefahren auf dich lauern — keine Angst! Ich, Savinien de Cyrano de Bergerac, werde an deiner Seite sein!«

Firebrass befreite sich aus der Umarmung, klopfte dem Franzosen auf die Schulter und lachte. »He, ich hatte gar nicht die Absicht, bei euch den Eindruck zu erwecken, es könnte etwas schiefgehen. Ich wollte nicht Lebewohl zu euch sagen! Was, zum Teufel . . . Kann ich nicht einfach . . . Oh, verflucht, Cyrano, geh zurück auf deinen Posten.«

Er lächelte, entblößte in seinem schwarzen Gesicht leuchtendweiße Zähne und winkte ihnen zu. »Tschüs!«

Anna Obrenowa folgte ihm ziemlich nachdenklich. Metzing, der äußerst teutonisch-grimmig wirkte, ging hinter ihr hinaus.

Jill gab auf der Stelle den Befehl weiter, die *Paseval* in jene Position zu bringen, die sie laut Firebrass' Anweisung einzunehmen hatte. Langsam begann das Luftschiff sich abwärts zu schrauben. Als es in die Nebelschwaden eintauchte, schaltete man die Suchscheinwerfer ein. Obwohl sie ziemlich stark waren, schafften sie es nicht, eine Entfernung von mehr als hundertfünfzig Meter auszuleuchten. Das Schiff nahm die vorgeschriebene Position ein, schwebte auf der Stelle und richtete die Nase in den Wind. Vier Lichtertunnels schoben sich in den Nebel hinein, offenbarten aber nichts als dunkelgraue Wolken. Der Turm lag jetzt direkt vor ihnen, und obwohl man ihn von der *Parseval* aus nicht mehr sehen konnte, schien er doch einen geheimnisvollen Glanz auszustrahlen, wie ausgestreckte Fühler, die nach dem Schiff griffen.

Niemand sagte etwas. Cyrano zündete sich eine Zigarre an. Piscator stellte sich hinter den Radarbeobachter und starrte auf dessen Schirme. Der Funker saß hinter seinen Apparaturen und suchte die Frequenzen ab. Jill fragte sich, was er wohl aufzufangen hoffte.

Nach einer Zeit, die allen wie eine Stunde erschien (obgleich es nicht mehr als fünfzehn Minuten gewesen waren), meldete sich Szentes und verlangte den stellvertretenden Kapitän. Die Bauchluke war geöffnet, der Hubschrauber vorgewärmt. Der Start würde in einer Minute erfolgen.

Szentes' Stimme hörte sich stark angespannt an.

»Da ist ein kleines Problem, Miz Gulbirra«, sagte er. »Deswegen habe ich Sie vor dem Start noch einmal angerufen. Mr. Thorn tauchte hier auf und versuchte den Kapitän zu überreden, ihn mit auf den Flug zu nehmen. Der Kapitän schickte ihn zurück auf seinen Posten.«

»Ist er gegangen?«

»Ja, Sir. Der Kapitän sagte, ich solle Sie anrufen, damit Sie sich darum kümmern. Mr. Thorn dürfte jetzt allerdings noch nicht in der Hecksektion eingetroffen sein.«

»Vielen Dank, Szentes. Ich werde mich darum kümmern.«

Jill unterbrach die Verbindung und stieß einen leisen Fluch aus. Jetzt hatte sie kaum fünfzehn Minuten den Befehl und schon tauchten die ersten Probleme auf. Was, zum Teufel, war in Thorn gefahren?

Es gab für sie nur eine Möglichkeit. Wenn sie das Benehmen des Mannes ignorierte, würde sie den Respekt der Mannschaft verlieren.

Sie rief den hinteren Kontrollraum an. Salomo Coppename, ein Mann aus Surinam, der in der Hecksektion die Position des Zweiten Offiziers einnahm, meldete sich.

»Nehmen Sie Mr. Thorn fest. Schließen Sie ihn unter Bewachung in seiner Kabine ein und sorgen Sie dafür, daß ständig ein Posten vor seiner Tür steht.«

Obwohl Coppename sich fragen mußte, was hier wohl vor sich ging, stellte er keine Fragen.

»Und rufen Sie mich sofort an, sobald er auftaucht.«

»Jawohl.«

Auf dem Armaturenbrett leuchtete eine rote Lampe auf. Die Bauchluke war gerade geschlossen worden. Der Radarbeobachter hatte den Helikopter Nr. 1 auf dem Schirm und meldete, daß er sich der Turmspitze nähere.

Über Funk meldete sich plötzlich eine Stimme.

»Hier ist Firebrass.«

»Sie kommen laut und klar rein«, sagte der Funker.

»Fein. Sie auch. Wir werden etwa hundert Meter von der Erhebung entfernt aufsetzen. Unser Radargerät arbeitet ausgezeichnet, es wird also keine Probleme geben. Ich nehme an, daß die Dachmauer den größten Teil des Windes abfängt, wenn wir landen. Jill, bist du da?«

»Hier, Kapitän.«

»Was hast du wegen Thorn unternommen?«

Jill erzählte es ihm und Firebrass sagte: »Ich hätte genau dasselbe getan. Wenn wir wieder zurück sind, werde ich ihn fragen, warum er dermaßen heißgelaufen ist. Wenn ... wenn ich aus irgendeinem Grund nicht zurückkommen sollte, wirst du das übernehmen müssen. Halt ihn auf jeden Fall unter Bewachung, bis wir den Job hier erledigt haben.«

Jill gab Aukuso den Befehl, das Funkgespräch auf das Bordkommunikationssystem zu legen. Es gab keinen Grund, weshalb die Mannschaft das Gespräch von jetzt an nicht mithören sollte.

»Wir gehen jetzt runter. Der Wind wird schwächer. Jill, ich ...«

Cyrano sagte plötzlich: »Die Bauchluke steht offen!«

Er deutete auf das aufleuchtende rote Lämpchen.

»Mon Dieu!«

Er deutete aus dem Fenster.

Es wäre unnötig gewesen.

In diesem Moment sah jeder, der in der Kontrollkanzel anwesend war, wie sich innerhalb des grauen Nebels ein feuriger Ball aufbauschte.

Jill stöhnte.

Aukuso rief laut: »Kapitän! Kommen Sie zurück, Kapitän!«

Aber niemand antwortete.

58

Das Interkom klingelte.

Als bestünde die Luft aus Zuckerwatte, bewegte sich Jill langsam zur Seite und stellte den Schalter auf EIN.

Szentes sagte: »Sir! Thorn hat den anderen Hubschrauber gestohlen! Aber ich glaube, ich habe den Hundesohn erwischt! Ich hab das ganze Magazin meiner Pistole auf ihn abgefeuert.!«

»Er ist auf dem Schirm!« sagte Cyrano.

»Was ist passiert, Szentes?«

Jill führte einen stummen Kampf, um in der dicken Luft nicht zu ersticken. Sie mußte diese Mattigkeit überwinden und ihre Fähigkeit zur Analyse und schnellen Reaktion zurückgewinnen.

»Thorn verließ zunächst den Hangar, so wie es ihm der Kapitän befohlen hatte. Aber sobald der Hubschrauber gestartet war, kehrte er zurück. Er hatte eine Pistole bei sich. Er zwang uns dazu, in die Werkstatt zu gehen, schloß das Interkom kurz und sperrte uns ein. Allerdings hatte er vergessen, daß wir dort auch die Waffen lagern. Oder er nahm an, er könne von Bord sein, ehe wir an die herankämen.

Wir haben das Schloß zerschossen und brachen aus. Aber da befand er sich schon im Hubschrauber und startete von der Landeplattform. Als der Kopter die Luke passierte, schoß ich auf ihn — und die anderen auch. — Was, Sir, geht hier vor?«

»Ich werde die Mannschaft informieren, sobald ich es selbst weiß«, erwiderte Jill.

»Sir?«

»Ja?«

»Es war eine komische Sache. Als Thorn uns dazu zwang, in die Werkstatt zu gehen, weinte er ununterbrochen. Selbst dann noch, als er sagte, er würde uns alle niederschießen, wenn wir versuchen würden, ihn an seinem Vorhaben zu hindern.«

»Ende«, sagte Jill und unterbrach die Verbindung.

Der Infrarotbeobachter sagte: »Das Feuer brennt immer noch, Sir.«

Der Radarmann, der trotz seiner dunklen Haut blaß geworden war, sagte: »Das Feuer stammt von dem Helikopter, Sir. Er ist auf dem Landefeld des Turms.«

Jill starrte in den Nebel hinaus. Abgesehen von den wirbelnden Wolken konnte sie nichts erkennen.

»Ich habe jetzt den anderen Kopter auf dem Schirm«, sagte der Radarbeobachter. »Er geht runter. Zum Fuß des Turms.«

Einen Augenblick später fügte er hinzu: »Er befindet sich jetzt mitten auf dem Wasser.«

»Aukuso, rufen Sie Thorn an.«

Jill fühlte, daß sie den toten Punkt allmählich überwand. Sie war zwar immer noch verwirrt, aber es gelang ihr mit jeder Sekunde, mehr Ordnung in das Chaos zu bringen.

Eine Minute später meldete Aukuso: »Er antwortet nicht.«

Nach der Radarmessung schwamm der Helikopter nun dreißig Meter vom Turm entfernt auf dem Wasser.

»Versuchen Sie es weiter, Aukuso.«

Firebrass war möglicherweise tot. Jetzt war sie der Kapitän. Nun hatte sie ihren Willen.

»Mein Gott! Auf diese Art wollte ich den Posten nicht haben!«

Erschöpft rief sie Coppename an und bat ihn, in den Kontrollraum zu kommen und den Posten des Ersten Offiziers zu übernehmen. Seinen Job sollte er Alexandros übergeben.

»Cyrano, um Thorn sollten wir uns später kümmern. Zuerst müssen wir herausfinden, was Firebrass zugestoßen ist ... und den anderen.«

Sie machte eine Pause und sagte: »Wir müssen auf der Turmspitze landen.«

»Sicher«, sagte Cyrano. »Warum nicht?«

Er war blaß und hatte das Kinn vorgereckt. Dennoch schien er sich völlig unter Kontrolle zu haben.

Die *Parseval* bewegte sich durch die Wolken, während der Radarmann die Umgebung und den Boden beobachtete. In der Umgebung des Turms kamen sie in einen mächtigen Aufwind, der sich aber verlor, sobald sie über dem Landefeld waren.

Die Kielscheinwerfer des Luftschiffes tasteten sich nach unten und huschten über das matte, graue Metall der weitflächigen Landebahn. Im Inneren des Kontrollraums konnte man zwar die Flammen, nicht jedoch den Helikopter ausmachen.

Langsam flog die *Parseval* über dem Feuer dahin. Jetzt legten sich die Propeller in einen anderen Winkel, um den Koloß noch tiefer hinabzubringen.

So sanft wie möglich brachte der Pilot das Schiff nach unten. Unter idealen Bedingungen hätte hier eigentlich gar kein Wind herrschen dürfen, aber die Tausende von Luftlöchern, die sich am Fuß der Landebahnmauer befanden, erzeugten eine Brise, die etwa acht Kilometer in der Stunde betrug. Auf der Beaufort-Skala war das eine Kleinigkeit. Ein solcher Wind war gerade auf dem nackten Gesicht spürbar und konnte höchstens Zweige zum Rascheln bringen oder eine Wetterfahne bewegen.

Ein Laie hätte diese Windstärke nicht einmal als nachdenkenswert eingestuft, aber die große Oberfläche des Luftschiffes konnte von dieser Brise leicht weggedrückt werden, wenn man ihr nichts entgegensetzte. Der Luftstrom hätte sie hochgehoben und gegen die Mauer gedrückt, hätte man keine Möglichkeit besessen, ihm zu begegnen.

Es gab hier keinen Ankermast. Und man konnte das Schiff nicht in unmittelbaren Kontakt mit dem Landefeld bringen. Im Gegensatz zur *Graf Zeppelin* und der *Hindenburg* verfügte die *Parseval* über keine mit Rädern versehene Kontrollgondel, um das untere Heckteil davor zu bewahren, gegen den Boden gepreßt und zerquetscht zu werden. Da sich die Kontrollgondel am Bug des Luftschiffes befand, konnte die *Parseval* nicht landen, ohne die untere Schwanzfinne zu zerstören.

Zum Glück hatte man genügend Seile an Bord. Man hatte sie mitgenommen, um im Notfall irgendwo heruntergehen zu können. In einem solchen Fall hätte man sie einfach ausgeworfen und sich darauf verlassen, daß sich die Flußtalbewohner als freiwillige Landemannschaft zur Verfügung gestellt hätten.

Jill gab ein paar Befehle. Cyrano drehte das Schiff mit der Breitseite in den Wind und erlaubte es dem stärker werdenden Luftstrom, die *Parseval* langsam über das Landefeld dahinzuschieben. Spätestens am Mittelpunkt des Turmdaches stellte sich heraus, daß der Wind nun von der anderen Seite blies, weil sich dort ebenfalls Löcher in der Mauer befanden.

Als der Radarmann bekanntgab, daß der Bug der *Parseval* noch einen halben Kilometer von der Mauer entfernt war, schaltete Cyrano die Propeller herunter. Das Luftschiff blieb stehen. Die Bauchluke wurde geöffnet.

Teams von vier Männern ließen Seile hinab, an denen insgesamt fünfzig andere hinunterkletterten. Als sie endlich Boden unter die Füße bekamen, verlor das Schiff an Gewicht und geriet wieder ins Schwimmen. Zögernd gab Jill den Befehl, ein wenig Gas aus den Behältern abzulassen. Ballast wollte sie erst dann abwerfen, wenn die Lage kritisch wurde.

An Bug und Heck wurden jetzt weitere Seile heruntergelassen. Die Männer und Frauen, die sich auf dem Landefeld aufhielten, ergriffen sie und hielten die *Parseval* mit ihrem Körpergewicht unten.

Jetzt ließ Cyrano das Schiff der Mauer entgegenschweben. Die Propeller bewegten sich nicht. Bevor die Nase der *Parseval* die Mauer berührte, schaltete er sie wieder ein. Das Luftschiff hielt an.

Zwei Männer eilten auf die Mauer zu und prüften den durch die Löcher strömenden Wind. Über ein tragbares Funkgerät informierten sie die Leute in der Kontrollgondel, daß der aus den Mauerlöchern kommende Luftstrom stark genug sei, um das Schiff davon abzuhalten, gegen die Wand gedrückt zu werden.

Wieder wurden Seile herabgelassen. Erneut mußten die Gasbehälter erleichtert werden. Die Männer auf der Landefläche des Turms hängten sich schwerer in die Seile, um den Gewichtsverlust auszugleichen.

Wieder andere eilten zu den Leuten am Bug und halfen ihnen, die *Parseval* nahe genug an die Mauer heranzuziehen, um drei kräftige Taue durch die Mauerlöcher zu werfen und mit Enterhaken zu befestigen. Als sie festsaßen, schwang man das Heck der *Parseval* soweit herum, daß sie parallel zur Mauer schwebte. Schließlich wurden die am Heck befestigten Seile wieder entfernt. Das Schiff schwebte jetzt knapp zwanzig Meter von der Mauer entfernt in der Luft.

Jill erwartete keine Windänderung. Wenn es trotzdem dazu kam, konnte ein unkalkulierbarer Schaden an der Außenhülle entstehen. Ein einziger Stoß, der das Schiff gegen die Mauer drückte, konnte die Propeller abreißen und die Motoren beschädigen.

Von der Bauchluke wurde eine Leiter herabgelassen. Jill und Piscator eilten aus dem Kontrollraum, gingen rasch durch den Korridor und kletterten die Leiter hinab. Dr. Graves wartete bereits auf sie. Er hatte eine schwarze Aktentasche in der Hand.

Der Helikopter war etwa dreißig Meter von der seltsamen Erhebung entfernt abgestürzt. Die Flammen wirkten wie ein Signalfeuer, das ihnen den Weg durch den Nebel wies. Jills Herzschlag wurde schneller, als sie sich dem Wrack näherten. Es erschien ihr unvorstellbar, daß der vitale und lebensprühende Firebrass nicht mehr am Leben sein sollte.

Er lag mehrere Meter von dem brennenden Kopter entfernt auf dem Boden. So weit hatte die Druckwelle ihn aus der Maschine geschleudert. Die anderen hingen noch in den Sitzen. Sie waren bis zur Unkenntlichkeit verkohlt.

Graves reichte seine Lampe an Piscator weiter und beugte sich über die Gestalt. Der Rauch vermischte sich mit dem Nebel und trug den erstickenden Geruch von verbranntem Fleisch und Benzin zu ihnen herüber. Jill wurde übel.

»Halten Sie die Lampe gerade!« sagte Graves scharf.

Jill tat mit ihrer Lampe, wie ihr geheißen, und zwang sich, einen Blick auf die Leiche zu werfen. Die Explosion hatte Firebrass' Kleidung in Fetzen gerissen. Die Haut seines Körpers war von oben nach unten versengt. Trotz der schweren Verbrennungen waren seine Züge noch erkennbar. Er war bei der Explosion aus der Maschine geschleudert worden. Das konnte bedeuten, daß der Sturz für seine schreckliche Kopfwunde verantwortlich war.

Jill hatte nicht die geringste Ahnung, aus welchen Gründen der Arzt Firebrass so genau untersuchte. Sie wollte ihn gerade danach fragen, als er aufstand und ihr die Hand entgegenstreckte.

»Sehen Sie sich das an.«

Jill ließ den Strahl ihrer Lampe auf seine Handfläche fallen. Das Objekt, das sie sah, war rund und von der Größe eines Streichholzkopfes.

»Es lag auf der Oberfläche seines Gehirns. Ich habe keine Ahnung, was das bedeuten soll.«

Nachdem er das Blut von dem Ding abgewischt hatte, sagte er: »Es ist schwarz.«

Er wickelte das Kügelchen in ein Tuch und steckte es in seine Arzttasche.

»Was sollen wir mit den Leichen machen?«

Jill warf einen Blick auf die glühende Masse verbogenen Metalls.

»Es hat keinen Sinn, jetzt noch Schaum zu verschwenden, um das Feuer zu löschen«, sagte sie mit matter Stimme und sah die Männer an, die ihnen gefolgt waren. »Peterson, Sie bringen Firebrass' Leiche zum Schiff zurück! Aber schlagen Sie sie vorher in Tücher ein! Die anderen kommen mit mir!«

Kurz darauf hielten sie vor der Erhebung an. Die Suchscheinwerfer der *Parseval* beleuchteten die Ausbuchtung und ließen sie im Nebel wie einen geisterhaften Iglu oder Bunker erscheinen. Mit Hilfe ihrer Lampe fand Jill heraus, daß dieser Bunker aus dem gleichen grauen Metall bestand wie der Rest des Turms. Sie sah weder Nahtstellen, noch Rillen. Das ganze Ding wirkte wie eine Metallblase, die man von unten her aufgepumpt hatte.

Die andern umstanden einen bogenförmigen Eingang und warteten darauf, daß Jill eine Entscheidung traf. Die Scheinwerfer beleuchteten einen höhlenartigen Eingang. Etwa zehn Meter hinter ihm wölbten sich die Wände nach innen und formten einen Korridor, der knapp drei Meter breit und zweieinhalb Meter hoch war. Auch seine Wände bestanden aus der gleichen grauen Substanz. Am Ende des Korridors — er war etwa dreißig Meter lang — machte er einen abrupten Knick. Wenn es hier überhaupt einen direkten Eingang zum Turm gab, mußte er hinter dieser Kurve liegen.

Genau über der Öffnung befanden sich zwei Symbole. Es waren Hochreliefs. Das obere zeigte einen Halbkreis in den sieben Primärfarben. Darunter befand sich ein Kreis, in dem sich ein umrandetes Kreuz befand: das ägyptische *Ench.*

»Ein Regenbogen und darunter das Emblem des Lebens und der Wiedererweckung«, sagte Jill.

»Verzeih mir«, sagte Piscator, »aber das Kreuz im Kreis stellt ebenso das astrologisch-astronomische Symbol der Erde dar. In diesem Fall müßte es allerdings ein einfaches Kreuz sein, kein umrandetes.«

»Der Regenbogen ist das Symbol der Hoffnung. Und wenn du dich im Alten Testament auskennst, wirst du wissen, daß er Gottes Zeichen für den Bund mit seinem Volk darstellt. Außerdem weist er auf einen Topf voll Gold hin, der sich an seinem Ende befindet, auf die Smaragdstadt von Oz und derlei Dinge.«

Piscator sah sie überrascht an.

Jill schwieg für eine Minute.

Sie verspürte Angst und Ehrfurcht und hoffte, daß diese Gefühle sie nicht übermannen würden.

Schließlich sagte sie: »Ich gehe hinein. Du wartest hier, Piscator. Wenn ich das Ende des Gangs erreicht habe, gebe ich dir das Zeichen, mir zu folgen. Das heißt, wenn ich nicht auf Schwierigkeiten stoße.

Wenn mir irgend etwas zustoßen sollte — ich habe zwar keine Ahnung, was es sein könnte —, gehst du mit den Leuten zum Schiff zurück und startest. Das ist ein Befehl.

Dann übernimmst du das Kommando über das Luftschiff. Coppename ist zwar auch ein guter Mann, aber er verfügt nicht über deine Erfahrung, und außerdem bist du der verläßlichste Mann, den ich kenne.«

Piscator lächelte. »Firebrass hat dir befohlen, auf keinen Fall zu landen, wenn ihm etwas zustoßen sollte. Und du hast es *trotzdem* getan. Wie kannst du von mir verlangen, einen Befehl zu befolgen, den du selbst mißachtet hast?«

»Ich möchte nicht, daß du das Schiff einer Gefahr aussetzt — oder das Leben von fast hundert Menschen.«

»Wir werden sehen. Ich werde mein Handeln nach der jeweiligen Lage richten. Anders würdest du auch nicht vorgehen. Und außerdem ist da noch Thorn.«

»Eins nach dem anderen«, sagte Jill.

Sie wandte sich um und ging auf den Eingang zu. Als sie ihm näher kam, schnappte sie nach Luft.

Ein mattes Licht leuchtete im Innern des Gangs auf.

Jill zögerte einige Sekunden, dann setzte sie den Weg fort. Als sie den Torbogen erreichte, fand sie sich plötzlich von hellem Licht umgeben.

59

Jill hielt an. »Woher kommt das Licht?« fragte Piscator.

Sie wandte sich um und erwiderte: »Keine Ahnung. Hier scheint es gar keine Lichtquelle zu geben. Schau, ich werfe nicht einmal einen Schatten.«

Sie drehte sich wieder um und ging langsam weiter. Dann blieb sie erneut stehen.

»Was ist denn los? Du . . .«

Jill beugte sich vor, als lehne sie sich gegen eine unsichtbare Barriere. Sie verhielt sich, als müsse sie gegen einen starken Wind ankämpfen. Schließlich schaffte sie drei weitere Schritte vorwärts. Keuchend hielt sie inne.

»Es muß eine Art Feld sein. Es ist nichts Greifbares, aber ich komme mir vor wie eine gefangene Fliege in einem Spinnennetz!«

»Könnte es sein, daß dieses Feld irgendwie auf die Magnetverschlüsse deiner Kleidung einwirkt?« rief Piscator.

»Ich glaube nicht. Wenn es so wäre, müßte die Kraft mir die Kleider vom Leibe reißen, aber das ist nicht der Fall. Ich werde sie aber trotzdem ablegen.«

Obwohl es Jill nicht leichtfiel, sich vor fünfzig Männern auszuziehen, öffnete sie die Magnetverschlüsse. Die Lufttemperatur lag nur wenig über dem Gefrierpunkt. Fröstelnd und zähneklappernd versuchte sie erneut, sich einen Weg durch die ihr Widerstand entgegensetzende Luft zu bahnen. Aber sie kam keinen Zentimeter weiter.

Als sie sich bückte, um die Kleider wieder an sich zu nehmen, stellte sie fest, daß ihr dies ohne Schwierigkeiten gelang. Die unsichtbare Kraft wirkte lediglich horizontal auf sie ein. Jill ging zwei Schritte zurück, fühlte, wie die Kraft schwächer wurde, und zog sich wieder an.

Als sie wieder draußen war, sagte sie: »Versuch du es einmal, Piscator.«

»Glaubst du, ich könnte das, was du nicht schaffst, leichter zuwege bringen? Gut, ich werde es versuchen.«

Nackt betrat Piscator den Gang. Zu seiner Überraschung mußte er feststellen, daß ihn nichts davon abhielt, weiterzugehen. Er überwand die Stelle ohne Mühe. Erst als er in die Nähe der Kurve kam, fiel ihm ein, daß hier möglicherweise noch andere Schwierigkeiten lauern konnten.

Piscator bewegte sich vorsichtig weiter. Sein Atem ging so laut, daß Jill ihn deutlich hören konnte.

Er erreichte die Kurve und blieb dort stehen, um etwas Luft zu schnappen.

»Da hinten ist ein geöffneter Aufzug«, sagte er. »Das scheint mir der einzige Weg nach unten zu sein.«

»Kannst du ihn erreichen?« rief Jill.

Mit Bewegungen, die denen eines Schauspielers in einem Zeitlupenfilm ähnelten, ging Piscator vorwärts. Dann war er hinter der Kurve verschwunden.

Eine Minute verging. Jill folgte ihm, so weit es ging, in den Korridor hinein.

»Piscator! Piscator!«

Ihre Stimme klang seltsam verändert. Möglicherweise hatten die Korridorwände seltsame akustische Eigenschaften.

Niemand antwortete. Wenn Piscator wirklich nur um die Ecke gebogen war, mußte er sie hören!

Sie rief ein paarmal seinen Namen, aber er antwortete nicht.

Sie ging zum Eingang zurück, um es einen anderen Mann versuchen zu lassen.

Um Zeit zu sparen, gingen die Männer in Zweiergruppen voran. Manche kamen etwas weiter als Jill, andere schafften nicht mal das. Obwohl sie sich ausnahmslos auszogen, half ihnen dies gar nichts.

Jill nahm ihr Funksprechgerät und ordnete an, daß die im Schiff zurückgebliebenen Männer das Experiment versuchen sollten. Wenn einer von zweiundfünfzig dazu in der Lage war, die Barriere zu überwinden, konnte vielleicht auch einer der einundvierzig aus der *Parseval* diesen Erfolg verbuchen.

Zuerst mußten allerdings alle auf dem Turmdach befindlichen Männer und Frauen auf das Schiff zurück. Nach und nach verschwanden sie wie Phantome im Nebel. Obwohl Jill viele Stunden Isolation in ihrem Leben erlebt hatte, war sie sich noch nie so einsam vorgekommen wie jetzt. Der Nebel drückte seine feuchten Hände gegen ihre Wangen und schien sie in eine Maske aus Eis zu verwandeln. Das Begräbnisfeuer für Obrenowa, Metzing und die anderen brannte allmählich herab. Und irgendwo dort hinter der Kurve mußte sich Piscator aufhalten. In welcher Lage befand er sich? Konnte er sich jetzt in keine Richtung mehr bewegen? Die Rückkehr war weder für sie noch für die anderen Männer problematisch gewesen. Warum sollte er nicht dazu in der Lage sein, aus dem Korridor herauszukommen?

Allerdings hatte sie nicht die geringste Ahnung, welche Gefahren hinter der Kurve auf ihn gelauert haben mochten.

»*Facilis descensus Averni*«, murmelte Jill. Wie hieß es weiter? Es fiel ihr nach all den Jahren nicht leicht, sich die Verse Vergils ins Gedächtnis zu rufen. *Es ist leicht, in die Hölle zu gelangen, denn ihre Tore sind Tag und Nacht geöffnet. Aber zurückzukehren an die Oberfläche, seine eig'nen Schritte zurückzugehen, das ist die Schwierigkeit, die unüberwindliche.*

Das Ärgerliche war, daß das Zitat nicht zutraf. Es erwies sich als unglaublich schwierig, zu den Toren zu gelangen — ausgenommen für einen einzigen. Und die Rückkehr war leicht gewesen — ausgenommen für denselben.

Jill aktivierte ihr Funksprechgerät.

»Cyrano, hier spricht der Kapitän.«

»Was ist, mein Kapitän?«

»Sag mal, *weinst* du?«

»Aber natürlich. Habe ich Firebrass nicht liebgehabt? Ich schäme mich meines Kummers nicht. Ich bin kein kühler Angelsachse.«

»Das behauptet auch niemand. Reiß dich zusammen! Wir haben eine Menge Arbeit zu erledigen.«

Cyrano schniefte. Dann sagte er: »Ich bin mir dessen bewußt. Ich bin bereit und einsatzfähig, genauso wie jeder andere Mann. Wie lauten deine Befehle?«

»Du weißt, daß Nikitin dich ablösen wird. Ich möchte, daß du fünfundzwanzig Kilogramm Plastiksprengstoff mitbringst.«

»Ja, ich höre. Hast du etwa vor, den Turm in die Luft zu jagen?«

»Nein, nur den Eingang.«

Eine halbe Stunde verging. Auf der *Parseval* wurden die Posten gewechselt. Es war ein langer Prozeß, die Männer und Frauen an

Bord gegen die auf dem Turmdach auszutauschen, da für jeden einzelnen, der die *Parseval* bestieg, ein anderer hinabsteigen mußte. Eine auf diese Weise durchgeführte Wachablösung kostete zwar Zeit, war aber notwendig. Wenn alle achtundvierzig auf einmal von Bord gegangen wären, wäre die *Parseval* ins Schwimmen geraten. Sie wäre höher hinaufgestiegen und hätte verhindert, daß die am Boden Stehenden hätten nach den Seilen greifen können.

Schließlich sah Jill die Lichter und hörte die Stimmen der Neuankömmlinge.

Sie berichtete, was passiert war, aber die Leute wußten bereits Bescheid. Dann informierte Jill sie über das, was auf sie zukam und was sie von ihnen erwartete.

Das Resultat war, daß niemand auch nur annähernd so weit kam wie Piscator.

»Na schön«, sagte Jill.

Der Plastiksprengstoff wurde außerhalb des Bunkers befestigt, und zwar an einem Punkt, der etwa auf halbem Wege des Korridors lag. Jill hätte die Ladung an sich lieber anderswo gesehen, und zwar am Berührungspunkt der Bunkerrückseite und der Turmmauer. Sie befürchtete, daß die Explosion ein großes Loch in den Bunker reißen und möglicherweise Piscator töten könnte.

Die *Parseval* zog sich etwas zurück. Dann drückte der Sprengstoffexperte einen Knopf. Der Knall war ohrenbetäubend. Die Männer rannten auf den Bunker zu und der Qualm ließ sie husten. Nachdem die Luft wieder einigermaßen klar war, sah Jill, daß sie nichts erreicht hatten.

Der Bunker war unversehrt.

»Wie erwartet«, murmelte sie.

Sie hatte Piscator zugerufen, daß er erst dann herauskommen sollte, wenn die Explosion vorbei war. Er hatte nicht geantwortet. Jill hatte vermutet, daß er das nicht konnte, aber Vermutungen waren keine Gewißheiten.

Erneut drang sie soweit in den Gang vor, wie die Umstände es erlaubten. Nichts setzte sich dem mit einem langen Griff versehenen Haken, den sie bei sich trug, entgegen, als sie ihn in den Korridor hineinwarf. Es gelang ihr sogar, ein mit Metall beschwertes Kleidungsstück durch die Barriere zu schleudern. Das Feld ließ also anorganische Materie passieren.

Mit einem langen Periskop hätten sie um die Ecke sehen können. Leider gehörte ein solches Instrument nicht zur Schiffsausrüstung. Aber Jill gab sich damit noch nicht geschlagen. Sie hatten eine kleine Werkstatt an Bord der *Parseval*. Es durfte keine Schwierigkeit sein, einen Karren herzustellen, den man bis zum Korridorende schieben konnte. Darauf konnte man eine ferngesteuerte Kamera befestigen.

Der Stellvertreter des Chefingenieurs sagte, er sei in der Lage, ein solches »Ding« in einer Stunde zu bauen. Jill gab ihm den Auftrag und erteilte drei Männern den Befehl, inzwischen im Innern des Bunkers Wache zu stehen.

»Wenn Piscator auftaucht, rufen Sie mich über Funk.«

Ins Schiff zurückgekehrt, rief sie sofort die Werkstatt an.

»Können Sie an dem Ding arbeiten, während wir aufsteigen? Vielleicht wird es ein wenig stürmisch werden.«

»Keine Schwierigkeiten, Kapitän. Nun, das heißt höchstens minimale.«

Es kostete sie fünfzehn Minuten, das Schiff von der Turmmauer zu lösen und wieder in die Höhe zu bringen. Nikitin steuerte die *Parseval* zuerst über den Turm hinweg und ließ sie dann zu dessen Basis hin abfallen. Der Radarbeobachter meldete, daß der zweite Helikopter sich nun unmittelbar an der Außenhülle des Bauwerks befand. Trotz der ruhigen See hatten die kleinen, plätschernden Wellen die Maschine offenbar gegen die Wand des Turms gedrängt.

Dennoch war es mit einigem Glück nicht auszuschließen, daß der angerichtete Schaden geringfügig war.

Aukuso rief Thorn erfolgslos über Funk an.

Wegen der in der Nähe des Turms herrschenden Aufwinde erwies sich als undurchführbar, das Luftschiff nahe an den Helikopter heranzubringen. Nikitin brachte die *Parseval* so tief er nur konnte und steuerte sie gegen den Wind. Die Bauchluke wurde geöffnet. Man ließ drei Männer in einem Gummiboot mit Außenbordmotor hinab. Unter der Anleitung des Radarbeobachters der *Parseval* näherte sich das Boot dem Turm.

Boynton, der Offizier vom Dienst, übermittelte einen kurzen Bericht.

»Wir liegen jetzt längsseits vom Kopter. Er stößt zwar ununterbrochen gegen die Turmaußenwand, aber seine Pontons haben die Tragschraube glücklicherweise vor Beschädigungen bewahrt. Die Pontons selbst scheinen auch nicht beschädigt zu sein. Es ist nicht gerade angenehm, in einem dünnen Boot zu sitzen und hin und her geschleudert zu werden. Wir melden uns in einer Minute wieder.«

Zwei Minuten später sagte er: »Propp und ich sind jetzt im Innern des Kopters. Thorn ist hier! Er hat viel Blut verloren, und es sieht so aus, als hätte er eine Kugel in der Brust. Er hat auch einige Splitter abbekommen, aber er lebt.«

»Können Sie irgendeine Öffnung oder Eingang dort unten erkennen?«

»Einen Moment. Ich muß erst Licht machen. Diese Lampen hier sind nicht sonderlich stark . . . Nein, hier gibt's außer fugenlosem Metall nichts zu sehen.«

»Ich frage mich, weswegen Thorn dort unten gelandet ist«, sagte Cyrano. Dann zuckte er die Achseln und fügte hinzu: »Vielleicht wollte er auch nur *irgendwo* landen, bevor es mit ihm zu Ende ging.«

»Aber was war sein Ziel?«

»Es gibt hier eine Menge ungelöster Rätsel. Vielleicht können wir einige davon lösen, wenn wir Thorn gegenüber gewisse andere Töne anschlagen.«

»Folter?«

Cyranos langes, knochiges Gesicht wirkte sehr ernst.

»Das wäre natürlich unmenschlich — und am Ende heiligt der Zweck niemals die Mittel. Oder ist diese Feststellung der Ausdruck einer falschen Philosophie?«

»Ich könnte niemals einen Menschen foltern und würde auch nicht zulassen, daß es ein anderer für mich tut.«

»Vielleicht beginnt Thorn freiwillig zu reden, wenn er herausfindet, daß wir ihn vorher nicht freilassen. Obwohl ich mir das schwer vorstellen kann. Der Bursche hat auf mich stets einen sturen Eindruck gemacht.«

Boynton meldete sich wieder. »Ich werde den Hubschrauber jetzt wieder heraufbringen, wenn Sie erlauben, Miz Gulbirra. Er scheint in Ordnung zu sein. Meine Männer bringen Thorn dann mit dem Boot zurück.«

»Erlaubnis erteilt«, sagte Jill. »Wenn es geht, bringen Sie die Maschine auf das Turmdach hinauf. Wir sehen uns dort später.«

Zehn Minuten später gab der Radarbeobachter bekannt, daß sich der Helikopter in der Luft befand. Boynton berichtete, daß alles ohne Schwierigkeiten verlaufe.

Jill übergab Coppename ihren Posten und begab sich in den

Hangar. Sie kam gerade rechtzeitig, um mitanzusehen, wie man Thorns mit Decken umwickelten Körper aus dem Boot hob. Er war noch immer ohne Bewußtsein. Jill folgte den Sanitätern zur Krankenabteilung, wo sich Dr. Graves augenblicklich an die Arbeit machte.

»Er steht unter Schockeinwirkung, aber ich glaube, daß ich ihn durchbringe. Natürlich können Sie ihm jetzt keinerlei Fragen stellen.«

Jill ließ vor der Krankenstation zwei Posten aufziehen und begab sich in die Kontrollgondel zurück. Die *Parseval* hob sich bereits wieder und näherte sich dem Turm. Eine halbe Stunde später schwebte das Schiff wieder vertäut über dem Landefeld. Diesmal war es zweihundert Meter vom Bunker entfernt, und seine Nase richtete sich, während die Propeller sanft vor sich hin summten, gegen den Wind.

Eine Weile später wurde der von den Mechanikern hergestellte kleine Wagen herabgelassen. Nachdem man ihn zum Eingang des Bunkers gezogen hatte, stießen ihn zwei Männer in den Korridor hinein. Schließlich schoben sie ihn mit zwei langen Stangen weiter, die kurz darauf noch mit Verlängerungen versehen wurden. Bald darauf stand der Wagen am Ende des Gangs.

Nachdem man sechs Fotos gemacht hatte, wurde der Wagen mit Hilfe eines Seils wieder zurückgezogen. Aufgeregt entnahm Jill der Kamera die großen Platten. Sie hatten im Moment der Aufnahme sofort damit begonnen, sich selbst zu entwickeln.

Sie warf einen Blick auf die erste. »Er ist nicht drauf.«

Sie reichte das Bild Cyrano. »Was ist das?« fragte er. »Ein kurzer Korridor — und an seinem Ende eine Tür. Sieht ganz so aus, als läge dahinter ein Aufzugschacht, nicht wahr? Aber . . . ich sehe weder eine Kabine, noch die dazugehörigen Kabel.«

»Ich glaube kaum, daß *sie* auf solche primitiven Dinge wie Kabel zurückgreifen würden«, erwiderte Jill. »Aber allem Anschein nach hat Piscator, nachdem er die Barriere durchdrungen hatte, diesen Lift benutzt.«

»Aber warum kommt er nicht zurück? Er muß sich doch denken können, daß wir uns Sorgen um ihn machen.«

Cyrano machte eine Pause, dann sagte er: »Und außerdem muß er wissen, daß wir nicht bis in alle Ewigkeit hier auf ihn warten können.«

Es gab nur eins für sie zu tun.

Jill gab den Befehl, das Schiff erneut loszumachen. Nachdem dies geschehen war, ließ sie die Mannschaft antreten. Während sie den Leuten bekanntgab, was geschehen war, wurden die Fotografien herumgereicht.

»Wenn es nicht anders geht, können wir eine Woche hier abwarten, aber dann wird es Zeit für uns. Piscator würde aus freiem Willen keineswegs so lange dort unten bleiben. Wenn er in spätestens zwölf Stunden nicht wieder auftaucht, müssen wir damit rechnen, daß *sie* ihn dort unten festhalten. Oder er hatte einen Unfall, wurde verletzt oder ist tot. Es gibt keinen Weg für uns, das herauszufinden. Uns bleibt nichts anderes übrig, als eine gewisse Zeitlang hier auf ihn zu warten.«

Niemand würde zu diesem Zeitpunkt bereits daran denken, Piscator aufzugeben, aber es war ebenso offensichtlich, daß kein Mitglied der Besatzung davon erbaut war, sieben Tage an diesem kalten, finsteren, nassen und unheimlich stillen Ort zu verbringen. Die Umgebung erinnerte sie alle zu stark an einen Campingplatz direkt vor den Toren der Hölle.

Inzwischen war der Helikopter Nr. 1 ausgebrannt. Eine Arbeitsgruppe, die die Toten bergen und die Ursache der Explosion herausfinden sollte, verließ die *Parseval*. Die Mechaniker untersuchten den anderen Hubschrauber, überprüften die Pontons und ersetzten das von einer Kugel zerstörte Steuerbordfenster.

Immer noch standen drei Mann im Innern des Bunkers Wache. Gerade als Jill sich in die Messe begeben wollte, erreichte sie ein Anruf von Dr. Graves.

»Thorn ist immer noch besinnungslos, aber er erholt sich allmählich. Ich habe mir inzwischen auch die Überreste von Firebrass' Gehirn näher angesehen. Ich kann natürlich ohne Mikroskop nicht viel tun, aber ich würde einen Eid darauf ablegen, daß die kleine schwarze Kugel irgendwie mit dem Nervensystem seines Gehirns verbunden war. Natürlich habe ich auch die Möglichkeit in Betracht gezogen, daß es erst während der Explosion in seinen Kopf eindrang, aber die Mechaniker sind sich hundertprozentig sicher, daß es im ganzen Helikopter kein Ding wie dieses Kügelchen gegeben hat.«

»Sie glauben, sie wurde auf chirurgischem Wege in sein Gehirn implantiert?«

»Es ist nicht genug von der Vorderpartie seines Schädels übriggeblieben, um das mit Sicherheit bestätigen zu können«, erwiderte Graves. »Aber ich werde auf jeden Fall auch die anderen untersuchen. Ich habe vor, die gesamte Helikoptermannschaft zu sezieren. Das wird allerdings einige Zeit in Anspruch nehmen, zumal ich mich auch noch um Thorn kümmern muß.«

Jill versuchte das Zittern in ihrer Stimme zu unterdrücken und sagte:

»Sind Sie sich dessen bewußt, was die Kugel bedeuten kann?«

»Ich habe eine Menge Zeit damit verbracht, über die Sache nachzudenken. Ich habe nicht die geringste Ahnung, was diese Kugel zu bedeuten hat, außer daß sie ungeheuer wichtig ist. Wissen Sie, Jill, ich habe seit Jahren an allen möglichen Leuten Sektionen vorgenommen. Nicht etwa, weil es der Fall erfordert hätte, sondern ausschließlich deswegen, weil ich in Übung bleiben wollte. Aber ich habe in nicht einer Leiche von tausend etwas derart Ungewöhnliches gefunden.

Ich will Ihnen etwas sagen. Ich glaube, daß ich jetzt weiß, warum Firebrass darauf bestand, die Köpfe seiner Mannschaftsmitglieder durchleuchten zu lassen. Er hat nach Leuten Ausschau gehalten, in — oder auf — deren Gehirnen sich schwarze Kugeln dieser Art befanden. Es wird alles nur noch rätselhafter, nicht wahr?«

Mit klopfendem Herzen und zitternden Händen unterbrach Jill die Verbindung.

Firebrass war einer von *ihnen* gewesen.

Kurz darauf rief sie Graves erneut an.

»Firebrass sagte einmal, er würde uns irgendwann erzählen, weswegen er uns röntgen ließ. Er hat es aber nie getan, jedenfalls nicht in meiner Gegenwart. Kennen Sie seinen Grund?«

»Nein. Ich habe ihn zwar einmal danach gefragt, aber er wimmelte mich daraufhin ab.«

»Dann wissen Sie also auch nicht, ob auch Thorn eine solche Kugel in seinem Schädel hat. Wenn er sterben sollte, müssen Sie ihn öffnen, Doc.«

»Das werde ich tun. Ich könnte sein Gehirn natürlich auch jetzt schon freilegen, aber dazu ist noch nicht die richtige Zeit. Erst muß es ihm besser gehen.«

»Würde ihn das nicht umbringen? Ich habe davon gehört, daß

man Patienten operativ den Schädel öffnet, aber heißt das, Sie könnten das auch ohne Grund tun?«

»Es wäre eine meiner leichtesten Übungen, Jill.«

Vierundzwanzig Stunden vergingen. Jill unternahm alles, um die Mannschaft beschäftigt zu halten, aber abgesehen von einigen Reinigungsarbeiten gab es nicht viel zu tun. Sie wünschte, man hätte einige der in Parolando produzierten Filme mitgenommen. Abgesehen von Kartenspielen, Schach und Pfeilwerfen gab es wenig, um die Leute bei Laune zu halten. Sie organisierte mehrere Übungen, damit die Mannschaft auf andere Gedanken kam, aber auch das konnte man nicht übertreiben, und abgesehen davon war diese Art des Zeittotschlagens beinahe ebenso langweilig wie Nichtstun.

Die Finsternis und Kälte schienen allmählich Einzug in die Knochen der Besatzung zu halten, und der Gedanke an die unbekannten Wesen, die für die Existenz dieser Welt verantwortlich waren und sich in ihrer unmittelbaren Nähe aufhielten, trug ebenfalls nicht gerade dazu bei, die Stimmung zu heben. Was planten *sie*? Warum hatten sie sich bis jetzt noch nicht gezeigt?

Und am wichtigsten von allem: Was war mit Piscator geschehen?

Cyrano de Bergerac schien dieser unerträgliche Zustand am meisten zu treffen. Natürlich konnte seine plötzliche Schweigsamkeit und sein dumpfes Brüten auch auf den Tod Firebrass' zurückzuführen sein. Jill hatte allerdings den Eindruck, daß ihn irgend etwas ganz gewaltig störte.

Dr. Graves bat Jill in sein Büro. Als sie eintrat, saß er auf der Ecke seines Schreibtisches. Er streckte den Arm aus und öffnete ohne ein Wort zu sagen seine Hand. Auf ihr lag eine winzige, schwarze Kugel.

»Sie waren derart verbrannt, daß ich auf den ersten Blick nicht einmal ausmachen konnte, welchem Geschlecht der Tote angehörte«, sagte er. »Da die Obrenowa die Kleinste an Bord war, untersuchte ich also die kleinste Leiche zuerst. Ich habe dieses Ding sofort gefunden. Ich habe bisher nichts gesagt, weil ich zuerst auch die anderen sezieren wollte. Sie war aber die einzige, die dieses Ding hier besaß.«

»Das macht also zwei!«

»Jeah. Und ich denke ständig an Thorn.«

Jill nahm Platz und steckte mit zitternden Händen eine Zigarette an. Graves sagte: »Hören Sie zu. Der einzige an Bord befindliche Alkohol steht in meinem Giftschrank. Er ist zwar nur für medizinische Zwecke gedacht, aber ich glaube durchaus, daß Sie jetzt einen Schluck vertragen können. Ich bin mir sogar sicher.«

Während er seinem Medizinschrank eine Flasche entnahm, erzählte Jill ihm von der Auseinandersetzung zwischen Thorn und der Obrenowa.

Graves reichte ihr einen Becher mit einer purpurfarbenen Flüssigkeit und sagte: »Sie waren also füreinander mehr als nur Leute, die sich guten Tag sagen?«

»Ich glaube, ja. Aber ich weiß nicht, was das alles bedeutet.«

»Wer weiß das schon? Ausgenommen vielleicht Thorn. – Prosit!«

Jill stürzte den wärmenden, nach Früchten schmeckenden Alkohol hinunter und sagte: »Wir haben weder in der Unterkunft der Obrenowa, noch in denen von Firebrass oder Thorn etwas Verdächtiges finden können.«

Nach einer Pause fügte sie hinzu: »Eins ist mir allerdings aufgefallen – nicht durch Präsenz, sondern durch Abwesenheit. Wie bei dem Hund in der Sherlock-Holmes-Geschichte, der nicht bellte. Wir haben Thorns Gral weder im Innern des Hubschraubers, noch in seiner Kabine finden können. Ich habe allerdings angeordnet, daß man die Maschine einer weiteren gründlichen Untersuchung unterzieht. Vor ein paar Stunden sagten Sie, daß Thorn nun wieder bei Bewußtsein sei. Glauben Sie, daß man ihn schon verhören kann?«

»Auf keinen Fall lange. Ich rate Ihnen zu warten, bis er wieder etwas kräftiger geworden ist. Im Moment kann er, wenn er keine Lust zum Reden hat, immer noch Schlaf vortäuschen.«

Das Interkom klingelte. Graves legte einen Schalter um.

»Doktor? Hier spricht Cogswell. Ich möchte mit dem Kapitän sprechen.«

Jill sagte: »Hier bin ich.«

»Wir haben im Helikopter Nr. 2 eine Bombe gefunden, Kapitän. Plastiksprengstoff. Sie sieht aus, als wöge sie ungefähr zwei Kilogramm, und der Zünder ist mit einem Funkempfänger verbunden, der sich an der Unterseite der Waffensicherung im Heck befindet.«

»Unternehmen Sie nichts, bevor ich nicht bei Ihnen bin. Ich möchte einen Blick darauf werfen, ehe Sie es abmontieren.«

Jill stand auf. »Ich glaube, es besteht kein Zweifel mehr daran, daß Thorn auch für die Bombe in Firebrass' Helikopter verantwortlich war. Die Untersuchungskommission hat zwar die Ursache der Explosion noch nicht festgestellt, aber der Chef der Gruppe hat von vornherein nicht ausgeschlossen, daß sie von einer Bombe hervorgerufen wurde.«

»Ja«, sagte Graves. »Aber die Frage ist, aus welchen Gründen Thorn so etwas tun sollte.«

Jill machte Anstalten, zur Tür zu gehen, blieb jedoch stehen. »Mein Gott! Wenn Thorn die Bomben in den Hubschrauber angebracht hat, können wir genausogut welche in diesem Schiff haben!«

»Wenn Sie keine Fernsteuerung in seiner Kabine gefunden haben, als Sie sie durchsuchten«, sagte Graves, »dann kann sie nur anderswo auf der *Parseval* versteckt sein.«

Jill gab augenblicklich Alarm. Nachdem sie Coppename den Befehl erteilt hatte, Suchkommandos zusammenzustellen, eilte sie in den Hangar.

Die Bombe lag noch an der Stelle, die man ihr beschrieben hatte. Jill kniete sich hin und sah sie sich im Strahl einer Taschenlampe an. Dann verließ sie die Maschine wieder.

»Entfernen Sie den Zünder und den Empfänger und verstauen Sie das Ding in einer Halterung. Lassen Sie den Elektronikoffizier holen und fragen Sie ihn, auf welcher Frequenz das Signal zur Zündung hätte gegeben werden müssen. Ach, warten Sie, ich erledige das selbst.«

Jill wollte sichergehen, daß die Experimente des Elektronikers in einem abgeschirmten Raum stattfanden. Die verschiedenen Bomben — falls es noch weitere gab — konnten auf die gleiche Wellenlänge wie jene im Innern der Maschine Nr. 2 eingestellt sein. Von jetzt ab durfte nichts mehr dem Zufall überlassen werden.

Nachdem sie sichergestellt hatte, daß Deruyck, der Elektroniker, auch verstand, aus welchen Gründen er sich in einen abgeschirmten Raum begeben sollte, kehrte sie in die Kontrollgondel zurück. Coppename saß am Interkom und lauschte den Berichten der Suchkommandos.

Cyrano nahm den Pilotensitz ein und starrte auf die Armaturen, als befände sich die *Parseval* im vollen Flug. Als Jill die Brücke betrat, sah er auf.

»Ist es gestattet, nach der Diagnose Dr. Graves' zu fragen?«

Jill hatte bis jetzt keinerlei Geheimnisse vor der Mannschaft gehabt. Sie war davon überzeugt, daß jedermann an Bord das Recht hatte, genausoviel zu wissen wie sie selbst.

Als sie geendet hatte, sagte Cyrano lange Zeit nichts. Seine langen Finger schlugen auf dem Armaturenbrett einen Takt, und er starrte an die Decke, als hätte jemand auf ihr eine wichtige Botschaft hinterlassen. Schließlich stand er auf.

»Ich glaube, wir sollten ein kleines Gespräch miteinander führen. Unter vier Augen. Und zwar jetzt, falls sich das ermöglichen ließe.«

»Jetzt? Bei diesem Trubel?«

»Wir können ins Kartenzimmer gehen.«

Er ging hinter Jill her und schloß die Tür. Während sie sich hinsetzte und sich eine Zigarette anzündete, ging Cyrano auf und ab. Er hielt die Arme hinter dem Rücken verschränkt.

»Es ist offensichtlich, daß Firebrass, Thorn und die Obrenowa Agenten der Anderen waren, beziehungsweise sind. Ich kann es kaum glauben, daß auch Firebrass dazu gehörte. Er war so menschlich! Trotzdem ist es möglich, daß *sie* sich auch wie Menschen verhalten können.

Jenes Wesen allerdings, das sich selbst als Ethiker bezeichnete, behauptete, daß weder es selbst, noch die Agenten in irgendeiner Form gewalttätig seien. Die Anderen verabscheuten Gewalt. Aber Firebrass konnte sehr gewalttätig werden. Er hat sich bestimmt niemals wie ein Pazifist aufgeführt. Und außerdem war da noch diese Sache mit dem Neuankömmling namens Stern. Wenn ich von dem ausgehe, was du mir erzählt hast, sieht es eher so aus, als hätte Firebrass Stern und nicht etwa dieser Firebrass angegriffen.«

»Ich weiß nicht, wovon du sprichst«, sagte Jill. »Es wäre vielleicht besser, noch einmal von vorn zu beginnen.«

»Na schön. Ich werde dir jetzt etwas sagen, obwohl ich versprochen habe, es geheimzuhalten. Es fällt mir gewiß nicht leicht, mein Wort zu brechen, und ich tue es jetzt zum erstenmal. Aber ebensogut kann es möglich sein, daß ich mein Wort jemandem gegeben habe, der in Wirklichkeit mein Feind ist.

Es ist siebzehn Jahre her. Das ist eine lange Zeit, und dennoch scheint es mir, als sei es gestern gewesen! Ich lebte damals in einem Gebiet, dessen Bewohner zum größten Teil aus meiner Heimat und meiner Zeit stammten. Auf dem rechten Ufer, sollte ich dazu sagen. Auf dem linken lebten braunhäutige Wilde; Indianer, die auf Kuba lebten, bevor Kolumbus dortgewesen war, und ich glaube, diese Leute hatten es noch nicht einmal gemerkt, daß sie jetzt an einem anderen Ort waren. Sie waren äußerst friedfertig, und nach einigen anfänglichen Schwierigkeiten kam das Gebiet wieder zur Ruhe.

Der kleine Staat, in dem ich lebte, wurde vom Großen Conti, unter dem ich bei der Belagerung von Arras zu dienen die Ehre hatte, geleitet. Dabei zog ich mir eine Wunde an der Kehle zu; die zweite übrigens, die man ernsthaft nennen konnte, abgesehen von den vielen kleineren, derer ich teilhaftig wurde in all den Kriegen und Schrecken, die in mir die Ansicht verdichteten, daß Mars der dümmste aller Götter sein muß. Gleichfalls aber hatte ich das Vergnügen, dort meinen guten Freund und Lehrmeister, den berühmten Gassendi zu finden. Er hatte, wie du sehr wohl weißt, Ansichten, die denen des berüchtigten Descartes widersprachen, und er erweckte Epikur, dessen Physik und Moral er beispielhaft repräsentierte, zu neuem Leben. Gar nicht zu reden von seinem Einfluß auf Molière, Chapelle und Dehènault, die — nebenbei gesagt — ebenfalls gute Freunde von mir sind. Er regte sie dazu an, Lukrez, den göttlichen römischen Atomisten, zu übersetzen . . .«

»Komm zur Sache! Sag mir nichts als die nackte Wahrheit!«

»Was die Wahrheit anbetrifft, um ganz kurz einen anderen Römer zu zitieren . . .«

»Cyrano!«

61

»Na gut. Zur Sache. Es war mitten in der Nacht. Ich lag schnarchend neben meiner lieblichen Livy, als ich plötzlich erwachte. Die einzige Beleuchtung in unserer Hütte wurde vom Sternenlicht hervorgerufen, das durch die offenen Fenster fiel. Eine hochgewachsene Gestalt beugte sich über mich; eine kompakte, schwarze Masse mit einem außergewöhnlich runden Kopf, der aussah wie ein ausgebrannter Mond. Ich setzte mich hin, aber bevor ich meinen Speer erreichen konnte, der stets neben mir lag, begann die Gestalt zu sprechen.«

»In welcher Sprache?«

»Eh? In der einzigen, die ich damals fließend beherrschte, nämlich meiner eigenen, die nebenbei die schönste Sprache der Erde war. Dieses Wesen sprach zwar nicht das allerbeste Französisch, aber ich konnte es verstehen.«

›Savinien de Cyrano II de Bergerac‹, sagte der Fremde zu mir und sprach mich mit meinem vollen Namen an.

›Verfügen Sie über mich, mein Herr‹, erwiderte ich. Trotz meines starken Herzklopfens und dem dringenden Bedürfnis, pinkeln zu gehen, schaffte ich es, bewundernswert ruhig zu bleiben. Und dann sah ich, ungeachtet des in dieser Dunkelheit kaum erwähnenswerten Sternenlichts, daß er so gut wie keinen kriegerischen Eindruck machte. Wenn er überhaupt eine Waffe besaß, mußte er sie unter seinem weiten Umhang versteckt halten. Trotz meiner anfänglichen Verwirrung stellte ich mir die Frage, wieso meine Livy — die einen sehr leichten Schlaf hatte — nicht aufwachte. Aber sie schlief weiter und schnarchte hübsch und leise vor sich hin.

›Sie können mich nennen wie Sie wollen‹, sagte der Eindringling. ›Mein Name ist im Moment nicht von Wichtigkeit. Und wenn Sie sich wundern sollten, warum Ihre Frau nicht ebenfalls aufgewacht ist: es liegt daran, daß ich dafür gesorgt habe, daß sie weiterschläft. — Oh, nein!‹ fügte er hinzu, als ich mit aller Macht aufzuspringen versuchte, ›ich habe ihr keinesfalls irgendwelche Schmerzen zugefügt. Sie steht unter einer Droge und wird morgen früh aufwachen, ohne auch nur Kopfschmerzen zu spüren.‹

In diesem Moment wurde mir klar, daß ich — oder zumindest ein Teil von mir — ebenfalls unter einer Droge stand. Meine Beine funktionierten nicht, obwohl sie sich weder betäubt noch gelähmt anfühlten. Sie wollten mir einfach nicht gehorchen. Ich war natürlich ziemlich wütend auf diese Einengung meiner persönlichen Freiheit, aber was hätte ich dagegen tun sollen?

Der Fremde zog sich einen Stuhl heran und nahm neben mir Platz.

›Hören Sie mir zu‹, sagte er, ›und dann entscheiden Sie selbst darüber, ob es die Sache nicht wert war.‹

Und dann erzählte er mir eine erstaunliche Geschichte, Jill, eine Geschichte, von der du noch nichts weißt. Er behauptete, einer derjenigen zu sein, die uns ins Leben zurückgeholt haben. Seine Leute nennen sich Ethiker. Er weigerte sich allerdings mit der Begründung, daß ihm nur wenig Zeit zur Verfügung stünde, weiter auf seine Herkunft einzugehen oder mir Details über seine Rasse zu liefern. Er gab mir zu verstehen, daß es außerordentlich gefährlich für ihn sei, von seinen Leuten in dieser Umgebung erwischt zu werden.

Natürlich hätte ich ihm gern eine Reihe von Fragen gestellt, aber kaum hatte ich den Mund aufgemacht, als er mir auch schon zu schweigen bedeutete und mich aufforderte, ihm zuzuhören. Er würde mich noch einmal — vielleicht sogar mehrere Male — besuchen und dann näher auf meine Fragen eingehen, versicherte er, aber bis dahin solle ich mich mit dem zufriedengeben, was er mir zu sagen habe! Und er erzählte mir, daß man uns das Leben nicht deswegen zurückgegeben habe, damit wir es auf ewig behalten, sondern lediglich aus Gründen eines wissenschaftlichen Experiments, dessen Versuchskaninchen wir sind. Wenn die Ergebnisse dieses Experiments vorlägen, würden wir wieder sterben, und zwar zum letztenmal.«

»Um welche Art Experiment soll es sich dabei handeln?«

»Nun, er sagte, es sei mehr als nur ein einfaches Experiment. Es handele sich um ein Projekt von historischer und anthropologischer Bedeutung.

Seine Leute seien daran ineressiert, herauszufinden, welche Art von Gesellschaftsform wir Menschen errichteten, wenn man uns durcheinandermische. Die Frage sei, wie sich Leute unter gewissen Umständen verändern.

Des weiteren erfuhr ich, daß es viele Gruppen von Menschen gibt, die sich ohne den geringsten Einfluß seiner Leute weiterentwickeln dürfen. Andere würden jedoch gesteuert, entweder mit subtilen oder anderen Methoden. Das Projekt sei langfristig angesetzt und werde vielleicht mehrere Jahrhunderte dauern. Aber dann endet es. Wir werden wieder zu Staub zerfallen — und zwar für immer.

›Das hört sich für meine Ohren aber gar nicht sonderlich ethisch an, Sir‹, sagte ich. ›Warum verweigert man uns das, was Ihr Volk offenbar hat: das ewige Leben?‹

›Das geschieht deswegen‹, sagte der Fremde, ›weil meine Leute in Wirklichkeit gar nicht ethisch denken. Obgleich sie eine sehr hohe Meinung von sich selbst haben, verhalten sie sich ebenso grausam wie der Wissenschaftler, der im Namen des Fortschritts Tiere foltert. Aber letzterer kann sein Verhalten vernünftig begründen.

Sehen Sie, der Wissenschaftler tut trotzdem Gutes und verhält sich in gewissem Sinne sogar ethisch. Tatsache ist allerdings, daß einige wenige von euch nach dem Abschluß dieses Experiments unsterblich werden. Aber nur ein paar.‹

›Wieso das?‹ fragte ich.

Und dann erzählte er mir etwas über die Entität, die die Angehörigen der Kirche der Zweiten Chance da *Ka* nennen. Hast du je davon gehört, Jill?«

»Ich habe viele ihrer Sitzungen besucht«, sagte Jill.

»Dann weißt du also alles über das *Ka,* das *Ench* und die anderen Dinge. Dieser Fremde behauptete, daß die Religion der Chancisten teilweise der Wahrheit entspräche. Und das läge hauptsächlich daran, daß einer der Ethiker sich einem Mann namens La Viro genähert und ihn zur Gründung seiner Kirche inspiriert habe.«

»Ich dachte, auch dies sei eine der wilden Geschichten, die irgendein Visionär erfunden hat«, erwiderte Jill. »Ich habe der Sache nicht mehr Aufmerksamkeit geschenkt als den Phantastereien der irdischen Propheten wie Moses, Jesus, Zoroaster, Mohammed, Buddha, Smith, Eddy, der ganzen kranken Bande.«

»Genau wie ich«, sagte Cyrano. »Trotzdem habe ich, als ich auf dem Sterbebett lag, widerrufen, wenn auch nur, um meine arme Schwester und meinen Freund LeBret glücklich zu machen. Außerdem konnte es ja auch keinem schaden, wenn ich angesichts des Todes konvertierte. Und — um die Wahrheit zu sagen — ich hatte Angst vor dem Höllenfeuer. Und deswegen . . .«

»Aufgrund der Beeinflussung in der Kindheit . . .«

»Genau. Aber auf dieser Welt traf ich ein Wesen, das sagte, daß so etwas wie eine Seele wirklich existiere. Und ich hatte den positiven Beweis, daß es ein Leben nach dem Tode gibt. Dennoch fragte ich mich, ob es möglich sei, daß man mich auf den Arm nehmen wollte. Was, wenn einer meiner Nachbarn sich nur verkleidet und mir einen Streich gespielt hatte? Wenn ich ihm glaubte, könnte ich mich am nächsten Tag eventuell dem allgemeinen Gelächter aussetzen. Wie, hätten die Leute gefragt, de Bergerac, der Rationalist und Atheist, läßt sich von einer solch phantastischen Geschichte von seinem Pfad abbringen?

Aber gleichzeitig fragte ich mich, wer mir dies hätte antun sollen. Ich kannte niemanden, der für ein derartiges Unternehmen ein Motiv gehabt hätte, von der Ausrüstung gar nicht zu reden. Und was war mit der Droge, die Liby in einen Tiefschlaf versetzt und mich teilweise paralysiert hatte? Von einer solchen Droge hatte ich nie gehört. Und ich fragte mich, welcher Witzbold praktisch genug veranlagt war, um diese dunkle Kugel basteln zu können, die den Kopf des Fremden umgeben hatte? In meiner Hütte hatte gerade soviel Helligkeit geherrscht, um erkennen zu können, daß sie schwarz und undurchsichtig gewesen war. Und doch ...

Aber dann, als wisse er plötzlich, daß ich ihm mißtraute, gab er mir eine Linse aus einem mir unbekannten Material. ›Halten Sie dies vor Ihr Auge‹, sagte er, ›und werfen Sie einen Blick auf Livy.‹

Ich tat es und schnappte überrascht nach Luft. Direkt über ihrem Kopf befand sich ein pulsierender vielfarbiger Globus, der hell glänzte, als leuchte er aus sich selbst heraus. Er drehte sich im Kreis, zog sich zusammen und wurde größer und streckte von Zeit zu Zeit Arme aus Licht aus, Tentakel, die sich schließlich wieder in den Globus zurückzogen und anderen Platz machten.

Das Wesen streckte den Arm aus und wies mich an, die Linse wieder in seine Hand zurückzulegen. Obwohl es kein Wort dabei sagte, wußte ich, daß es nicht wünschte, dabei von mir berührt zu werden. Natürlich gehorchte ich diesem unausgesprochenen Befehl.

Der Fremde ließ die Linse wieder unter seinem Umhang verschwinden und sagte: ›Was Sie da gerade gesehen haben, ist das *Wathan*. Der unsterbliche Teil eines Menschen.‹ Und er fuhr fort: ›Ich habe ein paar von euch ausgesucht, um mir im Kampf gegen das Böse, das meine Leute planen, beizustehen. Sie und Livy habe ich aufgrund Ihrer *Wathans* ausgewählt. Wir können, müssen Sie wissen, ein *Wathan* ebenso leicht lesen wie Sie ein Bilderbuch. Der Charakter einer Persönlichkeit wird von ihrem *Wathan* reflektiert. Vielleicht ist *›reflektiert‹* das falsche Wort, denn das *Wathan* ist der Charakter. Aber ich habe jetzt keine Zeit, um Ihnen all das zu erklären. Tatsache ist, daß nur ein Bruchteil der Menschheit das letzte, das höchste und ersehnte Stadium der *Wathanschaft* erreichen wird, wenn man ihr nicht mehr Zeit zubilligt.‹

Dann skizzierte er mir kurz das, was man von jedem Chancisten im Detail erfahren kann: Das unvollkommene *Wathan* eines Toten durchwandert für immer den Weltraum. Obwohl es alles enthält, was den Menschen einst ausgemacht hat, besitzt es doch kein Bewußtsein. Lediglich vollkommene *Wathans* sind sich ihrer Existenz bewußt, und dieses Stadium wird nur von denjenigen erreicht, die bereits während ihres Lebens eine hohe ethische Perfektion erlangten. Oder zumindest eine solche, die der Perfektion recht nahe kommt.

›Was?‹ fragte ich. ›Die höchste Belohnung für ein ethisch perfektes Bewußtsein soll es sein, wie ein Geist durch den Weltraum zu wandern, wie ein kosmischer Handball gegen die Wände des Universums zu prallen, hin und her geschleudert zu werden, sich dieses schrecklichen Zustands bewußt zu sein und dennoch mit niemandem mehr kommunizieren zu können? Halten Sie das für einen erstrebenswerten Zustand?‹

›Sie sollen mich nicht unterbrechen‹, erwiderte der Fremde. ›Hören Sie zu! Wer die perfekte *Wathanschaft* oder *Enchschaft* erringt, geht *hinaus*. Er bleibt nicht in dieser Welt. Er *verläßt* sie!‹

›Und wo‹, fragte ich, ›ist dieses *hinaus*?‹

›Wenn man *hinausgeht*, ist das gleichbedeutend mit der Aufnahme in das *Überwathan*, man wird eins mit der einzigen Realität. Oder man wird Gott, falls Sie die Absicht haben, die Realität mit diesem Namen zu belegen. Man wird zu einer Zelle Gottes und erfährt die ewige und endliche Ekstase, Gott zu sein.‹

Obwohl ich jetzt ziemlich sicher war, einen übergeschnappten Pantheisten vor mir zu haben, stellte ich ihm dennoch die Frage: ›Und dieses Aufgehen in das *Überwathan* geht einher mit dem Verlust der menschlichen Individualität?‹

›Ja‹, gab der Fremde zu, ›aber *dafür* erringt man das Stadium des *Überwathan* und wird zu einem Teil Gottes. Es ist sicher kein schlechter Tausch, seine Individualität und sein Selbstbewußtsein aufzugeben, wenn man dafür zu einem Überwesen wird. Es ist das erstrebenswerteste Ziel überhaupt.‹

›Es ist schrecklich!‹ rief ich aus. ›Welche entsetzlichen Scherze treibt dieser Gott mit seinen Geschöpfen? Wie kann dieses zweite Leben und die Unsterblichkeit etwas Besseres sein als der Tod?

Nein! All das hat überhaupt keinen Sinn! Und rein von der Logik her gesehen stellt sich die Frage, aus welchem Grund es so etwas wie eine Seele oder ein *Wathan* überhaupt geben soll. Welchen Sinn soll die Existenz des *Wathan* haben, wenn der größte Teil davon vergeudet wird, ausgelöscht, wie ein Schwarm lästiger Fliegen? Und was geschieht mit jenen, die ihr Leben lang nach hoher ethischer Perfektion gestrebt haben, dadurch beinahe heilig geworden sind, wenn Sie so wollen, und dann doch nichts davon haben? Wenn der Dank für ihre Mühe den Verlust des eigenen Bewußtseins, der Individualität und der Menschlichkeit mit sich bringt?

Nein, wenn ich schon unsterblich werden soll, möchte ich das als ich selbst, als Savinien de Cyrano de Bergerac sein. Ich lege keinen Wert darauf, zur hirnlosen Zelle im Körper einer unbekannten, göttlichen Wesenheit zu werden – ohne Namen und Bewußtsein!‹

›Wie die meisten Ihrer Art‹, sagte der Fremde, ›reden auch Sie zuviel. Aber lassen wir das ...‹ Er zögerte und sagte dann: ›Es existiert noch eine dritte Alternative, die Ihnen möglicherweise gefällt. Ich habe Ihnen an sich nichts davon erzählen wollen ... und werde jetzt auch nicht darüber sprechen. Jetzt ist weder die richtige Zeit noch die beste Gelegenheit dazu. Vielleicht beim nächstenmal. Ich werde in Kürze wieder aufbrechen müssen.

Zuerst jedoch erwarte ich von Ihnen eine klare Antwort auf eine klare Frage: Sind Sie bereit, mit mir zusammenzuarbeiten?‹

›Wie kann ich jemandem meine Unterstützung zusagen, wenn ich nicht einmal weiß, ob die Sache, die er vertritt, überhaupt unterstützenswert ist? Nach dem wenigen, was ich weiß, könnten Sie ebensogut Satan persönlich sein!‹

Er kicherte hohl und sagte: ›Sie sind einer von denen, die sowohl die Existenz Gottes als auch die des Teufels bestreiten. Ich bin weder der Teufel, noch entsprechen meine Pläne den seinigen. Ich bin voll und ganz auf Ihrer Seite, auf der Seite der irregeführten, leidenden Menschheit. Ich kann das natürlich nicht beweisen. Jedenfalls nicht im Moment. Aber bedenken Sie eins: Ist Ihnen einer meiner Kollegen jemals erschienen? Haben sie irgend etwas anderes getan, als Sie von den Toten aufzuwecken, um Sie an einem Experiment teilnehmen zu lassen, dessen Zweck man Ihnen vorenthält? Habe ich Sie nicht aus Milliarden möglicher Kandidaten ausgewählt, um mir in diesem lautlosen Kampf hinter der Bühne zur Seite zu stehen? Sie und elf andere? Warum ich Ihnen diese Ehre zukommen lasse? Ich werde es Ihnen sagen. Ich tat es deswegen, weil ich weiß, daß Sie zu den Leuten gehören, die mir dienlich sein können, weil Ihr *Wathan* mir sagt, daß Sie auf meiner Seite stehen.‹

›Es ist also vorausbestimmt?‹ fragte ich. ›Ich glaube nicht an derlei Dinge.‹

›Nein. Es gibt auch keine Vorausbestimmung, jedenfalls nicht in dem Sinne, in dem Sie diesen Ausdruck gebrauchen. Es wäre zu umständlich, Ihnen die Sache zu erklären, und möglicherweise würden Sie sie auch nicht glauben. Alles, was ich Ihnen im Moment sagen kann, ist, daß ich auf Ihrer Seite stehe. Ohne mich sind

Sie und die meisten Ihrer Art verloren. Sie müssen einfach an mich glauben.‹

›Was aber‹, rief ich aus, ›können wir paar armseligen Menschlein schon tun? Wir stehen Übermenschen mit unglaublichen Kräften gegenüber!‹

Und er erwiderte, daß wir zwölf nicht das geringste ausrichten könnten, wenn wir nicht einen Freund bei Hofe hätten. Dieser Freund sei er. Wir zwölf müßten uns treffen und zusammen zum Nordpol reisen, zu dem Turm, der sich aus der Mitte des Sees erhebt. Allerdings müßten wir aus eigenen Kräften den Weg dorthin finden, er sei nicht in der Lage, uns dorthin zu fliegen. Er hätte auch keine Zeit, mir zu erklären, warum das nicht ginge.

›Ich muß langsam und vorsichtig zu Werke gehen‹, erklärte er mir. ›Und Sie müssen mir versprechen, daß Sie keinem Menschen gegenüber etwas von unserem Gespräch erwähnen, ausgenommen davon sind natürlich die anderen Leute, deren Unterstützung ich mir gesichert habe.

Der Grund dafür ist die Möglichkeit, daß Sie von einem Agenten aufgespürt werden. Das würde bedeuten, daß man alle Ihre Erinnerungen, soweit sie mich und unsere Zusammenkünfte betreffen, kontrollieren kann. Und dann befände ich mich in einer schrecklichen Gefahr.‹

›Aber wie soll ich die anderen erkennen?‹ fragte ich. ›Wie soll ich dahin kommen, wo sie sich aufhalten, oder sie zu mir? Wer sind diese Leute überhaupt?‹

Während ich ihm diese Fragen stellte, kam ich mir gleichzeitig ehrfürchtig und auserwählt vor. Daß eines jener Wesen, die uns von den Toten hatten wieder auferstehen lassen und für die Existenz dieser Welt verantwortlich waren, ausgerechnet mich um Hilfe bat! Mich, Savinien de Cyrano de Bergerac, der ich doch — wie groß meine Talente auch immer sein mögen — nur ein kleines Menschenwesen bin! Er hatte ausgerechnet mich aus mehreren Milliarden von Kandidaten herausgesucht!

Er wußte, wer ich war, und war sich ebenso darüber im klaren, daß ich es nicht fertigbringen würde, sein Angebot abzulehnen. Hätte ich aufstehen können, hätte ich — vorausgesetzt, es wären welche vorhanden gewesen — die Klinge mit ihm gekreuzt und ihn meiner Loyalität mit einem Trinkspruch versichert. Aber Wein hatten wir ebensowenig wie Degen.

›Sie tun also, was ich von Ihnen erbitte?‹ fragte der Fremde.

›Aber sicher!‹ erwiderte ich. ›Sie haben mein Wort, und das gilt für immer!‹

Ich will jetzt nicht jede Kleinigkeit wiederholen, die er mir anschließend mitteilte, Jill, aber . . . er sagte, ich solle Sam Clemens mitteilen, er möge nach einem anderen Mann namens Richard Francis Burton Ausschau halten. Auch dieser sei einer der Auserwählten. Und wir sollten ein Jahr lang in Virolando auf die Ankunft der anderen warten. Sollten einige der Auserwählten dort nicht auftauchen, stünde uns der weitere Weg auch ohne sie offen. Und wir würden von ihm — dem Fremden — in naher Zukunft wieder hören.

Er gab mir einige Tips, wie und wo ich Clemens finden könne, der sich zehntausend Meilen weiter flußabwärts aufhielt. Clemens würde aus dem Erz eines herabgefallenen Meteoriten ein großes Flußboot bauen. Obwohl ich hunderteinundachtzig Jahre vor Clemens Geburt bereits ein toter Mann war, kannte ich ihn, denn schließlich lag in meinem Bett ein Relikt seines irdischen Lebens. Als ich das dem Fremden erzählte, lachte er und sagte nur: ›Ich weiß.‹

›Kann sich das nicht etwas schwierig für uns entwickeln?‹ fragte ich ihn. ›Speziell für Livy? Würde der große Clemens mich unter diesen Umständen überhaupt auf seinem Boot haben wollen?‹

›Was ist wichtiger für Sie?‹ fragte der Fremde, jetzt ein wenig ungeduldiger werdend. ›Eine Frau oder die Rettung der Welt?‹

›Das käme darauf an, welche Gefühle ich einer Frau entgegenbringe‹, erwiderte ich. ›Es gibt weder objektiv noch menschlich gesehen für mich in dieser Beziehung einen Konflikt. Ich bin zwar menschlich, aber nicht objektiv.‹

›Machen Sie sich auf den Weg und warten Sie ab, was sich daraus entwickelt‹, lautete seine Antwort. ›Vielleicht wird die Frau Sie bevorzugen.‹

›Wenn ein Cyrano vor Liebe erglüht‹, gab ich zurück, ›dann kühlt er sich nicht auf Befehl ab.‹

Daraufhin stand er auf, sagte ›Wir sehen uns‹ und ging hinaus. Mit Hilfe meiner Arme zog ich mich aus dem Bett und kroch, ohne meine tauben Beine einsetzen zu können, zur Tür und öffnete sie. Ich fand nicht die geringste Spur von ihm. Am nächsten Morgen sagte ich zu Livy, daß dieser Ort mir zum Halse heraushinge und ich mich wieder auf den Weg machen wolle, um nach einer anderen Gegend Ausschau zu halten. Livy erwiderte, daß ihr wiederum das Herumzigeunern zum Halse heraushinge, aber wenn ich unbedingt wollte, würde sie mit mir gehen. Und dann zogen wir los. Den Rest der Geschichte kennst du.«

Jill verspürte ein Gefühl der Unwirklichkeit. Obwohl sie Cyranos Geschichte glaubte, kam sie sich vor wie ein Mensch, der auf einer Bühne steht, ohne auch nur den geringsten Schimmer von dem Stück zu haben, in dem er auftritt. Wie ein Schauspieler, dem niemand das Drehbuch gezeigt hat.

»Nein, ich kenne den Rest der Geschichte nicht. Was entwikkelte sich zwischen dir und Clemens? Was wußte er, das du nicht wußtest? Und hat sich je einer der anderen Auserwählten gezeigt?«

»Der Ethiker besuchte Clemens zweimal. Clemens nannte ihn X oder den Geheimnisvollen Fremden.«

»Er hat einmal ein Buch geschrieben, das *Der geheimnisvolle Fremde* hieß. Eine ziemlich traurige und bittere Erzählung und ungeheuer pessimistisch. Der Fremde entpuppte sich als Luzifer.«

»Er hat mir davon erzählt. Jedenfalls wußte er auch nicht viel mehr als ich. Abgesehen davon vielleicht, daß der Fremde den Meteoriten ablenkte, damit er auf dieser Welt niederging und Clemens ihn finden konnte.«

»Kannst du dir vorstellen, welche Energie so etwas kosten würde?«

»Man erklärte es mir. Allerdings hat Sam das Wort, das er dem Fremden gab, gebrochen. Er erzählte Joe Miller und Lothar von Richthofen von seiner Begegnung. Er sagte, er hätte es nicht vermeiden können.

Dann gab es noch zwei Auserwählte. Ein riesiger, rothaariger Wilder namens John Johnston. Und ... Firebrass!«

Jill hätte beinahe ihre Zigarette verloren. »Firebrass! Aber er ...«

Cyrano nickte. »Genau. Es sieht so aus, als sei er einer von den Agenten gewesen, die der Fremde zwar erwähnte, die sich aber niemals zeigten. Da ich den Ethiker nie wiedersah, erhielt ich auch keine Antworten auf meine Fragen. Ich kann mir allerdings gut vorstellen, daß er ziemlich überrascht gewesen wäre, hätte ich Firebrass als einen der zwölf Auserwählten bezeichnet. Vielleicht hat Firebrass die Rolle eines Infiltrators gespielt. Das erklärt allerdings noch nicht die Fälle Obrenowa und Thorn.«

»Haben Johnston und Firebrass eurem Wissen irgend etwas hinzufügen können?«

»Über den Ethiker? Nein, Johnston sagte, er sei ihm nur einmal begegnet. Firebrass war natürlich keiner der zwölf Auserwählten. Ich bezweifle, daß der Ethiker wußte, welche Rolle er spielte.

Wie hätte er das auch wissen sollen? Dazu hätte er sich schon maskiert in unserer Mitte aufhalten müssen. Vielleicht hat er das sogar getan. Aber wenn er wußte, daß Firebrass ein Agent war, hatte er zumindest Gründe, uns dies zu verschweigen. Was mir allerdings — unter anderem — wirklich Sorgen bereitet, ist die Tatsache, daß der Ethiker sich uns nicht wieder gezeigt hat.«

Jills Gestalt straffte sich.

»Glaubst du, Piscator könnte auch ein Agent sein?«

Cyrano blieb stehen, zog Schultern und Augenbrauen hoch und spreizte die Finger.

»Wenn er nicht zurückkehrt, werden wir das niemals herausfinden.«

»Absichten, Gegenabsichten, Gegen-Gegenvorhaben. Unendlich ineinander verzahntes Räderwerk«, murmelte Jill. »Mâyâ senkt sieben Schleier der Illusion zwischen uns und den Anderen herab.«

»Was? Oh, du meinst das hinduistische Konzept der Illusion.«

»Ich glaube nicht, daß Piscator ein Agent war. Wäre er das gewesen, hätte er kein Wort darüber verloren, daß hier offensichtlich etwas Geheimnisvolles und Verdächtiges vor sich geht.«

Ein Klopfen an der Tür unterbrach sie.

»Kapitän, hier ist Greeson vom Suchkommando drei! Wir haben alle Räume dieser Sektion bis auf das Kartenzimmer untersucht. Aber wir können durchaus auch später wiederkommen.«

Jill stand auf und sagte: »Kommen Sie rein!«

Cyrano zugewandt meinte sie: »Wir sprechen später noch einmal über die Sache. Es gibt noch eine Menge zu klären und viele Fragen zu beantworten.«

»Ich bezweifle, daß ich dazu in der Lage bin.«

62

Drei Vierundzwanzig-Stunden-Perioden waren vergangen.

Man hatte die Toten wie ägyptische Mumien in Tücher gewikkelt und dem See überlassen. Während Jill im feuchten und allesdurchdringenden Nebel stand und zusah, wie man die Leichen nacheinander durch die Luke warf, versuchte sie die Dauer des Falls in die Tiefe zu berechnen. Es war nicht etwa Kaltblütigkeit, die sie zu diesem Tun verleitete, sondern eine reine Abwehrmaßnahme, um angesichts der Schrecknisse ihrer Lage nicht hysterisch zu werden.

Der Tod war jetzt wieder zu einer schrecklichen Realität geworden und schien an diesem Ort mit seinen kaltfeuchten Winden und den dunklen, umherwirbelnden Wolken nur noch allgegenwärtiger und bedrohlicher zu sein. Sie brauchte nur ein paar Schritte in den Nebel hinaus zu machen, um aus der Sicht- und Hörweite all jener Menschen zu verschwinden, die um sie herum ihrer Arbeit nachgingen. Sie konnte weder ihre Füße noch das Metall sehen, über das sie schritt.

Wenn sie den Kopf aus einer der Luken streckte, würde sie nicht einmal das Geräusch des kalten, toten Sees hören, der ununterbrochen gegen die Hülle des Turms schlug. Hier war alles zu weit von einem entfernt, sogar das, was in unmittelbarer Nähe lag.

Die Umgebung war ein echtes Ödland. Sie wünschte sich nichts sehnlicher, als es bald wieder verlassen zu können.

Bis jetzt war Piscator noch nicht zurückgekehrt. Aus freiem Willen wäre er niemals so lang im Inneren des Turms geblieben. Entweder war er tot, verletzt oder wurde gefangengehalten. Auf jeden Fall konnten jene, die sich außerhalb des Turms aufhielten, nichts für ihn tun, und unter diesem Gesichtspunkt erschien die geplante siebentägige Wartezeit schon jetzt zu lang. Aus diesem Grund hatte Jill bereits bekanntgegeben, daß man bereits nach dem fünften Tag aufbrechen würde.

Die Mannschaft nahm dies mit offensichtlicher Erleichterung zur Kenntnis. Die Nerven der Leute waren, wie die Jills, bis zum äußersten angespannt, und sie litten dermaßen unter der unklaren Situation, daß man dazu übergegangen war, die vierstündige Wachperiode im Inneren des Bunkers auf die Hälfte zu verkürzen. Einige der Wachtposten begannen bereits zu halluzinieren, sie sahen geisterhafte Gestalten im Nebel und vernahmen Stimmen, die aus dem Korridor drangen. Einer der Männer hatte sogar seine Waffe abgefeuert, als er sich einbildete, eine gewaltige Gestalt renne aus dem Nebel auf ihn zu.

Die erste Durchsuchung der *Parseval* hatte weder Bomben noch Umwandler zu Tage gebracht. Da Jill befürchtete, daß die Leute nicht jeden Quadratzentimeter abgesucht hatten — und auch um sie beschäftigt zu halten —, ordnete sie eine zweite Suchaktion an. Diesmal wurde sie sogar auf die Außenhülle des Luftschiffes ausgeweitet. Männer begaben sich in den Laufgang und leuchteten alles mit Scheinwerfern aus. Andere untersuchten die Außenseiten der Hecksektion. Nirgendwo konnte eine Bombe ausgemacht werden.

Das erleichterte Jill aber nicht. Wenn Thorn von Anfang an den Plan gehabt hatte, an Bord Sprengstoff zu verstecken, konnte er ihn ebensogut im Innern der Gasbehälter untergebracht haben. Wenn er das getan hatte, waren sie ihm ausgeliefert, denn es gab keine Möglichkeit, in das Innere der Behälter vorzudringen, ohne den unersetzlichen Wasserstoff abzulassen. In diesem Fall benötigte er natürlich eine Fernzündung, aber wenn sie nur klein genug war, konnte er sie überall an Bord versteckt haben. Es wäre ihm sogar möglich gewesen, sie zu tarnen.

Dieser Gedanke führte zu einer dritten Suchaktion, bei der jedes noch so kleine mechanische oder elektrische Gerät an Bord dahingehend in Augenschein genommen wurde, daß es auch wirklich das war, was es zu sein vorgab. Auch diese Aktion blieb ohne Erfolg, aber der Gedanke, daß es an Bord der *Parseval* etwas gab, das Thorn dazu dienen konnte, eine Bombe zu zünden, trug nur noch mehr zur Steigerung der allgemeinen Nervosität bei.

Natürlich konnte Thorn, solange er in der Krankenabteilung lag, nicht viel anrichten.

Man hatte ihn eingeschlossen, und ständig standen zwei Wachen vor und hinter seiner Tür.

Jill sprach mit Cyrano über ein anderes Problem.

»Sam wird ein Höllenspektakel machen, wenn er erfährt, daß es für ihn hier rein gar nichts zu tun gibt — falls er diesen Ort überhaupt jemals erreicht. Es gibt einfach keine Möglichkeit, von einem Schiff aus auf den Turm hinaufzuklettern. Selbst wenn er das Unmögliche schaffen sollte, wüßte er immer noch nicht, wie er in das Ding hineinkommen könnte.

Möglicherweise befindet sich in den Reihen seiner Mannschaft der eine oder andere, der die Barriere durchdringen könnte, wenn er es erst einmal geschafft hat, auf die Landefläche hinaufzukommen. Aber selbst dann stellt sich noch die Frage, ob es diesem Mann nicht ebenso ergehen würde wie Piscator.«

»Was immer ihm passiert sein mag«, sagte Cyrano finster. Er hatten den Japaner beinahe ebenso gern gemocht wie Firebrass.

»Hat Firebrass dir auch von dem Laser erzählt, der auf der Mark Twain versteckt ist?«

Cyrano schien erst jetzt richtig zu erwachen. »Aha! Welch ein Trottel bin ich doch. Ja, natürlich hat er mir davon erzählt. Würde er mir Dinge verschweigen, die er dir erzählt! Ich wette um einen Kuß unter den Ringelschwanz einer Sau, daß er das niemals tun würde!«

»Nun, es ist vielleicht möglich, daß dieses Metall sogar einem Laserstrahl widersteht. Aber das können wir natürlich erst herausfinden, wenn wir es versucht haben, nicht wahr?«

Schlagartig blickte der Franzose wieder finster drein.

»Und wie lösen wir das Treibstoffproblem? Es ist nicht drin, daß wir einfach der *Mark Twain* entgegenfliegen, den Laser holen, hierher zurückkehren und anschließend auch noch den Flug nach Parolando schaffen. Dazu haben wir nicht genug Sprit.«

»Wir holen den Laser von der *Mark Twain*, kehren dann nach Parolando zurück, tanken auf und machen uns dann wieder auf den Rückweg.«

»Das wird eine Menge Zeit erfordern. Aber wahrscheinlich können wir gar nichts anderes tun. Was tun wir aber, wenn der hartherzige Sam Clemens uns seinen Laser nicht geben will?«

»Ich wüßte nicht, weswegen er das ablehnen sollte«, sagte Jill bedächtig. »Der Laser wäre die einzige Möglichkeit, in den Turm hineinzukommen.«

»Ah, ja, sicher. Aber damit sagst du, daß Sam Clemens sich der Logik beugen müßte. Er ist aber ein Mensch, und deswegen verhält er sich keinesfalls logisch. Aber wir werden sehen.«

Jill war von ihrer eigenen Idee so begeistert, daß sie plötzlich nicht mehr einsehen konnte, weshalb sie noch länger auf Piscator warten sollten.

Wenn er verletzt war oder von menschlichen oder mechanischen Gegnern festgehalten wurde, würde man ihn ohne den Laser jedenfalls nicht freibekommen.

Zuerst mußte jedoch Thorn verhört werden. Nachdem Jill Coppename angewiesen hatte, nichts zu unternehmen, bevor sie zurückkehrte, machte sie sich in Begleitung Cyranos auf den Weg in die Krankenstation. Thorn saß aufrecht im Bett. Sein rechtes Bein war mit einer Kette verbunden, deren anderes Ende am Bett befestigt war.

Als sie eintraten, sagte er nichts. Jill musterte den Mann schweigend. Sein Gesicht wirkte verschlossen und seine dunkelblauen Augen schläfrig. Er sah so stur aus wie Luzifer persönlich.

»Wollen Sie uns nicht sagen, welches Spiel hier gespielt wird?« fragte Jill.

Thorn gab keine Antwort.

Jill hatte dafür gesorgt, daß niemand ihm etwas über den Absturz des Helikopters erzählen konnte.

»Wir wissen, daß Sie die Bombe installiert haben. Sie haben Firebrass, die Obrenowa und alle anderen Leute in dem Kopter umgebracht.«

Thorn öffnete die Augen jetzt ganz, aber sein Gesichtsausdruck änderte sich nicht. Täuschte sie sich, oder spielte wirklich ein leichtes Lächeln um seine Mundwinkel?

»Sie sind des vorsätzlichen Mordes überführt, Thorn. Ich könnte Sie exekutieren lassen, und vielleicht werde ich das sogar tun. Es sei denn, Sie erzählen mir alles.«

Sie wartete ab. Thorn musterte sie.

»Wir wissen auch von den kleinen Kugeln, die sich in den Gehirnen von Firebrass und Anna befanden.«

Dies schien ihn getroffen zu haben. Thron wurde blaß. Er verzog das Gesicht zu einer Grimasse.

»Wurden Sie ebenfalls mit einem solchen Ding versorgt?«

Thorn stöhnte und sagte: »Man hat mich durchleuchtet. Glauben Sie, Firebrass hätte mich mitgenommen, wenn dem so wäre?«

»Ich weiß nicht«, sagte Jill. »Immerhin hat er die Obrenowa auch akzeptiert. Warum sollte er sie in die Mannschaft aufnehmen und Sie ablehnen?«

Thorn schüttelte lediglich den Kopf.

»Passen Sie auf. Wenn es sein muß, kann ich Graves sagen, er solle Ihren Schädel öffnen und sich das Ding in Ihrem Kopf einmal ansehen.«

»Sie würden damit nur Zeit vergeuden«, erwiderte Thorn. »Ich habe kein solches Ding im Gehirn.«

»Und ich glaube, daß Sie lügen. Welche Funktion haben diese Kugeln?«

Schweigen.

»Sie wissen es doch, oder nicht?«

»Was war Ihr Ziel, nachdem Sie den Helikopter stahlen?« fragte Cyrano.

Thorn biß sich auf die Lippen und sagte dann:

»Ich nehme an, Sie sind nicht in den Turm hineingelangt?«

Jill zögerte. Sollte sie ihm von Piscator erzählen? Konnte ihn diese Information zu einer Aussage verleiten? Sie konnte sich nicht vorstellen, was daraus erwachsen konnte, wenn sie ihm Dinge erklärte, von denen er noch nichts wußte. Aber hatte sie eine Wahl? Sie kannte nicht einmal die Stellung eines einzigen Teils in diesem gigantischen Puzzlespiel.

»Einer von uns ist hineingekommen«, sagte sie.

Thorn zuckte zusammen. Er wurde noch blasser.

»Einer? Wer war das?«

»Ich werde es Ihnen sagen, sobald Sie mir erzählt haben, was hier vor sich geht.«

Thorns Brustkasten blähte sich auf, als er einen tiefen Atemzug tat. Langsam stieß er die Luft wieder aus.

»Ich sage kein Wort mehr, ehe wir nicht die *Mark Twain* erreicht haben. Ich will mit Sam Clemens sprechen. Bis dahin werden Sie von mir kein Wort zu hören kriegen. Wenn Sie unbedingt wollen, können Sie mir ruhig meinen Schädel öffnen lassen. Aber das wäre grausam, würde mich möglicherweise töten und wäre völlig unnötig.«

Jill bedeutete Cyrano, ihr in den Nebenraum zu folgen. Als sie sich außerhalb von Thorns Sichtweite befanden, sagte sie: »Gibt es auf der *Mark Twain* einen Röntgenapparat?«

Cyrano sagte achselzuckend: »Ich kann mich nicht daran erinnern. Aber sobald wir Funkkontakt mit dem Schiff haben, können wir das herausfinden.«

Sie kehrten an Thorns Bett zurück. Eine Minute lang starrte der Mann sie an. Er kämpfte offensichtlich mit sich selbst. Schließlich, als brächte er es nur unter größten Schwierigkeiten fertig, diese Frage zu stellen, sagte er: »Ist der Mann zurückgekehrt?«

»Hätte das irgendeine Bedeutung für Sie?«

Thorn erweckte den Eindruck, als wolle er etwas darauf erwidern. Statt dessen jedoch lächelte er nur.

»Na schön«, sagte Jill. »Wir kehren zur *Mark Twain* zurück. Ich werde wieder mit Ihnen sprechen, wenn wir dort angekommen sind; es sei denn, Sie hätten es sich inzwischen überlegt.«

Das Durchchecken der Instrumente dauerte eine Stunde, dann wurden die Seile eingeholt, und die Wächter kamen wieder an Bord. Cyrano übernahm den Pilotensitz und ließ die *Parseval* aufsteigen, während die Propeller sich aufrichteten, um dem Luftschiff zusätzliche Fahrt zu verleihen. Um den Verlust an Wasserstoff auszugleichen, wurde Wasserballast abgeworfen. Die den Turm umgebenden Aufwinde hoben das Schiff höher hinauf als nötig, aber Cyrano steuerte es wieder hinunter und hielt genau auf das Loch in der Polarbarriere zu, durch das sie gekommen waren.

Jill stand hinter der Bugscheibe und starrte in den Nebel hinaus. »Bis bald, Piscator«, murmelte sie. »Wir kommen wieder.«

Die Windströmung schob das Schiff durch das Loch hinaus. Cyrano meinte, es werde wie ein Stück verdorbenen Fleisches vom Mund eines Riesen ausgespuckt, und verglich den Vorgang mit der Ungeduld eines Babys, das nicht mehr länger auf den Zeitpunkt der Geburt warten wollte und außerdem eine Mutter hatte, die nicht länger bereit war, die neun Monate alte Frucht noch weiter in sich zu tragen. Manchmal übertrieb der Franzose wirklich.

Die klare Luft, die Helligkeit der Sonne und das Grün der Vegetation außerhalb der Polarbarriere verleiteten sie beinahe dazu, in lautes Singen auszubrechen. Cyrano sagte grinsend: »Hätte ich jetzt keine Wache — ich würde tanzen! Ich kann mir nicht vorstellen, noch einmal mit freundlicheren Gefühlen an diesen finsteren Ort zurückzukehren.«

Sobald die *Parseval* eine bestimmte Höhe erreicht hatte, versuchte Aukuso mit der *Mark Twain* in Funkkontakt zu treten. Es dauerte keine Stunde, dann meldete er, daß die Verbindung stand.

Jill wollte gerade beginnen, Sam über den Ablauf der Ereignisse aufzuklären, als er ihr mit aufgebrachter Stimme ins Wort fiel und ihr Greystocks verräterischen Angriff schilderte. Obwohl diese Nachricht Jill einen großen Schock versetzte, dauerte es nicht lange, und Clemens detaillierte und mehr als ausführliche Schilderung ging ihr auf die Nerven. Immerhin war seinem Schiff so gut wie nichts geschehen; sie war diejenige, die einige wichtige Aussagen zu machen hatte.

Schließlich fand Clemens ein Ende.

»Ich hab' den größten Teil meiner Wut jetzt verdaut«, knurrte er, »jedenfalls für den Augenblick. Aber sagen Sie, wieso sind Sie es, die mit mir sprechen? Wo steckt Firebrass?«

»Leider haben Sie mich nicht mehr als zwei Worte sagen lassen«, meinte Jill und erklärte ihm in allen Einzelheiten, was geschehen war, seit das Luftschiff das Loch in der Polarbarriere durchdrungen hatte.

Nun war Sam an der Reihe, schockiert zu sein. Aber abgesehen von einigen saftigen Flüchen unterbrach er ihren Bericht nicht.

»Firebrass ist also tot, und Sie glauben, er sei einer der Anderen gewesen? Vielleicht war er es aber trotzdem nicht, Jill. Sind Sie eventuell schon auf den Gedanken gekommen, daß diese kleinen schwarzen Kugeln möglicherweise einer ganzen Reihe von uns aus rein wissenschaftlichen Gründen eingepflanzt wurden? Daß vielleicht jeder Tausendste von uns mit diesem Ding ausgestattet ist? Ich habe zwar keine Ahnung, welchen Zielen diese Dinger dienen könnten, aber vielleicht verstärken sie die Gehirnwellen ihrer Träger, damit die Anderen sie aufzeichnen und für irgendwelche wissenschaftlichen Experimente verwerten können. Natürlich könnten sie auch dazu dienen, um ihre Träger in irgendeiner Weise von anderen Menschen zu unterscheiden.«

»Daran habe ich noch nicht gedacht«, gab Jill zu. »Ich wünschte mir, Sie hätten recht, Sam; ganz einfach deshalb, weil ich den Gedanken, Firebrass könne einer von ihnen gewesen sein, nicht ertragen kann.«

»Mir geht es genauso. Von Wichtigkeit ist im Moment allerdings, daß eine Expedition, die keine Möglichkeit hat, von der Luft aus in den Turm einzudringen, uns nichts einbringt. Ich habe diese beiden Schiffe also für die Affen gebaut. Nun, nicht nur für die Affen. Das Leben auf einem Schiff wie diesem läßt sich schon ertragen. Es bietet einem einen Luxus, den es anderswo nicht gibt — ausgenommen auf der *Rex* — und außerdem stellt es die schnellste Art der Fortbewegung dar, auch wenn man über kein bestimmtes Ziel verfügt. Aber ich habe König John noch nicht vergessen. Ich werde mich an seine Fersen heften und ihn für das, was er mir antat, zur Rechenschaft ziehen.«

»In einer Sache irren Sie sich, Sam«, erwiderte Jill. »Ich glaube, daß wir trotzdem in den Turm eindringen können. Alles, was ich dazu brauche, ist Ihr Laser.«

Die Geräusche, die Clemens von sich gab, hörten sich an, als leide er an einem Erstickungsanfall.

»Soll das etwa heißen ... daß Firebrass Sie darüber informiert hat? Dieser gottverdammte, prinzipienlose, undankbare ... *Grrrr!* Ich sagte ihm, er solle kein Wort darüber verlieren! Er wußte, wie wichtig es ist, daß diese Sache ein Geheimnis bleibt! Und jetzt weiß jedermann im Steuerhaus davon. Sie haben jedes Ihrer Worte mitgehört. Jetzt muß ich sie alle vergattern — aber wer garantiert mir, daß nicht einer von ihnen schwätzt? Wenn Firebrass jetzt hier wäre, würde ich ihn mit einer Hand am Hals packen und mit der anderen meine Zigarre auf seinem Arsch ausdrücken!« Dann fügte er hinzu: »Abgesehen davon hätten Sie auch warten können, bis Sie bei mir sind, bevor Sie diese Sache zur Sprache brachten. Ich weiß genau, daß Johns Funker uns seit Jahren abhören. Vielleicht haben sie jetzt herausgefunden, wie es um uns steht, und sperren inzwischen so gierig die Ohren auf wie ein Schwein die Nüstern, das ein Nest frischer Trüffel entdeckt hat!«

»Es tut mir leid«, antwortete Jill, »aber ich mußte darüber reden. Sie müssen einige Vorbereitungen treffen, damit wir den Laser übernehmen können, ohne zu landen.« Dann fügte sie hinzu: »Ich brauche ihn. Der Laser ist wahrscheinlich das einzige Mittel, mit dem wir in den Turm hineinkommen können. Ohne ihn wäre nicht nur unsere Arbeit, sondern auch der Tod mehrerer Menschen umsonst gewesen.«

Jill versuchte zu vermeiden, daß man ihrer Stimme den Ärger anhörte, den sie jetzt verspürte.

»Denken Sie darüber nach, Sam. Was ist Ihnen wichtiger: Rache an König John zu nehmen — oder das Rätsel dieser Welt zu lösen und herauszufinden, warum wir hier sind und wer dafür verantwortlich ist?

Nebenbei gesagt, ich sehe keinen Grund, warum Sie nicht beides haben sollten. Nachdem wir den Laser benutzt haben, erhalten Sie ihn sofort zurück.«

»Himmel, Arsch und Zwirn! Woher soll ich das wissen, daß die *Parseval* diese Aktion überhaupt überlebt? Vielleicht sind Sie und Ihre Leute die nächsten, die von den Anderen festgesetzt werden. Möglicherweise sitzen sie jetzt hinter ihrer sicheren Mauer und amüsieren sich über die Katze, die nicht zu ihnen hineinkommen kann. Aber glauben Sie denn allen Ernstes, diese Leute würden zusehen und abwarten, wenn Sie anrücken und versuchen, sie aus ihrer Konservenbüchse herauszuschneiden?

Sie werden zuschlagen und Sie schnappen, ebenso wie Piscator. Und was machen wir dann? Was ist überhaupt, wenn sich herausstellt, daß die Laserstrahlen dem Turm überhaupt nichts anhaben können?«

»Sie haben nur zu recht. Aber wir müssen es eben ausprobieren. Das ist der einzige Weg, es herauszufinden.«

»Na schön, na schön! Sie haben die Logik auf Ihrer Seite; aber wenn hätte *die* jemals eine Diskussion entschieden? Aber ich bin ein vernünftiger Mensch. Sie können den Laser haben!

Aber — und dies ist ein *großes* Aber, wie die Königin von Spanien zu Dan Sickles sagte — zuerst müssen Sie mir den Hundesohn John besorgen!«

»Ich weiß nicht, wovon Sie sprechen, Sam.«

»Ich will damit sagen, daß Sie einen Überfall auf die *Rex* veranstalten sollen. Schicken Sie ihm während der Nacht eine Gruppe mit einem Helikopter auf den Hals und lassen Sie ihn hochnehmen. Ich würde es zwar bevorzugen, ihn lebend in die Finger zu kriegen, aber wenn das nicht möglich ist, soll er meinetwegen auch zur Hölle fahren!«

»Das wäre dumm und heimtückisch!« erwiderte Jill. »Wir könnten nicht nur den Kopter dabei verlieren, sondern auch die Männer, die an diesem sinnlosen Unternehmen beteiligt wären. Außerdem können wir es uns nicht erlauben, den Hubschrauber zu verlieren — von dem Leben der Männer abgesehen —, denn wir haben nur noch diesen einen.«

Die lange Rede hatte Sam ein wenig außer Atem geraten lassen, dennoch wartete er so lange, bis er wieder dazu in der Lage war, den Faden aufzunehmen. Seine Stimme klang jetzt sanft und eisig zugleich.

»Sie sind es, die sich jetzt dumm aufführt. Wenn John nicht mehr wäre, hätte ich auch keinen Grund mehr, mit meinem Schiff einen Angriff gegen die *Rex* zu fahren. Denken Sie doch nur an all die Leben, die wir *dann* verschonen würden! Sein Stellvertreter könnte das Kommando über die *Rex* übernehmen, und ich würde ihm sogar Glück dabei wünschen. Ich verlange nicht mehr, als daß John, nach allem, was er an Verbrechen begangen hat, nicht so einfach davonkommt und auch noch über das Schiff verfügt, für das ich nicht nur gelitten habe, sondern beinahe auch gestorben bin. Und vergessen Sie nicht, daß er außerdem versucht hat, auch *dieses* Schiff zu versenken!

Ich will diese jämmerliche Mißgeburt vor mir stehen haben, damit ich ihr genauestens erklären kann, was sie ist. Mehr nicht. Ich verspreche Ihnen, daß ich ihn nicht umbringen oder mißhandeln werde, wenn es das ist, was Sie an meinem Vorhaben stört. Herr im Himmel! Wieso sollten Sie überhaupt etwas dagegen haben?

Und wenn ich ihm meine Meinung gegeigt habe — es wird übrigens die größte und bestformulierteste Schimpfkanonade aller

Zeiten werden und diesen Schurken mit einer gespaltenen Zunge zurücklassen —, werde ich ihn irgendwo an Land setzen. Natürlich da, wo Kannibalen leben oder Gralsklaverei betrieben wird. Das verspreche ich Ihnen, Jill.«

»Und was ist, wenn er bei dem Unternehmen ums Leben kommt?«

»Ich würde es bedauern.«

»Aber ich kann meinen Leuten nicht einfach den Befehl geben, sich auf eine solch gefährliche Mission einzulassen.«

»Ich würde niemanden darum bitten. Sehen Sie zu, ob Sie Freiwillige finden. Wenn Sie nicht genug Leute dafür haben, wäre das natürlich Pech, denn dann würden Sie den Laser nicht kriegen. Ich würde allerdings keinen Mangel an Helden voraussetzen. Wenn ich irgend etwas genau kenne, ist es die menschliche Natur.«

Cyrano schrie: »Es wäre mir eine Ehre, dabei mitzumachen, Sam!«

»Bist du das, Cyrano? Nun, ich muß zugeben, daß du nicht gerade einer meiner besten Freunde bist, aber wenn du's machen willst, wünsche ich dir Glück. Und das ist ehrlich gemeint.«

Jill war so überrascht, daß sie eine ganze Weile keinen Ton herausbrachte.

Und das wollte der Mann sein, der behauptete, daß Mars der dümmste aller Götter sei?

Als sie ihre Stimmkraft wiederfand, sagte sie: »Warum tust du das, Cyrano?«

»Warum? Du vergißt wohl, daß auch ich mich an Bord der *Nicht vermietbar* aufhielt, als John und seine Piraten das Schiff an sich rissen. Sie brachten mich beinahe um. Es wäre eine herrliche Rache, mitanzusehen, was er für ein Gesicht macht, wenn ihm klar wird, daß er sich in seiner eigenen Falle gefangen hat und Piraten einen Piraten überfallen.

Hier geht es nicht um einen alle Lande überziehenden, unpersönlich geführten Krieg, den irgendwelche habgierigen, ruhmestrunkenen Einfaltspinsel inszeniert haben, die sich einen Dreck darum scheren, wie viele Leute dabei abgeschlachtet oder in den Wahnsinn getrieben werden, oder wer dabei an den Folgen von Hunger, Folter und Krankheiten stirbt. Hier haben keine Leute das Sagen, denen es gleichgültig ist, wie viele Frauen und Kinder dabei ihr Leben verlieren, wie viele Frauen geschändet und vergewaltigt werden oder als Witwe oder kinderlos zurückbleiben.

Nein, dies hier ist eine persönliche Sache. Ich kenne den Mann, gegen den ich meinen kleinen gut vorbereiteten Krieg führen werde. Und ebenso kennt ihn Clemens, ein Mann, der den Krieg ebenso verabscheut wie ich.«

Jill ließ sich auf keine Diskussion mit ihm ein. Er erschien ihr in diesem Moment wie ein kleines Kind, ein idiotisches Kind. Obwohl er die Schrecken und das Elend bewaffneter Auseinandersetzungen miterlebt hatte, wollte er immer noch Krieg spielen.

Jill hatte keine andere Wahl, als auf Sams Vorschlag einzugehen. Natürlich hätte sie ihm, da er keine Möglichkeit hatte, sie zur Rechenschaft zu ziehen, nicht gehorchen müssen. Aber wenn sie den Laser haben wollte — und den wollte sie haben —, blieb ihr nichts anderes übrig, als den Überfall auszuführen.

Ihre letzte Hoffnung, dem Unternehmen zu entgehen, zerstob im gleichen Moment, als sie um Freiwilligenmeldungen bat. Es meldeten sich so viele Männer, daß sie ohne Schwierigkeiten drei Helikopter hätte bemannen können, wenn sie darüber verfügt hätte.

Vielleicht, dachte Jill, war die Wache auf dem Turm für die Männer dermaßen frustrierend gewesen, daß sie sich nach nichts anderem sehnten als einem Gegner, der sichtbar war und kämpfen würde. Aber das war natürlich auch keine ernstzunehmende Erklärung.

Clemens hatte recht. Er kannte sich in der menschlichen Natur aus. Zumindest in der männlichen. Nein, auch das war nicht fair. In der Natur einiger Männer.

Es folgte eine einstündige Diskussion, in der Cyrano erklärte, er könne einige Rißzeichnungen der *Rex* anfertigen. Clemens gab schließlich zu allem seinen Segen, bestand jedoch darauf, daß man ihn sofort über den Ausgang des Überfalls informierte, wenn der Helikopter zurückkehrte.

»*Falls* er zurückkehrt«, sagte Jill.

63

Die Torpedos schienen dem Schiff den Todesstoß versetzen zu wollen. Sam gab den Befehl, die Mark Twain herumzuschwenken und volle Kraft zu geben. Eine Minute später meldete der Heckbeobachter, daß die Torpedos das Schiff verfehlt hatten. Das Luftschiff ragte drohend vor ihnen auf, kam rasch näher und erweckte den Anschein, als würde es mit dem Steuerhaus kollidieren. Sam gab brüllend Befehl, die zweite Breitseite abzufeuern, aber bevor jemand dazu kam, seiner Anweisung Folge zu leisten, explodierte die *Minerva* in der Luft.

Vier gleichzeitig hochgehende Bomben hätten an sich jedes Bullauge eindrücken und der Schiffshülle schwere Schäden zufügen müssen. Tatsächlich zersprang eine Menge Glas, wirbelte durch die Luft und beschädigte Einrichtungsgegenstände. Die Druckwelle warf Menschen zu Boden. Die *Mark Twain*, so schwer und groß sie auch war, geriet ins Schwanken. Sam wurde ebenso wie alle anderen — mit Ausnahme des Steuermanns, der angeschnallt hinter seinen Instrumenten saß — zu Boden geschleudert. Byron verlor das Bewußtsein, als eine Windschutzscheibe gegen seinen Kopf prallte.

Rauchwolken breiteten sich im Innern des Kontrollraums aus und nahmen ihm die Sicht, als Sam hustend wieder auf die Beine zu gelangen versuchte. Er hörte nichts mehr, war für eine Minute völlig betäubt. Sam tastete sich durch den Qualm und schließlich an den Kontrollen entlang. Da er den Standort jedes einzelnen Schalters kannte, nahm er an, daß sich die *Mark Twain* noch immer auf Kurs befand — vorausgesetzt, daß der Steuermechanismus noch funktionierte. Schließlich befreite er Detweillers blutbesudelten Körper von den Sicherheitsgurten und ließ den besinnungslosen Mann zu Boden gleiten. Als er den Platz des Steuermanns übernommen hatte, konnte er auch wieder sehen. Das Luftschiff — oder das, was von ihm übriggeblieben war — trieb auf dem Wasser. Brennende Einzelteile seiner Hülle waren über eine Fläche von mehreren hundert Quadratmetern verteilt. Sie erzeugten eine Menge Rauch, aber zum Glück war die *Mark Twain* ihm jetzt nicht mehr ausgesetzt. Sam steuerte sie auf einen geraden Kurs, der flußaufwärts führte. Nachdem er den automatischen Piloten eingeschaltet hatte und sicher war, daß er noch funktionierte, begab er sich an die Steuerbordseite, um einen Überblick über den angerichteten Schaden zu gewinnen.

Joe sagte etwas. Er hatte den Mund weit geöffnet und mühte sich ziemlich ab. Sam steckte einen Finger in sein Ohr, um ihm begreiflich zu machen, daß er nichts hören konnte. Trotzdem schrie Joe weiter. Er hatte mindestens einhundert Schnittwunden.

Später, nachdem sich die Leute wieder einigermaßen beruhigt

hatten, wurde Sam klar, daß zumindest eine der Bomben hochgegangen sein mußte. An sich hätte die Detonation auch die anderen drei zünden müssen, aber allem Anschein nach war das nicht geschehen.

Es war zwar niemand umgekommen, aber zahlreiche Mitglieder der Besatzung waren verletzt. Zum Glück hatte die Explosion nicht die an Bord befindlichen Raketen hochgehen lassen.

Detweiller hatte zwar am meisten abbekommen, aber drei Tage später konnte er bereits wieder aufstehen und herumlaufen. Die *Mark Twain* hielt sich noch immer in Ufernähe auf; schließlich ankerte sie an einem Gralstein, der ihnen wenigstens ein ausgiebiges Frühstück verhieß. Damit die Mannschaft an Land gehen konnte, konstruierte man eine lange Planke. Da die Schäden mittlerweile behoben waren, wechselten sich die Mannschaftsmitglieder mit dem Landurlaub ab. Sam gelangte zu der Entscheidung, daß dies hier der geeignete Ort sei, um ihre Vorräte an Alkohol und Schießpulver aufzustocken, und so traf man einige Arrangements mit der lokalen Bevölkerung, um den von den Mannschaftsgralen produzierten Tabak sowie ein wenig Whisky und Wein gegen Holz und Flechten einzutauschen.

Von Richthofen war tot. Die einzigen Überlebenden der *Minerva* waren Samhradh und Hardy, denn Newton war, ohne das Bewußtsein wiedererlangt zu haben, ertrunken. Als man die Leiche des Deutschen — eingewickelt in einige Tücher — in den Fluß warf, brach Sam in Tränen aus. Er hatte den lebenslustigen und überschwenglichen Burschen sehr gern gehabt.

»Ich weiß, warum Greystock das getan hat«, sagte Sam. »John Lackland hat ihm ein Angebot gemacht, das er nicht ausschlagen konnte. Und dieses doppelzüngige Schwein hätte es beinahe sogar geschafft, den Auftrag auszuführen. Ich habe Greystock zwar — wie jeden Menschen seiner Klasse — für einen grausamen Burschen gehalten, aber ich wäre nie auf den Gedanken gekommen, er könne illoyal sein. Wenn du etwas von Geschichte verstehst — du, Marc; nicht du, Joe —, dann weißt du auch, daß diese mittelalterliche Adelsclique für ihre Verschwörungen berüchtigt war. Ihr Gott war stets der Opportunismus, gleichgültig, wie viele Kirchen sie zum Ruhme Gottes auch errichtet haben mögen. Jeder einzelne von ihnen hatte die Moral einer Hyäne.«

»Nicht alle«, widersprach de Marbot. »William Marshal von England hat niemals die Fronten gewechselt.«

»Hat er nicht unter König John gedient?« fragte Sam. »Er muß ein ziemlich dickes Fell gehabt haben, wenn er es mit ihm aushalten konnte. Jedenfalls hat John es nun zum erstenmal versucht, und beinahe wäre es ihm geglückt. Was mir allerdings ein ungutes Gefühl verschafft, ist die Frage, wie viele Saboteure er sonst noch im Ärmel hat. Ihr versteht jetzt sicher, weshalb ich darauf bestanden habe, an jedem wichtigen Punkt eine Doppelwache aufzustellen und vier Mann vor der Waffenkammer zu postieren.

Aus dem gleichen Grund habe ich auch den Befehl erteilt, daß jeder Mann und jede Frau an Bord auf der Stelle eine Meldung machen soll, wenn sie glauben, etwas Verdächtiges zu sehen. Es ist mir natürlich klar, daß solche Verhaltensmaßregeln die Leute nicht gerade ruhiger machen, aber ich versuche nur, realistisch zu sein.«

»Kein Wunder, daf du Alpträume haft, Fäm. Waf mich angeht, fo mache ich mir um folche Dinge keine Forgen.«

»Aus diesem Grund bin ich auch der Kapitän und du nur ein Leibwächter. Sag mal, machst du dir eigentlich gar keine Sorgen um mich?«

»Ich tue nichtf anderef alf meine Pflicht, und Forgen mache ich mir höchftenf um die langen Paufen f-f-wischen den Mahlfeiten.«

Wenige Minuten später gab der Funker bekannt, daß er eine Verbindung mit der *Parseval* habe. Als Sam das Gespräch mit Jill Gulbirra beendet hatte, kam er sich vor wie ein Spaziergänger in einem Minenfeld. Verrat, Lügen, Unsicherheiten, Konfusion und Fehlentscheidungen schienen explosionsbereit unter seinen Füßen zu ticken.

Qualmend wie ein Drache, obwohl die Zigarre äußerst bitter schmeckte, ging er auf und ab. Bis jetzt gab es an Bord lediglich zwei Personen, die das Geheimnis um den rätselhaten X mit ihm teilten: Joe Miller und John Johnston. Es gab aber seines Wissens acht Menschen — oder es hatte sie gegeben —, die über den Fremden Bescheid wußten: Miller, Johnston, er selbst, Firebrass (der nun tot war), de Bergerac, Odysseus (der vor langer Zeit verschwunden war), von Richthofen (ebenfalls tot) und Richard Francis Burton. Das Wesen, das Clemens als X oder den geheimnisvollen Fremden bezeichnete (wenn er nicht irgendein Hundesohn oder Schweinekerl war), hatte gesagt, er habe zwölf Personen ausgewählt, die den Turm erreichen sollten. X hatte weiterhin gesagt, er würde sich bald wieder zeigen und Sam weitere Anweisungen erteilen, aber bis jetzt war er noch nicht wieder aufgetaucht.

Ob die anderen Ethiker ihn inzwischen geschnappt und sonstwohin befördert hatten?

Sam hatte von Richthofen und Miller von dem Fremden erzählt. Damit gab es ungefähr sechs Leute, die von seiner Existenz wußten, ohne daß X darüber informiert war. Dennoch war es möglich, daß sich der Rest der Auserwählten an Bord der *Mark Twain* aufhielt. Warum hatte X seine Leute nicht mit einem Zeichen versehen oder ihnen ein Kodewort gegeben, durch das sie sich einander kenntlich machen konnten? Vielleicht hatte er das vorgehabt und war aus irgendwelchen Gründen nicht mehr dazu gekommen. Der Fahrplan, nach dem X vorging, war beinahe ebenso unzuverlässig wie die der amerikanischen Eisenbahn.

Cyrano hatte Sam von Burton erzählt. Sam hatte zwar keine Ahnung, wo Burton sich aufhielt, aber er wußte, wer er war. Die Zeitungen waren zu Sams Lebzeiten voll von seinen Taten gewesen. Außerdem hatte Sam einige Bücher Burtons gelesen: *Persönlicher Bericht einer Pilgerreise nach Medina, Die ersten Schritte durch Ostafrika, Das Seengebiet Zentralafrikas* und seine Übersetzung von *Tausendundeiner Nacht.*

Außerdem hatte Gwenafra ihn persönlich gekannt und Sam alles über Burton erzählt, an das sie sich erinnern konnte. Sie war etwa sieben Jahre alt gewesen, als man sie das erste Mal wieder zum Leben erweckte. Richard Burton hatte sie unter seine Fittiche genommen, und sie war ein ganzes Jahr lang mit ihm zusammen auf einem Boot unterwegs gewesen. Schließlich war sie ertrunken, aber sie hatte den finsteren, leidenschaftlichen Mann niemals vergessen.

Greystock hatte ebenfalls zu Burtons Gruppe gehört, aber weder er noch Gwen hatten je etwas über den Fremden erfahren. Oder war Greystock möglicherweise ein Agent gewesen?

Burton hatte auf der Erde eine Expedition angeführt, die die Quellen des Nils erforschen wollte. Auch hier schien er hauptsächlich damit beschäftigt zu sein, die Quelle eines Flusses zu suchen, wenn auch aus anderen Gründen. De Bergerac hatte Sam erklärt, daß der Fremde ihm gesagt habe, Burton würde, wenn man ihn fände, behaupten, er habe alles, was die Ethiker anbetreffe, vergessen. Sam solle ihm daraufhin entgegnen, daß er es besser wisse, und schließlich würde Burton erklären, weshalb er nur vorgebe, an Amnesie zu leiden. Eine ziemlich kuriose Sache.

Dann waren da noch die Fälle Stern, Obrenowa und Thorn. Und

Firebrass. Die Rollen, die sie gespielt hatten, waren ebenso undurchsichtig wie jene von X und denen seiner Kollegen. Auf welcher Seite standen sie?

Sam brauchte Hilfe, um einen Weg durch dieses Durcheinander zu finden. Es wurde Zeit für eine Konferenz.

Fünf Minuten später nahm er zusammen mit Joe und John in seiner verschlossenen Kabine Platz. Johnston war ein großer Mann mit schweren Knochen und starken Muskeln. Obwohl sein Gesicht ziemlich zerklüftet war, spiegelte es dennoch so etwas wie die Schönheit wider. Seine Augen waren ungewöhnlich blau, sein Haar rot. Zwar überragte er alle anderen Menschen um mehr als einen Kopf, aber neben dem Titanthropen wirkte auch er eher klein.

Sam Clemens informierte sie über die Vorfälle am Turm. Johnston sagte zuerst einmal gar nichts, aber das war nicht ungewöhnlich, denn der ehemalige Bergbewohner pflegte nur dann zu reden, wenn er ein ausgesprochenes Bedürfnis dazu verspürte. Joe sagte: »Waf hat daf fu bedeuten? Ich meine damit diefen Gang, den nur Pifcator paffieren konnte?«

»Das werden wir schon von Thorn erfahren«, erwiderte Sam. »Was mir allerdings derzeit Sorgen bereitet, sind Thorn und der Rest dieser verdammten Bande.«

»Glaub nich, daß Greystock 'n Agent von die Ethikers war«, meinte Johnston. »War sicher 'n Agent vom John, der Kerl.«

»Er könnte durchaus auch beides zugleich gewesen sein«, sagte Sam.

»Wie daf?« polterte Joe Miller.

»Woher soll ich das wissen? Aber vielleicht meinst du, *warum*. Das hat der Dieb auch gefragt, als sie ihn neben Jesus ans Kreuz nagelten. *Warum*? Das sollten wir uns auch fragen. Warum? Ja, ich glaube, Greystock könnte durchaus auch ein Agent gewesen sein. Er hat nur deswegen mit John zusammengearbeitet, weil sich in diesem Augenblick ihre Ziele deckten.«

»Aber die Agenten tun niemals nich Gewalt anwenden«, warf Johnston ein. »Wenigstens hast du gesagt, X hätte das behauptet. Sie sind nich nur gegen Gewalt, sie tun menschlichen Wesen nich mal anrühren.«

»Nein, das habe ich nicht gesagt. Ich sagte, daß die Ethiker Gewalt ablehnen. Zumindest behauptete X das. Aber ich weiß natürlich nicht, ob er mich nicht belogen hat. Nach dem wenigen, das wir wissen, kann er ebensogut der Fürst der Finsternis sein, der, wenn ich mich recht erinnere, auch ein Meister der Lüge war.«

»Und warum tun wir das dann alles?« fragte Johnston. »Warum tun wir seine Befehle ausführen?«

»Weil ich nicht weiß, ob er lügt. Und seine Kollegen haben leider nicht die Möglichkeit genutzt, mich über ihn aufzuklären. Alles was wir wissen, wissen wir von ihm. Ich habe ebenfalls gesagt, daß X mir ein wenig zu sehr darauf achtete, daß ich ihm nicht zu nahe kam. Wie der Scheinheilige, der seine Wohnung lüftet, nachdem er einen Schwarzen zum Essen da hatte. Aber ich habe auch nie behauptet, daß die Agenten Pazifisten seien. Thorn und Firebrass waren das sicherlich nie. Ich weiß nicht. Jedenfalls hat Joe eine Nase für diesen X. Er kam eines Nachts, kurz nachdem der Fremde mich verlassen hatte, in meine Hütte und behauptete, er würde etwas Nichtmenschliches riechen.«

»Fein Geruch unterfied fich von dem Fämf«, sagte Joe grinsend. »Ich habe allerdingf nie behauptet, Fäm würde beffer riechen.«

»Du bift mir ja ein ganf flauer«, imitierte Sam den Titanthropen. »Jedenfalls hat Joe nie wieder einen solchen Duft gerochen. Deswegen nahm ich an, daß die Agenten menschlicher Abstammung sind.«

»Fäm hat die ganfe Feit diefe feuflichen Figarren gepafft«, wandte Joe ein. »Da konnte ich gar nichtf anderef riechen.«

»Jetzt halt aber den Rand, Joe!« knirschte Sam. »Oder ich jage dich auf den nächsten Bananenbusch!«

»Ich habe in meinem ganfen Leben niemalf eine Fanane gefehen«, sagte Joe, »jedenfallf nicht, ehe ich hier ankam, und mein Gral mir einef Tagef eine fum Frühftück fervierte. Und felbft dann wufte ich noch nicht, ob waf ef fich bei dem komifen Ding handelte.«

»Komm ran!« sagte Johnston.

Sams Augenbrauen verzogen sich wie die Ketten eines im Schlamm steckengebliebenen Raupenschleppers.

»Komm ran?« fragte er. »Wohin?«

»Zur Sache.«

»Ah, ja! Jedenfalls bin ich davon überzeugt, daß wir von Agenten umgeben sind. Vielleicht wimmelt es auf dem Schiff sogar von ihnen. Die Frage ist nur: Für wen arbeiten sie? Für X — oder für die Anderen? Oder für beide?«

»Bis jetzt ham die offenbar noch keinen Grund gehabt, uns 'n

Knüppel zwischen die Beine zu schmeißen. Aber wenn wir der Flußquelle näher kommen ...«

»Von Störmanövern habe ich bis jetzt noch nichts bemerkt. Obwohl X nie ein Wort darüber verloren hat, erscheint es mir sicher, daß er derjenige war, der für die Existenz des Tunnels verantwortlich ist und das Seil für Joe und seine ägyptischen Freunde zurückgelassen hat. Aber es gibt keinen Beweis dafür, daß die Anderen unser Erreichen des Turms zu verhindern versuchen. Sie erschweren es uns nur. Und da frage ich mich, warum sollten sie das nicht tun?

Und was ist mit Odysseus passiert? Er tauchte genau im richtigen Moment auf und half uns bei unserem Kampf gegen von Radowitz. Er behauptete, einer der zwölf zu sein, die der Fremde auserwählt hat. Zuerst nahm ich an, es sei X gewesen, der ihn geschickt hatte, aber Odysseus stritt das ab und sagte, er habe mit einem weiblichen Ethiker gesprochen. Gibt es also noch jemanden, der an diesem Spiel beteiligt ist? Eine Abtrünnige, die mit X zusammenarbeitet? Ich fragte ihn danach, aber seine Antwort bestand lediglich aus einem Lachen. Er wollte mir von dieser Sache nichts erzählen.

Aber vielleicht ist er auch gar nicht mit dieser Frau befreundet. Vielleicht handelt es sich bei ihr um eine Ethikerin, die auf irgendeine Weise Wind von der Sache bekommen hat. Und daraufhin sandte sie Odysseus aus, der ebensogut ein Agent gewesen sein kann und sich nur die Maske des historischen Odysseus angelegt hat.

Ich komme deswegen darauf zu sprechen, weil ich inzwischen zwei Mykener kennengelernt habe, die bei der Belagerung Trojas dabei waren. Zumindest behaupteten sie das. Wie ihr wißt, wimmelt es hier ja nur so von Hochstaplern. Aber beide behaupteten, daß Troja gar nicht da gelegen habe, wo es laut Odysseus' Aussagen existiert hat. Odysseus behauptete nämlich, es hätte viel südlicher gelegen, als die Archäologen meinten. Die beiden Griechen sagten, Troja habe genau dort gelegen, wo man es immer schon vermutet hätte, nämlich bei Hissarlik, in der Türkei. Natürlich belegen die beiden weder die Stadt, noch das Land mit diesem Namen, denn beides hatte ja zu ihren Lebzeiten unter diesen Bezeichnungen noch nicht existiert. Aber sie sagten, Troja habe in der Nähe vom Hellespont gelegen; dort, wo später die Stadt Hissarlik gebaut wurde. Was sagt ihr dazu?«

»Wenn dieser Griechenlümmel wirklich ein Agent war«, sagte Johnston, »warum sollte er uns dann solche Lügen aufgetischt haben?«

»Um mich davon zu überzeugen, daß er echt ist und etwas weiß, das nur der wahre Odysseus selbst wissen kann; um nicht im Strom der Spekulanten mitzuschwimmen. Zudem war niemand in der Nähe, der ihn hätte deswegen aufs Kreuz legen können. Und er hielt sich nicht mal lange genug bei uns auf, um es darauf ankommen zu lassen.

Aber da ist noch etwas. Die Historiker meiner Zeit waren sich ziemlich einig darüber, daß es sich bei der Geschichte mit dem Trojanischen Pferd lediglich um einen Mythos gehandelt habe. Sie hielten diese Geschichte für ebenso unglaubwürdig wie Wahlversprechen von Politikern. Aber Odysseus sagte, es habe dieses hölzerne Pferd wirklich gegeben. Er selbst habe es – wie schon Homer behauptete – vorgeschlagen, und es hätte wirklich einen Trupp griechischer Soldaten in die Stadt gebracht.

Aber vielleicht war auch das eine reine Zwecklüge. Indem er den Eindruck erweckte, alle Gelehrten hätten sich geirrt, mußte man natürlich annehmen, er sei persönlich dabeigewesen. Jeder, der vor einem steht und behauptet, die Gelehrten hätten nichts als Sägemehl und Mäusedreck im Hirn, einem dabei in die Augen sieht und anklingen läßt, er müsse es besser wissen, schließlich sei er ja dabeigewesen und die anderen nicht, kann in seinen Zuhörern ziemlich Eindruck schinden. Zumindest wenn man bedenkt, daß Gelehrte die Eigenart haben, sich auf ein Segelschiff zu begeben und selbst in einem Schneesturm mit einem Sextanten zu navigieren versuchen, wenn sie nach der Nordwest-Passage suchen. Dabei wissen sie nicht einmal, ob der Bugspriet sich am Bug oder am Heck ihres Schiffes befindet.«

»Ein Versuch kann nicht schaden«, sagte Johnston.

»Das dachte auch der Eunuch im Harem des Scheichs. Ich wünschte, ich hätte eine Ahnung, was hier vor sich geht. Wir befinden uns in abgrundtiefen Wassern, wie Holmes zu Watson sagte.«

»Waf waren daf denn für Burfen?« fragte Joe.

Der riesenhafte Bergmensch brummte. Sam sagte: »Okay, John, tut mir leid. Ich dachte, wir könnten zumindest einer der Stecknadeln in diesem verdammten Heuhaufen auf die Spur kommen. Statt dessen haben wir nicht mal einen Ansatzpunkt!«

»Vielleicht follten wir Gwenafra in diefe Fache mit einbefiehen«, schlug Joe vor. »Fie ift eine Frau, wie du vielleicht fon gemerkt haft, Fäm. Du haft mal gefagt, daf Frauen Dinge wahrnehmen können, die Männern verborgen bleiben, wegen der weiblichen Intuifion. Jedenfallf gefällt ef ihr nicht, draufhin in der Kälte ftehengelaffen fu werden. Und fie ift nicht dumm. Fie weif feit langem, daf hier etwaf vor fich geht, daf du vor ihr verbirgft. Fie fitzt fetft im Hauptfalon und macht daf Geficht, daf fie immer macht, wenn du fie an die Luft fetft, um über ein beftimmtef Thema fu konferieren.«

»Ich glaube nicht an weibliche Intuition«, erwiderte Sam. »Frauen sind lediglich kulturell darauf abgestimmt, Sprach- und Handlungsmuster, Gesten und grammatische Beugungen anders aufzufassen als Männer. Sie sind nur deswegen bestimmten Subtilitäten gegenüber empfänglicher, weil man sie dazu konditioniert hat.«

»Am Ende kommt ef auf daf gleiche rauf«, sagte Joe. »Ef ift doch egal, wie man daf nennt. Ich fage dir, daf wir jedenfallf jetft mit unferem Latein am Ende find. Ef wird Feit, daf wir einen neuen Mitfpieler in diefe Pokerrunde aufnehmen.«

»Squaws quasseln mir zuviel«, sagte Johnston.

»Im Vergleich mit dir redet jeder zuviel«, sagte Sam. »Jedenfalls ist Gwenn eine ziemlich clevere Frau; vielleicht sogar die cleverste an Bord.«

»Es wird damit enden, daß die ganze Welt von dieser Geschichte weiß«, sagte Johnston.

»Nun, wenn ich darüber nachdenke«, meinte Sam, »warum soll es nicht jeder wissen? Geht die Sache nicht alle an?«

»Der Fremde wird seine Gründe gehabt haben, als er uns sagte, wir sollten darüber schweigen.«

»Aber hatte er gute Gründe?« fragte Sam. »Andererseits könnte es natürlich — wenn wir zuviel darüber reden — dazu führen, daß sich der ganze Mob auf den Weg zum Nordpol macht. Der Goldrausch von '49 wäre eine Kriechprozession dagegen. Hunderttausende würden sich aufmachen, den Turm zu suchen. Millionen würden losrennen, um ihn auseinanderzunehmen.«

»Dann laft unf über Gwenn abftimmen.«

»Hast du je davon gehört, daß Frauen an Kriegsvorbereitungen mitwirken? Das erste, was sie versuchen, wenn sie davon erfahren, ist, uns die Sache auszureden. Diese Petticoats reden einen besoffen, wenn man ihnen erst einmal die Möglichkeit dazu gibt.«

»Frauen tragen keine Petticoats mehr«, sagte Sam. »Tasächlich tragen sie fast gar nichts mehr, wie dir eigentlich aufgefallen sein müßte.«

Das Ergebnis der Abstimmung betrug zwei zu eins. Johnston sagte: »Na gut, aber sorg dafür, daß sie die Beine übereinanderschlägt, wenn sie sich zu uns setzt, Sam.«

»Ich kann sie nicht mal dazu bewegen, ihre Brüste zu bedekken«, erwiderte Sam. » Sie ist eine ulkige Nummer, aber dafür kann sie nichts. Immerhin schwimmt heutzutage fast jeder nackt. Was hat es also schon zu bedeuten, wenn sie keine großartigen Gedanken daran verschwendet, wie viele Quadratzentimeter ihres Fleisches sichtbar sind?«

»Es ist nicht das Fleisch, sondern ihr Haar«, sagte Johnston. »Stört dich das eigentlich nicht?«

»Jetzt nicht mehr. Ich habe zwar zur gleichen Zeit gelebt wie du, John, aber ich verbrachte mein Leben nicht unter den Indianern der Rocky Mountains. Wir sind jetzt vierunddreißig Jahre hier, John; auf einem Planeten, auf dem sogar die Königin Viktoria in einem Aufzug herumläuft, der ihr während ihres irdischen Daseins einen Herzinfarkt mit Durchfall eingetragen hätte, wäre jemand damit vor dem Buckingham-Palast herumgelaufen. Nacktheit ist heutzutage ebenso natürlich wie damals das Nickerchen in der Kirche.«

64

Gwenafra — vorgewarnt durch Sam — trug unter ihrem Kilt einen Lendenschurz. Sie setzte sich auf einen Stuhl und hörte mit aufmerksamen Augen zu, als Sam erklärte, warum man sie zu der Versammlung zugelassen hatte.

Nachdem Sam seine Ansprache beendet hatte, blieb sie eine Weile schweigend sitzen und nippte an ihrem Tee. Dann sagte sie: »Ich weiß mehr, als ihr glaubt. Du hast eine Menge im Schlaf geredet, Sam, und daher wußte ich, daß du etwas Ernsthaftes vor mir verheimlichst. Das hat mir ziemlich weh getan. Ich war mehrmals drauf und dran, dir mitzuteilen, daß ich wissen will, was hier vor sich geht. Oder ich hätte dich verlassen.«

»Warum hast du es denn nicht getan? Ich hatte keine Ahnung, daß die Sache dich so stark berührte.«

»Weil ich annahm, daß du gute Gründe dafür haben müßtest, mir gegenüber zu schweigen. Ich war ziemlich nahe an dem Punkt angelangt, wo ich glaubte, es nicht mehr aushalten zu können. Ist dir eigentlich nicht aufgefallen, wie durchgedreht ich in letzter Zeit war?«

»Es ist mir nicht entgangen. Aber ich dachte, du seist nur ein bißchen schwermütig. Das Rätsel Frau. Aber ich bin der Meinung, daß dies nicht der richtige Ort ist, um persönliche Dinge zu besprechen.«

»Welcher Ort ist es denn? Ich hätte schon längst etwas gesagt, wenn du nicht so leicht erregbar wärst. Für dich sind Frauen allenfalls so rätselhaft wie verschüttete Zinnminen, und alles, was man tun muß, um hinter ihre Geheimnisse zu kommen, ist, sie mit einer starken Laterne auszuleuchten. Tatsache ist aber, daß es den Männern einfach gefällt, zu glauben, Frauen repräsentierten das ewig Rätselhafte. Das erspart ihnen die Arbeit, Fragen zu stellen und Zeit und Mühe aufzuwenden.«

»Kommen wir also vom ewig Rätselhaften zur ewigen Geschwätzigkeit«, sagte Sam. »Du brauchst ebensoviel Zeit, um zur Sache zu kommen, wie ein zerbrochener Federhalter.«

»Ihr seid beide geschwätzig«, sagte Johnston finster.

»Es gibt auch ein anderes Extrem« sagte Gwenafra und warf Johnston einen Blick zu. »Aber du hast recht. Vielleicht gibt es eine Sache, die der Schlüssel zum Geheimnis des Turms werden könnte. Wer, zum Beispiel, war eigentlich dieser Piscator?«

»Ah, hmmmm«, sagte Sam. »Ich versteh, was du damit meinst. Wieso gelang es ihm als einzigem, in den Turm hineinzukommen? Nun, er könnte natürlich ein Agent gewesen sein. Aber wenn die Barriere Agenten durchläßt, warum hat Thorn dies nicht auch versucht? Und außerdem: Warum mußte Thorn die *Parseval* benutzen, um zum Turm zu gelangen? Die Ethiker und ihre Agenten verfügen über eigene Transportmethoden, einer Art Flugmaschine.«

»Ich weiß nicht«, sagte Gwenafra. »Aber wir sollten uns auf Piscator konzentrieren. In welcher Weise unterschied er sich von den anderen? Ein physikalisches Element — Kleidung, zum Beispiel — kann nicht der Schlüssel zur Überwindung der Barriere gewesen sein, denn obwohl die ganze Besatzung es nackt versuchte, kam nur Piscator hinein. Des weiteren machte man die Beobachtung, daß manche Leute weiter in die Barriere vordringen konnten als andere. Was war dafür verantwortlich?«

»Wir brauchen einen Computer, um das herauszufinden«, sagte Sam. »Die Gulbirra kennt allerdings sämtliche Leute an Bord der *Parseval.* Sie kann sie beschreiben, wenn sie hier ankommt. Allerdings müßten wir, um exakte Berechnungen anstellen zu können, von jeder einzelnen Person wissen, wie weit sie in die Barriere vordringen konnte. Und diese Ergebnisse müßte man wiederum mit dem Charakter jedes einzelnen vergleichen. Da niemand nachgemessen hat, wie weit jeder einzelne kam, können wir uns das wohl aus dem Kopf schlagen.«

»Bleiben wir also bei Piscator«, sagte Johnston.

»Ich kann mir auch nicht vorstellen, daß es etwas damit zu tun hat, weil er einer anderen Rasse angehört«, meinte Sam. »Bis jetzt haben wir zwar noch keinen asiatischen Agenten entlarvt, aber es kann natürlich einen Haufen von ihnen geben. Nehmen wir doch einmal folgendes an: Thorn wollte verhindern, daß Firebrass und die Obrenowa in den Turm hineingelangten. Deswegen hat er sie kaltblütig in die Luft gejagt, ganz zu schweigen von den beiden Unbeteiligten, die sich bei ihnen befanden. Vielleicht hat Thorn aber gar nicht gewußt, daß Firebrass ein Agent war. Wenn das zutrifft, hat er zwei auf einen Streich erledigt.«

»Vielleicht gab es mehr als zwei . . .«, sagte Gwenafra und schüttelte gleich darauf den Kopf. »Nein, nur zwei von ihnen hatten diese schwarzen Kügelchen im Kopf.«

»Himmeldonnerwetter!« giftete Sam. »Nun mach die Sache aber nicht noch komplizierter, als sie ohnehin schon ist!«

»Wenn diese beiden ebenfalls in den Turm hätten hineingelangen können«, sagte Gwen, »sollten wir ihre Charaktere mit dem Piscators vergleichen.«

»Ich hab fiemlich viel mit Firebraff fu tun gehabt«, meldete sich Joe, »aber er roch genaufo wie jeder andere Menf. Diefer Ethiker jedoch hinterlief, alf er Fäm befuchte, einen umenflichen Geruch. Pifcator war auch ein Menf, aber roch wie ein Japaner. Ich kann alle Leute an ihrem Geruch unterfeiden. Daf liegt daran, daf fie verschiedene Arten an Nahrung fu fich nehmen.«

»Aber du hast nie jemanden getroffen, der unmenschlich roch«, sagte Sam. »Wir wissen also nicht, ob die Agenten Menschen sind. Auch wenn sie keine Menschen sind, riechen sie zumindest so.«

»Und totfdem haben fie fich um mich herum aufgehalten«, sagte

Joe. »Da ich aber niemalf jemanden traf, der umenflich roch — obwohl daf ja die wenigften Menfen tun; menflich riechen, mein ich —, müffen die Agenten Menfen gewefen fein.«

»Könnte sein«, brummte Johnston. »Ich glaube, unser Freund will damit sagen, daß jemand, der wie ein Mensch aussieht, auch so riechen muß.«

Joe lachte und sagte:

»Warum hängen wir nicht gleich ein Plakat im Hauptfalon auf, auf dem fteht: *Alle Ethiker und Agenten möchten fich bitte bei Kapitän Clemenf melden?*«

Gwenafra, die Joe mit Ungeduld zugehört hatte, machte ein finsteres Gesicht und sagte: »Warum versucht ihr euch alle um die Frage herumzudrücken, die ich gestellt habe? Was ist mit Piscator?«

»Wahrscheinlich deswegen, weil wir uns vorkommen wie der Zirkuszwerg, der die Schuhe des Riesen unter dem Bett seiner Frau entdeckt«, sagte Sam. »Auch er hatte Angst, danach zu fragen.

Na gut. Ich war für meinen Teil mit diesem Herrn aus Cipango nicht sonderlich gut bekannt. Er tauchte zwei Monate, bevor die *Mark Twain* Parolando verließ, überhaupt erst auf. Den Berichten nach zu urteilen, war er ein ruhiger Vertreter und eine wohlgelittene Person. Er spielte weder den Einsiedler, noch gab er sich irgendwie aggressiv. Er schien mit jedem klarzukommen, was ihn natürlich — meiner Meinung nach — verdächtig macht. Dennoch war er kein Jasager. Ich erinnere mich, daß er wegen der Größe des geplanten Luftschiffes mit Firebrass eine Auseinandersetzung hatte. Er war der Meinung, es wäre besser, man würde ein kleineres bauen. Die Diskussion ging so aus, daß Piscator sagte, er glaube sich mit seinen Ansichten zwar immer noch im Recht, aber Firebrass sei schließlich der Boß, und er würde tun, was man ihm auftrüge.«

»Hatte er irgendwelche Eigenarten?« fragte Gwenafra.

»Er war ziemlich wild aufs Fischen, aber ich würde das kaum exzentrisch nennen. Sag mal, warum fragst du mich das überhaupt? Du hast ihn doch auch gekannt.«

»Ich wollte nur sehen, wie er von einem anderen Standpunkt aus wirkt«, sagte Gwenafra. »Wenn die Gulbirra hier auftaucht, werden wir auch sie danach fragen. Sie hat ihn besser gekannt als wir.«

»Vergeft nicht Fyrano«, sagte Joe. »Er kannte ihn auch.«

»Joe liebt Cyrano«, sagte Sam. »Der Franzose hat eine noch längere Nase als er. Da fühlt Joe sich gleich wie Zuhause.«

»Hör mit dem Feif auf«, erwiderte Joe. »Ihr Pygmäen feid doch nur fo fauer, weil ihr keine Nafe habt, auf die ihr ftolf fein könnt. Ich mag ihn jedenfallf — auch wenn ihr fwei euch benehmt wie fwei konkurrierende Hyänen während der Paarungffeit.«

»Der Vergleich macht mir nichts aus«, sagte Sam. »Aber was hältst du von Piscator, Gwen?«

»Er stahlte etwas aus, wie ... Wie nanntest du es noch? Nicht tierischen Magnetismus, nein, es war gar nichts Sexuelles daran. Er war irgendwie attraktiv einnehmend. Man wußte, daß er einen mochte. Dennoch verbrüderte er sich nie mit Trotteln. Er nahm sie, wie sie waren, auch wenn sie ihm auf die Nerven gingen. Aber er schaffte sie sich auf nette Weise wieder vom Hals.

Ich glaube nicht, daß er ein ... Wie hieß das doch gleich? Daß er ein Fundamentalist oder fanatischer Moslem war.

Seiner Ansicht nach ist der Koran nur allegorisch zu verstehen. Er sagte auch, man solle die Bibel nicht wörtlich nehmen. Er konnte lange Passagen aus beiden Büchern auswendig hersagen, weißt du? Ich habe mich oft mit ihm unterhalten und war ziemlich überrascht, als er erklärte, Jesus sei der größte Prophet nach Mohammed gewesen. Und er sagte, daß die Moslems glauben, daß die erste Person, die in den Himmel käme, Maria, die Mutter Jesu, sei. Und du hast gesagt, die Moslems würden Jesus hassen, Sam.«

»Nein. Ich habe gesagt, daß die Moslems die Christen hassen. Und umgekehrt.«

»Nein, das hast du nicht. Aber das ist jetzt auch nicht wichtig. Um zu einem Ende zu kommen: Piscator hat mich sehr beeindruckt. Er war ein weiser und guter Mensch. Aber es war noch mehr an ihm als nur das. Ich weiß nur nicht, wie ich es ausdrücken soll. Vielleicht ... liegt es daran, daß er sich zwar in dieser Welt aufhielt, aber dennoch den Eindruck erweckte, als gehöre er nicht *dazu.*«

»Ich nehme an, du willst damit folgendes ausdrücken«, sagte Sam. »Er war uns irgendwie moralisch — oder sagen wir besser geistig — überlegen.«

»Er hat sich niemals so aufgeführt, als sei er das. Aber, ja, so könnte man es ausdrücken.«

»Ich wünschte, ich hätte ihn besser gekannt.«

»Du warst einfach zu sehr damit beschäftigt, dein Boot zu bauen, Sam.«

65

Frigate kehrte erst eine Stunde vor dem Abendessen in die Hütte zurück. Als Nur ihn fragte, wo er sich die ganze Zeit herumgetrieben hätte, erwiderte er, er habe den ganzen Tag damit verbracht, auf Novak zu warten. Novaks Sekretär hatte ihm schließlich gesagt, er solle morgen früh wiederkommen, dann würde der neue Staatschef eine Minute für ihn erübrigen können.

Frigate sah übelgelaunt aus. Das lange Warten in der Schlange hatte seine Nerven auf eine harte Geduldsprobe gestellt. Wenn er überhaupt so lange durchgehalten hatte, konnte das nur bedeuten, daß er sich fest für irgend etwas entschieden hatte. Er weigerte sich allerdings, etwas über seine Pläne verlauten zu lassen, ehe er nicht mit Novak geredet hatte.

»Wenn er einverstanden ist, werdet ihr's erfahren.«

Farrington, Rider und Pogaas schenkten ihm nur wenig Aufmerksamkeit, denn sie waren allzusehr damit beschäftigt, einen Plan auszuhecken, der ihnen ihre *Razzle Dazzle* zurückverschaffen konnte.

Als sie ihn fragten, ob er ihnen dabei zur Hand gehen wolle, erwiderte Frigate, er wisse es noch nicht. Nur lächelte bloß und meinte, er wolle so lange warten, bis sie sich ernsthafte Gedanken über die Ethik ihres Vorhabens gemacht hätten.

Wie üblich wußte Nur auch diesmal mehr von dem, was hier vor sich ging, als die anderen. Er war es auch, der kurz bevor sie wegen des Frühstücks die Hütte verließen, die Bemerkung fallen ließ, die ganze Diskussion könne lediglich akademisch gemeint sein. Die *Razzle Dazzle* sei nämlich inzwischen von ihrem neuen Besitzer mit Waren beladen worden und werde bald nach dem Frühstück flußabwärts in See stechen.

Martin explodierte. »Warum sagst du uns das jetzt erst?«

»Ich befürchtete, ihr würdet völlig durchdrehen und das Schiff möglicherweise vor Hunderten von Zeugen am hellichten Tage stehlen. Dann wärt ihr nicht weit gekommen.«

»So dumm sind wir nun auch nicht!«

»Nein, aber so impulsiv. Und das ist auch eine Form von Dummheit.«

»Schönen Dank«, sagte Tom. »Nun, vielleicht hat es nicht sollen sein. Ich würde es sowieso bevorzugen, eins von diesen Dampfbooten in die Finger zu kriegen. Aber zuerst müssen wir unsere alte Mannschaft wieder zusammenbekommen und die Frauen ersetzen. Das kostet uns Zeit und Planung.«

Bald darauf gab es andere Schwierigkeiten. Ein Regierungsbeamter machte ihnen klar, daß sie entweder für den Staat arbeiten oder gehen müßten. Als dies geschah, war Frigate nicht anwesend. Als er zurückkehrte, grinste er breit und schien sich um die schlechte Nachricht gar nicht zu scheren.

»Ich habe Novak dazu überredet!« verkündete er stolz.

»Überredet?« fragte Farrington. »Zu was?«

Frigate nahm auf einem Bambusstuhl Platz und zündete sich eine Zigarette an.

»Nun, zuerst bat ich ihn darum, uns ein zweites Luftschiff zu bauen. Ich erwartete natürlich nicht, daß er darauf eingehen würde. Er tat es auch nicht. Er sagte, er habe dennoch die Absicht, zwei weitere Schiffe zu bauen, aber nicht für uns. Er will sie für Patrouillenflüge und Kriegszwecke benutzen, wenn je ein Krieg ausbrechen sollte.«

»Du willst, daß wir ihm eines seiner Luftschiffe stehlen!« sagte Farrington. Obwohl er ziemlich wütend gewesen war, daß Podebrad sie hereingelegt hatte, schien ihn das doch sichtlich erleichtert zu haben. Er stritt dies zwar ab, aber es war offensichtlich, daß der Gedanke, nun doch nicht in ein Luftschiff steigen zu müssen, ihm gefiel.

»Nein. Weder Nur noch ich glauben, daß ihr je dazu in der Lage wäret, anderen Leuten etwas wegzunehmen, auch wenn ihr nach außen hin so tut. Ihr zwei phantasiert eine Menge herum. Auf jeden Fall wollen Nur und ich mit Diebstahl nichts zu tun haben.

Nachdem Novak meinen ersten Vorschlag abgelehnt hatte, brachte ich den zweiten aufs Tapet. Novak sträubte und wand sich zwar ein wenig, aber schließlich ließ er sich breitschlagen. Immerhin brauchen wir nur einen Bruchteil der Zeit und des Materials, das wir bei dem Luftschiff aufgewendet haben. Es tat ihm leid, daß man uns hereingelegt hat, und irgendwie will er es nun wiedergutmachen. Abgesehen davon interessiert er sich für Ballons. Sein Sohn war nämlich Ballonfahrer.«

»Ballons!« rief Martin. »Schiebst du etwa immer noch diese Wahnsinnsidee vor dir her?«

Tom blickte interessiert auf, aber er sagte: »Wir wissen aber nicht das geringste über den Wind in den Bergen. Wir könnten nach Süden abgetrieben werden.«

»Richtig. Aber wir sind hier ein Stück nördlich vom Äquator. Wenn die Höhenwinde denen der Erde ähnlich sind, könnten wir nach Norden oder Osten getrieben werden. Wenn man einmal die Roßbreiten hinter sich hat, sieht die Sache schon ganz anders aus. Aber ich habe an einen Ballontyp gedacht, der uns bis in die arktische Zone bringen könnte.«

»Wahnsinn! Wahnsinn!« schrie Martin kopfschüttelnd.

»Du lehnst es ab?«

»Das habe ich nicht gesagt. Ich bin schon immer nicht ganz richtig im Kopf gewesen. Aber abgesehen davon glaube ich nicht, daß der Wind uns in die gewünschte Richtung tragen wird. Wir sollten uns an die Arbeit machen und uns ein neues Schiff bauen.«

Farrington irrte sich und wußte möglicherweise auch, daß er lediglich einem Wunschdenken nachhing. Die Luft mußte in der Höhe, in die sie sich begeben würden, unweigerlich nach Norden strömen.

Als Frigate allerdings damit herausrückte, welchen Ballontyp er sich vorgestellt hatte, rückten auch die anderen gegen ihn vor.

»Ja, ich weiß, man hat ein solches Ding noch nirgendwo anders als auf dem Papier ausprobiert«, rechtfertigte er sich, »aber hier haben wir unsere Chance, etwas Einmaliges auszuprobieren!«

»Sicher«, sagte Martin. »Aber du sagtest, daß Jules Verne diese Idee schon 1862 hatte. Wenn sie einem solchen Ruhm einbringen kann, warum hat sie dann mehr als hundert Jahre nie jemand praktiziert?«

»Das weiß ich doch nicht. Wenn ich das Geld gehabt hätte, ich hätte es auf der Erde sicher versucht. Schau, dieses Ding bietet uns die einzige Möglichkeit, nennenswerte Entfernungen zurückzulegen. Wenn wir einen konventionellen Ballon einsetzen, können wir von Glück reden, wenn wir fünfhundert Kilometer pro Tag schaffen. Natürlich würde uns auch ein solcher Ballon ein paar Millionen Kilometer Flußfahrt ersparen. Aber mit der *Jules Verne* und einem bißchen Glück schaffen wir die ganze Strecke von hier bis zur Polarbarriere auf Anhieb.«

Nach einigem Hin- und Hergerede erklärten sich die anderen

schließlich damit einverstanden, dem Plan eine Chance zu geben. Als das Projekt in Angriff genommen wurde, begann Frigate sich plötzlich unwohl zu fühlen, und als der Starttermin immer näherrückte, wurde er beinahe hysterisch. Alpträume, in denen regelmäßig Ballons wiederkehrten, zeigten ihm, wie tief seine Furcht in Wirklichkeit saß. Wenn er mit den anderen zusammen war, ließ er sich natürlich nichts davon anmerken.

In seinem Roman *Fünf Wochen im Ballon* hatte Jules Verne einen Ballon beschrieben, der zwar gefährlich, aber durchaus konstruierbar zu sein schien. In seinem Buch funktionierte das Ding, aber Frigate wußte ebensogut, daß es der Realität oft genug versagt geblieben war, literarische Fiktionen zu bestätigen.

Als der Ballon fertig war, machte die Mannschaft zwölf Probeflüge. Zur Überraschung aller Beteiligten — und speziell zu der Frigates — endeten diese lediglich mit geringfügigen Pannen. Die Probeflüge fanden allerdings auch in nicht sonderlich nennenswerten Höhen statt und hielten das Gefährt stets unterhalb der Bergspitzen, die das Flußtal säumten. Über die Berge hinauszugehen hätte bedeutet, sich über eine große Distanz von Neu-Böhmen zu entfernen. Da dies eine Rückkehr unmöglich gemacht hätte und die Mannschaft noch nicht reif für den endgültigen Flug war, mußte man darauf verzichten.

Einer ernsthaften Praxis würden sie sowieso erst dann entgegensehen, wenn der Ballon sich in der Stratosphäre befand.

Dr. Fergusson, Vernes Held, hatte seinen Ballon auf der Prämisse gebaut, daß erhitzter Wasserstoff sich ausdehnt. Man hatte dieses Prinzip bereits 1785 und 1810 (mit katastrophalen Ergebnissen) ausprobiert. Vernes imaginäre Wärmeapparatur war allerdings wissenschaftlich viel ausgereifter und stärker und funktionierte — auf dem Papier. Nun verfügte Frigate über eine sicher höher entwickelte Technologie als jene in Vernes Zeiten, und außerdem hatte er an dessen System einige Verbesserungen vorgenommen. Als der Ballon fertiggestellt wurde, prahlte er damit, daß dieser der erste seiner Art sei, der verwirklicht worden war. Sie würden Geschichte machen.

Mit der gleichen Vehemenz blieb Frisco-Kid bei seiner Ansicht, man habe Vernes Idee nur deswegen nicht ausprobiert, weil sich niemand gefunden hätte, der dazu verrückt genug gewesen sei. Obwohl Frigate ihm insgeheim recht gab, traute er sich nicht, dies auch öffentlich einzugestehen. Sie besaßen jetzt den einzigen Luftballon, der es schaffen würde, die immense Entfernung, die vor ihnen lag, zu bewältigen. Er hatte keine Lust, das Projekt jetzt mieszumachen. Zu oft schon — und zwar auf beiden Welten — hatte er etwas begonnen, durch das er später nicht mehr durchgeblickt hatte. Selbst wenn er diesmal dabei draufging — er würde den Weg zu Ende gehen.

Daß der Ballon möglicherweise auch die anderen umbringen würde, störte ihn allerdings. Aber sie kannten ja die Gefahren. Niemand zwang sie, die Reise mitzumachen.

Der Start zur großen Reise sollte laut Plan kurz vor der Morgendämmerung stattfinden. Fackeln und Bogenlampen beleuchteten die wartende Menge auf der Ebene.

Die aluminiumbeschichtete Ballonhülle schwebte wie ein an einem unsichtbaren Haken hängender silberner Pressack in der Luft.

In diesem Stadium glich die *Jules Verne* nicht im geringsten den Vorstellungen, die sich Laien von einem Ballon machen mochten. Sie sah nicht einmal einem aufgepumpten Ball ähnlich, eher einem schlaffen Kondom. Aber das würde sich geben. Sobald sie in die Lüfte vorstieß, würde sie sich durch die Hitze und den abnehmenden Luftdruck füllen.

Die Reden waren beendet, und man hatte miteinander angestoßen. Tom Rider, der sah, daß Frisco-Kid einen Krug in der Hand hielt, der doppelt so groß war wie die der anderen, murmelte etwas über Schneid aus der Pulle, allerdings so leise, daß Frisco-Kid ihn nicht hören konnte. Als dieser gleich darauf in die Gondel stieg, lächelte er und winkte den Umstehenden leutselig zu.

Peter Frigate achtete darauf, daß das Gewicht stimmte. Bisher hatte das stets bedeutet, die einzelnen Gewichte — das von Hülle, Gas, Netz, Ladering, Gondel, Ausrüstung und Aeronauten — nachzuprüfen. Das Gesamtgewicht mußte stets etwas weniger betragen als die Auftriebskraft. Die *Jules Verne* war das erste Luftfahrzeug, dessen Startgewicht etwas mehr betrug als die Auftriebskraft des Gases.

Die Hülle der unter dem Ballon hängenden, kürbisförmigen Gondel bestand aus einer doppelten Magnesiumlegierung. Aus dem Mittelpunkt des Gondelbodens ragte der L-förmige vernesche Apparat hervor. Auf der Oberseite der ulkigen Metallkonstruktion saßen zwei dünne Plastikrohre, die durch die Decke führten und, um ein Entweichen der Luft aus der Gondel zu verhindern, sorgfältig abgedichtet waren. Von dort aus führten sie weiter nach oben und ragten ein Stückchen in den luftdicht abgeschlossenen Hals der Ballonhülle hinein. Ihre Enden steckten in unterschiedlich langen Leichtmetallröhren, die ins Innere des Ballons hineinreichten. Die eine dieser Röhren war länger als die andere, aber beide waren mit offenen Enden versehen.

Bevor die Mannschaft an Bord gekommen war, hatte sie einen ziemlich gelassenen Eindruck gemacht. Jetzt ruhten alle Blicke auf Frigate.

»Die Einstiegsluke schließen!« befahl Frigate. Das Startvorbereitungsritual nahm seinen Anfang.

Er überprüfte ein Meßgerät und zwei mit dem verneschen Apparat verbundene Absperrhähne. Dann öffnete er eine kleine, an der Oberseite des Geräts befindliche Luke und justierte einen weiteren Hahn, bis er ein leises Zischen vernahm. Dies wurde von einer schmalen Düse hervorgerufen, die sich am Ende einer der Metallröhren befand. Schließlich schob Frigate eine mit einem elektrischen Feuerzeug verbundene Aluminiumstange in den Schlund des Brennofens hinein. Eine winzige Flamme bildete sich am Mund der Düse. Um die Flamme größer werden zu lassen, drehte er einen der Hähne auf und stellte zwei weitere so ein, daß sie das richtige Luftgemisch erzeugten. Allmählich begann sich das Gehäuse des über der Düse liegenden Platintrichters zu erwärmen. Das untere Ende des längeren in den Ballon hineinreichenden Rohres war mit der Spitze des Trichters verbunden. Sobald die Wärme sich im Inneren des Trichters ausdehnte und der Wasserstoff sich in ihm nach oben bewegte, strömte er in den Ballon und dehnte diesen aus. Der kühlere Wasserstoff in der unteren Ballonhälfte hingegen floß — unterstützt durch einen Saugeffekt — in das offene Ende der kürzeren Ballon-Innenleitung hinein. Von dort aus bewegte er sich abwärts, strömte in den verneschen Apparat zurück und gelangte erneut in den Trichter. Dort wurde er wieder erhitzt, stieg von neuem auf und schloß den Kreis.

Eins der Teile im unteren Bereich des verneschen Apparates war eine Elektrobatterie, die weitaus leichter und viel stärker war als jene, die Fergusson in dem Roman *Fünf Wochen im Ballon* benutzt hatte. Sie zerlegte das Wasser in Sauerstoff und Wasserstoff, welche dann in separate Kammern geleitet wurden, aus denen das Gemisch später der Flamme zugeführt wurde.

Eine von Frigates Modifikationen des verneschen Systems bestand aus einer Leitung, die vom Wasserstofftank zu der kurzen

Röhre führte. Dies war eine Einrichtung für den Notfall, die dazu dienen sollte, den Wasserstoff, der durch ein Ventil aus dem Ballon entwich, zu ersetzen. Wenn es zu diesem Notfall kam, mußte man die Flamme löschen, denn Wasserstoff war höchst explosiv.

Fünfzehn Minuten vergingen. Dann hob sich die Gondel mit einer fast unmerklichen Bewegung vom Boden ab. Frigate löschte das Feuer ein paar Minuten später aus.

Die Rufe der Zuschauer wurden leise, und schließlich konnte man sie nicht mehr hören. Der große Hangar schrumpfte zu einem Spielzeuggebäude zusammen. Die Sonne war über die Berghänge geklettert, und die sich an den Flußufern entlangziehenden Gralsteine explodierten mit Donnergetöse.

»Unser Tausend-Schuß-Salut«, sagte Frigate.

Eine ganze Weile lang waren dies die letzten Worte, die im Innern der Gondel gesprochen wurden. Niemand bewegte sich. Die Stille war so intensiv wie auf dem Grund einer tiefen Grotte. Allerdings hatte die metallverkleidete Hülle der Gondel keine schallschluckenden Eigenschaften. Als Frisco-Kids Magen knurrte, klang dies wie ferner Donner.

Es erhob sich ein leichter Wind. Er trieb den Ballon südwärts und entfernte ihn von seinem Ziel. Pogaas steckte den Kopf aus einer offenen Luke. Er spürte keinerlei Bewegung, da der Ballon sich mit der gleichen Geschwindigkeit bewegte wie der Wind. Er hatte das Gefühl, als befände er sich in einem geschlossenen Raum. Wenn auf der Oberfläche des verneschen Apparates ein Kerzenleuchter gestanden hätte, hätten dessen Flammen nicht einmal Luftbewegung angezeigt.

Obwohl er sich des öfteren in Luftfahrzeugen aufgehalten hatte, wurde Frigate während der ersten Minuten nach einem Start von einer Art Glücksgefühl ergriffen. Keine andere Art des Fliegens — nicht einmal des Segelflugs — packte ihn so wie diese. Er kam sich vor wie ein körperloser Geist, der den Unbilden der Schwerkraft ebenso enthoben war wie den Kümmernissen und Sorgen von Körper und Seele.

Dies war eine Selbsttäuschung, denn natürlich hielt die Gravitation den Ballon auch weiterhin in den Krallen, spielte mit ihm und konnte ihn dorthin reisen lassen, wo sie wollte. Und der Aufschub bis zu jener Minute, in der die Sorgen und Kümmernisse von Körper und Seele wieder einsetzten, würde auch nicht lange währen. Es würde bald genügend Arbeit für beide geben.

Frigate schüttelte sich wie ein gerade dem Wasser entstiegener Hund und stürzte sich auf jene Arbeit, die einen Ballonfahrer den größten Teil des Fluges in Atem hielt. Er überprüfte den Höhenmesser. Eintausendachthundertneunundzwanzig Meter. Das Statoskop zeigte an, daß ihr Aufstieg mit der durch die Sonne hervorgerufenen Erwärmung der Ballonhülle Schritt hielt. Nachdem er festgestellt hatte, daß die Sauerstoff- und Wasserstofftanks gefüllt waren, löste er die Batterie vom Wasser. Im Moment gab es für ihn — abgesehen von der Beobachtung des Höhenmessers und des Statoskops — nichts mehr zu tun.

Das Tal wurde kleiner. Die blauschwarzen Berge, auf denen hie und da kleine, graugrünen Flecken und blaugrüne Flechtenansammlungen zu erkennen waren, sanken unter ihnen hinweg. Die Nebelfelder, die streifenförmig über den Fluß und der Ebene dahinzogen, verschwanden ebenso schnell wie ein Mäuserudel, dem man die Nachricht überbracht hatte, in der Nachbarschaft sei eine Katze gesichtet worden.

Immer schneller trieben sie jetzt nach Süden ab. »Wir verlieren an Boden«, murmelte Frisco-Kid. Offenbar sprach er aber nur, um ein wenig von der nervösen Spannung loszuwerden. Testballons hatten ihnen gezeigt, daß der Stratosphärenwind sie nach Nordosten treiben würde.

»Die letzte Chance für eine Zigarette«, sagte Frigate. Abgesehen von Nur zündeten sich alle ein Stäbchen an. Obwohl auf allen Ballons, die vor der *Jules Verne* existiert hatten, das Rauchen strengstens verboten gewesen war, konnte man es in dieser Höhe noch gestatten. Es war Unfug, sich über glimmenden Tabak den Kopf zu zerbrechen, solange im Innern der Gondel eine Flamme brannte.

Der Ballon hatte sich jetzt über das Tal hinaus erhoben, und die Möglichkeit, auch auf jene hinabblicken zu können, die neben diesem einen lagen, entzückte sie. Unter ihnen lagen nun mehrere Täler — schön eins neben dem anderen. Zur Linken lagen jene, die sie mit der *Razzle Dazzle* passiert hatten. Sie sahen wie breite, tiefe Canyons aus. Und als sie noch höher hinaufkamen, wich der Horizont zurück. Frigate und Rider hatten dieses Phänomen bereits auf der Erde miterlebt, aber die anderen erstarrten in Ehrfurcht. Pogaas sagte etwas auf Swasi. Nur murmelte: »Als hätte Gott die Welt nach einem Tischtuch erschaffen.«

Frigate hatte alle Luken geschlossen. Er schaltete den Sauerstoffbehälter und einen kleinen Ventilator, der das Kohlendioxid in einen Wattebausch einsaugte, an. Nach sechzehn Kilometern ununterbrochenen Aufstiegs geriet die *Jules Verne* in die Tropopause, die Region zwischen Troposphäre und Stratosphäre. Die Temperatur außerhalb der Gondel betrug nun minus 75° Celsius.

Ein Gegenwind berührte nun den Ballon und versetzte ihn in eine leichte Drehbewegung. Falls sich der Wind nicht änderte, würden sie von nun an den gleichen Ausblick haben wie jemand, der auf einem müde kreisenden Karussell saß.

Nur übernahm den Posten des Piloten. Ihm folgte Pogaas; die dritte Wache ging an Rider. Als Farrington an der Reihe war, hatte er jegliche Nervosität verloren. Nun übte er die Kontrolle aus, und das machte die Angelegenheit für ihn offenbar anders. Frigate erinnerte sich daran, daß Farrington einst in einem Buch mit glühender Begeisterung geschildert hatte, wie ihm erlaubt worden war, im Alter von siebzehn jahren bei rauhem Seegang das Steuer eines Segelschoners zu übernehmen. Der Kapitän war, nachdem er ihn ein paar Minuten lang beobachtet hate, wieder unter Deck gegangen. Farrington war als einziger oben geblieben, und die Sicherheit von Schiff und Mannschaft hatte in seinen Händen gelegen. Es war eine ekstatische Empfindung für ihn gewesen, die nichts in seinem abenteuerlichen Leben jemals übertroffen hatte.

Als Frigate ihn allerdings ablöste, gefror ihm das Lächeln auf den Lippen, und er sah genauso unglücklich aus wie zuvor.

Mit der Sonne stieg auch die *Jules Verne* immer höher. Die Ballonhülle hatte ihre Dehnungsgrenze nun erreicht, was bedeutete, daß es mit dem vergnüglichen Teil der Reise nun zu Ende ging. Da der Hals ihres Ballons — im Gegensatz zu den meisten bisher ausprobierten — geschlossen war, würde das Luftfahrzeug so lange steigen, bis es die Grenzen seiner Dehnfähigkeit erreicht hatte. Dann mußte der Ballon platzen, und alles würde auf sie herunterregnen, einschließlich eines letzten Ave Maria.

Aber man hatte Vorsorge getroffen, um einem solchen Ereignis zu entgehen.

Frigate überprüfte den Höhenmesser und versetzte einen an der Decke angebrachten Metallzylinder in Rotation. Dieser war mit einem Seil an einem hölzernen Ventil des Einfüllstutzens befestigt. Als das Ventil sich öffnete, entströmte Gas, und der Ballon sank. Bald mußte er wieder aufsteigen, was bedeutete, daß es unerläßlich war, wieder heißes Gas zu produzieren. Die Flamme mußte in bestimmten Intervallen geschürt und wieder gelöscht werden, um den Ballon wieder mit Wasserstoff aufzufüllen.

Es erforderte eine kühle und genaue Urteilskraft, genau zu wissen, wieviel Gas man aus dem Ballon entweichen lassen und hinzufügen durfte. Ließ man zuviel ab, würde der Ballon übermäßig schnell sinken; führte man ihm zuviel zu, bedeutete das, daß er schnell erneut die Grenzen seiner Dehnfähigkeit erreichte. Ein am höchsten Punkt des Ballons angebrachtes Sicherheitsventil würde zwar — vorausgesetzt, es war nicht eingefroren — dafür sorgen, daß es gar nicht erst soweit kam, aber dann konnte der Ballon mittlerweile bereits zu schwer geworden sein.

Zusätzlich hatte der Pilot darauf zu achten, daß man nicht unverhofft in wärmere Luftschichten eindrang. Die konnten der *Jules Verne* zu raschen Auftrieb verleihen und über die Druckgrenze hinaustreiben. Eine plötzliche Abkühlung würde anschließend das Gegenteil bewirken.

Natürlich stand dem Piloten im letzteren Fall die Möglichkeit offen, Ballast abzuwerfen, aber auch dies konnte dazu führen, daß der Ballon sich wie ein Jojo auf und ab bewegte. War dann kein Ballast mehr da, begannen die Schwierigkeiten. Dann würde der einzige Weg, an Höhe zu verlieren, darin bestehen, schnell Gas abzulassen. Was wiederum bewirkte, daß der Brenner nicht mehr dazu in der Lage sein würde, den Wassserstoff schnell genug auszudehnen.

Und *Nobody Knows the Troubles I've Seen* würde zum Schwanengesang des Piloten werden.

Der Tag verging allerdings, ohne daß irgendwelche unvorhergesehenen Ereignisse an ihren Nerven zerrten. Die Sonne sank, und die *Jules Verne* tat es ihr aufgrund des sich abkühlenden Wasserstoffes gleich. Der Pilot hatte nichts anderes zu tun, als den Brenner in Gang zu halten, daß er ihn, wenn es die Situation erforderte, aufdrehen konnte, um den Ballon über der Tropopause zu halten. Diejenigen, die Freiwache hatten, wickelten sich in warme Decken und schliefen wie die Murmeltiere.

Die Erfahrung, als einziger wach zu sein, war ungeheuerlich. Die Beleuchtung war matt. Das Licht der Sterne ergoß sich zwar durch die Luken ins Innere der Gondel, aber selbst zusammen mit dem der kleinen Lämpchen, die die Apparaturen beleuchteten, reichte es nicht aus, um Behaglichkeit zu verbreiten. Die Gondelhülle verstärkte zudem jedes Geräusch: leisen Aufprall einer Hand gegen den Boden, sobald sich einer der Schläfer umdrehte und den Arm ausstreckte; Pogaas leise im Schlaf gemurmelten Worte auf Swasi; das Knirschen von Frisco-Kids Zähnen; Riders rasselnder Atem, der klang wie das Wimmern eines Pferdes, und das Summen des Ventilators.

Als Frigate die Flamme anzündete, riß die plötzlich aufbrüllende Explosion jedermann aus dem Schlaf.

Dann war er an der Reihe, sich einzuwickeln, hinzulegen und sich irgendwann von der Flamme wieder aus den Träumen reißen zu lassen.

Schließlich graute der Morgen. Die Männer standen nacheinander auf, benutzten die chemische Toilette, tranken heißen Pulverkaffee oder Tee und nahmen ein Frühstück zu sich, das aus Eichelbrot, getrocknetem Fisch und dem, was sie aus der Produktion ihrer Grale aufgespart hatten, bestand. Man verzichtete darauf, die Abscheidungen über Bord zu werfen. Das Öffnen einer Luke in dieser Höhe konnte bedeuten, daß der Luftdruck fatal absank. Und jede Art von Gewichtsverlust würde dem Ballon nur noch mehr Auftrieb geben.

Frisco-Kid, dessen Augen die besten waren, wenn es darum ging, anhand von Bodenbeobachtungen die Geschwindigkeit über Grund abzuschätzen, meinte, sie flögen mit mindestens fünfzig Knoten.

Bevor es Mittag wurde, wurde die *Jules Verne* von einem Wind ergriffen, der sie mehrere Stunden lang wieder zurücktrieb, bevor er den Ballon wieder nach Nordosten schob. Drei Stunden später wiederholte sich das gleiche Spiel erneut.

»Wenn das so weitergeht«, sagte Frisco, »werden wir bis in alle Ewigkeit hier Karussell fahren. Ich verstehe das einfach nicht.«

Am späten Nachmittag befand man sich endlich wieder auf dem richtigen Kurs. Frigate schlug vor, die Flughöhe zu verringern, die Bodenwinde auszunutzen und das Glück etwas weiter unten zu versuchen; sie seien jetzt weit genug im Norden, und hier würden die Winde grundsätzlich in die richtige Richtung wehen.

Als man den Brenner ausschaltete, begann das Gas sich allmählich abzukühlen. Die *Jules Verne* sank zunächst langsam, dann immer schneller abwärts. Um eine Höhenmessung vorzunehmen, zündete Nur den Brenner für einige Minuten wieder an. In einer Höhe von dreizehn Kilometern wurde der Wind schwächer, aber er erfaßte das Gefährt und trieb es erneut in die falsche Richtung.

Außerdem sorgte er dafür, daß die Gondel sich nun entgegengesetzt drehte.

Nur gestattete der *Jules Verne* ein Absinken bis auf zweitausend Meter über die Bergspitzen. Sie bewegten sich jetzt in einem Winkel, der von Norden nach Süden über das gewundene Flußtal hinweg verlief.

»Es geht wieder nach Nordosten!« verkündete Frigate glücklich.

Gegen Mittag des dritten Tages schwebten sie mit einer Geschwindigkeit von etwas fünfundzwanzig Kilometern in der Stunde dahin. Nichts anderes als die *Jules Verne* hätte diese Strecke zurücklegen können. Kein anderer Ballon wäre fähig gewesen, so hoch in die Stratosphäre vorzustoßen oder die Bodenwinde auszunutzen, ohne zuviel Gas für den Weiterflug zu verlieren.

Die Männer öffneten die Luken und ließen die zwar dünne, aber frische Luft zu sich hinein. Der Auf- und Abtrieb brachte einiges Unbehagen mit sich, aber auch die Änderung des Luftdrucks. Um den Druck auszugleichen, blieb ihnen nichts anderes übrig, als ununterbrochen zu schlucken und zu gähnen. Am späten Nachmittag schlug das Wetter um.

Am nächsten Tag, genau zur Mittagsstunde, wurden sie von einem Gewitter überrascht. Als die unter ihnen dahinschwebenden Wolken sich plötzlich aufblähten, hatte Farrington gerade das Kommando. Zuerst sah es so aus, als bliebe der Gewittersturm unter ihnen und verschone sie, aber dann griffen seine Ausläufer zu ihnen herauf wie die Tentakel eines Tintenfisches. Kurz darauf schien der Körper des Ungeheuers auf sie zuzuschießen, und sie wurden von Dunkelheit umgeben, in der lediglich die Lichtfinger der Blitze zu sehen waren. Sie wurden herumgewirbelt wie ein Blatt in einem Herbststurm.

»Wir fallen wie ein Ziegelstein«, meldete Frisco-Kid gelassen. Er befahl den Abwurf von Ballast, aber das Gefährt sank dennoch weiter. Lichtblitze, die ganz in der Nähe aufzuckten, überschütteten das Innere der Gondel mit einem Schein, der die Gesichter der Männer grün wirken ließ. Der Donner ließ ihnen die Ohren klingeln. Durch die offenen Luken strömte Regenwasser in die Gondel und vergrößerte ihr Gewicht noch zusätzlich.

»Schotten dicht!« befahl Farrington. »Tom und Nur — werft einen Nummer-Drei-Ballastsack ab!«

Die Männer beeilten sich, ihm zu gehorchen. Sie kamen sich

plötzlich so leicht vor, als falle der Ballon so schnell, daß er ihnen unter den Füßen davoneilte.

Der nächste Blitzstrahl trug nicht dazu bei, ihre Stimmung zu heben. Alle sahen den unter ihnen aufragenden Felsen, die abgestumpfte Spitze eines Berges, der rasch näher kam.

»Zwei Nummer-Eins-Säcke!«

Nur, der einen Blick aus einer der Luken warf, sagte gelassen, aber mit lauter Stimme: »Die Säcke fallen nicht viel schneller als wir!«

»Noch zwei Nummer-Eins-Säcke!«

Erneut wurde in ihrer Nähe die Luft von einem Blitzschlag zerteilt.

»Wir schaffen es nicht!« rief Frisco-Kid. »Noch zwei Nummer-Eins-Säcke! Haltet euch bereit, den ganzen Kram über Bord zu werfen!«

Die Außenhülle der Gondel schlug gegen den Rand des Berggipfels. Die Gondel prallte ab und riß die gesamte Mannschaft von den Beinen. Als die kurzfristig unbeanspruchten Netzseile sich wieder strafften, gingen die Männer, die es eben halbwegs geschafft hatten, wieder auf die Beine zu kommen, sofort wieder zu Boden. Glücklicherweise hatte der brutale Ruck nicht dazu geführt, daß die Seile rissen.

Ungeachtet ihrer Verletzungen standen sie wieder auf und starrten durch die Bodenluke. Abgesehen von der Beleuchtung der Apparaturen war es in der Gondel dunkel. Wieder ein Blitz. Sie waren zu nahe am Berg. Immer noch riß der Abwind sie nach unten. Die Wipfel gigantischer Eisenbäume rasten wie Wurfspieße auf sie zu.

Es war zu spät, um jetzt noch den Brenner anzuzünden. Angesichts des drohenden Absturzes war das, was er jetzt noch ausrichten konnte, belanglos. Abgesehen davon war es sehr gut möglich, daß die Kollision mit der Bergspitze die Röhrenverbindungen gelöst hatte. Wenn dem so war, konnte der kleinste Funke das Innere der Gondel in eine Flammenhölle verwandeln.

»Raus mit dem Ballast!« brüllte Frisco-Kid.

Plötzlich waren sie aus den Wolken heraus und die Schwärze verwandelte sich in ein dunkles Grau. Die Männer konnten allerdings genug sehen, um zu erkennen, daß die Baumwipfel genau unter ihnen waren.

Frisco-Kid verließ seinen Posten, um den anderen dabei zu helfen, die Ballastsäcke und Wasserbehälter über Bord zu werfen, aber bevor es überhaupt dazu kam und Nur auf den Knopf drükken konnte, der sie ihrer letzten Ballastreserve entledigen konnte, krachte die Gondel gegen die oberen Äste eines Eisenbaumes. Wieder stürzten die Männer zu Boden. Hilflos hörten sie den Geräuschen zu, die ihnen sagten, daß irgendwo etwas brach. Aber dann bogen sich die Äste nach unten, schnellten wieder hoch und ließen die Gondel dermaßen abprallen, daß sie federnd gegen die Unterseite des Ballons stieß.

Die Gondel fiel zurück und prallte noch einmal gegen das unzerbrechliche Geäst des Riesenbaumes. Die Männer kamen sich vor wie Maikäfer in einem geschüttelten Einmachglas.

Frigate fühlte sich grün und blau geschlagen und war zu keiner Reaktion fähig. Dennoch spürte er, daß ihm noch genug Mumm geblieben war, um über die Plastikröhren nachzudenken, die bei diesem Manöver unerbittlich zerfetzt wurden. Sie befanden sich genau zwischen dem Ballon und der Gondel und mußten deswegen das meiste abkriegen.

Wenn ... Oh, Gott, laß es nicht dazu kommen! Wenn die Leitungen vom Ballon abgerissen wurden ... wenn die Astspitzen des Eisenbaums sich in die Ballonhülle bohrten ... würde die Gondel zu Boden fallen ... wenn das Geäst ihren Fall nicht bremste oder das Netz sich nicht darin verhedderte.

Nein. Jetzt hob sich die Gondel wieder.

Aber würde der Ballon geradewegs nach oben schweben? Auf den Fluß zu? Oder würde es sie wieder gegen die Bergwand schleudern und die Hülle des Ballons dabei zerreißen?

66

Als das Regenwetter seinen Höhepunkt erreicht hatte, kam das Luftschiff von Norden her über die Berge geschwebt. Blitze, die die einzige Beleuchtung darstellten, zerrissen den Himmel. Die Radarwellen krochen über das Tal, die Baumwipfel, die Felsnadeln und den Fluß dahin und erfaßten das große Schiff. Der Radardetektor zeigte an, daß die Radarsysteme des Gegners nicht arbeiteten. Schließlich lag das Schiff vor Anker; warum sollte man die Radaranlage eingeschaltet lassen, wenn man keinen Feind erwartete?

Die großen Luken im Bauch der *Parseval* öffneten sich. Der Helikopter auf der Startplattform ließ seine Propeller kreisen. Im Innern der Maschine befanden sich einunddreißig Männer. Boynton saß an den Kontrollen und de Bergerac befand sich neben ihm. Hinter ihnen lagerten Waffen und Kisten mit Plastiksprengstoff.

Sobald die Motoren genügend vorgewärmt waren, gab Boynton das Zeichen. Szentes, der diensthabende Flugleiter, lauschte indessen einer aus dem Telefonhörer dringenden Stimme, die ihm die letzte Wettermeldung mitteilte. Dann schwenkte er eine kleine Flagge. Alles klar!

Der Kopter stieg innerhalb des Hangars auf, bewegte sich seitwärts über die Plattform und schwebte, während die Hangarbeleuchtung sich auf seinen Propellern und der Frontscheibe brach, auf die Bauchöffnung der Parseval zu. Dann fiel er wie ein Stein nach unten, und de Bergerac, der einen Blick aus dem Bugfenster warf, sah, wie das gigantische Luftschiff in die schwarzen Wolken hinauftauchte und unsichtbar wurde.

Cyrano wußte, daß ihnen innerhalb einer Minute ein Zwei-Mann-Gleiter folgen würde. Bob Winkelmeyer würde ihn steuern und James McParlan würde sein Passagier sein. Winkelmeyer war West-Point-Absolvent, ein Flieger, den man während eines Beobachtungsfluges über einer nördlich von Australien gelegenen Insel abgeschossen hatte. McParlan war in den siebziger Jahren des neunzehnten Jahrhunderts ein bekannter Mann gewesen. Als Detektiv der Agentur Pinkerton hatte er die Mollie Maguires, eine Geheimorganisation irischer Bergarbeiter in Pennsylvanien, unterwandert. Es war ihm unter dem Decknamen James McKenna gelungen, bis in die geheimsten Kreise dieser Gruppe vorzudringen, wobei er mehrere Male nur knapp der Enttarnung und dem Tod entgangen war. Seine Arbeit hatte zur Verhaftung der Maguires geführt. Man hatte neunzehn von ihnen gehenkt, was den Minenbossen die Möglichkeit gegeben hatte, ihre Arbeiter auch weiterhin nach besten Kräften auszubeuten.

Winkelmeyer und McParlan würden auf dem Fluß wassern und ihren Gleiter anschließend versenken. Später — wenn die Möglichkeiten es erlaubten — würden sie sich auf die *Rex* begeben und in deren Mannschaft eintreten. Da es den Angreifern unmöglich erschien, einen Überfall auf das Schiff auszuführen, ohne jemanden von der Mannschaft zu töten, würde es an Bord Ausfälle geben.

Sam Clemens hatte zu den beiden gesagt: »Hundesohn-John hat

kein Monopol auf Doppelagenten. Leckt ihm die Stiefel, Jungs, tut alles, um euch bei ihm einzuschmeicheln. Das heißt natürlich, daß ihr das nur dann tun sollt, wenn der Überfall fehlschlägt. Vielleicht wird es aber gar nicht zu eurem Einsatz kommen. Aber ich kenne diesen schleimigen Charakter. Er ist so glitschig, daß es nicht einmal ein Affe schaffen würde, an ihm hochzuklettern.

Wenn er also ohne gekrümmtes Haar aus der ganzen Affäre herauskommt, tretet ihr in seine Mannschaft ein. Und dann — wenn es die Zeit für das Armaggeddon ist — jagt ihr seinen Kahn in die Luft. Es wird so sein, als hätte Gabriel zwei Engel in der Verkleidung von Teufeln in die Hölle abkommandiert.«

Der Helikopter tauchte in die Wolkendecke ein. Blitze spalteten die Welt und rasten wie ein Feuerschwert zwischen Boden und Himmel dahin. Der Donner brüllte. Regen klatschte gegen die Sichtscheiben und machte das Erkennen ihres Zieles unmöglich. Die Radaranlage des Kopters allerdings sah das Schiff, und zwei Minuten später erkannten sie auch die Lichter ihres Gegners.

Boynton flog in einem Winkel von fünfundvierzig Grad auf das Schiff zu und ließ den Kopter so weit absinken, daß er beinahe das Wasser berührte. Mit voller Geschwindigkeit ließ er ihn einen Meter über dem Wasserspiegel auf das Ziel zurasen. Blitze erhellten die Nacht. Die Lichter auf den Decks und im Steuerhaus wurden heller und größer.

Abrupt stieg der Kopter wieder auf, schoß über den Rand des Flugdecks der *Rex* hinweg, verharrte und sank. Seine Räder berührten die Oberfläche. Die Maschine federte leicht, dann stand sie still. Die Propeller zirpten ein wenig, als sie sich verlangsamten, dann wurden die Luken aufgestoßen.

Als de Bergeracs Füße das Deck unter sich spürten, waren die Motoren bereits abgeschaltet. Boynton half an seiner Seite den Männern beim Aussteigen; Cyrano erteilte einem der Leute im Inneren der Maschine den Befehl, die Bombenkisten auszuladen.

Cyrano warf einen Blick auf das Oberdeck des Steuerhauses. Bis jetzt hatte weder jemand aus dem Heckfenster gesehen noch irgendeine Art von Alarm ausgelöst. Ihr Glück war größer, als sie erwartet hatten. Unglaublicherweise gab es nicht einmal Wachtposten. Wenn es welche gab, hatten sie bis jetzt zumindest nichts Ungewöhnliches bemerkt. Vielleicht fühlte man sich in diesem Gebiet außerordentlich sicher. Ein Großteil der Mannschaft befand sich möglicherweise auf Landurlaub, was den Wachen genug

Grund lieferte, Unfug zu machen, zu schlafen, zu trinken und zu bumsen.

De Bergerac zog seine Mark-IV-Pistole und klopfte auf den Griff seines Degens. »Mir nach!« Fünf Männer rannten hinter ihm her. Zwei weitere Gruppen nahmen die ihnen zugewiesenen Stellungen ein. Boynton blieb im Innern des Kopters, um ihn zum richtigen Zeitpunkt sofort wieder starten zu können.

Das Flugdeck war die Verlängerung der Aufbauten. Der Franzose rannte auf das Steuerhaus zu, und die Füße seiner Männer trommelten über die eichenen Bodenplanken. Als er den Eingang zum zweiten Steuerhausdeck erreichte, hielt er inne. Aus einer offenen Luke des Steuerhauses rief plötzlich jemand etwas zu ihnen herunter. Cyrano ignorierte den Mann und schob sich durch den Eingang. Die anderen folgten ihm eine steile Leiter hinauf. Bevor der letzte Mann in Sicherheit war, erklang ein Schuß. Cyrano sah sich um. »Irgend jemand getroffen?« rief er.

Cogswell, der Mann, der direkt hinter ihm war, sagte: »Er hat mich verfehlt.«

Jetzt wurde über ihnen Alarm geschlagen. Aus der Ferne erklang das Heulen einer Sirene. Sekunden später fielen auch die restlichen ein.

Das zweite Deck bestand aus einem hellerleuchteten Korridor, von dem Kabinen abzweigten, in denen die Stabsoffiziere mit ihren Frauen wohnen mußten. Wenn die Hoffnung Cyrano nicht trog, mußte John Lackland sich in der Kabine zu seiner Linken aufhalten, direkt unterhalb der Leiter, die zur Brücke hinaufführte. Zwar war es Clemens' Plan gewesen, diese Kabine — zumal sie die größte war — dem Kommandanten zu reservieren, aber es war nicht unmöglich, daß König John es vorzog, in einer kleineren zu leben.

Von jeder Korridorseite zweigten vier Türen ab, und eine davon öffnete sich genau in dem Moment, als Cyrano in den Gang hineinstürmte. Ein Mann steckte seinen Kopf heraus. De Bergerac legte die Pistole auf ihn an, woraufhin die Tür sofort wieder ins Schloß fiel.

Rasch — und genau nach Plan arbeitend — zogen die sechs Männer einige Gegenstände aus ihren Gürteln, die erst eine Stunde vorher aus der Werkstatt des Luftschiffes gekommen waren. Zwei von ihnen waren für alle Fälle doppelt ausgerüstet. Bei den Gegenständen handelte es sich um kurze, an beiden Enden mit Stahlnägeln versehene Querriegel, die nun unter Zuhilfenahme schwerer Hämmer mit wuchtigen Schlägen in die Türen und deren Pfosten getrieben wurden. Ein zu allem entschlossener Mann konnte diese Sperren natürlich im Laufe der Zeit von innen sprengen, aber bis dahin würde John sich bereits — wenn alles wie geplant verlief — im Gewahrsam seiner Häscher befinden und verschwunden sein.

Aus dem Innern der Kabinen kamen Rufe und Schreie. Während Cogswell auf eine der Sperren einhämmerte, versuchte jemand die gerade von ihm bearbeitete Tür zu öffnen. Cogswell ließ den Hammer fallen und feuerte durch den schmalen Türspalt einen Schuß ab, hatte aber nicht die Absicht, jemanden zu verletzen. Die Tür wurde auf der Stelle wieder geschlossen, und Cogswell setzte seine Arbeit fort.

Inzwischen mußte John über das Interkom vom Angriff auf das Schiff erfahren haben. Schon der im Korridor herrschende Lärm hätte genügt, ihm zu sagen, daß die Invasoren nicht mehr fern waren, und es hätte nicht einmal des Schusses bedurft, ihn darin sichergehen zu lassen.

Drei weitere Männer mußten inzwischen das Steuerhaus umrundet und die vordere Leiter erklommen haben. Allerdings ... ah, ja, da kam jemand von der Steuerhauswache. Der Mann schob sein blasses Gesicht durch den Eingang am Ende der in den Korridor hinabführenden Leiter. Er kam einen Schritt nach vorne und zeigte seine Pistole. Sie war vom Kaliber *.069*, aber der Schütze selbst trug keinen Panzer.

»Peste!«

Obwohl es Cyrano ganz und gar nicht zusagte, einem Menschen, den er nie zuvor in seinem Leben gesehen hatte, etwas anzutun, zielte er und schoß.

»Quelle Merde!«

Er hatte ihn verfehlt. Die Plastikkugel war neben dem Mann in die Türöffnung gedrungen, aber einige Splitter mußten ihn getroffen haben, denn er schrie auf, taumelte zurück, ließ die Waffe fallen und betastete sein Gesicht mit beiden Händen.

Cyrano wußte, daß er nicht gerade einen Meisterschuß abgegeben hatte, aber er sagte sich, daß er dennoch seine Wirkung getan hatte. Wenn die Kugel den Mann außer Gefecht setzte, ohne ihn ernsthaft zu verletzen — oder gar zu töten —, war das eine Lösung, die seinen Absichten entgegenkam.

Schüsse und Schreie drangen nun vom Steuerhaus zu ihnen herab. Das konnte nur bedeuten, daß die drei anderen inzwischen die Leiter erklommen hatten und die Wachen beschäftigt hielten.

Cyrano ging auf die Tür zu, hinter der er die Kabine Johns vermutete. Es gab keinen Grund, ihn aufzufordern, er solle mit erhobenen Händen herauskommen. Was immer man über den ehemaligen Herrscher Englands und der Hälfte Frankreichs auch sagen konnte: ein Feigling war er nicht.

Natürlich bestand die Möglichkeit, daß er sich heute nacht gar nicht an Bord aufhielt. Er konnte genausogut irgendwo an Land sein und sich mit Huren vergnügen.

Cyrano lächelte, als er sich neben der Tür aufbaute und deren Knauf berührte. Sie war verschlossen. Das bedeutete also, daß der Kapitän der *Rex* daheim war.

Eine Männerstimme rief auf Esperanto: »Was ist denn da los?«

Cyrano grinste. Das war König Johns Bariton.

»Wir sind überfallen worden, Kapitän?« gab Cyrano zurück.

Er wartete. Vielleicht fiel John auf diesen Trick herein. Wenn er ihn für einen seiner Männer hielt, würde er vielleicht die Tür öffnen.

Plötzlich gab es einen Knall. Die Kugel hätte Cyrano, wäre er direkt vor der Tür stehengeblieben, in die Brust treffen müssen. Es war keines der üblichen Plastikgeschosse, die höchstens die Türfüllung erschüttert hätten. Und der Schuß war gezielt und hinterließ in der Tür ein respektables Loch.

Cyrano gab seinen Leuten einen Wink, und einer von ihnen entnahm seiner Ausrüstung eine kleine Plastikbombe. Während der Mann — es war Sheehan — gebückt auf die Kabinentür zuschlich und die Bombe an der Klinke befestigte, trat Cyrano zur Seite.

Der listige John jagte eine weitere Kugel durch die Türfüllung. Diesmal zielte er tiefer und traf Sheehan genau in den Kopf. Der Mann fiel zurück und blieb mit offenen Augen und heruntergefallenem Unterkiefer auf dem Boden liegen.

»Quel Dommage!«

Sheehan war ein netter Bursche gewesen. Es war geradezu eine Schande, daß alles, was man über seinen Tod im Moment sagen konnte, aus den Worten »Welch eine Schande!« bestand.

Andererseits hätte er nicht so unvorsichtig sein und sich genau in die Schußlinie begeben dürfen.

Cogswell eilte auf die Leiche zu, entnahm ihren Händen die Batterie und Leitungsdraht und zog sich flink, das Kabel dabei entrollend, zurück. Zum Glück – das bedeutete eine große Zeitersparnis – hatte Sheehan es noch geschafft, das Kabelende mit der Sprengladung zu verbinden. Jetzt kam alles auf die richtige Geschwindigkeit an, denn von nun an konnten Sekunden über das Gelingen ihres Vorhabens entscheiden.

Cyrano zog sich in eine Ecke zurück, drückte den Rücken gegen ein Schott, wandte das Gesicht zur Seite, steckte zwei Finger in die Ohren und öffnete gleichzeitig weit den Mund.

Obwohl er ihn nicht sehen konnte, wußte er, daß Cogswell in diesem Augenblick das andere Ende der Leitung an die Batterie anschloß.

Die Explosion ließ Cyrano schwanken und machte ihn halb taub. Rauchwolken breiteten sich im ganzen Korridor aus. Cyrano tastete sich hustend an der Wand entlang, berührte schließlich den jetzt leeren Türrahmen, sah aus den Augenwinkeln, daß die Füllung auf Sheehans Leiche herabgestürzt war, und stürmte in Johns Unterkunft.

Er sprang gebückt in den Raum hinein und ließ sich augenblicklich zur Seite fallen, was nicht einfach war, wenn man bedachte, wie sehr der an seinem Gürtel hängende Degen ihn dabei behinderte.

Dann berührte er etwas, das er für die Beine eines Bettes hielt. Fast genau über ihm schrie eine Frau. Aber wo war John Lackland?

Ein Pistolenschuß krachte. Durch den Rauch hindurch sah Cyrano den Feuerstrahl. Er sprang auf und warf sich seitlich über das Bett. Seine Arme packten eine fette, nackte Hüfte, und der völlig überraschte Mann rollte zur Seite. Cyrano hörte jemanden grunzen. Er spürte einen Schlag auf seinem Schädel, der ihn jedoch nicht schmerzte, dann wurde die Gestalt seines Gegners schlaff.

Cyrano riß seinen Dolch hoch und richtete ihn auf die Kehle des anderen. »Keine Bewegung, sonst ist es um dich geschehen!«

Er erhielt keine Antwort. War der Bursche vor Schreck erstarrt oder plante er irgendeinen schmutzigen Trick?

Cyrano tastete mit der anderen Hand die Schulter, den Hals und schließlich den Kopf seines Gegners ab. Der Mann bewegte sich noch immer nicht. Ah, Nässe! John – vorausgesetzt, dieser Mann hier war der Gesuchte – hatte sich den Kopf gestoßen und die Besinnung verloren.

Cyrano stand auf, tastete die Wand ab und fand schließlich einen Schalter. Als das Licht aufflammte, beleuchtete es einen großen, luxuriös eingerichteten Raum, dessen Möbel durchaus dem Standard der Flußwelt entsprachen. Der Rauch begann sich allmählich zu verziehen und offenbarte seinen Blicken eine sehr hübsche und ziemlich nackte Frau, die in der Mitte des Bettes kniete. Sie hatte ihr Geschrei inzwischen eingestellt und starrte ihn mit großen blauen Augen an.

»Begeben Sie sich unter die Decke und bleiben Sie dort, Mademoiselle«, sagte Cyrano, »dann wird Ihnen auch nichts geschehen. De Bergerac führt keinen Krieg gegen Frauen. Außer natürlich, sie versuchen ihn umzubringen.«

Der Mann, der aus dem Bett gefallen war und nun auf dem Boden lag, war untersetzt, muskulös und hatte dunkelbraunes Haar. Seine blauen Augen waren geöffnet, und er murmelte etwas. In ein paar Minuten würde er wieder völlig bei sich sein.

Cyrano wandte sich um und sah, aus welchem Grund John den letzten Schuß abgegeben hatte. Hoijes lag rücklings auf dem Boden. Seine Brust war zerfetzt.

»Mordioux!«

Er mußte ihm im gleichen Augenblick nachgefolgt sein, als er sich gebückt über die Schwelle geworfen hatte. Und John, der den Mann im Schein der Korridorbeleuchtung umrißhaft gesehen hatte, hatte auf ihn gefeuert. Cyrano lag zweifellos nur deswegen nicht an Hoijes' Stelle, weil während seines Vordringens der Rauch noch zu dicht gewesen war, so daß er kein gutes Ziel abgegeben hatte.

Zwei seiner Männer hatten also bis jetzt schon ihr Leben lassen müssen. Vielleicht hatte es anderswo noch weitere Opfer gegeben. Man mußte sie hier zurücklassen, damit sie die Flucht nicht behinderten.

Wo waren die anderen? Warum waren sie ihm nicht in die Kabine gefolgt?

Ah, da kamen Cogswell und Propp!

Etwas Hartes traf ihn, riß ihn hoch, warf ihn zurück und schleuderte ihn gegen die nächste Wand. Cyrano fiel aufs Gesicht und blieb liegen, während es in seinen Ohren klingelte und sein Kopf Anstalten machte, sich auszudehnen und zu platzen. Wieder erfüllten schwere Rauchwolken den Raum, brachten seine Augen zum Tränen und ließen ihn laut husten.

Es dauerte einige Zeit, bis er es schaffte, sich wieder auf die Knie zu erheben, und noch länger, bis er schließlich stand. Erst dann wurde ihm klar, daß im Korridor eine weitere Bombe hochgegangen sein mußte. Hatte man sie vom Steuerhaus herabgeworfen?

Wer immer es getan hatte, er hatte Cogswell und Propp auf dem Gewissen und war ziemlich nahe daran gewesen, auch Savinien de Cyrano II de Bergerac umzubringen.

John hockte jetzt auf den Knien. Er schwankte, hustete und stierte geradeaus. Obwohl sich innerhalb der Reichweite seiner Hand eine Pistole befand, schien er sie nicht wahrzunehmen.

Ah, jetzt streckte der Lump die Hand aus!

Da Cyrano im Moment weder eine Schußwaffe, noch einen Dolch zur Verfügung hatte, riß er seinen Degen aus der Scheide. Er machte einen Schritt nach vorn und versetzte John, als hielte er eine Keule in den Händen, mit der flachen Klinge einen Schlag auf den Kopf. John fiel vornüber, landete auf dem Gesicht und blieb bewegungslos liegen.

Die Frau lag bäuchlings auf dem Bett, bedeckte die Ohren mit beiden Händen und schlotterte vor Angst.

Cyrano taumelte durch das raucherfüllte Zimmer und stolperte beinahe über den toten Propp. Als er den Eingang erreicht hatte, blieb er stehen. Allmählich funktionierte sein Gehör wieder, aber dennoch hörten sich die aus dem Korridor zu ihm hineindringenden Schüsse an, als kämen sie aus weiter Ferne. Cyrano kniete sich hin und warf vorsichtig einen Blick um die Ecke. Der Luftzug war bereits dabei, den Rauch zu zerstreuen. Am Fuße der nach oben führenden Leiter lag jemand. Es war offensichtlich ein Mann aus dem Steuerhaus, vielleicht sogar der Bombenwerfer selbst. Am Ende des Korridors krochen zwei Männer über den Boden und feuerten durch den Eingang hinaus. Sie gehörten zu dem Überfallkommando und ihre Namen waren Sturtevant und Velkas.

Zwei pulvergeschwärzte Männer kamen jetzt die Leiter herab. Reagan und Singh. Offenbar hatten sie die Brücke gesäubert und kehrten jetzt zurück, um den anderen beizustehen. Ihre Hilfe wurde in der Tat dringend gebraucht.

Cyrano stand auf und gab ihnen einen Wink. Die Männer sagten etwas, aber er konnte sie nicht verstehen. Offenbar war die zweite Bombe stärker gewesen als die ihre. Jedenfalls hatte sie aus dem Korridor einen Schrotthaufen gemacht.

Reagan und Singh betraten die Kabine und packten den noch

immer besinnungslosen John. Nachdem Cyrano seinen Degen eingesteckt und seine Pistolen nachgeladen hatte, folgte er ihnen. Die Frau blieb im Bett liegen, preßte weiterhin das Gesicht gegen die Matratze und verstopfte beide Ohren mit den Händen. Was ich nicht weiß, macht mich nicht heiß.

Als Cyrano die Kabine verließ, stellte er fest, daß Sturtevant und Velkas bereits wieder verschwunden waren. Das bedeutete, daß diejenigen, die auf sie geschossen hatten, nicht mehr existierten. Reagan und der riesenhafte Sikh — letzterer schleifte John wie einen schlaffen Sack hinter sich her — hatten beinahe den Ausgang erreicht, als Velkas wieder auftauchte, auf die drei Männer zulief und ihnen irgend etwas entgegenschrie. Während Velkas auf Cyrano zueilte, gingen die anderen weiter.

Velkas mußte laut in Cyranos Ohr schreien, um sich verständlich zu machen. Mehrere von Johns Leuten hatten ein Dampfmaschinengewehr aufgestellt. Aber von Johns Kabine aus mußte man sie von hinten angreifen können.

Sie eilten in die Kabine zurück und sahen durch eines der Bullaugen hinaus. Zu ihrer Rechten befand sich eine Plattform, die sich über den Rand des Flugdecks hinaus erstreckte. Darauf befand sich das mächtige Gehäuse eines Maschinengewehrs. Es wurde von zwei Männern bedient, die gerade dabei waren, die Waffe herumzuschwenken und auf den Helikopter zu richten.

Linkerhand unter ihnen wurden jetzt Sturtevant und die beiden Männer sichtbar, die John zwischen sich trugen. Sie mußten unweigerlich in die Schußlinie des Maschinengewehrs geraten.

Cyrano öffnete ein breites, rechteckiges Fenster, brachte auf dessen Rand seine Pistole in Anschlag und feuerte. Eine Sekunde später brüllte neben ihm Velkas' Waffe auf und machte ihn nur noch tauber.

Sie schossen ununterbrochen. Zielgenauigkeit war bei dieser Entfernung unmöglich. Zwar verschossen die Mark-IV-Pistolen kostbare Bleikugeln, aber die Ladungen, die man benötigte, um die .69-Millimeter-Geschosse in Rotation zu versetzen, erzeugten einen starken Rückstoß. Außerdem war diesmal der Wind nicht auf ihrer Seite.

Die ersten beiden Salven gingen völlig daneben. Dann fiel der MG-Schütze um, und der andere Mann, der augenblicklich dessen Platz einnahm, ein paar Sekunden später. Es war nicht einmal sicher, ob die Pistolenkugeln sie direkt getroffen hatten. Genausogut konnten sie von Querschlägern erledigt worden sein. Aber das spielte jetzt keine Rolle. Es war das Resultat, das zählte.

Sturtevant und die Männer, die John trugen, hatten inzwischen das Deck zur Hälfte überquert. Die Propeller des Helikopters setzten sich in Bewegung, ohne daß Cyrano den von ihnen erzeugten Lärm hören konnte. Aber selbst wenn er sein volles Gehör zurückerhalten hätte: die Alarmsirenen der *Rex* übertönten jegliches Motorengeräusch.

Cyrano packte Velkas' Arm und zog den Mann zu sich heran. Ihm laut ins Ohr brüllend machte er dem Mann klar, daß er das MG übernehmen und jeden damit aufhalten solle, der Anstalten unternahm, den Helikopter anzugreifen. Dann deutete er auf eine Gruppe gepanzerter Männer, die jetzt vor einer Luke am äußersten Ende des Decks auftauchten.

Velkas nickte und rannte hinaus.

Erneut warf Cyrano einen Blick aus dem Fenster. Die Gruppen, deren Auftrag darin bestanden hatte, die Schaufelmotoren und die Waffenkammer der *Rex* in die Luft zu jagen, waren noch nicht in Sicht. Entweder waren sie noch beschäftigt, oder man hatte sie überrascht, so daß sie sich erst den Rückweg freischießen mußten.

Cyrano kletterte die Leiter hinauf und begab sich auf die Brücke. Überall lagen Tote. Er fand einen seiner Männer und zwei aus Johns Mannschaft. Lampen beleuchteten ihre blaugrauen Gesichter und offenen Augen und Münder.

Er schaltete die Sirenen ab und warf einen Blick durch die Frontscheiben. Abgesehen von einer Leiche, die am Fuß der zum Steuerhaus hinaufführenden Leiter lag, und mehreren Toten am Bug befand sich niemand auf den Vorderdecks.

Das Schiff lag längsseits eines ausgezeichnet beleuchteten Docks, das weitaus länger und massiver war als jene, auf die man sonst am Fluß stieß. Möglicherweise hatte die Mannschaft der *Rex* es selbst gebaut, nachdem der Kapitän den Entschluß gefaßt hatte, den Leuten einen längeren Landurlaub zu gewähren. Vielleicht hatte die *Rex* aber auch größere Reparaturarbeiten nötig gehabt.

Es tat nichts zur Sache. Wichtig war allein, daß das Überfallkommando Glück gehabt hatte, das Schiff fast unbemannt anzutreffen. Daß John sich entschlossen hatte, die Nacht an Bord zu verbringen, war ein weiterer Glückstreffer gewesen — wenn auch nicht für ihn.

Das Kampfgetümmel hatte allerdings inzwischen auch jene erwachen lassen, die die Nacht an Land verbrachten. Aus allen Richtungen strömten sie zusammen, verließen die auf der Ebene liegenden Hütten und mit Palisadenzäunen umgebenen Festungen. Die Schiffslampen zeigten deutlich die ersten Vortruppen der Menge, die sich in Richtung auf das Ufer hin in Bewegung setzte. Viele von ihnen mußten, da sie Metallwaffen trugen, zur Mannschaft der *Rex* gehören.

Man hatte zwar nicht geplant, das Schiff vom Dock zu entfernen, aber jetzt wurde Cyrano klar, daß es keine andere Möglichkeit gab. Als ihm bewußt wurde, daß es nicht viel länger als eine Minute dauern konnte, bis sich der Mob vom Dock aus auf das Schiff ergoß, schritt er auf der Stelle zur Tat. Er ließ sich in den Pilotensitz fallen, betätigte die Schalter, die die Maschinen anwarfen, und nahm lächelnd zur Kenntnis, daß die AN-Lichter aufleuchteten. Bis jetzt war er nicht einmal sicher gewesen, ob die Motoren überhaupt einsatzbereit waren. Immerhin hätte John — um sicherzugehen, daß ihm niemand sein Schiff stahl — die Schaltkreise unterbrechen lassen können.

Cyrano betete darum, daß man die Motoren nicht ausgerechnet in diesem Moment in die Luft jagte. Wenn es doch dazu kam, würde die Rex nicht nur steuerlos werden, sondern es stellte sich dann auch die Frage, ob er und seine Leute den Kopter noch rechtzeitig erreichen konnten.

Die Zeit war zu knapp, um die Leinen loszumachen. Das war zwar Pech, aber andererseits steckte in den großen Elektromotoren eine Menge Kraft.

Cyrano zog an den seitlich angebrachten langen Stäben, und die Schaufelräder begannen sich rückwärts zu drehen. Sie bewegten sich anfangs zu langsam, um die Leinen zerreißen zu können, und so zog Cyrano die Stäbe so weit heraus, wie es nur möglich war. Die Schaufelräder rotierten nun mit voller Kraft.

Langsam begannen die dicken Taue sich zu straffen und anstatt zu reißen zerrten sie an den Enden der Anlegemasten.

Einen Moment lang hielten die Masten dem Zug stand. Die Leute auf dem Dock sprangen entweder von selbst herunter oder versuchten die Distanz zwischen Dock und Schiffsreling mit einem einzigen Satz zurückzulegen. Dann rissen die Masten mit lautem Getöse, daß man es noch im Steuerhaus hören konnte, aus ihren Verankerungen.

Die Auswirkungen waren unvorhersehbar. Die dem Wasser zugeneigte Seite des Docks brach zusammen und ließ den größten Teil der wutschnaubenden Mannschaftsmitglieder der *Rex* ins Wasser purzeln.

Lediglich ein einziger Mann schaffte den Sprung vom Dock aufs Schiff, ohne in den Fluß zu fallen.

Die *Rex* entfernte sich rasch vom Ufer und zog die entwurzelten Masten an den Leinen hinter sich her. Cyrano betätigte lachend einen Knopf und ließ die Dampfpfeifen aufheulen, um jenen, die nun hilflos im Wasser paddelten oder am Ufer zurückgeblieben waren, seinen Triumph mitzuteilen.

»Wie gefällt dir das, John?« rief er aus. »Man hat nicht nur dich, sondern auch noch dein Schiff gestohlen! Das ist nur gerecht!«

Cyrano betätigte den Steuerbordknüppel, und das große Schiff begann sich flußabwärts zu drehen. Er steuerte auf die Strommitte zu und schaltete die automatische Steuerung ein. Diese würde mit Hilfe der Sonare die Wassertiefe ausloten, die gleiche Entfernung zu beiden Uferbänken einhalten und das Schiff so lange exakt geradeaus fahren lassen, wie es nicht Gefahr lief, mit einem anderen großen Objekt zu kollidieren. In diesem Fall würde der Autopilot ein Ausweichmanöver einleiten, um einen Zusammenstoß zu vermeiden.

Der Mann, dem der Sprung vom Dock auf die *Rex* als einzigem gelungen war, rannte jetzt über das Deck und verschwand aus Cyranos Blickfeld. Eine halbe Minute später tauchte er auf einem anderen Deck auf, das er über eine Leiter erklommen haben mußte. Jetzt verdeckte der Schatten des Steuerhauses seinen Aufenthaltsort.

In diesem Moment begann es heftig zu regnen.

Cyrano nahm im Ausgang der Brücke Aufstellung und leerte, als er den Mann wieder rennen sah, das ganze Magazin seiner Pistole auf ihn. Der Mann tauchte unter einem Überhang hinweg, reckte plötzlich den Kopf und feuerte auf Cyrano. Die einzige seiner Kugeln, die nahe genug herankam, traf die vom Steuerhaus abwärts führende Leiter.

Cyrano warf einen Blick nach achtern. Der Helikopter stand noch immer auf dem Flugdeck, und John saß nebst seinen drei Entführern in seinem Innern. Vier Männer liefen über das Deck hinweg. Cyrano öffnete das Fenster, lehnte sich hinaus und gab ihnen mit Gesten zu verstehen, daß er derjenige gewesen war, der das Schiff in Bewegung versetzt hatte. Die Männer hielten an, grinsten und winkten und setzten dann ihren Weg zum Helikopter fort.

Am äußersten Ende des Decks waren immer noch einige Leute damit beschäftigt, den Helikopter von einer Luke aus zu beschießen, aber ihre großkalibrigen Plastikkugeln hatten gegen den Wind anzukämpfen, weswegen die meisten von ihnen bereits zu Boden fielen, bevor sie ihr Ziel erreichen konnten oder über die Reling getrieben wurden. Cyrano konnte zwar nicht abschätzen, wie viele Männer sich hinter der Luke aufhielten, aber dem äußeren Eindruck nach zu schließen, konnten es nicht mehr als drei oder vier sein.

Es war natürlich nicht auszuschließen, daß eine ganze Reihe von Wächtern momentan unter Deck damit beschäftigt war, dem Sprengkommando zuzusetzen.

Und dann erzitterte das Schiff. Eine riesige Rauchwolke stieg hoch und breitete sich über dem Schaufelradgehäuse an der Backbordseite aus.

Dieser Explosion folgte fast augenblicklich eine zweite, die von der Steuerbordseite kam und noch gewaltiger war als die erste. Metallfetzen wurden durch die Luft gewirbelt und flogen über das Deck. Überall war plötzlich Rauch, der sich zerteilte und direkt neben dem Steuerbordrad ein gewaltiges Loch offenbarte.

Die Schiffslampen erloschen und flammten kurz darauf, als das Notsystem sich einschaltete, wieder auf. Da die Motoren nicht mehr liefen, begann die *Rex* sich nun langsam zu drehen und steuerte auf das rechte Ufer zu. Das Schiff wurde jetzt nur noch von der Strömung bewegt und konnte durchaus noch mehrere Kilometer treiben, bevor es gegen das Ufer stieß.

Sturtevant kletterte aus dem Kopter und gab Cyrano heftig winkend zu verstehen, daß er sich beeilen solle.

Auf der Steuerbordseite des Flugdecks tauchten nun vier Männer auf. Zwei weitere erklommen das Deck über eine Leiter von der gegenüberliegenden Seite her.

Cyrano fluchte. Sollten das etwa die einzigen Überlebenden der beiden Sprengkommandos sein?

Aus der Luke, von der aus die Verteidiger den Kopter unter Beschuß genommen hatten, quollen nun Rauchwolken heraus. Einer von Cyranos Leuten fiel hin. Während zwei andere ihn packten und auf den wartenden Hubschrauber zuliefen, gaben die anderen ihnen Feuerschutz. Dann fiel ein zweiter, der sich ohne Hilfe nicht wieder erheben konnte. Zwei andere Männer nahmen sich seiner an. Der erste Verwundete wurde von einem seiner Kameraden auf den Rücken genommen, und dieser trug ihn, obwohl er unter der Last wankte, weiter.

Cyrano rannte an die andere Seite des Ruderhauses zurück. Der verdammte Kerl, dem der Sprung an Deck geglückt war, tauchte plötzlich wieder auf und rannte genau unter ihm dahin. Er verfügte zwar über keine geladene Pistole mehr, aber er hielt den Degen in der Hand.

Aus den Augenwinkeln erfaßte Cyrano am Fuß der vom Ruderhaus auf das darunterliegende Deck führenden Leiter eine Bewegung. Einer der Männer, die er für tot gehalten hatte, lebte noch und gab ihm zu verstehen, daß er Hilfe brauchte. Wahrscheinlich hatte er das Gesicht seines Chefs an der Windschutzscheibe der Brücke gesehen.

Cyrano zögerte nicht. Es war zwar ausgemacht worden, daß die Toten in jedem Fall zurückgelassen wurden, aber niemand hatte etwas darüber gesagt, daß das auch für die Verletzten und Verwundeten galt. Abgesehen davon hätte er einen derartigen Befehl verweigert. Der Kopter schien momentan in keiner ernsthaften Gefahr zu schweben, denn die wenigen noch übriggebliebenen Verteidiger waren nicht dazu in der Lage, das Flugdeck zu überqueren, ohne sich blutige Nasen zu holen. Natürlich bestand die Gefahr, daß sie einen anderen Weg nahmen und das Deck über eine Leiter von den Maschinenräumen aus enterten. Aber er, Cyrano, konnte diesen armen Hund vielleicht noch retten, bevor Johns Leute den Kopter erreichten.

So schnell er nur konnte, kletterte Cyrano die Leiter hinab. Er übersprang mehrere Stufen und ließ sich mit den Händen an den abwärts führenden Eisenstangen hinabgleiten. Als er unten ankam, hatte der Mann — er hieß Tsoukas — sich bereits auf alle viere erhoben. Sein Kopf wackelte, und er zitterte am ganzen Leib.

Cyrano kniete neben ihm nieder. »Keine Angst, mein Freund. Ich bin schon da.«

Tsoukas stöhnte und spuckte einen Blutschwall aus.

»Mordioux!«

Cyrano tastete nach dem Puls des Mannes.

»Merde!«

Tsoukas fiel um und war tot.

Aber vielleicht lebten die beiden anderen noch.

Eine kurze Untersuchung beraubte ihn jeglicher Hoffnung.

Cyrano stand auf und legte die Hand auf den Knauf seiner Pistole. Da kam der einsame Mann, der sicher ein tapferer Kerl war, aber ganz bestimmt eine Last. Warum war er nicht ins Wasser gefallen und hatte Cyrano den Ärger erspart, daß er ihn jetzt töten mußte, damit er selbst am Leben blieb?

»Ayyy!«

Das Magazin der Pistole war leer. Er hatte vergessen, sie nachzuladen. Tatsächlich verblieb ihm kaum genügend Zeit, den Degen zu ziehen und eine Kampfstellung einzunehmen, um den Burschen daran zu hindern, ihn zu durchbohren.

Boynton würde noch einige Sekunden länger warten müssen. Die brauchte er, wenn er diese unerwartete Begegnung zu einem befriedigenden Anschluß bringen wollte.

»En garde!«

Der Mann war unbedeutend kleiner als er. Aber im Gegensatz zu Cyrano, der dünn war wie ein Rapier, wirkte dieser närrische Kerl so kompakt wie der Schaft einer Kampfaxt. Er hatte breite Schultern, einen weitausladenden Brustkasten und mächtige Arme. Sein Gesicht war dunkel und wirkte arabisch, aber seine Lippen waren zu dick und verliehen ihm im Zusammenhang mit leuchtendschwarzen Augen und weißen Zähnen das Aussehen eines Piraten. Bis auf einen Lendenschurz war er nackt.

Mit diesen Handgelenken, wurde Cyrano bewußt, mußte sein Gegner ein exzellenter Säbelfechter sein — wenn er geschickt genug war, um mit seinen Muskeln umzugehen.

Aber bei einem Rapier, wo es auf Schnelligkeit und nicht auf die Kraft ankam, würde es — hah! — für ihn anders aussehen.

Bereits nach den ersten Sekunden begann Cyrano klarzuwerden, daß er — welche Beziehung dieser Mann auch immer Säbeln gegenüber haben mochte — in seinem bisherigen Leben noch mit keinem Menschen dieses Formats die Klingen gekreuzt hatte.

Seine Angriffe, Vorstöße, Rückzüge, Ausfälle und Versuche, an Boden zu gewinnen, wurden von seinem Gegenüber geschickt gekontert und führten, ihn zu der Erkenntnis, daß der Mann ihm absolut gleichwertig war. Glücklicherweise war ihm dieser Teufel in bezug auf Schnelligkeit nicht auch noch überlegen, sonst hätte er ihn möglicherweise schon jetzt überrannt.

Es mußte dem Fremden allerdings klar sein, daß er ebenfalls einem Meister seines Fachs gegenüberstand. Aber noch grinste er und war scheinbar unbeeindruckt. Es mußte ihm einfach klar sein, daß es seinen Tod nach sich zog, wenn er auch nur um einen Bruchteil einer Sekunde langsamer wurde oder seine Reflexe erlahmten und sein Urteilsvermögen nachließ.

Cyrano wußte, daß die Zeit auf seiten seines Gegners kämpfte. Der andere hatte kein Ziel außer dem, diesen Kampf durchzustehen — und Cyrano mußte schnellstens die wartende Maschine erreichen. Byonton mußte wissen, daß er noch lebte, schließlich hatte Sturtevant ihn im Ruderhaus gesehen. Wahrscheinlich würde der Helikopterpilot sich jetzt fragen, was ihn aufgehalten haben konnte.

Würde er noch ein paar Minuten Wartezeit zugeben und dann, wenn sein Chef nicht auftauchte, annehmen, er sei aus irgendeinem unvorhersehbaren Grund doch noch umgekommen? Würde er dann starten oder jemanden schicken, der nach ihm Ausschau halten sollte?

Jetzt war nicht der richtige Zeitpunkt, um über derlei Dinge nachzudenken. Dieser Teufel wehrte jedes Manöver mit der gleichen Leichtigkeit ab, wie Cyrano die seinigen zurückschlug. Es war eine ausweglose Situation, in der niemand die Überhand gewann. Die angreifenden und abwehrenden Klingen gingen jetzt in einen monotonen, gleichbleibenden Rhythmus über.

Ah! Der Bursche hatte es auch gemerkt und den Rhythmus durchbrochen. Wenn ein Rhythmus sich erst einmal eingependelt hatte, tendierten die meisten Fechter dazu, ihn durchzuhalten. Dieser beinahe unnachahmliche Kämpfer hatte nur in der Hoffnung kurz gezögert, daß Cyrano seinerseits dem Rhythmus folgen und sich damit selbst aus dem Rennen werfen würde.

Er hatte den Fremden unterschätzt. Cyrano stellte sich im Bruchteil einer Sekunde auf die veränderte Lage ein und bewahrte sich dadurch vor einer schlimmen Wunde.

Dennoch berührte die Spitze der gegnerischen Waffe kurz seinen Oberarm.

Cyrano ließ seinem Rückzug einen blitzschnellen Ausfall folgen, den der andere parierte. Aber nicht gut genug. Nun war auch sein Gegner am Arm verletzt.

»Ihnen gebührt die Ehre, das erste Blut fließen zu lassen«, sagte Cyrano auf Esperanto. »Und das ist in der Tat eine Ehre, die noch keinem Mann vor Ihnen zuteil geworden ist.«

Es war Unfug, den so dringend benötigten Atem jetzt in einer

Konversation zu verschwenden, aber Cyrano war jetzt genauso neugierig wie die streunende Katze, der er äußerlich glich.

»Wie heißen Sie?«

Der Mann sagte nichts, aber man konnte davon ausgehen, daß es seine Klinge war, die jetzt für ihn sprach. Deren Spitze bewegte sich nun schneller hin und her als die Zunge einer Fellatrix.

»Vielleicht haben Sie schon einmal von mir gehört. Ich bin Savinien de Cyrano de Bergerac!«

Der dunkelhäutige Mann lächelte nur noch verbissener und rückte stärker gegen Cyrano vor. Offenbar konnte man diesen Burschen nicht einmal mit der Nennung eines großen Namens verunsichern. Er schien auch keinerlei Lust zu verspüren, seine Energien in einem Gespräch zu vergeuden. Allerdings war es auch nicht von der Hand zu weisen, daß ihm der Name de Bergerac bisher nicht begegnet war.

Jemand rief. Entweder lag es an dieser Störung, oder der Fremde hatte schließlich doch begriffen, wem er in diesem Kampf gegenüberstand. Auf jeden Fall verhielt er sich nicht so, wie er sich hätte verhalten sollen. Mit einem von Jarnac entwickelten Stoß trieb Cyrano blitzschnell seine Klinge in die Hüfte des anderen.

Gleichzeitig drang die Waffe des Fremden tief in Cyranos rechten Arm.

Sein Degen polterte zu Boden.

Der Mann fiel hin, versuchte aber sofort wieder auf die Knie zu gelangen, um sich zu verteidigen. Blut lief an seinem Bein herab.

Als Cyrano das Trappeln von Füßen hörte, sah er sich um, Sturtevant und Cabell kamen mit gezogenen Pistolen auf ihn zugerannt.

»Erschießt ihn nicht!« rief Cyrano.

Die beiden blieben stehen und richteten ihre Waffen auf Burton.

Cyrano nahm den Degen mit der linken Hand auf. Sein rechter Arm schmerzte unbeschreiblich, und das Blut floß wie Wein aus einem zerbrochenen Krug an ihm herab.

»Wenn ihr nicht dazwischengekommen wärt, wäre dieser Kampf möglicherweise anders ausgegangen«, sagte Cyrano.

Der Fremde mußte große Schmerzen haben, aber er zeigte sie nicht. Seine schwarzen Augen funkelten, als sei er Satan in Person.

»Legen Sie die Waffe nieder, Sir, dann werde ich Ihre Wunde verbinden.«

»Geh zum Teufel!«

»Na schön, Sir. Ich wünsche Ihnen dennoch eine baldige Genesung.«

»Komm schon, Cyrano«, drängte Cabell.

Erst jetzt konnte Cyrano die Schüsse wieder hören. Sie kamen von der Steuerbordseite, was bedeutete, daß sich die Verteidiger mittlerweile so weit herangearbeitet hatten, daß sie den Kopter unter Beschuß nehmen konnten.

»Der Kopter ist schon mehrmals getroffen worden«, sagte Cabell, »und man wird uns unter Feuer nehmen, wenn wir uns zu ihm durchschlagen.«

»Gut mitgedacht, Richard«, sagte Cyrano kopfschüttelnd und deutete auf das an Sturtevant hängende Sprechfunkgerät. »Warum, mein Bester, bist du noch nicht auf die Idee gekommen, Boynton mit dem Ding da hierher zu rufen? Dann könnten wir ohne Schwierigkeiten an Bord gelangen.«

»Daran hätte ich eigentlich denken können«, nickte Cabell.

Er riß den Lendenschurz eines Toten in Fetzen und verband damit die Wunden des Franzosen. Die dunkle Haut des Fremden war jetzt fahlgrau geworden, und seine Augen hatten ihr Feuer verloren. Als der Helikopter in der Nähe der Gruppe landete, machte Cyrano einen Schritt nach vorn und schlug seinem ehemaligen Gegner mit dem Degen die Waffe aus der Hand. Der Mann sagte kein Wort; er wehrte sich auch nicht, als Cyrano seine Hüftwunde mit einem weiteren Stoffetzen verband.

»Deine Genossen werden dir mehr als nur Erste Hilfe geben können, wenn sie hier auftauchen«, sagte Cyrano.

Er lief auf die Maschine zu und kletterte hinein. Boynton ließ den Kopter aufsteigen, noch ehe Cyrano die Luke schließen konnte. Dann steuerte er ihn in einem steilen Winkel flußaufwärts. Der immer noch splitternackte John hockte schlaff auf einem Sitz in der zweiten Reihe. Cyrano musterte ihn und sagte: »Zieht ihm irgend etwas an und fesselt ihn an Armen und Beinen.«

Er warf einen Blick in die Tiefe. Auf dem Flugdeck hatten sich mittlerweile etwa zwanzig Männer versammelt, die wütend auf den davoneilenden Helikopter feuerten. Wo kamen die plötzlich alle her? Natürlich war die Reichweite ihrer Waffen zu gering, um ihnen jetzt noch irgendwelchen Schaden zuzufügen. Wußten sie etwa noch gar nichts davon, daß sich ihr Kapitän an Bord des Kopters aufhielt? Offenbar nicht.

Irgend etwas traf Cyrano von hinten am Kopf. Er schwebte plötzlich in einem grauen Nebel, während in weiter Ferne Stimmen erklangen. Das abstoßende Gesicht des Lehrers, der ihn als Kind unterrichtet hatte, tauchte unerwartet vor ihm auf. Er erinnerte sich daran, wie dieser brutale Bursche ihn mit einem Knüppel verprügelt hatte. Er hatte ihn auf den Kopf geschlagen. Als er zwölf Jahre alt geworden war, hatte Cyrano sich zum erstenmal gewehrt. Er hatte den grobschlächtigen Priester in einem Wutanfall angegriffen, niedergeschlagen, getreten und mit seinem eigenen Knüppel zusammengeschlagen.

Und jetzt schwebte das immer größer werdende, affenähnliche Gesicht dieses Mannes auf ihn zu. Cyrano merkte, daß er allmählich wieder zu sich kam.

»Ich kann es nicht glauben!« hörte er Boynton schreien. »Er ist uns entwischt!«

Cabell sagte: »Er hat mir seinen Ellbogen in die Rippen gehauen und Cyrano gegen den Kopf getreten!«

Der Kopter flog jetzt in einem solch steilen Winkel, daß Cyrano durch die immer noch offenstehende Tür hinaussehen konnte. Ein Suchscheinwerfer der *Rex* fuhr kurz über Johns nackten Oberkörper hinweg. Er ruderte mit den Armen, offenbar hatte er die Absicht, senkrecht ins Wasser zu fallen. Dann war er auch schon in der Finsternis untergetaucht.

»Das kann er nicht überleben!« sagte Boynton. »Wir sind über dreißig Meter hoch!«

Sie konnten jetzt nicht hinuntergehen, um sich von Johns Tod zu überzeugen. Von der *Rex* aus wurde noch immer heftig auf den Kopter geschossen, außerdem schleppten mehrere von Johns Leuten jetzt einen Raketenwerfer heran. Die Pistolen- und Gewehrkugeln konnten der Maschine zwar nicht sonderlich viel anhaben, aber mit einem solchen Ding war keinesfalls zu spaßen. Es würde Boynton nichts anderes übrigbleiben, als den Kopter so schnell wie möglich aus der Gefahrenzone zu bringen.

Glücklicherweise gehörte der Pilot aber nicht zu den Männern, denen man leicht Angst einjagen konnte. Und außerdem war er ungeheuer wütend darüber, daß ihnen ihr Gefangener im letzten Moment doch noch entwischt war.

Deswegen steuerte er die Maschine nicht von der Rex weg, sondern flog genau auf sie zu. Als der Kopter etwa neunzig Meter vom Rücken des Raketenwerfers entfernt war, feuerte er die vier

Raketen ab, mit denen man sie vor dem Abflug versorgt hatte. Flammenzungen hinter sich herziehend jagten die Geschosse auf das Schiff zu und ließen den gerade in Stellung gebrachten Werfer und seine Mannschaft in Rauch und Feuer aufgehen. Glühende Metallteile flogen durch die Luft.

»Das wird ihnen eine Lehre sein!« knurrte Boynton.

»Wollen wir ihnen noch 'ne Salve auf den Pelz brennen?« fragte Sturtevant.

»Du meinst mit dem Maschinengewehr?« Cyrano schüttelte den Kopf. »Nein, laßt uns jetzt mit Volldampf von hier verschwinden. Wenn es nur einen Überlebenden gegeben hat und er an einen anderen Raketenwerfer geht, ist es aus mit uns. Wir haben unsere Mission nicht erfüllen können und es sind schon zu viele tapfere Männer gestorben, als daß wir uns jetzt noch einem solchen Risiko aussetzen könnten.«

»Ich würde nicht sagen, daß wir versagt haben«, warf Boynton ein. »Sicher, es ist uns nicht gelungen, John mitzunehmen, aber er ist tot. Und es wird sehr, sehr lange dauern, bis die Rex wieder einsatzbereit sein wird.«

»Du glaubst also, daß John tot ist, wie?« fragte Cyrano. »Ich würde das ja auch gerne glauben. Aber ich würde seinen Tod niemals beschwören, solange ich seine Leiche nicht gesehen habe.«

67

Vor Schmerzen stöhnend untersuchte die Mannschaft der *Jules Verne* rasch ihre Verletzungen. Von drei stark schmerzenden Rippen nahm Frigate an, daß sie gebrochen oder zumindest angeknackst waren. Frigates Halsmuskeln taten dermaßen weh, daß er glaubte, sie müßten gerissen oder verrenkt sein. Tex und Frisco-Kid hatten blutige Nasen, und das Knie Kids hatte ebenfalls etwas abbekommen. Pogaas konnte Hautabschürfungen auf der Stirn vorweisen und blutete. Lediglich Nur war unversehrt geblieben.

Aber jetzt war nicht die richtige Zeit, sich darüber den Kopf zu zerbrechen. Der Ballon stieg zwar jetzt wieder, entfernte sich aber von den Bergen. Die Gewitterwolken verschwanden ebenso schnell wie eine Einbrecherbande beim Ertönen einer Polizeisirene. Glücklicherweise arbeitete das Beleuchtungssystem noch, so daß Frisco-Kid die Instrumente beobachten konnte. Im Schein einer Taschenlampe trugen er und Nur eine dünne Flüssigkeit auf die Röhrenverbindungen auf. Nur, der sie sich mit einem Vergrößerungsglas ansah, gab bekannt, daß sich auf ihnen keine Blasen bildeten. Anscheinend waren sie nicht undicht geworden, denn sie ließen keinen Wasserstoff entströmen.

Nur öffnete die Deckenluke und kletterte zusammen mit Pogaas auf den Ring hinaus. Während der Schwarze ihm mit der Taschenlampe den Weg wies, klettere Nur mit der Geschicklichkeit eines Affen an den Seilen hoch. Er kam zwar nicht nahe genug an den Ballonhals heran, aber er meldete, daß die Hülle sich immer noch dicht um die Rohrleitungen schloß.

Frisco-Kid hörte ihm skeptisch zu. »Yeah«, meinte er, »sie *scheinen* in Ordnung zu sein. Aber mit Sicherheit werden wir das erst sagen können, wenn wir alles Gas aus dem Ballon abgelassen haben.«

»Solange wir uns in einer guten Strömung befinden«, sagte Frigate, »bleiben wir in der Luft. Wir sollten keinesfalls landen, ehe wir nicht in die Polarwinde eintauchen. Wenn unsere geschätzte Reisegeschwindigkeit stimmt, müßte das morgen der Fall sein. Wenn wir jetzt heruntergehen, könnten wir den Ballon verlieren. Zumindest wissen wir nicht, wie die Leute auf seinen Anblick reagieren. Man hat in den Anfangstagen der irdischen Ballonfahrt eine ganze Reihe dieser Fahrzeuge durch den Angriff unwissender oder abergläubischer Hinterwäldler verloren, die plötzlich verrückt spielten, wenn Aeronauten in ihren Gebieten landeten. Sie hielten die Ballons für Teufelswerk oder Fortbewegungsmittel böser Zauberer. Das gleiche könnte auch uns passieren.«

Frigate gab zu, daß er sich ohne jeglichen Ballast äußerst unbehaglich fühlte. Allerdings konnten sie, wenn die Situation es erforderte, immer noch die chemische Toilette abschrauben und hinauswerfen. Die Frage war nur, ob man in einer solchen Lage noch genügend Zeit für ein solches Unternehmen haben würde.

Die *Jules Verne* erhob sich über das Tal hinaus und ließ sich vom kräftigen Wind nach Nordosten schieben. Nach einer Stunde hatte er zwar zum größten Teil seine Kraft verloren, aber der Ballon trieb immer noch in die falsche Richtung. Außerdem stieg er ununterbrochen höher. Als sie über viertausendachthundert Meter hinaus waren, übernahm Frigate wieder das Kommando und ließ – um ein wenig an Höhe zu verlieren – tropfenweise den Wasserstoff ausströmen. Nachdem der Ballon zu sinken begann, zündete er den Brenner an. Von nun an würde jeder wachhabende Pilot darauf zu achten haben, daß der Ballon auf einer Höhe von zweitausend Metern blieb, daß so wenig Gas wie möglich abgelassen wurde und die Brennertätigkeit auf ein Minimum beschränkt blieb.

Frigates Hals und Schultern schmerzten sehr stark. Er sehnte sich nach einer Ablösung und der Möglichkeit, seine Knochen unter einer Decke ausstrecken zu können. Ein Schluck Alkohol wäre jetzt auch nicht zu verachten; er würde zumindest seine Schmerzen etwas betäuben.

Bis jetzt hatte die Reise in der Hauptsache aus harter und schneller Arbeit, einigen Magenschmerzen erzeugenden Gefahren und viel Langeweile bestanden. Er würde sich glücklich schätzen, wenn sie die letzte Landung endlich hinter sich gebracht hatten. Später dann — das war immer so — würde man sich der Schwierigkeiten und Probleme dieser Reise nur noch vom Standpunkt des Amüsierten aus erinnern. Im Laufe der Zeit verloren die Schrecknisse derartiger Abenteuer an Stellenwert. Man würde zu der Ansicht gelangen, die Reise sei wundervoll gewesen, die tollsten Geschichten über ihren Verlauf erzählen und die tatsächlichen Gefahren dermaßen ausmalen und übertreiben, daß den Zuhörern buchstäblich die Haare zu Berge standen.

Die Fantasie ist der große Beschöniger der Realität.

Als Frigate allein neben der verneschen Apparatur stand, alle anderen schliefen und das Innere der Gondel nur vom kalten Licht der Sterne und der Instrumentenbeleuchtung erhellt wurde, fühlte er sich einsam. Was die Einsamkeit jedoch etwas erträglicher machte, war der Stolz, den er empfand. Die *Jules Verne* hatte den Rekord für Nonstop-Ballonflüge gebrochen. Vom Zeitpunkt des Starts an hatte sie nicht weniger als achttausend Kilometer zurückgelegt. Und sie würde noch ein viel größeres Gebiet überfliegen, wenn alles so weiterlief und sie schließlich zur Landung gezwungen wurde. Und all das hatten fünf Amateure fertiggebracht. Abgesehen von ihm selbst hatte keiner von den anderen auf der Erde je einen Ballonkorb betreten. Und seine vierzig Fahrstunden auf Heißluft- und die dreißig auf Gasluftballons stempelten ihn auch noch nicht zu einem Veteran. Schon jetzt hatte er mehr Stunden auf der Jules Verne zugebracht, als während aller vorherigen Flüge auf der Erde zusammen.

Sie hatten sich auf eine Reise begeben, die, hätte sie auf der Erde stattgefunden, in die Geschichte eingegangen wäre. Man hätte ihre Gesichter weltweit über die Fernsehsender ausgestrahlt, man hätte zu ihren Ehren Reden gehalten und Bankette gegeben. Jeder von ihnen hätte Bücher über den Flug schreiben, sie verfilmen lassen und Tantiemen kassieren können. Aber auf dieser Welt würden nur ein paar Menschen jemals erfahren, was sie vollbracht hatten. Und von denen würde eine noch kleinere Anzahl ihnen überhaupt glauben. Und noch weniger würden von ihnen erfahren, wenn die Reise mit dem Tod der Mannschaft endete.

Frigate warf einen Blick hinaus. Die Welt bestand aus Sternenglanz und dunklen Schatten. Unter ihm zog sich — wie Schlangen in Marschformation — das Flußtal dahin. Die Sterne schwiegen und auch die Täler. Sie waren so still wie der Mund von Toten.

Das war ein zu niederdrückender Vergleich.

Stumm wie die Schwingen eines Schmetterlings. Dieser Gedanke erinnerte ihn an die Sommer seiner Kindheit und Jugend auf der Erde, an die bunten Blumen im Hintergärtchen, besonders die Sonnenblumen, ja, die großen, gelben Sonnenblumen, das Zwitschern der Vögel, den herrlichen Duft, der aus Mutters Küche zu ihm herausdrang, Roastbeef, Kirschtörtchen, das Klavier seines Vaters ...

Ihm fiel eines der Lieblingslieder seines Vaters ein, das er auch sehr gern gemocht hatte. Er selbst hatte es des öfteren während der Nachtstunden gesungen, wenn er auf dem Schoner zum Wachdienst eingeteilt war. Und wenn Frigate es sang, sah er in seinem Bewußtsein ein kleines Leuchten, ein Leuchten wie von einem Stern, der vor ihm dahinzuschweben schien und ihn auf ein namenloses, aber dennoch erstrebenswertes Ziel zuführte.

Glühwürmchen, Glühwürmchen
flimm're, flimm're,
Glühwürmchen, Glühwürmchen
schimm're, schimm're,
führe uns auf rechten Wegen,
führe uns dem Glück entgegen!

Glühwürmchen, Glühwürmchen
flimm're, flimm're, Glühwürmchen, Glühwürmchen
schimm're, schimm're,
gib uns schützend dein Geleit
zur Liebesseligkeit!

Plötzlich weinte er. Die Tränen flossen für all die guten Dinge, die gewesen waren oder hätten sein können, und für die schlechten, die gewesen waren, aber nicht hätten sein müssen.

Frigate trocknete seine Tränen, überprüfte ein letztes Mal die Instrumente und weckte dann den kleinen Mauren. Anschließend kroch er unter die Decken, aber er fand keinen Schlaf, da die Schmerzen in Hals, Schultern und Brust zu übermächtig waren. Nach mehreren Versuchen in die Zonen des Vergessens einzudringen, gab er es auf und begann ein Gespräch mit Nur. Damit setzten sie eine Unterhaltung fort, die sich seit vielen Jahren durch jeden Tag und jede Nacht erstreckt hatte.

68

»In verschiedenen Dingen«, sagte Nur, »stimmen die Kirche der Zweiten Chance und die Sufis miteinander überein. Die Chancisten benutzen allerdings eine etwas andere Ausdrucksweise, was dazu führen kann, daß man es nicht gleich erkennt.

Das Endziel der Chancisten und der Sufis ist jedoch das gleiche. Wenn man einmal davon absieht, wie die Chancisten es definieren, sind beide der Ansicht, daß das Individuum von einem universalen Ich absorbiert werden muß. Das heißt von Allah, Gott, dem Schöpfer, dem Wahren. Du kannst es nennen, wie du willst.«

»Und das bedeutet, daß das Individuum ausgerottet wird?«

»Nein. Absorbiert. Ausrotten bedeutet vernichten. Bei der Absorption wird die individuelle Seele, das *Ka* oder *Brahman*, ein Teil des universellen Ichs.«

»Und das bedeutet, daß das Individuum sein Eigenbewußtsein, seine Einzigartigkeit, verliert? Daß das Individuum sich nicht mehr als Einzelwesen bewußt ist?«

»Ja, aber dafür ist es dann zu einem Teil des Großen Ichs geworden. Was bedeutet schon der Verlust der Individualität, wenn man dafür zu einem Wesen wird, das man nur noch mit Gott vergleichen kann?«

»Der Gedanke daran erfüllt mich mit Grauen. Man könnte ebensogut tot sein. Wenn man das Eigenbewußtsein verloren hat, ist man tot. Nein, ich kann einfach nicht verstehen, wieso die Chancisten, Buddhisten, Hindus und Sufis einen solchen Zustand als erstrebenswert ansehen. Ohne das eigene Bewußtsein ist man als Individuum tatsächlich tot.«

»Hättest du je die Ekstase erfahren, die die Sufis erreichen, wenn sie weit fortgeschritten sind, dieses *Hinübergehen,* würdest du verstehen, worauf ich hinauswill. Aber kann man einen Menschen, der von Geburt an blind ist, das Glücksgefühl derjenigen vermitteln, die sich an den Farben eines Sonnenuntergangs berauschen?«

»Aber das ist es ja«, wandte Frigate ein. »Ich hatte selbst mystische Erlebnisse. Sogar drei. Beim erstenmal war ich sechsundzwanzig Jahre alt. Ich arbeitete damals in einem Stahlwerk an den Abkühlungsgruben, dort, wo die Kräne große Barren aus den Gußformen holen, die man vorher an den Hochöfen mit flüssigem Stahl gefüllt hat. Nachdem sie sich abgekühlt haben, nehmen die Kräne sie und legen sie in gasverbrennende Öfen, wo sie allmählich wieder erhitzt werden. Von dort aus kommen die Barren dann ins Walzwerk.

Als ich dort arbeitete, stellte ich mir vor, jeder dieser Barren repräsentiere eine Seele. Verlorene Seelen, den Flammen des Fegefeuers ausgesetzt. Man legte sie zuerst eine Weile ins Fegefeuer und brachte sie dann an einen anderen Ort, wo sie für den Himmel in eine bestimmte Form gepreßt wurden. So wie die großen Walzen die Barren verarbeiteten, sie formten und ihrer Unreinheit entledigten, indem man sie an den Enden abschnitt, so, glaubte ich, würden auch die Seelen in eine Schablone gepreßt und gereinigt werden. Allerdings hat das wenig mit dem Thema unserer Unterhaltung zu tun – oder vielleicht doch?

Jedenfalls stand ich eines Tages an der gewaltigen offenen Tür des Gebäudes und ruhte mich ein wenig aus. Ich warf einen Blick über die Öfen. Ich weiß nicht mehr, an was ich damals dachte. Möglicherweise fragte ich mich, wie lange ich diesen Beruf, der nur aus harter Arbeit und geringer Bezahlung bestand, noch durchhalten würde. Vielleicht dachte ich auch darüber nach, ob aus mir wohl jemals ein erfolgreicher Schriftsteller werden könnte.

Obwohl man bis dahin alle meine Geschichten abgelehnt hatte, konnte ich doch einige ermutigende Briefe verschiedener Redakteure vorweisen. Whit Burnett zum Beispiel, der Redakteur eines hochangesehenen, aber leider schlecht bezahlenden Magazins namens *Story,* hätte zweimal beinahe Material von mir angekauft, aber jedesmal war seine Frau in bezug auf mein Können anderer Meinung, und so mußte er sie ablehnen.

Jedenfalls stand ich da und musterte die abgrundtiefe Häßlichkeit meiner Umgebung; die Situation war weder dazu geschaffen, vergnügliche Gedanken noch einen mystischen Zustand hervorzurufen.

Ich war ziemlich abgeschlafft, und die Eisenbahnschienen, die über den Hof führten, der graue Metallstaub, der jeden Fleck auf dem Fabrikgelände bedeckte, das gewaltige Wellblechgebäude, in dem sich die Hochöfen befanden, der Rauch, den der Wind tief auf den Boden niederdrückte, der übelkeiterregende Geruch, der über allem lag — alles war wie geschaffen, einen in Depressionen versinken zu lassen.

Und dann, ganz plötzlich, unvorhersehbar, schien sich all das zu ändern. Im Bruchteil einer Sekunde. Ich will damit keinesfalls sagen, daß aus der Häßlichkeit der Umgebung mit einem Schlag Schönheit wurde. Sie war durchaus noch genauso grau und abstoßend wie zuvor. Aber irgendwie wurde mir plötzlich bewußt, daß das Universum *in Ordnung* war und alles gutgehen würde. Ich sah es nun aus einer veränderten Perspektive. Laß es mich so sagen: Es war, als bestünde das Universum aus einer unendlichen gläsernen Mauer. Die Glassteine waren beinahe — aber nicht ganz — unsichtbar. Ich konnte ihre Ecken erkennen, auch wenn sie nur verschwommen wahrnehmbar waren.

Man hatte die Glassteine so aufgebaut, daß ihre Oberflächen unebenmäßig schienen. Als sei Gott ein betrunkener Maurer. Aber dann, als sich mein Blickwinkel änderte, wurden die Steine eben. Die Ordnung war wieder zurückgekehrt, die göttliche Ordnung und Schönheit. Das kosmische Gebäude war nicht länger mehr eine schiefe Struktur, die jeder kosmische Bauinspektor abgelehnt hätte.

Ich fühlte mich erhaben und sah einen Moment lang in die Grundstruktur der Welt. Ich sah durch die Tünche, die man auf die Steine aufgetragen hatte, um die Mauer glatt und eben zu machen.

Ich wußte, ich wußte wirklich, daß das Universum richtig funktionierte. Und ich auch, das heißt, ich wußte, daß meine Position in ihm stimmte. Ich gehörte dazu. Obwohl ich ein lebendes einzelnes Individuum war, gehörte ich doch zu diesen gläsernen Bausteinen, war einer der ihren und befand mich zwischen ihnen am richtigen Platz.

Genauer gesagt, mir wurde plötzlich bewußt, daß auch ich begradigt worden war, und zwar durch und durch. Bis zu diesem Augenblick hatte ich stets geglaubt, deplaziert zu sein und mit allen anderen nicht auf einer Ebene zu stehen. Aber wie konnte ich das sein? All die Einzelstücke, all die Glasbausteine waren gleichermaßen uneben gewesen.

Und das war mein Irrtum. Alles war an seinem Platz. Es war mein Blickwinkel, oder besser, meine Einstellung zu den Dingen, die sich geändert hatte. Ich war vom üblichen Weg abgekommen, das war alles.«

»Und wie lange«, fragte Nur, »dauerte dieser Zustand an?«

»Ein paar Sekunden lang. Aber ich fühlte mich gut, sogar glücklich hinterher. Am nächsten Tag allerdings, als ich mich an die ... Offenbarung erinnerte, war ihr Effekt verschwunden. Ich lebte weiter wie bisher. Das Universum war für mich weiterhin ein Gebäude, das ein inkompetenter oder betrunkener Architekt entworfen hatte. Aber es gab auch Momente ...«

»Du meinst die anderen Erfahrungen?«

»Meine zweite Erfahrung sollten wir beiseite lassen. Sie entsprang dem Genuß von Marihuana, nicht mir. Weißt du, ich habe in meinem Leben vielleicht ein halbes Dutzend Marihuanastäbchen geraucht. Das war im Jahre 1955, einige Zeit bevor die jüngere Generation anfing, Drogen zu nehmen. Zu dieser Zeit konnte man das Zeug hauptsächlich in den Kreisen der Großstadt-Boheme kriegen, und bei den Schwarzen und Mexikanern in den Gettos.

Es war in Peoria/Illinois. Meine Frau und ich hatten ein Ehepaar aus New York kennengelernt, richtige Greenwich-Village-Typen ... Ich werde dir später erklären, was das bedeutet ... Und sie überredeten uns dazu, Marihuana zu rauchen. Ich habe mich ziemlich unbehaglich dabei gefühlt, das Zeug in der Nähe zu wissen, und dachte die ganze Zeit über an irgendwelche Leute vom Rauschgiftdezernat, die jeden Moment hereinstürmen, uns hochnehmen und vor Gericht bringen würden. Ich dachte an den Skandal, den das entfachen könnte, an das, was die Leute sagen würden, daß man uns ächten würde, und an das, was die Kinder danach auszuhalten und mitzumachen hätten.

Aber der Alkohol zerstreute schließlich meine Vorbehalte, und ich nahm dann doch einen Joint, wie man die Dinger unter anderem nennt.

Ich hatte zunächst Schwierigkeiten, das Zeug überhaupt in die Lunge zu kriegen, da ich trotz meiner siebenunddreißig Jahre noch nie Tabak geraucht hatte. Aber ich tat es trotzdem, und es passierte nichts.

Später am Abend nahm ich das, was von dem Joint übriggeblieben war, an mich und rauchte ihn zu Ende. Und diesmal hatte ich plötzlich den Eindruck, als bestünde das Universum aus Kristallen, die sich verflüssigten und auflösten. Aber dann bemerkte ich eine feine Veränderung. Plötzlich waren die auseinanderstrebenden Kristalle wieder miteinander verbunden. Und sie befanden sich in einer Art schöner Ordnung nebeneinander, wie Engel bei einer Parade.

Allerdings hatte ich diesmal nicht — wie bei der ersten Erfahrung — das Bedürfnis, mich zu ihnen zu gesellen, oder den Eindruck, daß das Universum richtig funktionierte, ich zu ihm gehörte und in ihm meinen Platz hatte und daß ich auf eine andere Art gar nicht existieren könne.«

»Und beim drittenmal?« fragte Nur.

»Da war ich siebenundfünfzig Jahre alt und der einzige Passagier auf einem Heißluftballon, der über den Kornfeldern von Eureka/Illinois schwebte. Der Pilot hatte gerade den Brenner abgeschaltet, und so war abgesehen von den erstaunten Rufen einiger Landarbeiter, die der Lärm dieses Geräts auf den Feldern aufgeschreckt hatte, kein anderes Geräusch zu hören.

Die Sonne sank, und das helle Licht des Sommers wurde allmählich grau. Ich kam mir vor wie jemand, der auf einem fliegenden Teppich durch eine unfühlbar leichte Brise schwebt. Du mußt wissen, daß man in einem offenen Ballonkorb selbst bei starkem Wind eine Kerze anzünden kann und die Flamme ohne Schwierigkeiten brennt wie in einem abgeschlossenen Raum.

Und plötzlich, ohne Vorwarnung, hatte ich das Gefühl, als käme die Sonne über den Horizont zurück. Alles war schlagartig in ein helles Licht getaucht, und ich hätte die Augen zusammenkneifen müssen, hätte ich etwas sehen wollen.

Aber ich tat nichts dergleichen. Das Licht kam aus meinem Inneren. Ich war die Flamme, und das Universum absorbierte mein Licht und meine Wärme.

Nach etwa einer Sekunde verschwand die Helligkeit wieder. Sie verging nicht langsam, sondern erlosch schlagartig. Aber ich hatte eine weitere Sekunde lang das Gefühl gehabt, daß mit dem Universum alles stimmte und alles, was mit den Menschen und der Welt auch geschah oder geschehen mochte, einem guten Zweck diente.

Der Pilot merkte nichts von alledem. Offenbar hatte ich meine Gefühle nicht gezeigt. Das war das letztemal, daß ich eine Erfahrung dieser Art hatte.«

»Offenbar hatten diese mystischen Erfahrungen keinerlei Einfluß auf dein Verhalten oder deinen Gesichtsausdruck«, meinte Nur.

»Du meinst, ob sie mich vollkommener gemacht haben? — Nein. Mit Sicherheit nicht.«

»Die Zustände, die du mir da beschrieben hast, sind vergleichbar mit dem, was wir *Tajalli* nennen. Aber dein *Tajalli* ist unecht. Wäre es zu einem permanenten Zustand geworden, wie man ihn erreicht, wenn man auf dem rechten Weg Fortschritte macht, dann wäre es ein echtes *Tajalli* gewesen. Es gibt unterschiedliche Formen von falschem oder unnützem *Tajalli*; eine davon hast du erfahren.«

»Bedeutet das«, sagte Frigate, »daß ich unfähig bin, die wahre Form zu erreichen?«

»Nein. Nicht, wenn du mindestens eine ihrer Formen schon erreicht hast.«

Sie verfielen eine ganze Weile in Schweigen. Frisco-Kid, eingewickelt in seine Decken, murmelte etwas im Schlaf.

Plötzlich sagte Frigate: »Nur, ich habe mich manchmal wirklich gefragt, ob du mich überhaupt als deinen Schüler akzeptierst.«

»Und weswegen hast du mich dann nicht gefragt?«

»Ich hatte Angst vor einer Zurückweisung.«

Wieder schwiegen sie. Nur überprüfte den Höhenmesser und schaltete für eine Minute den verneschen Apparat an. Pogaas warf seine Decken beiseite und stand auf. Er zündete sich eine Zigarette an, und die Flamme seines Feuerzeugs warf für einen Moment seltsame Lichter und Schatten auf sein Gesicht. Sein Kopf sah aus wie der Kopf eines ehrwürdigen Habichts, den irgendwelche Ägypter des Altertums aus schwarzem Dioritstein gemeißelt hatten.

»Na?« sagte Frigate.

»Du bist dir immer vorgekommen wie der Sucher nach der Wahrheit, stimmt's?« fragte Nur.

»Aber wie kein besonders standhafter. Ich habe mich zuviel herumgetrieben. Wie ein Ballon. Größtenteils habe ich das Leben so genommen, wie es sich mir geboten hat. Hin und wieder habe ich sogar Anstrengungen unternommen, um dieses oder jenes zu erforschen oder sogar zu praktizieren: Philosophie, Disziplin oder Religion. Aber es war stets nur ein Strohfeuer, das in mir brannte. Nun, nicht ganz. Manchmal kam schon irgendein alter Enthusiasmus wieder in mir hoch und hat mich dem ersehnten Ziel wieder entgegengetrieben. Meist jedoch habe ich mich vor den Winden der Indifferenz und der Faulheit dahintreiben lassen.«

»Und bist du dabei unabhängig geworden?«

»Ich habe zumindest versucht, intellektuell unabhängig zu werden, auch wenn meine Gefühle mir etwas anderes sagten.«

»Um wirkliche Unabhängigkeit zu erlangen, muß man sowohl frei von Emotionen als auch dem Intellekt sein. Es ist offensichtlich, daß du Vorurteile hast, obwohl du dir das Gegenteil einredest. Würde ich dich als Schüler akzeptieren, müßtest du dich meiner absoluten Kontrolle unterwerfen. Du müßtest alles tun, was ich von dir verlange. Und zwar auf der Stelle und mit ganzem Herzen.«

Nur machte eine Pause. »Wenn ich dir jetzt sagen würde, du solltest aus der Gondel springen, würdest du das tun?«

»Teufel, nein!«

»Ich würde es auch nicht tun. Aber was würde geschehen, wenn ich dich bäte, etwas zu tun, das deine Gefühle ebenso anspricht wie die Frage, ob du aus der Gondel springen würdest? Etwas, das du als intellektuellen oder gefühlsmäßigen Selbstmord empfinden würdest?«

»Ich könnte es erst entscheiden, wenn du mir eine solche Frage stellst.«

Pogaas hatte inzwischen aus einer der Luken geblickt. Er grunzte und sagte: »Da draußen ist ein Licht! Und es bewegt sich!«

Frigate und el-Musafir gingen sofort zu ihm hinüber. Tex und Frisco-Kid, die von ihren lauten Stimmen geweckt wurden, erhoben sich schläfrig und warfen einen Blick aus einer anderen Luke.

Ein langer Schatten, der sich ungefähr auf der gleichen Höhe befand wie der Ballon, zeichnete sich vor einer helleuchtenden interstellaren Gaswolke ab.

»Ein Luftschiff!« sagte Frigate.

Dies war die seltsamste und unerwartetste Beobachtung , die er bisher auf der Flußwelt gemacht hatte.

»Da sind Lichter in der Nähe des Bugs«, sagte Rider.

»Es kann nicht das Luftschiff aus Neu-Böhmen sein«, sagte Frigate.

»Dann gibt es also noch weitere Stellen, an denen man Metall gefunden hat«, meinte Nur.

»Vorausgesetzt, das Schiff da ist nicht von *ihnen* gebaut worden!« sagte Farrington laut. »Vielleicht ist es gar kein Luftschiff, auch wenn es so aussieht.«

An der Nase des Schiffes begann nun ein Licht zu blinken. Nachdem Frigate sich die Sache eine Minute lang angesehen hatte, sagte er: »Es ist das Morsealphabet!«

»Was sagen sie denn?« fragte Rider.

»Ich kenne das Morsealphabet nicht.«

»Woher weißt du dann, daß sie es überhaupt verwenden?«

»Man erkennt es an der Länge der Impulse. Kurz und lang.«

Nur zog sich von der Luke zurück und schaltete den verneschen Apparat aus. Das einzige Geräusch im Innern der Gondel bestand nun aus den schweren Atemzügen der Mannschaftsmitglieder. Die Männer beobachteten weiterhin den bedrohlich wirkenden und jetzt direkt auf sie zufliegenden Schatten. Das Licht blinkte fortgesetzt weiter. Nur ließ die Flamme etwa zwanzig Sekunden lang brennen, dann schaltete er sie wieder ab und näherte sich der Luke erneut. Plötzlich verharrte er mitten in der Bewegung und sagte mit scharfer Stimme: »Keinen Laut!«

Die Männer wandten sich um und starrten ihn an. Nur machte ein paar Schritte und schaltete den Ventilator aus, der das Kohlendioxid absaugte.

»Warum tust du das?« fragte Frisco-Kid.

Nur wandte sich rasch dem verneschen Apparat zu und erwiderte: »Ich glaube, ich habe ein Zischen gehört!«

Er warf Pogaas einen Blick zu. »Mach sofort die Zigarette aus!«

Er beugte sich vornüber und legte ein Ohr an die Verbindungsstelle der Innenröhre, die in den Trichter hineinlief.

Pogaas warf die Zigarette zu Boden und hob den Fuß, um sie auszutreten.

69

Jill Gulbirra hatte den Bericht über den Überfall auf die *Rex* bereits erhalten, bevor der Helikopter mit Cyrano und seinen Leuten in den Hangar der *Parseval* zurückkehrte. Sie war bestürzt über die Anzahl der Todesopfer und wütend, daß es zu dieser Mission überhaupt erst gekommen war. Ein Teil des Ärgers galt ihr selbst. Warum hatte sie Clemens nicht nachdrücklicher die Zähne gezeigt?

Und doch ... Was hätte sie tun können? Der Laser bot ihnen die einzige Möglichkeit, in den Turm einzudringen. Clemens hätte sich geweigert, ihn herauszurücken, wenn sie seinem Ansinnen nicht stattgegeben hätte.

Nachdem der Kopter eingetroffen war, gab sie den Befehl zum Verlassen des Tales. Das Luftschiff drehte seine Nase nach Südwesten und flog der *Mark Twain* entgegen. Cyrano verschwand in der Krankenstation, um seine Wunden verarzten zu lassen, und kam dann in den Kontrollraum, um seinen Bericht zu vervollständigen. Nachdem Jill alles genau erfahren hatte, ließ sie die *Mark Twain* anfunken.

Clemens war nicht so glücklich, wie sie es von ihm erwartet hatte.

»Sie glauben also, daß der Dreckskerl das Zeitliche gesegnet hat? Aber hundertprozentig sicher sind Sie sich natürlich nicht, wie?«

»Das können wir nicht, befürchte ich. Aber nachdem wir alles getan haben, um was Sie uns baten, nehme ich an, daß Sie uns jetzt den LB geben.«

LB war die Kodebezeichnung für den Laser.

»Sie können den LB haben. Der Kopter kann ihn sich von unserem Flugdeck holen.«

Der Radarbeobachter sagte plötzlich: »UFO steuerbord, Sir. Schätzungsweise auf unserer Höhe.«

Clemens schien mitgehört zu haben, denn er fragte jetzt: »Ein was? Ein UFO?«

Jill ignorierte ihn. Einen Moment lang glaubte sie, auf dem Radarschirm gleich zwei Objekte zu erkennen. Dann dämmerte es ihr.

»Ein Ballon!«

Clemens sagte: »Ein Ballon? Dann können *sie* es nicht sein!«

Cyrano sagte ruhig: »Vielleicht ist noch eine andere Expedition zum Turm unterwegs. Möglicherweise unsere unbekannten Kollegen?«

Jill gab den Befehl, einen Suchscheinwerfer auf den Ballon zu richten und ihn als Morsegerät einzusetzen.

»Hier Luftschiff *Parseval.* Hier Luftschiff *Parseval.* Identifizieren Sie sich.«

Der Funker erhielt die Anweisung, die gleiche Botschaft auszustrahlen. Man erhielt keine Antwort, weder durch Licht noch über Funk.

»Halten Sie auf den Ballon zu«, sagte Jill zu Nikitin. »Wir wollen versuchen, ihn uns aus der Nähe anzusehen.«

»Jes, Kapitano.«

Der Russe tat, was ihm aufgetragen worden war. Dann deutete er auf eine vor ihm aufleuchtende Lampe. »Die Hangarluke! Sie öffnet sich!«

Der Erste Offizier sprang ans Interkom. »Hangarraum! Hangarraum! Hier ist Coppename! Warum öffnen Sie die Luke?«

Niemand antwortete.

Jill betätigte den Hauptalarmschalter. Durch das ganze Schiff heulten die Sirenen.

»Hier ist der Kapitän! Hier ist der Kapitän! Zentrale Mannschaftsquartier! Zentrale Mannschaftsquartier!«

Die Stimme des Elektronikoffiziers Katamura sagte: »Ja, Kapitän. Ich höre!«

»Schicken Sie schnellstens einige Männer in den Hangarbereich. Ich glaube, daß Offizier Thorn entkommen ist!«

»Glaubst du das wirklich?« fragte Cyrano.

»Ich weiß nicht, aber es sieht danach aus. Außer natürlich, wenn jemand anderes ...«

Sie rief die Krankenstation an. Keine Antwort.

»Es ist Thorn! Verdammt! Warum haben wir in der Zentrale keinen Schalter installiert, der es uns möglich macht, die Hangarluke zu kontrollieren?«

Sofort befahl sie zwei Einsatzgruppen in den Hangar, während eine weitere sich zur Krankenstation aufmachte.

»Aber wie, Jill«, sagte Cyrano, »ist es ihm gelungen, zu entwischen? Er hatte sich noch nicht von seinen Verletzungen erholt. Vier Mann standen vor seiner Tür, er war ans Bett gefesselt, und die beiden Posten, die sich in seinem Zimmer aufhielten, besaßen keinen Schlüssel!«

»Er ist kein gewöhnlicher Mensch! Ich hätte ihn in Ketten legen lassen sollen, aber das erschien mir bislang als unnötige Grausamkeit.«

»Vielleicht hat man den Helikopter noch gar nicht wieder aufgetankt?«

»Wenn das nicht so wäre, hätte Szentes seine Pflicht verletzt. Ich glaube, diese Möglichkeit kannst du dir aus dem Kopf schlagen!«

»Die Luke ist jetzt offen«, meldete Nikitin.

»Jill!« klang jetzt die Stimme von Dr. Graves durch das Interkom. »Thorn . . .«

»Wie hat er das gemacht?« fauchte Jill.

»Ich kenne die Einzelheiten nicht. Ich saß in meinem Büro und untersuchte den medizinischen Alkohol, als ich plötzlich ein ungeheuerliches Gelächter hörte. Dann erklangen Schreie, und irgend jemand wurde irgendwo gegen geworfen. Ich stand auf, aber da war Thorn bereits an der Tür. Ein Stück der zerrissenen Kette hing noch an seinem Knöchel. Er muß die Glieder mit bloßen Händen auseinandergerissen haben! Er kam zu mir rein, wischte mich beiseite, und ich flog gegen die Wand. Ich war eine Minute lang wie gelähmt und konnte nicht einmal aufstehen. Er riß das Interkom mit bloßen Händen von der Wand! Mit bloßen Händen! Ich versuchte aufzustehen, aber ich schaffte es nicht. Mit den Gürteln, die er den beiden Wachen abgenommen hatte, band er mir die Arme hinter dem Rücken zusammen. Er hätte mich ohne weiteres umbringen können. Dort, wo er mich berührt hat, tut mir noch immer alles weh. Aber er hat mich leben lassen, das sollte man ihm nicht vergessen.

Ich konnte mich schließlich befreien und schleppte mich auf den Korridor hinaus. Die vier Wächter lagen auf dem Boden. Zwei von ihnen leben noch, aber sie sind schlimm zugerichtet. Die Interkoms sind nur noch Schrott. Die Ausgangstür war verschlossen, und er hat sämtliche Pistolen und Messer der Außenwachen mitgenommen. Ich würde immer noch hier gefangen sitzen, wenn ich nicht schon immer ein Talent dazu gehabt hätte, mit Schlössern umzugehen. Ich rannte zum nächsten Wandinterkom . . .«

»Wie lange ist es her, seit er sich befreit hat?«

»Fünfundzwanzig Minuten.«

»Fünfundzwanzig?«

Sie war entsetzt. Was hatte Thorn während dieser ganzen Zeit an Bord getan?

»Kümmern Sie sich jetzt um die verletzten Wachen!« sagte sie und schaltete ab.

»Er muß irgendwo einen Fernzünder installiert haben«, sagte Jill zu Cyrano.

»Woher willst du das wissen?«

»Ich kann es nur vermuten. Was soll er sonst die ganze Zeit über gemacht haben? — Nikitin, gehen Sie runter! Und zwar so schnell wie möglich!«

Katamura meldete sich über das Interkom.

»Der Kopter ist verschwunden, Kapitän.«

Cyrano stieß einen französischen Fluch aus.

Nikitin gab der Mannschaft über die allgemeine Rundrufanlage bekannt, daß er jetzt ein gefährliches Manöver unternehmen werde. Jeder an Bord solle für seine persönliche Sicherheit Sorge tragen.

»Fünfundvierzig Grad, Nikitin«, sagte Jill. »Und volle Kraft voraus!«

Der Radarbeobachter meldete, daß der Helikopter auf seinen Schirmen aufgetaucht war. Er bewegte sich in südlicher Richtung bei voller Geschwindigkeit in einem Fünfundvierzig-Grad-Winkel abwärts.

Der Boden des Kontrollraums begann abzukippen. Die Besatzung schnallte sich in höchster Eile an die festgeschraubten Sitze an. Jill setzte sich neben Nikitin. Am liebsten hätte sie den Pilotensitz selbst eingenommen, aber selbst in dieser Situation sprach das Protokoll dagegen. Es machte allerdings keinen Unterschied, daß sie jetzt nicht hinter den Kontrollen saß. Der heißblütige Russe würde das Luftschiff ebenso schnell nach unten bringen wie sie. Ihre Aufgabe bestand jetzt darin, dafür zu sorgen, daß er es nicht übertrieb.

»Wenn Thorn wirklich über einen Fernzünder verfügt«, sagte Cyrano, »könnte er ihn jetzt einsetzen. Dann wäre es aus mit uns.«

Obwohl er ziemlich blaß war und seine Augen weit aufgerissen hatte, brachte er noch ein Lächeln zustande.

Jill ließ ihren Blick von Cyrano über das Kontrollpaneel schweifen. Das Schiff flog parallel zu dem unter ihm liegenden Tal dahin; es würde also keine Probleme mit den Bergspitzen geben. Das Tal schien eng zu sein, aber es verbreitete sich mit jedem Meter, den sie darauf zusanken. Da und dort waren Lichter zu erkennen; offene Feuerstellen, um die sich möglicherweise Nachtreisende oder

Wachtposten scharten. Die Regenwolken hatten sich, wie beinahe immer, verzogen. Der sternenüberladene Himmel beleuchtete das Gebiet zwischen den beiden Bergwänden mit bleichem Licht. Ob dort unten jemand zu ihnen heraufschaute? Wenn ja, mußte er sich wundern, was das große Objekt darstellte und weswegen es sich dermaßen beeilte.

Nicht etwa, daß sie mit der Geschwindigkeit zufrieden gewesen wäre.

Cyrano hatte recht.

Wenn Thorn wirklich die Absicht gehabt hatte, sie mit einer Bombe in die Luft zu jagen, mußte er es jetzt tun. Vorausgesetzt — sein Plan bestand nicht darin, dies erst zu tun, nachdem das Schiff gelandet war. Immerhin hatte er Graves verletzt und zwei Wachtposten getötet.

Ohne die Radarschirme aus den Augen zu lassen, rief sie den Hangarbereich an.

Szentes antwortete ihr.

»Wir waren alle in unseren Quartieren«, berichtete er. »Und im Hangar steht niemals eine Wache.«

»Ich weiß«, sagte Jill. »Aber sagen Sie mir . . . schnell . . . was genau geschah?«

»Thorn steckte den Kopf zu uns herein und richtete eine Pistole auf uns. Dann riß er das Interkom von der Wand und sagte uns, er würde die Tür schließen. Er sagte, er hätte eine Bombe an ihr angebracht, die explodieren werde, sobald wir sie öffneten. Dann machte er sie zu. Wir hatten keine Ahnung, ob wir ihm glauben sollten, hielten es aber für besser, keinen Versuch zu unternehmen, der ihn hätte Lügen strafen können. Dann öffnete Offizier Katamura die Tür von außen. Es gab gar keine Bombe; Thorn hat uns belogen. Tut mir leid, Kapitän.«

»Sie haben getan, was Sie tun konnten.«

Jill gab dem Funker die Anweisung, der *Mark Twain* einen Lagebericht zu übermitteln.

Auf einer Höhe von 915 Metern befahl sie Nikitin, die Propeller so zu kippen, daß sie dem Schiff einen Aufwärtsschub verleihen mußten. Des weiteren sollte er die Nase um drei Grad anheben. Das Trägheitsmoment würde sie ungeachtet des Bremseffekts der Propeller weiterstürzen lassen. Eine Minute später würde sie dann den Befehl geben, die Nase der *Parseval* um weitere zehn Grad anzuheben, was den Sturz abflachen mußte.

Was sollten sie tun, wenn das Schiff in einer Höhe von neunhundert Metern von seinem Schicksal ereilt wurde?

Falls es diese Höhe je erreichte. Jill rechnete mit dem Schlimmsten, denn sie kannte die Fähigkeiten der *Parseval* nahezu ebenso gut wie ihre eigenen.

Sollte sie das Schiff landen? Es gab keine Möglichkeit, es an einem Ankermast zu befestigen, deswegen würden sie den gesamten Wasserstoff ablassen müssen, damit es nicht wieder aufstieg, solange die Mannschaft damit beschäftigt war, es zu verlassen. Andererseits würden einige der Leute es nicht mehr rechtzeitig schaffen und mit ihm erneut hinaufgetragen werden.

Aber wenn Thorn über keinen Fernzünder verfügte und es auch keine Bombe gab? Dann hatten sie ihr Schiff grundlos aufgegeben.

»Zu schnell! Zu schnell!« sagte Nikitin.

Jill lehnte sich bereits vor und streckte die Hand nach einem Knopf aus, der sie um tausend Kilogramm Wasserballast erleichtern würde. Sie drückte den Knopf. Ein paar Sekunden später begann der Fall der *Parseval,* sich abzubremsen.

»Entschuldigung, Nikitin«, sagte Jill, »aber wir hatten keine Zeit zu verlieren.«

Die Radaranlage zeigte an, daß der Helikopter nun in einer Höhe von dreihundert Metern nördlich von ihnen flog. Wartete Thorn ab, was sie taten? Falls ja, konnte er eventuell zu dem Schluß kommen, die Bombe nicht zu zünden, wenn sie mit dem Luftschiff eine Bruchlandung bauten oder es verließen?

Was sollte sie nur tun? Jede Alternative, die ihr in den Sinn kam, führte letztlich dazu, daß sie mit den Zähnen knirschte. Sie konnte den Gedanken, dieses wunderbare Schiff entweder als Wrack enden zu lassen oder es aufzugeben, einfach nicht ertragen. Das letzte Luftschiff.

Aber die Sicherheit der Mannschaft hatte in jedem Fall Vorrang.

»Höhe einhundertzweiundfünfzig Meter«, meldete Nikitin.

Er schwenkte die Propeller steil nach oben und ließ sie mit voller Kraft in den Wind beißen.

Die Berge ragten zu beiden Seiten neben ihnen auf; der Fluß funkelte im Sternenschein. Unter ihnen erstreckte sich die Ebene dahin.

Sie sahen Ortschaften unter sich, zerbrechlich aussehende Bambushütten, in denen Menschen lebten. Die meisten davon mußten jetzt schlafen. Wenn das Luftschiff auf der Ebene landete, würden

Hunderte von ihnen den Tod finden, und wenn es Feuer fing, noch mehr.

Jill gab Nikitin die Anweisung, die *Parseval* über den Fluß zu steuern.

Was tun?

Von den Leuten am Fluß, die aufgeblieben waren, hatten ein paar zum schwarzweißgesprenkelten Himmel aufgeschaut. Sie sahen zwei umrißhaft erkennbare Objekte, von denen eines größer war als das andere. Das kleinere bestand aus zwei Kugeln, die untereinander hingen, wobei das größere sich oben befand. Das andere Objekt war lang und ähnelte einer dicken Zigarre.

Sie bewegten sich aufeinander zu. Aus dem kleineren Objekt drang ein starres Licht, während das größere Blinksignale abstrahlte, die von unterschiedlicher Länge waren.

Plötzlich senkte das größere der beiden Objekte seine Nase und begann rasch dem Boden entgegenzufallen. Als es dem Grund näherkam, erzeugte es fremdartige Geräusche.

Viele derjenigen, die in dieser Nacht am Fluß hockten, wußten nicht, was sie von den beiden Objekten halten sollten. Ihnen waren weder Ballons noch Luftschiffe bekannt. Manche von ihnen entstammten zwar Zeiten, in denen es bereits Ballons gegeben hatte, aber die meisten kannten derartige Fahrzeuge lediglich von Fotografien oder Zeichnungen her. Und die meisten Angehörigen dieser Gruppe hatten von Luftschiffen wiederum nur als Spekulationen gehört, in denen man sich über die Konstruktion zukünftiger Fortbewegungsmittel unterhalten hatte.

Nur eine sehr geringe Gruppe von Menschen erkannte in einem der herabsinkenden Objekte ein Luftschiff.

Gleichgültig, wie viele von ihnen über die Existenz derartiger Dinge informiert waren: die meisten stürmten in ihre Hütten, weckten ihre schlafenden Partner und Gefährten und schlugen Alarm.

Dann hatten wieder einige andere auch den Helikopter entdeckt, was noch mehr Neugier und Befürchtungen hervorrief.

Trommeln wurden geschlagen; Leute schrien. Mittlerweile war jedermann erwacht und die Hütten verwaist. Alle schauten sie zum Himmel empor und rätselten.

Die Fragen und Ausrufe kulminierten in einem einzigen großen Schrei, als eines der fliegenden Objekte plötzlich in Flammen aufging. Als es abstürzte, schrien die Leute auf und es sank nieder, begleitet von einem hellen, orangefarbenen Feuer, das den Eindruck erweckte, als sei es der Glorienschein eines gefallenen Engels.

70

Tai-Peng trug nichts als ein Gewand aus Eisenbaumblättern und Rebenblüten. Er hielt einen Becher Wein in der Linken, ging auf und ab und sagte mit der Flüssigkeit eines munter zu Tal plätschernden Bächleins aus dem Stegreif ein Gedicht auf, das den Hof der T'an-Dynastie von den Beinen gerissen hätte, sich für die Ohren von Nichtchinesen jedoch anhörte wie das Klappern von Würfeln in einem Knobelbecher, weswegen er es in den örtlichen Esperantodialekt übersetzt hatte.

Ein Großteil der Feinheiten und Bezüge verlor sich natürlich in der Übersetzung, aber es blieb immer noch genügend übrig, um die Zuhörer zu erheitern oder in Freudentränen ausbrechen zu lassen.

Seine Frau Wen-Chün spielte leise auf einer Bambusflöte. Obwohl Tai-Pengs Stimme meist laut und schrill klang, hatte er sie für dieses Beisammensein gesenkt. Wenn er Esperanto sprach, hörte es sich beinahe ebenso melodiös an wie die Flöte. Auch das Gewand, in das er gekleidet war, hatte er ausschließlich für Gelegenheiten wie diese anfertigen lassen. Es bestand aus rotgrüngestreiften Blättern und rotweißblaugestreiften Blüten. Während er auf und ab ging wie eine große Katze in einem Käfig, flatterten sie um ihn.

Tai-Peng war ein typischer Vertreter seiner Rasse und Zeit, ein hochgewachsener Mann des achten Jahrhunderts. Er war gelenkig, breitschultrig und mit schweren Muskeln bepackt. Sein langes Haar, das in der Sonne des Spätnachmittags leuchtete, glänzte wie ein dunkler Jadespiegel. Seine Augen waren groß, blaßgrün und funkelten wie die eines hungrigen — aber verletzten — Tigers.

Er war der Nachfahre eines Kaisers und einer Konkubine, aber das lag bereits neun Generationen zurück. Die Familie, die er noch erlebt hatte, bestand vorwiegend aus Dieben und Mördern. Einige seiner Großeltern hatten den Bergstämmen angehört, einem wilden Volk, das ihm seine feuriggrünen Augen vererbt hatte.

Tai-Peng und sein Publikum saßen auf einem Hügel, der die Ebene und den Fluß überragte und von dem aus man die Bergwände sehen konnte. Die Zuhörer, die noch betrunkener waren als er — obwohl keiner von ihnen auch nur annähernd soviel getrunken hatte wie er —, hatten einen Halbkreis gebildet, durch dessen Öffnung er ein- und ausgehen konnte. Tai-Peng war gegen Barrieren jeglicher Art. Wände regten ihn auf, Gefängnismauern machten ihn rasend.

Die Hälfte des Publikums waren Chinesen des sechzehnten Jahrhunderts, der Rest kam aus allen möglichen Gegenden und Zeiten.

Tai-Peng hörte mit dem Dichten auf und rezitierte ein paar Verse von Chen Tsu-Ang, wobei er zunächst anmerkte, daß dieser Mann einige Jahre vor seiner, Tai-Pengs, Geburt gestorben sei. Trotz seines Reichtums war Chen im Alter von zweiundvierzig Jahren im Gefängnis gestorben. Ein Richter hatte ihn dort eingewiesen, um ihn daran zu hindern, das Erbe seines Vaters anzutreten.

»Geschäftsleute sind stolz auf ihre List und Tücke,
aber im Tao haben sie noch immer viel zu lernen.
Sie sind stolz auf ihre Ausbeutereien,
wissen aber nicht, was sie dem Körper damit antun.
Warum lernen sie nichts vom Herrn der Finsteren Wahrheit,
der die ganze Welt in einer kleinen Jadeflasche sah?
Und dessen reine Seele frei war von Himmel und Erde,
weil die Fahrt zur Börse ihm die Freiheit brachte?«

Tai-Peng machte eine Pause, um seinen Becher zu leeren, und hielt ihn von sich, um ihn wieder füllen zu lassen.

Einer der Zuhörer, ein schwarzer Mann namens Tom Turpin, sagte: »Wein is alle. Wie wär's mit ein bißchen Schnaps?«

»Kein Göttertrunk mehr? Euren Barbarensaft will ich nicht. Wo Wein belebt, macht er nur dumm!«

Tai-Pen schaute sich um, lächelte wie ein Tiger während der Paarungszeit, hob Wen-Chün vom Boden auf und strebte mit ihr seiner Hütte entgegen.

»Wenn der Wein zu Ende geht, soll man mit den Frauen anfangen!«

Die hellglänzenden Blätter und Blüten fielen raschelnd zu Boden, als Wen-Chün sich spottend gegen ihren Mann zur Wehr setzte. Tai-Peng sah in diesem Augenblick aus wie ein Faun aus einem alten Mythos, ein Pflanzenmensch, der eine Menschfrau entführte.

Die anderen lachten, und die Gruppe begann sich zu zerstreuen, noch ehe Tai-Peng die Tür seiner Hütte geschlossen hatte. Einer der Zuhörer schritt um den Hügel herum zu seiner eigenen Hütte. Nachdem er sie betreten hatte, verriegelte er die Tür und ließ Bambusrolladen vor den Fenstern herab. Im nun herrschenden Dämmerlicht nahm er auf einem Stuhl Platz, öffnete den Deckel seines Grals, saß eine Weile da und starrte ihn an.

Ein Mann und eine Frau gingen nahe an der Tür vorbei und unterhielten sich über einen rätselhaften Zwischenfall, der sich vor weniger als einem Monat flußabwärts zugetragen hatte. Ein großes, lärmerzeugendes Ungeheur war in der Nacht über den westlichen Bergen erschienen und auf dem Fluß niedergegangen. Die mutigeren — oder närrischeren — der Talbewohner waren mit Booten zu ihm hinausgerudert, aber das Ungeheuer war, ehe sie nahe genug herangekommen waren, gesunken und nicht wieder aufgetaucht.

Ob es ein Drache gewesen war? Manche Leute sagten, es habe niemals Drachen gegeben, aber diese gehörten gemeinhin den Skeptikern des degenerierten neunzehnten und zwanzigsten Jahrhunderts an. Abgesehen von Narren müsse doch jeder wissen, daß Drachen existierten. Andererseits könne es sich natürlich auch um eine Flugmaschine derjenigen gehandelt haben, die diese Welt erschaffen hatten.

Außerdem sage man, manche hätten eine menschenähnliche Gestalt von dem Drachen wegschwimmen sehen. Zumindest hatten sie es sich eingebildet.

Der Mann in der Hütte lächelte.

Er dachte an Tai-Peng. Das war nicht sein richtiger Name. Nur Tai-Peng und ein paar andere wußten, wie er wirklich hieß. Der Name, den er angenommen hatte, bedeutete »Der große Phoenix« und war eine Anspielung auf die Zeit seines irdischen Daseins, während dem er oft damit geprahlt hatte, ein solcher zu sein.

Tai-Peng hatte ihn vor langer Zeit getroffen, aber das wußte er nicht.

Der Mann in der Hütte sagte ein Kodewort. Augenblicklich wurde die Oberfläche des Grals von Helligkeit erfüllt, die jedoch nicht die ganze Hülle einnahm. Auf dem grauen Metall erschienen zwei sich gegenüberliegende, große Kreise. Im Innern der Kreise, die die beiden Hemisphären dieses Planeten symbolisierten, befanden sich Tausende dünner, leuchtender und verschlungener Linien, die von vielen kleinen, blitzenden Kreisen überlagert wurden. Diese Kreise waren — abgesehen von einem einzigen — leer, und in diesem zeigte sich ein leuchtendes Pentagramm, ein fünfzackiger Stern.

Die anderen Kreise wiesen Pünktchen und Striche auf.

Das, worauf der Mann in der Hütte starrte, war eine Landkarte ohne Gradeinteilung. Die Linien symbolisierten die Täler, die Kreise Männer und Frauen. Das pulsierende Zeichen jedes einzelnen stellte einen Identitätskode dar.

Clemens und Burton hatten — wie andere auch — von X erfahren, daß er zu seiner Unterstützung nur zwölf Personen ausgewählt hätte. Es gab aber zwölfmal zwölf Personensymbole auf den Linien, den Stern im Kreis nicht mitgerechnet. Einhundertvierundvierzig insgesamt.

Eine Reihe der Kreise zeigten das gleiche Impulsleuchten. Der Mann seufzte und sagte ein anderes Kodewort. Die Symbole, die aus drei Gedankenstrichen bestanden, verschwanden.

Wieder ein anderer Kode. In der Nähe des Graloberteils erschienen zwei Leuchtsymbole.

Es lebten nur noch siebzig der Rekrutierten. Weniger als die Hälfte.

Wie viele würde es in vierzig Jahren noch geben?

Wie viele würden bis dahin aufgegeben haben?

Allerdings gab es inzwischen viele Nichtrekrutierte, die über den Turm Bescheid wußten. Einige von ihnen wußten sogar von der Person, die Clemens den rätselhaften Fremden oder X nannte. Das Geheimnis war keines mehr, und von denen, die es aus zweiter Hand erfahren hatten, waren einige nicht weniger stark motiviert als die Rekrutierten.

In Anbetracht der veränderten Situation war es unausbleiblich, daß sich die Nichtrekrutierten ebenfalls auf die Reise zu den Polargebieten begeben würden.

Und es war möglich, daß — im Gegensatz zu ihnen — keiner der Rekrutierten den Turm erreichte.

Der Mann sagte ein neues Kodewort, und die Kreise wurden plötzlich mit weiteren Symbolen versehen. Es waren Dreiecke, ein

Pentagramm ohne Kreis und ein Hexagramm, ein sechszackiger Stern. Die Kodezeichen ausstrahlenden Dreiecke stellten Ethiker zweiten Grades, Agenten, dar.

Das Hexagramm gehörte dem Operateur.

Wieder sagte der Mann etwas. Im Zentrum der Hemisphäre erschien ein leuchtendes Viereck, während rundum alles andere verblaßte. Das Viereck dehnte sich aus. Es stellte eine Vergrößerung jenes Gebietes dar, in der sich die drei Sterne und ein paar Kreise befanden.

Ein anderer Kode ließ über dem Viereck Leuchtziffern erscheinen. Der sechszackige Stern hielt sich also mehrere tausend Kilometer entfernt flußabwärts auf. Der Operateur hatte es nicht geschafft, an Bord der *Rex* zu gelangen. Aber das zweite Schaufelradschiff mußte ebenfalls an ihm vorbei, wenn das auch noch lange Zeit dauerte.

Richard Francis Burton hielt sich derzeit im östlich von hier liegenden Nachbartal auf. So nahe — und doch so fern. Eine Tagesreise, wäre Fleisch dazu in der Lage gewesen, wie ein Geist massiven Fels zu durchdringen.

Burton befand sich ohne Zweifel auf der *Rex Grandissimus.* Sein Kreis bewegte sich auf der Linie zu schnell voran, als daß er auf einem Segelschiff reisen konnte.

Der Operateur . . . Was würde er tun, wenn er an Bord der *Mark Twain* ging. Würde er Clemens einen Teil der Wahrheit offenbaren? Ihm die ganze Wahrheit erzählen? Oder gar nichts sagen?

Nichts war hundertprozentig gewiß. Die Situation hatte sich zu drastisch geändert. Selbst der Computer im Hauptquartier wäre nicht in der Lage gewesen, mehr als einen kleinen Prozentsatz aller Möglichkeiten zu berücksichtigen.

Bis jetzt befand sich also nur ein Agent auf einem Schiff, und zwar auf der *Rex.* Die *Mark Twain* konnte auf ihrer Fahrt mindestens zehn aufsammeln, aber es war undenkbar, daß es mehr als einer schaffen würde. Falls überhaupt.

Fünfzig befanden sich auf der Linie zwischen der *Rex* und Virolando.

Von insgesamt sechzig konnte er nur zehn identifizieren. Sie stellten den Voraustrupp dar und bildeten die Köpfe ihrer Sektionen.

Den Chancen nach würde er keinen dieser sechzig treffen.

Aber ... was, wenn er es nicht schaffte, auf eines der Schiffe zu gelangen? Er fühlte sich krank.

Irgendwie würde es ihm gelingen. Er mußte es schaffen!

Aber um realistisch zu bleiben: Es war genauso möglich, daß das Gegenteil eintrat.

Er hatte einst geglaubt, alles menschenmögliche und noch ein wenig mehr zustande bringen zu können. Aber nun war der Glaube an sich selbst ins Wanken geraten.

Vielleicht lag es daran, daß er zu lange unter den Flußtalbewohnern gelebt hatte.

Es waren so viele, die von einer großen Sehnsucht getrieben den Fluß hinaufzogen. Inzwischen mußten die meisten Menschen die Geschichte Joe Millers gehört haben, und sei es aus hundertster Hand. Sie erwarteten ebenso das Tau zu finden, mit dem sie die Bergwand bezwingen konnten, wie den Tunnel, der es ihnen erlaubte, ohne Umweg die beinahe unbesteigbare Polarbarriere zu durchqueren. Und den Pfad, der in das Innere des Kessels hinabführte.

Aber es gab sie nicht mehr.

Ebensowenig wie den Tunnel am Ende des Pfades, am Fuß der Berge. Er war geschmolzen wie Lava.

Der Mann in der Hütte schaute erneut auf den kreislosen Stern. Er war nahe. Viel zu nahe. Nach der Lage der Dinge repräsentierte er die größte Gefahr.

Wer wußte, wie die Lage sich entwickeln würde?

Die laute Stimme Tai-Peng drang jetzt durch die Hüttenwände an die Ohren des Mannes.

Der Chinese war, nachdem er sich mit seiner Frau vergnügt hatte, wieder aus der anderen Hütte herausgekommen und schrie der Welt nun irgend etwas Undeutliches entgegen. Welchen Lärm der Mensch auf diesem Planeten erzeugte! Welch tatkräftige Erscheinung er abgab!

Wenn ich schon nicht die Götter in ihren Höhen erzittern lassen kann, will ich wenigstens im Acheron einen Aufruhr anzetteln!

Jetzt, wo Tai-Peng näher kam, konnte man seine Worte besser verstehen.

»Ich fresse wie ein Tiger! Ich kacke wie ein Elefant! Ich kann dreihundert Becher Wein bei einer einzigen Sitzung saufen! Ich war mit drei Frauen verheiratet und habe tausend weitere bestiegen! Ich spiele mit der Flöte jeden anderen an die Wand! Ich schreibe Tausende von unsterblichen Gedichten und werfe sie, wenn sie fertig sind, in den Fluß und sehe zu, wie Wasser und Wind sie der Vernichtung entgegentreiben!

Wasser und Blumen! Wasser und Blumen! Sie liebe ich am meisten!

Wechsel und Unbeständigkeit! Sie verletzen, schmerzen, foltern mich!

Und doch sind es Wechsel und Kurzlebigkeit, die die Schönheit ausmachen! Kann es ohne Sterben und Tod Schönheit geben? Perfektion?

Die Schönheit ist schön, weil sie zum Verwelken verurteilt ist!

Stimmt das etwa nicht?

Ich, Tai-Peng, sah mich einst selbst als fließendes Wasser, als blühende Blume! Als Drache!

Blumen und Drachen! Drachen sind Blumen des Fleisches! Sie leben in Schönheit, während Generationen von Blumen blühen und sterben, blühen und zu Staub zerfallen! Und doch sterben auch Drachen; auch sie blühen und werden zu Staub! Ein weißer Mann, bleich wie der Tod und blauäugig wie ein Dämon, erzählte mir einst, es sei Äonen her, seit Drachen lebten! Äonen, sage ich! Seit Zeiten, die einem das Hirn umstülpen, wenn man daran denkt, sind sie bereits verschwunden, lange bevor Nukua die Menschen aus gelbem Lehm erschuf!

Sie starben in all ihrer Pracht und Schönheit!

Wasser, Blumen, Drachen!«

Je weiter Tai-Peng den Hügel hinabging, desto leiser wurde seine Stimme. Aber der Mann in der Hütte hörte noch einen speziellen, wie einen Fanfarenstoß erklingenden Satz.

»Welcher finstere Wicht hat uns dem Leben zurückgegeben und wünscht jetzt unseren ewigen Tod?«

Der Mann in der Hütte sagte: »Hah!«

Obwohl Tai-Pengs Gedichte viel über die Kürze des Lebens, Männer, Frauen und Blumen aussagten, hatten sie bisher niemals den Tod erwähnt. Genausowenig hatte er sich in Gesprächen jemals auf den Tod bezogen. Und jetzt ging er offen auf dieses Thema ein und kämpfte dagegen an.

Bisher hatte Tai-Peng stets den Eindruck eines absolut glücklichen Menschen gemacht. Er lebte seit sechs Jahren in diesem kleinen Staat und hatte nie die Absicht geäußert, ihn verlassen zu wollen.

War er jetzt dazu bereit?

Ein Mann wie Tai-Peng würde einen guten Weggefährten abgeben, wenn es flußaufwärts ging. Er war aggressiv, schlagfertig, geistreich und ein großartiger Schwertfechter. Wenn man ihn irgendwie dazu bewegen konnte, den Kurs weiterzugehen, den er jetzt eingeschlagen hatte ...

Was würde in den kommenden Jahrzehnten geschehen?

Alles, was der Mann in der Hütte vorhersehen konnte – denn jetzt war er nicht mehr der Weber, sondern ebenso wie alle anderen einer der Fäden in diesem dunklen Muster –, war, daß einige der Rekrutierten nach Virolando gelangen würden und andere nicht.

Die etwas Gewitzteren würden dort eine Botschaft vorfinden und sie hoffentlich auch entziffern können. Unter denen, die die Botschaft fanden, würden sich sowohl Rekrutierte als auch Agenten befinden.

Wer würde den Turm zuerst erreichen?

Er mußte es sein.

Und er mußte die Gefahren dieser Reise überleben. Die größte Gefahr bestand möglicherweise in der Schlacht zwischen den beiden Schiffen. Clemens war besessen von dem Gedanken, John zu stellen und ihn gefangenzunehmen oder zu töten. Es war des weiteren möglich – nein, wahrscheinlich –, daß dabei nicht nur die beiden Schiffe, sondern auch deren Mannschaften vernichtet wurden.

Barbarei! Die Idiotie des Tigers!

Und all das nur wegen der Rachegefühle, die Clemens beherrschten; ausgerechnet ihn, einen der größten Pazifisten der Menschheit.

Ob man ihm diese kindischen Rachegefühle nicht ausreden konnte?

Manchmal stimmte der Mann in der Hütte mit dem überein, was der Operateur einst gesagt hatte: »Die Menschheit wird Gott in der Kehle steckenbleiben.«

Aber ... *Das Böse wird sich glücklich preisen und das Eis brennen.*

Und der Herr der Finsteren Wahrheit glitt auf einem unvorhersehbaren Unterschied dahin.

»Was ...?«

Die leuchtenden Linien und Symbole waren verschwunden. Ein paar Sekunden lang starrte der Mann seinen Gral an.

Er sprach einige Kodeworte. Nichts geschah. Der Gral blieb grau.

Er ballte die Fäuste und biß die Zähne aufeinander.

Das, was er befürchtet hatte, war also eingetreten.

Irgendein Element der Satellitenanlage hatte plötzlich die Tätigkeit eingestellt. Kein Wunder. Nach mehr als tausend Jahren der Funktion waren die Schaltkreise für eine Inspektion überreif gewesen, aber bis jetzt war niemand dazu fähig gewesen, sie nach einem bestimmten Zeitplan zu kontrollieren.

Von diesem Zeitpunkt an würde er nicht mehr wissen, wo sich die Frauen und Männer exakt aufhielten. Auch er war nur ein Bewohner dieses düsteren Hauses der Nacht, um das die Nebelschwaden tanzten. Das Erlöschen der Lichter auf seinem Gral hatte mehr zurückgelassen als lediglich Dunkelheit. Er fühlte sich plötzlich wie ein müder Pilger ohne Ziel an einem einsamen Gestade, ein Schatten unter Schatten.

Was würde als nächstes schiefgehen? Was konnte als nächstes ausfallen? Etwa . . . Nein, das sicher nicht. Und wenn doch, war es mit der Zeit, die er brauchte, aus.

Der Mann stand auf und hob die Schultern.

Es war Zeit, zu gehen.

Er war nun ein Schatten unter Schatten, und zwar ein solcher, dem zu allem Übel auch noch die Zeit zwischen den Fingern zerrann. Wie die Rekrutierten und Agenten, wie die Flußtalbewohner und alle anderen hier lebenden Geschöpfe, würde er von nun an gezwungen sein, für seine eigene Wegbeleuchtung zu sorgen.

So sei es.